Wimpfem.

PETRA WALDHERR

Die Ratsherrentochter

LEBENDIGE GESCHICHTE Bad Wimpfen – damals Wymphen –, im 16. Jahrhundert. Die junge Bürgerstochter Anna muss nach der erneuten Heirat ihrer Mutter ihr Heimatdorf verlassen und in der ihr unbekannten Stadt Wymphen ein neues Leben beginnen. Doch wenig später wird ihr Stiefvater, ein angesehener Ratsherr, ermordet und die unschuldige Anna deswegen angeklagt. Tatsächlich wird sie zum Tode durch das Schwert verurteilt. Nun bleibt ihr nur noch eine Möglichkeit. Getrieben von dem Willen, zu leben, nimmt sie die Freibitte ihres Henkers an und geht die Ehe mit ihm ein. Fortan fristet sie ihr Dasein am Rande der Gesellschaft und kann sich nur schwer in ihr neues Leben fügen.

Doch selbst wenn es Anna gelingen sollte, den wahren Mörder zu entlarven … werden die Wymphener Bürger sie, das Weib eines Henkers, wieder in ihre Kreise aufnehmen?

© Photostudio Seidel

Petra Waldherr wurde 1974 in Möckmühl geboren. Sie lebt heute mit ihrer Familie nahe der Burgenstraße und der Württemberger Weinstraße und ist in der Finanzbuchführung tätig. Ihr ausgeprägtes Interesse an Geschichte ließ einen historischen Roman entstehen, dessen Schauplätze unweit des eigenen Wohnortes liegen. Die Autorin lebt quasi selbst in ihrer Geschichte. Der Roman ist ihre erste Veröffentlichung im Gmeiner-Verlag.

PETRA WALDHERR

Die Ratsherrentochter

Historischer Kriminalroman

GMEINER *Original*

Besuchen Sie uns im Internet:
www.gmeiner-verlag.de

Im Ehnried 5, 88605 Meßkirch
Telefon 07575/2095-0
info@gmeiner-verlag.de

1. Auflage 2014

Lektorat: Claudia Senghaas, Kirchardt
Herstellung: Julia Franze
Umschlaggestaltung: U.O.R.G. Lutz Eberle, Stuttgart
unter Verwendung des Bildes »Portrait of a Woman« von Lucas Cranach d. Ä., http://commons.wikimedia.org/wiki/File:Lucas_Cranach_the_Elder_-_Portrait_of_a_Woman_-_Google_Art_Project.jpg
Druck: GGP Media GmbH, Pößneck
Printed in Germany
ISBN 978-3-8392-1502-9

Für meine Familie, die mich immer unterstützt

»… Dreifach also ist das Haus Gottes, das man eines wähnt: hier auf Erden beten, andere kämpfen und noch andere arbeiten; diese drei gehören zusammen und ertragen nicht, entzweit zu sein; derart, dass auf der Funktion des einen die Werke der beiden anderen beruhen, indem alle jeweils allen ihre Hilfe zuteilwerden lassen.«

Adalbero, Bischof von Laon, um 1025

Dieses Gefüge hatte zu jener Zeit nicht für alle Gültigkeit. Die ›Unehrlichen‹ verrichteten zwar notwendige Dienste, fristeten ihr Dasein jedoch, mehr oder weniger, am Rande der Gesellschaft. So wie etwa die Huren, Bader, Abdecker und Scharfrichter.

Obwohl ihm viel verwehrt blieb, hatte ein Scharfrichter dennoch das Recht, eine zum Tode Verurteilte von den Oberen einer Stadt freizubitten, um sie zu ehelichen.

Allerdings zog es die Auserwählte oftmals vor, lieber durch seine Hand vom Leben zum Tode befördert zu werden, als dieselbe zu ergreifen und in den Stand der Ehe zu treten.

Wymphen, im Jahre des Herrn 1523:

In den unruhigen Zeiten der Reformation, als Martin Luther die religiöse Weltanschauung neu ordnet, muss auch die junge Anna nach der erneuten Heirat der Mutter ihr Heimatdorf in der Nähe von Hall hinter sich lassen und zusammen mit ihrem Bruder in einer ihr unbekannten Stadt, beim Stiefvater ein neues Leben beginnen.

Wie neu und wie anders sich dieses jedoch noch gestalten wird, ist bei der Ankunft in Wymphen von niemandem absehbar.

Die Gerüchte nämlich, dass der angesehene Bürger offensichtlich ein Auge auf seine hübsche Stieftochter geworfen hat, nutzt ein ehrgeiziges und aufstrebendes Mitglied des Jungen Rates, um eine hinterhältige Intrige zu spinnen.

Anna wird des Mordes beschuldigt und vom Wymphener Rat zum Tode verurteilt …

WYMPHEN

– DONNERSTAG, 5. FEBRUAR 1523 –

Obwohl die Tage bereits wieder länger wurden, hatte die ungnädige Kälte das Land noch immer fest im Griff. Der Boden war hart gefroren und eine glatte Schicht aus unberührtem, weißem Schnee bedeckte die ganze Umgebung. Nur hier und da ragten dunkle, zuweilen schwarze Büsche und blattlose Sträucher aus dem Wintermantel, der das Gras, die Kräuter und die erfrorenen Wiesenblumen des längst vergangenen Sommers schwer niederdrückte. Die kahlen Äste und dürren Zweige streckten sich trotzig dem mit grauen Wolken verhangenen Himmel entgegen. Gerade so, als wollten sie wenigstens einige wenige wärmende Strahlen der verdeckten Sonne erflehen. Kein Vogel zwitscherte und sang sein Lied. Kein Summen der Bienen oder Käfer, kein Surren oder Zirpen der Grillen erfüllte die jetzt eisige Luft. Eine trostlose, beinahe unheilvolle Stille lag über dem Land. Die einzigen Farbtupfen in der Gegend bildeten die dunkelgrünen Tannen und Nadelhölzer, die verstreut in den winterschlafenden Wäldern standen. Nichts regte sich. Bis auf das schwer beladene Fuhrwerk, das sich langsam, aber stetig auf dem verwehten und daher beinahe nur noch zu erahnenden Weg vorwärtsbewegte. Der Schnee gab leise knirschend unter den eisenbeschlagenen Holzrädern nach, und soweit man die zurückliegende Strecke überblicken konnte, zogen sich die Spuren dahin: zu beiden Seiten die durchgehenden, geraden Linien der Wagenräder und in der Mitte die großen Trittspuren des schweren Zugpferdes. Anna saß mit dem Rücken in Fahrtrichtung auf dem Wagen und starrte gedankenverloren auf das immer wiederkehrende Muster im Schnee, das sie hinterließen. Sie, das waren ihr um vier Jahre jüngerer Bruder Peter, die Magd Walburga und vorne auf dem Bock, hinter dem Gaul, ihre Mutter Amalia und ihr Stiefvater Steffen Brel mit den Zügeln. Anna konnte das gleichmäßige Stapfen und kräftige Atmen des Tieres hören. Nur hin und wieder war zusätzlich ein Schnauben durch die bebenden Nüstern zu hören. Sie versuchte gar nicht erst das Gähnen zu unterdrücken, während sie weiter den einschläfernden Geräuschen des ledernen Pferdegeschirrs und des Holzkarrens lauschte. Die Augen fielen ihr zu, und als sich auch noch die Muskeln in ihrem Nacken entspannten, sackte der Kopf unangenehm nach vorne. Durch den Ruck war sie wieder wach und mit schmerzverzerrtem Gesicht bemühte sie sich, ihre steifen Glieder in eine andere Position zu bringen, indem sie sich vorsichtig von einer Seite auf die andere wiegte. Der Rücken scheuerte an der Bank, auf der ihre Mutter und ihr Stiefvater saßen, und in ihrem Hintern hatte sie so gut wie kein Gefühl mehr. Anna wünschte sich zurück in ihr altes Haus. In die warme Stube. Zu einem heißen Tee und einem knisternden Feuer. Leise seufzend schloss sie die Augen und stützte sich mit gestreckten Armen auf der mächtigen Holzkiste ab, auf der sie saß, um ihren Körper kurz anzuheben und die Muskeln zu dehnen. Ja, die Kiste – in ihr waren Annas restliche Sachen verstaut: Kleider, Wäsche, Hauben, Bänder. All die Dinge, die sie nicht schon vor Wochen hatte einpacken müssen, damit sie nach und nach aus dem Haus geschafft und weit weg nach Wymphen gekarrt werden konnten. Trotz der vielen Lagen Stoff, die aus Unterrock, Kleid, Mantel und Decken bestanden, spürte sie die Eisenbeschläge der stabilen Holztruhe. Müde rieb sich Anna die Augen. Wie lange die Fahrt wohl noch dauern würde? Sie hatten ihre Reise in Hall angetreten und die Fernstraße Richtung Westen genommen. Inzwischen lag die Jaxt zu ihrer linken Seite, und sie würden dem Flusslauf folgen, bis sie, nach der Beschreibung ihres Stiefvaters, bald die Mündung in den Nekker erreichen würden. Heute war bereits der fünfte Tag ihrer Reise, und bald würde es wieder Abend werden. Hoffentlich schafften sie es rechtzeitig zu ihrem neuen, noch unbekannten Heim – dem Haus des Stiefvaters. Traurig knetete Anna die Hände, die sie zum Schutz vor der Kälte unter dem Mantel verbarg. So viel hatte sie in Hall zurücklassen müssen. Wehmütig dachte sie an die anderen Bürgerstöchter in ihrem Alter. Wie sehr würde sie doch einige von ihnen vermissen! Aber am meisten schmerzte sie der Abschied vom Grab ihres Vaters. Versonnen legte sie die Hand über die Brosche, die zwischen Brustansatz und Hals auf ihrem Kleid befestigt war. Vor Jahren hatte sie sie von ihm geschenkt bekommen und hütete nun das wertvolle Erinnerungsstück wie einen Schatz. Sicher wechselten damals viele Gulden ihren Besitzer. Sie trug das ovale Schmuckstück eigentlich täglich und beinahe zu jedem Anlass und konnte sich nicht sattsehen an der wunderschönen Arbeit. Das fein modellierte Metall war teilweise vergoldet und die verschiedenfarbigen edlen Steine leuchteten bei Lichteinfall noch herrlicher. Nur die Halterung der Nadel hatte sich durch den steten Gebrauch schon etwas gelockert. Sicher würde es in Wymphen einen fähigen Handwerker geben, der diesen Mangel beheben konnte. Wieder seufzte sie. Die Erinnerung an ihren Vater würde hoffentlich nie verblassen. Sein großzügiges, gütiges Wesen. Seine angenehm tiefe Stimme. Die Falten um seine freundlichen Augen, die sich vertieften, sobald er verschmitzt lächelte, und die mit den Jahren immer mehr wurden an der Zahl. Er war erst vor gut einem Jahr gestorben und Anna wusste, dass er ihrer Mutter ebenfalls fehlte. Trotzdem hatte sie dem Werben des Bürgers aus Wymphen nachgegeben. Die beiden Männer kannten sich schon seit Jahren und hatten Handel getrieben. Doch obwohl sie den Entschluss ihrer Mutter verstand, da sie für sich und ihre Kinder geregelte Verhältnisse wollte, hätte die Hochzeit und die Reise hierher noch Zeit gehabt. Warum musste alles zu einer solch unwirtlichen Jahreszeit stattfinden? Waren seine Gefühle für die zierliche, aber kränkliche Frau so stark, dass er einfach nicht länger warten wollte, oder lockte ihn das kleine Vermögen, das sie mit in die Ehe brachte? Wenn sie rein auf ihr Gefühl vertraute, dann würde sie für diesen Mann keine Hand ins Feuer legen. Dennoch war es die Entscheidung ihrer Mutter. Kurz hielt sie sich die roten Finger vor den Mund und hauchte ihren warmen Atem dagegen, der sich in Form einer weißen Wolke in der kalten Luft zeigte. Schnell schlang sie wieder ihre Arme um den Oberkörper und steckte die Hände unter die Achseln. Die Füße begannen auch langsam kalt und gefühllos zu werden. Die Stoffstrümpfe, die Anna eine Hand breit über die Knie reichten und mit einem Band unter- und oberhalb des Gelenks befestigt waren, wärmten in den ledernen Schuhen nicht gerade gut, und die groben Nähte drückten und zwickten und hatten bestimmt schon deutlich sichtbare Spuren auf ihrer Haut hinterlassen. Zum Glück hatte sich Walburga, fürsorglich wie sie war, heute Morgen vor der Abfahrt darum gekümmert, dass in die verschließbare Kupferpfanne heißes Wasser eingefüllt wurde. Abgedeckt und geschickt in der Mitte der drei Fußpaare platziert, hatte sie wohltuende Dienste geleistet und zumindest die Reisenden hinten auf dem Karren eine gewisse Zeit warm gehalten. Dankbar lächelnd blickte sie unter der übergeworfenen Decke zur Magd hinüber, die an der Längsseite des Wagens auf einer kurzen Holzbank saß. Sie schlief schon länger tief und fest. Ihr stämmiger Körper war etwas zur Seite gekippt und lehnte jetzt an dem Sack mit ihren wenigen Habseligkeiten. Die einfache Haube saß ihr schräg auf dem Kopf, sodass die grauen Haare darunter hervorlugten. Ein wenig Speichel rann aus dem Mundwinkel, während sie mit einem schnarchenden Geräusch im Schlaf zusammenzuckte. Durch die Bewegung verrutschte die Kopfbedeckung noch mehr und ein Auge wurde nun gänzlich verdeckt. Auf Annas Gesicht erschien ein breites Grinsen und ihr wurde warm ums Herz. Sie kannte Burgl, wie sie Walburga neckisch nannte, schon ihr ganzes Leben. Liebevoll behütet und dennoch zuweilen streng erzogen, waren sie und ihr Bruder in ihrer Obhut aufgewachsen. Wenn Vater auf Reisen war oder Mutter wieder kränkelte und kraftlos am warmen Feuer saß. Wie eine Glucke hatte sie dann früher die Kinder, auch einige aus der Nachbarschaft, um sich geschart und mit Liedern unterhalten oder mit Geschichten gefesselt, während sie selbst, je nach Jahreszeit, ihre Arbeit verrichtete. Wie froh war Anna jetzt, sie hier in der Fremde an ihrer Seite zu haben. Beruhigt schniefte sie mit ihrer roten Nase und wischte den Rest an einen Zipfel der Decke. Ihr Blick fiel auf ihren Bruder Peter, der auf den Brettern zu ihren Füßen lag und durch die Bewegungen des Fuhrwerks leicht hin und her schaukelte. Beinahe beneidete sie ihn um seinen tiefen Schlaf. Er machte sich ganz bestimmt nicht solche Sorgen wie sie und wenn doch, dann zeigte er es nicht. Seit dem Tod des Vaters war er ruhiger und verschlossener geworden. Dann und wann zankten sie sich aber doch gehörig, denn Anna wollte sich von dem Jüngling keine Vorschriften machen oder sich herumscheuchen lassen. Bevor die Mutter wieder geheiratet hatte, führte er sich wahrlich wie der Mann im Hause auf, was Anna eigentlich lächerlich fand und ihm auch ganz unverblümt ins Gesicht sagte, denn der Bart wollte noch nicht recht sprießen und manchmal legte er ein reichlich kindisches und trotziges Verhalten an den Tag. Das alles hatte aber schnell ein Ende. Der neue Ehemann ihrer Mutter, den sie nur flüchtig von einigen vergangenen Besuchen während dessen Handelsreisen kannten, duldete kein aufmüpfiges Verhalten. Er hatte ihnen gegenüber zwar nie die Stimme erhoben und sorgsam darauf geachtet, sich im Beisein der Mutter freundlich zu zeigen. Dennoch hatte Anna von Anfang an ein ungutes Gefühl beschlichen. Sie konnte sich in seiner Gegenwart nicht frei und ungezwungen bewegen. Hatte sie ihn eigentlich schon jemals lächeln sehen? Dieser bisweilen düstere Blick und sein unfreundliches Wesen legten sich wie ein lähmender Dunst über alles in seiner unmittelbaren Umgebung. Fast schämte sich Anna für diese Gedanken, denn die anderen, allen voran ihre Mutter, schienen nicht so zu denken. Konnte sie sich denn so täuschen? Warum kam es nur ihr so vor, dass dieser Mann zwei Gesichter zu haben schien und beide nach Belieben einsetzte, um jegliches seiner Ziele zu erreichen? Nun ja – Anna schüttelte die Gedanken ab und bückte sich hinunter zu ihrem Bruder, um ihm die inzwischen spärliche Wärmequelle näher an die Beine zu schieben. Er lag zwischen dem geladenen Hausrat und hatte sich zum Schutz vor der Kälte auf der Seite zusammengerollt, den Umhang bis ganz über den Kopf gezogen. Nur seine braunen, verwuschelten Haarspitzen waren über den geschlossenen Augen sichtbar. Im Übrigen war er unter einem Berg von trockenen Decken verborgen. Glücklicherweise hatte es nicht auch noch angefangen zu schneien, denn abgesehen von den Decken hätten sie auf dem offenen Karren keinen Schutz vor Niederschlag und Wetter gehabt.

»Nun ist es nicht mehr allzu weit.« Die brummige, ungeduldige Stimme von Steffen Brel riss Anna aus ihren Gedanken und wirkte in der Stille irgendwie störend und fehl am Platz. Ihr war deutlich anzuhören, dass auch er genug hatte von den Strapazen der Reise. Anna warf einen Blick über ihre Schulter. Die Mutter saß gebeugt neben ihrem Mann und schwieg. Auch durch mehrere Lagen feinen und den groben Stoff darüber sah ihr Körper mit den schmalen Schultern zierlich und gebrechlich aus. Dagegen wirkte der Rücken ihres Gatten fast übergroß und war bestimmt doppelt so breit. Vor allem der dicke Mantel ließ den Umfang seiner Gestalt noch mächtiger erscheinen. Anna streckte sich etwas und schielte zwischen beiden hindurch nach vorne. Das ausladende Pferdehinterteil, auf dem locker die ledernen Zügel lagen, bewegte sich gemächlich bei jedem Schritt hin und her.

»Hooo!« Mit einem lauten Befehl zog der Mann die Zügel zu sich heran und brachte den Gaul oben auf dem Hügel zum Stehen. Anna sah sich den Verlauf des Weges skeptisch an, aber es war ihre Mutter, die ihre Zweifel mit leiser Stimme aussprach.

»Steffen, denkst du denn, dass wir da heil hinunterkommen? Immerhin haben wir schwer geladen und unter dem Schnee könnte sich Eis verbergen. Wenn dem so ist, dann kann der Wagen nicht gehalten werden«, gab sie unsicher zu bedenken. »Vielleicht sollten wir absteigen und zu Fuß bis ins Tal gehen …?«

»Ach was, Weib!«, unterbrach er seine Frau herrisch. »Denkst du denn, dass wir ewig Zeit haben? Es ist nicht mehr lange hell und wir müssen noch die ganze Flussaue durchqueren. Ganz zu schweigen von der Überfahrt mit der Fähre. Wenn wir noch mehr Zeit vergeuden, dann sind die Stadttore bei unserer Ankunft geschlossen«, grollte er. Entschlossen hob er seine Arme und knallte die Riemen auf den Pferderücken.

Schnell sah Anna zu ihrer Mutter. Ihre Haltung hatte sich versteift, und auch ohne dass sie das Gesicht ihrer Mutter sah, konnte sie sich deren ängstlichen Blick vorstellen. Beide Hände hatten sich in die Bank gekrallt und mit den Füßen stützte sie sich an einem Brett ab, um nicht durch die Schräglage nach vorne zu rutschen. Wenn sie das steile obere Stück des Weges gut hinter sich bringen würden, dann hätten sie es geschafft. Bei besserem Wetter oder trockenem Untergrund war es sicher kein Problem – aber so? Der Vierbeiner zog an und setzte sich in Bewegung. Zu Beginn schien auch tatsächlich alles gut zu gehen. Der Ratsherr regulierte die Geschwindigkeit zumindest ein wenig durch einen langen Holzkeil, den er mit aller Kraft mit der rechten Hand und einem Fuß gegen den Radlauf stemmte. Mit dem anderen Arm lenkte er weiter das Pferd. Dann aber wurde das Gewicht, das unaufhörlich von hinten zu schieben begann, übermächtig und der stämmige Wallach konnte nicht mehr viel dagegenhalten. Nervös warf er den Kopf nach oben und drehte die Augen nach hinten. Der Wagen mit seinen eisenbeschlagenen Rädern begann zu rutschen und wurde schneller. Tänzelnd versuchte das Tier, den Abstand zu seiner Last zu halten und blies hektisch und stoßweise die körperwarme Luft aus.

Der spitze Angstschrei der Mutter ließ Anna zusammenzucken und weckte auch ihren Bruder und die Magd auf, die orientierungslos mit den Augen blinzelten und überrascht nach Halt suchten. Inzwischen schlitterten sie schon schräg den Hügel hinunter, hinter dem strauchelnden Pferd her, das sich immer wieder panisch mit Tritten nach hinten vom Gefährt zu befreien suchte. Die derben Flüche und Verwünschungen von Steffen Brel halfen da auch nicht viel. Sie bewirkten allenfalls, dass sich die gottesfürchtige Magd hastig bekreuzigte und tonlos vor sich hin betete. Anna zog gerade noch rechtzeitig ihr Bein zur Seite, ehe sich eine weitere Kiste ihren Weg bahnen und mit Wucht vorne neben ihr gegen die Bretter am Kopfende schlagen konnte. Erschrocken fuhr sie herum, als sich eine Hand kräftig in ihren Unterarm krallte. Es war Walburga, die mit aufgerissenen Augen an ihrer Herrin vorbeistarrte und in Windeseile noch ein Kreuz schlug. Ein plötzlicher Ruck ließ die beiden älteren Frauen noch einmal kreischen und dann war alles ruhig. Nichts bewegte sich mehr. Der Karren war teilweise vom Weg abgekommen und steckte nun in einer Schneewehe fest. Peter löste sich als Erster aus seiner Starre. Er warf die Decken beiseite und probierte vorsichtig auf allen vieren durch Gewichtsverlagerung aus, ob sie kippen würden oder ob man gefahrlos absteigen konnte.

»Hmm … dürfte gehen«, brummte er mehr zu sich selbst und erhob sich. Mit steifen Bewegungen, da er gerade erst aufgewacht war, stützte er sich ab und schwang beide Beine gleichzeitig über den Rand. Er war in einem Alter, in dem seine hochgewachsene Gestalt noch schlaksig wirkte. Selbst bei den Mengen, die er jeden Tag vertilgte, bekam er einfach nichts auf die Knochen. Den schlanken Körperbau hatten sie beide von den Eltern geerbt. Ihr Bruder hingegen, mit seinen braunen Haaren, war das jüngere Ebenbild seines Vaters. Anna hatte die Schönheit aus den vergangenen, jungen Jahren ihrer Mutter mitbekommen. Zumindest hatte sie das schon öfter gehört.

Jetzt war Amalia Brel oftmals ein Schatten ihrer selbst und hatte durch die zermürbenden Schmerzen, über die sie oft klagte, ihre Lebensfreude, die ihr verstorbener Mann so sehr an ihr geliebt hatte, verloren. Anna konnte sich schon gar nicht mehr erinnern, wann sie das letzte Mal zusammen aus vollem Herzen gelacht hatten, bis ihnen die Tränen kamen.

Nun, die Tränen kamen – aber oft aus anderem Grund. Viele Aufgaben der Mutter hatte sie nach und nach übernommen. So ergriff sie auch jetzt die Initiative.

»Alles in Ordnung?« Anna vergewisserte sich, dass Walburga und auch ihrer Mutter nichts geschehen war, und stand auf, nachdem sie ihr atemlos ihre Unversehrtheit versichert hatten. Auch ihr war der Schreck ordentlich in die Glieder gefahren, aber dennoch zitterte sie längst nicht so sehr wie die beiden. Die Magd zupfte sich wenigstens schon wieder die Haube zurecht, aber die Mutter rührte sich noch immer nicht und hockte schwer atmend auf ihrem Platz.

»Willst du da oben Wurzeln schlagen? Nun komm schon!«, neckte Peter sie ungeduldig und streckte Anna aufgeregt seine Hand entgegen, die sie bereitwillig ergriff. Allerdings wagte sie nicht den großen Sprung wie ihr Bruder, sondern stieg erst auf eines der Holzräder. Neugierig folgte sie ihm und stapfte durch den Schnee. Ihr Stiefvater stand schon mit in die Seiten gestemmten Armen weiter vorne und verschaffte sich stirnrunzelnd einen Überblick. Achse und Räder schienen zum Glück nicht beschädigt zu sein.

»Der Wagen steckt nicht sehr tief. Es sollte nicht schwer sein, wieder freizukommen.« Peter war auf die Schneewehe geklettert und tat besserwisserisch seine Meinung kund. Steffen würdigte ihn keines Blickes.

»Ja, mit einem starken Pferd schon ... Aber dieser dämliche Gaul hat sich verletzt und büßt jetzt einen großen Teil seiner Kraft ein.« Zähneknirschend betrachtete er das hintere Bein, das nicht auf dem Boden abgestellt, sondern in Schonhaltung, zur Vermeidung von noch größeren Schmerzen, knapp über dem Schnee gehalten wurde.

Wut stieg in Anna auf. Er brauchte gar nicht ihrem Pferd die Schuld zu geben! Hätte er vorausschauender gelenkt, dann könnten sie jetzt vermutlich schon unten im Tal ihre Fahrt fortsetzen. Mitleidig betrachtete sie den Vierbeiner. Durch die Anstrengung und die Panik dampfte sein dichtes, braunes Fell. Schlotternd, weil ihre Füße in den dünnen Lederschuhen schon vor Kälte zu stechen begannen, biss Anna die klappernden Zähne zusammen, beugte sich vor und sah sich den Huf genauer an. Blut war auf dem Fell nicht zu erkennen. Wenigstens keine offene Wunde.

»Was werden wir jetzt also tun? Vielleicht in Wymphen ein anderes Pferd besorgen? Ich denke nicht, dass er es schafft.« Anna sah ihren Stiefvater fragend an.

»Daran habe ich auch schon gedacht.« Nachdenklich fuhr er sich dabei mit den wulstigen Fingern über sein Doppelkinn. »Aber die Zeit würde nicht ausreichen.«

»Oh, Peter ist jung und schnell! Er hätte Wymphen im Nu erreicht und sicher noch rechtzeitig Hilfe geholt. Du hast doch gesagt, dass es nicht mehr weit ist.« Flehend hoben sich die Augenbrauen von Amalia Brel, als sie eifrig oben vom Wagen herunter den Vorschlag machte. Sie war bleich, beinahe grau, und die Wangen durch die Anstrengung der letzten Tage eingefallen. Im Gegensatz dazu stand das wohlgenährte, runde Gesicht Walburgas. Die Magd hatte ihren massigen Körper erstaunlich geschickt und vorsichtig auf den Bock neben die Herrin befördert und betrachtete nun ruhig, aber trotzdem neugierig das Geschehen.

Anna drehte sich zu ihrer Mutter um. Unter dem weiten Mantel trug sie ihre feinen Kleider. Sie wollte bei ihrer Ankunft als künftige Wymphener Bürgerin einen guten Eindruck machen und hatte aus diesem Grunde auch ihrer Tochter nahegelegt, sich anständig zu kleiden und dem neuen Familienoberhaupt keine Schande zu bereiten. Brav hatte sich Anna darum am Morgen ein Kleid in einem schönen Blau ausgesucht und sich passende Bänder in ihre honigfarbenen Haare flechten lassen.

»Wir müssen doch wohl nicht die Nacht im Freien verbringen, oder?« Amalias Stimme klang beinahe weinerlich.

Anna konzentrierte sich wieder auf die Worte ihrer Mutter. Nun denn, sie selbst hatte auch kein Verlangen danach, von der Dunkelheit überrascht zu werden, bevor sie eine schützende Unterkunft erreicht hatten. Sei es nun in einem Gasthaus oder im eigenen Heim. Aber nachdem sie einen Blick zum Himmel geworfen hatte, ließ Anna insgeheim diese Hoffnung fahren.

»Ich kann es schaffen! Wenn ich dem Weg …«

»Ich sagte, nein!« Laut schnitt Steffen Brel dem Jungen das Wort ab und ließ keinen Zweifel daran, dass es auf jeden Fall besser für ihn wäre, nicht mehr zu widersprechen.

»Selbst wenn du dort ankommst – was willst du dann tun? An wen willst du dich wenden? Du kennst keine Menschenseele in der Stadt. Denkst du denn, dass du von irgendjemandem bereitwillig ein Pferd bekommst? Warum sollte man dir glauben? Man wird höchstens denken, dass du eine schnelle Möglichkeit suchst, um an ein wertvolles Tier zu kommen.« Wütend über die missliche Lage hatte er angefangen zu schreien und sich seines Umhangs zu entledigen, den er dann mit Schwung in hohem Bogen hinten auf den Wagen warf. Peter machte ein betretenes Gesicht und schwieg. Die Worte, die er gern erwidert hätte, schluckte er hinunter, als er den beschwörenden Blick seiner Schwester sah. Es war mit Sicherheit besser, den Stiefvater jetzt nicht noch mehr zu reizen.

»Unten an der Biegung werden wir schon die Stadt sehen. Wir bringen den Wagen wieder auf die Straße und sehen zu, dass wir vor der Dämmerung noch den Nekker überqueren.« Während er sprach, stapfte er nach hinten und zog zwei Holzbretter von der Ladefläche. »Hier, mach dich nützlich!« Er warf Peter eines davon zu und machte sich selbst mit dem anderen an die Arbeit.

»Wenn die Räder wieder frei sind, können wir alle miteinander anschieben und, so Gott will, werden wir heute Nacht ruhig und friedlich in unseren Betten schlafen.« Er war bis zu den dicken Waden in der weißen Pracht versunken und machte sich schnaufend und mit rotem Kopf an die ungewohnte körperliche Arbeit. Sein umfangreicher Bauch war ihm im Wege und bisweilen ächzte er laut, während er mit dem Brett den Schnee wegschaufelte.

Peter beeilte sich, es ihm gleichzutun und lief zum hinteren Rad. Er versuchte, nicht an seine schmerzenden Finger zu denken und wickelte sie zum Schutz vor der Kälte in seinen Umhang. Anna schlenderte unterdessen zum Pferd und streichelte ihm tröstend über den Hals. Tatsächlich beruhigte sich der Vierbeiner und senkte ein wenig entspannter den mächtigen Kopf.

»Na, Brauner? Mit dem verletzten Bein wird das für dich noch ein ganz schön anstrengendes Stück Weg – aber wir schaffen das, und nach der ganzen Plackerei bekommst du extra viel Heu von mir. Versprochen!«

Das Tier stieß sie leicht mit den Nüstern an. Wie zum Zeichen, dass es verstanden hatte.

»So, das sollte genügen.« Keuchend stützte sich Steffen auf dem Brett ab und wischte sich über die Stirn. Weil er außer Atem war, deutete er nur mit ungeduldiger Miene und einer ausholenden Armbewegung an, dass sich seine Frau und die Magd vom Wagen herunterbegeben sollten, um ihn leichter zu machen.

»Anna, du bleibst vorne beim Pferd und führst es zurück auf den Weg – alle anderen helfen, den Karren anzuschieben.« Mit Befehlston gab er noch einige knappe Anweisungen, bis jeder an dem ihm zugedachten Platz stand. Anna hielt vorne das Zaumzeug fest in beiden Händen und wartete darauf, dass sich das Gespann in Bewegung setzte. Die anderen hatten sich rund um den Wagen verteilt und waren bereit zum Schieben. Steffen und Peter jeweils auf einer Seite unmittelbar hinter dem Pferd und Walburga neben ihrer Herrin hinter dem Fuhrwerk. Anna schielte nach hinten, um einen Blick auf ihre Mutter zu erhaschen. Selbst wenn sie durch das Zusammenwirken Erfolg hatten und es wieder auf die Straße schafften – der Anteil, den ihre Mutter dazu beitragen konnte, würde verschwindend gering sein. Anna machte sich ernsthaft Sorgen, dass sie sich überanstrengen könnte.

»Auf drei stemmt ihr euch also dann mit aller Kraft dagegen!« Steffen prüfte noch einmal, ob er einen sicheren Stand hatte, und begann: »Eins … zwei … drei!«

Anna lehnte sich auf ihren Fersen nach hinten, stemmte sich mit durchgedrückten Knien in den Schnee und zog mit beiden Armen kräftig an den Lederriemen, die sie zu beiden Seiten des Mauls gepackt hatte. Der gewichtige Mann und ihr Bruder bissen die Zähne zusammen und hatten bereits rote Gesichter von der Anstrengung bekommen.

Anna schickte ein Stoßgebet zum Himmel. »Bitte, Brauner, beweg dich. Hilf mit!«, flehte sie ihr Pferd leise an, das sich noch sträubte und nur den Hals streckte, um den Augenblick hinauszuzögern, da es sich doch bewegen musste.

»Wenn du stehen bleibst, wirst du die Peitsche spüren«, wisperte sie, damit ihr Stiefvater sie nur ja nicht hören konnte. Mit einem plötzlichen Satz nach vorne kam das mächtige Tier direkt auf Anna zu. Es hatte den Huf des verletzten Hinterlaufs nicht aufgesetzt, sondern hinkte auf drei Beinen. Der Widerstand verschwand so plötzlich, dass die junge Frau nicht mehr rechtzeitig reagieren konnte und sich mit einem überraschten Gesichtsausdruck auf ihr Hinterteil in den Schnee setzte. Erschrocken ließ sie die Zügel los und rollte sich geistesgegenwärtig seitlich ab – weg von den riesigen, mit langem Fell überwachsenen Vorderhufen.

»Kommt schon, kommt schon … nur noch ein kleines Stück!« Mit einem Stöhnen nahm Peter seine Kräfte nochmals zusammen und stolperte an seiner Schwester vorbei, die immer noch keuchend auf dem Boden lag – nun nicht nur den Saum und die Schuhe, sondern ringsum auch das Kleid und den Umhang mit dem kalten Weiß bedeckt. Sogar bis in die Schuhe hinein hatten die Flocken ihren Weg gefunden.

»Ho!« Steffen brachte das Gespann auf dem Weg zum Stehen.

»Bist du verletzt? Kannst du aufstehen?« Besorgt beugte sich

Peter über seine Schwester, die gerade im Begriff war, sich hochzurappeln und den Schnee abzuklopfen, damit möglichst wenig davon zu schmelzen begann und ihre Kleidung durchnässte.

»Ja, ja … mir geht es gut«, winkte sie ab. »Kümmere du dich mit um das Fuhrwerk und erledige deine Aufgabe. Ich werde nach Mutter sehen.« Mit diesen Worten drehte sie sich um und stapfte zurück zu den beiden Frauen, die abwartend stehen geblieben waren.

»Deine Mutter braucht Ruhe. Am besten ist es, wenn sie sich während der Weiterfahrt wieder auf den Karren setzt.« Fürsorglich hatte sich Walburga untergehakt und stützte die zierliche Frau.

»Redet nicht über mich, als ob ich nicht da wäre«, unterbrach diese die beiden gereizt. Sie fühlte sich ausgelaugt und müde, versuchte jedoch, so kurz vor dem Ziel keine Schwäche zu zeigen. »Mit so wenig Gewicht wie möglich sind wir schneller. Ich werde ebenso laufen wie ihr alle.«

Sie wollte bestimmend klingen, aber ihre Stimme zitterte etwas und Anna bemerkte den besorgten Blick, den sie ihrem Gatten schnell zuwarf. Seufzend gab sie sich geschlagen. Anna bezweifelte, dass ihre Mutter den ganzen Weg schaffen würde, aber bevor ein gehässiges Wort von ihm kam, gab sie nach. Steffen hatte inzwischen zusammen mit Peter die Räder überprüft und auch noch den Huf und das verletzte Bein begutachtet. Was allerdings nicht recht gelingen wollte, denn bei jeder Berührung zog das Pferd es fort.

»Dann eben nicht«, murrte Steffen. »Im Moment kann ich eh nichts tun.« Er ergriff die Zügel, zerrte das auf drei Beinen humpelnde und zitternde Tier hinter sich her, und die kleine Gruppe setzte sich wieder in Bewegung.

»Wir sind da!«, rief Peter triumphierend aus. Anna hatte die ganze Zeit über den Blick auf den Boden gerichtet und sich ihren Umhang vor Mund und Nase gehalten, um sich, so gut es eben ging, vor dem eisigen Wind zu schützen, der durch das Tal pfiff. Neugierig hob sie den Kopf, um sich zu orientieren. Sie befanden sich auf freiem Feld und vom Lauf der Jaxt hatten sie sich ein gutes Stück entfernt. Weit hinten zu ihrer Linken war an den kahlen Bäumen und dem dichten Gestrüpp, das in Ufernähe wuchs, die Mündung zu erkennen, an der sie sich mit dem breiteren Nekker vereinte. Unweit davon konnte Anna auf der gegenüberliegenden Seite ein mächtiges Bauwerk ausmachen. Ihr Stiefvater hatte schon davon berichtet, als er der Familie durch Erzählungen die neue Heimat etwas näherbringen wollte. Die lange Seite des Chorherrenstifts verlief parallel zum Nekker und an dem Ende, das flussabwärts zeigte, ragten zwei hohe Türme empor. Weitere Einzelheiten konnte Anna auf diese Entfernung nicht erkennen, aber die Außenmauer musste wohl von aufwendiger Bauweise sein. Die anderen waren ebenfalls stehen geblieben und staunten ob des Bildes, das sich ihnen bot. Anna blinzelte die Tränen weg, die sich durch den kalten Wind in ihren empfindlichen Augen gebildet hatten, und ließ ihren Blick langsam weiter nach rechts schweifen. Der Nekker floss weit vor ihnen in seinem Bett, aber dahinter lag unübersehbar ihrer aller neue Heimat – Wymphen.

Hoch über dem Fluss thronte die Stadt, deren graue Mauern direkt am Hang standen, der zum Nekker hinunter steil abfiel. Zumindest von dieser Seite war ein möglicher Übergriff feindlicher Truppen oder eine Plünderung durch umherstreunende Gesetzlose unwahrscheinlich – und wenn doch, dann sicher nicht von Erfolg gekrönt. Dem Chorherrenstift am nächsten lag ein klobiger, viereckiger Turm, dem sich einige Häuser anschlossen, aus denen sich ein großes Steingebäude merklich hervortat. Die Dächer, über denen vereinzelt Rauch aufstieg, waren gut zu erkennen und bildeten eine weitgehend geschlossene Fläche, aus der unübersehbar ein weiterer Turm herausragte und sich dunkel gegen den Abendhimmel abhob. Steffens Beschreibung nach musste es sich um den ›Hohen Turm‹ Wymphens handeln. Hoch ragte das spitze Dach in den Himmel, und an jeder seiner vier Ecken war ein weiteres Türmchen aufgesetzt. Wenn man ihn von einer bestimmten Seite aus betrachtete, sodass die hinteren Aufbauten verdeckt waren, dann sah er beinahe aus wie ein Dreizack. Anna fragte sich, ob der Türmer vielleicht gerade in ihre Richtung sah und sie beobachtete, wie sie sich langsam durch den Schnee zur Furt kämpften.

Auf einer kleinen Anhöhe dahinter war die Kirche erbaut worden. Im Gegensatz zum Stift im Tal lag der Altarraum hier an der flussaufwärts gewandten Seite der imposanten Anlage – leicht erkennbar an den beiden Türmen. Direkt daneben noch ein großer Bau – der Wormser Hof. Steffen hatte alles beschrieben und oft ausführlich und prahlerisch davon erzählt.

»Wirklich, eine recht ansehnliche Stadt, in die du uns da bringst.« Annas Mutter war ebenfalls keuchend stehen geblieben. Beinahe ehrfürchtig betrachtete sie, was vor ihnen lag. Ein krächzender Schrei durchschnitt die Stille und ließ alle den Kopf wenden, auch die, die das erschrockene Zusammenzucken ihres Körpers gerade noch rechtzeitig unterdrücken konnten. Die schwarze Krähe flog nah an ihnen vorbei, hob sich mit einigen eleganten Flügelschlägen weiter nach oben in den abendlichen Winterhimmel und ließ die Menschen, von denen sie instinktiv wusste, dass sie ihr nicht gefährlich werden konnten, erst aus ihren dunkel glänzenden Knopfaugen, als sie einen Bogen flog, um sich der Stadt zu nähern, in der sie sich einen angenehmen Platz für die Nacht suchen würde.

»Machen wir, dass wir das letzte Stück endlich auch noch hinter uns bringen!«, trieb Steffen die Gruppe unfreundlich an. Annas Herzschlag hatte sich gerade wieder normalisiert und sie wollte sich eben in Bewegung setzen und in einen gleichmäßigen Trott verfallen, als Walburga zu ihr aufschloss und sich neben sie drängte.

»Das ist kein gutes Zeichen!«, wisperte sie heiser dicht an Annas Ohr durch den Stoff des Umhangs. »Hast du gesehen, wie sie uns angestarrt hat?«

Anna wandte ihr leicht irritiert das Gesicht zu. Nur zu gut kannte sie die Deutungen und alten Geschichten, die Walburga schon von ihrer Mutter und deren Mutter erzählt worden waren und die sie bei jeder Gelegenheit an die Jungen weitergab. Gerade deswegen – eine Gänsehaut breitete sich über ihren Rücken aus. Oder fröstelte sie nur wegen der Kälte, die jetzt unaufhaltsam und ungnädig immer weiter in die Falten der Kleider kroch? Die Magd hatte ihren Oberarm fest im Griff und zog sie weiter zu sich heran, die Augen weit aufgerissen und beschwörend auf die junge Frau gerichtet. Nebenbei nahm Anna ihren vertrauten Geruch wahr. Eine Mischung aus Kräutern, schalem Atem und dem Aroma von Rauch und dem Essen, das sie immer über dem Feuer für alle zubereitete. Die grauen Haare, die unter der Haube hervorlugten, streiften ihre Wange und kitzelten sie.

»Was meinst du?«, fragte Anna leise, wusste aber die Antwort schon, noch ehe die Magd weiter durch ihre Zahnlücke zischen konnte.

»Die Krähe natürlich!« Walburga schaute sich mit hochgezogenen Schultern nach allen Seiten um, als würde sie befürchten, dass der Vogel zurückkäme, um im Sturzflug mit seinem Schnabel nach ihr zu hacken. Schnell zeichnete sie ein kleines Kreuz auf die Mitte ihrer Stirn.

»Zu so später Stunde haben sich die Schwarzen normalerweise immer schon zurückgezogen«, erklärte sie ungeduldig. »… Aber diese einzelne Krähe nicht. Sie hat auf uns gewartet, um uns ein schlechtes Zeichen zu sein. Sie kreuzt unseren Weg – geleitet uns in die Stadt. Wer weiß, was uns dort erwartet? Wer weiß, was die Zukunft dort bringt?« Die Stimme der Magd hatte einen unheimlichen Ton angenommen, als sie zur Bekräftigung ihrer Worte heftig mit dem Kopf nickte.

Anna erwiderte nichts. Sie wusste, dass Walburga viel lieber in ihrer gewohnten Umgebung geblieben wäre und dem Gedanken an ein neues Leben weit weg in Wymphen zu keiner Zeit etwas hatte abgewinnen können. Sie versuchte ihre Miene harmlos aussehen zu lassen und wollte gerade beruhigend auf sie einreden.

»Was ist denn das für ein Waschweibergeschwätz?«, tat Steffen ihre Rede ab und auch Peter lachte verächtlich auf. Etwas zu laut und zu hoch, wie Anna fand. Tadelnd warf sie ihm einen Blick zu, den er schuldbewusst erwiderte, ehe er verlegen die Augen niederschlug. Auch Walburga konzentrierte sich auf den Boden und schwieg verletzt.

»Seht lieber zu, dass wir zum Ufer kommen!«, schnappte Steffen und beschleunigte seine Schritte.

Fast fühlte sich Anna wieder so wie als Kind, dem nachts die Schatten des Feuers an der Wand Angst einjagten. Kalte Hände griffen von hinten nach ihr. Schnell warf sie einen Blick über ihre Schulter, um dem Unheil und der Gefahr ins Gesicht zu sehen. Nichts. Nur der Weg, der hinter ihnen lag, und die Dunkelheit, die sich anschlich.

Der Braune tat Anna leid. Er hatte sich mit seiner Verletzung Schritt für Schritt tapfer weitergekämpft. Jetzt schienen ihn seine Kräfte zu verlassen. Schwer atmend stand er mit zitternden Muskeln da und blies den weißen Atem aus seinen Nüstern.

»Es ist nicht mehr weit. Du hast es gleich geschafft.« Aufmunternd kraulte sie dem Pferd das kurze Fell zwischen den Augen bis hinauf zu den Ohren und sah hinüber zum Stiefvater. Er stand etwas abseits und beugte sich vornüber. Leise vor sich hin murmelnd nestelte er an seinem Gürtel. Ein helles Klingen begleitete seine Bemühungen. Alle warteten darauf, dass das Familienoberhaupt die Münzen für die Überfahrt endlich aus dem Dunkel des Beutels herausgefischt hatte. Erschöpft lehnten Walburga und Amalia an einer Seite des Wagens. Sie hatte erstaunlicherweise tatsächlich den ganzen Weg zu Fuß zurückgelegt. Wahrscheinlich hatte sie die Angst, das Pferd zu überanstrengen und gänzlich irgendwo in der Landschaft mit dem Hausstand liegen zu bleiben, immer weitergetrieben. Peter hingegen schien immer noch Energie zu haben wie ein übermütiger, junger Bock. Er war neugierig schon Richtung Ufer gelaufen und sah sich die Fähre an. Müde ließ Anna ihren Blick hinauf zur Stadt wandern und die Worte der Magd kamen ihr wieder in den Sinn. Was würde sie hinter diesen Mauern erwarten? Nun, die Zeit würde es schon zeigen. Die Augenlider wurden ihr schwer und sie lehnte sich gegen den warmen Körper des Tieres. Ihre Gedanken drifteten ab und das Verlangen nach einem warmen Bett war beinahe übermächtig geworden. Fremde Stimmen drangen in ihr Bewusstsein und der unfreundliche Ton ließ sie wieder in die Gegenwart zurückkehren. Es herrschte Zwielicht. Bis sie ihr Haus erreichten, würde es schon finstere Nacht sein.

»Das ist die letzte Überfahrt für heute! Außerdem fehlt mir heute mein Bruder Martin. Das bedeutet für euch, dass mir hin und wieder einer zur Hand geht«, kündigte der Fährmann Kilian Vörg laut und deutlich an und stand abwartend auf seiner Fähre. Anna stieß sich von der Flanke des Pferdes ab und spähte nach unten zu den Gestalten am Wasser. Es waren noch einige Wagenlängen Abstand, aber an Haltung, Figur und Stimme konnte sie die ihr bekannten Personen unterscheiden. An beiden Ufern waren mächtige Baumstämme in den Boden eingegraben worden. Der überwiegende Teil dürfte sich wohl unter der Erde befinden, vermutete Anna. Dazwischen war ein dickes Tau gespannt, an dem die Fähre an einem weiteren Seil geführt wurde, damit die Strömung sie nicht abtreiben konnte. Zwei große Schwimmkörper, ähnlich langen Booten, waren fest miteinander verbunden. Ihre Enden zeigten jeweils zu einem Ufer und trugen die stabilen Holzbretter, die wiederum in Fließrichtung des Wassers mit langen Nägeln angeschlagen worden waren und als Transport- und Ladefläche dienten. Rund um die Fähre war das Wasser am Holz festgefroren und eisig glitzernde Stellen auf den Brettern ließen darauf schließen, dass der rutschige Untergrund mit Vorsicht zu begehen war, wenn man nicht Bekanntschaft mit den kalten Fluten des Nekkers machen wollte. Vor allem, da an einer Seite die Bretter fehlten, die eine kniehohe Holzwand bilden sollten. Neugierig schlenderte Anna zu den Männern hinüber. Ein Unbekannter stand etwas abseits. Zu seinen Füßen lag der Beutel, den er zuvor geschultert hatte. Er war vermutlich aus Hailbrun kommend am Ufer entlanggegangen und nun hier an der Fuhrt auf die Familie getroffen. Anna hatte ihn schon vor einiger Zeit von Weitem als einen kleinen dunklen Punkt in der weißen Landschaft wahrgenommen. Aber warum war er diesseits des Flusses unterwegs? Drüben war der Weg nach Hailbrun weitaus besser zu beschreiten. Bequem hätte er den schmalen Pfad direkt am Wasser benutzen können, auf dem die kräftigen Pferde ihre Lasten an langen Seilen den Fluss hinauf zogen. Fast hätte man meinen können, dass er selbst den wenigen Menschen, die zu dieser Zeit unterwegs waren, aus dem Weg gehen wollte und den anstrengenden Marsch durch fast knietiefen Schnee vorgezogen hatte.

»Die letzte Fahrt? Ich bin nicht darauf vorbereitet, hier mein Lager an einem kleinen Feuer aufzuschlagen, und der Rückweg ist zu weit. Ihr wollt mich doch sicher nicht bei Nacht und Kälte hier zurücklassen, oder?« Die tiefe Stimme klang angenehm. Fragend wandte er sich an den Fährmann und hob dabei leicht die Hände. Anna war zwischenzeitlich neben ihren Bruder getreten, der breitbeinig mit verkniffenem Gesicht dastand und die Arme abweisend vor der Brust verschränkt hatte. Er ließ die drei anderen Männer nicht einen Moment aus den Augen.

»Das müsst ihr mit dem Ratsherrn Brel schon selbst ausmachen.« Kilian Vörg spuckte aus und deutete mit einem Kopfnicken in Richtung des Stiefvaters, der die gesuchten Geldstücke in seiner Hand klingen ließ.

»Wenn er nichts dagegen einzuwenden hat, dass Ihr mit ihm zusammen übersetzt, dann soll es mir recht sein.« Er hatte die Entscheidung abgewälzt. Damit war die Angelegenheit für ihn erledigt und er nahm dankend die Münzen entgegen, die ihm der Wymphener Bürger als Lohn für seine Mühe in die Hand drückte.

Missmutig sah Steffen den Fremden an.

»Recht ist es mir nicht!«, schnaubte er. »Aber ein Unmensch bin ich auch nicht. Gott ist mein Zeuge. Niemand soll sagen können, dass ich einen habe erfrieren lassen. Ich werde jetzt erst einmal den Karren aufs Wasser bringen. So lange werdet Ihr Euch gedulden müssen.« Ohne eine Antwort abzuwarten, drehte er sich um und ging zurück. Verstohlen linste Anna hinter dem Rücken ihres Bruders hervor und folgte dem unbekannten Mann mit den Augen. Ohne Widerworte hatte er die Entscheidung akzeptiert. Er war hochgewachsen und trug einen dicken, mit Sicherheit warmen Mantel, dessen Saum ihm gegen die Waden schlug, und die Kapuze hielt er mit einer Hand fest unter dem Kinn zusammen. Den Kleidern und seiner Ausstattung nach war er es offensichtlich gewohnt, auf Wanderschaft zu sein und längere Strecken zu Fuß zurückzulegen. Irgendetwas an ihm fesselte ihre Aufmerksamkeit. Die herablassende und unfreundliche Art seiner Gegenüber schien ihn nicht im Mindesten zu stören. Im Gegenteil. Selbstsicher stand er aufrecht da, hatte nur kurz genickt, seinen Beutel aufgehoben und sich dann weiter zur wärmenden Fackel begeben, die als Lichtquelle an einer Ecke der Fähre in einer Halterung steckte. Erst als er sich das Kopfteil des Umhangs abstreifte und die kalten Hände aneinanderrieb, konnte ihn Anna im rötlichen Schein der Flammen besser erkennen. Die dunklen Haare waren zerzaust und sein Gesicht mit den dichten Bartstoppeln hatte wohl auch schon länger keine Klinge mehr gesehen. Immer noch starrte Anna ungehörig in seine Richtung und beobachtete ihn. Immer wieder wanderte ihr Blick über das wohlgeschnittene Profil. Ein warmes Gefühl breitete sich in ihrem Bauch aus. Er konzentrierte sich auf das, was er unter seinem Mantel suchte, und beförderte endlich die Münzen für die Überfahrt zutage, während er es sich auf seinem Bündel bequem machte, um zu warten.

»Warum nur führt sich Steffen so auf? Als ob er allein zu bestimmen hätte, wer wann und mit wem die Fähre benutzen darf. Denkst du denn, dass er hier wirklich so viel Einfluss hat?«, flüsterte sie hinter ihrem Bruder. Ihr Gerechtigkeitssinn regte sich und sie hatte das Bedürfnis, den Fremden zu verteidigen. Langsam drehte sich Peter zu ihr um und sah seine Schwester an, als wäre sie nicht Herr ihrer Sinne.

»Was?«, zischte sie. Anna war verärgert, dass er sich gegen sie stellte. Sonst hielt er doch mit seiner Meinung auch nicht hinter dem Berg und ließ kein gutes Haar am Stiefvater. Nun aber schien er dessen Verhalten zu billigen.

»Hilf ihm lieber, damit wir endlich in ein warmes Bett kommen!«, patzte sie ihn an und versetzte ihm einen Stoß in die Rippen. Peter schüttelte nur verständnislos den Kopf und tat wie ihm geheißen. Er hatte keine Lust, sich auf einen Wortwechsel mit ihr einzulassen, und verließ den Lichtkegel, den die Fackeln der Fähre bildeten. Vielleicht hatte Anna ein wenig zu laut gesprochen und deshalb seine Aufmerksamkeit auf sich gelenkt. Jedenfalls saß der Fremde in einem lockeren Schneidersitz auf seinem Packen und sah zu ihr herüber. Er bewegte sich nicht. Seine Augen ruhten auf ihr, und es schien ihn nicht zu stören, dass sie es bemerkt hatte. Anna konnte dem Blick nicht länger standhalten und schlug die Augen nieder. Verlegen versuchte sie sich auf das Geschehen am Wagen zu konzentrieren. Peter und Steffen hatten den Braunen dazu bewegt, die letzte Strecke zum Wasser zu hinken. Allerdings scharrte er bereits nervös mit einem Vorderhuf und der Kopf zuckte beim Anblick des dunklen Wassers, auf dem vereinzelt kleine Eisplatten trieben, immer wieder zurück. Erneut schickte sie ein Stoßgebet zum Himmel. Hoffentlich würde alles gut gehen! Während der Reise von Hall, die Jaxt zur Rechten, den Kocher zur Linken, hatten sie bereits ein gutes Stück den Fluss hinauf die Dienste eines Fährmannes in Anspruch nehmen müssen. Es war harte Arbeit, das Pferd auf das schwankende Floß zu bekommen. Gutes Zureden und auch Hiebe hatten nicht den erhofften Erfolg gebracht. Wie ein störrischer Esel hatte es unnachgiebig Widerstand geleistet. Bis Anna es schließlich nicht mehr hatte mit ansehen können und Steffen Einhalt gebot, ehe er wieder die Rute erheben konnte. Sie hatte aus einer Truhe ein Tuch herausgekramt und es dem Pferd langsam über den Kopf gelegt. Mit leiser Stimme hatte sie es beruhigt und tatsächlich dazu gebracht, ihr blind zu folgen.

»Wo ist denn jetzt wieder dieses Laken?« Steffen hoffte wohl auch, dass Bewährtes ein zweites Mal funktionierte. Hektisch begann er zu suchen und scheuchte dabei auch seine Frau Amalia und die Magd auf, die jetzt hinter dem Wagen hervortraten. Anna sah gerade noch, wie Walburga die Luft einsog und schon im nächsten Moment mit gerafftem Rock und so schnell sie ihre stämmigen Beine tragen konnten auf sie zueilte.

»Au! Du tust mir weh!« Schmerzhaft hatte Walburga Anna am Arm gepackt und sie hinter sich gezogen. Während sie sich gleich mehrmals bekreuzigte, schob sie sich zwischen Anna und den Fremden drüben am Wasser und baute sich schützend vor der jungen Frau auf.

»Bleib hinter mir! Er hat den bösen Blick!«, raunte sie Anna zu, ohne den Mann aus den Augen zu lassen. Die Magd versperrte ihr gänzlich die Sicht, und so musste sie ein wenig zur Seite ausweichen, um ihn sehen zu können. Ihr Herz pochte kräftiger und schneller. Die Erkenntnis traf sie wie ein Schlag. Warum hatte sie nicht schon eher darauf geachtet? Es war ihr nicht aufgefallen! Keines der Anzeichen hatte sie gedeutet! Seine im Dunkeln schwer erkennbare Kleidung, die Verweigerung der Überfahrt, sein todbringendes Werkzeug … Anna starrte mit offenem Mund in seine Richtung, was ihn jetzt doch dazu brachte, dass er verschämt ihrem Blick auswich. Mit einem Ruck setzte er die Füße auf, stützte sich auf den Knien ab und erhob sich. Kurz war es unter dem Mantel zu sehen gewesen, als es sich überdeutlich darunter abgezeichnet hatte: das Schwert des Scharfrichters.

Noch nie in ihrem Leben war sie solch einem Unehrlichen bis auf wenige Schritte von Angesicht zu Angesicht gegenübergestanden. Ob er wohl schon viele Verbrecher und Sünder mit seinem Schwert …? Anna konnte den Gedanken nicht zu Ende bringen. Unsanft wurde sie von Walburga hinter den Wagen geschoben. Nur ja weg von ihm.

»Hat er dich angesprochen, Kind?«

»Nein.«

»Hat er den Abstand gewahrt?«

»Ja.« Anna gab widerwillig Antwort und wäre seltsamerweise gerne wieder um den Wagen herumgelaufen, um noch einmal einen Blick auf ihn zu erhaschen. Hastig tastete die Magd Annas Arme ab und drehte sie von einer Seite auf die andere, als wollte sie feststellen, ob die junge Frau tatsächlich unversehrt war.

»Was hast du denn?« Annas Mutter wunderte sich über das sonderbare Verhalten der Magd und wollte den Grund dafür erfahren.

»Unten am Wasser … der Nachrichter … er hat die Anna angestiert, dass es schon nicht mehr fein war. Was haben wir nur verbrochen, dass wir auch noch mit einem Henker zusammen übersetzen? Oh, ich sage euch: Die Krähe war der Vorbote, aber jetzt der da …« Die Magd schüttelte heftig den Kopf und schlug die Hände zusammen. »Warum nur wollt ihr es nicht erkennen? Es werden schlimme Dinge geschehen!« Anna und Amalia hingen gebannt an den Lippen von Walburga, die sich mit aufgerissenen Augen verschwörerisch zu ihnen hinübergebeugt hatte.

»Stell dich nicht so an! Du tust ja gerade so, als ob uns der

Sensenmann selbst über den Fluss geleitet.« Die laute, spöttische Stimme erklang direkt neben ihnen und weil sie Peter nicht hatten kommen hören, zuckten die drei Frauen ordentlich zusammen. Der Bursche lachte sie aus.

»Seinen roten Umhang verbirgt er unter dem dicken Wettermantel.« Abschätzig drehte er den Kopf und sah hinunter zum Fluss.

»Wenigstens hat er sich rechtzeitig schon aus der Ferne laut und deutlich zu erkennen gegeben. Hast du ihn denn nicht gehört?« Anna schüttelte den Kopf. Sie stand zu weit entfernt und außerdem war sie so müde, dass sie sowieso nicht mehr auf das Gerede der Männer geachtet hatte.

»Steffen hätte sonst schon dafür gesorgt, dass er einige Streiche übergezogen bekommt.« Um das Gesagte zu bekräftigen, nickte er großspurig und ließ die Frauen im Dunkeln stehen.

»Na ja«, dachte sich Anna, »wenigstens ist es nicht stockfinster.« Die Wolken zogen jetzt in großen Fetzen über sie hinweg und durch das Mondlicht leuchtete der Schnee unwirklich.

Steffen hatte seine Arbeit beendet und begann mit Peter zusammen, das Gespann zur Fähre zu führen. Mit unsicheren Schritten tastete sich das Pferd auf die Bretter über dem Wasser. Der Wagen folgte mit lautem Poltern. Steffen band den ledernen Riemen vorne an der Seite um einen Holzpflock, damit die Bewegungsfreiheit des Tieres eingeschränkt war, und drückte sich vorsichtig am Rand entlang nach hinten. Da es hier keine Begrenzung gab, hangelte er sich behutsam mit beiden Armen am Karren entlang, bis er, hinten angekommen, wieder etwas mehr Platz zur Verfügung hatte. Die kleine Gruppe hatte sich schon eingefunden und wartete nur noch auf den letzten Reisenden. Er hatte geduldig am Ufer ausgeharrt, bis ihm der Vörg ein Zeichen gegeben hatte. Jetzt machte er einen letzten großen Schritt. Anna spürte, wie sich die Fähre unter seinem Gewicht absenkte und dann mit wippender Bewegung einpendelte. Der Scharfrichter legte seine Münzen auf den Pfosten, der das Ruder hielt. Dort lagen sie und glänzten, sobald das Licht sie erfasste. Anna beobachtete die Szenerie, die sich im flackernden Schein des Feuers abspielte. Der Henker trat zurück und der Fährmann beugte sich über die Münzen. Kräftig blies er darüber und zeichnete ein Kreuz in die Luft. Erst danach ergriff er sie, steckte sie in den Beutel an seinem Gürtel und machte sich daran, die Taue zu lösen. Anna fragte sich, ob der drahtige Mann überhaupt die Kraft haben würde, das Gefährt die ganze Strecke über das Wasser zu bringen. Aus dem Augenwinkel sah sie, wie der Geduldete abermals in ihre Richtung starrte. Der eisige Wind blies seinen Umhang auf, sodass es aussah, als ob er Schwingen hätte, die er ausbreitete, um davonzufliegen. Die junge Frau schauderte und bot all ihre Willenskraft auf, um den Blick nicht zu erwidern, aber die Gänsehaut im Nacken blieb.

Kilian Vörg hatte die Seile gelöst und stemmte sich nun mit aller Kraft gegen den stabilen Stab, dessen Ende im Schnee am Ufer steckte. Mit ächzenden Lauten setzte er Schritt um Schritt, bis die Fähre frei schwamm. Mit geübten Handgriffen holte er den Stab wieder ein und platzierte ihn sicher an der Seite. Dann brachte er das Ruder in Position und begann damit, es im Wasser so hin und her zu bewegen, dass kleine Strudel entstanden und das Gefährt an Geschwindigkeit zunahm. Der sehnige Körper des Mannes war an die Anstrengung gewöhnt, und die immer gleichen Bewegungen hatten eine einschläfernde Wirkung.

»Was führt Euch nach Wymphen?« Betont beiläufig richtete ihr Stiefvater das Wort an den Fremden, ohne ihn direkt anzusehen. Dieser schien nicht damit gerechnet zu haben, denn er zuckte ein wenig zusammen, gab aber keine Antwort.

»Wenn Ihr auf eine Anstellung als Scharfrichter aus seid, so muss ich Euch enttäuschen. Ich bin ein Bürger Wymphens und weiß somit genau, dass hier bereits einer sein Werk verrichtet und vielleicht sogar schon seinen Nachfolger heranzieht – seinen Schwiegersohn. Seine Tochter ist nämlich bereits verheiratet – falls Ihr auf der Suche nach einem Weib seid.«

»Johannes Kremer, seine Tochter Margaretha und ihr Mann Wilhelm. Ich weiß«, kam die knappe Antwort.

»Ihr seid gut unterrichtet.« Ehrliche Überraschung schwang

mit und Steffen zog die Augenbrauen hoch. Anna schaute auf den Boden und tat unbeteiligt, aber dennoch entging ihr kein einziges der Worte, die die beiden Männer wechselten.

»Aus dem einfachen Grund: Da ich nach Wymphen heimkehre. Johannes Kremer ist mein Vater.« Seine Stimme nahm bei diesen Worten einen warmen Klang an.

Verblüffung machte sich breit, und alle Blicke waren nun neugierig auf ihn gerichtet.

Steffen Brel kniff die Augen zusammen und legte den Kopf ein wenig zur Seite, als hoffte er, dadurch besser sehen und erkennen zu können.

»Ich bin Michael Kremer.« Während er sprach, machte er einen kleinen Schritt nach vorne und sah dem Ratsherrn geradewegs ins Gesicht.

»Tatsächlich … jetzt erkenne ich den Burschen in dem Mann, der vor mir steht!« Steffen musterte ihn dreist von oben bis unten und nickte dann bedächtig. »Ihr wart lange Jahre weg. Sicher habt Ihr viel von Land und Leuten gesehen … und, wie unschwer zu erkennen ist, habt Ihr Eure Lehrzeit erfolgreich mit einem Meisterstück abgeschlossen.« Damit spielte er auf das Schwert an, das der Scharfrichter bei sich trug und das er erst führen durfte, nachdem er erfolgreich eine Hinrichtung vorgenommen hatte. So viel zumindest wusste Anna.

Michael Kremer räusperte sich kurz und blickte nach vorne zum Pferd. »Auf jeden Fall habe ich mir so viel Wissen angeeignet, dass ich erkennen kann, dass Ihr mit diesem Pferd auf keinen Fall weiter kommen werdet als gerade noch bis nach oben in die Stadt. Lahmt es denn schon länger?« Er verschränkte die Arme vor der Brust und hob skeptisch eine Augenbraue. Steffen folgte seinem Blick und winkte ab.

»Ach das … Wir wurden unterwegs kurz aufgehalten … ist aber nicht der Rede wert … hat sich wohl verletzt, weil es etwas zu temperamentvoll reagiert hat.« Ein süffisantes Grinsen machte sich auf seinem runden Gesicht breit. »Das soll ja bei Pferden und Weibern nicht immer von Vorteil sein, nicht wahr?«

Da der Scharfrichter nicht auf seine spöttische Rede einstieg, überspielte er den peinlichen Moment und wechselte das Thema. Seine Gedanken kreisten oft genug um die Erlangung eines Vorteils und darum machte er einen Vorschlag, den der Heimkehrer nicht abschlagen konnte: »Ihr versteht also eine Menge von Pferden?«, begann er in säuselndem Ton und schritt auf der kleinen noch freien Fläche auf und ab. »Nun ... die Überfahrt, auf die Ihr schließlich wegen meines Wohlwollens nicht zu verzichten brauchtet, wird noch eine Weile dauern. Ihr könntet diese Zeit nutzen und Euch die Verletzung oberhalb des Hufs ansehen. Ich bin auf Euer Urteil gespannt. Vielleicht wäre es ja besser, sich gleich einen neuen Gaul anzuschaffen und die Kosten für die Behandlung einzusparen.«

Erschrocken zog Anna die Luft ein. »Ich bin sicher, dass der Braune mit Geduld und Pflege wieder gesund wird!«, platzte sie in das Gespräch der Männer, die sich überrascht zu ihr umdrehten. Es war ihr egal, ob ihr Stiefvater sie jetzt für vorlaut und ungezogen hielt. Sie würde alles versuchen, um das Pferd, an dem sie so hing, zu retten.

»Soso. Wirst du denn auch alles mit deinem Geld bezahlen? Wenn ein Haufen Salben und Mixturen notwendig sind und er dann immer noch lahmt und nicht mehr zu gebrauchen ist.«

»Äh, wenn Ihr erlaubt, werde ich es mir gleich ansehen. Dann kann ich Euch mehr sagen.« Ehe der korpulente Mann sich drohend aufbauen und seiner Stieftochter, die sowieso schon zurückgewichen war, weiter über den Mund fahren konnte, richtete sein Gegenüber das Wort an ihn und erlangte so wieder dessen Aufmerksamkeit. Anna lehnte erleichtert mit dem Rücken am Wagen und blickte an Kilian Vörg vorbei zum Ufer zurück. Sie hatten bereits die Flussmitte erreicht und der Fährmann war inzwischen doch etwas außer Atem.

»Allerdings sollte mir jemand die Fackel halten. Nicht dass ich auch noch das Bauchfell versenge.« Abwartend blickte er in die Runde.

»Das kann ich übernehmen!«, beeilte sich Kilian deshalb zu

sagen und schnaufte erst einmal aus. »Ich muss sowieso nach vorne und die Taue zurechtlegen.« Mit dem Ärmel wischte er sich über die erhitzte Stirn und nickte Peter zu.

»He, Bursche. Du bist jung und kräftig. Komm her und übernimm kurz das Ruder!« Auffordernd hielt er ihm das Holz hin. Steffen hatte nichts dagegen, dass der Junge eingespannt wurde. So entging er wenigstens selbst dieser Aufgabe und musste sich auch nicht mit seiner Körperfülle den schmalen Weg nach vorne bahnen, um die Fackel zu halten. Missmutig tat ihr Bruder, was ihm aufgetragen wurde, und sah den beiden Männern nach, die vorsichtig Halt suchten.

Anna umrundete ihren Stiefvater und stellte sich mit verschränkten Armen so auf, dass sie alles gut sehen konnte. Der Fährmann hatte vorne die Fackel aus dem Metallring genommen, der als Halterung diente, und stand jetzt neben den Schultern des Pferdes. Michael Kremer begann mit langsamen, beruhigenden Bewegungen, über den Rücken des Tieres zu streichen. Die flache Hand glitt gleichmäßig immer wieder zum Hinterteil hin, und nach und nach schließlich am verletzten Bein, das der Braune immer noch nicht belastete, weiter nach unten.

»Ist ja gut, … ich tu dir schon nichts.« Leise redete er mit tiefer Stimme und beobachtete dabei stets wachsam die Reaktionen, die seine Berührungen hervorriefen. Anna hielt den Atem an. Er war jetzt kurz davor, die schmerzende Stelle zu betasten, und das Pferd hob schon nervös den Kopf, um an Vörg vorbei erkennen zu können, was da hinten vor sich ging. Würde es wieder zucken und ein Abtasten unmöglich machen?

»Näher heran mit der Fackel!«, kam die knappe Anweisung an den Fährmann, der sich sogleich etwas vorbeugte und den Arm streckte, ohne jedoch dem Nachrichter zu nahe zu kommen. Die gelbroten Flammen tanzten im kalten Wind auf der mit getränkten Tüchern umwickelten Holzstange und tauchten alles in ihrem Kegel in einen schnellen Wechsel aus Licht und Schatten. Neugierig verfolgte Kilian die Prozedur und bemühte sich gleichzeitig, auf dem vereisten Untergrund den Halt nicht zu verlieren, indem er sich am Zaumzeug festhielt. Die Hand glitt tastend über das Fell und war gerade im Begriff, die geschwollene Stelle mit leichtem Druck zu prüfen, als der Kopf des Pferdes mit einem protestierenden Wiehern herumfuhr und gegen Vörgs Rücken prallte. Ein überraschter Laut entwich dem Fährmann, während er noch damit beschäftigt war, das verlorene Gleichgewicht wiederzuerlangen. Seine Sohlen waren durch die verschobene Belastung auf den glatten Brettern weggerutscht und die Beine schnellten in unnatürlicher Haltung zur Seite und nach oben weg. Mit einem Fauchen durchschnitt die Fackel die Nacht, als Kilian sie reflexartig mit seinen sehnigen Fingern umklammert hielt und nach oben Richtung Himmel stieß. Der Henker war in seinen Bewegungen erstarrt und betrachtete das grausige Schauspiel, das sich ihm bot, und das von der erhobenen Fackel beleuchtet wurde. Vörgs Gesicht hatte sich vor Schreck und Erstaunen in eine Fratze verwandelt. Der Mund war verzerrt und ließ in einem gespenstischen Lächeln die ungepflegten Zähne sichtbar werden. Die Augen lagen im Schatten und es sah aus, als ob ihn große, dunkle Löcher wie die eines Totenschädels anstarrten, und die Sehnen am Hals traten deutlich hervor. Er fiel mit einem Poltern rücklings auf die Bretter seiner Fähre. Das allein verursachte aber nicht die Gänsehaut, die seine Haare im Nacken zum Stehen brachte. Es war dieses dumpfe Geräusch, als der Hinterkopf des Fährmannes mit voller Wucht auf einen kniehohen Pfosten aufschlug – das Geräusch von brechendem Knochen. Michael Kremer konnte nur noch erkennen, wie sich das Gesicht entspannte und der erschlaffte Körper, dessen Arme nie mehr nach Halt suchen würden, zur Seite fiel, ehe die Fackel zischend als Erste im Nekker versank und Dunkelheit zurückließ. Der Fährmann, der sein Leben lang in Eintracht mit dem Fluss gelebt hatte, folgte und wurde mit einem Platschen von dem dunklen Wasser in Empfang genommen.

»Gütiger Gott! Steht doch nicht einfach nur da – so tut doch was!« Annas schrille Stimme ließ den Nachrichter aufblicken. Michael Kremer war aufgesprungen und hatte eine weitere Fackel geholt, mit der er jetzt die Stelle absuchte, an der Kilian Vörg untergegangen war. Er wusste, dass jegliches Bemühen umsonst war. Mit dieser Gewissheit richtete er sich langsam auf und sah in die fünf Gesichter, die ihn entsetzt vom anderen Ende der Fähre aus anstarrten. Peter setzte sich als Erster in Bewegung. Er drängelte und schob sich durch die anderen hindurch. Hastig hangelte er sich am Karren entlang, rutschte ebenfalls aus und konnte sich gerade noch an dem gespannten Tau festhalten, das die Fähre am Wegschwimmen hinderte. Überrascht stöhnte er kurz auf und zog laut hörbar die Luft ein, als die eisigen Fluten seine Kleidung bis zur Hüfte durchnässten und schwer werden ließen. Die unzähligen Stiche, die die Kälte auf seiner Haut verursachte, raubten ihm den Atem.

»Peter! Oh nein … Festhalten! Lass nicht los, hörst du?« Anna nahm die Hand, die sie sich erschrocken vor den Mund geschlagen hatte, wieder weg, raffte ihre Röcke und beeilte sich, zu ihrem Bruder zu kommen. Hinter ihr hörte sie die ängstlichen Rufe der Mutter und der Magd, überging sie aber. Neben ihrem Bruder fiel sie auf die Knie und packte ihn mit einer Hand am Ärmel, während sie sich mit der anderen am hölzernen Rad des Wagens festhielt, um nicht auch noch Bekanntschaft mit dem Eiswasser zu machen. Anna zerrte mit aller Kraft an seiner Kleidung und wenigstens sein Oberkörper lag nun wieder sicher auf den Brettern. Peter suchte hektisch nach einer Möglichkeit, sich festzuhalten und sich aus eigener Kraft hochzuziehen, als er eine Bewegung aus dem Augenwinkel wahrnahm. Der Scharfrichter hatte sich ein kleines Stück auf die Geschwister zu bewegt, verharrte dann aber.

»Wagt es ja nicht, noch näher zu kommen!« Peter sprach laut mit dem Unehrlichen, aber es hörte sich seltsam an, denn zwischenzeitlich hatte er zu schlottern begonnen und seine Kiefer klapperten aufeinander. Für einen kurzen Moment vergaßen alle den Verunglückten und hielten den Atem an.

»Keine Sorge – ich wollte Euch nicht zu Hilfe eilen. Ich weiß ja, dass Ihr sie nicht annehmen würdet.« Seine Stimme klang bitter und Anna erkannte erstaunt, dass sich so etwas wie Bedauern in ihr regte, als sich ihre Blicke kurz trafen.

»Ich wollte nur auf der anderen Seite nachsehen, ob er unter der Fähre hindurchgetrieben wurde und vielleicht wieder aufgetaucht ist.« Noch während er sich jedoch unter den Hals des Pferdes duckte und mit der Fackel jetzt flussabwärts die Wasseroberfläche ableuchtete, wusste er, dass alles Handeln umsonst war – in der Nacht sowieso. Man musste sich mit vollgesogenen Kleidern am Leib schon aus eigener Kraft über Wasser halten können. Der Tote war also mit Sicherheit auf dem Weg zum Grund und die Strömung würde ein Übriges tun. Dass der Körper überhaupt gefunden wurde und ein ordentliches Begräbnis bekam, bezweifelte er. Auch die anderen ließen ihre Blicke über das schwarze Wasser gleiten. Es war nichts zu sehen – und nichts zu hören. Außer dem klatschenden Geräusch, mit dem sich Peter wieder auf die Fähre befördert hatte. Schlotternd stand er jetzt in einer Pfütze ablaufenden Wassers und schlang die Arme um sich.

»Ihm ist nicht mehr zu helfen. Durch den Sturz ist sein Schädel gebrochen oder zumindest sein Genick so verletzt worden, dass er es auf keinen Fall überlebt hat.« Michael Kremer hatte leise, aber überzeugt gesprochen.

Immer noch fassungslos und erschrocken über das, was sie gerade mit ansehen musste, drehte sich Anna in seine Richtung. »Wie könnt Ihr da so sicher sein? Ihr habt so gut wie nichts gesehen, und berührt oder abgetastet habt Ihr ihn weder am Kopf noch am Hals.« Ein klein wenig Hoffnung schwang noch in ihrer Stimme mit.

»Glaubt mir, werte Jungfrau … Anna, richtig?« Seine Stimme klang jetzt spöttisch und fast schon arrogant.

»Ich weiß, wovon ich rede. Das Geräusch ist mir sehr wohl bekannt. Ich verstehe mein Handwerk, und kein anderer ist näher am Körper eines armen Sünders, wenn Genick oder Knochen brechen.«

Die Zurechtweisung ließ sie trotzig die Schultern straffen und ihre Augen funkelten genau so angriffslustig, als würde sie gerade mit ihrem Bruder ein Streitgespräch führen. »Das klingt ja so, als wärt Ihr beinahe noch stolz darauf und würdet Eure Arbeit mit Genugtuung verrichten.

«Das hatte gesessen. Sein Gesicht im Schein der Fackel wurde ausdruckslos. Nur an den zusammengepressten Lippen konnte man noch erkennen, dass sie ihn an einem wunden Punkt getroffen hatte. Hinter sich hörte Anna, wie Walburga empört nach Luft schnappte.

»Was habe ich dich gelehrt? Was sind denn das für Reden, die du da führst? Und was für ein Tonfall? Das fehlt uns gerade noch, dass du dich auch noch mit einem Henker verwortest!«, zischte die Magd und zog die junge Frau zwischen sich und die Mutter. Michael Kremer hatte sich abrupt umgedreht und war an das vordere Ende der Fähre getreten. Das andere Ufer war noch so weit weg. Wie gerne hätte er sich jetzt dieser Situation entzogen und einen großen Abstand zwischen sich und diese Anna gebracht. Es blieb ihm aber nichts anderes übrig, als auszuharren.

»Oh, Schluss jetzt damit!«, sprach Steffen lautstark ein Machtwort. Anna biss sich auf die Zunge und schluckte alles, was sie auf derselbigen kitzelte, hinunter.

»Wir müssen so schnell als möglich wieder festen Boden unter die Füße bekommen und dem Rat und seinem glücklosen Weib berichten.« Während er die Magd zu sich heranwinkte, damit sie ihm helfen möge, packte er selbst das Ruder.

Anna hatte das Gefühl, als würde es eine Ewigkeit dauern, bis die Kiele der untergebauten Schwimmkörper mit dem letzten Schwung am Ufer auf gefrorenen Grund auflaufen und feststecken würden. Durch den plötzlichen Ruck schwankte sie ein wenig, machte sich jedoch mit den anderen ohne Verzögerung daran, die Fähre zu verlassen. Der Scharfrichter hatte bereits sein Bündel geschnappt und mit einem sicheren Sprung an Land als Erster seine Überfahrt beendet. Drüben angekommen, entfernte er sich nur wenige Schritte und drehte sich abwartend zu der schwach beleuchteten Fähre um. Die dunklen Gestalten unterhielten sich leise und machten sich daran, das Fuhrwerk an Land zu bringen.

»Ihr werdet meiner Familie den Weg weisen und sie zu meinem Haus begleiten. Die Magd kann alles Weitere erledigen. Unterdessen werde ich der armen Witwe, seinem Bruder Martin und später noch dem Bürgermeister Korber alles berichten – wenn ich ihn denn in der Schenke oder im Badhaus aufgetrieben habe. Sicher sind Euch die Wymphener Gassen noch vertraut, nicht wahr?« Steffen hatte das Pferd in richtiger Richtung zum Stehen gebracht und sich dann an den Mann gewandt, der immer noch in der Nähe im Dunkeln stand.

»Ja. Das große Haus am Marktplatz, wenn ich mich recht erinnere«, kam die knappe Antwort und Missmut schwang in der Stimme mit. Warum nur war er nicht einfach seines Weges gegangen? Er hätte den schmalen Pfad einschlagen können, der außerhalb der Stadtmauer dem Lauf des Nekkers folgte. Was scherte es ihn, wie die neue Familie des Ratsherrn Brel durch die Nacht nach Hause gelangte? Wie einem Knecht hatte man ihm diese Aufgabe aufgetragen. Der Brel hatte ihn nicht einmal gebeten. Ja, jetzt benötigte er seine Dienste, aber schon morgen könnte er an ihm vorbeilaufen, ohne ihn auch nur eines Blickes zu würdigen. Nicht zum ersten Mal stieg Wut in ihm auf und wie in unzähligen Momenten davor haderte er mit seinem Los, das er ein Leben lang zu tragen hatte. Welcher Plan stand dahinter? Welche höhere Macht entschied, wer als Edelmann, Bettler oder Unehrlicher geboren wurde?

Er zwang sich, diese Gedanken beiseite zu lassen, und schnappte sich trotzig eine Fackel, mit der er an der Spitze des Zuges den Weg zum Stadttor vorgeben wollte. Das abschätzige Getuschel der Magd mit deren Herrin ignorierte er.

Steffen hatte sich bereits in anderer Richtung auf den Weg gemacht, und Michael schulterte seinen Packen. Mit großen Schritten überholte er den Burschen und die Magd, die sich zu je einer Seite bei der Bürgerin untergehakt hatten und sie abstützten. Kraftlos schleppte sie sich vorwärts und stöhnte leise.

Auf Höhe des Wagens verlangsamte er sein Tempo und hob die Fackel etwas an. Die junge Frau stapfte weiter die Anhöhe hinauf und sprach leise auf ihr Pferd ein, während sie mit der rechten Hand das Halfter fest umklammert hielt und den Kopf des Tieres unaufhörlich hinter sich her zog. Die Anstrengung bestand nicht darin, dass der Schnee tief war und man sich mühsam hindurchkämpfen musste. Hier, zwischen Ober- und Unterstadt, war der Weg sowieso plattgetreten durch die vielen Menschen, Tiere und Karren, die sich auch in der Winterzeit auf den Weg zu den Märkten machten. Nein, das Ermüdende war der Anstieg hinauf zur Stadtmauer. Vor allem dann, wenn man ohnehin schon den ganzen Tag auf den Beinen war. Besorgt warf er einen Blick zur Seite, wo sich das verletzte Pferd schnaubend auf drei Beinen den Hang hinaufquälte. Angeführt von einer zierlichen Person unter einem wehenden Mantel. Michael schritt in einem großen Bogen um sie herum und achtete peinlich genau darauf, ihr nicht zu nahe zu kommen, während er den Weg mit der Fackel ausleuchtete und hin und wieder sein Bündel weiter auf die Schulter zog, damit der Riemen nicht schmerzhaft den Oberarm hinunterrutschte.

Die Stadtmauer erhob sich als pechschwarze Wand vor ihnen, und in die Torwache kam Bewegung, als sich die Gruppe näherte. Der Wächter entfernte sich von dem hüfthohen Feuer, das er für sich und die zweite Wache neben dem Weg nahe der Steinmauer errichtet hatte.

»Wer da?«, rief Wilhelm Werrhich die Unbekannten an und stellte sich breitbeinig vor den schmalen Mauerdurchgang neben dem eigentlichen Stadttor, das bereits geschlossen war. Er spähte in die eisige Nacht und seine rechte Hand wanderte vorsichtshalber unter seinen Mantel und suchte am Gürtel nach dem Dolch.

»Michael Kremer, Scharfrichter! Ich verlange Einlass, um in meines Vaters Haus zurückzukehren! So gib den Weg frei und öffne das Tor, Werrhich!« Ebenso laut und deutlich wie vorher die Wache antwortete Michael und sprach sein Gegenüber gleich noch mit Namen an, um seinem Anliegen Nachdruck zu verleihen. Er hatte die markante Stimme wiedererkannt und erinnerte sich nur zu gut an den Moment, als er Wymphen damals durch das gleiche Tor verließ, um auf Wanderschaft zu gehen. Wilhelm Werrhich hatte auch damals schon hier seinen Dienst getan.

»Außerdem hat mir der Ratsherr Brel aufgetragen, seine Frau mitsamt ihrem Sohn, ihrer Tochter und dem übrigen Hausstand zu seinem Haus am Marktplatz zu geleiten, da sie neu in der Stadt und unkundig des Weges sind.«

»Hä? Wieso sollte er einen Scharfrichter damit betrauen? Pflegt er etwa Umgang mit Euch? Und wo ist der Brel Steffen überhaupt?« Misstrauisch neigte Werrhich den Kopf und wartete auf eine Erklärung.

»Nun …«, Michael räusperte sich, ehe er weitersprach. »Er hat sich auf den Weg zur Witwe Vörg gemacht. Während der Fährfahrt über den Nekker hat sich ein Unglück ereignet.« Er bekreuzigte sich. »Der Vörg ist dabei ums Leben gekommen.«

»Ach …« Ungläubig blieb dem Torwächter der Mund offen stehen, und auch alle anderen um ihn herum waren verstummt. Nur das Knistern des Feuers war zu hören – und Peters Zähneklappern und Schlottern.

»Sobald er die Nachricht überbracht hat, wird er uns sicherlich …« Er konnte den Satz nicht mehr beenden.

Hinter sich vernahm er einen dumpfen Aufprall, dem sogleich ein Stöhnen folgte. Anna war mit einem Fuß auf eine vereiste Stelle geraten und hatte den Halt verloren. Nervös schüttelte der Vierbeiner den Kopf und betrachtete das Häufchen Elend zu seinen Hufen. Mit schmerzverzerrtem Gesicht rollte Anna sich auf die Seite, zog die Beine an und richtete sich langsam auf, während sie den angewinkelten Arm nah am Körper hielt. Als der stechende Schmerz im Gelenk etwas nachließ und sie wieder atmen konnte, sog sie die Luft mit einem zischenden Laut ein und versuchte, ein weiteres Stöhnen zu unterdrücken. Tränen waren ihr in die Augen geschossen und sie hoffte inständig, dass sie sich nichts gebrochen hatte. Michael wandte sich ihr zu, verharrte aber sofort in seiner Bewegung, als der junge Bursche laut seine Stimme gegen ihn erhob.

»He!«, rief ihr Bruder laut. »Lass ja die Hände von ihr! Solange sie nicht aus freien Stücken zu dir kommt, um sich eine Salbe oder Kräuter für einen Aufguss zu holen, wirst du sie nicht anrühren!« Drohend hatte sich Peter hinter seiner Schwester aufgebaut.

»Ist ja schon gut. Hilf mir lieber auf und sieh zu, dass sonst niemand mehr ausrutscht.« Anna streckte ihm eilig den unverletzten Arm entgegen, ehe er seiner Geringschätzung noch mehr Ausdruck verleihen konnte, und stand schon bald wieder auf ihren zitternden Beinen. Entschuldigend schielte sie zu dem Mann hinüber, dessen Gesicht jetzt gänzlich im Schatten lag.

»Wir sollten uns beeilen, ins Warme zu kommen. Peter holt sich sonst noch den Tod.« Anna blickte streng in die Runde, aber erst als Michael wortlos ein zustimmendes Zeichen gab,verschwand Wilhelm Werrhich seitlich im schmalen Durchgang der mächtigen Mauer und öffnete das Tor von innen. Die Reisegruppe setzte sich langsam in Bewegung und schloss sich dem unliebsamen Anführer an. Sie folgten der dunklen Gasse weiter geradeaus, bis sie einen Brunnen erreichten. Das Wasser plätscherte, beinahe so, als wollte es unaufhörlich gegen die Kälte ankämpfen und durch den ständigen Fluss ein Zufrieren der Oberfläche verhindern.

»Von hier aus ist es nicht mehr allzu weit zum Marktplatz … Aber ziemlich steil. Wenn Ihr denkt, dass der Gaul den Karren nicht mehr zieht, dann fragt hier in einem der Häuser, ob Ihr Euer Hab und Gut bis morgen im Schuppen unterstellen könnt. Diesen Gefallen wird dem Ratsherren Brel vermutlich ein jeder gern tun«, wandte sich Michael an die junge Frau. Ratlos drehte sich Anna zu ihrer Mutter um, die zuckte nur erschöpft und unschlüssig mit den Schultern und war mehr damit beschäftigt, wieder etwas zu Atem zu kommen.

»W-wir versuchen es! L-los, macht sch-schon, sonst f-friere ich hier noch fest!« Peter trippelte ungeduldig von einem Bein auf das andere und hatte seine Arme fest um den Oberkörper geschlungen.

»Aber …«, war Anna gerade im Begriff ihrem Bruder zu widersprechen, als dieser schon die Zügel an sich gerissen hatte und den Kopf des Pferdes unsanft mit sich zog. Er duldete keine weitere Verzögerung und tatsächlich schafften sie es irgendwie mit vereinten Kräften – skeptisch beäugt vom Henker – das lahmende Tier und den bepackten Karren bis hinauf zum Platz vor dem Ratshaus zu bugsieren. Bei Tag hätten sie mit ihrer Plackerei sicherlich einige Schaulustige und Gaffer unterhalten. Anna hatte noch nicht richtig verschnauft, da musste sie sich auch schon wieder beeilen, den

Anschluss nicht zu verlieren. Ohne die Fackel in der Nähe würde sie die eigene Hand vor Augen nicht erkennen. Zielsicher steuerte Michael Kremer ein Haus zu seiner Linken an und bedeutete mit einer Handbewegung, dass sie ihr Ziel erreicht hatten.

»He, macht auf!« Peter trat an die Tür und hämmerte mit beiden Fäusten dagegen, bis sich drinnen etwas rührte und der Riegel weggeschoben wurde. Mit dem Quietschen der Scharniere fiel das warme Licht der Lampe auf die Stufen vor dem Haus. Anna wollte sich gerade an ihren Begleiter wenden, aber der Unehrliche war bereits in der Dunkelheit verschwunden.

Sein Weg führte ihn vom Marktplatz weg, die Salzgasse entlang, am Adlerbrunnen vorbei in Richtung Lindenplatz, auf dem schon vor unzähligen Generationen vor dem Haupttor der Stadt Recht gesprochen, Urteile gefällt und vollstreckt worden waren. Er erreichte den westlichen Teil der Stadt und konnte diese dann, hier ebenfalls ungehindert, durch das Haupttor wieder verlassen. Hätte er die ehrbaren Bürger nicht zu ihrer Behausung führen müssen, so hätte er mit Sicherheit einen anderen Weg gewählt: den Pfad am Nekker entlang, über die Bleichwiesen, hinter dem Wormser Hof vorbei die Steige hinauf und durch das Obere Tor oder auch Speyrer Tor hinein.

Michael blieb stehen. Nun war es nicht mehr weit und schemenhaft konnte er die Umrisse seines Elternhauses erkennen, das etwas abseits von dem Weg lag, der vom Haupttor zum Speyrer Tor führte. Alles lag im Dunkeln. Keines der Fenster wurde durch flackerndes Licht erhellt. Sein Herz begann schneller zu schlagen – jetzt, so kurz vor dem Ziel. Was würde ihn erwarten? Wie war es seiner Familie in den letzten Jahren ergangen? Nun – der einfachste Weg, es herauszufinden war, dass er endlich die letzten Ruten hinter sich brachte. Kaum hatte er einen weiteren Schritt getan, schlugen die Hunde an. Sie waren in einem Schuppen neben dem Haus untergebracht. Wie viele waren es inzwischen? Würde ihn sein Schwarzer noch erkennen? Die Kälte blies ihm ins Gesicht und er beschloss, erst morgen nach ihm zu sehen. Mit klammen Fingern klopfte er an die Holztür. Die Knöchel schmerzten schon.

Nichts regte sich. Erneut versuchte er, die Bewohner zu wecken. Diesmal durch lauteres Pochen mit der ganzen Faust. Während von drinnen Geräusche zu hören waren, hauchte er seinen warmen Atem in die Hände und steckte sie wieder unter den Mantel.

»Wer ist da?« Michael erkannte die Stimme seiner Schwester sofort und er musste lächeln. Er konnte sich ihr Gesicht mit der hochgezogenen Augenbraue genau vorstellen. Sie klang nicht besonders erfreut – noch nicht. Wahrscheinlich hatte sie es sich gerade im warmen Bett gemütlich gemacht und musste ihr Nachtlager widerwillig verlassen, um durch das klamme Haus zu tappen, weil wieder irgendeine arme Seele ihrer Hilfe bedurfte.

»Greta?« Das war die Abkürzung für Margaretha. So wurde sie nur von ihrer Familie gerufen. »Ich bin's, … Michael.« Stille. Langsam öffnete sich die Tür einen Spalt und ein brennender Holzpfahl, der als Lichtquelle diente, wurde nach draußen geschoben. Er zog den Stoff seines Umhangs über den Kopf nach hinten in den Nacken und grinste sie an.

Margaretha sog überrascht die Luft ein. »Bei allen Heiligen, … du bist es tatsächlich!«, flüsterte sie. Die Tür schwang auf und mit Schwung wurde Michael in die Stube gezogen. Die Tür erhielt einen kräftigen Tritt, schepperte in den Rahmen zurück und das brennende Holz landete mit einem Funkenregen wieder in der Glut. Eilig zerrte sie ihn vor der Feuerstelle auf die Knie, damit er durch den roten Schein besser zu sehen war. Ungläubig wanderte ihr Blick immer wieder über das Gesicht, das sie mit ihren feingliedrigen Händen umrahmt hielt.

»Du bist wieder da!« Margarethas Stimme überschlug sich vor Freude und sie fiel ihrem jüngeren Bruder stürmisch um den Hals. Er drückte sie lachend und hätte um ein Haar das Gleichgewicht dabei verloren.

»Setz dich – und wärm dich erst einmal auf.« Margaretha deutete auf die Holzstühle, die um einen kleinen Tisch standen, während sie eilig das Feuer wieder in Gang brachte und einige Kerzen entzündete. Die Riemen glitten von den Schultern und der schwere Beutel landete mit einem dumpfen Geräusch unter dem

Tisch. Nachdem er seinen Mantel und das Schwert abgelegt hatte, streckte er sich genüsslich und ließ sich auf dem Stuhl nieder, der dem Feuer am nächsten stand. Margaretha wickelte sich den Zipfel ihres Schultertuchs um die rechte Hand und ergriff die dreifüßige Kanne, die unmittelbar neben dem knisternden Feuer auf der steinernen Umrandung stand. Vorsichtig goss sie die dampfende Flüssigkeit in zwei Becher und stellte sie auf den Tisch. Schweigend saßen sie sich glücklich lächelnd gegenüber und wärmten sich an ihren Trinkgefäßen die Hände. Margaretha hatte sich überhaupt nicht verändert. Die dunklen Haare fielen ihr offen und in großen Wellen über den Rücken. Das lange Hemd unter dem Schultertuch verschwand in dem weiten Rock, in den sie eilig geschlüpft war, als sie im Halbschlaf das Bellen der Hunde und das Klopfen vernommen hatte. Die Füße steckten in Pantoffeln und dicken Strümpfen, die sie vermutlich auch im Bett getragen hatte. Schon früher hatte Greta immer über kalte Hände und Füße geklagt. Wieder lächelte er.

»Wie lange warst du eigentlich weg?« Margaretha hatte ihn die ganze Zeit beobachtet. Trotz der vertrauten Gesten, die sie wiedererkannte, konnte sie immer noch nicht recht glauben, dass er wirklich hier vor ihr saß.

»Oh ... so ungefähr ... fünf Jahre?« Michael war zu müde, um genau nachzurechnen. Er schlürfte lieber vorsichtig den aromatischen Aufguss. Durch die Wärme begannen seine Oberschenkel zu jucken und er rieb kräftig mit den Handflächen darüber. »Geht es allen gut? Was macht Vater, die kleine Elisabeth und Wilhelm?«

Margaretha nickte langsam. »Und wie ist es dir denn in der ganzen Zeit ergangen?«, lenkte sie das Thema in eine andere Richtung.

Michael hörte auf zu reiben und folgte ihrem Blick, der zum Rand des Tisches gewandert und am ledernen Schaft seines Schwertes hängen geblieben war. »Also, wie du siehst ...«

Die Tür zur Stube öffnete sich. »Greta? Ist alles in Ordnung? Brauchst du Hilfe?« Ihr Mann hatte sich offensichtlich gefragt, was oder wer sie so lange aufgehalten hatte. Wenn sonst Bürgersleut' am späten Abend oder mitten in der Nacht ein Begehren hatten, so wurde es meistens verschämt und leise vorgetragen, die gewünschte Ware und die Münzen wechselten den Besitzer, und damit war die Sache erledigt. Fragend stand er in der Tür und musterte den späten Besucher mit zusammengezogenen Augenbrauen.

»Wilhelm! Sieh nur, wer hier ist!« Margaretha war aufgesprungen und legte ihrem Bruder von hinten die Hände auf die Schultern. Es dauerte nicht lange, und die Miene seines Schwagers hellte sich auf.

»Michl! Lass dich anschauen!« Die beiden Männer schüttelten sich die Hände und klopften einander lachend auf die Schultern. »Genau zur rechten Zeit.«

Michael stutzte und sah fragend von Wilhelm zu seiner Schwester. »Wie meinst du das?«

Margaretha winkte schnell ab und drückte ihn zurück auf den Stuhl. »Das können wir alles morgen besprechen. Ich werde dir noch schnell dein Bett richten und dann sollte ich wieder nach Lisbet sehen. Sie schläft in letzter Zeit nicht besonders gut und wenn sie weint, dann findet Vater auch keine Ruhe.« Margaretha räumte die leeren Becher weg und schob ihren Mann mit der Anweisung aus der Stube, dass er einen Stock höher in der elterlichen Kammer nach der kleinen Tochter sehen solle.

»Morgen wird es allerdings noch so einiges zu besprechen geben.« Stöhnend stützte er die Arme auf und rieb sich die Augen. »Ich muss sicher vor dem Rat erscheinen.«

»Natürlich. Schließlich wirst du den Herren mitteilen, dass du ab sofort wieder ein Einwohner Wymphens bist … und Brennholz steht dir somit auch zu«, fügte sie gleich, wie immer praktisch denkend, hinzu.

»Nein. Das habe ich nicht gemeint.« Michael räusperte sich. »Während der Überfahrt ist der Vörg Kilian so unglücklich gestürzt, dass er mit gebrochenem Genick in den Nekker gefallen ist. Der Brel Steffen war auch auf der Fähre – zusammen mit seinem neuen Weib und deren Sohn und Tochter. Er wird inzwischen schon alle unterrichtet haben. Jetzt übernimmt bestimmt sein Bruder Martin die Fährgeschäfte.«

Margaretha bekreuzigte sich, als sie die schlechte Neuigkeit vernahm, aber schon kurze Zeit später siegte ihre Neugier und sie beugte sich mit großen, leuchtenden Augen über die Tischplatte. »Wie sieht sie denn aus?« Michael zuckte zusammen und druckste ein wenig herum. »Nun ja, sie ist gut einen Kopf kleiner als ich und von zierlicher Gestalt. Sie trug einen Umhang, aber ihre Haare konnte ich trotzdem erkennen. Sie haben die Farbe von reifem Weizen und deswegen vermute ich, dass ihre Augen blau sind – wie die Bänder, die sie eingeflochten hat.« Verlegen knetete er seine Finger. »Sie hat eine wohlklingende Stimme und … sie ist eigentlich schon … sehr hübsch anzusehen.« Seine Ohren hatten sich rot verfärbt und mit einem schiefen Grinsen blickte er zu Greta auf. Er sah das Bild der jungen Frau immer noch deutlich vor sich, und so traf ihn das Tuchknäuel völlig unvorbereitet mitten im Gesicht. Erschrocken machte er noch eine abwehrende Bewegung und blinzelte seine ältere Schwester verdutzt an.

Margaretha hatte die Arme in die Seiten gestemmt und sah mit tadelndem Blick auf ihn hinunter. »Ich meinte die alte Brelin – nicht die junge, hübsche Tochter!« Sie verlagerte ihr Gewicht auf eine Seite und schob dabei eine Hüfte nach außen, während sie jetzt streng die Arme vor der Brust verschränkte. »Die du dir, wie ich wohl nicht ausdrücklich erwähnen muss, gleich wieder aus dem Kopf schlagen kannst.«

Unversehens verschwand sein Grinsen und er starrte hinüber ins Feuer. Margaretha hätte ihm gerne aufmunternd durch die dichten Haare gewuschelt, aber stattdessen stieg sie die Treppen hinauf, um sein Lager vorzubereiten. Es war an der Zeit, dass in dieser Nacht erst einmal alle ihre Ruhe fanden.

RÖSSER UND LÄUSE

– FREITAG, 6. FEBRUAR 1523 –

Michael hielt die Augen geschlossen. Seine Glieder fühlten sich schwer an und er wollte den Moment hinauszögern, in dem er die Decke zurückschlagen musste und die Kälte sich seiner bemächtigen konnte. Er hatte tief und traumlos geschlafen, und der Gedanke, sich einfach noch einmal umzudrehen und im Warmen zusammengekauert liegen zu bleiben, hatte schon etwas Verführerisches. Leise Geräusche drangen zu ihm herauf. Ein Stuhl wurde gerückt und schrammte über den Holzboden. Geschirr klapperte und tapsende kleine Füße bewegten sich unten hin und her. Er konnte Greta hören und ein piepsendes Stimmchen antwortete ihr. Michael lächelte. Das musste die kleine Elisabeth sein. Als er damals fortging, war seine Schwester gerade schwanger. Und selbst wenn seine Nichte schon geboren gewesen wäre, hätte sich das Mädchen in den letzten Jahren so verändert, dass er sie nicht wiedererkannt hätte.

Das leise Knurren seines Magens ließ ihn schließlich doch die Augen aufschlagen. Es herrschte Zwielicht in seiner Kammer. Langsam wanderte sein Blick durch den spärlich eingerichteten Raum. Das Bett stand in der Ecke an der Wand – gegenüber dem kleinen Schrank, und daneben die ebenfalls hölzerne Truhe. Seine Füße zeigten in Richtung Tür und sein Kopf zum einzigen Fenster. Wenn er sich aufsetzte, konnte er rechter Hand das Speyrer und auf der anderen Seite das Haupttor erblicken.

Mit einem Ruck zog er die Decke weg und schwang die Beine aus dem Bett. Fröstelnd angelte er sich seine Kleider, die er nachts achtlos über den Bettpfosten am Fußende geworfen hatte, und zog den kalten Stoff über.

Die Holztreppe quietschte etwas unter seinem Gewicht und hatte ihn sicher schon lange verraten. Trotzdem blieb er einen Augenblick vor der Tür stehen, die in die Stube führte. Er lauschte –

drinnen war nichts mehr zu hören. Neugierig öffnete er die Tür und duckte sich ein wenig beim Eintreten. Greta stand gerade am Feuer und rührte mit dem großen hölzernen Löffel weiter in dem dicken Getreidebrei. Sie sah kurz auf und strahlte ihren Bruder an.

»Na, hast du gut geschlafen?« Geschickt schob sie das Gefäß weiter an den Rand des Feuers, wo es jetzt auf den Tonbeinen über der heißen Glut stand. Sie wischte sich die Hände an ihrer Schürze ab und umarmte Michael kurz, der grinsend neben der Tür stand und nickte.

»Lisbet, das ist dein Oheim … Michael. Ich habe dir doch schon viel von ihm erzählt«, wandte sie sich erklärend an ihre Tochter. Die Kleine war reglos neben dem Tisch stehen geblieben und blickte ihn mit großen Augen an. Sie trug ein Kleid, und um ihren Bauch war ein Tuch gebunden, auf dem sich schon mehrere Flecken und Schmierer gesammelt hatten. Die dunklen Haare hatte sie eindeutig von ihrer Mutter, und auch sonst konnte Michael nicht allzu viel Ähnlichkeit mit dem hellhäutigen, blonden Wilhelm feststellen.

»Möchtest du ihn denn nicht kurz begrüßen?« Lächelnd ging Greta neben Lisbet in die Hocke und nahm das Mädchen in die Arme, als es schüchtern eine Schulter hochzog und sich an die Mutter kuschelte. Verlegen, aber trotzdem neugierig, schielte sie hinter Gretas Haaren hervor.

»Als ich so alt war wie du, da habe ich auch schon in diesem Haus gewohnt und hier in der Stube gespielt, weißt du?« Michael war ebenfalls in die Hocke gegangen und fing ganz beiläufig an zu erzählen. »Und der große schwarze Hund draußen in der Scheune, der war mal so klein! Dann habe ich ihn gut gefüttert, und du siehst ja, wie groß er geworden ist.« Zur Unterstützung seiner Worte machte er ein ernstes Gesicht und zeigte das Wachstum vom Welpen bis zur jetzigen Größe anschaulich mit beiden Händen an.

»Ja, genau! Mutter sagt auch immer, dass man groß und stark wird, wenn man gut isst. Darum habe ich hier auch schon jede Menge gekocht.« Lisbet nickte und deutete auf die Hafen, Schüsseln und verschiedene Holzrührlöffel, die auf dem Tisch ausgebreitet herumlagen. Michael setzte sich an den Tisch und sah sich anteilnehmend das leere Geschirr an.

»Das trifft sich gut, denn ich habe wirklich großen Hunger. Könnte ich denn etwas von der Suppe haben?« Fragend sah er seine Nichte an und konzentrierte sich darauf, nicht zu lachen.

»Am frühen Morgen isst man doch keine Suppe.« Lisbet schüttelte den Kopf und kicherte. Das Eis war gebrochen und sie plapperte munter weiter. »Ich werde dir einen dicken Brei kochen.« Belehrend zog sie beide Augenbrauen hoch und machte sich an die Arbeit. Greta sah ihr liebevoll dabei zu, wie sie, auf einem Stuhl kniend, eifrig und mit rosigen Wangen die imaginäre Mahlzeit zubereitete. Michael gähnte herzhaft, rieb die Augen und kratzte sich durch die langen Bartstoppeln, während er seine Schwester dabei beobachtete, wie sie leise vor sich hinsummend heißen Brei in eine Schüssel schöpfte und aus einem weiteren Topf einen großen Klecks Apfelmus darüber verteilte. Michael lief das Wasser im Mund zusammen und auch sein Magen meldete sich erneut. Hungrig begann er zu essen und blickte erst wieder auf, als er den letzten Löffel im Mund hatte.

»Jetzt musst du aber meinen auch probieren!« Lisbet hatte ihre Schüssel neben ihn geschoben und war abwartend mit verschränkten Armen neben Michael stehen geblieben. Die Tischplatte reichte ihr genau an die niedliche Stupsnase und unter ihren dichten Wimpern hervor beobachtete sie jede seiner Bewegungen ganz genau. Michael zog die Schüssel zu sich heran und löffelte die Luft in seinen Mund. Mit aufgeblähten Backen gab er ein langgezogenes ›Mmmmmmm‹ von sich. »So einen leckeren Brei habe ich ja noch nie gegessen.«

Strahlend nahm ihm die Kleine die Schüssel ab und erklärte, dass nun ihr Schaf an der Reihe sei. Ein faustgroßes, genähtes Schaf wurde am Tellerrand platziert und musste die gleiche Prozedur über sich ergehen lassen.

»Sind Wilhelm und Vater schon aus dem Haus?« Michael sah sich in der Stube um. Die Tür zum Nebenraum war geschlossen, und auch aus der daran anschließenden Badekammer war kein

Geräusch zu hören. Greta wurde ernst und setzte sich Michael gegenüber an den Tisch.

»Wilhelm ist unterwegs und holt von der Rötelhuberin ein gefallenes Schaf … und Vater liegt oben im Bett. Er kommt einfach nicht mehr zu Kräften. Ich habe schon alles versucht. Wir werden uns an den Gedanken gewöhnen müssen, dass es mit ihm zu Ende geht.« Ihre Stimme brach ab und sie schluckte. Michael horchte auf.

»Ist er wach? Kann ich zu ihm?« Seine Müdigkeit war mit einem Schlag verflogen und er folgte Greta die Treppe hinauf.

Sie stellte eine Kerze neben dem Bett auf und berührte sachte den dünnen Arm. »Vater? Michael ist letzte Nacht nach Hause gekommen. Wir wollten dich aber nicht wecken.« Sie hatte leise gesprochen und obwohl keine Antwort kam, winkte sie ihren Bruder weiter an das Bett heran, um ihn dann mit dem alten Mann allein zu lassen. Michael setzte sich vorsichtig auf den Rand. Die ausgemergelte Gestalt im Bett rührte sich nicht. Mit geschlossenen Augen lag sein Vater da, als wäre er bereits tot. Die Arme lagen auf der Decke und Michael konnte im flackernden Kerzenlicht die deutlich hervortretenden Adern erkennen, die auf der blassen Haut ihre Schatten warfen. Seine Wangen waren eingefallen und die Augen lagen in tiefen Höhlen. Die wenigen noch vorhandenen Haare klebten ihm strähnig am Kopf, und der fast zahnlose Kiefer fiel kraftlos nach unten. Es erschreckte ihn, den einst so lebendigen und kräftigen Mann von Alter und Krankheit gezeichnet zu sehen. Er schluckte den Kloß im Hals hinunter und überwand sich, die knochige, kühle Hand mit den gelblichen Fingernägeln zu ergreifen und aufmunternd zu drücken.

»Vater? Kannst du mich hören?« Langsam glitten seine Fingerspitzen zum Handgelenk. Der Herzschlag war regelmäßig, aber sehr schwach. Wie lange war er wohl schon bettlägerig? Michael vermutete, dass Johannes Kremer schon seit mehreren Tagen so gut wie nichts gegessen und getrunken hatte. Das bedeutete, dass Greta sich um alles kümmern musste. Fürsorglich, wie sie war, brachte sie bestimmt mehrmals täglich eine verschließbare Pfanne mit warmem Wasser, die dann an den klammen Füßen platziert wurde. Und da er nicht mehr aufstehen konnte, musste sie darauf achten, dass er nicht in einer nassen Lache lag. Aus dem Augenwinkel meinte Michael, eine Bewegung bemerkt zu haben. Oder war es nur die flackernde Kerzenflamme? Nein, die Augen hatten sich tatsächlich einen Spalt weit geöffnet und der Blick wanderte im dämmrigen Licht, bis er sich mit dem seines Gegenübers kreuzte.

»Mein Sohn, … aus dir ist ein stattlicher Mann geworden.« Die wässrigen Augen wurden lebendig, als er ihn erkannte. »Gott hat meine Gebete also erhört. Ich hatte gehofft, dass ich dich noch einmal sehen darf. Du wirst mein Erbe antreten … und ich kann in Ruhe und Frieden sterben.« Das heisere Flüstern brach ab und Johannes atmete schwer durch die Anstrengung. Er hatte probiert, den Kopf anzuheben, ließ ihn aber bald wieder kraftlos auf das Kissen fallen, und die Sehnen an seinem ausgezehrten Hals verschwanden.

»Bitte, streng dich nicht so an. Du musst dich schonen. Soll ich dir Wasser bringen?«, wich Michael seinem Vater aus.

Aufgebracht gab Johannes einige unverständliche Laute von sich und packte seinen Sohn überraschend kraftvoll am Ärmel. »Versprich es mir – beim Grab deiner Mutter!«

Erst als Michael ergeben nickte, entspannte sich der Körper des alten Scharfrichters und die Augen schlossen sich erschöpft. Er wartete noch einige Zeit, aber außer dem rasselnden Atem gab er nichts mehr von sich.

Die kleine Katze schnurrte und machte es sich mit tretenden Bewegungen der Vorderpfoten auf Michaels Schoß bequem. Gewissenhaft schleckte sie über ihr Fell und genoss die Streicheleinheiten, die sie mit stupsenden Bewegungen der Schnauze vehement weiter einforderte, sobald sie weniger wurden. Gedankenverloren strich Michael über das graue, gestreifte Fell und wartete in der warmen Stube, bis Greta mit diversen Rasierutensilien aus der Badekammer zurückkam.

»Er ist ziemlich schwach. Aber trotzdem hat er stur darauf bestanden, dass ich ihm nachfolge und die Stelle des Scharfrichters übernehme«, unterbrach Michael das Schweigen. Greta lächelte, legte sich einen sauberen Lappen zurecht und stellte einen kleinen Bottich mit Wasser auf den Tisch.

»Du weißt doch, … das war immer schon sein Wunsch.« Sanft wurde sein Kopf nach hinten gedrückt und lehnte jetzt bequem an der weichen Brust. Mit einem kratzenden Geräusch schabte die Klinge über die Wange.

»Ich dachte eigentlich nicht, dass ich dieses Amt so schnell von Vater übernehmen muss … oder zumindest Wilhelm …« Die Klinge wurde ins Wasser getaucht, von dem dunklen Flaum befreit und kurz abgetrocknet, indem Greta sie mit beiden Seiten über das Tuch zog. Michael musste wieder stillhalten, um nicht geschnitten zu werden, und hörte auf zu sprechen.

»Wilhelm ist kein Meister. Sicher, er hat Vater immer geholfen, aber der Rat, und allen voran der Alte Bürgermeister Korber, würde ihn niemals zum Nachrichter bestellen.« Greta arbeitete sorgfältig weiter und schob seinen Kopf immer wieder in die für sie günstigste Position. Eindringlich fuhr sie fort: »Wenn nun ein anderer den Posten bekommt, dann hat er auch Anspruch darauf, hier zu wohnen. Was sollen wir dann tun? Wo sollen wir hin? Wir können den Rat nicht bitten zu warten, bis Wilhelm sein Meisterstück abgelegt hat. Niemand weiß, wie lange das dauert … und deswegen immer den Nachrichter von Hailbrun kommen lassen? Da werden die hohen Herren niemals mitmachen.« Michael versuchte, nicht zu schlucken, als das Messer über seine Gurgel fuhr. »Es ist eine Bürde für dich, da brauchst du mir nichts vormachen, aber eine andere Möglichkeit wirst du nicht haben.« Seine Schwester sah ihn mitfühlend an, drückte seinen Arm und betrachtete dann zufrieden ihr Werk. An einer Stelle unterm Ohr blutete er ein wenig, und sie bat ihn, das Tuch auf die kleine Wunde zu drücken, während sie den Inhalt des Bottichs vor die Tür schüttete. Miauend protestierte die Katze, als Michael aufstand und sie auf dem Boden absetzte. Ihrer gemütlichen Schlafstätte beraubt, schüttelte sie sich kurz und trollte sich. Ihr nächstes Ziel hatte sie bereits im Auge. Lisbet baute mit kleinen Holzstückchen einen Zaun um ein

Stück Moos und setzte das Schaf darauf. Kichernd kraulte sie das weiche Fell hinter den Ohren der Mäusefängerin, die schnurrend ihren Kopf an dem Mädchen rieb.

»Nun denn«, seufzte Michael, »wir werden sehen, was die Zeit bringt. Zuerst aber werde ich meinen Schwarzen begrüßen.« Er griff nach seinem Mantel und wollte zur Tür gehen.

»Darf ich mit?« Lisbet war aufgesprungen und schaute fragend zu ihm hoch.

»Du kannst dabei gleich die Hühner und Gänse füttern – und lass mich dir vorher noch Zöpfe flechten!« Greta setzte sich auf einen Hocker und zog ihre Tochter zwischen die Knie, damit sie stillstand. Geduldig wartete Michael, bis die Haare geordnet waren und die Kleine warm eingepackt vor ihm stand. Beim Hinausgehen schnappte sie sich mit einer Hand den Kübel mit dem Futter, der im Winter immer drinnen stand, damit die Körner nicht einfroren, und mit der anderen einen flachen Korb, in dem sie noch die gelegten Eier sammeln wollte. Kaum waren sie in die Kälte hinausgetreten, bellten die Hunde im Schuppen und die Gänse stimmten mit ihrem Geschnatter gleich mit ein. Michael konnte jetzt im Morgengrauen das erste Mal alles betrachten. Hinter sich das Haus, blickte er geradewegs zum Nekker, der hinter Bäumen und Sträuchern unten an der Steige lag. Rechter Hand, zur Wymphener Stadtmauer hin, lag der Hundeschuppen. Michael wandte sich jedoch nach links, Richtung Speyrer Tor, und folgte seiner Nichte, die den Pfad im Schnee schon beinahe hinter sich gebracht hatte. Er warf schnell einen prüfenden Blick um die Außenmauer der Badekammer. Die kleine Quelle hatte Eisränder, war aber zum Glück nicht zugefroren. Diese Wasserstelle ersparte Greta einen weiten Weg zu den Brunnen in der Stadt. Der Stall für die Hühner und Gänse war im Gegensatz zum Holzschuppen der Hunde stabiler gebaut und gemauert und beherbergte außerdem noch ein Schwein und eine Kuh. Gierig stürzte sich das Federvieh auf die Körner, die Lisbet in die Schalen füllte, und war dadurch so abgelenkt, dass das Eiersammeln gar nicht bemerkt wurde.

»Denkst du denn, dass er dich erkennt?« Lisbet machte doppelt so viele Schritte wie ihr Oheim und bemühte sich, auf dem Weg zu den Hunden nicht zurückzubleiben. Neben dem Schuppen befand sich, jetzt unter der Schneedecke verborgen, der Platz, der für gewöhnlich für die Abdeckerarbeiten genutzt wurde. Wenn Wilhelm also später mit dem gefallenen Schaf der Rötelhuberin zurückkehrte, war hier der Schnee die längste Zeit weiß gewesen. Wenn das Schaf nicht krank gewesen war und man das Fleisch noch verwenden konnte, dann durften sich die Hunde auf eine leckere Mahlzeit freuen.

»Das werden wir gleich sehen.« Michael zwinkerte dem Mädchen zu und öffnete grinsend das Tor. Die Hunde blinzelten wegen der Helligkeit, was sie aber nicht daran hinderte, weiter laut zu kläffen, dabei kleine weiße Wolken warmer Luft auszustoßen und an ihren rasselnden Ketten aufgeregt hin und her zu laufen. Es waren vier. Jeder hatte sein eigenes aus Stroh bestehendes Lager, neben dem ein stabiler Pflock die Kette hielt. Ein scharfer Geruch lag in der Luft. Dadurch, dass die Tiere die meiste Zeit hier drinnen verbrachten, war es nicht verwunderlich, dass sie hier ihr – wenn auch kleines – Revier markierten. Der Anführer war aber unverkennbar sein Schwarzer. Er hatte aufgehört zu bellen und stand jetzt mit aufmerksam aufgestellten Ohren und wedelndem Schwanz an der straff gespannten Kette.

»Na, mein Großer?« Michael hielt ihm seine Hand hin, die sofort mit der feuchten Nase beschnuppert und anschließend mit der warmen, rauen Zunge abgeschleckt wurde. Freudig sprang er an seinem Herrchen hoch und gab schnaubende Geräusche von sich. Michael stützte die vorderen Pfoten, und der Vierbeiner reichte ihm nun fast bis zur Brust. Lachend wich er dem schalen Atem aus und ließ ihn wieder auf den Boden, wo er ihm kräftig mit beiden Händen durch das kurze, dichte Fell kraulte. Lisbet hatte inzwischen in alle Schalen einen Haufen Schnee gefüllt und beobachtete interessiert die Begrüßung der beiden. Als sie jedoch niesen musste und die gerötete Nase hochzog, stand Michael auf und klopfte seinem Schwarzen zum Abschied die Seite.

»Vielleicht sollten wir besser wieder in die warme Stube gehen. Er ließ den winselnden Hund zurück und schloss das Tor.

»Dem Brel Steffen sein Gaul hat sich gestern verletzt … Beinwurz würde helfen.« Michael stand vor einem Wandregal in der Stube und begutachtete die vielen Töpfchen, Flaschen, Schalen und Gefäße – allesamt mit wertvollem Inhalt. Schätze der Natur, sorgfältig von Greta gesammelt und entweder durch Trocknen oder durch Alkohol haltbar gemacht. Er war bestrebt, seiner Stimme einen harmlosen Klang zu geben. »Er hat gesagt, dass ich mir den Huf einmal ansehen soll. Das könnte ich machen, wenn ich nachher zum Korber gehe, – bin ja eh auf dem Weg.« Michael verschloss das Fläschchen, an dem er gerade gerochen hatte, und stellte es zurück ins Regal.

Greta unterbrach ihre Arbeit und sah auf. »Das Pferd vom Brel? Also ›auf dem Weg‹ kann man das nicht gerade nennen. Der Korber wohnt doch gegenüber vom Heilig-Geist-Spital, und der Brel oben am Marktplatz. Da läufst du einen ganz schönen Haken.«

Ihr Bruder schlenderte durch den Raum. »Na ja … also eigentlich gehört es der Anna … seiner Stieftochter.« Er räusperte sich und wich dem mahnenden Blick seiner Schwester aus.

»Ach, daher weht der Wind … die Anna!« Seufzend schüttelte sie den Kopf.

»Also, was ist jetzt, hilfst du mir mit der Breiauflage? Ich finde die Zutaten auch so … Aber ohne dich dauert es halt länger.« Seine Verlegenheit hatte sich in Trotz verwandelt. Greta erwiderte nichts mehr und stand auf. Sie wischte sich ihre Hände am Kittel ab und kam mit einem Tonkrug unterm Arm aus dem Nebenraum zurück. Mit der freien Hand schnappte sie sich beim Vorbeigehen noch den Mörser mit Stößel, der immer griffbereit auf dem hüfthohen Schränkchen unter dem Regal stand. Das Werkzeug aus Bronze machte leise klingende Geräusche, bis es auf den Tisch gestellt wurde und verstummte.

»Du kannst dich gleich an die Arbeit machen.«

Michael setzte sich und griff sich den dicken Metallstab. Greta öffnete den Krug und holte eine Handvoll daumendicker, schwarzer Wurzeln heraus.

»Ich habe sie erst letzten Herbst ausgegraben und getrocknet. Sie wirken bestimmt sehr gut.« Sie schnitt die Wurzeln in kleine Stücke und warf sie nacheinander in den Mörser vor ihrem Bruder, der sofort begann, die Pflanzenteile zu zermahlen.

»Feiner geht's nicht.« Frisches Wasser wurde in einer kleinen Schale zum Kochen gebracht und als Greta das Ergebnis im Mörser begutachtete und zufrieden nickte, rieb sich Michael erst einmal die schmerzende Handfläche.

»Wenn ich den Brei angerührt habe, musst du dich sogleich auf den Weg machen. Er muss warm auf die kranke Stelle gelegt werden.« An ihrer Stimme hörte Michael, dass sie sich ärgerte und es nicht guthieß, dass er die Nähe der Bürgerstochter suchte. Mit harschen Bewegungen schüttete sie das heiße Wasser in den Bronzebehälter und rührte den Wurzelbrei kräftiger als nötig um. Danach schnitt sie einen langen Streifen von einem Leinentuch ab und breitete ihn auf dem Tisch aus. Mit einem schmatzenden Geräusch landete das Gemenge auf dem Stoff und wurde glattgestrichen.

»Hier! Du musst selbst wissen, was du tust – wirst ja sehen, was du davon hast!«, gab sie ihm patzig zu verstehen.

Gut verpackt, um ein vorzeitiges Abkühlen zu verhindern, wanderte das Bündel unter Michaels Mantel. Wortlos zog er seine widerspenstige Schwester an sich, küsste sie liebevoll auf die Stirn und machte sich auf den Weg.

Wirre Bilder vom toten Fährmann tauchten aus dem Nebel auf. Er trieb unter der Wasseroberfläche und starrte Anna an. Dann öffnete sich sein Mund zu einem stummen Schrei und er versank mit ausgestrecktem Arm in der Tiefe, so, als wollte er sie im letzten Moment ergreifen und mit sich hinabziehen.

Anna gelang es, den Traum zu verdrängen, blinzelte und rieb sich die verklebten Augen. Es dauerte einen Moment, bis sie wusste, wo sie war. Nein, keine der Herbergen, in denen sie auf dem Weg hierher nach Wymphen genächtigt hatten. Es war ihre Schlafkammer. Ein großer Schrank bot viel Platz für Kittel, Kleider, Wäsche, Bänder und kostbares Tuch. Daneben stand die schwere hölzerne Truhe mit den Eisenbeschlägen, auf der sie während der Fahrt gesessen hatte. Ein Stuhl stand in der Ecke neben einem der beiden Fenster. Auf ihm würden wohl künftig Kleidungsstücke landen, die nicht mehr im Schrank verstaut wurden, die aber auch noch nicht schmutzig genug waren, als dass man sie schrubben und waschen musste. Anna gähnte herzhaft. Träge sah sie sich im Zwielicht des anbrechenden Tages das Muster an der Wand an. Dunkle Holzbalken durchzogen die weiß getünchte Fläche und teilten sie in große viereckige und kleine dreieckige Felder auf, an deren Rändern am Holz entlang ein Ornament, ein gleichmäßiges Wellenband in dunkler Farbe, verlief. In Wymphen gab es sicher nicht sehr viele Häuser, die sogar bis in die Schlafkammern mit Wandschmuck versehen waren! Anna rümpfte die Nase. Das stärker werdende Jucken brachte sie schließlich doch dazu, den Arm unter der warmen Decke hervorzustrecken und sich ausgiebig mit den Fingernägeln über die Kopfhaut zu kratzen. Um auch an die Stellen zu kommen, die gerade auf dem weichen Kissen gebettet lagen, richtete sie sich ruckartig auf und stützte sich dann schnell auf ihren Ellenbogen ab. Mit einem Stöhnen ließ sich Anna nach hinten gegen Walburga fallen. Das Gelenk schmerzte fürchterlich und war von dem Sturz ziemlich angeschwollen. Mit einem letzten lauten Schnarcher endete die Nachtruhe der Magd und verschlafen linste sie hinüber zu der jungen Frau, die mit schmerzverzerrtem Gesicht neben ihr kauerte und sich den Arm hielt. Anna hatte darauf bestanden, dass Walburga nicht in der Mägdekammer, sondern bei ihr im Bett schlief, und niemand hatte in der vergangenen Nacht noch groß das Bedürfnis, sich über Schlafgewohnheiten Gedanken zu machen. Heute würde alles in Ruhe besprochen und geordnet werden.

»Ach, herrjeh! … Ich habe verschlafen.« Plötzlich hellwach, strampelte die ältere Frau die Decke mit den Beinen fort und krabbelte über die stöhnende Anna hinweg aus dem Bett. Mit flinken Fingern zupfte sie an den Strümpfen, stieg in Rock und Lederpantoffeln und schlüpfte in ihr Leibchen, das sie seitlich verschnürte. Während Walburga die langen grauen Haare ordnete, schielte sie besorgt zu Anna hinüber.

»Kind, sobald ich das Feuer in Gang habe und das Essen auf dem Tisch steht, werde ich mir deinen Arm ansehen.« Sie stopfte die letzte kurze Strähne unter die Haube und kratzte sich am Hinterkopf. Anna folgte ihr, nur in einem langen Hemd, aus der Kammer hinaus auf den Gang. Vorne neben der Treppe öffnete sich die Tür zur Schlafkammer des Hausherrn und seiner neuen Frau. Steffen Brel trat heraus und musterte seine dürftig gekleidete Stieftochter. Er warf Walburga einen missbilligenden Blick zu, die sogleich mit gesenktem Blick an ihm vorbeieilte und die Holztreppe hinunterhuschte. Anna nickte kurz grüßend und wandte sich dann in die andere Richtung, um in der Kammer ihres Bruders zu verschwinden. Peter schlief noch tief und fest. Es hatte lange gedauert, bis er sich letzte Nacht wieder einigermaßen aufgewärmt hatte. Seine Kleidung war teilweise schon hart gefroren gewesen, und Burgl hatte alles erst einmal zum Trocknen am Feuer aufgehängt. Der Stiefvater hatte zwar auch eine Magd, kaum älter als Anna, aber das junge Ding hatte wohl noch nicht mit der Ankunft der Familie gerechnet und war in dem ganzen Durcheinander nur nervös wie ein aufgescheuchtes Huhn durch die Gegend gelaufen.

Mit ihrem unverletzten Arm zog sie an der Decke.

»Wach auf! Alle sind schon auf den Beinen.« Peter grub sich tiefer ein und antwortete nur mit einem dumpfen, unverständlichen Grunzen. Anna trat ans Fenster und sah hinunter auf die Scheune, die hinter dem Haus angebaut war.

»Nun mach schon!« Unsanft rüttelte sie jetzt an seiner Schulter. »Wenn wir etwas gegessen haben, sehen wir uns die Stadt an.«

Das wirkte. Neugierig geworden stand er auf und war schon fast angezogen, als seine Schwester in ihre Kammer zurückkehrte und sich, da sie einen Arm so gut wie nicht benutzen konnte, umständlich die Kleider überzog. Die Haare würde Burgl ihr flechten müssen, und die Brosche ihres Vaters würde sie sich heute auch nicht selbst anstecken können. Anna sah gerade durch eines der Fenster auf den leeren Marktplatz und hinüber zum Ratshaus, als unten mit einem Mal Tumult zu hören war. Eine Tür knallte und sie hörte Steffen Brel schreien. Eilig legte sie das Schmuckstück zurück in die Lade des kleinen Tischchens und hastete zwei Stockwerke nach unten in die Küche.

Ihre Mutter Amalia hatte sich inzwischen auch eingefunden und saß mit Peter zusammen am Tisch. Beide waren mucksmäuschenstill und sahen eingeschüchtert zu Steffen hinüber, der breitbeinig mitten im Raum stand und wie ein wilder Ochse schnaubte. Walburga stand am Feuer, bereitete angespannt weiter das Essen zu und wagte nicht aufzublicken. Am anderen Ende des Raumes, vor der Tür zu ihrer Kammer, stand Agathe Hornmilch. Das arme Ding zitterte und Tränen liefen ihr über die dicken Backen. Bei ihrer Ankunft hatte sie sie im Dunkeln nicht genau gesehen. Die junge Magd war so groß wie Anna und ihre schwarzen Haare umrahmten das bleiche Gesicht, wodurch ihre fleischigen Lippen noch mehr auffielen. Ihr Rock war zerknittert und über ihre Wange zog sich eine rote Furche. Zweifellos hatte sie in ihren Kleidern geschlafen.

»Wie kannst du es wagen?«, donnerte Steffen erneut los und ballte die Fäuste. Die Zornesröte stieg ihm noch mehr ins Gesicht und seine Augäpfel quollen bedenklich hervor. Während er sprach, ging er einen Schritt auf Agathe zu. Sie blinzelte und zog den Kopf ein, als hätte sie Angst, Schläge zu bekommen. Da Steffen mit dem Rücken zu ihr stand, traute sich Anna ihrer Mutter einen fragenden Blick zuzuwerfen. Amalia schüttelte nur unmerklich den Kopf und forderte sie mit einer winzigen Geste auf, am Tisch bei ihnen Platz zu nehmen. Um die Aufmerksamkeit des zornigen Familienoberhaupts nicht auf sich zu ziehen, schlich Anna auf Zehenspitzen hinüber und ließ sich geräuschlos auf einen Stuhl gleiten.

»Was soll ich hier mit deinem Balg? Ein Maul mehr zu stopfen, und arbeiten kannst du auch nicht gescheit, da du's ja hüten musst!«

Anna horchte auf. Ein Kind? War die Magd schwanger? Sicher, der Bauch war etwas fülliger und die Schnürung an der Seite des Leibchens stand weiter auf, aber warum sollte Steffen erst jetzt davon erfahren haben?

Agathe schniefte, wischte sich mit der Hand über das nasse Gesicht, gab jedoch keine Antwort. Steffen hatte die dicken Arme in seine Seiten gestemmt und stapfte vor ihr auf und ab.

»Weiß Gott! Schande genug, dass meine Magd Unzucht getrieben hat und geschwängert wurde. Es haben sowieso alle gedacht, ich wär's gewesen. Gerade deswegen hat dich der Rat auf mein Drängen hin länger in's Nonnentürmchen gesperrt – und trotzdem hast du den Kindsvater nicht preisgegeben! Würdest du den Namen nennen, müsste er es wiedergutmachen. So aber trägst du die Strafe allein. Ich habe dich unter der Bedingung weiter in meinem Hause geduldet, dass du hier deinen Dienst tust, dann im Heilig-Geist-Spital niederkommst und den Balg in dortiger Obhut lässt, ehe man dich aus der Stadt jagt!« Seine Stimme überschlug sich beinahe und hörte sich nach dem anhaltenden Gebrüll mittlerweile auch schon etwas heiser an. Anna sah Agathe an. Sie schluchzte unentwegt und tat ihr wahrhaftig leid. Peinlich berührt senkte Anna den Blick. Der Stoff, der sich straff über die prallen Brüste der Magd spannte, hatte sich durch die auslaufende Milch bereits dunkel verfärbt. Mit ihrem Schultertuch versuchte sie, den nassen Fleck zu verbergen.

»Geh' mir aus den Augen!« Steffen scheuchte sie mit der Hand in ihre Kammer, setzte sich an den Tisch und wartete zornig mit klopfendem Finger auf seine Mahlzeit. Keiner der Anwesenden gab einen Laut von sich. Nur in der Kammer hörte man kurz das leise Quäken des Neugeborenen, ehe es die Milchquelle fand und zufrieden verstummte.

»Ich habe mit dem Staffel David geredet«, wandte sich Steffen an seinen Stiefsohn, während er sich zu dem Brei noch ein Stück Brot in den Mund stopfte. Bis zu diesem Augenblick hatte niemand ein Wort gesprochen und das Essen schweigend eingenommen – immer noch in Gedanken bei dem, was sich gerade in der Küche abgespielt hatte.

»Du wirst eine Küferlehre bei ihm beginnen«, stellte Steffen fest, ohne Peter zu fragen. »Und mach mir ja keine Schande!« Die Luft entwich mit einem lauten Geräusch aus seinem Magen, und nun war wieder Platz für ein paar Schluck Bier. Anna bemerkte die Anspannung und das Zögern ihres Bruders. Sie wusste, dass er handwerklich nicht sonderlich begabt war. Sein Wunsch war es schon seit jeher gewesen, zum Oheim nach Haydelberch zu gehen, um dort ein Studium zu beginnen. Seine Mutter hatte es so bereits vor einiger Zeit mit ihrem Bruder Martin Severus abgesprochen und er war bereit, seinen Neffen bei sich aufzunehmen.

»Wir werden den Staffel nachher auf dem Rossmarkt treffen. Du begleitest mich. Wir werden uns nach einem neuen Gaul umsehen.«

Peter nickte ergeben, antwortete seinem Stiefvater aber nicht weiter. Dann wurde wohl nichts aus dem Rundgang mit Anna. Seine Laune sank noch weiter.

Anna durchfuhr es wie ein Blitz. Wie würde es wohl ihrem Pferd gehen? Hatte es die Nacht gut überstanden? Sobald sich die Gelegenheit bot, würde sie in der Scheune hinterm Haus nach dem verletzten Tier sehen.

Draußen vor dem Haus waren Stimmen zu hören. Steffen horchte kurz, erkannte sie und stand schwerfällig auf.

»Das ist der Conrat Korber – unser Alter Bürgermeister. Anna ... Peter! ... Geht nach oben in die große Stube. Wir kommen gleich nach.« Amalia nickte den beiden ernst zu und folgte ihrem Gatten zur Tür, um das Ratsmitglied zu begrüßen.

Anna stieß Peter ungeduldig in die Seite. »Komm, steh auf! Sie kommen sicher gleich.«

Peter ließ sein Essen stehen, und die Geschwister begaben sich nach oben in den ersten Stock, um auf den Besuch zu warten. Der große Raum war beheizt und mit schön gearbeiteten Stühlen, einem Tisch und einer Truhe ausgestattet. In einem Regal an der Wand standen Gläser, außen teilweise mit Glasnoppen oder Metallbändern aufwendig verziert. Die Wände waren hier nicht nur einfach mit einem laufenden Wellenornament geschmückt, wie es oben in Annas Kammer zu finden war. Nein, hier rankten sich gemalte grüne Pflanzen nach oben bis an die dunkle Holzdecke. Anna sah sich staunend um. Zweifelsohne diente die Ausstattung dieses Raumes dazu, Besucher zu beeindrucken und den Wohlstand und Besitz der Bewohner zur Schau zu stellen.

Die Treppenstufen knarrten. Peter und Anna drehten sich neugierig zur Tür und warteten auf die noch unbekannten Gäste. Zuerst trat ein großer, hagerer Mann ein. Die Kopfbedeckung, ein mit bunten Schnüren verziertes Barett aus dunklem Stoff, hatte er bereits abgenommen, und so fiel Anna sofort seine glänzende Glatze ins Auge. Rundherum stand nur noch ein Kranz aus langen grauen Haaren, und das, was oben auf dem Haupt fehlte, war an den buschigen Augenbrauen zu viel. Trotz der Falten und tiefen Furchen im Gesicht wirkte er freundlich, strahlte jedoch eine natürliche Autorität aus. Anna lächelte und nickte ihm, ebenso wie Peter, höflich zu. Gleich nach ihm betrat eine junge Frau das Zimmer. Sie war von zierlichem Wuchs und hatte die hellen Haare kunstvoll geflochten. Unter ihrem Mantel kam ein schönes Gewand aus edlen Stoffen zum Vorschein. Ihre Augen blitzten heiter und sie warf Peter, obwohl er offensichtlich ein paar Jahre jünger war, einen kessen Blick zu. Sofort bekamen seine Wangen ein wenig Farbe und er straffte die Schultern. Anna musste ein Kichern unterdrücken.

»Conrat, das ist der Sohn meiner Frau, … Peter, und das ist Anna. Sie ist im gleichen Alter wie Apollonia.« Steffen unterhielt sich mit dem Ratsmitglied, ohne sich weiter um dessen Tochter oder gar seine eigene Frau zu kümmern. Die Höflichkeitsfloskeln waren erschöpft, und der Gast griff nach seinem Barett, das er zuvor auf dem Tisch abgelegt hatte.

»Wir haben einige Dinge zu besprechen und sollten uns auf den Weg machen.« Mit ernsthaften Mienen verließen die hohen Herren den Raum.

»Vater? Ich werde noch hier bei Anna bleiben, wenn du gestattest«, trällerte ihm seine Tochter hinterher und drehte sich schmunzelnd um. Sie zog ihre Handschuhe aus und setzte sich auf einen der schweren Stühle.

»Peter, kannst du mich bitte nach unten begleiten?« Amalia wirkte erschöpft und streckte den Arm aus, um sich von ihrem Sohn aufhelfen zu lassen. Seinem Gesichtsausdruck nach war er davon gar nicht begeistert, denn die Tochter des Bürgermeisters hatte schon sein Interesse geweckt, und wenn er die große Stube einmal verlassen hatte, gebot es die Höflichkeit, dass er nicht einfach wieder ohne Grund hereinkommen konnte, um sich zu den jungen Frauen zu setzen.

»Ich bin die Apollonia Korber«, stellte sie sich noch einmal freundlich vor, als sie allein waren, und winkte Anna lächelnd zu sich heran, damit sie gegenüber Platz nahm.

»Ich habe darauf bestanden, dass ich mitkomme, um dich kennenzulernen. Wir werden uns bestimmt bestens verstehen.« In ihrem schmalen Gesicht waren einige blasse Sommersprossen zu entdecken und die blauen Augen funkelten neugierig.

»Also, Anna, von dem Unglück mit dem Kilian Vörg habe ich schon gehört. Du kannst dir sicher denken, dass solche Neuigkeiten meinem Vater immer sofort überbracht werden. Hast du denn gesehen, wie er ertrunken ist?« Apollonia hatte munter drauflos geredet und war ohne große Umschweife genau zu dem Thema gekommen, das sie am meisten interessierte. Jetzt beugte sie sich neugierig mit großen Augen zu Anna herüber.

»Ähm, also, … na ja.« Apollonias Direktheit überraschte Anna. »Eigentlich glaube ich nicht, dass er ertrunken ist«, gab sie schließlich zu.

»Ach, … und wieso nicht?« Anna räusperte sich. »Der Scharfrichter meinte, dass das Genick durch den Aufprall auf den Pfahl schon vorher gebrochen war – und er muss es ja schließlich wissen, oder?« Unsicher zuckte Anna mit den Schultern.

»Soso, dann stimmt es also, dass dem alten Johannes Kremer sein Sohn wieder da ist?« Apollonia hatte sich nach hinten angelehnt und klopfte sich auf einen Schenkel. »Erzähl!«, forderte sie ihre neue Vertraute auf. »Wie sieht er denn aus? Ich kann mich gar nicht recht an ihn erinnern.« Nachdenklich zog die Tochter des Bürgermeisters die Stirn in Falten. »Ich denke, er war groß gewachsen, ziemlich schlaksig und immer sehr ernst – aber diese dunklen, beinahe schwarzen Augen …«

Anna fiel ihr ins Wort und lachte verlegen auf, als sein Bild in ihrem Kopf entstand. »Als dünn kann man ihn wahrhaftig nicht mehr bezeichnen. Du wirst sicher überrascht sein, welch ein stattlicher Mann aus ihm geworden ist.« Anna wurde schlagartig bewusst, was sie da gerade gedankenlos über den Henker gesagt hatte, und beeilte sich hinzuzufügen: »Wäre, … ich meinte: ›geworden wäre‹, wenn er denn den angesehenen Bürgersleuten angehören würde!« Sie ließ ihre Worte verächtlich klingen und suchte mit heißen Wangen nach einem anderen, unverfänglichen Thema. Apollonia ließ sich nichts anmerken, aber Anna schalt sich selbst eine dumme Gans. Was war nur los mit ihr? Nachher wurde ihr noch nachgesagt, dass sie gut Freund sei mit dem Nachrichter. »Komm mit! Ich werde kurz nach meinem Pferd sehen, und danach kannst du mir ein bisschen die Stadt zeigen. Was hältst du davon?«

Apollonia nickte zustimmend und die beiden jungen Frauen machten sich auf den Weg, nachdem Walburga in der warmen Stube noch schnell Bänder in Annas Haare geflochten und die Zöpfe dann mit Nadeln ordentlich am Kopf befestigt hatte.

Der Himmel über dem Marktplatz war mit schweren, grauen Wolken verhangen. Hier und da wehte eine einzelne winzige Flocke vorbei, und der eisige Wind trieb Anna die Tränen in die Augen. Die Spuren von Mensch und Tier waren durch die Kälte hart gefroren und bildeten einen unebenen Grund. Vorsichtig, aus Angst, erneut auf das geschwollene Gelenk zu fallen, stakste Anna in ihren ledernen Pantoffeln vor Apollonia her. Beide verzichteten auf Trippen. Zum einen hätten diese noch mehr Vorsicht auf dem teilweise glatten Untergrund verlangt und zum anderen war der Dreck, vor dem sie im Allgemeinen schützen sollten, sowieso gefroren. Im Gänsemarsch kamen die beiden hinterm Haus an und blieben vor der offenen Scheunentür stehen.

»… und wenn Ihr hier fertig seid, erwarte ich Euch später auf dem Rossmarkt.« Mit diesen Worten drehte sich Steffen Brel zum Alten Bürgermeister um und stapfte mit ihm, ihren missmutigen Bruder Peter im Schlepptau, die Gasse entlang.

Anna sah fragend zu ihrer Begleiterin. Wer war da noch im Stall bei ihrem Pferd? Sie spähte ins Innere, wo Michael gerade im Begriff war, das Leinentuch mit dem Beinwurzbrei auszuwickeln. Die geräumige Scheune war in verschiedene Bereiche aufgeteilt. Hühner und anderes Federvieh befand sich im mit Stroh ausgelegten hinteren Teil. Arbeitsgeräte und Wagen standen auf der anderen Seite, und vorne, in der Nähe des Scheunentors, war das mächtige Pferd angebunden. Trotz der Kälte waren einige Klappen in der Holzwand aufgestellt, damit das dürftige Tageslicht einfallen und dem Nachrichter seine Arbeit erleichtern konnte. Als er die beiden erblickte, hielt er kurz inne und neigte den Kopf zu einem stummen Gruß. Er erkannte Annas Begleiterin. Aus dem Mädchen war eine hübsche Frau geworden. Apollonia trat neugierig hinter Anna hervor und musterte ihn ungeniert. Michael ließ sich nicht ablenken und arbeitete konzentriert und ohne aufzublicken weiter.

»Da Ihr schon einmal hier seid, könnt Ihr Euren Gaul beruhigen und ein wenig ablenken. Dann kann ich besser arbeiten. Der Brei ist noch warm, und vermutlich wird er versuchen, das Tuch abzustreifen.« Er richtete sich auf und stand jetzt neben dem Pferd, den dampfenden Wickel in beiden Händen. Abwartend sah er Anna an, die sich nicht von der Stelle rührte. Ihr war sofort aufgefallen, dass er sich den Bart abrasiert hatte. Allerdings trug er, soweit sie das beurteilen konnte, immer noch die gleiche Kleidung wie in der Nacht. Seinen Mantel dagegen hatte er abgelegt, um sich besser bewegen zu können. Apollonia stieß sie nach einigen Momenten kräftig mit dem Arm an und als auch noch ein winziges Lächeln um ihre schmalen Lippen spielte, setzte sich Anna verärgert in Bewegung. In einem weiten Bogen lief sie um ihn herum zum Kopf des Tieres, wo sie das weiche Fell an den Ohren kraulte und leise auf das Pferd einredete. Michael bemühte sich, sie nicht zu offensichtlich anzustarren, und senkte den Blick, während er sich dem hinteren Bein näherte. Der Huf wurde noch immer nicht belastet und es würde heikel werden, die schmerzende Stelle zu berühren. Kniend rutschte er heran und legte das Tuch zuerst an der Innenseite an. Ein ordentlicher Tritt und er würde sich selbst von seiner Schwester pflegen lassen müssen. Aus dem Augenwinkel heraus sah er, wie sich die schön gearbeiteten Pantoffeln entfernten. Anna huschte kurz zu einem Korb an der Wand und griff sich einen schrumpeligen Apfel aus dem letzten Jahr. Vermutlich hatte Steffen Brel das Obst gerade erst mit in die Scheune gebracht, denn es war nicht gefroren. Das Pferd schnappte gierig nach dem Leckerbissen und kaute genüsslich darauf herum. Michael nutzte diesen

Moment. Zügig, aber dennoch sorgfältig wickelte er die heilende Paste um das Gelenk und befestigte das Ganze noch mit einer weiteren Lage Bänder, die er mehrfach verknotete.

»Geschafft! Eure Idee mit dem Apfel war wirklich gut.« Triumphierend präsentierte er den Verband und lächelte Anna verlegen an. Auch Anna war erleichtert, dass der Braune keine Schwierigkeiten gemacht hatte, und klopfte ihm den Hals. Apollonia schlenderte in der Scheune umher und ließ Michael dabei nicht aus den Augen. Eigentlich war seine Arbeit getan, aber er machte immer noch keine Anstalten zu gehen. Länger als nötig wickelte er an seinen Hemdsärmeln.

»Was macht Euer Arm? Ihr schont ihn offensichtlich. Schmerzt er noch sehr?« Gütiger Gott! Was war nur in ihn gefahren? Konnte er es tatsächlich wagen, sie anzusprechen? Noch dazu, wenn eine Zeugin anwesend war?

Annas Kopf erschien neben dem des Pferdes. Irritiert von seiner Frage hatte sie aufgehört, das Pferd zu streicheln. »Äh … danke der Nachfrage. Es geht mir gut«, antwortete sie affektiert, um ihre Unsicherheit zu überspielen. Schnell drehte sie sich um, ließ ihn stehen und eilte zu Apollonia. Im Vorbeigehen zog sie sie mit sich und schritt zum Scheunentor.

Apollonia hatte den Kopf immer noch nach hinten gewandt, als sie mit Anna sprach, ohne sich zu bemühen, die Stimme zu senken und leise zu sprechen. »Du hattest wirklich absolut Recht mit dem, was du vorhin sagtest!«

Mit diesen Worten waren die beiden aus seinem Blickfeld verschwunden. Ratlos blieb er noch eine Weile neben dem Pferd stehen und starrte auf das kurze Fell. Was hatte die Korber Apollonia damit gemeint? Mit was hatte die Jungfrau Anna recht? Sie hatten über ihn gesprochen – aber sicher nur im Zusammenhang mit dem Unglück auf der Fähre, oder? Er ärgerte sich über sich selbst. Was war er doch für ein Narr! Seine Schwester hatte es ihm gleich gesagt. Wahrscheinlich hatten sich die Töchter der hohen Ratsherren einen Spaß erlaubt, schlechte Reden geführt und sich über ihn lustig gemacht. Zornig packte er seine Sachen zusammen und ging.

Apollonia hatte sich bei Anna untergehakt und prustete lachend los, als sie deren empörtes Gesicht sah. »Nun hab dich doch nicht so. Er weiß ja nicht, dass du ihn für ein stattliches Mannsbild hältst! Du könntest alles Mögliche über ihn gesagt haben«, neckte sie.

»Tue ich gar nicht! Einen Henker? Du bist ja nicht bei Sinnen!« Anna war abrupt stehen geblieben und knuffte sie in den Arm. »Wenn du weiter solche ungehörigen Reden führst, dann wirst du dir eines Tages die Predigt im Stehen anhören müssen«, prophezeite Anna und schaute, wie um sich zu vergewissern, dass niemand ihr Gespräch mit angehört hatte, prüfend die fast menschenleere Gasse entlang.

»Mein Vater ist der Bürgermeister. Was soll mir da schon groß passieren?«, gab Apollonia frech zur Antwort und stolzierte weiter. Unterwegs wurde Anna von ihrer neuen Freundin hinter vorgehaltener Hand darüber unterrichtet, wer in welchem Haus wohnte und wem sie gerade begegneten. Die vielen Namen und die dazugehörigen Gesichter würde sie sich jedoch wahrscheinlich sowieso nicht alle merken können. Sie passierten den Löwenbrunnen und das Haupttor.

»… und das da hinten …«, Apollonia blieb stehen und zeigte auf ein allein stehendes Haus abseits der Speyrer Straße, »… das ist das Scharfrichterhaus. Dort wohnt der Kremer Johannes mit seiner Sippe – da ist einmal seine Tochter Margaretha. Sie ist mit dem Gröpler Wilhelm – einem auswärtigen Henkersgehilfen – verheiratet. Die beiden haben ein Mädchen, die kleine Elisabeth müsste jetzt fünf Jahre alt sein. … Und dann ist da natürlich noch sein Sohn Michael, den du ja schon zur Genüge kennen gelernt hast.« Anna betrachtete neugierig das Haus. Wenn aus dem Kamin nicht der graue Rauch aufgestiegen wäre, hätte man meinen können, es sei unbewohnt. Trotzdem verrieten auch die Spuren im Schnee, dass dort viele Leute ein und aus gingen. Unwillkürlich fasste sie sich an ihren Arm. Wenn keine Besserung eintrat, dann würde Burgl sie mit Sicherheit auch bald hierher zur inneren der beiden Stadtmauern schleppen. Apollonia wartete schon ungeduldig und so folgte Anna ihr der Speyrer Straße entlang durch das gleichnamige Tor hindurch. Das Stimmengewirr war lauter geworden. Hier, außerhalb der zweiten Mauer, war schon viel los, und jetzt erkannte Anna auch den Grund für den doppelten Mauerbau. Von dieser Seite konnte die Stadt über die Ebene viel leichter angegriffen werden als von der steilen Nekkerseite.

Auf dem schneebedeckten Feld waren Händler aus der Gegend vertreten, die ihre Rösser zum Kauf anboten: stämmige Arbeitstiere, Stuten mit ihren Fohlen aus dem vergangenen Jahr und auch sonstiges Nutzvieh wie Ochsen und Kühe. Die Tiere waren mit langen Seilen an Holzpflöcken angebunden, hatten vor sich Heu liegen, das sie genüsslich kauten oder bereits schon wieder verdaut hatten und in dampfenden Kugeln rücklings wieder abgaben. Hier und da brannten einige Feuer, um die die Männer standen, die sich während des Wartens oder zwischen dem Aushandeln des Kaufpreises ein wenig aufwärmen wollten. Da die Mittagsstunde inzwischen auch schon überschritten war, mehrten sich Frauen, die in großen flachen Körben allerlei Köstlichkeiten feilboten. Der kalte Wind hatte sich zum Glück gelegt, und die beiden jungen Mädchen schlenderten über das Feld und sahen sich das Treiben an, bis Gejohle und wüste Beschimpfungen Annas Aufmerksamkeit erregten. An der Stadtmauer, unweit des Speyrer Tores, hatten drei halbwüchsige Jungen einen Mann in die Enge getrieben. Er stand wortwörtlich mit dem Rücken zur Wand. Seine Kleidung war schmutzig und verschlissen. Ausgebesserte Stellen mit aufgenähten Flicken waren auf Höhe der Knie zu sehen und er trug nicht einmal eine einfach gearbeitete Schaube, wie etwa ein gewöhnlicher Handwerker ohne Meistertitel. Er hatte nur eine filzige Decke über Kopf und Oberkörper geworfen, die er unterm Kinn mit einer Hand zusammenhielt, während er sich mit der anderen auf seinen Bettelstab stützte. In geduckter Haltung drehte er sich immer wieder mit dem Gesicht zur Mauer, um den harten Schneekugeln auszuweichen, die ohne Unterlass auf ihn niederprasselten und weiße, runde Flecken auf seinem Rücken hinterließen, wenn sie dort abprallten. »Los! Die Judensau gibt ein besseres Ziel ab als die Korbscheiben beim Schützenfest!«, stachelte Lennhart Entenbeker seine beiden Kumpanen an, die mit einem hämischen Lachen antworteten. Unermüdlich bückten sich die Jungen, griffen in den Schnee und formten neue Geschosse. Anna beobachtete das Ganze mit einem unguten Gefühl aus einiger Entfernung. Die Leute scherten sich nicht darum, dass der Jude so drangsaliert wurde. Wenn sie sich überhaupt beim Vorbeigehen darum kümmerten, dann blieben sie nur kurz stehen und gafften.

»Die drei sind unzertrennlich – wie Pech und Schwefel«, klärte Apollonia Anna auf. »Der da ganz links, der ihn Judensau genannt hat, das ist der Lennhart. Sein Vater ist der Spitalpfleger Wilhelm Entenbeker. Der in der Mitte heißt Albrecht. Sein Vater ist der Wymphener Ungelter Mathias Hoffmeister und der dritte im Bunde – Conrath – ist dem Rechner Sun Claus sein Sohn.« Beinahe unbeteiligt hatte Apollonia die Namen der Übeltäter aufgezählt, die jetzt, ziemlich außer Atem, ihren Beschuss langsamer fortsetzten. Das Opfer hatte sich inzwischen mit eingezogenem Kopf auf den Knien zusammengekauert und wartete reglos darauf, dass die Halbstarken von ihm ablassen würden. Ismail Süsskind hatte schon so manche Begegnung mit der Dreierbande über sich ergehen lassen müssen. Früher oder später würden sie ihn zufriedenlassen – bis zur nächsten Gelegenheit. Lennhart blieb breitbeinig einige Schritte von dem Gepeinigten entfernt stehen, zog den Rotz hoch und spuckte aus. Durch die Anstrengung hatte er rote Backen bekommen und sein Atem bildete eine weiße Wolke. Sein Blick wanderte hoch zum Speyrer Tor und er zuckte kurz zusammen. Sein verächtliches Grinsen verschwand, als er Albrecht und Conrath geschwind an den Ärmeln zupfte, damit sie ihm folgten. Die drei schüttelten sich den restlichen Schnee von den kalten, roten Händen und beeilten sich, sich möglichst unauffällig unter die Menge zu mischen.

»Jetzt haben sie aber flinke Beine bekommen!«, spottete es ihnen aus der Menge nach. Anna trat hinter einer Frau hervor, die ihr die Sicht versperrte, um zu sehen, was den Sinneswandel der Tunichtgute verursacht hatte. Michael Kremer war mit gemächlichen Schritten vom Speyrer Tor her an der Mauer entlang direkt auf die Jungen zugegangen. Er trug jetzt zusätzlich zu seinem dunklen Mantel einen für alle sichtbaren roten Umhang über den Schultern. Da er erst kurz in der Stadt war, musste er sich jedermann als das, was er war, zu erkennen geben. Ein Stück neben Ismail Süsskind blieb er stehen und kramte eine Münze hervor, die er ihm vor die Füße in den Schnee warf. Ismail linste unter seiner Decke hervor und vergewisserte sich, dass die Angreifer tatsächlich das Weite gesucht hatten. Verblüfft wanderte sein Blick an dem Mann empor, der sich ohne ein weiteres Wort umdrehte und auf Steffen Brel zuging, der bereits auf ihn wartete. Ismail Süsskind blies mehrmals kräftig über die Münze und machte sich eilig auf, um damit frische Backwaren zu erstehen und seinen Hunger zu stillen.

»Nun, was denkt Ihr? Sagt Eure Meinung nur frei heraus!« Steffen Brel stützte sich mit einer Hand am wohlgeformten Hinterteil des Pferdes ab, das der Scharfrichter gerade in Augenschein nahm. Der ließ sich jedoch nicht drängen, sondern schritt langsam und konzentriert um das Tier herum, um es genau zu begutachten – wachsam beäugt vom Besitzer, der sich hier auf dem Wymphener Rossmarkt einen guten Preis erhoffte. Wenn sich allerdings ein eventuell schlechtes Urteil herumsprach, dann musste er das Pferd entweder mit zurück in den heimischen Stall nehmen oder weit unter seinem Preis verkaufen. Michael fühlte die Mähne, tastete die Fesseln ab und sah sich jedes Hufeisen einzeln an. Er untersuchte die Ohren auf Schmarotzer und prüfte den Glanz der Augen, ehe er langsam nickte und sich die Haltung des Tieres nochmals aus einiger Entfernung ansah. Abschließend griff er sich die weiche, haarige Oberlippe unterhalb der Nüstern, um das Maul zu öffnen und freien Blick auf das Gebiss zu haben.

»Das Pferd ist gesund und wohlgenährt«, teilte er dem Ratsherrn sein Urteil mit. »Es spricht nichts gegen den Kauf.« Seine Arbeit war getan und Michael trat wieder einige Schritte zurück, während Steffen Brel noch über den Preis verhandelte und schließlich doch den Kauf mit einem Handschlag besiegelte. Zufrieden wandte er sich an den Sohn seiner Frau, der die ganze Zeit schweigend neben ihm gestanden hatte.

»Peter, dort hinten habe ich den Staffel David gesehen. Wäre doch gelacht, wenn wir nach dem Kauf nicht auch noch einen anderen Handel erfolgreich abschließen könnten, nicht wahr? Sein Sohn Heinrich ist auch dabei. Er ist ein paar Jahre älter als du und kann dir auch schon eine Menge beibringen. Du wirst bei den beiden in die Lehre gehen. Stell dich ihnen vor – und danach bringst du den Gaul in den Stall.« Zielsicher steuerte Steffen Brel den Küfer an, ohne den Nachrichter eines weiteren Blickes zu würdigen, und Peter folgte schlecht gelaunt.

Michael warf unauffällig einen Blick über seine Schulter und suchte in der Menge nach Annas Gesicht. Er hatte sie gesehen, als er dem mit dem Bettelstab ein Almosen zugeworfen hatte. Sein Herz hüpfte und ihm wurde beinahe ein wenig übel, als er sie nun wieder entdeckte. Anna unterhielt sich lachend mit der Bürgermeistertochter, wärmte sich an einem der Feuer und sah sich das bunte Treiben an. Er hätte sie noch länger ansehen mögen, aber eine sanfte Berührung am Arm ließ ihn den Blick abwenden.

»Bertha!« Erstaunt zog er die dunklen Augenbrauen hoch. Vor ihm stand Bertha Setzler – eine stadtbekannte Hübschlerin. Die üppigen kupferfarbenen Locken fielen ungebändigt über ihrem Umhang, den sie vorne mit in die Seiten gestemmten Händen offen hielt. Sie wiegte aufreizend die Hüften, um die die gelben und roten Dirnenbänder gebunden waren, und beugte den Oberkörper etwas vornüber, damit ihre Brüste in dem engen Mieder zur Geltung kamen. Mit einem kessen Augenaufschlag blinzelte die junge Frau zu Michael hoch, und ihre rot gefärbten Lippen verzogen sich zu einem Schmollmund.

»Na, wen haben wir denn da? Wenn das nicht der Michel ist. Bist zurückgekommen, weil du Sehnsucht nach mir hattest, hä?« Berthas Hand lag jetzt auf seiner Brust und bewegte sich langsam nach unten zu seinem Gürtel. Peinlich berührt bemerkte Michael die verstohlenen Blicke der anderen und machte schnell einen Schritt rückwärts. Verlegen grinste er sie an und seufzte. Er mochte es nicht, wenn sie sich so aufführte. Michael kannte sie schon einige Jahre. Sie war damals mit fahrendem Volk während eines Marktes nach Wymphen gekommen und geblieben – wegen ihm, wie sie ihm eines Abends, zu sehr dem Wein zugetan, gestanden hatte.

»Wegen meiner Familie.«

Ihr Lächeln verschwand. »Mir wär's lieber gewesen, du hättest mich jetzt angelogen.« Traurig sah sie ihn an und wickelte sich wieder in den Umhang ein.

»Und auch wegen dir.« Entschuldigend zuckte er die Schultern und strich ihr mit einer Hand die Locken aus dem Gesicht. Sofort fiel sein Blick auf das Diebeswappen. Die sonst blassen Narbenlinien auf ihrer Wange hatten sich auf Grund der Kälte rot verfärbt. Sachte fuhr er mit dem Daumen darüber. Stolz reckte sie ihr Kinn, ließ ihn aber gewähren. Das Brandmal war die Strafe gewesen für einen lange zurückliegenden Diebstahl.

»Es ist ganz schön kalt hier draußen, … wir könnten uns ein Lager suchen und uns aufwärmen.«

Michael legte ihr den Finger auf den Mund und unterbrach sie, ehe sie den Satz vollenden konnte. Er hatte noch nie das Bett mit ihr geteilt, und so wie Bertha ihn gerade ansah, würde sie für ihre Dienste nicht einmal Münzen verlangen. Enttäuscht starrte sie vor sich auf den Boden.

»Ich werd' mich mal wieder auf den Weg machen.« Michael zwinkerte ihr zu und machte sich auf zu einer letzten Runde über den Markt.

»Lass dich aber ja nicht von fremden Frauen ansprechen!«, rief sie ihm, jetzt wieder ganz keck, hinterher.

»Hast du gesehen, wie sie ihm schöne Augen gemacht hat? Dass sich eine wie sie nicht schämt, so offenkundig ihre Dienste anzubieten! … Und ihm schien es sogar gefallen zu haben«, entrüstete sich Anna und kratzte sich abwesend am Hinterkopf. Sie hatte genau gesehen, wie der Nachrichter verschämt gegrinst hatte, als die Rothaarige mit ihren Reizen kokettierte. Apollonia aber hob nur gleichgültig die Schultern.

»Gleich und gleich gesellt sich eben gern. Was schert uns das? Sollen die beiden doch Unzucht treiben, wie sie wollen. Solange er nicht verheiratet ist, kann er unter ihre Röcke schlüpfen oder die Nacht in ihren Laken verbringen, wann immer er will. Die Hure ist sich anscheinend nicht zu schade für einen Henker.« Apollonia schüttelte sich angewidert und wollte sich gerade noch weiter über das Thema auslassen, als Anna einen Finger auf die Lippen legte und die Bürgermeistertochter so zum Schweigen brachte. Walburga kam in großen Schritten auf die beiden zu und blieb dann ganz außer Atem vor ihnen stehen. Ihr großer Busen hob und senkte sich deutlich, als sie stockend zu reden begann: »Kind, ich habe mir … Sorgen gemacht. Du bist schon … den ganzen Tag außer Haus. Ich wusste vor Arbeit nicht, wo ich zuerst hinlangen sollte. Deiner Mutter helfen – sie ist wieder sehr schwach …« Burgl schwenkte ihren Körper mit gestikulierenden Händen von der einen Seite auf die andere. »… Oder mich um die Agathe kümmern. Das arme Ding ist ganz verstört. Ich weiß nicht, wie lange sie schon nicht mehr geschlafen hat. Sie kommt mit dem Kind noch nicht so zurecht, und da habe ich es ihr für ein paar Stunden abgenommen.«

Apollonia hatte natürlich alles mit angehört und mischte sich jetzt ganz selbstverständlich ein: »Es gibt da einen Händler … er ist heuer auch wieder hier zum Rossmarkt gekommen … der verkauft einen guten Trank. Für deine Mutter und die junge Magd im Wochenbett ist er gleichermaßen geeignet. Er weckt die Lebensgeister und hat eine vortreffliche Heilkraft.« Apollonia hatte überzeugend gesprochen und nickte ernst. Interessiert fragte Burgl nach dem Händler und ließ sich den Weg zeigen. Da sich Apollonia alsbald verabschiedete, um in der dunklen Jahreszeit rechtzeitig zu Hause zu sein, zogen Anna und die Magd zu zweit weiter, um den Standplatz des Händlers ausfindig zu machen.

»Und wenn wir diesen Trank erstanden haben, werden wir auf dem Weg nach Hause noch beim Nachrichter an die Tür klopfen. Die Agathe hat mir erzählt, dass die Tochter mit Kräutern ganz geschickt ist.« Burgl hatte leise gesprochen, und Anna sah erstaunt auf.

»Was brauchst du denn von dem Henker, das du nicht auch von einem Händler erstehen könntest?«

Die Magd rümpfte die Nase. »Auf dem Weg hierher haben wir uns in einer der Herbergen ein paar Läuse eingefangen. Deine Mutter hat bei mir nachgesehen … und da wir mehr als einmal im gleichen Bett genächtigt haben, werden die Plagegeister sich auch bei dir eingenistet haben.« Wie zur Bestätigung fuhr sich Anna mit dem Finger hinters Ohr und kratzte sich.

»He, Casper, beeil dich, ich steh mir sonst noch die Beine in den Bauch!« Der Mann vor ihnen lehnte ungeduldig am Holzrad und hatte den Finger einer Hand im Leichsenring des Wagens eingehakt. Er spähte in das dunkle Innere des kastenähnlichen Aufbaus auf der Ladefläche, in dem der Händler Casper Haug verschwunden war. Er gab keine Antwort, aber man konnte hören, wie er hantierte. Kisten wurden geöffnet und wieder zugeklappt, Flaschen und Kannen klirrten. Anna reckte den Hals, konnte aber nur einen Hocker am Eingang erkennen. Zu beiden Seiten waren Regale angebracht, die mit allerlei Kram und Tand gefüllt waren. Sogar von der Decke hingen Schnüre und Haken. Endlich kam Casper Haug wieder nach draußen ins Helle. Wegen der geringen Höhe lief er in gebückter Haltung und richtete sich erst auf, als über ihm wieder Platz war. Er war ein kleiner, schmächtiger Mann. Seine hellen Haare waren fein und so lang, dass sie noch unter der wärmenden Mütze hervorlugten. Die Hose schlackerte um seine dünnen Beinchen und die Schaube mit dem Pelzbesatz wirkte viel zu wuchtig an ihm. Sein schmales Gesicht mit den kleinen Augen erinnerte Anna eher an eine Maus. Er hielt eine kleine, bauchige Flasche aus grünem Glas in die Höhe und zeigte sie dem Mann.

»Ja, genau! Das ist die Richtige! Los, gib schon her!«, murrte dieser ungeduldig. Offenbar hatte er schon bezahlt, denn er nahm das Fläschchen einfach nur noch an sich und stapfte grußlos durch den Schnee davon. Nun war Walburga an der Reihe. Geschäftstüchtig stand das Männlein auf seinem Wagen und lächelte die stämmige Magd süffisant an. Anna mochte ihn nicht. Er lächelte, ja, aber es war nur der Mund, der sich verzog. Seine Augen behielten weiterhin diesen ausgefuchsten Ausdruck, während er sich unablässig die Hände rieb.

»Mir wurde gesagt, dass Ihr einen speziellen Trank anbietet – stimmungshebend … die Lebensgeister weckend. Er wäre für meine Herrin bestens geeignet.« Walburga brauchte gar nicht mehr weiterzureden. Casper Haug schien genau zu wissen, was sie suchte.

»Ah, ich verstehe, … aber ich bin mir nicht sicher, ob ich noch einen Vorrat davon habe.« Stirnrunzelnd drehte er sich um und tippte sich scheinbar nachdenklich mit einem Finger ans Kinn.

»Oh, bitte, seht doch nach! … Es wäre wirklich wichtig«, drängte sie. »Deine Mutter ist wirklich sehr schwach. Das wird ihr guttun«, raunte sie Anna zu, als der Tandler erneut im Wagen verschwand. Die gutherzige Burgl! Sie hatte zu eindeutig gezeigt, dass sie das Mittelchen unbedingt erstehen wollte. Der Mann war sicher nicht dumm. Jetzt konnte er quasi einen höheren Preis verlangen, ohne Sorge haben zu müssen, dass die Magd abwinkte und wieder von dannen zog. Die Münze wechselte den Besitzer und die Flasche wanderte in Walburgas Beutel. Da es bald dunkel werden würde, beeilten sich die beiden, das Speyrer Tor zu passieren, und folgten der Spur im Schnee abseits der Straße zum Haus des Scharfrichters. Anna registrierte, dass neben dem Gebäude sogar eine eigene Quelle sprudelte. Der Platz für das Haus war geschickt gewählt. So mussten die Wymphener Bürger Begegnungen mit dessen Bewohnern am Löwen- oder Adlerbrunnen nicht dulden und hatten keine Sorgen, das gleiche Wasser wie der Carnifex zu benutzen. An der Gebäuderückseite befand sich eine Tür, und Walburga steuerte nach kurzem Zögern, unbeeindruckt vom aufgeregten Geschnatter der Gänse und dem Gebell der Hunde, darauf zu und klopfte an. Zuerst blieb alles still. Nichts rührte sich. Erst nach nochmaligem Klopfen öffnete sich die Tür und eine hübsche dunkelhaarige Frau sah sie fragend, jedoch nicht unfreundlich an. Sie schien es gewohnt zu sein, dass Fremde mit einem Begehren an ihre Pforte klopften. Anna erkannte sofort die Ähnlichkeit mit Michael Kremer. Die dunklen Augen und auch die vollen, geschwungenen Lippen waren bei den Geschwistern unverkennbar. Ihre Kleidung war schlicht, aber dennoch gepflegt. Die Haare trug sie geordnet unter einer Haube und trotz der kalten Jahreszeit waren die Ärmel ihres Oberhemds weit hochgekrempelt. Die nackten Arme wischte sie noch schnell in die vorgebundene Schürze, ehe sie wortlos die Tür weiter aufstieß, um die beiden Frauen eintreten zu lassen. Unsicher ließ Anna Walburga den Vortritt. Schließlich hatte sie auf diesem Umweg bestanden. Sie schloss die Tür hinter sich und genoss die angenehme Wärme, die in dem Raum herrschte. Ein Feuer flackerte und tauchte alles in ein rötliches Licht. Schatten tanzten an der Wand und ein Geruch von Wein und Kräutern lag in der Luft. Anna konnte sich nicht erinnern, jemals im Hause eines Nachrichters gewesen zu sein. Wenn Heilmittel benötigt wurden, dann hatte Burgl sich immer selbst darum gekümmert.

»Seid Ihr auf der Durchreise? Ich habe Euch noch nie hier gesehen.« Die volle Stimme hatte einen warmen und freundlichen Klang. In Anna regte sich das schlechte Gewissen. Was hatte sie erwartet? Dass sie einer alten, buckligen Hexe gegenüberstehen würden, die mit krächzender Stimme Verwünschungen herunterbetete und mit warzenübersäten Händen am Feuer einen geheimnisvollen Trank braute? Verlegen sah sie auf ihre Schuhspitzen, um die sich eine kleine Lache von geschmolzenem Schnee gebildet hatte.

»Meine Herrin Amalia ist mit dem Ratsmitglied Brel verheiratet und das ist ihre Tochter Anna. Wir sind erst gestern in Wymphen angekommen«, erklärte Walburga bereitwillig und stellte damit gleich klar, dass es ohne Zweifel ratsam wäre, gute Dienste zu leisten. Bildete es sich Anna ein oder ging tatsächlich ein Ruck durch den Körper ihres Gegenübers, als sie den Namen der Neuankömmlinge erfuhr? Ihr Blick ruhte immer noch auf Anna.

»Nun gut, … seid willkommen in Wymphen. Ich bin die Margaretha Gröpler – aber dass ihr hier seid, lässt eh vermuten, dass ihr wisst, mit wem ihr es zu tun habt, nicht wahr? Also, … wie kann ich Euch dienen?« Ernst wandte sich die Schwester des Scharfrichters wieder an die wortführende Magd.

»Wir haben uns leider auf unserer Reise hierher ein unliebsames Mitbringsel eingefangen.« Walburga entledigte sich zuerst ihres Mantels und setzte dann die Haube ab. »Wir müssen diese Viecher so schnell als möglich wieder loswerden.« Sie kratzte sich und verzog dabei genervt das Gesicht. Margaretha Gröpler deutete mit der

Hand auf einen Stuhl und Walburga setzte sich auf den zugewiesenen Platz. Nachdem sie sich eine Kerze geholt hatte, trat sie hinter die Magd, löste die grauen Haare und beugte sich über ihren Kopf. Zuerst nahm sie die Stellen hinter den Ohren, an den Schläfen und im Nacken genau in Augenschein, indem sie die Kerzenflamme nah an die Haare hielt und alles mit zusammengekniffenen Augen absuchte. Es dauerte nicht lange und sie bestätigte die Aussage der älteren Frau mit einem Brummen.

»Wenn es Euch recht ist, werde ich gleich einen Absud herstellen, der Euch Linderung verschafft.« Walburga nickte dankbar und lächelte Anna an, die immer noch neben der Tür stand und die beiden Frauen interessiert beobachtete. Margaretha verschwand mit einem Kessel im Nebenraum. Anna hörte, wie dort eine weitere Tür geöffnet wurde. Durch den kalten Luftzug war ihr klar, dass sie wohl nach draußen gegangen war, um frisches Wasser von der Quelle zu holen. Kurze Zeit später begann das Feuer, die Flüssigkeit in dem Gefäß zu erhitzen. Margaretha stellte ein Holzkästchen bereit und verteilte Tücher und einen kleinen Holzzuber auf dem Tisch.

»Was ist das?« Walburga wollte wissen, was auf sie zukam. Margaretha hob den Deckel des Kästchens und stellte es vor die Magd, damit sie hineinsehen konnte.

»Das sind getrocknete Nussblätter und kleine Stücke der noch weichen grünen Nussschalen, die ich im Frühsommer gesammelt habe. Ich werde Euch genügend mitgeben, damit Ihr den Absud noch ein paar Tage lang selbst herstellen könnt«, beantwortete die Unehrliche die Frage. An dem blubbernden Geräusch war deutlich zu hören, dass das Wasser zwischenzeitlich zu kochen begonnen hatte, und Margaretha gab vorsichtig zwei volle Hände der Blätter und Späne hinzu.

»So. Nun ist noch einige Zeit zu warten, bis wir der Plage den Garaus machen können. Das letzte Stündlein hat ihnen geschlagen, … wollt Ihr Euch bis dahin nicht doch hinsetzen?« Margaretha hatte sich fragend an Anna gewandt. Bevor diese jedoch antworten konnte, flog die Tür neben ihr auf und zusammen mit

Michael Kremer und der eisigen Luft kamen auch einige Schneeflocken hereingeweht.

»Greta, ich bin zurück. Es wurde jetzt wirklich Zeit, dass ich wieder ins Warme komme.« Er stampfte den Schnee von den Schuhen und bemerkte dabei, dass seine Schwester gar nicht allein in der Stube war. Drei Augenpaare waren auf ihn gerichtet. Sein Grinsen erstarrte, als er die Magd Walburga Öffinger erkannte, die mit offenen Haaren am Tisch saß und wartete. Neben sich bemerkte er die junge Frau, die er zum Schluss auf dem Rossmarkt schon vermisst hatte. Entgeistert starrte er Anna an.

»Gut, dass du da bist. Zieh schnell die dicken Sachen aus. Du kannst mir zur Hand gehen, dann dauert es nicht so lange.« Mit diesen Worten scheuchte sie ihren verdutzten jüngeren Bruder ins Nebenzimmer und sah wieder nach dem Absud. Michael warf den Mantel mitsamt dem roten Umhang auf den Boden und lehnte sich mit klopfendem Herzen gegen die Innenseite der Tür. Obwohl es in dem kleinen Nebenraum kühler war, hatte er zu schwitzen begonnen. Er schloss die Augen und ballte die Fäuste. Was für ein Narr er doch war! Kein Wort hatte er herausbekommen! Nicht einmal gegrüßt hatte er sie. Anna musste ihn jetzt für einen kompletten Stoffel halten – und Greta wartete auch noch auf ihn. Er musste also wieder zu ihnen hinein. Michael konnte den Gedanken nicht weiterverfolgen. Jemand drückte von außen gegen die Tür. Er trat beiseite. Greta streckte den Kopf in die halbdunkle Kammer herein und linste um die Ecke.

»Wo bleibst du denn so lange? Der Sud ist fertig. Sollen wir auf dich warten, bis er wieder kalt ist?«, zog sie ihn auf, und es störte sie gar nicht, dass die beiden anderen jedes Wort mithörten. Sie kannte ihren Bruder gut und wusste genau, was jetzt in ihm vorging. Stumm bewegte er den Mund und gestikulierte wild mit den Armen. Greta gab ihm mit einer Kopfbewegung zu verstehen, dass ihm nichts anderes übrig blieb, als ihr in die Stube zu folgen.

»Während ich hier schon anfange, könnt Ihr Eure Haare öffnen und Euch über den zweiten Zuber beugen. Mein Bruder wird sie Euch dann spülen«, gab Margaretha Anna kurze Anweisungen. Die junge Frau begann umständlich mit einer Hand die eingeflochtenen Bänder zu lösen, was ihr allerdings nicht recht gelingen wollte.

»Es tut mir leid, ... der Arm schmerzt zu sehr. Ich kann ihn nicht richtig beugen.« Entschuldigend hob Anna die Schultern und beendete die vergeblichen Versuche.

»Oh, ... das macht nichts. Einen Moment, ... ich werde Euch gleich helfen.« Michael wickelte sich auch noch schnell den anderen Ärmel hoch und wartete dann, bis sich Anna auf den Stuhl gesetzt hatte. Er ignorierte den Blick seiner Schwester, die immer wieder Schwall um Schwall des warmen, braunen Absuds über Walburgas Kopf fließen ließ und dabei darauf achtete, dass wirklich alle Haarsträhnen durchtränkt wurden. Michael atmete noch einmal tief durch und machte sich dann mit zitternden Fingern daran, die Zöpfe zu lösen und die Bänder zu entfernen. Anna hielt still – sogar, als er ihr einzelne Haare ausriss, die sich um die Nadeln gewickelt hatten, die er mit seinen großen Fingern nur schwer fassen und herausziehen konnte. Dann war es endlich geschafft und die goldene Pracht fiel weich über die Stuhllehne. Ihr Haar schimmerte wunderschön im Schein des Feuers und Michael musste sich zwingen, den Blick abzuwenden und mit seiner Arbeit fortzufahren. Schweigend spülten er und seine Schwester die Haare und packten sie anschließend noch mit einer dicken Schicht der ausgekochten Blätter und Schalen in Tücher, die Margaretha am Feuer vorgewärmt hatte. Mit diesen Hüten aus Tuch und Pflanzenresten auf dem Kopf saßen Walburga und Anna vor dem Feuer, sahen den Flammen zu und wärmten sich. Anna spürte ein Kribbeln im Nacken und als sie vorsichtig den Kopf drehte, sah der Scharfrichter tatsächlich zu ihr herüber und beobachtete sie. Ehe Anna verlegen den Blick senken konnte, sprach er sie mit leiser Stimme an.

»Was für Euer Pferd gut ist, kann für Euch selbst nicht schlecht sein.«

Fragend sah Anna zu Burgl. Die Magd wusste sofort, was er meinte.

»Also wenn wir schon einmal hier sind, dann kannst du auch gleich nach deinem Arm sehen lassen. So viele Münzen wird der

Brel schon noch übrig haben.« Walburga duldete keinen Widerspruch, und auf ein zustimmendes Zeichen von ihr zog Michael einen Hocker heran und setzte sich Anna gegenüber. Vorsichtig nahm er ihre Hand und schob den Stoff über die geschwollene Stelle nach oben. Anna wirkte angespannt und als Michael das Gelenk langsam streckte, zog sie zischend die Luft zwischen den Zähnen ein.

»Ich muss sehen, wie weit sich der Arm bewegen lässt. Wenn die Knochen unverletzt sind, ist mit einer Breiauflage schnell geholfen«, erklärte er ihr ruhig und arbeitete konzentriert weiter. Die untere Hälfte ihres Arms lag auf seiner Hand, mit der er ihn ohne Mühe umschließen konnte. Anna wollte Schmerzen vermeiden. Deswegen hielt sie seinem Druck entgegen und hoffte, dass er bald fertig sein würde. Eigentlich schlug sie sich auch ganz tapfer und versuchte, sich auf andere Dinge zu konzentrieren. Etwa auf den Tropfen, der sich unter den Tüchern hervor seinen Weg ihren Hals hinunter suchte und sie dabei kitzelte. Als er aber mit zwei Fingern die Beuge abtastete, brach Anna der kalte Schweiß aus und vor lauter Luftanhalten wurde ihr schon übel. Michael erkannte durch einen schnellen Blick in das bleiche Gesicht, dass es nun genug war. Ohne Hast legte er vorsichtig ihren Arm ab und machte sich daran, mit Stößel, Mörser und Beinwurz den gleichen Brei wie für das Pferd herzustellen. Während Margaretha die Haare der beiden auskämmte und dabei von den Resten der Nussblätter und Schalenstückchen befreite, begann Michael den Leinenstreifen mit dem warmen Brei um Annas Arm zu wickeln und ihn anschließend durch eine stützende Schlinge um ihren Hals zu entlasten. Nachdem Walburga und Anna wieder in ihre Umhänge geschlüpft waren und vor allem die noch feuchten Haare gut bedeckt hatten, nannte Margaretha den Preis für ihre Dienste und die Magd entlohnte sie mit einigen Münzen.

Wortlos schob Walburga die junge Frau durch die Tür in die Kälte hinaus und Greta und Michael blieben allein zurück. Erschöpft ließ er sich auf den Hocker fallen.

»Du hattest recht, Michael, … sie ist wirklich hübsch, … aber das ändert nichts daran, dass sie eine Bürgerstochter ist!«

Walburga und Anna erreichten schlotternd in der Dunkelheit das Haus und beeilten sich, vor das Feuer zu kommen. Es war merkwürdig still.

»Du kannst ruhig zu den anderen nach oben in die große Stube gehen. Du musst mir keine Gesellschaft leisten.« Burgl lächelte Anna an, unterdrückte ein Gähnen und streifte sich die kalten, nassen Schuhe von den Füßen, um sie gegen einfache Pantoffeln einzutauschen. »Ich werde gleich zu Bett gehen.« Dabei zeigte sie auf die Tür, die zu Agathes Kammer führte. Die beiden Mägde mussten sich seit der Ankunft der neuen Familienmitglieder den Platz teilen. Walburga schob zwei Stühle ans Feuer und hängte die Mäntel so auf, dass sie trocknen konnten, aber kein Funke sie gefährdete, indem er ein unschönes Loch einbrannte.

»Denkst du, dass Agathe gut mit dem Kind zurechtkam, nachdem du heute Mittag zum Rossmarkt aufgebrochen bist?« Anna war zur Tür geschlichen, drückte ein Ohr an das Holz und lauschte. In der Kammer dahinter war kein Laut zu hören. »Ich werde mal nach ihr sehen«, flüsterte sie und drückte den Griff.

Eine einzelne Kerze brannte auf dem Schränkchen neben dem Bett. Durch den Luftzug tanzte die Flamme auf dem Docht, und Licht und Schatten spielten ihr untrennbares Spiel. Sonst rührte sich nichts. Agathe saß reglos auf der Bettkante und starrte abwesend in das Kerzenlicht. Ihre unordentlichen, zerzausten Haare rahmten ihr pausbäckiges Gesicht ein. Ein Schauer lief Anna über den Rücken und kroch den Nacken hinauf.

»Agathe?« Anna sprach die Magd an, die immer noch den Kittel umgebunden hatte, den sie auch bei der Arbeit trug. Sie reagierte nicht einmal mit einem Blinzeln. Neben ihr auf der Decke lag das Neugeborene und schlief. Anna näherte sich und strich fürsorglich über das kleine Köpfchen. Ihre Finger berührten kühle Haut. Erschrocken zuckte sie zurück. Mit einer Hand schob sie die Tücher beiseite, in die das leblose Kind eingewickelt war. Dunkle Male waren rings um den dünnen Hals auf der Haut erkennbar. Entsetzt schlug Anna ein Kreuz.

»Was hast du getan?«, keuchte sie. Das winzige Gesicht sah so friedlich aus, aber Anna musste ihre ganze Willenskraft aufbieten, um den Drang ihres Magens, sich auf der Stelle zu entleeren, niederzuzwingen.

»Was hast du nur getan?« Jetzt schrie Anna, packte die junge Frau hart an den Schultern, schüttelte sie und ehe sie darüber nachdenken konnte, hatte sie ihr mit der flachen Hand kräftig ins Gesicht geschlagen.

»Was, in Gottes Namen, ist denn hier los?« Walburga war hinter Anna aufgetaucht.

»Sie hat ihr Kind getötet! Sie hat die arme, unschuldige Seele ermordet!« Fassungslos sahen sie sich und dann Agathe an.

»Sie hat geweint und geweint, … sie hat nicht aufgehört zu schreien«, stammelte die Magd jetzt. Ihre Starre hatte sich gelöst. »Egal, was ich versucht habe … ich habe sie getragen … ich habe ihr die Brust gegeben … sie hat immer weiter geschrien … und dabei war ich doch so unendlich müde!« Tränen liefen ihr über das Gesicht, als sie flehend aufsah und auf ein wenig Verständnis hoffte. Entsetzt hörten sie sich an, was Agathe da redete.

»Dann weiß ich nichts mehr … ich kam erst wieder zu mir, als alles still war.« Die Magd stieß ein irres Lachen aus. »Es war still! Versteht ihr? Es war endlich still! Sie hatte aufgehört zu schreien!« Agathe lächelte entrückt das Bündel auf ihrer Decke an, sank von der Bettkante auf den Boden, wo sie jämmerlich schluchzend liegen blieb und der Dinge harrte, die vor ihr lagen.

»Das Leben des kleinen Mädchens wurde beendet, ehe es recht beginnen konnte. Wo liegt da die Gerechtigkeit, wo der Sinn?«, flüsterte Anna bestürzt.

Was sie freilich nicht ahnen konnte: In dieser Nacht war es nicht die einzige Seele, die heimging. Draußen vor dem Stadttor tat ein alter Mann ebenfalls seinen letzten Atemzug und entschlief allein und in aller Stille.

DAS ERBE

– MONTAG, 9. FEBRUAR 1523 –

ANNA STAND AN EINEM FENSTER IHRES ZIMMERS und starrte in das Schneetreiben, das den Marktplatz menschenleer gefegt hatte. Es war noch nicht Mittag, aber durch die grauen, schweren Wolken, die kaum Sonnenlicht durchlassen wollten, hätte man meinen können, dass es bereits wieder Abend war und dunkel wurde. Nervös rieb sie immer wieder den Stoff ihres Rockes zwischen den Fingern und sah den Flocken zu, die vom Wind gepeitscht wurden und dann in stillen Ecken wieder ruhiger und sanft zur Erde tanzten. Eine weiße Decke hatte sich über die ganze Stadt gelegt und in den Gassen den Unrat bedeckt, den Mensch und Tier ohne Acht hinterlassen hatten.

Anna hob langsam den Blick. Dort drüben im Ratsgebäude, gegenüber dem Hause Brel, auf der anderen Seite des Marktplatzes, dort hockte Agathe Hornmilch in der Arrestzelle. Der mächtige Bau stand mit der langen Seite zum Platz hin. Zwei überdachte Holztreppen führten außen am Gebäude von zwei Seiten zum oberen Stockwerk. Sie vereinten sich in der Mitte zu einer Plattform, die etwa für Kundgebungen genutzt wurde. Darunter konnte man ebenerdig durch ein massives, hölzernes Portal in den Gewölbekeller gelangen. An der Rückseite, für Anna jetzt nicht sichtbar, waren noch Anbauten, die während der Märkte den Bäckern und Metzgern vorbehalten waren. Wie es der Magd jetzt wohl erging? Bereute sie ihre Tat? Dachte sie an ihr kleines Mädchen, das noch in derselben Nacht neben der Magdalenenkapelle beerdigt wurde? Dort, wo die ›Gefallenen‹ ihre letzte Ruhestätte fanden. Hätte Agathe die Geburt nicht überlebt, wäre sie als eine, die Unzucht getrieben hatte, auch dort beerdigt worden. Nun war sie zur Kindsmörderin geworden, und in geweihter Erde zu ruhen, war ihr verwehrt. Anna schloss die Augen. So, als könnte sie dadurch die Erinnerung an den kalten Körper des Neugeborenen auslöschen. Sie schüttelte sich und rieb sich die Gänsehaut von den Oberarmen. Steffen Brel, der seine unzüchtige Magd so oder so schnellstmöglich aus dem Haus haben wollte, hatte sofort Anzeige beim Bürgermeister erstattet. Es war ihm egal, ob man die Hornmilch als Schindluder aus der Stadt jagte und sie irgendwo als Hübschlerin endete oder ob man sie als Kindsmörderin der gerechten Strafe übergab. Der Stadtknecht hatte sie daraufhin mit gebundenen Händen abgeführt – für jedermann sichtbar. Agathe hatte die ganze Zeit geschwiegen – nur unbeteiligt vor sich hin gestarrt, als sie mit schleppenden Schritten hinter ihm drein zum Ratshaus schlurfte. Da hatte Anna sie zuletzt gesehen. Erst nach der Zusammenkunft des Rates wurde an Anna und Walburga dann herangetragen, dass sie sich am Montag nach Mittag im Saal einfinden sollten, um alles, was sie gesehen hatten, zu bezeugen. Amalia hatte sich noch gewundert, warum sie die Aussagen so spät machen sollten und nicht wie üblich gleich morgens. Ihr Gatte hatte dann aber nur übellaunig erklärt, dass der alte Scharfrichter verstorben sei und das Begräbnis, das irgendwo am Rande des Kirchplatzes stattfand, aufgrund des gefrorenen Bodens den ganzen Morgen in Anspruch nehmen würde. Außerdem musste der neue Nachrichter, der der Verhandlung bis zur Urteilsverkündung beizuwohnen hatte, erst urkundlich bestellt werden. Wodurch sich die Anhörung der Magd und seiner Stieftochter weiter verzögern würde. Anna wäre es lieber gewesen, gleich vor den Rat zu marschieren. Stattdessen musste sie sich noch ein paar Stunden gedulden. Was die hohen Herren wohl alles wissen wollten? Würde sie alles richtig machen unter den strengen Augen ihres Stiefvaters? Sie atmete tief durch und seufzte. Ihr Bestes würde sie tun, alle Fragen wahrheitsgetreu beantworten und Steffen Brel keinen Grund geben, erzürnt zu sein. Prüfend warf Anna zum wiederholten Mal einen Blick auf ihre Kleidung. Bereits nach dem Aufstehen hatte sie sich aus Schrank und Truhe die schönsten Teile ausgesucht. Nun trug sie ein blaues Kleid aus schwerem Stoff, der in großen Falten über dem reichlich mit Stickereien verzierten Halbrock lag. Der Ausschnitt an der Brust war weiß umrandet und mit roten Kordeln verziert, und um die Blöße der Schultern besser vor der kalten Witterung zu schützen, hatte sich Anna einen ebenfalls blauen Goller umgelegt, dessen Rand ein schwarzer Samtbesatz zierte. Die Haare hatte Walburga kurz zuvor noch geflochten und im Nacken mit Hilfe eines fein gehäkelten Netzes in Form eines Nestes gebändigt. Oben auf dem Kopf hielt die weiße Calotte das mit Federn verzierte rote Barett an dem für ihn bestimmten Platz. Anna hatte darauf bestanden, dass sie fertig angekleidet auf den Beginn der Vernehmung warten würde. Nervös schritt sie vor den Fenstern auf und ab und tippte mit einem Fingernagel auf die Brustspange, überlegte es sich anders und griff doch nach ihrer Brosche, die in einem kleinen Holzkästchen auf dem Tisch aufbewahrt wurde. Mit zittrigen Fingern legte sie das Schmuckstück an, atmete tief ein und wollte sich gerade abwenden, um unten bei Walburga noch eine Kleinigkeit zu essen, als sie auf dem verschneiten Marktplatz eine Bewegung wahrnahm. Noch ehe Anna näher ans Fenster getreten war, hatte sie die Gestalt mit dem roten Umhang erkannt, die zielstrebig direkt auf das Ratsgebäude zuging und dabei eine gerade Spur hinterließ. Dann war die Beerdigung des Johannes Kremer also vorbei und der Sohn hatte sich aufgemacht, sein Erbe anzutreten. Der Mann ging leicht gebeugt dem schneidenden Wind entgegen, und der Mantel wedelte und schlug um die Beine. Anna beobachtete ihn, bis er an der Treppe angelangt war. Als er aber Stufe für Stufe nach oben ging, trat sie schnell vom Fenster weg und lehnte sich mit dem Rücken an die Wand daneben. Zu leicht hätte er sie hinter dem Glas entdecken können, wenn er den Kopf in ihre Richtung gedreht hätte.

Michael Kremer stampfte mit ein paar kräftigen Tritten den Schnee von den Schuhen und drückte die Tür auf. Hier im Gang des Ratshauses war es nicht viel wärmer, aber wenigstens windstiller. Irgendwo ließ ein Tür- oder Fensterspalt ein leises Pfeifen entstehen. Er sah sich um und entschied sich, dem Stimmengewirr zu folgen und im großen Ratssaal vorzusprechen. Vor der Tür blieb er stehen und zögerte. So hatte er es nicht geplant. Sein Vater sollte heute hier sein. Es war doch eigentlich seine Aufgabe,

Beisitzer in diesem Prozess zu sein – so wie er es die letzten Jahre auch immer getan hatte. Nun hatte er sich davongemacht. Still und leise in der Nacht. Zum falschen Zeitpunkt. Gab es überhaupt einen richtigen Zeitpunkt? Warum gerade jetzt? Beinahe sah es so aus, als hätte Johannes Kremer nur darauf gewartet, dass sein Sohn heimkehrt, um dann, in dem Wissen, dass alles geregelt war und seinen Gang ging, zu sterben. Michael rieb sich ganz in Gedanken die eiskalten Hände. Zusammen mit Wilhelm hatte er sich den ganzen Morgen abgemüht, die Ruhestätte auszuheben. Der Rest ging im Vergleich dazu ziemlich schnell, und ehe sich Margaretha und die kleine Elisabeth versahen, lag er in seinem kalten Grab.

»… Und wenn Opa friert?«, hatte Lisbet in ihrem kindlichen Verständnis der Dinge mit großen Augen ihre Mutter gefragt, die nur schluchzte und nicht antworten konnte. Michael schluckte den Kloß im Hals hinunter und wollte gerade anklopfen, als hinter ihm die Tür zur Schreibstube geöffnet wurde. Er drehte sich, den Arm immer noch erhoben, zu dem Mann um, der ebenfalls überrascht im Türrahmen stehen geblieben war und ihn erstaunt musterte. Alle Ratsmitglieder hatten sich schon versammelt, und so war er wohl nicht darauf gefasst, hier im Gang auf eine weitere Person zu treffen. Michael erkannte den Stadtschreiber Wolfgang Wolff von Bönnigheim. Der ältere Mann war gut zwei Köpfe kleiner als der Nachrichter, hatte nach außen gebogene Beine und einen runden Rücken. Selbst im Stehen sah es so aus, als würde er sich an seinem Schreibtisch über ein Dokument beugen. Seine Hosen waren schwarz und darüber trug er ein Schoßwams aus braunem Leder, das beinahe so lang war wie die Schaube, die unten auf Kniehöhe mit Borten und oben am Kragen mit Pelz versehen war. Das Barett mit den weiß unterlegten Schlitzen leuchtete in dem dämmrigen Gang beinahe.

»Ihr seid vermutlich Meister Kremer?« Er hatte durch den grauen Vollbart gesprochen, ohne dass sich dieser groß bewegt hätte. Der Stadtschreiber hatte zwar eine Frage formuliert, aber Michael erkannte an den flinken Bewegungen seiner wachen

Augen, dass er natürlich längst das Aussehen seiner Kleidung erfasst hatte. Noch ehe er antworten konnte, trat Wolff von Bönnigheim wieder in seine Amtsstube und ließ die Tür offen stehen, damit er ihm folgen konnte.

»Man hat mich unterrichtet, dass Ihr wünscht, die Stelle des Nachrichters zu bekleiden. Ich wurde bereits gebeten, die Bestallungsurkunde auszuarbeiten und vorzubereiten, damit Ihr keine Wartezeiten in Kauf nehmen müsst.« Mitten in der Stube blieb Michael stehen, da er sowieso nicht erwartete, dass ihm der Amtmann eine Sitzgelegenheit anbieten würde. Der Stadtschreiber trat hinter seinen massiven Schreibtisch aus Holz und überflog suchend die vor ihm liegenden Urkunden und Schriftstücke. Es roch ein wenig nach Rauch und warmem Kerzenwachs. In den Regalen lagen Bücher jeglicher Größe und Dicke, Stapel aus losem Papier, beschrieben und jungfräulich leer. Auf dem Tisch stand ein Kupferbehälter, in dem zwei unterschiedlich dicke rote Stangen steckten. Die Enden waren rund und etwas verrußt vom Gebrauch als Siegelwachsspender. Michael vermutete, dass der dazugehörige Stempel entweder im Schreibtisch in einer Lade oder in einem der Schränke unter Verschluss gehalten wurde, um Diebstahl oder Missbrauch zu verhindern.

Soso – der Rat wollte ihm also Wartezeiten ersparen. Er hatte starke Zweifel an der Rede des Stadtschreibers. Es war wohl eher so, dass der Wymphener Rat nicht warten wollte. Weder auf einen neuen Nachrichter noch auf das vermutlich schnelle Ende des Prozesses gegen die Kindsmörderin Agathe Hornmilch. Bereitwillig und schnell sprachen sich die hohen Herren für Michael aus. Keiner wollte warten und die Verurteilung womöglich noch über die Fastnacht hinaus verschieben, wenn man erst den Henker aus Hailbrun kommen lassen musste. Niemand sprach aus, dass es allen lieb war, wenn die Hinrichtung getan war und danach das ausgelassene und bunte Treiben in den Gassen der Stadt nicht getrübt wurde. Zudem spielte dem Rat die Tatsache zu, dass Wilhelm Gröpler kein Meister war. Wenn also die Familie in Wymphen wohnen bleiben und nicht einem neuen Scharfrichter weichen wollte, musste der Sohn des Johannes Kremer in dessen Fußstapfen treten. So ging alles seinen Gang und war beschlossene Sache.

Michael beugte sich vor, um eine Urkunde näher in Augenschein zu nehmen. Der Stadtschreiber schielte zu ihm hinüber und winkte stirnrunzelnd ab. »Nein, nein! … das ist sie nicht.« Das Papier raschelte, als er in einen anderen Stapel griff und triumphierend zwei Schriftstück herauszog. »Das hier ist die Eure!« Der Schreiber legte sie vor Michael auf eine freie Ecke des Tisches und reichte dazu eine einfache Feder, die er wegwerfen konnte, nachdem Michael unterzeichnet hatte. Auffordernd winkte er den jungen Mann näher. Das war eine Situation, die Michael verabscheute, weil sie ihm peinlich war. Dennoch konnte er sie leider nicht umgehen. Nervös biss er sich auf die Unterlippe und sah auf die Papiere. Er behielt die Arme weiterhin auf dem Rücken verschränkt und machte keine Anstalten, die Feder zu ergreifen und die Urkunden gegenzuzeichnen.

»Oh! Ich verstehe … Verzeiht!« Wolfgang Wolff von Bönnigheim zog das Dokument zu sich heran und das schwere, rote Wachssiegel holperte über die Tischplatte. Er räusperte sich und begann vorzulesen. Abschließend sah er Michael fragend über den Papierrand hinweg an, bis dieser nickte. Er war mit allen Punkten einverstanden, nahm die Feder in die Hand und konzentriert führte er die Bögen und Linien genau so aus, wie man es ihn gelehrt hatte. Der Kiel rutschte beim zweiten Mal ein bisschen in seiner schweißigen Hand. Etwas unsicher und ungeübt, aber trotzdem recht leserlich stand jetzt unten neben den Siegeln: ›Michael Kremer‹. Ein Dokument behielt der Stadtschreiber, das andere rollte Michael zu einer Papierröhre zusammen und steckte diese in eine Innentasche seines Mantels. Danach folgte er dem kleinen Mann mit den krummen Beinen über den Gang in den Ratssaal.

Das Gemurmel verstummte auf Anhieb, als die beiden Männer den Raum betraten. Alle richteten ihre Aufmerksamkeit auf den neuen Nachrichter, wie sich unschwer an der Urkunde erkennen ließ, die der Stadtschreiber jetzt dem Alten Bürgermeister vorlegte. Conrat Korber überflog die Zeilen und wandte sich dann mit ernster Miene an Michael, der immer noch an der Tür stand.

»Tretet näher!« Er winkte ihn weiter an den großen Ratstisch heran, an dem bereits die Mitglieder des Alten Rates zu beiden Seiten des Bürgermeisters Korber und des Schultheißen Visch Platz genommen hatten. Die Jungen Räte, gleich an Zahl, hatten sich auf den Stühlen, die an den beiden Wänden rechts und links des Tisches anschlossen, niedergelassen und verfolgten den Ablauf.

»Seid Ihr willens, den Eid zu leisten?« Außer der tiefen Stimme des drahtigen Mannes war nichts zu hören. Fragend zog er eine Augenbraue hoch und fixierte Michael beinahe streng.

»Ja«, gab dieser nur knapp zur Antwort und hielt dem Blick stand. Auf ein Zeichen hin erhoben sich alle Anwesenden und der Büttel Hans Eckstein trat nach vorne. Er las den Text Absatz für Absatz vor, um danach zu warten, bis alles wiederholt wurde.

»So ich, Michael Kremer, zum Scharfrichter angenommen wurde, schwöre ich also zu Gott dem Allmächtigen einen wahrhaftigen Eid, dass ich immer und jederzeit getreu und gewärtig sein will: Was mir von diesem zu peinlichen Sachen verordneten Gerichte befohlen, in meinem Amte zu verrichten aufgetragen wird, will ich jedes Mal gemäß dem ergangenen Urteil ausrichten.

Mit denen mir zur Exekution überantworteten Personen will ich genau so und nicht anders verfahren, als Urteil und Recht mit sich bringt, und wie ich solches gegen Gericht und Gott mit meinem Gewissen zu verantworten vermag.

Die Verordnungen, welche von mir beim Viehsterben und auch sonst zu beachten sind, will ich treu befolgen. Auch will ich mich in meinem Dienstverhältnis so betragen, wie es einem treuen Scharfrichter wohl ansteht und gebührt.«

Michael hatte laut und deutlich gesprochen und wartete jetzt ab, bis der Stadtschreiber unter den Urkunden noch folgenden Absatz hinzufügte und anschließend verlas: »Als Scharfrichter angenommen und verpflichtet worden, und in Zukunft scharfrichterliche Handlungen zu verrichten befugt. Dieses wird demselben hiermit attestiert.«

»Nun, Meister Kremer, kaum dass Ihr also Euer Amt angetreten habt, gibt es Arbeit für Euch.« Damit nickte Conrat Korber dem Büttel zu, der Michael zu einem soliden Stuhl führte. Die Sitzfläche war breit und an der Polsterung unter dem Lederbezug war nicht gespart worden. Wohl auch aus dem Grund, da sich die Anhörungen und Sitzungen mitunter in die Länge ziehen konnten und so wenigstens etwas angenehmer gestaltet wurden. Da es trotz des Feuers im Kamin immer noch kühl war, ließ er, wie die meisten hohen Herren, seinen Mantel an, nahm Platz und legte seine Arme bequem auf die ebenfalls gepolsterten Lehnen. Die Oberhäupter der Stadt verloren das Interesse an dem Neuankömmling wieder und setzten ihre Unterhaltungen fort. In kleinen Grüppchen standen sie jetzt zusammen und beratschlagten, diskutierten oder schwätzten einfach nur mehr oder weniger laut. Michaels Anspannung ließ etwas nach – wenn man das unter diesen Umständen überhaupt sagen konnte. Immerhin wurde bald über Leben oder Tod der Agathe Hornmilch entschieden.

Nacheinander sah er sich die Herren in ihren vornehmen Kleidern an. Die prächtigen Schauben mit Pelzbesatz und aufwendigen Litzen, die Wämser passend geschnitten in edlem Stoff oder feinem Leder, die Schlitze mit andersfarbigen Stoffen unterlegt und die tellerförmigen Barette prächtig geschmückt mit Kordeln und Federn. Er kannte sie noch alle. Natürlich den Alten Bürgermeister Conrat Korber, den Jungen Bürgermeister Bernhard Koberer, den Schultheiß Hans Visch, den Rechner Sun Claus, den Beseher des besalzenen Gutes Peter Duchscherer, Burkhart Bender, Conrad Schneider, den Baumeister Jerg Becker, Peter Berlin, den Forstmeister Jerg Franck, den Kasten- und Rüstmeister Niklaus Straus, den Ungelter Mathias Hoffmeister und nicht zuletzt den Vorsitzenden der Weingärtner Steffen Brel – Annas Stiefvater. Sie alle hatten sich hier im Ratssaal versammelt. Die Wände waren mit schweren, dunklen Holztafeln verkleidet, die mit schön gearbeiteten Schnitzereien verziert waren. Das gleiche Holz war auch für die Balken an der Decke verwandt worden. In einer Ecke stand ein großer Holzschrank. Was sich allerdings hinter den soliden

Türen verbarg, entzog sich Michaels Kenntnis. Er hörte wohl die Gespräche der Männer mit, sah dabei aber scheinbar unbeteiligt in die Flammen des Kaminfeuers.

»Die Anhörung kann beginnen. Die Zeugen sollen vor dem Rat erscheinen!« Der Büttel Hans Eckstein hatte die Anweisung von Conrat Korber erhalten und machte sich sofort auf den Weg zum Haus des Steffen Brel, um die beiden Frauen zu unterrichten.

»Indes soll die Agathe Hornmilch in den Saal geführt werden.« Der Stadtknecht Niklas Pfeiffer nickte und verschwand, um den zweiten Auftrag des Alten Bürgermeisters auszuführen.

»Warum dieser Aufwand? Warum zwei Zeugen? Ich dachte, die Hornmilch hätte ihre Tat schon gestanden. Wir sollten die Sünderin so schnell als möglich ihrer gerechten Strafe zuführen.« Einer vom Jungen Rat war selbstbewusst aufgestanden und trat altklug in die Mitte, wo auch der Stuhl für die Zeugen bereitgestellt worden war.

»Dies ist ein ordentliches Gericht, und … du …«, dabei nickte der Kopf geringschätzig in seine Richtung, »wirst hier gar niemanden seiner gerechten Strafe zuführen. Selbst wenn du der Meinung bist, dem Urteil des Schultheißen vorgreifen zu können, so werden wir uns doch an den festgelegten Ablauf halten und den Schuld- oder Freispruch erst nach Hörung aller Beteiligten fällen!«, fuhr Steffen Brel ihm über sein vorlautes Mundwerk. Michael horchte auf. Die Feindseligkeit der beiden war beinahe greifbar. Er war jedoch noch nicht lange genug in der Stadt, als dass er mitbekommen hätte, was zwischen den beiden Männern bis dahin vorgefallen war. Bei nächster Gelegenheit würde er Greta danach fragen.

»Soso, du ziehst also sogar jetzt immer noch einen Freispruch in Erwägung?«, blaffte der Zurechtgewiesene. »Das sieht nun aber wirklich so aus, als würdest du deine Magd, von der wir wohlgemerkt immer noch nicht den Namen des Kindsvaters erfahren haben, vor der einzig richtigen Konsequenz schützen wollen. Oder täusche ich mich da?« Provozierend setzte er ein anzügliches Grinsen auf und genoss es sichtlich, zu sehen, wie die Gesichtsfarbe des Älteren von blass nach dunklem Rot wechselte.

»Du … du … diese Andeutungen wirst du auf der Stelle zurücknehmen, sonst …!« Eine Faust donnerte auf die Tischplatte.

»Ruhe!« Empört war Hans Visch aufgesprungen und hatte sich Gehör verschafft. »Diese Meinungsverschiedenheiten sind der Sache nicht dienlich und werden auf keinen Fall hier vor der Beschuldigten ausgetragen. Ich ermahne hiermit Morstatt Feit und Brel Steffen zur Ordnung!« Der Schultheiß duldete keine Widerrede und die Kontrahenten setzten sich endlich, nachdem sie sich verächtliche Blicke zugeworfen hatten.

Agathe Hornmilch wurde in Ketten in den Saal geführt. Niklas Pfeiffer drückte sie wortlos auf eine Bank im hinteren Teil des Raumes und blieb neben ihr stehen. Das war das erste Mal, dass Michael sie zu Gesicht bekam. Dadurch, dass sie anscheinend schon alles gestanden hatte, war er nicht gerufen worden, um seine Instrumente zu präsentieren. Zumal er ja sowieso erst heute seine Urkunde bekommen hatte. Sie wirkte ängstlich und verstört. Vermutlich hatte sie den Tumult schon von draußen gehört. Eingeschüchtert hatte sie den Kopf eingezogen und blickte hektisch in die Runde. Nur ihren ehemaligen Dienstherren sah sie ein wenig länger an. Ihre schwarzen Haare waren unordentlich zerzaust und auf ihren zerknitterten Kleidern waren ein paar dunkle Flecken zu sehen. Als sich Schritte im Gang näherten, begann Agathe nervös ihre Finger zu kneten, und auch Michael schielte angespannt zur Tür. Wenn das, was sich herumgesprochen hatte, stimmte, dann würde jetzt gleich Steffen Brels Stieftochter ihre Aussage machen. Bei dem Gedanken tat sein Herz einen Satz und sein Magen wurde flau. Enttäuschung machte sich dann bei ihm breit, als die korpulente Magd eintrat und auf den Stuhl zusteuerte, ohne ihre Vorgängerin eines Blickes zu würdigen. Aufrecht blieb sie stehen und kreuzte die Finger vor ihrer Schürze wie im Gebet. Nachdem sie den Eid abgelegt hatte und ermahnt wurde, nach bestem Wissen und Gewissen die Wahrheit zu sagen und nichts zu verschweigen, wurde sie auch schon aufgefordert, genau zu schildern, was sich an dem Abend zugetragen hatte.

»Wir, das heißt die Anna Eblin und ich, kamen gerade vom Rossmarkt heim.« Walburga schluckte, sah aber nicht zu dem Scharfrichter hinüber, der ihr aufmerksam zuhörte.

»Eigentlich habe ich auch gar nichts gesehen oder gehört, was die beiden in der Kammer geredet haben. Ich bin ja erst hinein, als die Anna so laut geschrien hat.«

»Da saß dann die Agathe auf dem Bett – neben sich das tote Kindlein.«

»Nein, ich habe nicht gesehen, wie sie Hand an ihr Neugeborenes gelegt hat.«

»Als wir sie fanden, war das Kind wohl schon einige Zeit tot.«

»Gewiss, sie machte schon den ganzen Tag einen verstörten Eindruck. Wer konnte aber schon ahnen, dass sie so gottlos handelt?«

»Ich habe ihr geholfen und ihr das Kind hier und da abgenommen – aber ich muss halt auch sehen, dass ich mit meiner Arbeit fertig werde.« Walburga beantwortete alle Fragen ohne zu zögern und konnte einige Zeit später den Saal wieder verlassen. Nun war Anna an der Reihe. Sie war die ganze Zeit vor der Tür auf und ab gegangen, und nachdem Burgl ihr aufmunternd zugelächelt hatte, atmete sie nochmals tief durch, straffte die Schultern und trat in den Ratssaal. Vorne erblickte sie gleich ihren Stiefvater, der sie jedoch mit unbewegter Miene musterte, und dort drüben saß, unnahbar, als Beisitzer der Kremer. Ernst blickte er ihr in die Augen, und Anna konnte sich jetzt kaum mehr vorstellen, dass sie noch vor wenigen Tagen in seinem Haus gesessen und er sie vorsichtig mit dem Aufguss von dem plagenden Ungeziefer befreit hatte. Sonst allerdings kannte sie außer Apollonias Vater keinen der Stadtoberen, die sie alle neugierig anstierten. Mit zittrigen Knien ging Anna quer durch den stillen Saal. Neben ihr wurde geräuschvoll ein Stuhl gerückt und sie drehte den Kopf. Einer vom Jungen Rat hatte sich anders hingesetzt und grinste Anna jetzt breit an, nachdem er ihrer Aufmerksamkeit sicher war. Sein Blick, unter dem Anna sogleich errötete, wanderte anerkennend bis zu den Schuhen hinunter und wieder zurück. Eine angenehme Erscheinung, musste sich Anna eingestehen und ärgerte sich über ihre pochenden Wangen. Das laute Husten des Scharfrichters ließ sie zusammenzucken, und die junge Frau beeilte sich, auf ihren Platz zu kommen. Ihre Stimme zitterte ein wenig, als auch sie den Eid vor dem Rat ablegte und sich anschließend setzte. Anna erzählte alles genau so, wie es sich zugetragen hatte. Wie Burgl und sie Agathe in ihrer Kammer angetroffen hatten, wie diese gesagt hatte, dass das Kind nur geschrien hätte, wie sie erwähnt hatte, dass sie sich nicht mehr erinnern könne und dass das Kind dann irgendwann endlich still gewesen sei. Die Erinnerung kam mit aller Macht wieder, und Anna fröstelte.

»War noch eine andere Person zugegen, die die Gräueltat begangen haben könnte?« Der Schultheiß Hans Visch sah zuerst die Zeugin an und dann, als diese verneinte, auch die Beschuldigte und nickte.

»Somit wird die Aussage der Agathe Hornmilch zum wiederholten Mal bestätigt! Wenn also sonst keine weiteren Fragen zu beantworten sind, dann kann die Zeugin Anna Eblin den Saal verlassen. Die Beschuldigte ist in die Arrestzelle zu verbringen und da ich davon ausgehe, dass Meister Kremer bei dieser Eindeutigkeit kein Gnadengesuch einreicht, wird das Urteil morgen verkündet!« Damit beendete Hans Visch die Anhörung.

AGATHE HORNMILCH

– MITTWOCH, 11. FEBRUAR 1523 –

In dieser Nacht hatte er kein Auge zugetan. Er war nicht einmal zu Bett gegangen. Michael hockte in der Stube vor seinem Weinbecher und starrte auf den Tisch. Der Rebensaft hatte am Abend zuvor, nachdem er einige Becher geleert hatte, seine betäubende Wirkung entwickelt. Leider hatte Greta den Krug dann an sich genommen und ihrem Bruder stattdessen einen heißen Kräutertrank vor die Nase gestellt – einen Aufguss aus den gelben Blüten und Blättern des St. Petrus-Stabes, wie er vermutete. Greta schwor auf die beruhigende und trostbringende Wirkung. Michael allerdings bezweifelte, dass er überhaupt so viel davon trinken konnte, dass das gewünschte Ergebnis eintrat. Zumal die Hinrichtung schon in wenigen Stunden stattfinden sollte. Er sah aus einem der Fenster. Draußen war es noch dunkel. Schon bald aber würde sich alles von Schwarz nach Grau verfärben. Er hatte den Kopf in die Hände gestützt und seufzte.

»Na, du kleine Mäusefängerin?« Die Katze war auf den Tisch gesprungen und bettelte mit ihrer feuchten Nase stupsend um ein paar Streicheleinheiten. Lächelnd nahm er sie auf seinen Schoß und kraulte das weiche Fell hinter den Ohren. Schnurrend drehte sie sich mehrmals im Kreis, fand eine bequeme Position und rollte sich ein. Nachdenklich sah Michael zu, wie sich das Kätzchen entspannte und die Pfote aufhörte zu treten, als sie schließlich eingeschlafen war.

»So friedlich wird die Hornmilch Agathe heute auf jeden Fall nicht entschlafen.« Düster sah er zu Greta hinüber, die in der Glut stocherte, um sich an ihr Tagwerk zu machen.

»Das Gericht hat das Urteil gesprochen – und heute wird sie ihre gerechte Strafe erhalten. Tu deine Pflicht! Sonst brauchst du dich um nichts zu kümmern.« Unbeirrt fuhr sie fort, kleine Ästchen und trockene Rindenstückchen in das Feuer zu werfen, wo sie knisternd hellrote Flammen auflodern ließen.

»Ach, sonst brauche ich mich um nichts zu kümmern, nein?«, echote er zornig. »Wer riecht den Angstschweiß der Verurteilten? Wer sieht, wie sie zittern? Hört, wie sie jammern und flehen, wenn ihnen bewusst wird, dass ihr Leben nur noch wenige Augenblicke andauert? Wer sieht die Verzweiflung in ihren Augen, ehe diese für immer erstarren?« Michael hatte seine Stimme erhoben. Er war aber nicht wütend auf seine Schwester, die ihn jetzt mitfühlend ansah. So erging es ihm immer, wenn er die Aufgabe hatte, ein Urteil zu vollstrecken. Er war wütend auf die Schuldigen: Warum mussten sie auch ihre Missetaten begehen? Er war wütend, weil er keine andere Wahl hatte, als dieses Amt anzunehmen. Wahrscheinlich war er auch wütend auf seinen Vater und überhaupt auf die ganze Welt – und er hatte Angst. Angst, dass er einen Fehler machte, dass er nicht gut richtete, dass die Verurteilten unnütz leiden mussten und dass er damit den Zorn der Massen auf sich zog und womöglich noch selbst gerichtet wurde. Aber wäre das so schlimm …? Wilhelm riss ihn aus seinen düsteren Gedanken, als er mit der vor Vergnügen quietschenden Lisbet zur Tür hereinpolterte.

»Hunger!«, rief sie ihrer Mutter fordernd entgegen und winkte Michael lachend zu, als ihr Vater sie zum Schein fallen ließ, nur um sie gleich wieder abzufangen. Mit leuchtenden Augen streifte sie sich einige Haarsträhnen, die sich des Nachts aus dem Zopf gelöst hatten, aus dem Gesicht und setzte sich mit roten Bäckchen an den Tisch. Sie wippte leicht auf und ab, weil die Beinchen ungeduldig vor- und zurückschwangen. Wilhelm küsste seine Frau auf die Stirn und setzte sich dann zu Michael und seiner kleinen Tochter an den Tisch. Margaretha stellte die Schüssel mit dem Brei vom Vortag neben das Feuer und begann mit einem Löffel mundgerechte Stücke aus der festen Masse zu stechen. Das Schweineschmalz war in der flachen Pfanne schon geschmolzen und zischte leise, als die Breiflocken dazukamen. Geschickt schwenkte und wendete sie sie, bis alle hellbraun waren. Ein herrlicher Duft breitete sich aus. Die drei sahen hungrig zu, wie Greta abschließend ein paar Eier aufschlug, verquirlte und über die glänzenden, mit Fett vollgesogenen Bratlinge goss. Nun dauerte es nicht mehr lange, bis die Eimasse stockte und sich alle nach einem kurzen Dankgebet genüsslich dem Essen widmen konnten.

»Opa hat das auch immer gerne gegessen«, stellte Lisbet beiläufig fest und stopfte sich ein waberndes Stück Ei in den Mund.

»Da hast du recht – und es ist ihm sicher eine Freude zu sehen, dass es dir genauso schmeckt.« Wilhelms Stimme klang etwas belegt, oder vielleicht lag es auch nur daran, dass er kurz vorher noch den Mund voll hatte. Lächelnd strich er der Kleinen über die Haare und schob seinen leeren Teller von sich. Nachdenklich kratzte er mit dem Fingernagel in der Handinnenfläche. Er hatte sich gestern einige Spreißel eingezogen, als er zusammen mit Michael den Käfig für die Hornmilch gebaut hatte, nachdem das Urteil am Vormittag, wie von allen erwartet, auf Ertränken gelautet hatte. Den Richtspruch des Schultheißen hatte die Magd wohl reglos aufgenommen. Michael hatte ihm nicht viel erzählt. Wilhelm hatte ihm dann geholfen, mit dem Karren die benötigten Dauben vom Küfer zu holen. David Staffel war nicht begeistert gewesen, dass der Scharfrichter an die Tür seiner Werkstatt klopfte, aber die Münzen, die der Rechner Sun Claus an Michael ausbezahlt hatte und die jetzt an den stämmigen Mann weitergereicht wurden, ließen ihn dann doch zufrieden grunzen, ehe er ihnen die Tür wieder vor der Nase zuschlug. Den ganzen Nachmittag hatten die beiden Männer schweigend damit verbracht, die Langhölzer auf dem freien Platz neben der Hundescheune auf die richtige Länge zu kürzen und dann mit stabilen Seilen zusammenzubinden, da Nägel dem Rat zu teuer waren. Das Tor stand offen, und so konnten die angeketteten Hunde genau beobachten, was draußen vor sich ging. Für den Boden des Käfigs waren die Hölzer enger gelegt. An den Seiten verliefen sie in handbreitem Abstand von oben nach unten, und zur Stabilisierung gab es je ein Querstück. Michael war von der Anstrengung schon ins Schwitzen gekommen und hatte seinen Mantel abgelegt. Keuchend verknotete er das letzte Stück Seil. Danach standen sie eine Weile da, verschnauften und begutachteten ihr Werk.

»Wir müssen auf jeden Fall noch ausprobieren, ob alles stabil ist.

Gott bewahre uns davor, dass die Agathe an dem Holz reißt und am Ende noch alles auseinanderbricht.« Michael wischte sich mit dem Ärmel den Schweiß von der Stirn, suchte sich einen Balken in der Scheune aus, warf ein Seil hinauf, sodass er es auch auf der anderen Seite wieder greifen konnte, und befestigte das Holzgestell daran. Dann ließ er sich von seinem Schwager hineinhelfen. Wilhelm zog ihn ächzend bis in Kniehöhe über dem Boden. Die Knoten zogen sich unter der Belastung noch fester zusammen. Michael verlagerte sein Gewicht von einem Bein auf das andere und prüfte so die Stabilität auf jeder der vier Seiten. Zufrieden mit dem Ergebnis zeigte er Wilhelm an, dass er ihn wieder ablassen konnte. Somit war alles für den nächsten Tag vorbereitet.

»… Michel?« Er war so in Gedanken, dass er gar nicht gleich bemerkte, dass sein Schwager neben ihm am Tisch stehen geblieben war und immer noch auf eine Antwort wartete.

»Was? Äh, ja … wir sollten uns langsam auf den Weg machen.« Schwerfällig erhob er sich, suchte seinen Mantel und die dickeren Schuhe zusammen und folgte Wilhelm nach draußen in die Scheune.

»Darf ich auch mit?«, hörte er die kleine Lisbet in der Stube noch betteln, ehe die Tür zuschlug. Die Antwort seiner Schwester hörte er zwar nicht mehr, aber an dem lautstarken Protestgeschrei seiner Nichte konnte er schon erkennen, wie sie ausgefallen war. Elisabeth hatte bei einer Hinrichtung nun wirklich noch nichts verloren, auch wenn sie vom Erzählen wusste, dass es erst Großvaters und jetzt ihres Oheims Pflicht war, die Urteile des Gerichts zu vollstrecken. Es aber wirklich zu sehen, war nochmals eine ganz andere Sache. Die beiden Männer beschlossen, die Kuh im Stall zu lassen und den Karren selbst zur Fähre zu ziehen. Mithilfe des Seiles, das immer noch über dem Balken von der Scheunendecke hing, zogen sie den Käfig in die Höhe und arretierten es. Danach schoben sie den Karren so, dass er mit der Ladefläche genau darunter zum Stehen kam. Wilhelm kletterte hinauf und drehte das Gestell in die richtige Richtung, indem er unter den Boden fasste und es zu sich her zog. Michael hantierte mit klammen Fingern an dem Seil, das straff gespannt die schweren Dauben in der Luft hielt.

»Nun mach schon, wir haben schließlich nicht den ganzen Tag Zeit!«, drängelte sein Schwager, »du musst rechtzeitig im Ratshaus sein!« Michael drehte ihm den Kopf zu und setzte schon zu einer spitzen Erwiderung an, als sich plötzlich der Knoten löste und das peitschende Seil nur knapp seine Wange verfehlte. Er hatte keine Möglichkeit mehr, das Heruntersausen der Last zu verhindern, die mit einem Krachen auf dem Karren landete.

»Ahhhh!« Ein kurzer Schmerzensschrei und Wilhelm ließ sich auf die Knie fallen, wo er sich so weit zusammenkauerte, dass seine Stirn auf den Brettern der Ladefläche auflag. Michael rannte zum Wagen, konnte aber nicht erkennen, wie und wo sein Schwager sich verletzt hatte, da die Hände zwischen die Schenkel geklemmt waren.

»Lass mich mal sehen! Ist es schlimm? Wo hat's dich denn erwischt?« Besorgt wollte er den Verletzten, der mit schmerzverzerrtem Gesicht immer noch den Atem anhielt, zum Reden bringen. Mit einem lauten Stöhnen stieß der schließlich doch die Luft aus. Etwas bleich um die Nase richtete er sich langsam auf und öffnete die Augen. Michael versuchte, an den blutverschmierten Händen die Verletzung zu erkennen, aber Wilhelm schüttelte nur eilig den Kopf, als er nach ihnen greifen wollte, um sie zu drehen und sie dadurch besser ansehen zu können. Umständlich, auf den Ellenbogen abgestützt, kletterte er vom Wagen und schlurfte, die verletzte Hand immer noch fest gegen seinen Bauch gepresst, hinter Michael her wieder zum Haus zurück.

»Ihr seid noch nicht auf dem Weg zum Marktplatz?« Überrascht drehte sich Margaretha um, als sich die Tür öffnete und mit der kalten Luft ihr Bruder und ihr Mann wieder in die Stube hereinkamen. Wilhelm ließ sich auf den Stuhl fallen, den Michael schnell herangezogen hatte. Sein Gesicht hatte ungefähr die gleiche Farbe wie die Tünche an der Wand und er atmete flach, aber trotzdem lächelte er Lisbet mit einem zittrigen und schiefen Lächeln an, als sie gleich zu ihrem Vater heranhüpfte, um sich neugierig die Blutflecken anzusehen.

»Was ist passiert? Tut es sehr weh?« Sie streichelte ihm den Arm und sah ihn mitfühlend mit großen Augen an.

»Es geht schon … Lass jetzt mal deinen Oheim und deine Mutter einen Blick darauf werfen.« Zögernd machte sie ihrer Mutter Platz, beobachtete aber weiterhin alles von der Bank neben dem Feuer. »Ich wollte den Käfig näher zu mir ziehen … und hatte leider noch die Hand darunter«, erklärte er seiner Frau, die sich zusammen mit ihrem Bruder vorsichtig die Finger ansah.

Michael holte eine Schüssel und spülte mit warmem Wasser zunächst einmal das Blut ab, ohne die Gliedmaßen zu berühren. »Die werden wohl blau werden«, prophezeite er seinem Schwager mit ernster Miene. »Ich will aber sehen, ob die Knochen ganz geblieben sind. So lange musst du die Zähne zusammenbeißen.« Darauf hätte Wilhelm nur zu gerne verzichtet, aber er streckte trotzdem tapfer die geschwollenen, zitternden Finger aus und wartete auf den Schmerz, als Michael jeden Finger einzeln abtastete, beugte und streckte, um zu prüfen, ob ein Knochenbruch oder nur eine Quetschung vorlag. Nach einer kleinen Ewigkeit war er endlich fertig und Wilhelm standen ein paar Schweißperlen auf der Stirn.

»So weit, so gut. Jetzt ist noch der mittlere Finger dran.« Greta, die mit ihrem Gatten mitgelitten hatte, atmete ebenfalls tief ein und beugte sich weiter vor, um den blutunterlaufenen Nagel zu betrachten. Michael legte die Hand auf die Tischplatte. Ehe Wilhelm reagieren konnte, tippte er mit einer schnellen Bewegung vorne auf den Finger. Der Fingernagel hob sich, ohne Widerstand zu leisten, aus seinem Bett und klappte mit der Wurzel voran nach oben. Hastig zog der Verletzte seine Hand mit einem Protestlaut zurück.

»Wilhelm, der Fingernagel hängt nur noch an der Seite an einem kleinen Stück fest. Du kannst ihn nicht so lassen. Der Nagel muss weg, und dann kann Greta die Wunde verbinden. Oder willst du, dass du Fieber bekommst und dein Finger schwarz wird?« Michael redete ruhig auf seinen Schwager ein, der jetzt wie ein Häufchen Elend vor ihm saß und gar nicht bemerkte, dass sich die beiden wortlos nur mit Blicken verständigten. Greta wusste, was sie zu tun hatte. Sie hielt sein Handgelenk fest und drückte es auf die Tischoberfläche, während Michael eine kleine Zange bereitlegte.

»Also, Wilhelm, ich werde jetzt den Nagel noch einmal anheben und dann wegreißen. Je eher wir anfangen, desto schneller hast du's hinter dir.« Wilhelm hatte die Lippen zusammengepresst und nickte. Er versuchte, sich nicht auf das dumpfe Pochen in seinen Fingern zu konzentrieren. Vor seiner Frau wollte er sich keinesfalls eine Blöße geben. Unruhig rutschte er auf dem Stuhl hin und her, schielte immer wieder zu dem Werkzeug hinüber und wartete darauf, dass es sein Schwager endlich in die Hand nahm und das ganze Elend ein Ende haben würde. Michael beugte sich ruhig über die Hand. Ganz genau betrachtete er sie von allen Seiten. Dann sah er Wilhelm an, und sein Gesicht nahm einen panischen Ausdruck an. Sein Blick ging mit einem Mal an ihm vorbei zu Lisbet, die sich hinter ihrem Vater aufhielt.

»Oh Gott, Lisbet! Pass mit dem Feuer auf!« Michael hatte laut geschrien, und Wilhelm zuckte zusammen und fuhr herum. Die Sorge um seine Tochter ließ ihn für einen Moment alle Nöte und Schmerzen vergessen. Hatte sie sich verbrannt? Standen ihre Haare in Flammen? Warum aber hatte sie nicht geschrien, sondern nur Michael? Lisbet hockte neben der Feuerstelle, streichelte das Kätzchen und blickte verdutzt zu den Erwachsenen hinüber. Ihre Mutter und ihr Oheim lächelten. Ihr Vater allerdings sah aus, als wäre der Leibhaftige hinter ihm her. Als er erkannte, dass mit ihr alles in Ordnung zu sein schien, entspannte er sich.

»Bist du von allen guten Geistern verlassen? Was sollte das eben? Willst du mich zu Tode erschr…?« Verärgert funkelte er Michael an, der triumphierend den blutigen Nagel mit zwei Fingern hochhielt und ihn versöhnlich angrinste. Erstaunt ging sein Blick zurück zu seiner Hand, an der jetzt der Nagel fehlte. Margaretha tätschelte ihm den Arm und machte sich daran, alles zu holen, damit sie die Wunde versorgen konnte.

»Aber …« Verblüfft über die schnelle Vorgehensweise seines Schwagers zog er die Schultern hoch. »… Ich hab gar nicht bemerkt, dass du ihn abgerissen hast … und du hattest ja noch nicht einmal die Zange in der Hand!« Michael lachte und klopfte Wilhelm auf die Schulter.

»Ich habe nie gesagt, dass ich dafür die Zange nehmen würde, oder?« Sein verschmitztes Grinsen verbreiterte sich noch ein wenig, und ab jetzt überließ er es seiner Schwester, einen Verband anzulegen. Greta kam aus dem Nebenraum zurück und leerte den Inhalt ihrer Schürze auf den Tisch.

»Wir müssen uns beeilen. Bis wir am Ratshaus ankommen, sind bestimmt schon alle Mitglieder versammelt.«

Greta nickte ihrem Bruder zu, arbeitete aber trotzdem ruhig weiter. Sie legte Leinenstreifen in verschiedenen Breiten bereit, zupfte ein Stück Schafswolle zurecht und öffnete einen kleinen tönernen Krug, der bis zu seinem Gebrauch in der kalten Badkammer gestanden hatte. Mit einem Metallspatel holte sie etwas von der dunklen, zähen Masse heraus und strich sie vorsichtig auf die hellrote Wundfläche, die durch die Kühle fast unmittelbar schmerzfrei wurde.

»Wie hast du den Balsam hergestellt?« Interessiert sah Michael seiner Schwester zu.

»Nun, ich habe mehrere Handvoll Breitwegerichblätter gewaschen und im Mörser zerkleinert, … dann ein wenig Wasser und Honig hinzugegeben … und dann musst du das Ganze unter ständigem Rühren bei schwachem Feuer sieden lassen, bis die Flüssigkeit eingedickt ist. Danach kannst du es gut über den Winter hinweg aufbewahren, und im Sommer verwende ich natürlich frische Blätter.« Die Schafswolle wurde auf den Finger gelegt, wo sie an der klebrigen Masse hängen blieb und den empfindlichen Finger vor Stößen schützen würde. Greta hantierte mit den Stoffstreifen und band für einen besseren Halt gleich mehrere Finger zusammen.

»So, fertig.« Zufrieden mit ihrer Arbeit drehte sie die bandagierte Hand noch einmal, half ihrem Mann in den Mantel und scheuchte die beiden aus der Stube, damit sie sich auf den Weg machen und ihre Aufgabe erfüllen konnten.

Sie hatten den Weg hinunter zum Nekker, begleitet von vielen Schaulustigen, hinter sich gebracht und bereiteten den Käfig für die Verurteilte vor. Wilhelm packte nur mit der gesunden Hand zu. Trotzdem schafften sie es recht gut, ihn am Rand des Flusses in den Schnee zu setzen. Die Wymphener Bürger hatten sich am Ufer entlang einen möglichst guten Platz ausgesucht, von dem aus sie die Vollstreckung des Urteils sehen konnten. Michael ließ seinen Blick über die Menge schweifen. Viele bekannte Gesichter – aber eigentlich suchte er nur nach einem. Dort drüben stand der Müller Michael Heckerle. Wegen dem kurzen Weg von der Mühle herüber hatte er sich und seiner Frau gleich einen der begehrtesten Plätze sichern können und stand jetzt mit verschränkten Armen in der ersten Reihe. Weiter unten am Fahr wartete Martin Vörg darauf, dass seine Fähre geweiht wurde, ehe sie vom Scharfrichter benutzt wurde. Michael erinnerte sich an die erste Nacht hier in Wymphen. Die Leiche von Martins Bruder Kilian war seither nicht gefunden worden. Die Anspannung wuchs. In Gedanken betete Michael um Hilfe zu seinem Namenspatron, auf dass er diesen Tag gut überstehen würde. Ein lautes Niesen lenkte ihn ab. Johann Peter Gerold, der Türmer, wischte seine rote Nase in den Ärmel, zog geräuschvoll den Rotz hoch und spuckte aus. Wenn er nicht schon wieder ermahnt werden wollte, dann sollte er so schnell als möglich seinen Dienst auf dem Hohen Turm wieder antreten. Wie lange es wohl noch dauerte? Die Kälte kroch langsam durch die Schuhe und die Kleider, und unter seinem Mantel hatte er die Arme fest um seinen Oberkörper geschlungen. Weiter weg, auf freiem Feld, war eine Schlacht zwischen Conrath Claus, Lennhart Entenbeker und Albrecht Hoffmeister in vollem Gange. Da sie momentan den Juden mit dem Bettelstab nicht drangsalieren konnten, bewarfen sie sich nun gegenseitig mit den Schneekugeln. Ebenfalls weiter abseits lungerten die Hübschlerinnen Irmgard Volcker und Bertha Setzler herum, lachten lauthals und versuchten mit aufreizendem Gang und anzüglichem Lächeln, die Aufmerksamkeit der unverheirateten Burschen zu erlangen. Berthas rote Haare, die sie gekonnt nach hinten warf, stachen überall heraus und waren einfach nicht zu übersehen. Dann setzte sein Herzschlag einmal aus und er straffte die Schultern. Da war sie! Anna war gekommen! Sie stand mit ihrer Magd, der Tochter des Alten Bürgermeisters, Agnes

Baumann und ihrem Bruder Peter zusammen und unterhielt sich leise. Michael bemerkte sehr wohl, dass Wilhelm ihn von der Seite beobachtete. Sicher hatte ihn Greta schon genau über die Gefühlslage ihres Bruders in Kenntnis gesetzt und dabei mit ihrer Meinung gewiss nicht hinter dem Berg gehalten. Insgeheim ärgerte ihn das. Deswegen starrte er weiter geradeaus und tat völlig gleichmütig.

Michael merkte an dem lauter werdenden Getuschel und den unruhigen Menschen, dass der Zug im Anmarsch war. Es sprach sich schnell herum, dass das Warten ein Ende hatte. Von oben vom Berg herab kamen sie. Jetzt konnte er nicht mehr unterscheiden, was sein Herzklopfen verursachte: Der Gedanke, dass Anna ihn beobachten würde, oder die Aufregung vor dem Richten der Agathe Hornmilch. An der Spitze ritt der Schultheiß Hans Visch auf seinem Pferd vorweg. Danach schritten nebeneinander zwei Bewaffnete mit ihren Hellebarden, dann die verurteilte Kindsmörderin und dann wieder zwei Bewaffnete, sodass sie die junge Frau ringsum flankierten. Ihre Hände waren gebunden. Dessen war sich Michael sicher, obwohl er sie unter der übergeworfenen Decke nicht sehen konnte. Ihr zur Seite lief Martin Vischer, der Pfarrer, den Kopf im Gebet gesenkt und bereit, ihr mit Worten den Glauben zu stärken und Kraft zu schenken für ihren Weg. Hinterdrein schlossen einige Mitglieder des Rates an, unter anderem Conrat Korber, der Alte Bürgermeister, Steffen Brel und Bernhard Koberer, der Junge Bürgermeister, der in seinem dritten und somit letzten Amtsjahr von den erfahrenen Oberen herangezogen und auf alle Aufgaben eines Alten Rates vorbereitet wurde.

Während sie das letzte Stück hinter sich brachten und durch die Menge zogen, wurden immer öfter Schandrufe und missbilligende Äußerungen laut. Die Magd, der sie galten, hielt den Kopf gesenkt und zog den Überwurf bis dicht unter ihr Kinn. Sie waren jetzt bei Michael und Wilhelm angelangt und hielten an. Ein letzter flüchtiger Blick zu Anna – dann musste er sich zum Nekker umdrehen und sich zwingen, sich auf den weiteren Ablauf zu konzentrieren. Pfarrer Vischer trat vor und ging in Begleitung des Vörg Martin zur Fähre. Es war still. So still, dass die Leute, die weiter oben standen, zumindest noch das Gemurmel hörten, als der Geistliche den Segen sprach und ein Kreuz in die Luft zeichnete. Sein weiter Umhang mit den aufwendigen Stickereien wehte sachte im Wind. Mit einem Kopfnicken bestätigte er dem Schultheiß die Segnung. Hans Visch ließ sein Pferd einige Schritte weiterlaufen und stellte sich in die Steigbügel. Jetzt hatte er die schuldige Magd und den Scharfrichter vor sich.

»Schuld hast du auf dich geladen. Heute wirst du die Strafe dafür erhalten. Das Wymphener Gericht hat mit allen Stimmen entschieden – zwölf an der Zahl.« Von Agathe kam immer noch keine Reaktion. Dann wandte er sich mit lauter Stimme direkt an Michael. »Meister Kremer, Ihr habt den Eid geleistet – so tut nun Eure Pflicht!« Damit ließ er sich wieder in den Sattel gleiten und beobachtete alles Weitere mit steinerner Miene.

Der Scharfrichter und sein Knecht tauschten kurz einen Blick. Dann machten sie sich an ihre Arbeit. Sie brauchten nicht zu reden. Jeder wusste, was er zu tun hatte, und jeder ihrer Schritte und Handgriffe wurde genau beobachtet – von der obersten Gerichtsbarkeit und natürlich den Wymphener Bürgern, die die Hälse reckten, drängelten und schoben, um vielleicht doch noch einen besseren Platz zu bekommen. Zu zweit wuchteten sie den stabilen, hölzernen Käfig auf die Fähre, die fest vertäut am Ufer lag. Sie ruckten und zerrten und postierten ihn letztendlich so, dass er an der flussabwärts gelegenen Seite direkt mit dem letzten Brett abschloss. Die Holzbalken, die eigentlich rundum als Begrenzung dienten, waren an dieser Stelle entfernt worden, damit den Käfig nichts an seinem Weg in die Fluten hindern konnte. Wilhelm japste. Mit der verletzten Hand gestaltete sich alles etwas umständlicher und schwieriger. Michael ging derweil zurück zum Ufer, um das lange Tau zu holen, das er nach Schließen des Gestelles an den Dauben befestigen wollte, um den Käfig mitsamt seiner Fracht am Wegschwimmen zu hindern. Die kürzeren Seile, die gleich den Deckel auf den Seitenwänden halten sollten, lagen schon auf der Fähre bereit. Michael hatte alle Arbeiten erledigt. Er konnte den Moment jetzt nicht mehr weiter hinauszögern. Wilhelm stand ihm gegenüber. Ihre Blicke trafen sich.

»Nun denn …« Wilhelm antwortete ihm nur mit einem Nicken,

das so unauffällig ausfiel, dass nur sein Schwager es bemerken konnte, der jetzt die Augen im stummen Gebet geschlossen hielt. Nachdem er sich bekreuzigt hatte, drehte er sich um und begab sich mit entschlossenen Schritten zu der Verurteilten.

Agathe Hornmilch erwachte aus ihrer Teilnahmslosigkeit und ihre Starre löste sich allmählich, als der Scharfrichter geradewegs auf sie zukam. Sie konnte sich nicht mehr genau daran erinnern, wie sie den Weg vom Ratsgebäude zum Nekker hinter sich gebracht hatte. Die letzten Tage bestanden größtenteils nur aus verschwommenen, bruchstückhaften Erinnerungen. Als wäre alles ein Traum – ein böser Traum, aus dem sie einfach nicht erwachte. Die düstere, trostlose Witterung passte zu ihren Stimmungen, die ständig wechselten. Von Gleichgültigkeit bis Hysterie, von Panik und Angst bis hin zu tiefster Trauer um ihr totes Kind. Selbst der Pfarrer konnte sie in ihren Gesprächen, als er sie in der Arrestzelle aufgesucht hatte, nicht wirklich beruhigen, ihr Trost spenden und Hoffnung geben. Schließlich wusste er selbst nicht, was danach kam. Er hatte es ja noch nicht erlebt. Plötzlich schossen ihr unzählige Fragen durch den Kopf. Würde es lange dauern? Würde sie leiden müssen? Wie würde es sein, wenn ihr Leben erlosch und sie den letzten Atemzug tat? Agathe sah sich den Fluss an. Das Wasser hatte nichts Bedrohliches an sich. Friedlich floss es in seinem Bett dahin – kalt und dunkel – und das würde es auch noch morgen tun und alle folgenden Tage, wenn die Magd Agathe Hornmilch bereits längst vergessen war. Sie blinzelte und zog die Decke noch fester um sich. Mit jeder Bewegung scheuerte das harte, raue Seil an ihren Handgelenken und hinterließ rote Striemen. Ihre Füße in den dünnen Lederschuhen waren gefühllos vor Kälte und Nasenwasser lief ihr über die Oberlippe in den Mund. Agathe schniefte und begann zu zittern. Der Scharfrichter war in einigem Abstand stehen geblieben und wartete, bis die Bewaffneten mit ihren Hellebarden zur Seite getreten waren und den Weg freigaben. Sie standen jetzt stramm und aufrecht in einer Reihe hinter der Verurteilten, den Blick geradeaus gerichtet. Michael brachte nun auch noch das letzte Stück hinter sich und griff nach Agathes Umhang, ehe sie noch weiter zurückweichen konnte. Vor Abscheu verzog sie den Mund, als er ihren Arm streifte, während er die Decke von ihren Schultern gleiten ließ. Achtlos ließ er den Stoff zu Boden fallen, ohne den sie jetzt in der Kälte noch mehr zu schlottern anfing. Die gebundenen Hände hielt sie vor ihrer Brust und presste die überkreuzten Finger so fest aufeinander, dass die Knöchel weiß hervortraten. Die Reste ihrer Haare, die nach dem Abschneiden noch stehen geblieben waren, standen wirr vom Kopf ab und zeichneten sie erbarmungslos. Michael ergriff die junge Frau oberhalb des Ellenbogens und versuchte, sie die paar Schritte zum Ufer hinunterzuführen. Zuerst humpelte sie. Es dauerte einige Augenblicke, bis die steifen Glieder wieder in Bewegung kamen. Dann jedoch folgte sie ihm. Naturgemäß nicht freiwillig, wie er an dem zunehmenden Widerstand bemerkte, je mehr sie sich der Fähre näherten. Michael ließ sich dadurch allerdings nicht beirren. Zudem war er ihr an Größe und Kraft so oder so überlegen und wenn sie sich jetzt auch noch auf den Boden werfen würde, dann würde er sie eben auf die Fähre schleifen. Am Ufer angekommen, stemmte die Magd ihr gestrecktes Bein mit aller Kraft auf den Boden. Sie erreichte dadurch aber nur eine recht kurze Verzögerung. Michael verstärkte seinen Griff noch etwas mehr und drehte sich zu der Magd um. Sie schüttelte heftig den Kopf, ohne den Käfig aus den angstgeweiteten Augen zu lassen. Mit einem kräftigen Ruck wurde der Widerstand überwunden, und Agathe stolperte mit einem lauten Poltern auf die Holzbretter. Martin Vörg stand ungeduldig abseits am Ufer. Wenn die Schuldige gerichtet war, konnte er seine Fähre nach einer zweiten Segnung wieder in Besitz nehmen. Wilhelm stand, bereit seinem Schwager helfend zur Seite zu eilen, immer noch neben dem Holzkäfig. Niemand wusste besser als Michael, dass nur eines sicher war: nichts. Keine Hinrichtung glich der anderen. Es konnten immer unvorhergesehene Dinge geschehen. Jeder Mensch war einzig, und man konnte nie vorhersagen, wie sich jeder von ihnen im Angesicht des Todes gebarte. Egal ob Mann oder Weib. Obgleich die Frauen meist doch mit heftigerem Gemüt reagierten, wie bereits Steffen Brel bei ihrer Überfahrt nach Wymphen bemerkt hatte.

Wie kam er jetzt auf den Brel? Ohne dass er es verhindern konnte, waren seine Gedanken auch schon wieder bei Anna. Er brauchte sie in der Menge nicht lange zu suchen. Sie stand immer noch an der gleichen Stelle – in dem schönen blauen Kleid, das er schon während ihrer Aussage vor dem Stadtrat an ihr bewundert hatte.

Er war nur einen kurzen Moment unaufmerksam und abgelenkt, aber Agathe Hornmilch spürte diese winzige Lockerung seines Griffes – und da ihr Überlebenswille erneut aufflammte, riss sie sich mit aller Kraft los. In Windeseile drehte sie sich um und sprang mit einem Satz zurück ans Ufer. An einer Stelle war der Schnee bereits so glatt getreten, dass das Gras darunter zum Vorschein kam und sich die Pflanzen und die Erdklumpen mit der weißen Pracht zu einem dunklen Fleck vermischten. Hart schlug die Todgeweihte auf dem Boden auf, als ihre Füße wegrutschten. Ein Murmeln und Raunen ging durch die Umstehenden, und der Schultheiß hatte bereits den Mund geöffnet, um den Hellebardieren den Befehl zur Verfolgung zu geben. Keuchend wollte sie sich wieder aufrappeln, aber direkt neben ihr tauchten schon die Stiefel des Scharfrichters auf. Auch Michael war gehörig außer Atem. Wütend auf sich selbst, da ihm gleich zu Beginn seines Dienstes vor aller Augen so ein Patzer unterlaufen war, blieb er neben der am Boden liegenden Magd stehen. Er hatte schnell reagiert und sie noch zu fassen versucht, und sicherlich hätte er sie auch eingeholt, wenn sie nicht gestürzt wäre. Jetzt allerdings fehlte die Ruhe und sie war durch die Verzögerung noch aufgeregter. Michael wünschte sich zum unzähligsten Male die Nacht herbei – die Zeit, wenn alles schon hinter ihm liegen würde. Da Agathe keine Anstalten machte aufzustehen, sondern wimmernd auf Knien und Ellenbogen verharrte, beugte er sich schließlich doch hinunter und zog sie grob auf die Füße. Aus verletztem Stolz heraus wollte er jetzt Härte und Unnachgiebigkeit demonstrieren. Er zerrte sie hinter sich her wieder auf die Fähre zum Käfig.

»Wartet! Bitte … ich …«, stammelte sie, »… ich nehme das Geständnis zurück! Ihr könnt mich nicht richten!« Flehend blickte sie die Männer abwechselnd an. Vielleicht gab es eine weitere Verhandlung. Einen Aufschub des Urteils. Keiner der beiden antwortete. So hatten sie es abgesprochen – und sie hielten sich eisern daran. Michael hatte schon oft erlebt, dass mit allen möglichen Argumenten versucht wurde, quasi die Zeit zurückzudrehen – aber das Urteil war gesprochen. Es konnte an keine weitere Instanz appelliert werden und er hatte ausschließlich die Aufgabe, dieses Urteil zu vollstrecken. Komme, was wolle. Ohne Hast, aber trotzdem ohne weitere Unterbrechungen, stellte Wilhelm den Deckel zur Seite und wollte Michael dann helfen, die Verurteilte in das Innere zu verfrachten.

»So habt doch Erbarmen!«, bemühte sich Agathe weiterhin aussichtslos, eine Reaktion bei dem Scharfrichter zu erzielen. Die Stimme klang weinerlich und ihr Kinn zitterte. Hoffnungsvoll suchte sie nach einem Anzeichen einer Änderung in der versteinerten Miene. Michael vermied jeglichen Blickkontakt mit ihr. ›Ich zeige Erbarmen – und bringe es schnell für Euch zu Ende.‹ Wie gern hätte er ihr diese Worte laut gesagt. Stattdessen drehte er sie mit dem Rücken zu sich und legte seinen rechten Arm um ihre Taille, damit er sie besser hochheben konnte. Mit dem anderen Arm hielt er ihre Handgelenke fest und machte sie so bewegungsunfähig. Nach dem Fluchtversuch war nicht davon auszugehen, dass die Magd ihren Widerstand aufgab. Darum war Wilhelm herangetreten und umschlang ihre Knie. Gemeinsam hoben sie die junge Frau hoch. Michael trug das meiste des Gewichts und Wilhelm beeilte sich, die Beine in den Käfig zu heben. Die Wände waren nicht einmal hüfthoch, trotzdem bedurfte es einiger Anstrengung. Sein eingewickelter Finger pochte. Sie wand sich, und Wilhelm musste aufpassen, dass die Wunde keinen Schlag abbekam. Irgendwie schaffte sie es, ein Bein aus der Umklammerung herauszuziehen. Kreischend strampelte sie und verpasste dem Knecht des Scharfrichters einige empfindliche Tritte. Eigentlich war sie nicht groß, aber die Todesangst verlieh ihr zusätzliche Kräfte. Als diese jedoch wenig später auch nachließen, gewann Wilhelm wieder die Oberhand und lupfte die Beine hinein. Michael drückte den Kopf so lange nach unten, bis der Deckel bereit war zum Schließen. Wilhelm legte sich halbwegs darauf und Michael übernahm das Verknoten. Der Käfig war nur so hoch, dass die Hornmilch darin knien konnte. Mit ihren vor Kälte geröteten Händen hielt sie sich an den Dauben fest und lehnte schniefend das tränennasse Gesicht dagegen. Suchend wanderten ihre Augen über die Leute, die am Ufer standen und gafften. Michael fragte sich, ob sie zum letzten Mal nach einem bestimmten Gesicht Ausschau hielt, um Trost zu finden. Vielleicht suchte sie den Vater ihres Kindes, dessen Namen sie wohl mit in ihr nasses Grab nehmen würde.

Die Fähre senkte sich ein wenig und Schritte waren auf den Holzplanken zu hören. Pfarrer Vischer hatte das feste Ufer ebenfalls verlassen und stand jetzt in einigem Abstand hinter Michael und Wilhelm. Er hatte den Kopf in stillem Gebet gesenkt und ließ sich auch dadurch nicht stören, dass die beiden Männer jetzt die Taue einholten, vom Ufer abstießen und langsam mit ihrer Fracht die Mitte des Nekkers ansteuerten. Sie hörten auf zu rudern. Das Fährboot hing jetzt am Führungsseil und außer dem leisen Plätschern, das das Wasser verursachte, wenn kleine Wellen das Holz umspülten, war nichts zu hören. Michael hatte das Ruder befestigt und wartete noch kurz ab, bis Martin Vischer sein stilles Gebet beendet und über Agathe Hornmilch ein Kreuz in die eisige Luft gezeichnet hatte. Sie bekreuzigte sich ebenfalls eilig, um dann ängstlich einen Blick über ihre Schulter zu werfen. Obwohl es ihr nicht helfen würde, war Agathe in ihrem Käfig, so weit es nur irgendwie ging, vom Wasser weggekrochen und drückte sich jetzt eng an die Holzdauben. Hastig atmend beobachtete sie jeden Handgriff der Männer und verfolgte jede ihrer Bewegungen. Der Scharfrichter prüfte nochmals die Knoten des Seils, mit dem er sie wieder aus dem Wasser ziehen wollte. Er nickte seinem Knecht kurz zu und die beiden traten an Agathes Gefängnis heran.

»Bitte …!« Sie vollendete den Satz nicht, sondern griff blitzschnell durch einen Spalt und krallte sich in den Ärmelstoff ihres Henkers. Beinahe so, als würde sie seine Nähe suchen. Der letzte menschliche Kontakt. Noch am Ufer hatte Michael die Abscheu in ihrem Gesicht gesehen. Jetzt würde sie wahrscheinlich so einiges dafür tun, ihn noch weiter berühren zu dürfen. Er sah sie nicht an, sondern riss sich los. Gemeinsam mit Wilhelm stemmte er sich gegen den Käfig. Ein Ruck, und Agathe entfuhr ein spitzer Schrei. Etwa zwei Hände breit ragte das Gestell jetzt über die Fähre hinaus. Michael suchte besseren Halt und auch Wilhelm änderte seine Stellung. Er stemmt einen Fuß in den Spalt zwischen zwei Planken, lehnte eine Schulter an und machte sich erneut zum Schieben bereit. Es roch nach Urin. Agathes Blase hatte sich entleert. Michael bezweifelte, dass sie es bemerkt hatte. Jetzt mussten sie einfach alles daran setzen, dass es in einem Stück ging. So würde sie es bald hinter sich haben. Sein Schwager ächzte, als er mit Kraft schob und sich das Holz mit einem schabenden Geräusch vorwärts bewegte. Unaufhaltsam. Ohne noch einmal stillzustehen. Der Käfig neigte sich langsam. Agathes Augen waren weit aufgerissen und sie atmete hektisch ein und aus. So, als wollte sie noch so viel Luft wie möglich in ihre Lungen schaffen. Ehe sie mit einem platschenden Geräusch von der Fähre kippte, tat sie noch einen letzten tiefen Atemzug, schloss den Mund und hielt sich mit aufgeblasenen Backen die Nase zu. Dann war alles still. Die Wellen, die Agathe Hornmilch verursacht hatte, trieben auf dem Wasser den Fluss hinunter, wurden flacher und verschwanden.

Michael und Wilhelm hielten das Seil fest, während sie wortlos auf die Stelle starrten, wo sie untergegangen war. Ein paar letzte Luftblasen stiegen noch auf. Trotzdem warteten sie noch eine ganze Weile, ehe sie den Käfig wieder hochzogen. Nicht auszudenken, wenn sie noch lebte. Die Strömung zog an dem Strang und die Männer mühten sich mit dem nassen, rutschigen Seil ab, das den abgetriebenen Käfig im eisigen Wasser hielt. Nach und nach kam er an die Oberfläche. Er hatte jetzt durch die vollgesogenen Kleider der Magd ein wesentlich höheres Gewicht. Die Dauben waren bereits dicht unter der Wasserlinie zu sehen. Als er mit den Händen greifbar war, ließen sie das Seil los und zogen ihn an den Latten auf die Fähre. Der tote Körper lag zusammengekauert auf der Seite. Wasser rann aus dem Stoff, der eng an Beinen und Armen klebte, und bildete eine Lache. Die nassen Haarreste schmiegten sich an die Kopfhaut und einige Strähnen bedeckten die halb geöffneten Augen der Leiche. Nichts bewegte sich. Kein Blinzeln – kein Atmen. Trotzdem schnitt Michael die Knoten des Deckels noch nicht durch. Mit einer Hand tastete er durch die Stäbe am Hals der Gerichteten nach etwas Pulsierendem unter der Haut. Nichts. Beinahe erleichtert legte er zwei Finger auf ihre Augenlider und schloss sie über dem starren Blick. Unterdessen machte sich Wilhelm daran, die Fähre wieder gen Ufer zu bringen, wo Michael noch eine letzte Handlung bevorstand, ehe sich die Bürger und das Gesinde verteilten und wieder ihrem Tagwerk nachgingen, während es seine Aufgabe war, den Leichnam unter die Erde zu schaffen. Allenfalls war das heutige Ereignis noch Thema des Geschwätzes, das auf den Straßen, in den Gassen und in den Stuben stattfand – und ein jeder wusste wahrscheinlich noch Dinge zu berichten, die er angeblich gesehen und gehört haben wollte. Die Leute würden der so entstandenen Geschichte weitere Dinge andichten, bis daraus vermutlich eine Erzählung immensen Ausmaßes geworden war – vor allem für dunkle Abende am Feuer.

Sie hatten das Ufer erreicht und gaben die Fähre wieder frei, indem sie den Holzkäfig auf festen Grund schleppten. Martin Vörg wachte mit Argusaugen darüber, dass Pfarrer Vischer die abschließende Segnung vornahm und dass dies auch wirklich jedermann registrierte – wenn er schon vom Gericht verpflichtet wurde, dem Scharfrichter sein Eigentum zur Verfügung zu stellen. Michael hatte inzwischen vor dem Pferd des Schultheißen Aufstellung genommen und blickte nach oben zu Hans Visch.

»Habe ich recht gerichtet?« Seine sonst tiefe und angenehme Stimme klang gepresst. Um ihn herum war kein einziger Laut zu hören. Er spürte, wie sein Herz schneller schlug. Die Blicke der Menge konnte er beinahe als winzige Nadelstiche auf seiner Haut spüren. Er hasste es, im Mittelpunkt zu stehen – von allen angegafft zu werden. Vorhin, auf dem Nekker, waren die Menschen so weit weg gewesen. Dort konnte er sie leicht ignorieren. Jetzt aber hatten sie ihn umringt und es dauerte beinahe eine Ewigkeit, bis der Schultheiß wohlwollend nickte.

»Ihr habt recht gerichtet!«

DIE BROSCHE

– SONNTAG, 15. FEBRUAR 1523 –

JETZT FEHLTE NUR NOCH DER WARME MANTEL. Anna sah zufrieden an sich hinab. Sie trug ein grünes Kleid, dessen Ärmel mit goldenen Querborten umspannt waren. Der gebauschte Stoff am Vorderarm war schwarz. Im Gegensatz hierzu lugte der Brustfleck, an dem wie immer ihre Brosche befestigt war, weiß unter dem Mieder hervor, dessen Rand mit ebenfalls weißen Glasperlen verziert war. Prüfend tastete sie vorsichtig über die fest angesteckten Haare. Barett und Kalotte waren passend zum Kleid in grüner und goldener Farbe gehalten. Aufgeregt machte sie sich nun auf den Weg nach unten, ehe ihre Mutter Amalia oder ihr Stiefvater Steffen nach ihr rufen mussten. Auch die anderen Bewohner des Hauses hatten sich für die sonntägliche Messe angekleidet und versammelten sich nach und nach in der Stube.

»Der Baumännin ist jetzt mit Sicherheit nicht wohl in ihrer Haut.« Peter grinste schadenfroh in die Runde und fuhr sich lässig durch seine nackenlangen braunen Haare. Damit meinte er Valentine – die Frau von Conrad Baumann. Anna tauschte am Tisch einen schnellen Blick mit ihrer Mutter, und Steffen, der langsam durch den Raum geschlendert war, blieb stehen und grunzte zustimmend.

»Geschieht ihr ganz recht. Sie hat schon des Öfteren schlechte Reden geführt. Nur diesmal hat sie sich eben mit der Falschen angelegt. Die Heckerle Sophia hat selbst Haare auf den Zähnen und lässt sich üble Nachrede eben nicht gefallen.« Steffen Brel hatte die Neuigkeit aus dem Ratshaus mitgebracht. In der Woche nach Agathes Hinrichtung waren die Baumännin und die Frau des Müllers in aller Öffentlichkeit in Streit geraten. Sophia Heckerle hatte daraufhin Anzeige wegen übler Nachrede vor dem Wymphener Rat erstattet. Das Urteil war, anhand der vielen Zeugen, schnell gefällt worden. Der Schultheiß Hans Visch hatte verfügt, dass die Unruhestifterin am kommenden, also heutigen, Sonntag die Messe im Stehen zuzubringen hatte.

»Sie wird für sich hoffentlich eine Lehre daraus ziehen und in Zukunft ihre spitze Zunge und ihr Temperament im Zaum halten. Der Müller sollte sich darum kümmern, dass sein Weib still hält.« Verächtlich lachte Steffen auf und streifte Amalia, die eingeschüchtert den Kopf einzog, mit einem strengen Blick. Vor einem der Fenster blieb er schließlich stehen und stierte – übellaunig wie so oft – auf den Marktplatz hinunter. Nur hatte er heute noch schlechtere Laune. Von Walburga hatte Anna erfahren, dass der Ratsherr sie des Nachts noch zum Hause des Scharfrichters geschickt hatte, um ein Mittelchen zu holen. Die Fastenzeit stand bevor, und Steffen Brel hatte sich wohl vorher noch zu viel des guten Essens und noch mehr des süffigen Weins gegönnt. So, dass er dadurch jetzt arge Probleme mit seinen Gedärmen bekommen hatte. Die Magd, die ja jetzt allein in der Kammer lebte und nicht mehr die Jüngere für solche Botengänge schicken konnte, hatte sich vor Einbruch der Nacht bei klirrender Kälte aufmachen müssen, ein Heilmittel zu besorgen, das hoffentlich Linderung brachte. Von der Gröplerin hatte sie dann eine kleine Flasche mit Geist aus Ränsel – auch Hexenzwiebel genannt – erstanden, welchen er gleich noch eingenommen hatte. Keiner der Anwesenden wagte etwas dazu zu sagen. Angespannte Augenblicke vergingen, ehe endlich die Glocken ertönten und die Bürgerinnen und Bürger zur Messe gerufen wurden. Eilig hatten sie es nicht, die warme Stube zu verlassen. Vom Hause Brel aus hatten sie wohl einen der kürzesten Wege hinauf zur Kirche neben dem Wormser Hof. Anna zog ihren Mantel fest um die Schultern und folgte den anderen die Treppe hinunter und hinaus auf den Marktplatz. Es war wieder kälter geworden und der Schneematsch der letzten Tage war zu einer harten, glänzenden Oberfläche gefroren, die glatt und rutschig vor ihnen lag. Vorsichtig tastete sich Anna links an der Hauswand entlang, während sie gleichzeitig, so gut es ging, ihre Mutter stützte. Amalia Brel setzte langsam einen Fuß vor den anderen, bemühte sich, nicht das Gleichgewicht zu verlieren und sich nicht von den ungeduldigen

Blicken der Männer drängen zu lassen, die schon ein Stück vorausgegangen waren. Ihre Mutter hatte sich gestern schon den ganzen Tag nicht wohl gefühlt. Auch jetzt zitterte sie, da sie für die ungewohnte Anstrengung gerade noch die nötige Kraft aufbringen konnte. Immer mehr Bürger gesellten sich zu ihnen. Alle mit dem gleichen Ziel – die etwas höher gelegene Kirche mit dem Begräbnisplatz darum. Anna mied die rutschige Mitte des schmalen Weges. Immer wieder trat sie am Rand auf noch frischen Schnee, um besser Halt zu finden. Sie näherten sich dem Gotteshaus vom Marktplatz her und gingen somit beinahe direkt auf die schmale Gebäudeseite zu, an deren Ecken die beiden schlanken Türme standen, die einen kleineren, runden Ausbau – den Chor – in ihre Mitte nahmen. Der südliche Turm, der direkt an der Sakristei stand, war niedriger als der andere und würde wohl, soweit ihr Stiefvater von den Ratssitzungen zu berichten wusste, noch in diesem Jahr um ein weiteres Stockwerk erhöht und somit dem Nordturm angeglichen werden. Rings um den Chor wechselten sich Mauerfortsätze mit hohen, schmalen Glasfenstern ab, die buntes Licht in den Altarraum einfallen ließen. Ging man dann, jenseits der Sakristei, am Kirchenschiff an der Seite entlang, die dem Brel'schen Haus am nächsten lag, passierte man den Seiteneingang. Anna blieb stehen. Der Jude mit dem Bettelstab hatte sich genau an dem Spitzbogen niedergelassen, dort, wo das Gemäuer um die massive Holztür eine Nische und der Bogen eine Art Dach ausbildete, welches mit kunstvoll behauenen Steinen und bemalten Streben verziert war. Er war mit dem Rücken am steinernen Türrahmen so weit nach unten gerutscht, dass es beinahe so aussah, als würde er mit angezogenen Beinen auf der gefrorenen Erde sitzen. Der gelbe Stoffring, den er sich als Zeichen auf seine Kleidung zu nähen hatte, war schon von Weitem erkennbar. Die roten, schwieligen Hände hielten den vom ständigen Gebrauch schon ganz glatten Holzstab. Anna fragte sich für einen Moment, ob sie wohl schon daran festgefroren waren. Ismail Süsskind starrte vor sich hin, und nur ab und an folgten seine Augen den Füßen in den schön gearbeiteten Lederschuhen, die an ihm vorbeigingen. Er hatte sich diese Zeit und diesen Ort in der Hoffnung ausgesucht, dass er mit möglichst wenig Aufwand vielleicht die eine oder andere Münze erbetteln konnte. Es war Sonntag. Viele Leute würden in die Kirche gehen, und nach der Messe war manch einer milder gestimmt als etwa während einem der Märkte. Anna versicherte sich, dass sie ihre Mutter kurz loslassen konnte, kramte in ihrem Beutelchen und ging zu dem Mann hinüber. Er hatte ausgeprägte Wangenknochen und eingefallene, faltige Backen. Auch die geröteten Augen lagen in tiefen Höhlen unter den buschigen, dunklen Brauen, und die wulstigen Lippen verdeckten nur teilweise die schiefen Zähne des lückenhaften Gebisses. Ihr Blick fiel auf die Brezel, die direkt über ihm in Stein gehauen war. Wie zur Mahnung, dass er Geld brauchte, um sich an echtem Backwerk satt essen zu können. Die Münze klimperte, und während Anna sich schon wieder umdrehte, um sich wieder um ihre Mutter zu kümmern, murmelte er etwas Unverständliches hinter ihr drein.

»Nun macht schon – beeilt euch!« Steffen Brel hatte sich ungeduldig umgedreht und reckte den Hals, damit er sie im Gewirr der Leute sehen konnte. Dann musste er aber schon wieder weitergehen. Zwischen den Gräbern war nicht genügend Platz, und so ließ er sich in dem anwachsenden Menschenstrom zur großen Pforte hin mittreiben. Den meisten liefen Anna und ihre Mutter zu langsam, sodass sie an ihnen vorbeieilten. Anna störte das nicht. Während Amalia kurz verschnaufte, betrachtete sie ihrerseits das Fenster über ihnen. Es war rund wie ein Wagenrad und in die Mauer eingelassen. Und obwohl es natürlich aus Stein war, wirkten die Bögen und Windungen im Innern des Kreises so, als wären sie gerade erst erstarrt und hätten kurz vorher noch eine Bewegung, einen Schwung ausgeführt. Ihre Mutter zupfte sie am Ärmel und die beiden setzten ihren Weg fort. Die Glocken hatten inzwischen aufgehört zu läuten. Nur noch wenige Nachzügler eilten schwätzend um die Ecke zum Eingang. Aus einer ganz anderen Richtung drangen ebenfalls Stimmen zu ihnen herüber. Der neue Scharfrichter suchte sich mit seiner Familie seinen Weg durch die Gräber. Das kleine Mädchen auf seinem Arm hatte ihm wohl eine Frage gestellt und er neigte den Kopf zu ihr und antwortete ihr leise. Vermutlich hatten sie das Grab des Johannes Kremer besucht. Soweit Anna wusste, lag es dort hinten in einer abgelegenen Ecke. War er gerade zusammengezuckt, als er den Blick hob und sie erkannte? Er verlangsamte seine Schritte. Schließlich blieb er vor den Gekreuzigten stehen. Die Kleine hatte einen Arm um seinen Hals gelegt und mit dem anderen zeigte sie hoch zu den steinernen Kreuzen. Sie sprachen aber zu leise, als dass Anna sie verstehen konnte. Die Familie hatte es nicht eilig, in die Kirche zu gehen. Sie würden sowieso hinten, abseits der letzten Bank, ihre Plätze einnehmen, und das konnten sie immer noch tun, wenn alle anderen aus der Gemeinde bereits die vorderen Reihen gefüllt hatten.

Anna hatte die Figuren seit ihrer Ankunft in Wymphen schon des Öfteren bestaunt. Auch heute sah sie sie voll Bewunderung, angesichts der aufwendigen Fertigung, an. Auf einem Unterbau, in dessen Deckplatte per Inschrift ein gewisser Hans Koberer als Stifter genannt wurde, standen drei Kreuze. Jesus Christus am mittleren, größeren – zu beiden Seiten, an den kleineren, zwei weitere Gekreuzigte. Zu Füßen des Heilands kniete Maria Magdalena. Sie und Maria beweinten den Toten. Rechts daneben Johannes – ebenfalls in Stein gehauen – obwohl die Balken des Kreuzes wahrlich den Anschein erweckten, als wären sie aus gewachsenem Holz geschlagen worden. Jede der Figuren hatte eine kalte Haube aus Schnee auf dem Kopf. Wogegen die Kerzenflammen der Totenlichter in den Nischen im Sockel warm und vor Wind gut geschützt vor sich hin flackerten. Das kleine Mädchen wurde ungeduldig und machte deutlich, dass sie sofort vom Arm ihres Oheims wieder auf festen Boden gesetzt werden wollte, indem sie sich mit ihren kleinen Händchen fest von ihm wegdrückte. Da halfen auch die Ermahnungen der Mutter nicht viel. Zufrieden stapfte die Kleine ihren Eltern vorweg in Richtung Kirchenpforte, blieb dann aber stehen, um Anna und ihrer Mutter in gebührendem Abstand den Vortritt zu lassen.

Gleich nach der Pforte mussten sie vor der dicken, runden Steinsäule warten und unter der Empore stehen bleiben, ehe sie sich im höheren Kirchenschiff einen Sitzplatz suchen konnten. Noch nicht alle hatten sich in den Gang begeben, der die Bankreihen in der Mitte teilte und direkt auf den Altar zuführte. Ungeachtet der Nachfolgenden, blieben die Leute kurz stehen und tuschelten leise miteinander. Ungeduldig bewegte Anna ihre Zehen in den Schuhen hin und her, um sie so ein wenig zu wärmen. Auch hier in der Kirche war es eiskalt. Auf dem Boden im Eingangsbereich waren grob gewebte Tücher ausgelegt worden, um den hereingetragenen Schnee aufzunehmen. Sie hob einen Fuß, und die Sohle löste sich mit einem schmatzenden Geräusch vom Grund. Amalia umklammerte den Arm ihrer Tochter noch fester und hatte sich ängstlich mit nur kleinen Schritten bewegt, um auf dem glitschigen Matsch nicht auszurutschen.

»Ich sitze bei dir!« Das Echo des hellen, klaren Stimmchens hallte durch die Kirche. Das Mädchen wartete noch, bis sich ihr Onkel verneigt und bekreuzigt hatte, um dann lächelnd auf seinen Schoß zu krabbeln. Ihre Eltern setzten sich daneben, und die beiden Männer unterhielten sich leise und mit ernsten Gesichtern. Anna hätte zu gern gewusst, um was es ging. Besprachen sie vielleicht noch einmal die Maßregelung der Valentine Baumann? Anna blickte noch immer ganz in Gedanken hinter sich zu der Bank, auf der, abseits an der Wand neben dem Eingang, des Scharfrichters Familie auf den Beginn der Messe wartete. Als sie bemerkte, dass Margaretha Gröpler ihren Blick ungeniert erwiderte, schoss ihr das Blut in den Kopf, und damit es nicht so aussah, als würde sie sich ertappt fühlen, weil sie sie so angestarrt hatte, sah Anna sich betont interessiert den Aufgang an, der direkt neben der Frau nach oben zur Empore führte. Die dicken, schweren Steinplatten, die ohne stützende Säulen von unten oder etwa von Seilen gehalten wurden, bildeten eine gerade Linie nach oben, berührten nur mit einer Seite die Wand und schwebten beinahe. Wie waren sie befestigt? Wie wurde das ganze Gewicht gehalten? Anna konnte sich keinen Reim darauf machen. Dies würde wohl ein Geheimnis des Erbauers bleiben. Sie drehte ihr Gesicht nach oben. Die Steinbögen hier und auch an der hohen Decke des Kirchenschiffs hatten ihre Quellen in den frei stehenden, runden Säulen – vier auf jeder Seite. Dort, wo sich die Bögen trafen und kreuzten, befanden sich kunstvoll gearbeitete Bildnisse. Zu Annas rechter Seite ein Hirte und auf der gegenüberliegenden Seite – neben dem zweiten Emporenaufgang – das Symbol der Kesslergesellschaft: ein Abbild eines Kessels.

»Dort können wir uns hinsetzen«, flüsterte Amalia Brel und zeigte unauffällig mit dem Finger. Ziemlich weit vorne, direkt am Mittelgang, war noch ein kurzes Stück der Holzbank frei. Ihr Mann Steffen und ihr Sohn Peter hatten sich bereits auf der rechten Seite bei den Männern niedergelassen. Anna und ihre Mutter gesellten sich zu den Frauen auf der linken Seite. Nun konnte es nicht mehr lange dauern. Welche war diese Valentine Baumann? Neugierig musterte sie die vor ihr sitzenden Bürgerinnen und stellte Vermutungen an. Anna war sich nicht sicher. Noch stand keine Frau.

»Sind diese farbenprächtigen Bilder nicht bewundernswert?«, flüsterte Amalia und deutete zur Wand, von wo die überlebensgroßen zwölf Apostel auf die Gläubigen herabsahen.

»Hmm …«, brummte Anna zustimmend, »… und erst dieses dort!« Vor ihnen erstreckte sich neben dem Altarraum die Wandmalerei beinahe über die ganze Mauer. Der Platz war gut gewählt. So hatte die Gemeinde das Weltgericht immer direkt vor Augen. Auch wenn es noch lange nicht vollendet war und vor allem die Farben fehlten, um dem Ganzen zu mehr Leben zu verhelfen, konnte man doch schon viel hinter dem aufgebauten Gerüst erkennen. Am Boden erhoben sich die Toten aus ihren Gräbern, und weiter oben waren Engel, die Erde und ein Regenbogen vorgezeichnet. Unten vor dem Bild stand ein kleiner Flügelaltar. Anna konnte aus dieser Entfernung zwar nicht alles erkennen, aber da sie schon mehrmals direkt davorgestanden war, wusste sie genau, um was beziehungsweise um wen es sich handelte. In der Mitte des Schreins war der Heilige Quirinus mit Kreuzfahne und seinem Attribut, dem roten Schwert mit den neun goldenen Kugeln, dargestellt. Die Heilige Dorothea zu seiner Rechten trug einen Rosenkorb und ein kleiner Knabe stand neben ihr. Die Heilige Katharina zu seiner Linken trug eine Krone, ein Buch und ein Schwert. Anna schluckte. Die Flügel des Altars übten eine seltsame Faszination auf sie aus. Auf dem rechten wurden Quirinus die Hände und Füße abgehackt, und auf dem linken sah sie Katharinas Enthauptung. Ein Schauer lief ihr über den Rücken, und das lag sicherlich nicht nur an der Kälte, die im Gotteshaus herrschte.

Was muss das für ein grausamer Tod sein, dachte sich Anna. Nun ja, der Moment, in dem das Schwert den Kopf von den Schultern trennt, vielleicht gar nicht einmal so sehr – wenn denn der Blutvogt richtig trifft und gut richtet. Die Momente davor jedoch – wie sind die? Welche Gedanken hat ein Mensch, der dem Tode geweiht ist? Nachdenklich betrachtete sie die Darstellung. Katharina hatte, stark im Glauben, die Hände zum Gebet gefaltet. Eigentlich gelten die Gedanken immer den Verurteilten. Was jedoch ging in dem vor, der tötete? Noch während sie nachdachte, drehte sie sich unwillkürlich zu der abseits stehenden Bank unter der Empore um – und sah ihm direkt in die Augen. Hatte er sie schon die ganze Zeit beobachtet? Er schien ihren Blick beinahe festzuhalten. Anna zuckte zusammen. Unmittelbar auf das laute Geräusch folgte das Wehgeschrei eines Kindes. Neugierig drehten sich nun auch die meisten anderen um. Michael Kremer hatte sich erhoben und ging hinten auf und ab. Er tröstete seine Nichte, indem er sie fest an sich drückte, ihr den Kopf streichelte und in ihr dichtes Haar flüsterte. Sie war aus Übermut auf die Bank geklettert und heruntergefallen. Das Geschrei ebbte langsam ab und verwandelte sich in Schluchzen. Inzwischen hatte etwas anderes Annas Aufmerksamkeit erregt. Sie kniff ihre Augen zusammen, um besser sehen zu können. An der Stirnseite der Empore, unterhalb der Brüstung, befanden sich ein Marienbild und weiter daneben ein von Engeln getragenes Schriftstück. Sie konnte die fremden Zeichen nicht entziffern.

»Mutter, … ist das etwa Hebräisch?« Eine Antwort bekam sie jedoch nicht mehr. Mit einem Mal war es still geworden. Alle waren verstummt. Pfarrer Vischer hatte die Sakristei verlassen und war in die Kirche getreten. Mit strengem Blick stand er jetzt vor der Gemeinde, den Altar im Rücken, und suchte die Reihen ab. Er war sicherlich vom Büttel unterrichtet worden und wartete nun darauf, dass die Baumännin aufstand und vortrat. Anna schielte zu ihrem Bruder hinüber auf die andere Seite. Er bemühte sich, sein schadenfrohes Grinsen zu unterdrücken, und reckte neugierig den Hals. Das stämmige Familienoberhaupt neben ihm hatte sich mit einem gequälten Gesichtsausdruck erhoben und starrte eine Frau an, die einige Reihen hinter Anna saß. Das musste Valentine Baumann sein! Sie hockte stocksteif auf der Bank und hatte trotzig ihr Lippen zusammengepresst. Ihr breites Gesicht hatte sich unter den aschfahlen Haaren verdächtig rot gefärbt. Und obwohl langsam erwartungsvolles Murren aufkam, bewegte sie sich kein Stück. Ihr Kopf drehte sich ein wenig auf dem dicken Hals und die kleinen Äuglein suchten die Reihen der Männer ab. Von ihrem Mann Conrad Baumann konnte sie allerdings keine Hilfe erwarten. Reglos starrte er nach vorne zu Pfarrer Vischer. Anna konnte beim besten Willen nicht sagen, ob er seiner tratschenden Frau diesen Tadel wünschte oder ob er still und leise betete, dass diese peinliche Maßregelung so schnell als möglich vorbeigehen möge. Das Gleiche traf auch auf die junge Frau zu, die neben der zu Bestrafenden saß. Anna kannte sie nicht, aber schon allein durch ihr Aussehen war eindeutig, dass sie die Tochter war. Steffen Brels Geduld war zu Ende. Er drehte sich um und winkte den Scharfrichter mit einer ausholenden Armbewegung heran. Schließlich war er für die Vollstreckung der Urteile verantwortlich. Anna verfolgte das Ganze mit wachsender Beschämung. Sie war froh, dass sie zwischen all den Leuten sozusagen verschwinden konnte und nicht weiter auffiel. Allein die Vorstellung, sie selbst müsste während der ganzen Messe stehen, für alle als Schandmaul erkennbar, ließ ihre Wangen pochen. Anna versuchte, den unangenehmen Gedanken schnell abzuschütteln. Der Nachrichter war jetzt auf Höhe der Bank angekommen und stand ruhig in der Mitte des Ganges. Seine Kleidung war schlicht, aber nicht ärmlich – eben nicht so prächtig wie die von manchen hochtrabenden Wymphener Bürgern. Anna verfolgte jede Regung in seinem Gesicht – bereit, sofort den Blick abzuwenden, sollte er in ihre Richtung sehen. Auch ihm war es bestimmt nicht angenehm, aber er blieb unnachgiebig. Er kreuzte seine Finger und atmete deutlich hörbar ein. Valentine Baumann schnaubte verächtlich und sah ihn abschätzig von der Seite an, was ihn allerdings überhaupt nicht aus der Ruhe zu bringen schien. Als er jedoch einen Schritt weiter auf sie zu ging, um seinem Vorhaben mehr Nachdruck zu verleihen, zuckte sie zurück und schnellte beinahe von der Bank hoch. Zornig raffte sie ihre Röcke, zwängte sich an ein paar anderen Frauen vorbei zum Gang und fetzte an ihrem Gewand und dem Halbrock herum, als sie die Stoffe wieder glattstrich. Doch jedes Zeitschinden nützte nichts. Mit tiefrotem Gesicht stapfte sie ihrem Begleiter vorweg, der ihr bis zur ersten Bank folgte. Dort saß bereits Sophia Heckerle und genoss ausgiebig ihre Genugtuung. Hochmütig streckte sie das Kinn in die Höhe und straffte ihre Schultern, während ein spöttisches Grinsen um ihren Mund spielte. Provozierend suchte sie den Blick der Kontrahentin. Diese aber stand reglos ganz vorne im Mittelgang zwischen den beiden Bankreihen und starrte in Richtung Altar. Michael Kremer hatte seine Arbeit getan. Er kehrte Valentine Baumann den Rücken zu und machte sich auf den Weg zu seinem Platz. Alle Anwesenden sahen mehr oder weniger in seine Richtung. Deswegen wagte er es nicht, auch nur den Kopf zu heben, um in den vielen Gesichtern nach Anna zu suchen. Es bedurfte seiner ganzen Willenskraft, den Blick scheinbar demütig gen Boden gerichtet zu lassen, bis er hinten bei Seinesgleichen ankam.

Der Pfarrer räusperte sich. Die Messe konnte beginnen, und die Gemeinde folgte der bekannten Zeremonie. Annas Gedanken schweiften ab. Bis zu dem Teil der Predigt, in dem er zweifellos auf die Bloßgestellte anspielte.

»… denn Lügenmäuler sind dem Herrn ein Gräuel, die aber treulich handeln, gefallen ihm …« Mit einem mahnenden Blick wandte er sich dann wieder an die restliche Gemeinde, die sich angesichts der anstehenden Fastenzeit auch noch so einige Tadel würde anhören müssen. In den nächsten beiden Tagen würden die Bürgerinnen und Bürger Wymphens ausgelassen sein und der eine oder andere noch einmal ordentlich über die Stränge schlagen – bis dann am aschernen Mittwoch wieder Sitte und Anstand einkehrten und die Fastenzeit begann. Anna freute sich schon darauf, mit Apollonia lachend und tanzend durch die Gassen zu ziehen und von den Leckereien zu kosten.

»Weh denen, die Helden sind, Wein zu saufen, und Krieger in Völlerei.« Kaum hatte sie einen Gedanken daran verschwendet, kam auch schon die Ermahnung vom Pfarrer. Anna bezog sie allerdings nicht allzu sehr auf sich. Schließlich würde sie den Rebensaft, wenn überhaupt, nur in Maßen genießen und sich nicht sinnlos betrinken – wie vielleicht ihr Bruder Peter.

»Rute und Rüge verleihen Weisheit, ein zügelloser Knabe aber macht seiner Mutter Schande.« Ob dies wohl von den anwesenden Burschen beherzigt wurde? Anna hatte da ihre Zweifel.

»Hurerei, Wein und Most machen toll.« Unbeirrt redete Martin Vischer seiner Gemeinde weiter ins Gewissen.

»Berauscht euch nicht mit Wein – das macht zügellos –, sondern lasst euch vom Geist erfüllen!« Leidenschaftlich und voller Inbrunst hatte er beide Arme erhoben und verschaffte sich Aufmerksamkeit und Gehör durch seine laute Stimme, die in der nachfolgenden Stille durch das Kirchenschiff hallte.

Anna führte ihre Mutter zum Hauptportal unter der Empore, wo sie draußen vermutlich auf Peter und den Stiefvater treffen würden. Sie reihten sich in die Menschenschlange ein und näherten sich mit kleinen Schritten dem Ausgang. Hier und da schnappte Anna Gesprächsfetzen auf, die sich hauptsächlich um Valentine Baumann drehten. Kaum dass Pfarrer Vischer die Schlussworte gesprochen hatte, war sie mit wehendem Umhang zur Seitentür geeilt – gefolgt von Mann und Tochter – und regelrecht geflüchtet. Die beiden Frauen passierten jetzt die hölzernen Flügel der Tür und traten nach draußen. Aus dem Augenwinkel sah Anna wieder die ihr schon bekannte Gestalt an der Kirchenmauer kauern. Ismail Süsskind hatte seine Warte an der Längsseite verlassen und hockte nun einige Schritte neben dem Eingang, die Hand ausgestreckt und bereit, eine Münze entgegenzunehmen. Beobachtet wurde er dabei von dem kleinen Mädchen, das in der Kirche unsanfte Bekanntschaft mit dem Boden gemacht hatte. Die rote Beule auf ihrer Stirn war nicht zu übersehen. Sie schniefte und drehte sich dann zu ihren

Eltern um, die schon ein Stück des Heimwegs hinter sich gebracht hatten. Nur ihr Oheim wartete noch auf sie und streckte ihr einladend die Hand entgegen. Sie machte jedoch keine Anstalten, sie zu ergreifen. Einige Eiszapfen, die von einem kurzen Mauervorsprung herabhingen, hatten ihre Aufmerksamkeit erregt. Neugierig tapste sie in den tieferen Schnee am Mauerwerk und streckte sich, um an einige der längeren heranzukommen.

»Kannst du mir den großen abbrechen?« Anna musste unwillkürlich lächeln. Nachdem ihre Bemühungen nicht von Erfolg gekrönt waren, suchte sie Hilfe bei ihrem Oheim.

»Lisbet, wir sollten uns jetzt wirklich beeilen, sonst bist du noch ganz durchgefroren.« Diese Antwort war so gar nicht in ihrem Sinne. Prompt verzogen sich ihre Lippen zu einem Schmollmund. Michael Kremer ahnte, was jetzt gleich folgen würde. Wenn er streng darauf bestand, dass sie sofort mit ihm kam, dann würde Lisbet, starrköpfig wie sie nun einmal war, lautstark ihren Protest äußern. Da die Stieftochter des Ratsherrn Brel aber sowieso schon in ihre Richtung sah, wollte er so schnell als möglich verschwinden. Ergeben seufzte er und ging die paar Schritte zurück zu seiner Nichte. Je näher er Anna kam, umso mehr begann sein Herz zu klopfen. Sie wechselte gerade einige Worte mit ihrer Mutter und achtete gar nicht auf ihn – warum sollte sie auch. Verstohlen warf er ihr einen letzten Blick zu. Mit ihrer geröteten Nase sah sie einfach bezaubernd aus. Nervös machte er sich daran, das spitze Eisgebilde möglichst weit oben abzubrechen.

»Hier.« Gerade wollte er es an Elisabeth weitergeben, als er hörte, wie Annas Name gerufen wurde.

»Anna!« Noch einmal. Apollonia Korber suchte sich einen Weg durch die Leute. Erfreut winkte Anna ihrer Freundin zu. Amalia Brel verlor dadurch jedoch völlig unvorbereitet ihren Halt und rutschte auf dem glattgetretenen Schnee mit einem Bein weg. Erschrocken nach Luft schnappend, suchten ihre dürren Finger nach einer Stütze. Mit erstaunlicher Kraft packten sie das nächstgelegene Stück Stoff, das erreichbar war, und krallten sich in Annas Schaube. Dadurch wurde allerdings das Band, welches um den

Hals als Verschluss diente, nach unten gezerrt und verhakte sich in der Brosche. Der ohnehin schon lädierte Verschluss riss noch ein Stück weit den Stoff ein, ehe er den Widerstand aufgab und brach. Anna konnte ihre Mutter gerade noch rechtzeitig auffangen, die Brosche jedoch fiel auf die Steinplatte vor dem Eingang und hüpfte von dort aus mit einem leisen, metallenen Geräusch weiter in den Schnee. Dort blieb sie liegen und die eingearbeiteten Steine schimmerten matt in dem goldenen Metall.

»Ooh!« Fasziniert von dem schönen Schmuckstück wurden die dunklen Augen von Elisabeth noch größer. Der stattliche Eiszapfen in ihrer Hand war vergessen. Ohne nachzudenken, was sie da tat, lief sie geschwind hinüber, bückte sich und schon griffen die kleinen Hände in ihrem kindlichen Eifer nach dem Geschmeide.

»Nein! Lisbet, nicht!« Aber es war schon zu spät. Die laute Stimme ließ alle herumfahren, um den Grund für diese scharfe Zurechtweisung des Scharfrichters zu erfahren. Anna zog scharf die Luft ein, brachte aber vor Schreck keinen Ton heraus. Sie starrte nur entsetzt und mit offenem Mund auf die Brosche, die von den Fingerchen umschlossen wurde. Alle Augen waren nun auf das Kind gerichtet, das schuldbewusst dastand und nicht wagte, sich zu rühren.

»Lisbet, … was … warum?« Mehr als ein Stammeln brachte ihr Oheim nicht hervor, der sichtlich blasser geworden war. Die Lippen der Kleinen begannen zu zittern und sich nach unten zu ziehen, als sie sich ihren schönen Fund ansah. Aus Angst vor Bestrafung füllten sich ihre Augen mit Tränen – und die von Anna ebenfalls. Das Andenken an ihren geliebten Vater – verloren! Zögernd machte sie einen Schritt.

»Wage es nicht!« Steffen Brels Stimme glich eher einem tiefen Grollen. Drohend schob er sich durch die gaffende Menge und baute sich neben Anna auf.

»So wichtig wird dieses Ding schon nicht sein. Kauf dir eine neue Brosche, und die Sippe des Nachrichters soll damit machen, was sie will!« Er machte eine wegwerfende Bewegung und blitzte die junge Frau dabei drohend an. So schnell aber wollte Anna nicht klein beigeben.

»Es ist das einzige Andenken an meinen Vater, das ich noch besitze!« Ihre weinerliche Stimme brach ab, denn ihr war sehr wohl bewusst, dass sie es unwiederbringlich verloren hatte. So viele Menschen hatten gesehen, dass dieses törichte Kind ihr Eigentum aufgehoben und berührt hatte. Sie konnte es unmöglich wieder zurückfordern oder gar in der Öffentlichkeit tragen.

»Nun, wenn dir so viel daran liegt, dann nimm es – und werde zu Seinesgleichen! In meinem Hause brauchst du dich dann jedoch nicht mehr blicken lassen!«

»Nein, Anna!«, mischte sich seine Frau entsetzt ein. Spöttisch verschränkte Steffen Brel die Arme vor seinem dicken Bauch, der plötzlich laut zu rumoren und zu gurgeln begann. Offensichtlich hatte die Hexenzwiebel zu wirken begonnen. Auch sein Gesichtsausdruck änderte sich. Mit einem Mal schien er es sehr eilig zu haben.

»Sieh zu, dass du deine Mutter und deine Schwester ins Haus schaffst!«, patzte er Peter an, der bis dahin wortlos hinter ihm gestanden hatte. »Ich habe keine Zeit für so einen Schabernack.« Damit drehte er sich um und machte sich allein auf den Rückweg.

»Bring du Mutter heim – ich möchte mich noch mit Apollonia unterhalten.« Schweren Herzens hatte sie der Kleinen keine Beachtung mehr geschenkt und sich einfach zu Peter umgedreht.

»Mach keine Dummheiten – und komm bald nach«, flüsterte Amalia, die den Dickschädel ihrer Ältesten nur zu gut kannte, ehe sie sich bei ihrem Sohn unterhakte. Nach und nach zerstreuten sich die Bürger, als sie merkten, dass es nichts mehr zu sehen gab. Apollonia wirkte bestürzt. Heute war wahrhaft viel geboten.

»Sind sie noch da?« Anna wagte nicht, sich umzudrehen.

»Nein«, antwortete die Tochter des Bürgermeisters, die die Kirchgasse hinter ihr genau überblicken konnte. »Der Scharfrichter hat sich die Kleine geschnappt und ist mitsamt deiner Brosche verschwunden – vermutlich sind sie schon auf dem Heimweg. Was hast du vor? Anna?« Apollonia musste sie erst am Arm berühren, ehe sie eine Antwort erhielt.

»Was? … Ich …« Hinter der Bürgermeistertochter erschien der Junge Rat, der Anna schon im Ratssaal aufgefallen war. Mit einem charmanten Lächeln musterte er Anna, die verwirrt zu Apollonia sah. Diese grinste anzüglich und ihre Augenbrauen hoben sich bedeutungsvoll. Er war groß gewachsen und die Kleidung, die er trug, betonte seine schlanke Figur vorteilhaft. Er war beinahe ganz in Schwarz gekleidet. Wams und Hose waren aufwendig verarbeitet. Die Ärmel waren mit roten Streifen überbunden und die Schlitze in den aufgebauschten Abschnitten waren weiß unterlegt. Die ebenfalls schwarze Schaube war mit roten Borten versehen, ein Pelz zierte den Kragen und das Barett saß kess auf einer Kopfhälfte. Ungeniert sah er ihr weiter direkt in die Augen und schien sich seiner Wirkung auf die junge Frau durchaus bewusst zu sein. Selbstsicher wurde sein Grinsen noch etwas breiter, als sich Annas Wangen ein wenig färbten.

»Trauert dem Schmuckstück nicht weiter nach, Jungfrau Anna. Eure Schönheit bedarf solchen Geschmeides nicht«, schmeichelte er und tat ihr schön. Also hatte er auch alles gesehen. Verblüfft über seine Direktheit, wusste sie erst gar nicht, was sie sagen sollte.

»Oh, … verzeiht mir, … ich habe mich noch gar nicht vorgestellt.« Elegant neigte er den Kopf. »Mein Name ist Feit Morstatt. Wir haben uns bereits im großen Saal des Ratshauses gesehen. Ihr erinnert Euch an die Zeugenhörung der Hornmilch Agathe?«

Anna hatte sich wieder ein wenig gefangen. »Selbstverständlich. Ihr gehört dem Jungen Rat an.« Der Blick seiner dunklen Augen machte sie nervös. Unauffällig wischte sie sich die schwitzenden Hände an der Innenseite ihres Mantels ab.

»Richtet doch Eurem werten Stiefvater meine Grüße aus.«

Anna lächelte ebenfalls höflich. Der Tonfall seiner Stimme jedoch widersprach seinen freundlichen Worten. Nach einer erneuten Verbeugung ging er seiner Wege. Anna sah ihm noch verstohlen hinterher, bis Apollonia ihr prustend gegen den Arm schlug. Vielleicht würde sie sich hier in Wymphen doch schneller einleben als gedacht.

»Na, na! … Wenn da nicht jemand ein Auge auf dich geworfen hat«, trällerte sie und zwinkerte, was Anna nur verlegen abtat, obwohl ihr Herz trotz allem schneller schlug.

»Komm, lass uns gehen. Ich begleite dich noch. Auf dem Heimweg komme ich so oder so an eurem Haus vorbei.« Die Tochter des Bürgermeisters hakte sich bei ihrer Freundin unter und wollte schon an den Gekreuzigten vorbei zum Marktplatz laufen, aber Anna machte keine Anstalten, sich zu bewegen.

»Äh, geh du doch schon vor. Ich muss noch … ich wollte noch ein paar Kerzen für meinen Vater anzünden«, schwindelte Anna.

»Nun gut, dann sehen wir uns morgen in der Früh? Wir müssen schließlich rechtzeitig mit unseren Näharbeiten fertig werden.« Die Vorfreude stand ihr nur zu deutlich ins Gesicht geschrieben. Lächelnd winkten sie sich zu und gingen in entgegengesetzten Richtungen davon. Anna wartete noch, bis sie sicher sein konnte, dass Apollonia nicht noch einmal umkehrte. Zur Sicherheit spähte sie um die Ecke der Kirche. Kein Mensch war mehr zu sehen. Alle hatten sich beeilt, wieder in ihre warmen Stuben zu kommen. Nur der Jude Ismail Süsskind hatte seinen Stab an die Mauer hinter sich gelehnt, um besser die Münzen zählen zu könne, die ihm zugesteckt worden waren. Anna ging auf die Pforte neben ihm zu, überlegte es sich jedoch anders. Wenn sie jetzt tatsächlich Kerzen entzündete, dann würde sich der Abstand noch weiter vergrößern. Entschlossen stapfte sie an dem Bettler vorbei, die Kirchgasse hinunter. Vermutlich waren sie am Ende der Gasse nach links Richtung Haupttor abgebogen. Hoffentlich würde sie sie erreichen, bevor sie die innere Stadtmauer passierten. Was aber dann? Anna hatte sich bis dahin noch keine weiteren Gedanken gemacht. Der Schnee knirschte unter ihren Schuhen und sie beschleunigte ihre Schritte. Tief atmete sie die kalte Luft ein und stieß sie als weißlichen Nebel wieder aus. Was sollte sie tun, was sagen? Und selbst, wenn sie die geforderte Brosche wieder zurückbekam – sie konnte das Geschmeide nicht öffentlich tragen. Steffen Brel würde es erkennen und keine Hemmungen haben, sie beim Rat anzuzeigen. So wie er es mit Agathe Hornmilch ohne zu zögern getan hatte. Trotz regte sich in Anna. Dann würde sie das Andenken an ihren Vater eben gut verstecken. Irgendwo war sicherlich ein geheimes Eckchen zu finden. Das würde gehen. Plötzlich blieb sie stehen. Sie konnte ihr Geheimnis auf jeden Fall für sich behalten. Was war aber mit der Kleinen? Was, wenn sie den Mund nicht halten konnte und irgendjemandem verriet, dass sie das Gefundene hatte wieder hergeben müssen? Oder die Gröplerin? Sie könnte derart Gefallen daran finden, dass sie selbst auf Annas Bitte hin die Brosche nicht mehr herausgab – ja sogar herumerzählte, dass die Stieftochter des angesehenen Ratsmitgliedes Brel einen Gegenstand aus des Scharfrichters Haus verlangte. Oder – vielleicht bekam das Mädchen es ja gar nicht mit – dafür wusste es auf jeden Fall der Rest der Familie. Sie würde sich abhängig machen, sich deren Wohlwollen ausliefern. Anna kamen Zweifel. Sollte sie sich tatsächlich dieser Gefahr aussetzen? Aber es war nun einmal ein Geschenk ihres Vaters. Annas Gedanken überschlugen sich.

»Sucht Ihr mich?« Anna stand immer noch an der Abzweigung und eigentlich war sie der Meinung gewesen, dass sie allein sei. Erschrocken fuhr sie herum. Michael Kremer lehnte hinter der Ecke an der Hauswand. Deswegen hatte sie ihn nicht gesehen. Er hatte die Arme vor der Brust verschränkt und ein Bein lässig über das andere geschlagen. Fragend sah er sie an. Seine Stimme war leise und hörte sich eigentlich freundlich an – kein bisschen spöttisch oder schadenfroh. Allerdings hatte es andererseits auch nicht den Anschein, als wolle er sich für seine Nichte entschuldigen. Anna versuchte erneut, durch Schlucken die Trockenheit in ihrem Mund zu beseitigen und ihrer Stimme einen normalen Klang zu geben. Just in dem Moment wurde eine Tür geöffnet und eine Frau beäugte die beiden argwöhnisch aus einiger Entfernung. Anna war es äußerst unangenehm, mit dem städtischen Meister auf offener Straße gesehen zu werden.

»Nein! Gütiger Gott – wieso sollte ich?«, entfuhr es ihr daraufhin schnippisch. Mit einem klatschenden Geräusch landete der Inhalt des Nachttopfes in der Gasse. Das hatte sie doch gar nicht sagen wollen! Sie wollte um das Schmuckstück bitten und ihm nicht hochnäsig über den Mund fahren. Wütend biss sie sich auf die Zunge und ballte die Fäuste. Die Frau machte keine Anstalten, wieder ins Haus zu gehen. Neugierig gaffte sie herüber. Dann kam sie auch noch ein paar Schritte näher und nickte dem Scharfrichter schlecht gelaunt zu.

»Wir haben gefallenes Vieh im Stall«, kam es maulend aus dem fast zahnlosen Mund.

»Nun, es ist Sonntag. Ich werde mit meinem Schwager morgen in aller Frühe zu Euch kommen. Ihr wisst doch – der Sonntagsfrevel gefährdet das Seelenheil.« Anna konnte das patzige Gemurmel nicht verstehen, aber da das Weib mit dem dreckigen Nachtgeschirr wieder im warmen Haus verschwand, schien die Vereinbarung zu gelten. Sie waren wieder allein.

»Euch muss die Brosche sehr viel bedeuten ... Ich habe vermutet, dass Ihr mir folgen werdet ... Ich dachte, ich warte auf Euch, damit Ihr weitab von der Kirche und möglichen Zeugen ...« Unbeholfen machte er mit der Hand eine kleine, erklärende Geste in der Luft.

»Da habt Ihr falsch gedacht!«, fuhr sie ihn an. Sie fühlte sich in die Enge getrieben und brachte es nicht über sich, einzulenken.

Jetzt wirkte er doch etwas verlegen. Was war nur wieder in ihn gefahren? Er stand hier, trug die Brosche unter seinem Mantel und unterhielt sich mit einer Bürgerstochter, als wäre sie eine treue Freundin der Familie. Michael wagte nicht, erneut das Wort an die junge Frau zu richten. Also blieb er einfach mit pochendem Herzen stehen und wartete ab. Unter dem Stoff seines Mantels konnte er das Metall und die Umrisse der Brosche ertasten. Nur zu gern würde er sie zurückgeben. Auch wenn seine Schwester ihn einen Narren nannte. Er hatte den ersten Schritt getan – sie brauchte ihn nur noch darum zu bitten. Sie rührte ihn. Wie sie da stand und mit sich rang und kämpfte. Ihre Nasenflügel bebten. Schließlich hob sie trotzig das Kinn, bedachte ihn mit einem letzten, zornigen Blick und eilte mit wehenden Röcken den Weg zurück, den sie gekommen war. Wieder einmal hatte Greta recht behalten.

Tränen brannten in ihren Augen, als sie die Gasse zur Kirche beinahe zurückrannte. Verloren! Alles verloren! Sie war so töricht gewesen. Was hatte sie sich nur dabei gedacht? Auf dem Marktplatz machte sie nur so lange Halt, wie sie benötigte, um sich die Augen zu trocknen, damit keine neugierigen Fragen aufkamen. Schwermütig machte sie sich auf den restlichen Weg zum Hause Brel.

FASTNACHT

– MONTAG, 16. FEBRUAR 1523 –

ANNA KAM NUR LANGSAM ZU SICH. Sie war erst spät eingeschlafen und hatte eine unruhige Nacht hinter sich gebracht. Dementsprechend müde war sie jetzt noch. Unten hörte sie Walburga bereits in der Küche hantieren. Trotzdem wollte sie den Moment des Aufstehens noch so lange wie möglich hinauszögern. Fröstelnd zog sie ihr kaltes Bein wieder zurück unter die Decke und wickelte sich fest darin ein. Während sie ausgiebig gähnte, hörte sie Laute aus dem angrenzenden Schlafgemach. Das Bett knarrte unter dem Gewicht des massigen Körpers des Stiefvaters. Ächzend erhob er sich und zog den Nachttopf mit einem Scheppern über die Holzdielen. Das hohle Gefäß verstärkte die Geräusche seines Darms noch. Entweichende Luft und plätscherndes Dünnflüssiges wechselten sich ab. Anna rümpfte die Nase. Sie konnte sich vorstellen, welcher Gestank sich gerade dort drüben ausbreitete. Wenigstens zeigte der Nussblättergeist Wirkung. Wieder einmal ein Beweis dafür, dass die Gröplerin ihr Handwerk verstand. Schlagartig dachte sie dabei auch wieder an ihre verlorene Brosche, und ihre Stimmung verdüsterte sich sofort. Missmutig stand sie schließlich auf. Sie wollte nicht mehr im Halbdunkel liegen und darüber nachdenken, wie ihre Begegnung mit Meister Kremer abgelaufen war. Anna tastete nach ihren Kleidern und schlüpfte in den kalten Stoff. Auf dem Weg nach unten flocht sie sich die Haare zu einem dicken Zopf, steckte ihn am Hinterkopf zu einem Strudel zusammen und zog eine einfache Haube über. Kaum hatte Anna hungrig die Milch und das Brot verschlungen, das Burgl für sie auf den Tisch gestellt hatte, da klopfte es auch schon an der vorderen Tür. Eine gut gelaunte Apollonia Korber kam herein und legte erst einmal schnaufend die verschnürten Bündel ab, die sie in ihren roten Händen hielt. »Guten Morgen, Anna! Du siehst noch etwas verschlafen aus. Hast du etwa vergessen, dass wir noch unsere Masken nähen wollten?« Mit vor Eifer geröteten Wangen scheuchte sie Anna vom Stuhl hoch und strahlte sie aufgeregt an.

»Auf geht's! Sonst werden wir nicht rechtzeitig fertig und das bunte Treiben in den Gassen beginnt ohne uns!« Ohne eine Antwort abzuwarten, drückte Apollonia ihr lachend eines der Bündel in die Arme und zerrte sie summend die Treppe wieder hinauf in ihr Zimmer. Walburga sah den beiden jungen Frauen nur kopfschüttelnd hinterher.

Kichernd warfen sie die Tür zu und Apollonia entledigte sich erst einmal ihres warmen Umhangs. Die gute Laune ihrer Freundin war ansteckend und so machte sich Anna grinsend daran, ihr Bündel aufzuschnüren.

»Was wirst du denn überziehen?« Anna sah fragend auf den grünen Stoff, der ihr entgegenquoll. Vorsichtig breitete sie die Äste und Zweige aus, an denen große Blätter aus verschiedenen grünen Stoffen festgeknotet waren.

»Ich werde als Waldfrau gehen!« Triumphierend schüttelte Apollonia einen dunklen Umhang aus. Nachdem sie ihn auf dem zerwühlten Bett ausgebreitet hatte, begann sie, die Ästchen und Stoffblätter gleichmäßig darauf zu verteilen.

»Aber wird es nicht noch Stunden dauern, das alles auf dem Mantel zu befestigen?« Anna beobachtete das emsige Treiben ihrer Freundin immer noch skeptisch.

»Nein«, grinste sie verschmitzt zu ihr hinüber, »nicht, wenn du mir hilfst. Was glaubst du denn, warum ich in aller Frühe schon hier bin? Wozu hat man denn eine gute Freundin?« Anna öffnete den Mund in gespieltem Protest, musste dann aber auch lachen und stieß sie in die Rippen.

»Und, Anna, was ist mit dir? Was wirst du anziehen?«, fragte die Tochter des Alten Bürgermeisters neugierig, während sie schon dabei war, mit Nadel, Faden und grobem Garn die Zweige festzunähen. Angesichts der aufwendigen Verkleidung von Apollonia zuckte Anna nur die Schultern und winkte ab.

»Och, … also eigentlich gar nichts Besonderes. Ich werde mir von Walburga einen alten Rock, eine Schürze und eine Haube borgen und …«

Apollonia hielt inne. »Du willst als Waschweib gehen?«

Vielleicht war ihr Ton etwas zu abfällig gewesen, denn Anna verzog verstimmt das Gesicht. »Nun ja, offensichtlich bedeutet dir die Fastnachtszeit mehr als mir. Ich muss mir nicht diese ausgefallenen Kostüme nähen. Mir reicht es durchaus schon, das ganze Treiben nur anzusehen.« Anna hatte das Gefühl, als müsste sie sich beinahe dafür entschuldigen, dass sie dem allzu argen, zügellosen Feiern eher zurückhaltend gegenüberstand.

Plötzlich erschien ein ungehöriges Lächeln auf Apollonias Lippen. »Ich denke, dass es deinem Verehrer schon nichts ausmachen wird. So wie er dich nach der Messe angesehen hat, könntest du wahrscheinlich auch als Bettlerin gehen und er würde dich trotzdem noch zum Tanz auffordern.«

»Wen meinst du?« Annas Herz begann schneller zu schlagen. Verlegen drehte sie sich weg, damit ihre Freundin ihr Gesicht nicht sehen konnte, das eindeutig verriet, dass Anna sehr wohl wusste, auf wen sie angespielt hatte.

»Oh, Anna! Wen werde ich wohl meinen?«, neckte sie. »Den gut aussehenden Feit natürlich. Er ist einer der begehrtesten Burschen … und erzähl mir nicht, dass dir das noch nicht aufgefallen ist!« Apollonia tadelte die Freundin mit ihrem Finger. »Komm! Jetzt lass mich erst einmal sehen, wie du dich nachher in den Gassen zeigst.«

Anna holte die Sachen, die sie vorher aufgezählt hatte, und machte sich daran, die Verschnürung ihres Leibchens zu öffnen. Sofort bekam sie durch die Kälte eine Gänsehaut, als sie sich entkleidete, um ihre eigenen mit den alten, zerschlissenen Sachen zu tauschen. Walburga hatte der zierlichen jungen Frau die Kleidungsstücke genau angepasst und sogar noch einige Schmutzflecken und Löcher hinzugefügt. Gerade wollte Anna sich das abgenutzte Mieder greifen, als plötzlich die Tür zu ihrer Kammer geöffnet wurde. Die Schritte von Steffen Brel waren vorher nicht zu hören gewesen. Waren sie abgelenkt gewesen oder hatte er sich angeschlichen und gelauscht? Erschrocken schnappte sie sich die Schürze, die ihr am nächsten lag, und bedeckte damit ihre Blöße. Ihr Stiefvater schien nicht im Mindesten peinlich berührt. Sein Blick ruhte einige Momente zu lange auf Anna. Danach musterte er die Tochter des Ratsmitglieds, die nur knapp grüßte, unfreundlich mit geröteten Augen.

»Und dass es heute nicht zu spät wird – hast du verstanden? Treibt es nicht zu bunt – ich will keine Klagen hören!« Die brummige Stimme hatte einen beinahe gefährlichen Unterton. Anna brachte immer noch kein Wort heraus, sondern nickte nur. Endlich trat er wieder auf den Gang hinaus und zog die Tür ins Schloss. Anna war ganz elend zumute. Zitternd ließ sie sich auf einen Stuhl fallen. Wortlos tauschten die Freundinnen einen beschämten Blick aus.

»Bitte erzähl das niemandem. Es ist zu peinlich! Ich könnte vor Scham im Boden versinken.« Wieder und wieder durchlebte sie die Ereignisse von eben. »Denkst du, dass er viel gesehen hat? Vielleicht habe ich mich ja schnell genug mit der Schürze bedeckt. Was meinst du?« Das Kopfschütteln von Apollonia zerstörte das Wunschdenken auf der Stelle wieder.

»Hat er das schon öfter gemacht? Oder hat er sich dir vielleicht sogar schon unsittlich genähert?«, fragte Apollonia vorsichtig nach.

Empört schnappte Anna nach Luft. »Nein! Und mein Stiefvater hat auch keinen Grund dazu. Er ist mit meiner Mutter verheiratet!«

Apollonia schnaubte verächtlich. »Der Stand der Ehe hat bis jetzt noch nie ausnahmslos alle Männer davon abgehalten, eine andere zu besteigen«, antwortete sie derb und setzte die Arbeiten an ihrer Verkleidung fort.

»Du denkst doch nicht etwa, dass ich dem Brel absichtlich schöne Augen mache, oder?« Anna ließ nicht locker. Sie wollte sicher sein, dass die Freundin ihr glaubte. »Ich würde mich niemals von ihm betatschen lassen!« Schon allein bei dem Gedanken an seine schwülstigen Finger schüttelte sie sich und stellte einen zweiten Stuhl direkt vor die Tür, um möglichst einer weiteren Überraschung vorzubeugen. Erst dann zog sie sich mit fliegenden Händen an.

»Natürlich würdest du das nicht – schließlich hast du Aussichten auf einen weitaus schöneren und jüngeren Mann, nicht wahr?« Apollonia zwinkerte, und Anna fühlte sich schon ein klein wenig besser, als sie an den stattlichen Jungen Rat dachte.

Michael Kremer hockte in der Stube. Die Brosche in seiner Hand schimmerte golden im Schein des Feuers. Nachdenklich drehte er sie hin und her und fuhr mit dem Daumen immer wieder über den gebrochenen Verschluss.

»Woran denkst du?« Kaum hatte sie die Worte gesprochen, verdrehte Margaretha Gröpler auch schon die Augen. »Dumme Frage – ich wollte eigentlich sagen: Was willst du jetzt tun? Zurückgeben kannst du sie nicht. Selbst ein Narr würde die Anna kein zweites Mal darauf ansprechen – und tragen wirst du den Schmuck ja wohl auch nicht. Also? Was grübelst du?« Sie erhielt keine Antwort. Nichts Gutes ahnend, ließ sie den Löffel in den Topf gleiten und baute sich, mit in die Seiten gestemmten Armen, direkt vor ihrem Bruder auf.

Michael erhob sich langsam, sodass seine Schwester jetzt den Kopf in den Nacken legen musste, um ihm in die Augen zu sehen. Er hielt ihrem strengen Blick stand und ohne auch nur zu blinzeln, antwortete er: »Ich werde heute mit ihr tanzen!«

Entgeistert starrte sie ihm mit offenem Mund nach, wie er ohne Eile zur Stube hinaus und die knarrenden Holzstufen hinauf nach oben ging. Hatte sie ihn eben richtig verstanden? Ihr wurde mit einem Mal ganz warm. Hastig strich sie sich eine Haarsträhne aus der Stirn, stellte den Topf vom Feuer weg und beeilte sich dann, immer zwei Stufen auf einmal nehmend, hinter ihrem Bruder herzukommen. Etwas kurzatmig blieb sie oben im Türrahmen stehen.

»Wie … wie meinst du das – du wirst heute mit ihr tanzen? Bist du von allen guten Geistern verlassen?«

In aller Ruhe ging er zu der Kiste, die in einer Ecke stand, und ignorierte seine Schwester.

»Wie stellst du dir das vor? Antworte!« Seine Gelassenheit machte sie rasend und ihre zitternde Stimme klang schon etwas schriller. »Michael … Sei doch vernünftig. Was immer du auch vorhast, … schlag es dir aus dem Kopf – bitte!« Greta atmete tief ein und versuchte es nochmals im Guten. Beschwichtigend legte sie ihm eine Hand auf den Arm und brachte ihn schließlich dazu, dass er sich wenigstens zu ihr umdrehte – auch wenn sein Blick verriet, dass sein Entschluss unumstößlich feststand.

»Anna wird heute mit Sicherheit in Wymphen unterwegs sein. Ich muss sie einfach sehen! Wann ist die Gelegenheit günstiger als heute, wenn alle hinter Masken verborgen sind und niemand des anderen Gesicht erkennt?« Euphorisch wollte er das Verständnis seiner Schwester erlangen.

»Michael, … es ist zu gefährlich.« Greta schüttelte heftig den Kopf. »Man wird deine Kleidung erkennen. Oder – nicht auszudenken, wenn du deine Maske verlierst! Du kannst dich nicht einfach unter die Bürger mischen. Solchen öffentlichen Veranstaltungen musst du fernbleiben. Wenn du den Ärger des Rates auf dich ziehst, wirst nicht nur du – im besten Fall – mit Streichen bestraft, sondern möglicherweise werden wir alle der Stadt verwiesen! Ist sie das denn wert?« Angst lag in den Augen, die ihn flehend ansahen.

»Wenn du an meiner Stelle wärst – wäre es denn Wilhelm wert?«

Darauf wusste sie nichts zu erwidern und schwieg bekümmert. Tröstend nahm er Greta in seine Arme und wiegte sie hin und her. »Ich werde vorsichtig sein – versprochen!« Sein warmer Atem bewegte die Haare hinter ihrem Ohr. In gespieltem Protest befreite sie sich und fuhr sich über die kitzelnde Stelle am Hals. Greta seufzte ergeben und verschränkte missmutig ihre Arme vor der Brust. »Wie hast du dir das alles nun gedacht?«

»Ich werde natürlich nicht meine eigenen Kleider tragen.« Verschwörerisch hoben sich seine Augenbrauen. »Du hast recht – man könnte sie wirklich viel zu leicht erkennen. Darum werde ich diese anziehen!« Mit einem Ruck hob er den Deckel der Kiste an und ließ Greta hineinsehen. Der edle Stoff war ordentlich zusammengelegt. Staunend pfiff sie durch die Zähne – genau so, wie sie auch immer die Gänse anlockte.

»Was ist das? Ich meine, … woher hast du das alles? Doch

nicht etwa gestohlen, oder?« Bei dem Gedanken verfinsterte sich ihre Miene sofort.

»Nein! Natürlich nicht!« Michael schüttelte entrüstet den Kopf, musste dann aber schon wieder schmunzeln. »Ich wusste gar nicht, dass du mich für einen Dieb hältst«, neckte er sie. Zur Antwort wurde er nur schmerzhaft in die Seite gekniffen. Margaretha ging in die Hocke, um den Haufen Kleidung näher betrachten zu können. Zuoberst lagen graue Hosen und ein Wams aus weichem, braunem Leder. Behutsam strich Margaretha mit den Fingerspitzen über den feinen Stoff. Darunter lag eine mit Pelzkragen versehene Schaube, wie sie eigentlich nur höher gestellte Bürger zu tragen pflegten. Staunend holte sie ein Kleidungsstück nach dem anderen heraus und breitete es auf dem Bett ihres Bruders aus.

»Ich habe einen Knochenbruch recht gut behandeln können – etwas langwierig, aber letzten Endes ist er gut verheilt. Ich hätte auch eine Bezahlung in Münzen verlangen können, aber zu dem Zeitpunkt wusste ich schon, dass ich bald wieder nach Wymphen zurückkehre. Und da hier ein anderes Münzrecht herrscht, habe ich diesen Lohn gewählt«, erklärte er und beantwortete damit nun doch die Frage. »Du siehst: Es ging alles mit rechten Dingen zu – und jetzt sind mir die Sachen einmal mehr von großem Nutzen. In diesem Aufzug wird mich niemand erkennen.«

Greta war noch lange nicht überzeugt. »Da wäre noch dein Gesicht. So kannst du nicht einmal bei Nacht am Fest teilnehmen.«

Michael stimmte ihr zu. »Du hast wie immer vollkommen recht. Darum wirst du mir eine Maske nähen. Ich weiß genau, dass du noch Stoffreste hast. Solltest du mir aber nicht helfen wollen, werde ich mir einfach eine Sackmütze über den Kopf ziehen und für Augen und Mund eben die passenden Öffnungen herausschneiden.«

Margaretha gab sich geschlagen. Sie kannte ihren Bruder. Er hatte sich dieses Vorhaben in den Kopf gesetzt und eine noch nicht vorhandene Maske konnte ihn keinesfalls davon abhalten. Besorgt suchte sie Nadel und Faden zusammen, passte den Stoff in doppelten Lagen an und begann zu nähen – alles mit dickem Garn. Sollten zu späterer Stunde im Getümmel einige Angetrunkene handgreiflich werden, musste seine Verkleidung schon etwas mehr aushalten können. Zu seinem und ihrer aller Schutz.

Anna und Apollonia hatten den ganzen Vormittag damit verbracht, ihre Kleider für einen ausgelassenen Nachmittag und Abend vorzubereiten. Jetzt war es nur noch wenige Stunden hell, und eigentlich wollte die Freundin nach dem mittäglichen Mahl schon lange wieder hier sein. Anna schlenderte zum unzähligsten Male zum Fenster und schaute ungeduldig hinunter auf den Marktplatz, den sie zwangsläufig überqueren musste. Da! Endlich erschien sie vorne in der Gasse, die hinunter zum Brunnen führte. Gut gelaunt und voller Vorfreude hüpfte Anna die Stufen hinab, an der Stubentür vorbei und weiter bis zur Küche, wo Walburga gerade Holz in die Glut nachlegte.

»Na, macht ihr euch so langsam auf den Weg? Aber – Anna – sei so gut, mach keine Dummheiten, bleib mit der Korberin zusammen, trink nicht so viel Wein und hör nicht auf das Geschwätz der Burschen!« Eindringlich schaute sie der jungen Frau in die Augen und drückte deren Hände dabei schmerzhaft. »Au! Mach dir doch nicht so viele Sorgen, Burgl. Apollonia und ich wollen uns nur das bunte Treiben ansehen, von den leckeren Backsachen probieren und zur Musik der Spielleute tanzen.« Anna tätschelte den Arm der Magd und öffnete dann die Tür, vor der inzwischen die Waldfrau angekommen war und geklopft hatte. Anna huschte noch einmal zurück in die Küche, um sich die Wangen mit kalter Asche einzureiben.

»So, fertig! Wir können gehen.« Übermütig winkten die beiden der grauhaarigen Magd zu und verschwanden ins Freie.

Der Himmel war zwar wolkenverhangen, aber sie sahen nicht allzu dunkel und schwer aus, sodass wohl kein Schnee fallen und der Abend nicht zu ungemütlich werden würde. Eingewickelt in eine schäbige Decke hakte sich Anna bei ihrer Freundin unter, die angesichts ihres auffallenden Aufzugs neugierige Blicke erntete und dies sichtlich genoss. Lachend schlenderten sie zuerst über den Marktplatz vor dem Ratsgebäude. Dort hatten sich die meisten Leute versammelt. Kinder bestaunten die ungewöhnlichen Kleider

der Erwachsenen, die herumalberten und mit Bechern in den Händen beisammen standen und tratschten. Anna überlegte gerade, ob sie sich aus einem Korb der Händler etwas Köstliches aussuchen sollte, als sich Feit Morstatt seinen Weg durch die Menge bahnte und genau auf Anna zuhielt. Er trug eine dunkle Kutte mit einer hellen Kordel um den Bauch. Kein bestimmter Orden – aber er war eindeutig als Geistlicher zu erkennen. Der Stoff reichte ihm nicht einmal bis zu den Knöcheln, sodass man darunter seine gewöhnliche Hose und die schönen Schuhe sehen konnte, die vor allem kein Mönch tragen würde, der etwa dem Bettelorden der Dominikaner angehörte. Seine Ohren wurden vollständig von der Kapuze mitsamt dem Kragenzwickel überdeckt, die sicherlich gut wärmte. Überall an der Kutte waren Zettel angeheftet: teilweise aus Papier und teilweise aus Stoff, damit man sie besser hatte annähen können. Erst beim Näherkommen des jungen Mannes erkannte Anna, dass er sich als Ablasshändler verkleidet hatte. Überall auf dem handgroßen Papier waren feine Linien und Schnörkel aus brauner Tinte mit der Feder gezogen worden. Es war kein leserlicher Text. Wenn man allerdings nicht zu genau hinsah, erweckte es durchaus den Anschein, zumal darunter ein echtes Siegel aus rotem Wachs angebracht war. Grinsend blieb er vor Anna stehen und zwinkerte ihr mit seinen braunen Augen zu. Ihr Herz machte einen kleinen Satz und schlug ihr danach bis zum Hals. Wie albern sie aussehen musste mit dem schwarzen, verschmierten Gesicht! Die Ecken der Zettel bewegten sich bei jeder Bewegung, da sie meist nur notdürftig angenäht waren, und das Papier knisterte und raschelte leise.

»Ein geschwätziges Waschweib also«, zog er sie auf und lupfte ein wenig ihren Umhang, damit die alten Sachen darunter zum Vorschein kamen.

Anna brachte vor Aufregung erst keinen Ton heraus, tat aber empört und zog ihre Decke aus seinen Fingern. »Aha, ein Ablasshändler also«, ahmte sie seinen Tonfall nach und musterte ihn.

»Ja, nur eine der Aufmachungen, die mir zur Auswahl standen … Na, na, es ist doch nur eine Decke. Ich werde Euch schon nicht mehr anheben.« Der Junge Rat hatte sich zu ihr hinuntergebeugt und ihr leise ins Ohr geraunt. Ehe Anna überrascht einen Schritt zurücktreten konnte, streifte sein Mund ganz leicht ihr Ohr. Auf seine Nähe war sie nicht vorbereitet gewesen und hielt kurz die Luft an. Die Stelle, an der er sie berührt hatte, kribbelte angenehm und sie lächelte ihm schüchtern zu. Er aber hatte sich bereits mit einer kleinen Verbeugung abgewendet und rief ihr nur noch gut gelaunt über die Schultern zu: »Auf bald! Zu einer späteren Stunde!«, ehe er verschwand.

Apollonia hatte sich derweil mit Agnes Baumann unterhalten. Als der Bursche jedoch weg war, verabschiedete sie sich von der schmächtigen jungen Frau, die in etwa auch im gleichen Alter sein musste, und wandte sich neugierig an Anna: »Was hatte er denn so Wichtiges mit dir zu bereden? Wollte er sich schon einen Tanz sichern?«

Anna verdrehte kichernd die Augen und zog die Freundin weiter. Vor dem Ratsgebäude blieben sie stehen. Das Gejohle und Gelächter der Leute, die sich dort versammelt hatten und dicht zusammendrängten, war über den ganzen Marktplatz zu hören. Anna und Apollonia konnten zwar nichts sehen, aber der Tumult machte sie neugierig. Stück um Stück zwängten sie sich durch die Menschenmenge und reckten die Hälse, um sehen zu können, was sich dort abspielte. Nachdem sie sich durchgeschlängelt und hier und da auch ihre Ellenbogen eingesetzt hatten, waren die Freundinnen innen im Kreis angekommen. Der Platz war mit einer dicken Schicht aus Stroh ausgelegt und in der Mitte war mit einem kurzen Seil ein Esel an einem Pflock befestigt worden. Das Tier versuchte sich zu befreien, indem es heftig und ruckartig den Kopf nach hinten warf. Tänzelnd umrundete es den Holzpfahl. Die lärmenden Zuschauer machten den Esel mit ihrem Geschrei noch nervöser, und der Graue atmete heftig die warme Luft aus. »Was ist denn hier los?« Anna musste schreien, um sich verständlich zu machen.

»Da! Du wirst es gleich sehen. Wart's nur ab!« Apollonia zeigte auf einen Mann, der sich neben den Esel stellte – wohl darauf achtend, dass er sich vom Hinterteil des Vierbeiners fernhielt. Beschwichtigend winkte er mit den Armen und es wurde ein wenig ruhiger.

»Das war ja eben schon nicht schlecht. Wer ist der Nächste? Wer wagt den Teufelsritt? Wer hat den Mumm und die Kraft, sich auf dem Rücken des Grautieres zu halten?« Mit lauter Stimme pries er die nächste Runde an. Ein Murren ging durch die Reihen. Abwartend drehte er sich langsam um sich selbst und sah den umstehenden Männern nacheinander herausfordernd ins Gesicht. Einige ältere Bürger schüttelten lachend den Kopf. Dem Schauspiel sahen sie zwar gerne zu, aber überlassen wollten sie das Ganze dann doch den jüngeren Burschen.

»Hier! Der will es versuchen!« Die Aufmerksamkeit der Schaulustigen richtete sich auf einen Jungen, der von dem Küfersohn Heinrich Staffel sichtlich unfreiwillig in die Mitte gestoßen worden war. Anna schnappte überrascht nach Luft und beugte sich weiter vor, um besser sehen zu können. Ihr Bruder Peter probierte wieder aus dem Kreis herauszukommen, doch es wollte ihm nicht gelingen, denn einige größere Burschen drängten ihn immer wieder hämisch grinsend zurück und fingen schon an, ihn zu verspotten. Anna straffte die Schultern und wollte sich gerade auf den Weg machen, um ihm beizustehen, als Apollonia sie am Arm packte und festhielt.

»Damit tust du ihm keinen Gefallen. Im Gegenteil – wenn seine große Schwester das Wort für ihn ergreift, werden ihm die Spottrufe seiner Freunde mehr wehtun als ein paar blaue Flecken nach dem Ritt auf dem Esel, meinst du nicht auch?«

Anna dachte kurz darüber nach und musste ihr schweren Herzens zustimmen. Also riss sie sich zusammen und blieb, wo sie war. Peter hatte sich zwischenzeitlich zähneknirschend in sein Schicksal gefügt und war dazu übergegangen, gute Miene zum bösen Spiel zu machen. Er zog seinen Mantel aus und warf ihn Heinrich Staffel zu, bei dessen Vater er demnächst eine Lehre als Küfer beginnen sollte. Langsam ging er, säuerlich lächelnd, begleitet von anfeuerndem Applaus, zum Esel hinüber. »Ah! Da haben wir ja einen neuen, mutigen Kandidaten!« Gerade als ihn der Mann mit einer ausholenden Geste zu sich winkte, entdeckte er seine Schwester Anna in der Menge – und neben ihr Apollonia Korber! Vor ihr wollte er sich natürlich keine Blöße geben und wickelte sich angeberisch die Ärmel hoch. Das Tier schrie seinen Unmut hinaus und wollte durch Ausschlagen mit den Hinterbeinen ein Aufsteigen verhindern, da es zwar an Lasten, nicht aber an einen menschlichen Reiter gewöhnt war. Peter griff nach dem Lederriemen, der gleich hinter den Schultern um den Bauch gebunden war, und sprang mit einem Satz auf den Rücken. Mit der anderen Hand packte er die borstige Mähne und drückte seine Knie so fest wie möglich an die Flanken des Esels, um Halt zu haben. Er bockte und stieg vorne und hinten auf, aber von der Last auf seinem Rücken konnte er sich nicht befreien. Peter gewann an Sicherheit. Ständig korrigierte er seine Sitzposition, um einige weitere Augenblicke die Oberhand zu behalten. Seine Muskeln fingen durch die Anstrengung bereits an zu schmerzen und er schwitzte. Auch die Kräfte des Esels schienen nachzulassen. Er blieb stehen. Nur seine Rippen hoben und senkten sich beim Atmen. Peter blickte kurz nach oben, um zu sehen, ob Apollonia ihn immer noch beobachtete – und tatsächlich standen die beiden noch dort. Sie riefen seinen Namen und klatschten begeistert in die Hände. Sofort spürte der Graue, dass sich die Haltung seines Peinigers etwas verändert hatte und dessen Beine nicht mehr so fest anlagen. Diese kleine Unachtsamkeit nutzte er instinktiv aus, vollführte geschwind eine Drehung, und noch ehe sich Peter versah, verlagerte sich sein Gewicht. Nach einem kurzen Flug durch die Luft landete er unsanft und kopfüber auf dem ausgelegten Stroh, das überall an seiner Kleidung hängen blieb, als er sich aufrappelte. Sein Sturz ärgerte ihn, obgleich er weit länger durchgehalten hatte als mancher seiner Vorgänger. Dafür erntete er anhaltenden Applaus und Peter verbeugte sich ausgiebig vor der Menge. Sogar die Freundin seiner Schwester bedachte ihn mit einem anerkennenden Lächeln und zwinkerte ihm durch den grünen Stoff hindurch zu, ehe sie weitergingen.

Anna und Apollonia folgten der Gasse, die neben dem Ratsgebäude zu dem dahinterliegenden Turm führte. Dort, wo während der Wochenmärkte an der Rückseite des Ratshauses die Bäcker, Metzger und sonstigen Händler ihre Waren anpriesen, wurde heute heißer Wein ausgeschenkt und viele andere köstliche Leckereien angeboten. Eine kleine Holzbühne war aufgebaut worden, die von zahlreichen Fackeln beleuchtet wurde. Wie drüben auf dem Marktplatz waren auch hier in regelmäßigen Abständen flache Metallpfannen aufgestellt worden, in denen Feuer brannten, damit man sich zwischendurch die kalten Finger wieder ein wenig daran aufwärmen konnte. Ein paar Musiker hatten eine fröhliche Melodie angestimmt und ein herrlicher, unwiderstehlicher Duft zog von den Ständen herüber. Anna wippte gut gelaunt mit und beschloss, sich demnächst etwas zu essen zu kaufen.

»Oh, da kommt der Einschreier – es geht los. Wir haben genau den richtigen Zeitpunkt abgepasst.« Apollonia schob Anna noch ein Stück weiter vor, damit sie die Darbietung neben einer der Feuerstellen verfolgen konnten. Der Precusor, ein kleiner, schmächtiger Mann, stieg die drei Stufen hinauf und lief dann oben noch einige Male hin und her, ehe er sich breitbeinig in der Mitte der Bühne aufstellte. Ruhig ließ er seinen Blick über die anwesenden Bürger gleiten. Die Gespräche verstummten nach und nach, und die Aufmerksamkeit richtete sich auf ihn. »Nun mach schon – sonst wird es dunkel und wir können nichts mehr sehen!«, rief jemand ungeduldig aus den hinteren Reihen.

»Gemach, gemach!« Der Einschreier machte ein ernstes Gesicht und begann mit seiner Ankündigung. Teilweise erzählend und teilweise in Form von Versen, führte er die Zuschauer an die Geschichte heran, die gleich auf der Bühne aufgeführt werden sollte. Es war von einer betrogenen Ehefrau die Rede, die den Spieß einfach umdrehte und ihren Gatten dazu brachte, sich sogar selbst die Hörner aufzusetzen. Unter Klatschen verließ er die Bühne wieder und Anna wartete gespannt auf die Akteure. Schnell wurden noch ein paar Strohbündel an den Rand gelegt und mit einem Tuch bedeckt. Dies sollte ein Bett darstellen. Jetzt traten zwei Männer auf. Den einen hatte Anna auf jeden Fall schon einmal gesehen. Bei dem anderen war sie sich nicht ganz sicher, denn er steckte in Frauenröcken und war als Magd verkleidet, die sich sogleich zu ihrer Schlafstätte begab und sich dort des Nachts schlafen legte. Ihr Herr spähte nach allen Seiten. Dann schlich er auf Zehenspitzen zur Kammer seiner Magd und tastete im Dunkeln nach ihrem Körper, um ihr die Röcke hochzuschieben. Zwar trug er darunter immer noch seine Hosen, aber die männlichen Zuschauer johlten und pfiffen trotzdem anzüglich, als er sich auf den Verkleideten legte, die Beine spreizte und mit überdeutlichen Vorwärts- und Rückwärtsbewegungen seiner Hüften den Akt darstellte. Während der ganzen Zeit kam kein einziges Wort über die Lippen der beiden, aber schon allein ihr Gesichtsausdruck trieb Anna und Apollonia die Tränen in die Augen, als sie sich vor Lachen den Bauch hielten. Der Precusor trug den nächsten Abschnitt der Handlung vor, in dem die Magd nun ihrer Herrin erzählte, dass sie deren Ehemann zu Willen sein musste. Anders als erwartet, zürnte die Herrin der Magd jedoch nicht, sondern befahl, dass sie ihr in den folgenden Nächten das Bett überlassen sollte. Die Herrin selbst – ein weiterer verkleideter Mann – legte sich also hinein und wartete schweigend im Dunkeln darauf, dass ihr Mann wieder die Kammer der Magd aufsuchen würde. Wie erwartet, geschah es auch. Der Ehemann bestieg erneut die vermeintliche Magd. Diesmal allerdings musste sie knien und ihr Herr beglückte sie von hinten, was wieder lautes Grölen zur Folge hatte. Nun kam der letzte Abschnitt der Aufführung. Der Einschreier erläuterte, dass der Herr so angetan war von den körperlichen Freuden, dass er in der dritten Nacht wieder die Magd aufsuchte und danach sogar seinem Stallknecht die Kammer offen stehen ließ, damit er sich an ihr ergötzte. So nahm der Knecht die Herrin, die es ihrem Mann erzählte. Der wiederum musste es stillschweigend hinnehmen, denn er selbst hatte ja mit dem sündigen Treiben angefangen. Das Schlusswort hatte wieder der schmächtige Mann, der als Ausschreier die Menge in das bunte Treiben entließ.

»Geschieht ihm ganz recht! Was muss er auch seine Frau betrügen, oder?« Anna musste immer noch kichern, wenn sie sich die albern geschminkten Gesichter, Verkleidungen und vor allem die eindeutigen Bewegungen erneut ins Gedächtnis rief. »Sollen wir noch eine Runde über den Marktplatz laufen? Es wird langsam dunkel und die Fackeln sehen so schön aus.«

Es kam keine Antwort von Apollonia. Abwesend sah sie hinauf zur Behausung des Türmers. Dort flackerte eine Kerze und füllte das Fenster mit gelblichem Licht. »Äh, wie?« Apollonia merkte wohl, dass Anna immer noch auf eine Antwort wartete. »Ach, da fällt mir ein, dass mir mein Vater aufgetragen hat, dem Gerold noch etwas auszurichten. Das muss ich auf jeden Fall noch erledigen!« Entschuldigend zuckte sie die Schultern.

»Jetzt? Du willst jetzt zum Türmer hinauf? Ich dachte eigentlich, dass wir uns einen schönen Abend machen.«

»Tut mir leid. Vater wird sonst böse. Warte nicht auf mich. Wir sehen uns dann morgen, ja?« Damit winkte sie nur noch kurz, drehte sich um und ging zu der hölzernen Treppe, die den mächtigen Turm an zwei Seiten umzog und erst weiter oben am Zugang endete. Enttäuscht blieb Anna zurück. Was war nur so plötzlich in Apollonia gefahren? Hatte sie ihre Freundin verärgert? Sie hätte dem Gerold Johann doch die Nachricht überbringen und sich dann wieder hier unten mit ihr treffen können. Jetzt stand sie alleine da. So viele Bürger hatte sie in der kurzen Zeit in Wymphen auch noch nicht kennen gelernt, als dass sie sich einfach jemand anderem hätte anschließen können – und unter den Masken erkannte Anna sowieso die wenigsten. Nach Hause gehen wollte sie aber auch noch nicht. Unschlüssig wippte sie auf den Zehen auf und ab. Vielleicht lief ihr ja sogar Feit Morstatt noch einmal über den Weg! Ein Gedanke, der ihre Laune schlagartig wieder verbesserte.

»Darf ich Euch meine Begleitung anbieten?«

Anna drehte sich überrascht zu der angenehmen tiefen Stimme um. Direkt hinter ihr stand ein Mann. Er war groß und sehr edel gekleidet, aber leider konnte sie sein Gesicht nicht sehen. Der Kopf, der unter dem mit Straußenfedern geschmückten Hut steckte, war vollständig durch eine Stoffmaske verborgen. Nur die braunen Augen und die vollen, geschwungenen Lippen waren sichtbar. Er legte die Hände bequem auf seinen Rücken und verbeugte sich elegant. Fragend hob sich eine buschige Augenbraue, als er sie abwartend ansah.

»Aber … ich kenne Euch doch gar nicht und wenn Ihr denkt, dass ich mit Euch nach einigen Bechern Wein in einer dunklen

Gasse verschwinde, dann habt Ihr Euch getäuscht!« Anna wollte dem Fremden schon den Rücken zuwenden, als sie sein leises Lachen hörte. Um seine Augen hatten sich Fältchen gebildet und er sah sie weiterhin offen und freundlich an.

»Ihr sagt Eure Meinung geradewegs heraus, das gefällt mir.« Er näherte sich langsam einen Schritt. »Nun gut, … Anna, … dann werde ich Euch versprechen, dass wir den Mundschenk auslassen, die dunklen Gassen meiden und gleich mit den Köstlichkeiten beginnen. So lauft Ihr nicht Gefahr, zu viel von dem Wein zu trinken.«

Anna wurde hellhörig. »Ihr kennt meinen Namen?« Der Fremde zuckte merklich zusammen und sein Lächeln gefror für einen Augenblick.

»Nun, äh … ja. Neue Bewohner fallen auf – und das spricht sich eben herum. Also, was sagt Ihr? Wollen wir eine Kleinigkeit essen?«, wechselte er möglichst beiläufig das Thema . Annas Neugier war geweckt und sie wollte unbedingt mehr über den Unbekannten erfahren. Just in dem Moment begann ihr Magen ein lautes Knurren von sich zu geben und sie drückte verlegen eine Hand auf ihren Bauch.

»Ein einfaches Ja hätte auch genügt, … aber diese Antwort akzeptiere ich natürlich ebenfalls!« Die beiden mussten lachen und nachdem er sie mit einer galanten Handbewegung aufgefordert hatte voranzugehen, bahnte sich Anna einen Weg zu einer Frau, die köstlich gefüllte Teigkugeln anpries.

Michael trug über den teuren Kleidern zwar nur einen dazu passenden, dünnen Umhang, aber mehr brauchte er auch nicht. Ihm war warm genug. Sein Herz schlug ihm bis zum Hals und die Hände, die in weichen Lederhandschuhen steckten, waren schweißnass. Sie auszuziehen würde er aber nicht wagen. Nur zu leicht konnte ihn etwas verraten. Die junge Frau vor ihm trug alte, abgenutzte Röcke und ein schmutziges Leibchen unter ihrem Mantel, und obwohl es inzwischen schon dunkel war, konnte er ihre goldenen Haare sehen, die glänzten, wenn sie an einer Fackel oder Feuerstelle vorbeigingen. Nur zu gut konnte er sich daran erinnern, wie er sie schon einmal berührt hatte. Sie gaben wirklich ein ungleiches Paar ab – in jeglicher

Hinsicht – und mit Sicherheit ungleicher, als alle Umstehenden je vermuten würden. Mit ihrer Verkleidung erregten sie keinerlei Aufsehen und Michael genoss diese Freiheit und den Schutz, den seine Maske ihm bot. Diese Momente mit Anna würde er so lange wie möglich auskosten. Bereits morgen konnte er sie treffen und sie würde ohne einen Blick oder ohne ein Wort an ihm vorbeigehen. Jetzt aber war sie hier bei ihm und gemeinsam sahen sie sich die frischen Backwaren in dem Korb an. Die Kugeln waren in Schweineschmalz goldgelb ausgebacken und verbreiteten einen unwiderstehlichen Duft.

»Eure Liebste darf doch sicher für Euch wählen, oder, edler Herr?« Die kleine, rundliche Frau wiegte sich freundlich lächelnd in den Hüften und hielt Anna auffordernd den Korb hin.

»Oh … nein, nein, … also, ich bin nicht seine …«, versuchte Anna kopfschüttelnd, das Gesagte richtigzustellen.

»Aber selbstverständlich vertraue ich ihr. Ich bin davon überzeugt, dass sie die richtige Wahl treffen wird.« Der Fremde ging gar nicht auf ihren Protest ein, sondern schenkte der Frau ein gewinnendes Lächeln und zahlte ihr einige Münzen. Keck strahlte diese zu ihm hoch und musterte ihn anerkennend von oben bis unten. Dann zog sie geräuschvoll das Nasenwasser hoch und fuhr sich mit dem Ärmel über den roten Zinken. Ob die Röte von der Kälte oder vom heißen Wein kam, vermochte Anna nicht genau zu sagen. Einen weiteren Becher würde dieses Weib mit Sicherheit gerne mit dem offensichtlich wohlhabenden Bürger leeren.

Anna konzentrierte sich schmunzelnd auf ihre Aufgabe und begutachtete die Teigklöße eingehend. »Sie sehen alle ähnlich aus … ich kann beim besten Willen nicht erkennen, welcher eine süße Füllung und welcher eine dieser unangenehmen Überraschungen beinhaltet. Was meint Ihr?« Hilfe suchend drehte sie sich zu ihrem Begleiter um.

»Greift einfach zu. Ich werde ohne Klage den verspeisen, den Ihr für mich aussucht.« Michael nickte Anna aufmunternd zu und lächelte sie an.

»Also gut, wenn Ihr Euch dessen sicher seid …« Zögernd langte sie hinein und gab dann die größere Kugel gleich an den Fremden weiter. »Ihr dürft sie aber vorher nicht auseinanderbrechen. Sonst ist die ganze Überraschung dahin.«

»Natürlich werde ich das nicht tun! Probiert Ihr zuerst – ich lasse Euch den Vortritt.« Michael sah ihr zu, wie sie sich genüsslich die Finger der leeren Hand abschleckte und dann den Mund weit öffnete, um ein großes Stück herauszubeißen. Der Teig schmeckte köstlich und war in dem heißen Fett locker aufgegangen. Sofort breitete sich die dickflüssige Füllung auf ihrer Zunge aus. Der noch lauwarmen Apfelmasse waren sogar Nüsse zugegeben worden.

»Mmmh!« Mit vollen Backen grinste sie den Unbekannten an und zeigte ihm triumphierend die jetzt sichtbare Mitte der Teigkugel, aus der die helle Füllung quoll. »Ich danke Euch für diese kleine Köstlichkeit. Jetzt seid Ihr an der Reihe. Ob Ihr wohl auch so viel Glück habt?«, kokettierte sie, nachdem sie geschluckt hatte und wieder sprechen konnte.

Michael hob vorsichtig den Stoff seiner Maske bis unter die Nase, damit er besser abbeißen konnte. Ihm entging dabei nicht, dass Anna ihn neugierig beobachtete. Bestimmt hoffte sie, mehr von ihm zu sehen, um dann endlich zu wissen, mit wem sie es zu tun hatte. Michael hielt in der Bewegung inne. Eine bittere Kräuterpaste ließ ihm den Speichel im Mund zusammenfließen. Er konnte beim besten Willen nicht schmecken, um was es sich handelte – und eigentlich wollte er auch gar nicht wissen, was er da gerade im Begriff war zu essen.

»Oh … habe ich Euch etwa ein ›faules Ei‹ ausgesucht?« Anna war die Veränderung in seinem Gesicht nicht entgangen, und prompt zog sie schadenfroh ihre Schlüsse daraus. Lachend hüpfte sie in die Höhe. »Dann wünsche ich Euch einen guten Appetit. Denn Ihr sagtet ja, dass Ihr essen werdet, ohne zu klagen, richtig?«

Michael nickte gequält. Wahrscheinlich würde er es schaffen, dieses Zeug hinunterzuwürgen. Allerdings konnte er nicht dafür garantieren, dass er es im Magen behalten würde. Anna verspeiste inzwischen den letzten Bissen und tat so, als achte sie genau darauf, dass ihr edler Herr seine Delikatesse nicht geschwind in eine Ecke warf. Sie hatte beinahe schon Mitleid mit ihm, wie er den Teig mit der ekligen Masse in den Mund stopfte und möglichst unzerkaut hinunterwürgte. Als es geschafft war, schüttelte er sich angewidert und erstand einen großen Becher Wein, den er in einem Zug leerte.

»Geht es Euch gut?«, fragte Anna vorsichtig nach. »Ihr hättet das nicht tun müssen.«

Michael winkte ab. »Gesagt ist gesagt, … aber lasst uns lieber nach unten zum Brunnen gehen. Der Dirnenlauf findet sicher bald statt.«

Anna hielt ihn am Ärmel zurück. »Gestattet mir eine Frage und beantwortet sie ehrlich. Ich werde nur mitkommen, wenn Ihr mir etwas über Euch verratet. Eine Vermutung habe ich schon, … aber eben nur eine Vermutung.« Gespannt wartete sie auf seine Reaktion. Er musste einfach der Junge Rat sein: Braune Augen, Größe und Statur stimmten überein – nur die Stimme klang anders. Was sicherlich an dieser Maske lag. Nein, Anna war sich sicher. Vor ihr stand Feit Morstatt! Er hatte seine Kleider getauscht und aus dem Ablasshändler war ein reicher Bürger geworden. Aufgeregt strahlte sie ihn an. Michael musste schlucken. Ihm wurde ganz heiß. Was wusste sie? Für wen hielt sie ihn? Wenn er aber entlarvt worden wäre, dann würde sie doch nicht noch immer in einem so freundlichen Ton mit ihm sprechen, oder?

»Nun gut … eine Frage gestatte ich Euch«, würgte er hervor. Notfalls konnte er ja immer noch die Unwahrheit sagen, versuchte er, sich selbst zu beruhigen.

»Ich denke, ich kenne Euch, … Ihr lebt hier in Wymphen, seid also keiner der umherziehenden Händler … und wir sind uns schon begegnet: einmal im Ratssaal – bei der Anhörung der Agathe Hornmilch – und dann noch einmal vor der Kirche: als ich meine Brosche verloren habe, richtig?« Erwartungsvoll sah sie zu ihm auf.

»Ja.« Es hatte eine Weile gedauert, ehe sie dann doch die Antwort erhielt. Er musste dabei nicht einmal lügen. Michaels Kehle war staubtrocken, aber er widerstand der Versuchung, sich den Becher noch einmal füllen zu lassen. Er musste auf jeden Fall einen klaren Kopf behalten.

Anna nickte bedächtig. »Ihr könnt nur Feit Morstatt sein. Also, da ich jetzt weiß, wer Ihr seid, könnt Ihr ja die Maske abnehmen.«

Sie hob plötzlich den Arm und ihre Finger wollten schon nach dem unteren Zipfel in der Nähe des Halses greifen, als sich seine Hand schmerzhaft um ihr Handgelenk schloss. »Nein!«

Anna war verblüfft, mit welcher Bestimmtheit und Kraft er sie davon abhielt.

»Anna? Brauchst du Hilfe? Eigentlich sollten aber einer so hochgestellten Persönlichkeit die Umgangsformen bekannt sein!« Peter war neben sie getreten. Argwöhnisch beäugte er den Mann, der den Arm seiner Schwester immer noch nicht losgelassen hatte.

»Peter! Aber nein, mach dir keine Sorgen. Es ist alles in bester Ordnung. Ich war nur ein wenig zu neugierig.« Freundschaftlich kniff sie ihm in die Wange und zog ihren Begleiter mit sich fort. Da Peter bestimmt schon Wein getrunken hatte, wollte sie einen Streit zwischen den beiden auf jeden Fall vermeiden.

Schweigend gingen sie die spärlich beleuchtete Gasse vom Marktplatz zum Löwenbrunnen hinunter. Nur vereinzelt waren Fackeln aufgestellt worden, in deren flackerndem Licht die Fratzen noch unheimlicher aussahen. Allerlei Gesindel und schauerliche Gestalten begleiteten sie oder kamen ihnen entgegen. Vorsichtig setzte Anna einen Fuß vor den anderen. Der Weg war steil und wenn man unachtsam war, konnte man leicht auf dem glatten Untergrund ins Rutschen geraten. Einige Kinder hatten sich einen Spaß gemacht und waren mit einem Stück gegerbter Tierhaut die Gasse hinuntergeschliddert. Die glänzende Spur in der Mitte war deutlich erkennbar.

Auch Michael bemühte sich, sich am Rand einen besseren Halt zu verschaffen und dabei den Leuten in Teufels- und Mondkostümen auszuweichen, die den Himmelskörper der unruhigen Zeitgenossen, des fahrenden Volkes und der Gaukler, darstellten. Hilfsbereit bot er Anna seine Hand an und stellte sich breitbeinig über die Runse, in der Dreck und Unrat festgefroren war. Hier verlief die Rinne quer über die Gasse zur anderen Seite und die beiden konnten erst nach einem großen Schritt ihren Weg fortsetzen. Michael lächelte – auch wenn die junge Frau es im Dunkeln nicht sehen konnte. Als Anna wieder sicher stand, lockerte sie den Griff ihrer Finger. Eigentlich wollte sie loslassen, aber er hielt sie fest und machte keine Anstalten, weiterzugehen. Er stand nur ruhig da und sah sie an. Verlegen zog sie ihren Umhang vorne enger zusammen. Schließlich ließ er sie doch kurz los, streifte sich seinen Handschuh ab und umschloss ihre Hand wieder, die fast vollständig in der seinen verschwand. Angenehme Wärme breitete sich auf ihrer Haut aus. Das allein war allerdings nicht der Grund für das Kribbeln und Pulsieren in ihrem Körper. Noch nie zuvor war Anna einem Mann auf diese Weise nähergekommen. Ihr Atem ging schneller und sprachlos erwiderte sie seinen Blick. Sein rauer Daumen strich vertraut auf ihrem Handrücken hin und her. Anna ließ es geschehen. Worte waren nicht nötig, es bestand ein stilles Einverständnis. Dass sie ihm unwissend dieses Vertrauen schenkte und er es sich quasi erschlichen hatte, verdrängte Michael.

Unten angekommen reihten sie sich in eine lange Schlange ein, die zu heiterer Musik einen ausgelassenen Tanz rings um den Brunnen aufführte. Diese Fröhlichkeit schien nicht jedermann zu gefallen, denn aus dem oberen Stockwerk eines anliegenden Hauses wurde ein lautes »Ruhe!« gebrüllt. Anna war zu sehr außer Atem, um eine weitere Runde mitzutanzen. Sie befreite sich aus dem Reigen und blieb lachend und nach Luft japsend am Rande stehen.

»Ihr wollt doch nicht etwa schon aufgeben? Wir haben gerade erst angefangen!« Michael, der immer noch ihre Hand hielt, legte seinen Arm um ihre Taille und zog Anna ganz dicht zu sich heran. Ohne auf ihre Bitte einzugehen, ihr noch ein wenig Ruhe zu gönnen, drehte er sie gekonnt im Kreis, bis die Musik endete. »Erbarmen, … Jetzt bekomme ich wirklich keine Luft mehr … und meine Kehle ist auch schon ganz trocken.« Anna griff sich demonstrativ an den Hals und schüttelte den Kopf.

»Also doch einen Becher Wein?«, bot ihr Michael vorsichtig an und machte sich auf, den Wunsch zu erfüllen, als Anna lächelte. Gut gelaunt betrachtete sie unterdessen die anderen Feiernden. Ein weiterer Teufel ging an ihr vorbei und zog einen strengen Duft hinter sich her. Wie überall, war es auch hier üblich, dass die Teufel von den Gerbern dargestellt wurden. Er drehte sich im Schein des Feuers zu Anna um und sie sah deutlich das geschwärzte Gesicht, in dem sie zwei gerötete Augen anfunkelten. Anna stieß einen spitzen Schrei aus, als er laut brüllend mit einem Satz auf sie zusprang und die klauenartigen Hände nach ihr griffen. Sie schlug erschrocken auf ihn ein, doch der Mann lachte nur, trollte sich und freute sich wie ein Kind, dass wieder jemandem der Schrecken bis ins Mark gefahren war. Zitternd suchte Anna die Menge nach ihrem Begleiter ab. Er war nirgends zu sehen. Dafür erregte der Tod höchstpersönlich ihre Aufmerksamkeit. Der Maskierte trug einen langen, wallenden, schwarzen Mantel mit einer Kapuze. Im Gegensatz zu dem Gesicht des Gerbers war seines mit zerstoßener Kreide gebleicht und in der Hand hielt er ein Stundenglas aus Holz. Anna lief ein Schauer über den Rücken und sie zuckte leicht zusammen, als plötzlich ein Becher mit Wein vor ihrem Gesicht auftauchte. Aufatmend griff sie danach.

»Hmm. Daran kann man sich gut die Hände wärmen.« Anna blies über das dampfende Getränk und probierte vorsichtig, damit sie sich nicht die Zunge verbrannte.

»Ihr habt mich also schon vermisst? Das freut mich zu hören.« Vertraut hatte er sich zu ihr gebeugt und wie selbstverständlich wieder Annas Hand ergriffen.

Auf der anderen Seite des kleinen Platzes waren laute Stimmen und Gelächter zu hören. Die beiden umrundeten den Brunnen, damit sie sehen konnten, wer oder was den Tumult verursachte. Ein sichtlich verärgerter Mann wurde von einigen Gestalten bedrängt, die ihm auf den Rücken tippten oder etwas derber hin- und herschubsten, was ihn natürlich nur noch mehr in Rage versetzte. Es war nicht schwer zu erraten, dass es derselbe Mann war, der kurz vorher noch lautstark seine Nachtruhe eingefordert hatte. Offensichtlich hatte er die Absicht, dem lauten Treiben nun persönlich Einhalt zu gebieten. Zornig drehte er sich im Kreis, schlug mit der Faust immer wieder ins Leere und versuchte brüllend, einige der Schabernack Treibenden zu erwischen. Anna musste schmunzeln. Es sah einfach zu komisch aus, wie er da mit rotem Gesicht und nackten Füßen im Schnee umherstakste und sich Gehör verschaffen wollte. Auch Michael sah sich das Ganze kopfschüttelnd an. »Vergebliche Mühe. Wie kann man nur auf den

Gedanken kommen, diese angetrunkenen Gestalten zum Schweigen bringen zu wollen?«

Inzwischen wurden immer mehr Umstehende aufmerksam, foppten ihn und lachten. Einer der angetrunkenen Burschen zog aus einer Tasche seines Mantels einige Zettel mit Spottbildern, verbarg sie jedoch geschickt, damit sie das erzürnte Opfer nicht sehen konnte. Immer wieder näherte er sich von hinten, legte den Arm um die Schultern des Mannes und tat so, als wolle er ihm gut zureden und ihn beruhigen. Tatsächlich jedoch wollte er die Bilder, die mit kleinen Häkchen versehen waren, unbemerkt an seiner Kleidung befestigen, was ihm nach einigen Versuchen auch wirklich gelang. Er war zu sehr damit beschäftigt, den Ruhestörern eine Standpauke zu halten und an ihre Vernunft zu appellieren. Anna kicherte. Sie konnte aus dieser Entfernung nicht genau erkennen, was auf dem Papier dargestellt wurde, aber nachdem einige der Gaffer anfingen zu grunzen, vermutete sie eine Menschengestalt mit einem Schweinekopf. Der Mann schöpfte wohl Verdacht, denn er lief tiefrot an und versuchte mit seinen ungelenken Armen, von oben und von unten an den Zettel zwischen seinen Schulterblättern zu gelangen.

»Wenn er nicht bald wieder hinter seiner Tür verschwindet, wird er heute wohl noch eine böse Überraschung erleben.« Michael hatte bemerkt, dass zwei aus dem Haufen die Köpfe zusammengesteckt und verschwörerisch zum Brunnen hinübergeschielt hatten. Sie waren von Kopf bis Fuß ringsum mit Stroh umwickelt und trugen sogar spitze Strohbüschel als Hüte. »Solche, die nicht mitfeiern wollen, sollten sich um diese Zeit nicht mehr auf die Straßen trauen.«

Anna wusste nicht so recht, worauf er hinauswollte. Es sollte aber nicht lange dauern, bis sie es erfuhr. Auf einmal stürzten sich die beiden lebenden Heuhaufen auf den spärlich Bekleideten in seinem Nachtgewand. Johlend packten sie ihn an den Armen, und als die Gegenwehr stärker ausfiel als erwartet, kamen ihnen weitere Burschen zu Hilfe. An allen vier Gliedern trugen sie den Armen in Richtung des plätschernden Wassers. Er schien wohl zu ahnen, was sie vorhatten, denn jetzt strampelte er mit aller Kraft. Niemand machte Anstalten, ihm zu helfen. Auch Anna und Michael standen da und beobachteten schadenfroh das Spektakel.

»Vielleicht sollten wir uns ein wenig zurückziehen – ehe wir auch noch an die Reihe kommen«, raunte ihr Michael ins Ohr, legte Anna von hinten seine Hände auf die Hüfte und schob sie sanft, aber nachdrücklich ein wenig zur Seite. Der inzwischen nur noch lauwarme Wein rann ihr süffig die Kehle hinunter und ein wohliges Gefühl hatte sich in ihrer Magengegend breitgemacht. Die Beine wurden angenehm schwer und Anna schmiegte sich gemütlich mit dem Rücken an die breite Brust ihres Begleiters. Sie passten gut zusammen. Wenn Anna den Kopf an seinen Hals lehnte, konnte er bequem sein Kinn darauf abstützen.

Michael hörte keine Musik mehr und es war ihm egal, welcher Schabernack um sie beide herum getrieben wurde. Die schaurigen Masken interessierten ihn nicht und der Kälte schenkte er schon lange keine Beachtung mehr. Seine Hände tasteten sich langsam und ruhig weiter nach vorne über ihren Bauch, bis er sie schließlich eng an sich gezogen hatte und umarmte. Er musste den Kopf ein wenig beugen, um mit seiner Nase ihr Ohr zu berühren. Wie gerne hätte er sein Gesicht in ihren Haaren vergraben und ihren Geruch eingeatmet. Stattdessen schloss er die Augen und lehnte seine Stirn an. Sie war wachsam – aber nicht ängstlich. Er konnte es an dem unregelmäßigen Heben und Senken ihres Bauches erkennen. Hier inmitten der Leute konnte sie sicher sein, dass er eine gewisse Grenze nicht überschreiten würde. Trotzdem konnte er nicht widerstehen, sich noch weiter vorzuwagen. Gerade so, als würden sie es selbstständig tun, gruben sich zwei Finger seiner Hand in den Kragen und legten die helle Haut ihres Halses frei. Anna rührte sich noch immer nicht. Reglos schien sie darauf zu warten, dass er sich endlich getraute. Michael bewegte sich langsam – ständig bereit, sofort innezuhalten, sobald er den geringsten Widerstand spüren sollte. Die Maske begann sich über den Mund zu schieben und er musste einen weiteren Finger einsetzen, um sie am Kinn festzuhalten. Seine Lippen berührten ganz sachte Annas Hals. Er war warm und sogar das Pulsieren ihres Blutes war an der Stelle zu spüren.

Anna war wie erstarrt. Sie konnte selbst nicht erklären, warum sie ihn gewähren ließ. War es der Wein? Die Dunkelheit? Die entfesselten und ausgelassenen Gemüter um sie herum? Der Schutz der Masken und Kleider, unter denen man jemand anderer sein konnte – kühner und verwegener, als sie es normalerweise war? Ihr Herz schlug kräftig und in ihren Ohren rauschte das Blut. Dort, wo der warme Atem die Haut streifte, verursachte er eine Gänsehaut und ihre kitzelnden Haare jagten einen Schauer nach dem anderen über Annas Rücken. Die Bewegung war mit dem Auge kaum wahrnehmbar, aber der Mann hinter ihr registrierte das stille Einverständnis sofort, als Anna den Kopf minimal neigte, um ihm auffordernd ihren nackten Hals darzubieten. Die weichen Lippen legten sich warm auf die empfindliche Stelle unter dem Ohr und übten einen leichten Druck aus. Anna hielt die Augen geschlossen. Es kam nur darauf an, diesen einen Moment auszukosten. Egal, welche Ratschläge Burgl ihr mit auf den Weg gegeben hatte. Kurz bevor sein Mund sie erneut berührte, spürte Anna seine raue Zungenspitze, die sich ein wenig hin und her bewegte, als würde sie von ihr kosten.

Michael nahm den leicht salzigen Geschmack der Haut und ihren ganz eigenen Geruch hinter dem Ohr und in ihren Haaren wahr. Er war unverwechselbar und einzigartig. Er prägte sich jedes Detail ein und er würde sich alles jederzeit wieder ins Gedächtnis rufen können. Dessen war er sich sicher.

»Ach herrjeh, ... der Arme!« Annas Ausruf holte Michael unsanft wieder in die Realität zurück. Alle Gegenwehr des Mannes half nichts. Durch das Strampeln war das Hemd hochgerutscht und entblößte die haarigen Beine beinahe bis zu der Stelle, an der er normalerweise seinen Hosenlatz trug. Er wand sich und versuchte, die Hüften zu drehen, damit die Burschen ihn hoffentlich loslassen mussten. Sein Gesäß blitzte weiß unter dem Stoff hervor, ehe er über den Rand des großen Troges gehoben wurde und japsend in dem eisigen Wasser landete, das ihm den Atem nahm.

Geistesgegenwärtig hielt er Arme und Beine gespreizt, damit er sich abstützen konnte und so nicht vollständig untertauchte. Das Eiswasser schwappte in einer großen Welle nach außen in den Schnee, während der Gepeinigte alles daransetzte, sich so schnell als möglich aus dieser misslichen Lage zu befreien und wieder festen Boden unter die Füße zu bekommen. Das nasse Hemd klebte bis zur Hüfte an dem schlotternden Körper, der durch die Anstrengung in der kalten Nachtluft schon angefangen hatte zu dampfen.

Wutentbrannt stapfte er zurück zum Haus und warf die Tür mit einem lauten Scheppern ins Schloss. Das Gelächter in den Gassen würde ihn wohl noch eine Weile bis hinauf in seine Kammer verfolgen.

Kichernd drehte sich Anna um und erwiderte schüchtern seinen Blick. Er hatte noch immer nicht losgelassen und hielt sie fest umschlungen ganz nah bei sich. So direkt vor seinem Gesicht waren sogar die dichten Wimpern in den Löchern der Maske einzeln erkennbar. Michaels Lippen kribbelten immer noch von der Berührung und wenn er sich jetzt noch ein wenig weiter zu Anna beugte …

»Ich … ich denke, dass wir uns vielleicht ein wenig bewegen sollten, ehe wir hier festfrieren.« Sie hatte ihren Rücken nach hinten durchgedrückt, um wieder Abstand zwischen sich und den edlen Herrn zu bringen.

»Wie Ihr wünscht.« Michael musste sich erst räuspern, damit seine Stimme nicht mehr so heiser klang. Widerstrebend lockerte er seine Umarmung, folgte ihr jedoch und blieb direkt hinter ihr.

»Hört, hört ihr Leut'!« Zwischenzeitlich hatten sich immer mehr Bürger auf dem kleinen Platz um den Löwenbrunnen versammelt, aber dem Mann, der sich auf einen Bottich gestellt hatte, um lauthals eine Ankündigung zu machen, waren es wohl noch zu wenige. Er legte eine lange Pause ein und sah sich nach allen Seiten um. Anna hatte ihn an seiner Stimme und der großen, dürren Gestalt erkannt. Es war Conrat Korber, Apollonias Vater. Der Alte Bürgermeister hatte sich, wie ein paar andere auch, vollständig mit Stroh umwickeln lassen. Von seiner raschelnden Verkleidung standen ein paar widerspenstige Halme ab, deren Fransen sich im Wind hin und her bewegten. »Wie ihr alle sehen könnt, habe ich hier ein schönes Schultertuch!« Es war Ruhe eingekehrt und seine Stimme hallte von den Wänden der umliegenden Häuser wider. Alle wussten, dass es nun an der Zeit war, mit dem Dirnenlauf zu beginnen. Auch Anna und Michael drängten sich näher an das Geschehen heran.

»Wen es wohl schmücken wird? Nun, ... wir werden es bald erfahren. Macht derweil Platz und haltet die Gasse frei!« Er wedelte mit dem Tuch und die Leute schoben sich träge auseinander, bis ein Durchgang entstanden war.

»Der Lauf beginnt hier am Brunnen, führt die Judengasse hinunter und um das Fass herum, das am Tor auf Höhe der Pechlöcher aufgestellt wurde. Diejenige, die zuerst wieder hier ankommt, darf das Tuch ihr Eigen nennen!« Damit war alles Wichtige verkündet und Conrat Korber stieg von seinem Bottich herunter, um den Wettstreit zu überwachen. Anna streckte sich und lugte über die Schultern der vor ihr Stehenden. Mit derben Sprüchen und anzüglichem Gepfeife wurden die drei Weiber willkommen geheißen, die sich von den hinteren Reihen nach vorne arbeiteten. Die Dirnen hatten an einer Hausecke schon auf den Aufruf gewartet. Neugierig beobachtete Anna, wie die Frauen lachend und durch den Wein gut gelaunt Aufstellung nahmen. Die gelben und roten Bänder, die sie am Bund ihres Rockes befestigt hatten, kennzeichneten sie eindeutig als Hübschlerinnen. Aufreizend wiegten sie sich in den Hüften, zwinkerten den Männern zu und formten die Lippen spitz zu einem angedeuteten Kuss. Eine kannte Anna überhaupt nicht. Vielleicht kam sie von außerhalb. Die beiden anderen Dirnen aber hatte sie schon einmal auf dem Rossmarkt gesehen. Vor allem die mit den langen, roten Locken zog die Blicke auf sich. Sie war hübsch, obwohl ein Diebeswappen auf ihrer Wange prangte. Selbstbewusst warf sie die Haare nach hinten und schien ungeduldig darauf zu warten, dass es endlich losging.

»Kommt! Wir gehen noch weiter nach vorne!« Anna hatte einen Platz ausgemacht, von dem aus sie einen besseren Überblick haben würden, und zog Michael einfach mit sich. Nun standen sie am Gasseneingang unweit der Hübschlerinnen an einer etwas engeren Stelle, die die Dirnen auf jeden Fall zweimal passieren würden. Der Bürgermeister hantierte mit einem doppelten Lederriemen herum. Bald würde er ihn geschwind auseinanderziehen und mit dem so erzeugten Knall das Signal zum Beginn des Wettstreits geben. Die Rothaarige starrte unverschämt in Annas Richtung. Verunsichert erwiderte sie den durchdringenden Blick aus den zusammengekniffenen Augen. War tatsächlich Anna gemeint? Nein, das konnte nicht sein. Mit diesem Weib hatte sie nichts zu schaffen. Nein, sie nicht, aber … Mit einer leisen Vorahnung drehte sich Anna zu ihrem Begleiter um. Er scharrte unter ihrem prüfenden Blick verlegen mit dem Fuß im Schnee und vermied es, sie anzuschauen. »Die Dame scheint Euch zu kennen. Ihr solltet sie gehörig anfeuern und ihr den Sieg wünschen.« Es hörte sich anklagender an, als sie im Grunde beabsichtigt hatte. Schließlich ging es sie überhaupt nichts an, was dieser unverheiratete Bursche des Nachts trieb oder wen er aufsuchte.

Jetzt sah er ihr doch direkt in die Augen. »Ja, sie kennt mich, … aber nicht so, wie Ihr wahrscheinlich denkt.« Seine Stimme hatte einen festen Klang und aus irgendeinem Grund glaubte sie ihm.

Anna fuhr erschrocken zusammen. Hinter ihr knallte Leder auf Leder und zwei der Frauen stürmten los. Die dritte, die, die Anna nicht kannte, war protestierend stehen geblieben, da sie der Meinung war, dass die anderen zu früh losgerannt waren, um sich einen Vorteil zu verschaffen. Ihr Gekeife ging aber in dem Geschrei der klatschenden Menge unter, und so blieb ihr nichts anderes übrig, als sich mit gehöriger Verspätung an die Verfolgung zu machen. Es dauerte nicht allzu lange, bis Irmgard Volcker wieder aus der Dunkelheit der Gasse auftauchte. Siegessicher hatte sie ihre Röcke gerafft und hastete mit ausholenden Schritten geradewegs auf den Löwenbrunnen zu. Dicht auf den Versen folgte ihr die rothaarige Bertha Setzler, die sich das hübsche Schultertuch natürlich auch nicht entgehen lassen wollte. Beherzt packte sie den Arm der Kontrahentin und schubste sie zur Seite. Die Beine rutschten ihr weg und mit einem derben Ausruf landete sie auf ihrem ausladenden Hinterteil, auf dem sie noch ein Stück weiterrutschte. Der kleine Zwischenfall ließ das Johlen der Zuschauer erneut anschwellen. Jubelnd hüpfte Bertha Setzler neben dem Bürgermeister auf und ab und freute sich schon auf ihr neues Kleidungsstück. Allerdings hatte sie nicht mit dem Kampfgeist ihrer Genossin gerechnet, die sich wütend aufrappelte und auf sie zu stapfte. Ohne Vorwarnung holte sie aus und die Faust traf mitten ins Gesicht. Sofort verwandelte sich das Jubeln der Siegerin in Stöhnen. Vornübergebeugt ließ sie die roten Tropfen in den Schnee fallen. Eine Lippe war aufgeplatzt und das Blut färbte die Hand, mit der sie es wegwischte. Verdutzt sah sich die Hübschlerin die dunklen Schmierer an, die sich inzwischen auf ihrem Brustfleck gebildet hatten. Man konnte ihr deutlich die aufsteigende Wut ansehen. Aufgebracht spuckte sie aus und fletschte die roten Zähne. Nach ein paar Schritten hatte sie die andere eingeholt und packte sie an den Haaren, um den Kopf grob nach hinten zu reißen. Im Nu war ein wildes Gewirr aus Armen, Beinen und Röcken entstanden, als die beiden Frauen kreischend aufeinander losgingen. Sie wälzten sich keifend auf dem kalten Boden und jede versuchte, die Oberhand zu behalten. Als schließlich die Rothaarige auch noch einen Schuh verloren hatte und barfuß und schwer atmend auf dem Bauch ihrer Angreiferin saß, fand Bürgermeister Korber, dass es genug sei.

»He, es reicht! Nimm das Tuch, und geh deiner Wege!« Auffordernd hielt er Bertha Setzler den Stoff entgegen. Nur zögernd ließ sie von der Unterlegenen ab und richtete sich trotzig auf. Außer Atem und mit zitternden Händen ordnete sie ihre zerzausten Locken und nahm ihren Gewinn entgegen. Ohne die am Boden liegende Dirne eines Blickes zu würdigen, schritt sie davon.

Erleichtert war Anna inzwischen mit ihrem Begleiter wieder auf dem Marktplatz angelangt. Sie hatten sich nach dem Dirnenlauf ihren Weg durch die abgelegenen Gassen, vorbei am Steinhaus, gesucht, weil dort ein besseres Durchkommen war. In größeren Abständen brannten Fackeln und halfen bei der Orientierung. Allein waren sie deswegen aber noch lange nicht gewesen. Im Gegenteil – von Zeit zu Zeit hatte Anna in den Scheunen zwischen den Häusern leises Reden, Lachen und bisweilen unterdrücktes Stöhnen gehört, was auf eindeutiges Treiben schließen ließ. Auch wenn sie natürlich nicht annähernd wusste, was in dem Moment dort im Stroh vor sich gegangen war. Glücklicherweise war ihr gerötetes Gesicht im Dunkeln nicht allzu deutlich zu erkennen. Er musste zweifellos ebenfalls alles gehört haben, und Anna hatte sich die ganze Zeit gefragt, ob ihn das wohl verleiten würde. Doch er war weiter schweigend neben ihr hergegangen, hatte ihre Hand gehalten, aber darüber hinaus keinerlei Versuche gemacht, sich Anna zu nähern. Als sie zum Hause ihres Stiefvaters hinübersah, überkam Anna für einen kurzen Moment ein schlechtes Gewissen. Sie hatte versprochen, dass sie sich nicht allzu lange vergnügen würde. Schnell schob sie den Gedanken wieder weg. An der Seite ihres Begleiters war es weit angenehmer als in ihrer dunklen Kammer. Zumal sie ja bei dem Lärm und dem lustigen Treiben direkt unter ihrem Fenster sowieso nicht zur Ruhe kommen würde. Dank der Wirkung des Weines schwankte Anna ein wenig, als sie einem Haufen junger Burschen ausweichen musste. Sie lachten und sprangen um eine Frau herum, die einen hölzernen Pflug hinter sich herzog. Es war die Dirne von vorhin, die als Letzte mit dem Lauf begonnen hatte. Sie blieb wankend stehen und schnaufte angestrengt. Anna vermutete, dass sie schon mehrere Becher geleert hatte und sich deswegen auch nicht mehr darum scherte, dass sie keinen wärmenden Umhang trug. Eine Seite ihres Kleides war sogar so weit über die Schulter heruntergerutscht, dass der Brustansatz zu sehen war.

»Was tut sie da?« Anna richtete die Frage an ihn, beobachtete aber weiter die Hübschlerin. »Sie lässt es sich gefallen, halb nackt durch die Gassen gejagt zu werden?«

Michael musste lachen. »Eurer Empörung nach habt Ihr das Pflugziehen noch nie selbst gesehen, oder?«

Anna schüttelte den Kopf und widersprach. Es versetzte ihr einen Stich, dass er sie für unwissend hielt. Natürlich hatte sie es schon gesehen. Sie konnte nur nicht verstehen, wie man den Befehlen dieser angetrunkenen Burschen überhaupt Folge leisten konnte. Einige hatten lange, dünne Ruten dabei und zogen ihr hin und wieder mit einem zischenden Geräusch über den Hintern, um sie zum Weitergehen zu bringen. Wenn sie sich dann maulend umdrehte, wurden der Dirne nur alberne Grimassen geschnitten. »Mit mir würden die das jedenfalls nicht machen!« Anna hatte mehr zu sich selbst gesprochen, spürte aber den Blick, mit dem er sie stumm von der Seite musterte.

»Seid froh, dass Ihr unter meinem Schutz steht und erst gar nicht in solch eine Lage geratet«, kam es in gespieltem Ernst von ihm, nachdem er sie flapsig mit der Schulter angestubst hatte. »Wie dem auch sei, … es wird ihr nichts anderes übrig bleiben, als sich freizukaufen – zu einem wahrscheinlich höheren Preis als nur mit einem harmlosen Kuss.«

Entrüstet zog sie eine Augenbraue hoch, aber ehe sie ihrem Ärger über seine gleichgültige Rede Luft machen konnte, hob er beschwichtigend die Hand. »Kein Grund, Euch aufzuregen. Da, … seht! Sie hat sich den Betrunkensten aus dem ganzen Haufen angelacht.« Und tatsächlich. Die Hübschlerin hatte sich geweigert, den Pflug weiter zu ziehen. Stattdessen hatten die Verhandlungen für den Freikauf begonnen. Von beiden Seiten wurden Angebote gemacht und wieder ausgeschlagen. Anna fragte sich, wie in dem ganzen Durcheinander überhaupt jemand etwas verstehen konnte. Schließlich schien es zu einer Einigung zu kommen. Die Gestalt schwankte auf die Frau zu und umarmte sie, wobei eine Hand des Mannes auf ihrem Hintern landete und kräftig zupackte. Begleitet von den Rufen der anderen, drückte er seinen Mund auf ihre Lippen. Eng umschlungen verschwanden die beiden dann in der Dunkelheit.

»Macht Euch keine Gedanken. Sie wird schon lange genug dieser Art von Erwerb nachgehen, um zu wissen, dass die Betrunkenen mit dem größten Mundwerk diejenigen sind, die am schnellsten einschlafen. Wenn sie es geschickt anstellt, dann schnarcht er schon bald irgendwo allein im Stroh und wird sich wahrscheinlich ohne seinen Münzbeutel auf den Heimweg machen müssen …« Michael zuckte mit den Schultern und rieb kräftig über die Oberarme von Anna, die bibbernd vor ihm stand. Zögernd trat er einen Schritt zurück.

»… Und ich sollte Euch jetzt auch zu Eurem Haus begleiten. Es ist schon spät.« Hatte er das gerade wirklich gesagt? War er denn verrückt, dass er nicht versuchte, jeden weiteren Augenblick dieses Abends mit ihr zu verbringen? Er würde sie früher oder später gehen lassen müssen. Ein Klumpen machte sich schmerzhaft in seiner Kehle breit. Vielleicht sollte er es gleich hinter sich bringen.

»Ihr habt sicher recht … und die Späße sind inzwischen auch so derb, dass man sie nur mit der entsprechenden Menge Wein lustig finden kann.«

Schwang da Enttäuschung in ihrer Stimme mit?

Anna drehte sich um und wollte gerade am Rande des Marktplatzes entlang zum Haus des Ratsherrn Brel laufen, als ein Mann in die Mitte des Platzes geschleift wurde. Er bemühte sich nach Kräften, sich zu wehren, aber es waren zu viele Männer, die ihn festhielten und zu Boden drückten. Von irgendwoher bekamen sie plötzlich die gegerbte Haut einer Kuh, die sie neben ihm ausbreiteten. Mit vereinten Kräften rollten sie ihn auf das Leder und hoben sogleich die Ränder an, damit er keinen Halt finden und aufstehen konnte. Es war Ismail Süsskind. Ohne seinen Bettelstab hatte ihn Anna in dem Tumult nicht gleich erkannt.

»Hoffentlich triezen sie den Armen nicht allzu sehr. Er hätte sich halt fernhalten sollen. Eigentlich weiß er ja, dass zur Belustigung immer jemand Schabernack mit ihm treibt.« Anna sah argwöhnisch zu, wie jetzt jeder der Männer eine Ecke der Kuhhaut festhielt und sie mitsamt dem daraufliegenden Bettler anhob. Mit vereinten Kräften spannten sie das Leder, sodass Ismail Süsskind hochschnellte und wieder aufgefangen wurde.

»Das Prellen halten sie sowieso nicht lange durch … noch ein-, zweimal … dann lassen die Kräfte nach und sie suchen sich einen anderen Zeitvertreib.« Michael hatte leise gesprochen, damit niemand mithören konnte. Denn auch wenn damit nur Juden verspottet wurden, konnte man nie wissen, welche Ideen in den Köpfen der Betrunkenen herumspukten. Am allerwenigsten wollte er selbst in den Mittelpunkt des Interesses geraten.

Angespornt durch das Gelächter wurden die Männer jedoch nicht müde, ihr Opfer in die Luft zu schnellen. Von Zeit zu Zeit wechselten sie sich sogar mit anderen ab, nur um dann nach kurzer Pause und mit neuer Kraft ihr Spiel weiter zu treiben. Von dem Bettler, dessen Glieder in der Luft durch den Schwung die abstrusesten Bewegungen ausführten, war nur dann und wann ein Stöhnen zu hören, wenn er wieder einmal unsanft auf dem Boden aufschlug, da den Männern das Kuhfell entglitten war.

Anna hatte genug gesehen und verlangsamte erst vor dem Haus ihre Schritte. Schweigend standen sie sich eine Weile gegenüber, bis Anna schließlich doch das Wort ergriff. »Also, … ich danke Euch für Eure Begleitung … und den schönen Abend, … auch wenn Ihr nicht den Mut hattet, die Maske abzunehmen.« Sie konnte nicht umhin, ihn doch noch ein wenig zu reizen, und ihre Worte schienen ihre Wirkung nicht zu verfehlen. Plötzlich und ohne Vorwarnung griff er schmerzhaft nach ihrem Arm und schob sie in die finstere Gasse, die zur Scheune hinter dem Haus führte. Überrascht schnappte sie nach Luft, als er sie mit seinem Körper gegen die Holzbretter drückte, hinter denen Annas Pferd nervös schnaubte. Selbst wenn sie sich hätte bewegen wollen – sein Gewicht ließ ihr nicht die Möglichkeit. Also wartete sie ab. Sehen konnte sie nichts. Es herrschte nur Schwärze um sie herum und obwohl die Bürger auf dem Marktplatz weit weg und sie hier allein waren, hatte sie keine Angst. Er gab keinen Laut von sich. Nur die warme Luft, die er tief ein- und ausatmete, streifte ihre Wange und kitzelte sie. Anna konnte ihn riechen. Die Haut unter seinen Kleidern, die wohl längere Zeit in einem Schrank oder einer Holztruhe aufbewahrt worden waren, verbreitete einen leicht herben Duft, der sich mit ihrem süßlichen angenehm vermischte. Er lockerte seinen Griff. An den Bewegungen und den Geräuschen konnte Anna erkennen, dass er sich den Stoff seiner Maske über den Kopf gezogen hatte. Neugierig legte sie ihre Hände auf seine Brust und fuhr dann langsam nach oben bis zum Hals und Kinn, das mit kratzenden

Bartstoppeln übersät war. Sie konnte kalte Ohren, dichtes Haar und volle, weiche Lippen ertasten, die ihren Finger küssten, als er darüber strich. Ihr Herz schlug schneller, als sich seine Arme um sie legten und eng zu sich heranzogen. Von dort breitete sich das Kribbeln über den ganzen Rücken aus. Verwegen vergrub sie ihre Finger in seinen Haaren und erreichte mit leichtem Druck, dass er den Kopf zu ihrem Gesicht herabbeugte. Ganz leicht und wie selbstverständlich fanden seine Lippen ihren Mund. Anna hatte noch nie einen Mann geküsst, aber sie verließ sich ganz auf ihr Gefühl, ahmte seine Bewegungen nach und reagierte darauf. Für Michael zählte nur der Moment. Er vergaß, wer er war, und wer er spätestens ab morgen wieder für sie sein würde. Im Augenblick hielt er sie im Arm und er merkte, wie sie sich unter seinen Küssen entspannte. Michael hatte sich zurückgehalten, um sie nicht zu erschrecken. Jetzt aber wollte er mehr. Seine Zungenspitze fuhr die Linie zwischen ihren geschlossenen Lippen entlang. Zuerst zuckte sie überrascht ein wenig zurück, dann aber öffnete sie ihren Mund und ließ ihn gewähren. Vorsichtig erkundete er die warme Umgebung. Anna schmeckte immer noch ein bisschen nach dem Wein, den sie getrunken hatte. Er wagte sich weiter vor und tastete nach der Zunge, die ihn verspielt neckte und ein kühnes Versprechen zu geben schien. Atemlos schob er sie von sich.

»Ich habe getan, was Ihr verlangt habt … und meine Maske abgenommen. Nun seid Ihr an der Reihe, meinen Wunsch zu erfüllen.« Ehe Anna sich versah, hatte eine Hand ihre Röcke seitlich hochgeschoben und lag jetzt warm auf der kühlen Haut ihres Schenkels.

»Was erlaubt Ihr Euch? Wagt es ja nicht …!« Anna hielt empört sein Handgelenk fest, um ihn daran zu hindern, ihr Bein noch mehr zu entblößen – und tatsächlich verharrte er reglos. Glücklicherweise tat er das, denn er war Anna an Größe und Kraft überlegen, und sie war sich sicher, dass er sich ohne größere Schwierigkeiten alles nehmen konnte, was er begehrte. Walburgas warnende Worte kamen ihr wieder in den Sinn und sie schalt sich selbst eine Närrin.

Seine Stirn lag schwer neben ihrem Hals auf der Schulter und seine Stimme klang gedämpft. »Gewährt mir ein Pfand, … bitte!«

Annas Gedanken überschlugen sich. Was genau meinte er mit ›Pfand‹? Sie hatte wohl ein wenig zu lange überlegt, und er schien das als stilles Einverständnis aufzufassen, denn langsam aber bestimmt befreite er seinen Arm aus ihrer Hand und begann an einer der Kordeln über ihrem Knie zu nesteln, die ihren Strumpf hielten. Dafür, dass er nichts sehen konnte und nur eine Hand zur Verfügung hatte, stellte er sich recht geschickt an. Er steckte die Kordel ein und Annas Röcke fielen zurück an ihren ursprünglichen Platz.

»So helft ihm doch!« Aufgeregtes Geschrei drang vom Marktplatz zu ihnen. »Bei Gott – er wird verbrennen!«

Michael ließ Anna stehen und zog sich nur noch geschwind seine Maske wieder über, ehe er losrannte, um zu sehen, was geschehen war. Mit Feuer war nie zu spaßen und die vielen aufgestellten Fackeln boten genug Gefahrenquellen. Anna folgte ihm auf dem Fuß und prallte hart gegen seinen Rücken, als er abrupt vorne an der Hausecke stehen blieb. »Was ist geschehen? Seht Ihr etwas?« Anna hüpfte hoch, konnte aber nur Qualm erkennen, der sich bereits wieder verzog.

»Es ist der Korber Conrat!«

»Er war unachtsam – irgendwie muss er an die Fackel geraten sein! Vielleicht ist er gestolpert.«

»Das Stroh um seinen Arm hat im Nu lichterloh gebrannt!« »Zum Glück konnte der Heinrich das Feuer mit seinem Mantel ausschlagen!«

Alle redeten aufgeregt durcheinander, aber so wussten Anna und Michael jetzt wenigstens, was passiert war. Er drängte sich durch die gaffenden Leute zu dem Verletzten vor, der stöhnend am Boden lag. Man hatte ihm ein Tuch unter den Kopf gelegt und irgendeiner schrie, dass man die Kuhhaut herschaffen solle, die kurz vorher noch zum Judenprellen gedient hatte, damit man ihn besser tragen könne. Michael kniete nieder, um sich die Verletzung anzusehen. Ein Ärmel war bis zur Schulter hoch abgebrannt, wo ein Kranz aus geschwärzten Halmen den Arm umschloss. Teile des Stoffes klebten an der Haut, soweit sie stellenweise überhaupt noch vorhanden war. Die restliche Fläche glänzte blutig rot. Nur der vordere Teil war verschont geblieben. Beinahe sah es so aus, als würde der Bürgermeister einen Handschuh aus hellem Leder tragen. Michael ließ sich seine Besorgnis nicht anmerken, sondern legte seine Finger prüfend auf die Stirn. Die Haut war kühl. Trotzdem standen dem Mann Schweißperlen im Gesicht und er zitterte.

»Das wird schon wieder.« Er war sich nicht sicher, ob der Verletzte ihn überhaupt gehört hatte. Sein Blick jedenfalls war weiterhin stur gen Himmel gerichtet.

»Aber sicher wird er wieder gesund. Deswegen werden wir ihn jetzt zur Gröplerin bringen. Meister Kremer soll ihn sich ansehen!« Der Mann hatte eine verwaschene Aussprache und beim Reden flogen kleine Tropfen aus seinem Mund. Dennoch wurde sein Vorschlag sogleich von der Menge aufgegriffen und in die Tat umgesetzt.

Michael rührte sich nicht. Er zwang sich, ruhig weiterzuatmen, obwohl ihm abwechselnd heiß und kalt wurde. Er musste eine Gelegenheit finden, ganz unauffällig zu verschwinden – und zwar schleunigst. Nur dann bestand die Möglichkeit, dass er vor den Männern, die durch die Last langsamer vorankamen, sein Haus erreichte. Die Aufmerksamkeit aller konzentrierte sich inzwischen darauf, den Mann auf das Fell zu legen, ohne den Arm mehr als nötig zu bewegen.

»Gebt Eure Schürze, damit wir die Wunde abdecken können!« Es wurde bereits an Anna herumgezoppelt, und sie beeilte sich, die Bänder zu lösen.

»Hoffentlich kennt die Gröplerin ein wirksames Mittel!« Sie drehte sich um und bemerkte, dass sie ins Leere gesprochen hatte. Ihr edler Begleiter war verschwunden. Ratlos sah sie der Gruppe Männer nach, die sich bereits auf den Weg Richtung Adlerbrunnen und Haupttor gemacht hatten, um beim Scharfrichter vorstellig zu werden.

Anna wärmte sich die Hände an der noch schwach glimmenden Glut. Sie war viel zu aufgewühlt, um jetzt schlafen zu gehen. Es war spät geworden, aber Peter war schließlich auch noch nicht wieder da. Erneut schielte sie auf die geschlossene Tür von Walburgas Kammer. Nichts rührte sich dahinter. Dabei hätte sie jetzt doch zu gern mit jemandem geredet und von der aufregenden Nacht erzählt.

Sollte sie sich einfach zu Burgl schleichen und sie aufwecken, wie sie es früher immer getan hatte? Anna rief sich selbst zur Ordnung. Nein, sie war doch kein Kind mehr! Das hatte Zeit. Sie würde sich bis morgen gedulden. Immer wieder rief sie sich den Abend in Erinnerung und bekam sofort wieder ein flaues Gefühl in der Bauchgegend, wenn sie daran dachte, dass er tatsächlich ein Pfand von ihr gefordert hatte! Sobald sich die Gelegenheit ergab, würde sie es Apollonia erzählen. Anna zog den kleinen Hocker zu sich heran, stellte das Bein auf und raffte den ganzen Stoff auf ihrem Schenkel zusammen. Der Strumpf über dem schlanken Bein wurde in warmes, rötliches Licht getaucht. Lächelnd fuhr sie mit den Fingern immer wieder über die Stelle oberhalb ihres Knies, an der noch vor Kurzem eine der Kordeln befestigt war. Jetzt schlackerte der Rand und wurde nur noch unterhalb des Gelenks am Bein gehalten. Immer noch lächelnd drehte sie sich um, als hinter ihr die Tür geöffnet wurde.

»Ach, sieh an, … wen haben wir denn da? Die Anna!«

Schlagartig versteinerte sich ihre Miene. Steffen Brel hatte die Tür geschlossen und stützte sich schwankend mit einer Hand an der Wand ab. Er war dem lustigen Treiben in den Gassen zwar ferngeblieben, hatte aber trotzdem wieder einmal getrunken, wie unschwer zu erkennen war. Lauernd blieb er in der dunklen Ecke stehen. Er beobachtete seine Stieftochter. Flink hatte sie sich bedeckt und ihre Röcke wieder glattgestrichen. »Hast es ja lange ausgehalten … draußen … in der Kälte.« Mit schweren Schritten kam er auf sie zu und wischte sich mit dem Ärmel den Speichel vom Kinn. Ein obszönes Grinsen erschien auf seinem runden, glänzenden Gesicht.

»Oder hast du etwa jemanden gefunden, der dich gewärmt hat, hä?« Sein vielsagender Blick wanderte nach unten, wo er eben gerade noch nackte Haut hatte sehen können.

Anna antwortete nicht, sondern wich zurück, bis sie mit dem Rücken die Wand berührte.

»Nun sag schon! Hat dir einer der Burschen die Röcke gelupft und ein Andenken hinterlassen?« Er stand jetzt so dicht vor ihr, dass er sich mit den Händen zu beiden Seiten ihres Kopfes abstützen konnte.

Anna atmete angewidert durch den Mund. Der Mann ihrer Mutter roch deutlich nach Alkohol und beißenden Ausdünstungen. Sie konnte sich beim besten Willen nicht vorstellen, auch nur eine einzige Nacht im Ehebett in unmittelbarer Nähe dieses Körpers zu verbringen – so wie ihre Mutter es tat. »Nein.« Anna drehte ihr Gesicht ein wenig zur Seite, um seinem Atem auszuweichen.

»Nein? Was hast du denn dann gerade nachgesehen?«

»Ich habe nichts Unrechtes getan!« Eben wollte sie sich bücken und unter einem Arm hindurch entwischen, als er sein Knie zwischen ihren Beinen an die Wand presste. Der dicke Bauch tat ein Übriges, und so konnte sie sich nur noch schwer bewegen. »Wage es nicht zu gehen, solange ich mit dir rede! Du wirst dir gefälligst anhören, was ich zu sagen habe«, murmelte er gefährlich leise an ihrem Ohr.

Anna zuckte zusammen, als plötzlich die Tür aufschwang und Peter hereinstolperte. Wie angewurzelt blieb er stehen. Mit starrer Miene erfasste er das Bild, das sich ihm in dem schwachen Lichtschein bot. Seine Schwester fing sich als Erste wieder, nutzte die Gelegenheit und schob den verdutzten Stiefvater von sich weg. Der glotzte die Geschwister nur noch träge mit müden Augen an, um sich dann mit schlurfenden Schritten auf den Weg zu seiner Kammer zu machen.

»Wie viele Becher Wein hast du nur getrunken?«, zischte Anna ihren Bruder leise an, als dieser wortlos wieder ins Freie taumelte. Peter lehnte jetzt am Haus und gab ein gequältes Stöhnen von sich.

»Lass mich in Ruhe – ich brauche einfach nur ein wenig frische Luft – das ist alles.« An der undeutlichen Aussprache konnte Anna allerdings sehr wohl erkennen, dass das so nicht ganz stimmte. »Du solltest dich lieber um deine eigenen Angelegenheiten kümmern und darüber nachdenken, was da drinnen gerade vor sich ging«, meckerte er sie übellaunig an, und Anna mochte sich gar nicht vorstellen, was geschehen wäre, wenn ihr Bruder nicht gerade in dem Moment hereingeplatzt wäre. Sein Kopf war zwischenzeitlich kraftlos auf seine Brust gesackt und die Knie schienen auch bald nachzugeben. Man würde ihm morgen auf jeden Fall anmerken, dass er einen über den Durst getrunken hatte – wenn sie es überhaupt schaffte, ihn in sein

Bett zu bringen. Nachdenklich ging sie auf und ab. So ein schlaffer Körper war vermutlich für Anna allein zu schwer. Nur die Tatsache, dass Steffen Brel auch nicht mehr klar denken konnte, hatte Peter vor dessen Zorn bewahrt. Für heute Nacht zumindest. Schon bald aber würde sich ihr Bruder eine gehörige Standpauke vom Stiefvater anhören müssen. Noch während Anna besorgt überlegte, was zu tun war, hörte sie hinter sich einen dumpfen Aufschlag.

Keuchend humpelte er durch die Stube zum Tisch. Michael ließ sich auf einen Stuhl fallen und hielt sich das schmerzende Bein. Mehr als einmal war er beim Rennen auf dem dunklen Weg gestolpert und ausgerutscht. Es dauerte eine ganze Weile, bis er wieder ruhiger atmen konnte. Mit zusammengebissenen Zähnen beugte und streckte er es vorsichtig. So weit schien alles in Ordnung zu sein, aber ein blaugrünes Mal würde sich auf jeden Fall bilden. Durch die Anstrengung war ihm ordentlich heiß geworden. Die sonst angenehme Wärme in der Stube tat ein Übriges. Sein Hemd klebte am Körper und auf Stirn und Wangen kitzelten Tropfen. Ungeduldig wischte er sich mit dem Ärmelstoff über die Augen, als einer den Weg in sein Auge fand und unangenehm brannte. Wie lange würden sie wohl brauchen, bis sie das Haus erreichten? Sollte er Margaretha wecken und ihr berichten? Nein! Sie musste auf jeden Fall überrascht wirken und durfte nichts vorbereiten. Woher sollte sie denn auch schon vorher wissen, dass der Bürgermeister Korber mit einem verbrannten Arm zu ihr gebracht wird? Das würde nur unnötige Fragen aufwerfen. Auch an ihm selbst durfte nichts ungewöhnlich erscheinen. Michael beeilte sich, möglichst leise nach oben zu gehen. Er fand den Weg auch ohne Kerze. Hektisch begann er blind, sich der feinen Stoffe zu entledigen und die Kleider, nachdem er sich mit ihnen trockengerieben hatte, wieder in die Holztruhe zu stopfen. Tastend bewegte er sich durch seine Kammer. Ein leiser Fluch kam über seine Lippen, als er sein altes Hemd nicht sofort fand. Schließlich saß er nervös auf seinem Bett und versuchte, etwas ruhiger zu werden.

Die Hunde schlugen an. Es war also so weit. Nebenan in der Kammer begann Lisbet zu weinen und Margaretha machte sich bereits auf den Weg, noch ehe es unten laut klopfte. Kaum hatte sie einen Spalt geöffnet, wurde sie von einem durcheinanderredenden Haufen mitsamt der Türe zurückgeschoben, um Platz zu machen für die Träger. Die anfängliche Überraschung verschwand sofort, als sie erkannte, dass Eile geboten war. Während der verletzte Mann auf einen Hocker verfrachtet wurde, schürte Greta das Feuer neu an und zündete zusätzlich Kerzen an, um besser sehen zu können. »Er ist mit dem Arm an eine der Fackeln gekommen.« Ohne gefragt zu haben, wurde sie knapp in Kenntnis gesetzt. »Meister Kremer soll sich die Wunde ansehen!«, kam es von weiter hinten aus der Ecke. Margaretha wandte sich für einen Augenblick von dem stöhnenden Conrat Korber ab.

»Ihr traut also in diesem Fall keiner Frau – und das, obwohl Ihr auch schon meiner Hilfe bedurftet und immer zufrieden wart? Mein Bruder ist …« Margaretha biss sich gerade noch rechtzeitig auf die Zunge. Was – bei allen Heiligen – sollte sie sagen, wenn weiter nach ihm verlangt wurde?

»Uns ist egal, wo Euer Bruder ist. Er wird sich die Zeit nehmen müssen und er wird gut entlohnt werden! Diese Behandlung duldet keinen Aufschub …« Das Quietschen der Tür ließ ihn verstummen.

»Was ist denn hier für ein Aufruhr?« Ein gähnender Scharfrichter streckte den Kopf herein.

»Michael!« Erleichtert zog sie ihn in die Stube. Später würde er ihr Rede und Antwort stehen müssen. Jetzt hatten sie sich aber erst um den Bürgermeister zu kümmern.

Ohne Hast entfernte er Annas Schürze. Sie klebte an den feuchten Stellen, und das hatte immer wieder zur Folge, dass der Verletzte mit einem zischenden Laut die Luft zwischen den Zähnen einsog und sich zwingen musste, stillzuhalten.

»Johannisblut wird hier gute Dienste tun. Wartet einen Moment – ich bin gleich wieder da.« Unaufgefordert folgte Greta ihrem Bruder in den kleinen Nebenraum, wo der größte Teil ihrer Kräuter und Wurzeln lagerte.

»Diese Verletzung wird meinen gesamten Vorrat aufbrauchen«, wisperte sie ihm aufgebracht zu. Sie hatte ihn ungeduldig weggeschoben, um selbst nach dem wertvollen Öl in den kleinen Fläschchen zu suchen. »Das bedeutet, dass ich bis zum Sommer warten muss, bis dieses Kraut wieder blüht. Hinzu kommen dann noch die Wochen, die das Öl braucht, bis es sich durch die Blüten wandelt und rot färbt.«

»Ich weiß – aber wir müssen alles versuchen. So, wie es jetzt aussieht, können wir froh sein, wenn nicht auch noch Wundbrand auftritt.«

Margaretha drückte ihm das Gewünschte in die Hand und bugsierte ihn durch die Tür wieder in die Stube zurück. Bis auf zwei Männer waren zwischenzeitlich alle gegangen. Sie warteten, bis der Arme die Prozedur überstanden hatte und die Wunde mit getränkten Tüchern umwickelt war. Von beiden gestützt, machte sich der Bürgermeister schließlich auf den Heimweg, und Michael war sich sicher, dass noch eine Menge Alkohol nötig sein würde, um die Schmerzen zu betäuben und Schlaf zu finden.

Erschöpft legte er den Kopf auf den Tisch, während Margaretha aufräumte und dann wütend die verschmierte Schürze ins Feuer warf. »Das war knapp, mein Guter! Du hast wirklich mehr Glück als Verstand!« Sie holte tief Luft und wollte ihrem Bruder gerade gehörig die Meinung sagen, als es erneut an der Tür klopfte.

»Ist noch etwas mit Bürgerm…« Michael hatte erwartet, dass die Männer umgekehrt waren, und beeilte sich deswegen zu öffnen. Mitten in der Bewegung hielt er inne und starrte entgeistert nach draußen in die Nacht. Vor ihm standen zwei Mägde. Eine davon war echt und das Pfand der anderen lag oben in seiner Kammer. Zusammen mit Walburga hatte Anna einen Jungen in ihre Mitte genommen. Die Frauen hatten einander jeweils einen Arm um den Hals gelegt und schleppten den schlaffen Körper schwer atmend über die Schwelle. Drinnen legten sie ihn vorsichtig der Länge nach einfach auf den Boden. Michael war immer noch damit beschäftigt, seine Gedanken zu ordnen, und half ihnen nicht einmal dabei.

»Er ist mit dem Kopf auf einen Stein gefallen – seitdem rührt er sich nicht mehr.« Anna wirkte ernsthaft besorgt und zuckte hilflos mit den Schultern. Margaretha hatte sich bereits neben die Magd gekniet, die unaufhörlich die Hand des Jungen tätschelte und jammernd leise Selbstgespräche führte. Die klaffende Kopfwunde war nicht zu übersehen. Eigentlich war sie nicht allzu groß, aber das Blut hatte bereits einen Teil der Haare, eine Gesichtshälfte und den Hals verschmiert.

»Er bewegt sich!« Walburga sah aufgeregt zu Anna auf und lächelte hoffnungsvoll. Stöhnend drehte sich Peter zur Seite. Sein Körper krampfte sich zusammen und gurgelnd ergoss sich eine rote Flüssigkeit auf den Boden direkt vor Walburga.

»Oh! ... oh! ... oh, nein! Peter speit Blut! Er wird sterben!« Völlig aufgelöst stierte sie auf die dunkle Lache.

»Wir sollten ihn nach nebenan bringen! ... Michael?«

Jetzt endlich regte er sich. Es war ein Leichtes für ihn, den Jungen unter den Achseln zu packen und auf das mit einem Leinentuch bedeckte Strohlager zu schleifen. Walburga folgte ihnen auf dem Fuße und ließ ihren Schützling nicht einen Moment aus den Augen.

Stumm drückte er sich an Anna vorbei, die vom Türrahmen aus beobachtete, wie sich die beiden Frauen um ihren Bruder kümmerten.

»Es ist kein Blut«, stellte Michael erleichtert fest. Er hatte sich über das Erbrochene gebeugt und daran gerochen. »Kein metallischer Geschmack, ... nur säuerlich. Er hat zu viel von dem Wein getrunken. Morgen wird er also wahrscheinlich nicht wissen, von was ihm mehr der Schädel dröhnt, ... vom Stein ... oder vom Trinken.« Verlegen lächelte er die junge Frau an und warf einen alten Lappen in die übel riechende Pfütze.

»Gut.« Anna schüttelte geschwind den Kopf. »Ich meine natürlich: ... nicht gut. Ich wollte damit nicht sagen, dass ich mich darüber freue, dass es ihm morgen schlecht geht. Mit ›gut‹ meinte ich, dass ich froh bin, dass es dem Anschein nach nichts Schlimmeres ist«, verhaspelte sie sich. Er hatte ihr ruhig zugehört und das winzige Lächeln war immer noch da, was sie seltsamerweise nur noch nervöser machte.

»Er sollte seinen Rausch ausschlafen – und daraus lernen.« Zu Michaels Überraschung vergewisserte sich die Bürgerstochter, dass ihre Magd noch beschäftigt war und nicht auf sie achtete.

Danach huschte sie in eine entfernte Ecke der Stube und winkte ihn näher zu sich.

»Meister Kremer, … auf ein Wort.«

Das Herz schlug ihm bis zum Hals – nicht zum ersten Mal in dieser Nacht – als er ihr unsicher folgte. Alles schien sich zu wiederholen. Anna und er in der Gasse. Diese Nähe in der Dunkelheit. Ihr Geruch. Er musste sich unerbittlich in Erinnerung rufen, dass er keine Maske mehr trug. Er war jetzt wieder einfach nur der Henker.

Ohne auch nur das Geringste von seinem inneren Kampf mitbekommen zu haben, beugte sie sich etwas weiter zu ihm und flüsterte: »Ich bin froh, dass mein Bruder nur betrunken ist. Genau das ist aber das Problem, … versteht Ihr?« Es war ihr sichtlich peinlich. Sie wand sich und wich seinem Blick aus. Gerne würde er ihr helfen, aber er wusste noch nicht so recht, worauf sie hinaus wollte. »Wenn Walburga und ich ihn jetzt wieder mit nach Hause nehmen, dann weiß es morgen auf jeden Fall auch mein Stiefvater … und ich mag gar nicht daran denken, was er dann mit ihm macht. Peter hat es auch so schon schwer genug.« Ihr Blick blieb kurz am Rücken der besorgten Magd hängen.

»Sie würde von sich aus niemals darum bitten … oder zugeben, dass …«Ihre Stimme wurde noch eindringlicher. »Euren Anweisungen wird sie Folge leisten. Bitte, … ich brauche Eure Hilfe.« Es war ihr sicher nicht leicht gefallen, das Familienoberhaupt so respektlos in ein schlechtes Licht zu rücken. Das zeigte ihm dafür allerdings, dass ihr der Bruder wichtiger war als der Ratsherr Brel.

Michael nickte kurz. Er hatte verstanden. »Ihr werdet ohne ihn gehen müssen. Die Kopfwunde muss noch versorgt werden und die Zubereitung des Aufgusses dauert ebenfalls ihre Zeit. Wir werden morgen sehen, ob ich ihn zur Ader lassen muss, oder ob er so weit wiederhergestellt ist. Ihr erhaltet auf jeden Fall zu gegebener Zeit Nachricht.« Damit hatte er ihr die Entscheidung abgenommen und Peter noch Zeit verschafft. Walburga nickte nur ernst und verschwand zögernd in die Dunkelheit, denn der Scharfrichter schien keinen Widerspruch zu dulden. Erleichtert nickte ihm Anna zu und folgte ihr.

CONRAD LEWER

– MITTWOCH, 11. MÄRZ 1523 –

ANNA BRAUCHTE NICHT ZU RECHNEN. Sie wusste es genau. Dreiundzwanzig Tage waren vergangen – mehr als drei Wochen. Seitdem hatte sie Feit Morstatt nicht mehr gesehen. Außer vielleicht für einen kurzen Moment bei der Predigt. Geredet hatten sie aber nicht miteinander. Er war immer anderweitig in ein Gespräch vertieft gewesen und hatte sie nicht weiter beachtet. Anna verstand überhaupt nichts mehr. Nicht einmal durch ein mutiges Lächeln ihrerseits konnte sie die Verbindung aus jener Nacht wiederherstellen. Warum nur hatte er dann das Pfand verlangt? Bedeutete es ihm denn gar nichts? Ihre Enttäuschung wandelte sich in Wut – Wut auf sich selbst. Sie verhielt sich wie ein Trottel. Die Gedanken jedoch ließen sich nicht abschütteln. Immer und immer wieder durchdachte sie alles – jeden Blick, jede seiner Bewegungen und versuchte, aus ihm schlau zu werden. Ein stechender Schmerz fuhr durch ihren Finger und Anna zuckte erschrocken zusammen. Sie wusste nicht, wie lange sie schon vor sich hin gestarrt hatte. Ihre Mutter Amalia, die neben ihr auf der Bank saß, hatte mit ihr geredet und sich mit einem Schubser des Ellenbogens nun Aufmerksamkeit und Gehör verschafft.

»Was beschäftigt dich denn so, Kind? Du bist schweigsam und nachdenklich. Sieh lieber zu, dass du mit dem Sticken vorankommst, solange noch ausreichend Licht durch das Fenster kommt.« Tadelnd streckte sie das Kinn in Richtung von Annas Schoß. Dort lag der Holzrahmen mit dem aufgespannten Tuch in der schlaffen Hand. Die Nadel hatte zugestochen, als die ältere Frau dem Arm einen Stoß versetzt hatte.

»Ach, … nichts«, lenkte Anna nörgelnd ab und schleckte sich den kleinen, runden Blutstropfen vom Finger. »Ich habe heute nicht die Geduld für Nadel und Garn.«

»Wann hast du die denn schon einmal?« Peter saß am Tisch, hatte eine Kerze angezündet und mischte sich ein, ohne von dem Buch aufzusehen, das ihm seine Mutter von den Dominikanern mitgebracht hatte. Er las einfach alles. Ganz egal, was. Es war ein trüber Tag und Anna würde, stünde ihr der Sinn nach Handarbeit, ebenfalls eine Kerze neben sich aufstellen. So aber steckte sie die Nadel fest und legte den Rahmen zur Seite. Gelangweilt streckte sie die steifen Glieder und knetete sich den Nacken. Vielleicht würde sie Apollonia später noch einen kurzen Besuch abstatten. Das war auf jeden Fall besser, als nur hier herumzusitzen. »Ich werde zu Walburga nach unten gehen.« Entschlossen zog sie die Beine wieder an und wollte mit Schwung aufstehen.

»Nein, warte, … ich habe mit euch zu reden.« Die Strenge in ihrer Stimme ließ Anna aufhorchen und sogar Peter drehte den Kopf, ließ ihn aber immer noch bequem auf der stützenden Hand liegen.

Amalia sah alt aus. Die Augen lagen in tiefen Höhlen und dunkle Ringe zeichneten sich darunter ab. Sie hatte schon immer einen zarten Körperbau. In letzter Zeit jedoch schienen ihre Knochen noch deutlicher hervorzutreten. Besorgt lehnte sich Anna wieder zurück. Auch Peter wartete gespannt, was die Mutter ihnen zu sagen hatte. Beinahe ängstlich sah sie die beiden an und ehe sie zu sprechen begann, erhob sie sich ungelenk, um sogar vor der Stubentür nachzusehen, ob sie auch tatsächlich allein waren. Auf keinen Fall durfte es einen Zeugen geben. Hinter ihrem Rücken tauschten Anna und Peter fragende Blicke aus. Mit einem Schulterzucken gab sie ihrem Bruder zu verstehen, dass sie keine Ahnung hatte, was ihnen ihre Mutter mitteilen wollte. Ächzend sank sie wieder auf ihren Platz und fuhr sich nervös mit zitternden Fingern über die Stirn. Amalia wusste nicht, wie sie beginnen sollte.

»Nun, … es ist so, … ich … ich denke, dass es ein Fehler war, … hierher nach Wymphen zu kommen.« Ihre leise, zaghafte Stimme war kaum zu hören.

Anna schluckte. Wirklich überrascht war sie nicht, dieses Geständnis aus dem Mund ihrer Mutter zu hören. »Was ist denn nur …?« Mitfühlend beugte sie sich vor und legte Amalia eine Hand auf die schmale Schulter. Sofort verzog diese das Gesicht und wich zurück. Ohne um Erlaubnis zu fragen, rückte Anna näher heran und schob das Brusttuch mitsamt Leibchen zur Seite. Auf der hellen Haut prangte ein großer Fleck. Er vereinte die verschiedensten Farben in sich – angefangen von Blau über Grün bis Rot. Anna drückte erschrocken die Hand auf ihren Mund, während Amalia verschämt das Mal wieder verdeckte.

»Wer war das?« Das war eine überflüssige Frage. »Wieso hat er das getan?«, presste Anna heiser hervor. Tränen stiegen ihr in die Augen, als sie die Verzweiflung ihrer Mutter sah.

»Ich will immer nur das Beste für euch. Das wisst ihr doch, oder?« Anna und Peter nickten stumm.

»Es war nach dem Purim-Fest, das die Juden gefeiert haben. Steffen hat die Gelegenheit genutzt, um nach der Fastnacht während dem Tanzverbot noch einmal durch die Gassen zu ziehen. Er hat gefeiert, sich den Maskenumzug der Juden angesehen und danach beobachtet, wie sie diese Puppe gekreuzigt haben. Er sollte das als Stadtrat wohl auch tun, damit alles seine Richtigkeit hat.« Amalia seufzte. »Es passierte am Tag darauf. Ich wollte mit Steffen reden – aber er spürte wohl noch das Bier zu sehr. Auf jeden Fall war er übellaunig und mürrisch. Ich wollte mit ihm über dich sprechen, Peter. Das Thema Geld habe ich erst gar nicht erwähnt. Er greift immer öfter auf euer Erbe zurück. Das würde euer Vater – Gott hab' ihn selig – niemals gutheißen.« Amalia schüttelte den Kopf und ließ die Schultern hängen.

»Ja, … und? Über was wolltest du mit ihm reden?« Ungeduldig hatte Peter das Buch zugeschlagen.

»Es war schon immer dein Wunsch gewesen, zu lesen, zu lernen, zu studieren. Nicht körperlich arbeiten – sondern deinen Kopf gebrauchen. Das ist deine Stärke. Du wolltest doch zu Martin nach Haydelberch gehen.« Bei dem Gedanken an ihren Bruder lächelte Amalia. Als Vater noch lebte, war es eigentlich beschlossene Sache, dass Peter, wenn er einmal alt genug war, bei Martin Severus leben sollte. »Jetzt aber, … ach, es ist alles anders gekommen.« Amalias Kinn zitterte und sie musste sich beherrschen, damit sie vor den Augen ihrer Kinder nicht in Tränen ausbrach.

»Mach dir keine Sorgen, Mutter. Ich werde die Lehre beim Küfer Staffel schon meistern.« Peter wollte keine Schwäche zeigen, aber innerlich nagte die Enttäuschung. Dass seine Mutter das Thema überhaupt anschnitt, besagte eindeutig, dass er sich damit abfinden musste, den Rest seines Lebens Eichenholz zu verarbeiten.

»Du musst mir glauben, dass ich alles probiert habe. Von einem Weib lässt sich ein Steffen Brel aber schon zweimal nichts sagen. Seid froh, dass ihr ihn nicht erlebt habt. Ich habe nicht die Kraft, wieder das Wort gegen ihn zu erheben, sonst …«

Sonst schlägt er dich in seinem Zorn vielleicht noch tot, wenn er betrunken ist, vollendete Anna in Gedanken die Rede ihrer Mutter.

»Ich werde eurem Oheim wohl schreiben, dass sich unsere Pläne geändert haben und du vorerst in Wymphen bleibst.« Amalia unternahm den kläglichen Versuch, die beiden aufzuheitern. »Trotz allem sollten wir dankbar sein für das, was wir haben. Es gibt genug arme Seelen, die etwa der Hilfe der willigen Frauen des Beginen-Hauses bedürfen, denen ich übrigens bald wieder einen Besuch abstatten werde. Wirst du mich begleiten, Anna?« Amalia sah ihre Tochter fragend an, die ergeben nickte. Wenn sie bei Kräften war, dann half sie mit, wo sie gerade gebraucht wurde. Öfter jedoch wurde Anna geschickt, damit sie ihnen einige Münzen brachte. Es war ihrer Mutter eben ein Bedürfnis, die Frauen hin und wieder wohltätig zu unterstützen.

Es herrschte immer noch betretenes Schweigen zwischen den dreien, als jemand die Treppe zur Stube hochstapfte. Zuerst schob Steffen Brel seinen gedrungenen Körper durch die Tür. Anna schnappte nach Luft. Ihm auf dem Fuße folgte kein geringerer als Feit Morstatt. Sie nickte knapp zur Begrüßung und wollte einen gleichgültigen Eindruck machen, was bei dieser Aufregung gar nicht so einfach war.

»Aha, … das Waschweib hat sich also wieder zurückverwandelt. So gefallt Ihr mir natürlich bedeutend besser.« Charmant grinste er Anna an, als wäre es erst gestern gewesen, dass sie sich in dem bunten Treiben getroffen hatten. Aus dem Augenwinkel heraus sah sie, dass ihr Stiefvater argwöhnisch eine Augenbraue hochgezogen hatte und zu ihnen herüberlinste. Darum lächelte sie einfach nur. Sie hätte sowieso kein Wort herausgebracht. Verwirrt darüber, dass er ihr so plötzlich gegenüberstand, wollte Anna geschwind ihrer Mutter folgen, die ihren Mann und seinen Gast allein in der Stube zurückgelassen hatte.

»Oh, nicht so schnell. Was ich zu sagen habe, sollen ruhig alle hören.« Es herrschte absolute Stille und er genoss die Aufmerksamkeit, die ihm ohne Einschränkung zuteil wurde. Anna wurde abwechselnd heiß und kalt. Was hatte er vor? Wollte er ihr letztes Treffen offenbaren und den Ratsherrn Brel etwa um die Erlaubnis bitten, sie zu heiraten? Schon allein bei dem Gedanken, dass ein Mann um ihre Hand anhalten würde, verschlug es Anna den Atem. Sie hatte das Gefühl, als hätte sie sich vom Boden gelöst. Schwarze und weiße Punkte tanzten vor ihren Augen und ihr wurde ein wenig schummrig.

»Eine wirklich gute Neuigkeit: Ich werde in die Bürgerschaft aufgenommen! Mit allen Rechten ... und selbstverständlich mit allen Pflichten!« Stolz verschränkte der Junge Rat seine Arme vor der Brust und konnte sich ein breites Grinsen nicht verkneifen. »Aus diesem Grund ist der Ratsherr Brel ...«, wichtigtuerisch nickte er in dessen Richtung, »... mitsamt seiner ganzen Familie eingeladen. Die anderen Ratsmitglieder treffen sich heute ebenfalls mit mir ... beim Schankwirt oberhalb des Löwenbrunnens ... bei Einbruch der Nacht.«

Steffen Brel wippte auf den Zehenballen und wieder zurück. »Ich habe schon so etwas läuten hören, ... Ihr habt Euch dafür bereits einen Spieß anfertigen lassen und einen eisernen Hut in Auftrag gegeben, richtig?« Steffen Brel machte keinen Hehl daraus, dass ihn diese Nachricht überhaupt nicht überraschte. Im Gegenteil – man hatte eher noch den Eindruck, als würde er sich über diesen jungen Burschen noch lustig machen, der sich jetzt mit einem Mitglied des Alten Rates gleichzustellen versuchte.

»Kann ich also mit Eurem Erscheinen rechnen?« Er hatte einen gönnerhaften Ausdruck im Gesicht, aber Anna entging trotzdem nicht der lauernde Unterton. Mit hochrotem Gesicht starrte sie auf den Boden. Wie töricht sie doch war! Hatte sie sich doch wirklich eingebildet, er wäre wegen ihr hierhergekommen. Sie schalt sich selbst eine dumme Gans und machte, dass sie hinunter zu Walburga in die Küche kam.

Peter saß allein in der Stube. Sein Stiefvater begleitete den Jungen Rat gerade nach unten, um ihn an der Tür zu verabschieden. Missmutig starrte er auf das Buch, das vor ihm auf dem Tisch lag. Heute war der Tag, an dem er seine Küferlehre beginnen sollte. Mit seinem Lehrmeister David Staffel hatte er bis jetzt nur wenige Sätze gewechselt. Das waren aber immerhin schon ein paar Sätze mehr als mit dessen Sohn Heinrich. Der brachte ja den Mund überhaupt nicht auf. Peter kaute abwesend auf seinen Fingernägeln herum.

»He, … bist du da oben eingeschlafen? Mach, dass du herunterkommst! Der Staffel wartet nicht ewig!«

Peter verdrehte die Augen und ahmte stumm die Mundbewegungen seines Stiefvaters nach. »Bin gleich unten!«, gab er dann zur Antwort, ehe er sich lustlos und schwerfällig auf den Weg machte. Sie nahmen die Salzgasse bis zum Haupttor und bogen dann in die lange Gasse ein. Nach wenigen Schritten hatten sie das Haus von David Staffel, und somit die Küferwerkstatt, erreicht. Steffen Brel klopfte nicht an der Tür des Hauses, sondern ging gleich weiter zum angrenzenden Schuppen, aus dem Geräusche des Tagwerks auf die Gasse drangen. Peter hielt sich im Hintergrund. Er wollte erst einmal seinem Stiefvater das Wort überlassen. In dem Schuppen roch es nach Rauch und Holz. Der Qualm kratzte in seinem Hals und er räusperte sich.

»Daran wirst du dich schon gewöhnen müssen, Junge.« David Staffel unterbrach das Gespräch, das er gerade mit dem Ratsherrn führte, und kam auf Peter zu. Der Mann war gut einen Kopf größer als er und von kräftiger Statur – wie geschaffen für einen Küfer. Die aufgewickelten Ärmel ließen die Schultern noch breiter wirken und gegen seine Pratze war Peters Hand eher zart. Die vollen, schwarzen Haare und der dichte Bart ließen ihn ziemlich düster erscheinen. Er musterte den Jungen von oben bis unten, wandte sich aber wieder an den Mann hinter ihm. »Kräftig ist er ja nicht gerade, … aber das wird schon mit der Zeit.«

Peter bekam rote Ohren. Er kam sich vor wie ein Stück Vieh, das auf dem Markt begutachtet wurde. Seine Verunsicherung war ihm wohl deutlich anzusehen, denn aus einer anderen Ecke des Schuppens konnte er leises, schadenfrohes Lachen hören. Es war Heinrich – der Sohn des Küfers. Peter kannte ihn bereits. Mit ihm und einigen anderen Burschen war er vor der Fastnacht durch die Gassen gezogen. Ihm hatte er den Ritt auf dem Esel zu verdanken. Er war so ziemlich das Ebenbild seines Vaters. Nur an Gewicht und Muskeln fehlte es ihm noch. Er schichtete hinten Dauben aus Eichenholz auf, wodurch ihm offensichtlich schon ziemlich warm geworden war, denn trotz des kalten Wetters trug er wie sein Vater nur ein Hemd. Das Grinsen in Heinrichs Gesicht ärgerte ihn und er drehte sich weg.

»… lasse ich ihn gleich in Eurer Obhut.« Nun war es also beschlossene Sache. Was die beiden Männer vorher ausgehandelt hatten, hatte er nicht mitbekommen.

»Mach mir und deiner Mutter ja keine Schande!« Damit drehte sich der Ratsherr um und ließ Peter bei den Küfern zurück.

»Du kannst Heinrich mit den Dauben helfen – danach kümmerst du dich um das Feuer.« Nach diesen knappen Anweisungen schnappte sich David Staffel wieder seinen großen Hammer und fuhr fort, einen Eisenring mit präzisen, aber kräftigen Schlägen zu bearbeiten. Peter gesellte sich zu dem älteren Burschen und tat, wie ihm geheißen. Heinrich schien es zu genießen, dass nun einer unter ihm stand, dem er kleinere und vor allem lästige Aufgaben weitergeben konnte. Schweigend schichteten sie nach und nach die Dauben auf einen Haufen, sodass sie gut verstaut an der Schuppenwand lagerten. Durch die ungewohnte Anstrengung zog auch Peter schon bald seinen Mantel aus. Er hatte sich keine Blöße geben wollen und sich der Schnelligkeit Heinrichs angepasst.

»Die Holzbretter kannst du auf keinen Fall hobeln – du würdest zu ungenau arbeiten und wir wollen doch nicht, dass das Fass nachher undicht ist, oder?« Peter erwiderte den Blick der dunklen, braunen Augen ohne Murren.

»Dort drüben liegen Holzscheite. Mit denen machst du vor dem Schuppen ein kleines Feuer. Das wirst du noch hinbekommen, denke ich.«

Peter trug einen Stapel von dem Scheitholz unter dem Arm auf die Gasse und sammelte auch gleich noch ein paar Handvoll von den Spänen ein, damit das Feuer leichter in Gang kam. Einige bereits brennende Holzstücke aus der Feuerstelle im Schuppen machten den Anfang. Bald darauf knisterten die Flammen und Peter betrachtete zufrieden sein Werk.

»Stell gefälligst noch einen Bottich mit Wasser daneben! Oder willst du, dass wegen dir heute noch die Feuerglocke geläutet wird?«, maulte es verärgert aus dem Schuppen. Daran hatte er nicht gedacht. Schleunigst suchte er sich einen Behälter, nahm eine Abkürzung zwischen den Häusern hindurch und füllte ihn am Adlerbrunnen mit dem eisigen Wasser. Als er wieder zum Schuppen kam, wartete Heinrich bereits ungeduldig auf ihn.

»Wir sollen mit einem neuen Fass anfangen. Wenn du weiter so trödelst, dann brauchen wir doppelt so lange.« Auf dem Boden lag bereits ein Eisenring. In dem Ring stand ein Gestänge, an dem auf Hüfthöhe ein weiterer Ring aus dem flachen Eisenband befestigt war. Er war nur geringfügig kleiner. Dann machte sich Heinrich daran, vier Eichendauben senkrecht einzusetzen. Alle Latten hatten den gleichen Abstand zueinander, und Peter musste sie festhalten und aufpassen, dass sie nicht wieder umkippten. Unten am Boden standen sie an der Innenseite des Metallbandes und am zweiten Ring liefen sie außen vorbei, weswegen sie oben ein wenig auseinanderstanden. »Jetzt kommt der obere Ring. Du musst darauf achten, dass das Holz nicht verrückt – nur dann haben wir ein brauchbares Fassgerüst.« Heinrich hob das Eisenband über seinen Kopf. Drei der Dauben wurden umschlossen und in der Mitte an den Ring gedrückt. Nun fehlte nur noch das vierte Holz. Mit einer Hand drückte er das obere Ende zur Mitte und mit der anderen zog er gleichzeitig den Ring darüber. Nichts wackelte mehr. Die Eichendauben spannten sich in einem leichten, gleichmäßigen Bogen – nur durch die Eisenringe am oberen und unteren Rand gebändigt. Heinrich rief seinen Vater, damit er das Gerippe begutachtete. Mit gezielten Schlägen verbesserte er ein wenig den Stand der Hölzer, schien aber ansonsten ganz zufrieden zu sein.

»Achte darauf, dass keine Lücken bleiben – die neue Daube immer gleich anschlagen.«

Heinrich nickte. Es war ja nicht das erste Mal, dass er ein Fass fertigte. Sie arbeiteten weiter und setzten nacheinander die Holzlatten ein. »Die letzte in diesem Viertel. Jetzt kannst du gleich mal zeigen, wie geschickt du bist. Hier hast du den Hammer. Du setzt das Holz in die Lücke ein – so, wie ich das bis jetzt auch gemacht habe. Oben in den Ring hinein – unten nach außen stehend. Stemme die Ferse in den Boden und drücke die Daube mit den Zehen nach innen. Dann kannst du von oben auf das Holz schlagen und sie in den Ring treiben. Versuch's!«

Peter wusste schon, was er zu tun hatte. Er hatte Heinrich die ganze Zeit aufmerksam dabei beobachtet. Bei ihm sah das alles auch ganz leicht aus. Er nahm den Hammer, der ihm hingehalten wurde, und suchte sich eine passende Daube aus. Heinrich stand breitbeinig hinter ihm, hatte angeberisch die Arme verschränkt und überwachte jeden seiner Handgriffe. Peter bemühte sich trotz des knurrenden Magens um Konzentration und darum, keinen Fehler zu machen. So weit saß also die Daube fest. Er suchte nach einer geeigneten Position für seinen Fuß und drückte mit der Sohle gegen das Holz. Es überraschte ihn, wie viel Kraft er doch brauchte, das Holz zu biegen. Um nun auf das obere Ende schlagen zu können, musste Peter das Werkzeug ein wenig über seinen Kopf heben. Durch die ungewohnte Haltung schlug er zuerst daneben.

»Das wird nichts. Du lockerst unten deinen Fuß – das Holz lässt sich so nie und nimmer in den Ring treiben.« So ging das eine ganze Weile. Peter musste sich von Heinrich anhören, was er zu tun und zu lassen hatte. Hilfe aber, nein, die bekam er nicht von ihm. Langsam hatte er schon keine Kraft mehr. Wenn er das Holz kräftig bog, dann traf er nicht mit dem Hammer – und wenn er schlug, dann stand die Daube höchstens auf dem Ring auf und konnte nicht nach innen eingetrieben werden. Beides gleichzeitig wollte einfach nicht klappen. Verzweiflung und Zorn machten sich in ihm breit. Peter hatte den Hammer beiseitegelegt und massierte sich die schmerzende Hand, als er Heinrich neben sich bemerkte.

»Ich schaff das schon!«, fuhr er ihn barsch an. Energisch hob er den Hammer wieder auf. Das wäre doch gelacht! Peter Eblin kapitulierte doch niemals vor einem Stück Holz. Er kaute auf seiner Unterlippe. Also – Fuß ansetzen, drücken und jetzt mit einem kräftigen Schlag alles an Ort und Stelle bringen. Vielleicht lag es daran, dass ihm seine Muskeln durch die Anstrengung nicht mehr recht gehorchten. Vielleicht lenkte ihn auch Heinrich zu sehr ab – und Zorn ist nie ein guter Ratgeber. Der schwere Hammer traf – aber nicht dort, wo er sollte und wo es Peter beabsichtigt hatte. Mit einem Schmerzensschrei ließ er ihn fallen. Die Luft blieb ihm weg. Er hielt sich die pochende Hand. Wie hundert Nadelstiche durchzog ein Kribbeln den Arm. Peter hatte sich mit geschlossenen Augen nach vorne gekrümmt und atmete stoßweise. Tränen kitzelten an seinen Wimpern. Auch das noch!

»Ins kalte Wasser – dann wird's besser.« Heinrich zog ihn am Hemd bereits zum Bottich, der neben dem Feuer stand. Für einen Augenblick verschlimmerte die Kälte den Schmerz noch, aber dann zog er seine rote Hand wieder heraus, um festzustellen, wo er sich verletzt hatte und wie arg es war. Zitternd sah er sich die einzelnen Finger an. Getroffen hatte er den Daumen. Er war bereits blau angelaufen und unter gut der Hälfte des Nagels hatte sich ein dunkler Fleck ausgebreitet.

Neugierig hatte sich Heinrich herübergebeugt und Peters Hand ergriffen. Vorsichtig hielt er sie fest, ohne den verfärbten Hautstellen zu nahe zu kommen. Seine war angenehm warm und sein Daumen strich zaghaft über den nassen Handrücken. »Ist mir auch schon passiert. Du solltest das Blut ablassen, solange sich der Finger noch einigermaßen taub anfühlt. Je länger du wartest, umso schlimmer wird's.« Er schien rein gar nichts seltsam zu finden. Der Rat war ernst gemeint. Keine Spur mehr von Spott in seiner ruhigen Stimme oder etwa überhebliches Gehabe. Im Gegenteil.

»Äh, nein, … es wird schon gehen«, lehnte Peter irritiert ab, zog seine Hand zurück und unterbrach dadurch die ungewohnte Berührung. Es war nicht nur der Gedanke an das Blutablassen – womit Heinrich das auch immer tun wollte. Es war auch seine Stimme und dieser Blick, mit dem er ihn ansah. Peter konnte ihn nicht recht einordnen – und wollte es auch nicht. Er hatte schon davon gehört. Jetzt hockte er hier in der Gasse und ein Mann hatte seine Hand gehalten – irgendwie anders, als man sich sonst die Hände reichte. Bei dem Gedanken senkte er verschämt den Blick.

»Gut. Wie du meinst. Es ist deine Entscheidung.« Beim nächsten Wimpernschlag war alles wie vorher. Hatte er sich etwa alles nur eingebildet? Heinrich stand achselzuckend auf und vollendete Peters Arbeit ohne weitere Verzögerung.

»Mit nur einer Hand bist du heute erst mal nicht mehr zu gebrauchen.« David Staffel war dazugekommen und machte eine wegwerfende Armbewegung. »Denk darüber nach, was dir mein Sohn gesagt hat. Ich erwarte, dass du morgen wieder ohne Einschränkung arbeiten kannst, sonst erhältst du ein paar Münzen weniger, verstanden? Für heute wirst du Botengänge erledigen und Ware ausliefern.«

Peter hatte das kleine, handliche Fässchen unter dem Arm. Es war eigentlich nicht schwer, aber er musste es quer durch Wymphen tragen. Vom Küfer Staffel die lange Gasse hinunter, am Heilig-Geist-Spital und am Löwenbrunnen vorbei, durch die Judengasse, in der der Dirnenlauf stattgefunden hatte, bis hinunter zum unteren Tor, durch das er Wymphen zum ersten Mal betreten hatte. Er grüßte den Werrhich Wilhelm kurz und bog dann außerhalb der Stadtmauer in den schmalen Weg zum Gerberviertel ein. Sein Lehrmeister hatte ihm den Weg und das Haus genau beschrieben. Notfalls würde er sich aber auch so durchfragen können. Peter rümpfte die Nase. Der Gestank des Lohesuds hing schwer und dunstig in der Luft – und das im Winter. Kaum vorstellbar, wie sich der Geruch während eines schwülen Sommers um ein Vielfaches verstärkte und dann durch alle Ritzen drang. Peter schob sich das Fässchen Branntwein unter den anderen Arm und hielt dann den lädierten Daumen etwas nach oben, damit das schmerzhafte Pochen weniger wurde. Er blieb stehen. Das Haus war nicht sehr groß. Zu sehen war auch niemand.

»Ich bringe den gewünschten Branntwein vom Küfer Staffel!«

Keine Antwort. Die Tür zum Schuppen stand aber offen und Peter spickte hinein. Über einem schräg stehenden Holzstamm lag ein großes Rinderfell. Teilweise war es schon sauber abgeschabt. Gleich vorne stand ein großer Zuber mit einer erbärmlich stinkenden Flüssigkeit, in der weitere Tierhäute schwammen. Daneben qualmte die Feuerstelle mit dem Kessel. Beständig tropfte von oben Wasser in die Glut, um dann als weißer Dampf mit einem Zischen wieder aufzusteigen. Peter zog sich die obere Ecke seines Mantels vor Mund und Nase. Er hatte seit dem Morgen nichts mehr gegessen, und trotzdem hob sich sein leerer Magen und er würgte, sobald er nicht mehr nur durch den Mund atmete.

»He, ist jemand hier?« Er stand in dem dunklen, verwahrlosten, stinkenden Schuppen und wartete vergeblich auf Antwort. Peter wollte den Auftrag so schnell wie möglich hinter sich bringen. Vielleicht kam der Gerber ja gleich wieder zurück. Oder sollte er das Fass doch im Nachbargebäude abgeben?

Von der Rückseite des Schuppens drang ein wenig Licht ins Innere. Mehr konnte Peter nicht erkennen. Die Sicht wurde ihm durch Tierhäute versperrt, die quer im Raum zum Trocknen aufgehängt worden waren. Er stellte den Branntwein ab, damit er beide Hände frei bewegen konnte. Angewidert hob er mit spitzen Fingern das erste ledrige Stück an, um es dann hinter sich wieder fallen zu lassen. Zwei Schritte. Die nächste Haut schob er mit dem Unterarm zur Seite. Über ihm gab die Schnur nach, mit der ein Zipfel angebunden war. Erschrocken wollte Peter nach dem Leder greifen, um es am Herunterfallen zu hindern.

Die Beine baumelten und schwangen ihm durch den Stoß, den sie erhalten hatten, geradewegs wieder entgegen. Abwehrend riss er die Arme nach oben und blinzelte. Rückwärts taumelnd stolperte er zuerst über einen Zuber, um dann hart gegen die Bretterwand zu stoßen. Entsetzt erfasste er den Anblick, der sich ihm in dem trüben Licht bot. Er hatte den Gerber gefunden – aber den Branntwein brauchte er nicht mehr.

Zitternd griff Peter nach dem Becher. Er nahm einen großen Schluck und musste erst einmal husten. Gebranntes war er nicht gewöhnt. Er trank immer nur Wein oder Bier. David und Heinrich Staffel standen vor ihm und warteten ab, bis er, von ihnen dazu ermutigt, das Gefäß bis auf einen kleinen Rest geleert hatte.

»Und du bist sicher, dass er tot ist?«, platzte Heinrich schließlich heraus. Seine Neugier hatte gesiegt. Er kannte den Conrad Lewer – hatte gekannt. Ein wortkarger Mann, der zurückgezogen und ohne Weib allein im Häuschen seiner Eltern gelebt hatte. Hin und wieder hatte er eine der Hübschlerinnen aufgesucht. Wenn er denn ein paar Münzen übrig hatte.

»So, wie der ausgesehen hat ... und wenn er noch nicht ganz tot war, dann ist er's jetzt auf jeden Fall.« Peter schüttelte sich. »Das werd ich meiner Lebtag nicht vergessen!« Der Küfer öffnete die Schnürung seiner Lederschürze und warf sie auf den Stapel Eichendauben.

»Ich sag dem Brel Bescheid – Meister Kremer muss sich so schnell wie möglich darum kümmern. Heinrich, und du brennst das Fass inzwischen weiter – kein Grund, die Arbeit ruhen zu lassen!« Verärgert über die unliebsame Unterbrechung, gab er noch kurze Anweisungen und machte sich auf zum Marktplatz.

Heinrich stülpte ein halb fertiges Fass über das Feuer und überließ es den Flammen, das Holz von innen zu trocknen und zu biegen. Mit langsamen Schritten umrundete er es und begoss es von außen mit Wasser, indem er den Eimer mit langen Armen hin und her schwenkte und dabei kleine Mengen gegen die Dauben schuckte. Bald würden die oberen Enden so weit nach innen ragen, dass es mit einem letzten Ring abgeschlossen werden konnte. Danach hockte er sich zögernd zu Peter, der erschöpft die Augen geschlossen hatte. Der Branntwein zeigte schon Wirkung. Zumindest breitete sich die wohlige Wärme in seinem Bauch aus.

»Wie geht es deinem Finger?«

Peter seufzte nur. Die kleinste und leichteste Berührung verursachte Schmerzen. Er konnte nicht greifen oder seine Hand sonst wie gebrauchen.

»Bring's hinter dich ... oder willst du zu deinem Stiefvater etwa sagen, dass du nicht mehr arbeiten kannst, weil du einen blauen Daumen hast?«, stichelte Heinrich weiter.

»Der … der soll sich um seine eigenen Angelegenheiten kümmern und uns in Ruhe lassen!«, fuhr Peter ihn schroff an.

»Uns? Das bedeutet dich … und deine Schwester, richtig? Dann stimmt es also, was so getuschelt wird? Er legt Hand an sie?« Heinrich hatte die Augenbrauen hochgezogen und beobachtete mit Genugtuung, wie Peter verlegen herumdruckste.

»Ich sollte die Prozedur endlich hinter mich bringen!«, wechselte er eilig das Thema und hob den Daumen. Nur allzu deutlich sah er wieder vor sich, wie der Stiefvater in der dunklen Küche seinen massigen Körper gegen Anna gedrückt hatte.

Heinrich verschwand für einen kurzen Moment und kam mit einer Nadel zurück. Peter war gar nicht mehr wohl in seiner Haut. Dennoch legte er tapfer seine Hand auf den Schemel – und wartete. Die Spitze glühte inzwischen rot und Heinrich packte die Nadel am anderen Ende mit einer Zange. Ohne zu zögern, kniete er sich grob auf den Arm und hielt so seine Hand still. »Jetzt nicht bewegen! Sonst treffe ich die Blase nicht!«

Peter hatte es sich anders überlegt und versuchte, den Arm zurückzuziehen – es half nur nichts. Heinrich fasste den Daumen, setzte das glühende Metall seitlich am Nagelrand an und schob es darunter. Er kümmerte sich nicht um das Jammern und Fluchen. Langsam zog er die Nadel wieder aus dem Fleisch. Ein roter, fadendünner Strahl spritzte auf den Finger daneben, und Heinrich ließ ihn endlich los.

Erleichtert inspizierte er seinen Daumen. Die Schmerzen der Tortur ließen nach und tatsächlich – es pochte noch ordentlich, aber der Druck, der sich durch das Blut unter dem Nagel aufgebaut hatte, war weg.

»Er wird sich ablösen, aber mit der Zeit wieder nachwachsen«, prophezeite Heinrich und schlenderte angespannt vor Peter auf und ab. Er schien nach den richtigen Worten zu suchen. »Ich werde nichts sagen … wegen deiner Schwester und dem Brel, meine ich.«

Peter horchte auf. Die Richtung, in die das Gespräch ging, gefiel ihm gar nicht. »Gut, denn es gibt auch nichts zu sagen.«

Heinrich hatte dennoch sofort das Zögern registriert. Er hatte es riskiert und offensichtlich einen wunden Punkt getroffen. Anfangs waren es nur Frotzeleien der Bürger hinter vorgehaltener Hand. Wen wunderte es auch. Der Brel hatte länger allein gelebt. Jetzt hatte er eine unscheinbare Frau – dafür aber eine umso hübschere Stieftochter, die so mancher Bürger gerne mit seinem Sohn verheiratet sähe. »Wenn aber doch? Du … musst dich nur richtig entscheiden. Du weißt schon, was ich meine. Du wirst doch deiner Schwester nicht schaden wollen? Und für eine kleine Gefälligkeit – dann und wann – erfährt von mir kein Mensch etwas.« Beiläufig kreiste sein Finger über Peters Knie und dann den Schenkel immer weiter nach oben. Peter schlug die Hand weg und sprang auf.

»Lass das! Sonst bezichtige ich dich offen vor dem Stadtrat der Sünde wider die Natur!«

Heinrich stand jetzt dicht vor ihm, und Peter musste dem Drang widerstehen, Schwäche zu zeigen und zurückzuweichen. Inständig hoffte er, dass seine Drohung Erfolg haben würde. Heinrich sollte klein beigeben und nie wieder ein Wort darüber verlieren! Es schien ihn jedoch nicht im Mindesten zu beeindrucken. Er wusste, dass er sich bereits zu weit vorgewagt hatte und nicht mehr zurückkonnte – selbst wenn er wollte.

»Das würde ich an deiner Stelle nicht wagen! Denn der Rat wird dann wissen wollen, welches die Gründe für diese Behauptungen sind. Zweifelsohne werden die Herren zu dem Schluss kommen, dass du dabei gewesen sein musst. Das wirft kein gutes Licht auf dich und deine Familie.«

In Peters Kopf arbeitete es fieberhaft und er zögerte. Heinrich wähnte sich seiner Sache sicher. Unbeherrscht vergrub er eine Hand in Peters Nackenhaar und zog ihn stürmisch zu sich heran. Grob wurden die Lippen aufeinandergepresst. Peter versuchte sich, nach anfänglicher Überraschung, nach Kräften zu wehren. Sollte er doch die Lügengeschichten verbreiten, wenn er wollte. Beweise gab es keine. Auf jeden Fall würde er sich nicht auf seine Forderungen einlassen. Peter stieß seinen Gegner rückwärts, und mit einem lauten Getöse landete er auf dem Holzstapel, den sie in der Frühe aufgeschichtet hatten. Das Gerangel, bei dem sich beide den einen oder anderen schmerzhaften Schlag einfingen, ging weiter und verlagerte sich nach draußen. Das Fassgerüst kippte ins Feuer, sodass sich das brennende und glühende Holz verteilte und ein Funkenregen aufstieg.

»Was ist denn hier los? Kann man euch Raufbolde nicht allein lassen, ohne dass es Ärger gibt, alles verwüstet und in Schutt und Asche gelegt wird?« David Staffels Stimme hörte sich an wie ein Donnergrollen und ließ die beiden schuldbewusst auseinanderfahren. »Verschwinde nach Hause. Für heute ist es genug!«

Peter trollte sich aufgewühlt und rieb sich das Gesicht, das von einem Backenstreich noch ordentlich pochte. Wie sollte er die Lehrjahre beim Staffel nur hinter sich bringen? Arbeit, die ihm keine Freude bereitete, und noch dazu des Meisters Sohn, der ihm entweder nachstellte und sich nahm, was er wollte, oder aber drohte, den guten Ruf seiner Schwester Anna vollends zu ruinieren.

Es war bereits weit nach Mittag. Die grauen Wolken hingen immer noch schwer über Wymphen, aber überall hörte man schon das Schmelzwasser tropfen. Auf den Wegen, dort, wo Füße und Hufe den Schnee zertrampelten, hatten sich viele kleine Lachen gebildet. Zwar erstarrten sie über Nacht und wurden von einer milchigen Schicht überzogen, aber tagsüber war die Kraft der helleren Jahreszeit schon spürbar. Nur der Gerber Conrad Lewer hatte es nicht mehr geschafft, sein schweres Gemüt in den Frühling hinein zu retten, wo ihm, mit mehr Licht und Sonne, vielleicht wieder leichter ums Herz geworden wäre. Ihnen blieben nur noch wenige Stunden bis zum Abend und zur Dunkelheit.

»Lass den Karren hier stehen. Im Schuppen wird es sonst zu eng. Wir müssen eh erst sehen, wo er hängt.« Michael setzte sich in Bewegung und verschwand bereits in der dunklen Öffnung der Holzwand. Wilhelm folgte ihm kurz darauf, nachdem er den zweirädrigen Karren abgestellt hatte. Dass sie den Gestank als unangenehm empfanden, merkte man ihnen nicht an. Viel schwerer wog indes die Aufgabe, die sie zu erfüllen hatten. Der Büttel Hans Eckstein war auf Geheiß des Rates zum Meisterhaus geeilt und hatte die Neuigkeit und die Weisung überbracht, den Sünder, den Erhängten, vom Seil zu schneiden und außerhalb geweihter Erde zu verscharren, auf dass ihm der Einzug in den Himmel auf ewig verwehrt bleibe. Michael trat hinter die aufgehängten Tierhäute. Sein Blick fiel zuerst auf den umgekippten Hocker, den der Gerber üblicherweise benutzte, wenn er die Felle sauber schabte. Man lehnte sich eher an ihn an, als dass man auf ihm saß. Darum hatte er längere Beine und die hölzerne Sitzfläche reichte einem bis an die Schenkel. Die dreckverkrusteten Schuhe hingen direkt auf Höhe seiner Augen, als er sich bückte, um den Hocker aufzuheben. Bis dahin hatte Michael den Blick noch nicht angehoben. Wilhelm war hinter ihn getreten. Er wartete ruhig, bis ihm gesagt wurde, was er zu tun hatte. Ohne Hast stellte Michael den vierbeinigen Schemel direkt unter dem Toten auf.

»Was tust du da?«, fragte Wilhelm verständnislos. Er hatte eigentlich erwartet, dass er ihn etwas daneben platzierte, um draufzusteigen und den Strick durchzuschneiden. Michael sah nur kurz zu seinem Schwager hinüber.

»Oh, das ist nur reine Gewohnheit – hab' ich von einem meiner Lehrmeister übernommen. Eine Art Prüfung. Er hängt frei im Raum. Es gibt nur eine Möglichkeit, an den Strick zu kommen. Siehst du? Die Füße berühren den Hocker. Das bedeutet, dass er selbst seinen Tod gewählt hat, denn es war ihm möglich, hinaufzusteigen, selbst den Strick anzulegen und sich fallen zu lassen.«

Wilhelms Augen wurden größer, als er begann zu begreifen. »Wäre der Schemel zu klein und somit der Abstand zu seinen Füßen größer, dann müsste jemand nachgeholfen haben, richtig?« Michael nickte. »Genau. Du wirst es nicht glauben, aber das habe ich selbst schon erlebt.« Neugierig hakte sein Schwager nach.

»Und? Was ist dann passiert?« Michael zuckte resigniert mit den Schultern. »Nichts. Nicht alle im Rat sahen es als erwiesen an, dass es sich um einen Mord handelte. Sicher, es wurden Zeugen vernommen – aber eben nur halbherzig. Niemand wurde zur Rechenschaft gezogen. Der Unglückliche war den Stadtvätern wohl nicht wichtig genug.«

Wilhelm verschob wortlos den Hocker und hielt ihn fest. Beinahe so, als wollte er sagen: »Na los. Du kommst ja eh nicht darum herum. Bring's einfach hinter dich.« Michael zückte sein Messer und stieg auf das wackelnde Ding. Langsam richtete er sich auf. Die schmutzigen Kleider stanken genauso wie die Felle und die Gerberlohe in den Bottichen. Michael versuchte zu vermeiden, dass er den Mann direkt ansah. Ganz gelang es ihm nicht. Schon in dem Moment, als er nach dem Strick griff, um ihn durchzuschneiden, wusste er mit Gewissheit, dass der Gerber ihn nachts im Schlaf verfolgen würde. Nur wie viele Nächte lang – das wusste er nicht. Der Gestank, die noch halb geöffneten Augen, die gebrochen ins Leere starrten und in denen kleine Würmer schlüpfen würden, wenn er hier hängen bliebe. Die kühle Haut, die steifen Gliedmaßen und die dunklen Flecken, die sich sicherlich bereits an den Beinen bildeten und die ihm nur allzu vertraut waren. Schwer sackte der tote Körper in seine Arme, die er unter den Achseln des Conrad Lewer hindurchgeschoben hatte, um ihn aufzufangen. Wilhelm half ihm, den Toten vor den Schuppen zu schleppen und auf den Karren zu heben. In den umliegenden Häusern schien die Arbeit zum Erliegen gekommen zu sein. Viele Nachbarn standen draußen und gafften. Michael kümmerte sich nicht darum, sondern trat mit seiner Fracht den Rückweg an. Keiner würde sich um den Verbleib des Körpers scheren.

Conrad Lewer lag entkleidet auf dem Bauch. Im Schuppen bei den Hunden hatte Michael den langen Holztisch nach vorne gezerrt. So, dass er und Wilhelm ihn bequem umrunden konnten. Die stinkenden Lumpen, die er zu Lebzeiten getragen hatte, brannten bereits draußen im Feuer. Dem Recht nach gehörte alles Michael. Allerdings hatte Conrad Lewer nichts Wertvolles bei sich getragen und die Kleidung konnte und wollte er auch nicht mehr verwenden.

Sie würden den verbleibenden Tag nutzen, um ihre Arbeit zu tun, und die Reste des Leichnams dann eben erst morgen unter die Erde bringen, wenn es wieder hell war. Michael zögerte. Der schmutzige Körper vor ihm war unversehrt. Sicher, er war ein Sünder gewesen – aber dennoch ein Mensch.

Wilhelm brachte Holztafeln, Bretter, Nägel und einen kleinen Sack mit Salz. »Das Wasser im Kessel kocht.«

Michael antwortete nicht, sondern schärfte die Klinge des Messers mit langen, gleichmäßigen Zügen des handgroßen Schleifsteins. Er wollte gerade am kleinen Finger ansetzen, als er hinter sich ein Rascheln hörte.

»Elisabeth, geh zu deiner Mutter ins Haus!«, befahl er dem Mädchen, ohne sich umzudrehen. Die schnellen, tapsenden Schritte entfernten sich sofort. Allein daran, dass der Oheim ihren vollen Namen aussprach, erkannte Lisbet, dass es besser war zu gehorchen, auch wenn die Neugier in ihr brannte.

Michael machte sich wieder an der Hand zu schaffen. Sorgfältig nahm er nacheinander alle Fingerglieder einzeln ab und warf die Stücke in die Metallschale, die Wilhelm bereithielt. Das Fleisch und die Sehnen durchschnitt er, um dann mit einer Drehbewegung die Knochen am Gelenk zu trennen. Er schwitzte. Mit seinem Arm wischte er sich über die Stirn, achtete dabei aber peinlich genau darauf, dass er mit seinen Fingern nichts berührte. Nach getaner Arbeit würde er ein ganzes Stück von Gretas Seife benötigen, um sich wieder einigermaßen menschlich zu fühlen. Wilhelm kam zurück. Er hatte die Schale mit den Fingergliedern draußen in den Kessel gekippt. Es dauerte immer eine ganze Weile, bis das Fleisch gekocht war und sauber vom Knochen abging. Die Hunde winselten. Wenn das Feuer unter dem Kessel brannte, fiel normalerweise etwas für sie ab. Heute aber war es kein Tier, das er zu beseitigen hatte. Sie würden leer ausgehen, denn die menschlichen Überreste würden morgen ihren Platz unter dem Galgen finden. Er tastete den Rücken ab. Viel hatte der Gerber nicht auf den Rippen. Michael musste das Messer also sorgfältig ansetzen. Die Klinge schnitt in die Haut und zog eine Linie von Schulter zu Schulter. Dann an den Seiten entlang, hinunter bis zum Hinterteil. Mit geübten Griffen trennte er sie ab, und Wilhelm hob sie an und klappte sie weg, damit Michael den nächsten Schnitt tun konnte. Mit einem klatschenden Geräusch landete sie schließlich auf dem Holzbrett und wurde von beiden Seiten mit Salz eingerieben. Um beim Trocknen die ursprüngliche Form beizubehalten, nagelte Wilhelm die Körperhülle noch an deren Rand entlang auf das Brett und stellte es schließlich zum Verwahren im hinteren Teil des Schuppens auf. Es folgten noch weitere Hautstücke vom Bauch und von den Beinen.

Die Nacht war gekommen, noch bevor sie ihre Arbeit beendet hatten.

»Es ist eine Schande, für solche Arbeit das Licht einer Kerze zu verschwenden«, brummte Michael verärgert vor sich hin. Wie um ihm zuzustimmen, flackerte die Flamme im Luftzug, tanzte auf dem Docht und warf Licht und Schatten hin und her.

»Die Bezahlung wird alles wieder wettmachen. In der ganzen Stadt ist bekannt, dass du den Lewer abgehängt hast. Es wird nicht lange dauern, bis die Ersten hier auftauchen und nach einem Glücksbringer verlangen. Du weißt doch, was man sagt: Ein Fingerglied oder ein Knöchelchen eines armen Sünders im Münzbeutel schafft reichlich Geld und lässt den Beutel nie leer werden … Trägt man es bei sich, so schützt es vor Ungeziefer … Unter die Hausschwelle gelegt, verschafft es beständigen Haussegen …«

»Ich weiß, ich weiß!«, unterbrach Michael barsch die Aufzählung seines Schwagers. Wilhelm nahm es ihm nicht übel. Michael hatte schon immer mit seinem Leben gehadert und die Geister der Vergangenheit nicht so leicht abschütteln können wie der Mann seiner Schwester. Es war aber deswegen trotzdem nicht so, dass er seine Arbeit gerne tat. Sicher, wenn er die Wahl hätte, würde auch Wilhelm sich einen anderen Broterwerb suchen – aber die hatte er nicht.

Die beiden waren nun fast am Ende angelangt. Ein Letztes blieb noch zu tun. Die Hände griffen hintereinander um den Stiel der Axt. Michael war nicht nervös. Der Gerber war ja bereits tot. Das war auf jeden Fall etwas anderes als damals, als er sein Meisterstück abgelegt und erstmals einen Menschen mit dem Schwerte gerichtet hatte. Ruhig legte er die Axt an – genau in der Mitte zwischen Schultern und Kopf, holte weit aus und ließ die Klinge niedersausen. Mit einem glatten Schnitt war das Haupt abgetrennt und lag jetzt seltsam verschoben neben dem Körper. Er hatte kräftig zugeschlagen. Um das Beil beiseitelegen zu können, musste er es erst durch eine Hin- und Herbewegung aus dem Holz des Tisches befreien. Ein grober Sack wurde über den abgetrennten Kopf gestülpt und als runder Packen verschnürt beim Schuppentor abgelegt. Wilhelm hatte inzwischen den Karren wieder neben dem Tisch platziert. Mit vereinten Kräften zerrten sie die Leichenreste darauf und schoben ihn – mit einem Tuch bedeckt – an die Wand, von wo aus er morgen früh den Weg zum Galgen antreten würde.

»Ich mach den Rest hier schon. Geh du nur. Hast heute noch genug zu erledigen.« Wilhelm schob Michael vor sich her und drückte ihm beim Hinausgehen das runde Bündel in die Hand. Michael machte sich ohne Widerworte mit einem Handwagen und einer Schaufel auf den Weg zurück in die Stadt, während sein Schwager anfing, die Fingerglieder aus dem kochenden Wasser zu fischen, alle verbliebenen Reste zu entfernen und die dampfenden Knochen danach auszubreiten, um sie zu trocknen.

Am Haupttor wurde Michael ohne Verzögerung eingelassen. Sein Weg führte ihn auf der Hauptstraße weiter zum Löwenbrunnen. Dort bog er ab und zog sein Wägelchen den Marktrain hinauf. Auf halber Höhe blieb er vor der Schenke stehen. Heute war wie jede Woche Markt gewesen. Wenn sich alles wie immer verhielt, dann war der Händler Casper Haug hier abgestiegen. Der schmächtige Mann würde ihm für den Kopf des Erhängten einen guten Preis zahlen, dessen war sich Michael sicher. Trotzdem war irgendetwas anders als sonst. Schon von außen war zu erkennen, dass der Wirt heute ein volles Haus hatte. Siedend heiß fiel es Michael wieder ein. Er hatte gehört, dass Feit Morstatt einige wichtige Bürger abends zu einem Umtrunk geladen hatte, um seine Aufnahme ins Bürgerrecht zu begießen. Sein Herz schlug schneller. Was würde ihn erwarten, wenn er eintrat? Glücklicherweise trug er unter seinem Mantel den Krug, den er wohlweislich noch eingesteckt hatte. In einer dunklen Ecke legte er den Beutel ab und ging auf die Tür des Schankhauses zu. Michael straffte die Schultern. Nachdem er laut mit der Faust geklopft hatte, öffnete er.

»Meister Kremer, … Scharfrichter zu Wymphen!«, gab er sich laut zu erkennen. Die Gespräche, das Gelächter und das Gejohle verstummten schlagartig. Die ausgelassene Stimmung schien durch die offene Tür von der Stube auf die dunkle Gasse entfleucht zu sein. Die Augen stierten ihn aus den meist geröteten, glänzenden Gesichtern an. So mancher Bürger hatte wohl schon den einen oder anderen Becher zu viel intus – und das in der Fastenzeit.

»Ich kann mich nicht erinnern, dass ich Euch eingeladen habe!« Feit Morstatt drängte sich nach vorne und umrundete dabei Stühle und Tische, die allesamt nicht mehr ganz so ordentlich an ihren Plätzen standen. Arrogant baute er sich vor Michael auf.

»Und ich kann mich nicht erinnern, dass Euch die ganze Stube allein gehört. Ohnehin kann ich Euch beruhigen, denn ich gedenke nicht …«

»Aber, aber! … Wer wird denn heute an diesem Freudentag so ungastlich sein?« Steffen Brel trat hinzu und legte dem jungen Mann übertrieben freundschaftlich den fleischigen Arm um die Schultern. »Gebt unserem Henker doch auch einen Becher aus. Er leistet gute Dienste … und hat heute Nacht noch ein großes Stück zu arbeiten.«

Um seine wahren Gefühle zu verbergen, lächelte Feit den älteren Ratsherrn an. Es war sein Umtrunk. Er wollte bestimmen, wem der Wein und das Bier ausgeschenkt wurden. Wenn er jetzt ablehnte, dann stand er als geizig da und wenn er zustimmte, dann sahen alle, wie er sich vom Brel bevormunden und beeinflussen ließ. Oh, wie er ihn hasste! Solange er im Alten Rat saß, würde er immer und immer wieder gegen ihn arbeiten, ihm Steine in den Weg legen und versuchen, ihn kleinzuhalten. Wie oft hatte er sich schon gewünscht, er würde einfach verschwinden.

Michael bemerkte, dass heute mehr Frauen als sonst in der Stube saßen. Er kehrte zwar nicht regelmäßig hier ein, aber es fiel schon auf, dass von jedem Gast auch ein Teil der Familie anwesend war. Er zwang sich dazu, sich nicht weiter unter den Leuten umzusehen. Hoffnung keimte in ihm. Er wagte gar nicht, daran zu denken, wem er heute noch begegnen konnte, wenn der Ratsherr Brel vielleicht auch mit Familie anwesend war.

»Da ich für meine Großzügigkeit bekannt bin, bestehe ich darauf, dass Ihr auch einen Becher bekommt. Der Wirt soll Euch einschenken!« Damit drehte Feit Morstatt sich um und verschwand im Getümmel. Sein unterdrückter Zorn war ihm trotz allem deutlich anzumerken und hatte schadenfrohes Getuschel zur Folge. Michael tat so, als hätte er seinen Krug draußen vergessen, und verschwand wieder in der Kälte, nachdem er einen kurzen, bedeutenden Blick mit dem Händler Haug ausgetauscht hatte, der tatsächlich unter den Gästen weilte. Es dauerte nicht lange, da stolperte der kleine Mann um die Ecke.

»Seid Ihr an einem Mittel gegen die fallende Krankheit interessiert?« Michael kam ohne Umschweife auf das Wesentliche zu sprechen und irgendwie erschien es ihm, als hätte der Händler schon auf ihn gewartet.

»Wünscht Ihr eine Bezahlung mit Münzen … oder in Naturalien?« Er senkte die ohnehin leise Stimme noch mehr. »Eure Schwester kennt sich gut mit heilenden Kräutern aus. Vielleicht kann sie getrocknete Pilze brauchen? Ihr versteht …?«

Michael wurde misstrauisch. Mit Giftmischerei wollte er nichts zu tun haben. So etwas konnte einem leicht zum Verhängnis werden.

»Nun gut. Falls Ihr es Euch doch noch anders überlegt, … Ihr wisst ja, wann Ihr mich wo findet. So gebt mir also den Sünderkopf.« Natürlich war die Neuigkeit auf dem Markt verbreitet worden, und schnell wechselten einige Münzen den Besitzer. Getrennt betraten die beiden dann wieder die Schankstube. Michael verzog sich in die allein für ihn bestimmte Ecke und nahm auf dem dreibeinigen Hocker Platz. Er hatte keinen Tisch zur Verfügung. Den brauchte er aber auch nicht, da sowieso niemand gedachte, ihn mit ihm zu teilen. Er streckte dem Wirt seinen Krug – unverkennbar der ohne Deckel – entgegen und ließ ihn füllen. Durstig nahm er einen großen Zug, und als in der Schenke nach und nach alles wieder seinen gewohnten Gang ging, konnte er sich unbeobachtet umsehen. Waren da nicht ihre unverwechselbaren Haare? Ja! Wenn die Leute günstig standen, dann konnte er bis ans andere Ende des Raumes blicken. Dorthin, wo in einer Ecke die Apollonia Korber mit Anna tuschelte. Beinahe hätte er sich verschluckt und einen Teil des Rebensaftes verschüttet. Kurz hatten sich ihre Blicke getroffen, aber es reichte aus, dass es ihm ordentlich warm wurde und seine Hände anfingen zu zittern.

»… Und wenn Ihr dann Euren Durst gelöscht habt, wird Euch keiner aufhalten. Ihr habt heute Nacht noch so manche Grube zu leeren. Wir wollen Euch schließlich nicht an der Ausübung Eurer Pflicht hindern!«, schrie der Junge Rat durch die Stube und grinste hämisch. Es bereitete ihm sichtlich großes Vergnügen, ihn bloßzustellen. Jeder wusste, worauf er anspielte. Das war unmissverständlich seine Aufforderung an den Henker, zu gehen. Er war nicht erwünscht. Anna sah zu ihm herüber – wie auch die meisten anderen Anwesenden. Ohne Eile trank er den letzten Schluck aus seinem Krug und ging durch die Gasse, die sich wie immer vor ihm bildete, zur Tür. Michael war noch nicht recht draußen, als schon das Weib des Wirts mit Besen und Eimer hinter ihm drein kam. Mit ausholenden Bewegungen kehrte sie hinter ihm her, als wollte sie sicher gehen, dass auch wirklich alles von ihm aus der Schankstube entfernt wurde. Sie stellte den Besen an der Schwelle ab, griff nach dem Eimer mit Wasser und schüttete es auf die Stufen. Mit einem schnellen Schritt zur Seite wich er dem Schwall aus. Nasse Hosen und Schuhe konnte er in den nächsten Stunden nicht brauchen. Die Tür fiel mit einem lauten Knall ins Schloss. Michael stand wieder allein auf der Straße. Zornig hatte er die Fäuste geballt und erst nach längerer Zeit war es ihm möglich, wieder ruhiger zu atmen. Er gehörte nicht zu ihnen, und Anna würde nie ein Teil seiner Welt sein.

Michael zog das ächzende Wägelchen hinter sich her den Marktrain hinauf und machte sich an die Arbeit. Eine Fackel spendete ihm das nötige Licht. Er wusste genau, welchen Häusern um den Marktplatz herum er einen Besuch abzustatten hatte. Da nicht jeder der feinen Bürger einen Stall mit Schweinen, Schafen oder

Rindern direkt beim Haus hatte, war es seine Aufgabe, den Inhalt der Nachttöpfe zu beseitigen – und zwar nachts, damit sich die Bürger über Tag nicht daran störten. Die kleinen Gruben befanden sich an der Rückseite der Gebäude, waren aber mit dem kleinen Wagen recht gut zu erreichen. Michael wollte gerade zum Haus des Ratsherrn Brel weiterziehen, als er Schritte hörte. Um diese Zeit konnte eigentlich nur noch der Nachtwächter unterwegs sein. Und tatsächlich konnte man weiter hinten sein Licht sehen. Es schwankte mit der Laterne hin und her.

»Gib acht, der da auf dem Turme wacht!«, rief er den Gerold lautstark an. Keine Antwort. Erst nachdem er den Ruf wiederholt hatte, kam von oben eine Reaktion: »Bin auf der Wacht in der Nacht!« Michael schüttelte den Kopf. Wie oft war er schon Beisitzer gewesen, wenn Johann Peter Gerold wieder einmal vor den Rat zitiert worden war und sich ermahnen lassen musste ›die Hochwacht besser als von ihm gewöhnlich geschieht, zu versehen und die Stunden ordentlich nachzuschlagen‹ oder mit Geldstrafen bedroht wurde, weil er ›mit den Antworten, wenn der Wächter hinaufruft, unfleißig war‹. Der Nachtwächter blieb noch kurz auf der Seite stehen, an der oberhalb die kleine Nase aus dem Mauerwerk ragte, und setzte dann seinen Weg zum Marktplatz fort. »Wer da?«, wurde auch Michael angerufen und gab sich zu erkennen. Danach bog er ab, seinem immer gleichen Rundgang zu folgen. Unten von der Schenke her näherten sich Leute.

»Ja, schon irgendwie seltsam. Den ganzen Abend ging es ihr doch gut. Wie aus heiterem Himmel wurde Apollonia übel und sie machte sich auf den Heimweg«, gab Anna ihrem Bruder zur Antwort, der weiter nach dem Grund bohrte. Michael verhielt sich ganz still. Er drückte sich so weit wie möglich in die Nische und verbarg die Fackel hinter einer Mauer, um nicht gesehen zu werden. Offensichtlich waren sie aber eh zu sehr in ihr Gespräch vertieft. Er wagte nicht zu atmen und wartete ab, bis die beiden im Hause Brel verschwunden waren. Dann wandte er sich in die andere Richtung. Er wollte jetzt auf keinen Fall dort die Grube säubern. Bei dem Glück, das er heute hatte, würde Anna wahrscheinlich doch noch einen Topf leeren und ihn gerade dann antreffen, wenn er in der Scheiße des Ratsherrn Brel herumstocherte.

Vielleicht sollte er ihr dann ganz unbekümmert entgegentreten: »Jungfrau Anna, hättet Ihr wohl die Güte, alles gleich selbst auf den Wagen zu kippen?« Michael schlug sich die geballte Faust gegen die Stirn, um diesen absurden Gedanken wieder loszuwerden. Was war nur in ihn gefahren? Er wusste nicht, ob er lachen oder schreien sollte. Diese Frau brachte ihn noch um den Verstand! Michael wollte sich gerade am Haufen unter dem Turm zu schaffen machen, als er Schritte auf der Holztreppe hörte, die nach oben zum Eingang führte. Die Füße wurden vorsichtig aufgesetzt. Neugierig spähte er nach oben. Eine zierliche, vermummte Gestalt schlich geduckt herunter und blieb starr auf dem Treppenabsatz stehen, als ihr bewusst wurde, dass sie ihm geradewegs in die Arme laufen würde. Michael trat einen Schritt beiseite, hielt die Fackel aber so, dass die Person in den hellen Lichtkegel treten musste, wenn sie an ihm vorbei wollte. Langsam näherte sie sich und streifte die Kapuze nach hinten, um ihm dann trotzig ins Gesicht zu sehen. Apollonias Haare waren offen und fielen weich über ihren Rücken. In der Schenke hatte sie sie noch züchtig geflochten und gesteckt getragen. Langsam legte Michael den Kopf in den Nacken. Er sah zu dem mächtigen, schwarzen Schatten empor, der sich über ihnen auftürmte und einen Teil der Sterne verdeckte. Nun konnte er sich denken, warum Johann Peter Gerold dort oben nicht sofort geantwortet hatte. Er war wohl zu beschäftigt und zu abgelenkt gewesen. Ohne ein Wort zu sagen, richtete er den Blick wieder auf die junge Frau. Die Tochter des Alten Bürgermeisters sah ihm geradewegs in die Augen. Sie schien unschlüssig zu sein, schien nicht zu wissen, was sie jetzt tun sollte, da sie ertappt worden war. Ihr Gesicht zeigte keine Regung. Nur an dem heftigen Atmen erkannte Michael, dass sie nervös war und Angst hatte. Er hielt es für das Beste, erst einmal still abzuwarten und den Mund zu halten. Egal, was er jetzt sagte – es konnte nur falsch sein. Apollonias Augen verschmälerten sich, als sie ihn, den Wagen und die Schaufel geringschätzig ansah.

»Wagt es nicht, diese Nacht auch nur mit einem Wort zu erwähnen! ... Sonst ... sonst sorge ich dafür, dass Ihr von Eurem Eid entbunden werdet und Wymphen verlassen müsst«, zischte sie angriffslustig. Michael vermutete, dass dies allerdings mehr Gehabe war. Sie stand jetzt mit dem Rücken zur Wand, da sie nun mindestens drei waren, die ein Geheimnis teilten. Obwohl sie aufsässig das Kinn reckte, zitterte ihre Stimme. »Schert Euch weg, ... Goldgräber! Nehmt Euren Karren und die Schaufel und verrichtet die Arbeit, für die Ihr entlohnt werdet! Alles andere geht Euch nichts an!« Eilig zog sie den Mantel wieder über und ließ ihn stehen.

Tränen liefen ihr die Wangen hinab, während sie zum Haus ihres Vaters stolperte und in ihre Kammer schlich. Er war sicher noch in der Schenke. Aber sie? Was sollte sie jetzt tun? Konnte sie sicher sein, dass ihre Drohung half? Vielleicht war es unklug gewesen, ihn zum Schluss noch so zu beleidigen. Würde der Nachrichter Stillschweigen bewahren oder sie letztlich doch wegen Unzucht anklagen? Eine schlaflose Nacht begann – eine von vielen, die noch folgen sollten.

MAIENSTECKEN UND SCHÜTZENFEST

– SONNTAG, 3. MAI 1523 –

ANNA TROTTETE VERSCHLAFEN NACH UNTEN. Vor dem Kirchgang wollte sie noch eine Kleinigkeit essen und dann einige Schalen und Kannen mit frischen, blühenden Blumen aufstellen. Sie freute sich, dass die Natur endlich erwacht war und die kräftiger werdende Sonne das triste Grau vertrieben hatte. Das Osterfest lag hinter ihnen. Bereits in drei Wochen würde der große Jahrmarkt zu Pfingsten stattfinden. Wobei sie sich insgeheim mehr auf den Markt als auf das Pfingstfest, die Feier der Ausgießung des Heiligen Geistes, freute.

»Na, gut geschlafen?« Walburga lächelte, schnitt eine Scheibe Brot vom Laib ab und reichte sie ihr. »Deine Mutter hat sich wieder hingelegt. Sie war die ganze Nacht wach. Gegen Morgen hat sie sich dann endlich erweichen lassen, den Tee von der Gröplerin aus Schlüsselblumen, Lavendelblüten und Johanniskraut zu trinken.« Burgl blickte jetzt ernst drein und schüttelte besorgt den Kopf. »Es geht ihr wirklich schlecht, Anna.«

Sie strich der Magd über den Arm. »Jetzt kommt die wärmere Jahreszeit mit mehr Sonnenschein – das tut ihr bestimmt gut.« Anna konnte nicht recht unterscheiden, ob sie der Magd gut zusprechen oder ob sie sich selbst mit ihren Worten trösten wollte. Nachdenklich tunkte sie die harte Rinde in ein Schälchen mit frischem Rahm. »Wo ist Peter eigentlich? Immer noch im Stall?« Da Steffen Brel keinen Knecht beschäftigte, sondern das meiste auch im Wengert selbst erledigte, kam ihm sein Stiefsohn gerade recht. Peter sprang ein, wenn Burgl alle Hände voll zu tun hatte oder am Sonntag nur das Nötigste zu erledigen war.

Anna räumte den restlichen Rahm weg und machte sich dann daran, eine flache Schale mit Wasser zu füllen. Nun nahm sie die am Vortag gesammelten Blumen aus dem Krug und legte sie, die Stängeln zur Mitte und die Blüten nach außen über den Rand zeigend, darauf. Damit sie nicht obenauf schwammen, beschwerte Anna die

Stängel mit einem weiteren, kleineren Teller in der Mitte. Zufrieden betrachtete sie den dichten Blütenkranz. Er würde ihrer Mutter sicher Freude bereiten. »Bis sie aufwacht, haben sich die Blüten dem Licht zugereckt und aufgerichtet. Ich werde ihr die Schale neben das Bett stellen.« Die Tür zum Marktplatz fiel ins Schloss.

»Peter? Bist du das?« Anna zupfte an einem Blumenstrauß herum, hielt dann inne, um den Krug in die Tischmitte zu schieben und ihr Werk zu betrachten. Wutschnaubend betrat Steffen Brel die Küche. Seine Nasenflügel bebten und sein dicker Hals hatte sich unansehnlich rot verfärbt. Der füllige Körper erschwerte ihm das Atmen, weswegen er eher pfiff und keuchte. Er ließ die Tür los, stapfte auf Anna zu, die erschrocken blinzelte, aber nicht zurückwich.

Gleich holt er aus und schlägt mir ins Gesicht!, dachte sie bei sich und hielt, in Erwartung einer schallenden Ohrfeige, angespannt die Luft an. Nichts geschah. Unmittelbar vor ihr war er stehen geblieben. Wütend drehte er sich zum Tisch und wischte mit einer einzigen Armbewegung alles herunter, was Anna geduldig aus den Blumen erschaffen hatte. Scheppernd landete das Geschirr auf dem Boden. Die einzelnen Scherben schlidderten und hüpften unter die Stühle und sogar bis vor zum Feuer. Anna konnte sich beim besten Willen keinen Reim darauf machen, was in ihn gefahren war. Welchen Grund mochte er haben, ihr so zu zürnen?

»Was ist das?«, schrie er die junge Frau an. Ein großer Birkenast landete auf dem Tisch. Ratlos starrte Anna auf das Blätterwerk, das immer noch ein wenig hin- und herwippte. Ihr Herz setzte einen Moment aus. Der Ast war wunderschön geschmückt! Walburga, die hinter ihr stand, huschte möglichst unauffällig in ihre Kammer, um die Aufmerksamkeit, und somit den Zorn des Hausherrn, nicht auf sich zu lenken. Anna wusste nicht, was sie sagen sollte. Unzählige geflochtene Bänder in allen erdenklichen Farben waren an den Zweigen befestigt. Im Moment hingen sie zwar etwas unordentlich in den frischen Trieben, aber wenn man den Ast aufstellte, wedelten sie bestimmt im Wind und waren schön anzusehen. »Von wem ist dieser Maienstecken?« Breitbeinig hatte er sich aufgebaut, die Arme in die Seiten gestemmt. »Er stand vor dem Haus in einem mit Erde gefüllten Tuch – für Peter wird er wohl nicht sein! Also?«

Anna hob die Schultern. »Ich weiß es nicht – wirklich!«

»Lüg mich nicht an! Heißt es nicht: ›Du sollst Vater und Mutter ehren‹?«

»Ihr seid ja noch nicht einmal mein Vater … und was meine Mutter angeht, die ehre ich schon mein ganzes Leben … und werde es auch weiterhin tun!«, gab Anna trotzig zurück.

Wütend über so viel Aufmüpfigkeit, schlug Steffen Brel hart zu. Heiße Tränen brannten in ihren Augen, als sie sich zitternd auf dem Tisch abstützte, gegen den sie gefallen war.

»Wer?«, brüllte er erneut, und Anna war sich sicher, dass er nicht nachgeben würde, bis sie einen Namen nannte.

»Ich habe mich einmal ganz nett mit dem Jungen Rat unterhalten, … vielleicht er«, flüsterte sie eingeschüchtert.

Die Augen ihres Stiefvaters verengten sich gefährlich. »Du wirst nicht mehr mit diesem Taugenichts reden, … du wirst ihn nicht einmal ansehen, … hast du mich verstanden?« Steffen Brel griff nach dem Maienstecken und warf ihn in die Flammen, wo die bunten Bänder sofort anfingen zu brennen und den Ast mit auflodernden Feuerzungen schmückten.

Michael kraulte dem Hund das kurze, weiche Fell hinter den Ohren. Er musste lächeln, als dieser genüsslich die Augen schloss und den Kopf auf dem Schenkel seines Herrchens ablegte. »Tut mir leid, Großer. Schluss damit … ich habe heute noch einiges zu erledigen.« Michael wollte aufstehen, aber der Vierbeiner zeigte deutlich, was er davon hielt. Das Maul schnappte nach der Hand. Mit leichtem Druck hielten die Reißzähne die Finger fest. Als er anfing, sie vorsichtig zu drehen, leckte die raue, warme Zunge darüber und hinterließ eine feuchte Spur, ehe der Hund ihn freigab.

»Jemand war an meinen Stoffen«, stellte Greta beiläufig fest. Sie war leise eingetreten und zog streng eine Augenbraue hoch, während sie ihren jüngeren Bruder dabei beobachtete, wie er die Bretter mit des Gerbers Haut aus dem hinteren Teil des Schuppens holte. »Lisbet und Wilhelm waren es nicht – ich habe sie schon gefragt.«

Nörgelnd drehte sich Michael zu ihr um. »Na gut, … ja, ich war's. Wenn du es eh schon weißt, was stehst du dann hier noch herum und stichelst?« Seine Ohren hatten sich verdächtig rot verfärbt.

»Warum bist du so aufgebracht? Ich bin dir nicht böse, dass du einen Teil davon genommen hast. Ich befürchte nur, es gefällt mir nicht, … für was … du ihn verwendet hast.«

Michael sah sich prüfend die lederartige Haut an. Durch das Salz war sie trocken und hart geworden. Er verdrängte den Gedanken, dass dieses auf das Holz aufgenagelte Stück einmal den Rücken von Conrad Lewer bedeckt hatte. Seufzend warf er es auf den Tisch zu den Werkzeugen, die er sich schon bereitgelegt hatte. »Also, wenn du es genau wissen willst, … ich habe damit einen Maienstecken geschmückt.«

Greta vergrub wortlos ihr Gesicht in den Händen. Sie erschien ihm mit einem Mal unendlich müde und kraftlos – und tatsächlich lehnte sie sich ohne Widerstand an ihn, als er sie umarmte und ihr mit seiner warmen Hand beruhigend den Rücken streichelte.

»Ist ja gut. Niemand hat mich gesehen. Ich weiß, zu welcher Stunde der Nachtwächter unterwegs ist, und …«

Greta drückte sich von seiner Brust weg. »Deine Bemühungen haben keine Aussicht auf Erfolg! Es ist vergebliche Müh'! Warum siehst du das nicht endlich ein? Der Brel wird dafür sorgen, dass sie einen ehrbaren, reichen Bürger ehelicht. Schlag sie dir aus dem Kopf!« Sie hatte ihn am Hemd gepackt und schüttelte ihn verzweifelt. »Michael, wenn du so weitermachst, wird sie dein Verderben sein.«

Es herrschte Stille zwischen den Geschwistern. Greta ging auf und ab und beruhigte sich nach einer Weile wieder. »Und da ich gerade das Heiraten angesprochen habe: … Es gibt keinen Grund, warum du damit warten solltest.«

Michael zuckte zusammen, als hätte sie ihm einen Bottich kaltes Wasser über den Kopf geschüttet.

»In den Jahren, in denen du weg warst, war es gang und gäbe, dass uns die Anna und der Bartle besucht haben. So wird es auch diesmal sein. Wir erwarten sie im Juni, nach Fronleichnam – zum Jahrmarkt an Peter und Paul.

Michael zog die Stirn in Falten. »Und? Sie ist die Schwester unserer Mutter. Ich glaube kaum, dass sich da etwas machen lässt.« Es war eigentlich als Scherz gedacht, aber langsam begann er zu begreifen.

Greta verdrehte die Augen. »Natürlich meine ich nicht die Anna – sondern die Gertraud. Bartles Tochter aus erster Ehe.«

»Aber … sie ist … ich kenne sie doch gar nicht!« Greta lächelte nachsichtig. »Es wurden schon Ehen geschlossen, die unter einem weit schlechteren Stern standen … und es ist ja nicht so, dass du große Auswahl unter den Weibern hast – du als Blutvogt.« Es tat ihr in der Seele weh, dass sie so schonungslos mit ihm reden musste. Irgendwann würde er es schon verstehen. Sie drehte ihm den Rücken zu, damit er ihre Tränen nicht sah. »Gewöhn dich ruhig schon an den Gedanken, dass du in ein paar Wochen im Ehebett liegst.«

Entgeistert starrte er seiner Schwester nach, die mit wehenden Röcken davoneilte. In seinem Kopf herrschte Leere. Trotzdem zwang er sich, seine Arbeit zu tun. Nein, das war kein Sonntagsfrevel, rechtfertigte er sein Tun. Heute, zum Schützenfest, würden auch viele Leute aus der Umgebung nach Wymphen kommen und einige davon sicherlich den Weg in sein Haus finden. Er wollte vorbereitet sein. An solchen Tagen war ein gutes Zubrot verdient.

»Darf ich zusehen? Mutter hat's erlaubt!« Lisbet schielte mit einem Auge in den Schuppen.

»Na, komm schon her.«

Strahlend hüpfte sie zu ihrem Oheim und rutschte auf seinen Schoß. Vorsichtig zog er die Nägel aus dem Brett und aus der Haut. »Gell, das ist dem Lewer seine!«, stellte das Mädchen ohne Scheu fest.

»Mmmh«, gab er ihr recht. Dann legte er ein rautenförmiges Metallblatt auf.

»Für was ist das da?«

»Das Metall ist nötig, damit das Amulett stabiler ist und seine Form behält.«

Lisbet verfolgte mit offenem Mund jeden seiner Handgriffe. Neugierig beugte sie sich immer weiter vor, bis Michael sie behutsam wieder an sich drückte.

»So ist's besser, … jetzt kann ich auch wieder etwas sehen.«

Die Kleine kicherte. Neugierig zappelte sie herum. »He, du schneidest ja gar nicht an der Kante entlang.« Das Messer glitt weiter durch die ledrige Haut.

»Richtig. Denn den Rand klappe ich später auf die Rückseite und nähe dort mit dem Zwirn so lange hin und her, bis das Metall nicht mehr verrutschen kann. Dann hat man eine schöne, gleichmäßige Form, die bestehen bleibt.

»Und bringt der Anhänger, den du gemacht hast, denn auch wirklich Glück?« Elisabeth sah ihn mit großen Augen bewundernd an.

»Nun, das will ich doch meinen.« Michael drückte ihr noch einen Kuss auf die Stirn und entließ sie nach draußen.

Erst als Anna die Tränen wegblinzelte, sah sie den Marktplatz unten vor dem Haus wieder deutlich. Sie brauchte frische Luft. In diesem Haus konnte sie nicht frei atmen. Bisweilen hatte sie das Gefühl, als würde ihr eine unsichtbare Hand die Schnürung ihres Gewandes noch fester zuziehen. Sobald ihr Stiefvater in der Nähe war, legte sich seine Anwesenheit wie ein Gewicht auf ihre Brust. Anna öffnete eines der Fenster, um die laue Luft tief einzuatmen. Das war schon besser. Das Wetter war wirklich perfekt für einen nachmittäglichen Besuch des Schützenfestes. Vielleicht konnte sie ja dort mehr über den heimlichen Verehrer, der ihr so viel Ärger eingebracht hatte, herausfinden. Würde sich Feit Morstatt endlich als solcher zu erkennen geben? Gedankenverloren lehnte sie sich nach draußen und fuhr mit einem Finger auf dem Fensterrahmen langsam durch die gelbe Schicht, die die blühenden Birken überall hinterlassen hatten.

»Anna!« Die Stimme ihrer Mutter klang dünn.

Folgsam ging sie nach unten und trat in die große Stube. Amalia und Peter saßen auf der Bank unter dem Fenster. Dort, wo auch ihr

Lieblingsplatz war, wenn sie nähte oder stickte. Ihr Stiefvater starrte zornig aus dem Fenster. Als er sich zu Anna umdrehte und dabei sein Weib mit einem Blick streifte, senkte diese unterwürfig den Blick.

»Ich habe deiner Mutter von dem Maienstecken erzählt. So etwas dulde ich nicht in meinem Hause! Hier muss wieder Ordnung einkehren und mehr Demut herrschen. Mit deinen Ausschweifungen lenkst du den Zorn Gottes auf uns alle herab. Du wirst bereuen und angemessen Buße tun!«

Fassungslos hatte sie ihrem Stiefvater zugehört und starrte jetzt hilfesuchend zu ihrer Mutter hinüber.

»Der Herr zürnt uns deinetwegen. Ich war im Wengert – meinem besten. Mein Lebtag brachte er gute Früchte … und jetzt? Ich habe mir die Reben und das Gescheine angesehen. Die untersten sind alle erfroren, als es dieser Nächte kühl war. Die Stängel der winzigen Trauben sind schwarz und die Blätter welk und fleckig. Das ist die Strafe dafür!« Wild mit den Armen fuchtelnd hatte er in der Stube geschrien, bis er so stark husten musste, dass er mit hochrotem Kopf den Raum verließ und die Tür hinter sich zuschlug.

»Bis heute Nachmittag hat er sich wieder beruhigt, … glaube ich. Dann lässt er euch sicher zum Schützenfest gehen«, flüsterte Amalia.

»Aber Mutter, … wie kannst du so gleichgültig sein? Hast du ihm eben nicht zugehört? Was er mir alles vorwirft? Und was ist mit ihm selbst? Bereut er denn und tut angemessen Buße, wenn er wieder die Hand gegen dich erhoben hat?« Anna konnte nicht still sein, auch wenn ihre Mutter beschwörend den Finger auf ihre blassen Lippen legte. »Und was erwartet er jetzt von mir?« Herausfordernd reckte sie den Hals und hob fragend die Arme. »Will er mich zwingen loszugehen, um einen Ablassbrief zu kaufen? – Von den Münzen meines Erbes, von denen er mir eh schon einen Teil vorenthält? Das werde ich nicht tun! Luther sagte hierzu eindeutig: ›Der Kauf von Ablass ist eine freiwillige Angelegenheit und nicht geboten – so soll man die Christen lehren‹ … und … ›der, der wirklich bereut, hat Anspruch auf völligen Erlass von Strafe und Schuld, auch ohne Ablassbrief!‹ Und dabei habe ich nicht einmal gesündigt und Schuld auf mich geladen, geschweige denn auf ihn. Was kann ich dafür, wenn ich einen Maienstecken bekomme? Ich habe nicht darum gebeten!« Annas Stimme brach ab und sie verschränkte trotzig die Arme vor der Brust.

Ihre Mutter hatte sich den Ausbruch ihrer Tochter mit immer größer werdenden Augen angehört. »Was führst du da für Reden? Luther? Wie kommst du nur dazu? Lass das ja nicht deinen Stiefvater hören! Diese neuen Lehren sind ihm ein Dorn im Auge.« Ängstlich blickte Amalia zur Tür. Sie wagte es nicht, daran zu denken, was geschehen würde, wenn ihr Gatte hörte, was Anna da von sich gab.

»Nun tu doch nicht so, Mutter!« Entrüstet bemühte sich Anna erst gar nicht, leise zu sprechen. »Beim letzten Besuch vom Oheim – wer hing ihm da wohl am ehesten an den Lippen, als er von den fesselnden Predigten und Thesen eines gewissen Martin Luther zu berichten wusste? Und wer lebt seitdem nicht auch besonders nach der einen, die da lautet: ›Den Bedürftigen zu leihen und den Armen zu geben ist besser, als Ablass zu kaufen‹?«

Darauf konnte Amalia nichts mehr erwidern und schwieg. Ihre Tochter hatte recht. Ihr Bruder Martin Severus hatte ihr begeistert von dem Theologen erzählt, allerdings hatte sie nicht mit dem wachen Geiste Annas gerechnet, die unersättlich alles in sich aufgenommen hatte. Bis zum heutigen Tage hatte sie geschwiegen. Wohl auch aus Rücksicht auf die gläubige Walburga.

»Anna! Komm sofort herunter! Ich werde dir zeigen, was alles aus einem – wie du es nennst – harmlosen Maienstecken erwachsen kann!«

Die Frauen sahen sich erschrocken an, als Steffen Brels Stimme von unten heraufdonnerte.

Schmerzhaft hatte der Ratsherr Annas Arm umschlossen und zerrte sie unbarmherzig weiter über den Marktplatz. Die Leute, die ebenfalls auf dem Weg zum Schützenfest waren, sahen ihnen neugierig nach und tuschelten. Wieder einmal zeigte er sich in der Öffentlichkeit nicht mit seinem Weib, sondern mit seiner hübschen Stieftochter. Man konnte den Eindruck gewinnen, dass die junge Frau bereits deren Platz eingenommen hatte. Völlig unbeeindruckt davon, blieb Steffen Brel plötzlich dort stehen, wo man gleichzeitig zum hohen Turm und den Marktrain hinunter sehen konnte. »Nun, was hast du zu erwidern?«

Anna wusste nicht, worauf er hinauswollte. Sie hatte sich darauf konzentriert, mit ihm Schritt zu halten. »Was?« Irritiert folgte sie seinem Blick. Unmittelbar von ihnen zog sich eine Spur. Schon etwas zertreten und verwischt, aber eindeutig noch als solche erkennbar: Holzspäne und Häcksel – vermischt mit Mehl. Mehl! Wer tat denn so etwas?

»Oh!«, gab Anna überrascht von sich, als sie begann zu verstehen. Sie hatte schon davon gehört, dass so eine geheime Liebschaft offengelegt und verraten wurde, ohne dass der Mitwisser seinen Namen preisgeben musste. Oft erfuhr der oder die Gehörnte – und damit natürlich auch alle anderen – auf diese Weise zum ersten Mal von der Sünde und Unzucht der Angeprangerten. Neugierig wollte sie am liebsten dem gestreuten Hinweis durch die Gassen folgen. Der Brel hielt sie zurück. »Letzte Nacht hat sich jemand sehr viel Mühe gegeben. Willst du, dass es dir auch einmal so ergeht? Es ist bereits in aller Munde. Die Spur kommt vom hohen Turm, hier vorbei, hinunter zum Löwenbrunnen …«

Er sah sie eindringlich an. Gespannt wartete sie ab, dass er endlich fortfuhr. »… und wohin führt sie?«, wollte sie atemlos in Erfahrung bringen.

Steffen Brel schob sie grob vor sich her. »Das wirst du schon noch sehen. Ich habe den gleichen Weg.«

Unten am Brunnen bogen sie ab, und noch ehe sie das Haus erreichten, war für Anna erkennbar, wohin sie gingen. Peinlich berührt senkte sie den Kopf, als Apollonia auf das Klopfen hin öffnete.

»Mein Vater erwartet Euch bereits, Ratsherr Brel.« Damit hakte sie sich bei Anna unter und sie ließen ihn stehen, um eilig in Richtung Haupttor zu verschwinden.

»Stimmt es denn? Die Spur ist mehr als deutlich zu sehen«, fragte Anna vorsichtig, als nach einer ganzen Weile immer noch kein einziges Wort von Apollonia gekommen war. Die Freundin grüßte lächelnd und hoch erhobenen Hauptes die Torwache. Erst als sie das Speyrer Tor passiert hatten, blieb sie stehen und sah Anna geradewegs an. Das Kalte in ihren blauen Augen passte überhaupt nicht zu dem hübschen Gesicht, und Anna stellte überrascht fest, dass des Bürgermeisters Tochter just in diesem Augenblick ihre wirklichen Gedanken und Gefühle zeigte.

»Mach es wie ich: Scher dich nicht darum. Sie wird mit der Zeit von allein verschwinden. Genau wie das Gerede verstummen wird. Wenn ich versucht hätte, sie zu beseitigen, wäre noch mehr Unruhe entstanden. Niemand wird sich getrauen, die Stimme offen gegen mich zu erheben. Mein Vater steht hinter mir. Ich habe ihm versichert, dass alles nur dummes Geschwätz ist und mir jemand mit dem neidischen Gewäsch schaden will. Eine Lüge?« Sie zuckte mit den Schultern. »Das ist mir gleich. Seit ich denken kann, hat man mir vorgebetet, was ich zu tun habe, wie ich sein soll, damit ich dem angesehenen Conrat Korber alle Ehre mache, da die hohen Bürger auf mich sehen. Denkst du, dass man mich einmal um meine Meinung fragt?« Apollonia lachte hart auf. »Nein, ich habe still zu sein und die Erwartungen zu erfüllen, … und das tue ich ja auch. Alle können es sehen. Vor allem dann wieder, wenn ich den alten Bender heirate. Ja, ich werde ihn heiraten, … aber ein Stück Freiheit werde ich mir bewahren! Ich werde den Mann treffen, den ich von Herzen will, auch wenn es nur alle paar Wochen ist. Ich brauche diese Stunden mit ihm – es ist beinahe so, als hielten sie mich am Leben, verstehst du?«

Anna starrte sie mit roten Wangen an. Eine Frage brannte ihr auf der Zunge. »Aber … bist du denn nicht mehr, … ich meine, … wird das der Bender denn nicht merken, dass du … und was ist, wenn du schwanger wirst, bevor du verheiratet bist? Und wirst du den Gerold danach weiterhin sehen und mit ihm das Bett teilen? Das ist dann Ehebruch! Hast du denn keine Angst, dass man dich ins Nonnentürmchen sperrt und aus der Stadt jagt? Dein Vater wird nicht immer da sein und alle Gerüchte oder gar Anklagen von dir fernhalten können.«

Eine Träne glitzerte an Apollonias Wimpern. »Das kümmert mich nicht, dann soll es eben so sein.« Trotzig wischte sie sie mit dem Ärmel ihres auffälligen Kleides weg. »Du solltest dich eher um die Gerüchte kümmern, die über dich verbreitet werden. Dein Maienstecken ist noch mehr Wasser auf ihre Mühlen. Die unverbesserliche Baumännin kann ihren Mund einfach nicht halten. Es wäre mal wieder an der Zeit, sie in der Kirche stehen zu lassen.« Apollonia winkte ab. »Ach, komm. Lassen wir das. Es ist herrliches Wetter. Was denkst du, wer Schützenkönig wird? Der Morstatt Feit vielleicht? Insgeheim wünschst du es dir doch«, lenkte sie ab. Sie lächelte wieder, als wäre es nie geschehen, dass sie der Freundin ihr Herz ausgeschüttet hatte.

»Also, eher wünsche ich mir, dass ich erfahre, von wem der schöne Birkenast war.« Als könnte sie dies an den Gesichtern der Leute ablesen, schweifte ihr Blick über die Menge, die sich gutgelaunt vor der Stadtmauer versammelt hatte. Es hatte in den letzten Tagen zum Glück nicht geregnet und so waren die Wiesen, auf denen auch der Rossmarkt stattgefunden hatte, trocken und gut begehbar. Anna und Apollonia schlenderten über das Feld. In der Sonne, die sich pünktlich zum Beginn der Wettkämpfe zeigte, war es angenehm warm. Es wurde Wein und auch Bier ausgeschenkt. Für das leibliche Wohl war ebenfalls gesorgt. Schon von Weitem waren die aufgestellten Ziele aus Stroh erkennbar, die die Schützen beim Wettstreit zu treffen hatten.

Anna sah viele bekannte Gesichter, und auch Apollonia grüßte bald in die eine, bald in die andere Richtung. Inzwischen waren auch ihr Stiefvater und Conrat Korber auf der Wiese angelangt. Sie standen mit Bernhard Koberer, dem Jungen Bürgermeister, und Hans Visch, dem Schultheiß, zusammen und unterhielten sich.

»Gehen wir lieber da hinüber.« Annas Miene verfinsterte sich. Eilig wollte sie Apollonia wegziehen, als sich unvermittelt ein Mann vor ihr aufbaute. Sie musste gegen die Sonne blinzeln, weswegen sie ihn nicht sofort erkannte.

»Ein herrlicher Tag, nicht wahr?« Selbstsicher stand der Junge Rat mit geschwellter Brust da und war sich seiner auffallenden Erscheinung wohl durchaus bewusst. Seine Waffe trug er, wie so viele heute, bereits bei sich. Er war bereit für den Wettstreit. »Ein Tag für Gewinner, ... was glotzt Ihr denn so?« Sein Grinsen verschwand und er fixierte jemanden hinter Anna, die, verlegen wie sie war, immer noch keinen Ton herausbrachte. Der Junge Rat hatte so laut gesprochen, dass sich außer den beiden jungen Frauen auch noch einige Umstehende umdrehten. Michael kam gerade vom Händler Haug, als Anna seinen Weg kreuzte und ihn wie angewurzelt stehen bleiben ließ. Dieser aufgeblasene Bursche beschwatzte sie, und gerade, als er weitergehen wollte, richtete dieser das Wort an ihn. »Mit Gewinner meinte ich sicherlich nicht Euch! Oder gedenkt Ihr Euch gleichzusetzen mit den Bürgern dieser Stadt?«

»Lasst gut sein«, versuchte Anna einzulenken. Sie merkte, dass sich die antretenden Schützen gegenseitig bereits durch Sticheleien ordentlich aufgewiegelt hatten. Immerhin ging es um den Titel des besten Schützen im Umkreis. Doch der Junge Rat hörte nicht auf sie.

»Was könntet Ihr schon gegen geübte Schützen ausrichten? Euch ist ja gerade einmal die Wolfsjagd gestattet. Woran Ihr Euch hoffentlich auch dann haltet, wenn Euch der Felduntergänger Forler Mathis nicht ständig im Auge behalten kann.«

»Wenn Ihr meint, ... aber einen Wolf treffe ich dafür auf jeden Fall ... auch einen im Schafspelz.« Schadenfrohes Murren machte sich, ob des versteckten Hiebes gegen den Jungen Rat, breit. Gespannt warteten die Leute nun auf eine Erwiderung des Gepiesackten. Angespannt standen sich die ungleichen Kontrahenten gegenüber und starrten sich stumm in die Augen.

»Ihr werdet Euer Können unter Beweis stellen. Jetzt gleich.«

Die Überraschung war dem Scharfrichter deutlich anzusehen. Das hatte er nicht erwartet.

»Das hat es noch nie gegeben, ... ein Henker bei den Schützen«, kam es gleich von einem Schaulustigen.

»Und wenn schon!«, keifte der Junge Rat. »Ich bin der Schützenkönig des vergangen Jahres, … es steht mir frei, einen beliebigen Gegner selbst zu wählen. Vorausgesetzt, dass Ihr diese Herausforderung annehmt.« Provozierend nahm er Michaels Nicken mit einem Lächeln zur Kenntnis. »Dann holt also Eure Armbrust – wir treffen uns dann oben auf dem Feld.«

»Komm! … wir verschwinden hier. Ich muss bei Casper Haug noch ein Mittelchen für meine Mutter besorgen«, flüsterte Anna.

»Wollt Ihr uns nicht begleiten?«, forderte Apollonia Feit augenzwinkernd auf, um ihrer Freundin einen Gefallen zu tun. Anna konnte nun nicht viel dagegen sagen und hoffte inständig, dass ihr Stiefvater so in das Gespräch mit den anderen Ratsmitgliedern vertieft war, dass er sie nicht bemerkte. Schließlich hatte er ihr den Umgang mit dem Jungen Rat eindeutig verboten.

»Was für eine schöne Flasche. Wo habe ich sie bloß schon einmal gesehen?« Anna musste zum Glück nicht lange warten, bis ihr der Händler Haug das Gewünschte abgefüllt hatte. Der Junge Rat hatte sich vorhin beinahe jähzornig aufgeführt, gar nicht bezirzend wie sonst immer.

»Oh, mit Sicherheit noch nirgends. Sie gehörte meinem Vater. Ich habe sie von Hall mit nach Wymphen gebracht. Es ist eine schöne Arbeit mit einer besonderen Färbung des Glases, seht Ihr?«

Anna hob die Flasche mit der Flüssigkeit gegen das Sonnenlicht.

»Wirklich einzigartig … eine außergewöhnliche Schönheit.« Damit ergriff er ihre Hand, um einen Kuss auf Annas Handrücken zu hauchen, aber irgendetwas beunruhigte sie an seinem Blick und sie zog sie zurück. Abgelenkt von seinen Schmeicheleien, hielt sie das Nesteln an ihrem Gürtel für ruckartige Bewegungen, die von Passanten verursacht wurden.

»He, du da – bleib sofort stehen!« Morstatt stieß Anna zur Seite und rannte hinter den Wagen des Händlers. Es dauerte nicht allzu lange und er tauchte wieder auf. Etwas außer Atem, aber zufrieden grinsend, zerrte er den widerspenstigen Jungen mit sich. Überrascht sahen sich Anna und Apollonia das schmutzstarrende Kind an. Es konnte nicht älter als acht oder neun Jahre sein. Die lumpigen Hemdsärmel waren geflickt und dreckig und viel zu kurz. Seine Haare waren lang gewachsen und hingen fransig und strähnig über die Augen. An Wangen, Hals und hinter den Ohren konnte man dunkle Schmierer sehen. Er schüttelte ihn am Kragen. Der Junge langte mit schmerzverzerrtem Gesicht nach der Faust, die auch einige Haare im Genick zu fassen bekommen hatte und jetzt unangenehm daran riss. »Ich konnte ihn gerade noch am Schlafittchen packen, ehe er sich mit Eurem Münzbeutel davonmachen konnte.«

»Ich wollte nicht … Nur einige Heller und Kreuzer, damit ich etwas zu essen kaufen kann – für mich und meine kleine Schwester. Bitte, wir haben doch solchen Hunger!«

Der kleine Mann auf seinem Fuhrwerk fuchtelte empört mit den Armen. Vor Aufregung darüber, dass er daneben selbst hätte zum Opfer werden können, verhaspelte er sich und stotterte. »G-Gott segne Euch, w-werter Herr. Nicht auszudenken, wenn ihm diese Diebestat gelungen wäre!« Er holte aus und schlug ihm ordentlich auf den Hinterkopf.

»Nicht doch, nicht doch. Versündigt Euch nicht. Er wird seine gerechte Strafe schon bekommen. Ich habe sowieso noch eine Verabredung mit Meister Kremer. Da kann ich den Schurken gleich mitnehmen … und noch bevor die Sonne heute untergeht, hat er einen Daumen weniger zu tragen.« Die Aussicht auf diese Strafe ließ den Jungen aufstöhnen. Sosehr er sich jedoch auch sträubte und wehrte – Feit Morstatt schleifte den zappelnden Kerl unerbittlich weiter zum Schützenplatz.

»Aber … es ist doch nichts passiert! So lasst ihn doch laufen!« Aufgeregt starrte Anna den beiden nach, die ziemliches Aufsehen erregten. Manch einer wechselte ein paar Worte mit dem Diebeshäscher, um zu erfahren, was sich zugetragen hatte. Aus Neugier änderten viele die Richtung, verschoben ihre Vorhaben auf einen späteren Zeitpunkt, nur um ihnen zum Schauplatz der zu erwartenden Verurteilung zu folgen.

»Das dürfen wir uns keinesfalls entgehen lassen! Nicht so langsam!«, drängte auch Apollonia neugierig und wich einem Possenreißer aus, der auf langen, hölzernen Stelzen durch die Menge wankte. Seine Hosenbeine waren so geschnitten, dass man den Eindruck hatte, als wären seine gesamten Beine übernatürlich lang gewachsen. Er sang Loblieder auf die treffsicheren Schützen und krächzte Spottverse über die Verlierer. Unten um die Stelzen herum tanzte ein Buckliger in einem bunten Kostüm und reichte dem Schalk mit Stroh gefüllte Lederballen hinauf, die der dann kunstvoll in die Luft warf und wieder auffing. Anna ging langsamer und sah fasziniert nach oben, als der Bucklige nach einer Drehung plötzlich direkt vor ihr stand. Erschrocken schnappte sie nach Luft. Sie hätte nur den Arm auszustrecken brauchen, um ihm ins Gesicht zu fassen. Nein, es war kein Gesicht. Es war eine entstellte Fratze! Eines der Augen war milchig weiß, das Lid hing schlaff herunter und die Lippen konnte er nicht vollständig schließen, da sich ein tiefer Spalt bis hinauf in ein Nasenloch zog. Wie mit dem Messer eingeschnitten klaffte die Haut auseinander und jedermann konnte die schief sitzenden Zähne sehen. Er schien an solche Blicke gewöhnt, denn er schüttelte närrisch den Kopf, nur um den Mund dann noch weiter aufzureißen. Anna stolperte durch eines der bunten Zelte. Es war gar nicht so leicht, die Bürgermeistertochter in dem Gedränge nicht zu verlieren. Ihr Weg führte sie an den Ständen und Tischen vorbei, an denen die Frauen und Knaben ihr Geschick unter Beweis stellen konnten. Holzstücke waren zu kleinen Türmen aufgeschichtet und warteten darauf, von zahlenden Passanten umgeworfen zu werden, die dann im Falle einiger guter Treffer einen kleinen Preis entgegennehmen durften. Gleich daneben konnten sich die Halbwüchsigen erproben. Eine Achse einer Karre war in die Erde gerammt worden und obenauf steckte das drehbare Rad. An einer Speiche war ein Holzbrett als Ziel befestigt, das es im vollen Lauf mit einer langen Lanze zu treffen galt. Gegenüber war an einem Seil ein Sack befestigt, der dem ungeschickten Kämpfer eine von hinten verpasste, wenn er sich nach dem Stoß nicht schnell genug duckte. Die fehlgeschlagenen Versuche wurden ebenso bejubelt wie die erfolgreichen Angriffe.

Nun war es nicht mehr weit. Die Frauen zweier Ratsherren schlenderten an Anna vorbei. Die eine trug einen Glückstopf, in dem sich viele kleine Zettel befanden. Die andere verwaltete das Geld, das die Leute zahlten, um einen davon zu ziehen. Erwischte man ein bestimmtes Symbol, durfte man sich über einen Gewinn freuen. Solche Dinge wurden grundsätzlich von ehrbaren Bürgerinnen ausgeführt, damit jeder sicher sein konnte, dass auch wahrlich kein Schindluder mit der Verteilung der Gewinne getrieben wurde. Vor dem letzten Zelt neben dem Schützenplatz hatten zwei Hellebardiere Aufstellung genommen. Sie bewachten die Pokale und Medaillen, die auf ihre neuen Besitzer warteten, um am Ende des Tages, wann immer das nach den Feierlichkeiten auch sein mochte, von ihnen mit nach Hause genommen zu werden. Anna blieb stehen. Nach der Anstrengung und dem leichten Anstieg musste sie erst einmal verschnaufen. Suchend blickten sie sich um. Er konnte mit dem Knaben doch nicht verschwunden sein. Da! Am Rande des mit Seilen abgegrenzten Schussbereiches hatten sich einige hohe Herren versammelt und debattierten laut – aus einiger Entfernung beobachtet vom Scharfrichter, der zwischenzeitlich seine Armbrust geholt und diese locker geschultert hatte. An seinem düsteren Blick konnte Anna seine Anspannung nur zu deutlich erkennen. Die Neuigkeit verbreitete sich geschwind. Immer mehr Leute kamen und sammelten sich um die kleine Gruppe. Der Junge saß verängstigt am Boden zwischen den Männern. Feit Morstatt hatte ihm Hände und Füße gefesselt und stand jetzt triumphierend über ihm und bewachte ihn, das restliche Seil – wie bei einem angebundenen Hund – in der Hand.

Anna drängte sich mit ihrer Freundin bis ganz nach vorne. Da war zum einen Burkhart Bender. Anna kannte ihn nur flüchtig. Er war ebenfalls ein Ratsmitglied und schaute öfter beim Brel auf einen Plausch vorbei. Er war viel älter als Apollonia – seine zukünftige Gattin. Genau konnte Anna es aber nicht schätzen. Seine Haare waren grau und zum Gehen gebrauchte er grundsätzlich seinen Stock. Aufgrund des steifen Beines, das er im Kniegelenk nicht abbiegen konnte, war er schon von Weitem an dem hinkenden Gang zu erkennen. Heute schleifte er es sogar noch ein wenig auffälliger hinten nach. Bisweilen verzog er das Gesicht. Er schien Schmerzen zu haben. Anna schielte zu Apollonia. Völlig unbeteiligt sah sie zu den Männern hinüber. Burkhart Bender war gerade dabei gewesen, den Schiedsrichter zu bestimmen, als der Bub angeschleift wurde. Die neuere Angelegenheit musste also warten, bis der Oberste und seine Vertreter feststanden. Der Beutel wurde herumgereicht. Jeder langte blind hinein und zog eine fingerdicke Scheibe eines Astes heraus. Sie waren ungefähr so groß wie eine Handfläche und mit eingebrannten Symbolen versehen. Die Zahl der Scheiben stimmte genau mit der Anzahl der Bewerber überein. »Ich bin ein Stellvertreter«, verkündete Heinrich Staffel laut und hielt sein Holzstück für alle sichtbar in die Höhe. Er war als Erster an der Reihe gewesen. Der Beutel machte weiter seine Runde. Martin Verg. Steffen Brel. Michael Heckerle. Hans Visch. Bernhard Koberer und schließlich Conrat Korber, Apollonias Vater. Seitdem er die Verbrennungen erlitten hatte, waren viele Wochen vergangen, und Anna war jedes Mal aufs Neue erstaunt, wie schnell er wieder auf dem Wege der Besserung gewesen war. Der Junge Bürgermeister Koberer wurde zum zweiten Stellvertreter bestimmt, und Hans Visch – ohnehin schon oberste Gerichtsbarkeit Wymphens – zog die Krone und hatte nun auch in Streitfällen bei den Schützen zu entscheiden. Die Scheiben wurden eingesammelt. Anna war klar, dass es nun ernst wurde.

»Und wen haben wir da?« Steffen Brel baute sich vor dem Häufchen Elend auf. Der Junge sank noch weiter in sich zusammen und starrte vor sich auf den Boden.

»Er ist ein Dieb!« Feit Morstatts Stimme überschlug sich beinahe vor Eifer. »Das Balg hat Eure Stieftochter bestohlen!«

»Nein! So stimmt das nicht! Ihr sagt die Unwahrheit!«, mischte sich Anna jetzt unerschrocken ein und trat vor. Die Blicke der überraschten Männer richteten sich auf die zierliche Person, und aus dem Augenwinkel konnte Anna sehen, dass sogar dem verblüfften Meister Kremer der Mund offen stand. »Er hat mich nicht bestohlen ...« Ihre Stimme war klar und deutlich in der nun herrschenden Stille zu hören. »... ich trug mich eh mit dem Gedanken, ihm ein, zwei Münzen zuzustecken. Darum habe ich ihn nicht angezeigt – und wo kein Kläger, da wird auch kein Richter gebraucht.« Sie zwang sich, ruhig zu atmen. Würden sie ihre Argumente gelten lassen? Irgendwas an dem Jungen rührte Anna. Sie musste einfach alles versuchen, um ihn vor dem Beil zu retten.

»Aber ...« Die Faust ballte sich um das Seil, sodass die Knöchel schon weiß hervortraten. »Wenn wir ihn jetzt laufen lassen, dann zieht er keine Lehre daraus! Er wird munter weiter stehlen. Wer weiß, welch wertvolles Ding es beim nächsten Mal ist?«, gab Feit Morstatt zu bedenken und wollte damit die anderen Räte auf seine Seite bringen. Steffen Brel und Hans Visch tauschten skeptische Blicke aus.

»Wegen so einer Lappalie alle Mitglieder einberufen ... heute ist erst Sonntag ... und der Büttel ist gerade auch nicht da ... wir müssten ihn verwahren ... und Anzeige wurde ja wirklich nicht erstattet.«

»Ich erstatte Anzeige! Er hat den Frieden gestört und für Aufruhr gesorgt!«

Steffen Brel verdrehte die Augen. Dieser Pedant war ihm schon immer ein Dorn im Auge. An dem Übereifer des Jungen Rates aber war klar ersichtlich, dass er nicht so schnell nachgeben würde.

»Oder redet Ihr Eurer schönen Stieftochter nur des Gefallens wegen nach dem Munde?«

»Was erlaubt Ihr Euch? Damit sprecht Ihr dem Ratsherrn Brel die Fähigkeit ab, unbeeinflusst Entscheidungen zu treffen.« Anna hielt es für klug, sich auf die hoffentlich mächtigere Seite zu schlagen und ihrem Stiefvater ein wenig Honig um den Bart zu schmieren.

Hans Visch rieb sich nachdenklich sein Kinn. »Was meint Ihr, Meister Kremer, Ihr seid doch auch sonst Beisitzer und nehmt Euer Recht auf Fürsprache lieber zu oft als zu selten in Anspruch?«

Man hatte ihn so unvermittelt angesprochen, dass er zunächst gar nichts erwiderte. »Nun, ein Dieb, der doch keiner ist, ... eine

Anzeige, die jedoch nicht die Geschädigte ausgesprochen hat, … vielleicht sollten sich die Gemüter ein wenig beruhigen … und zuerst der eine Zwist aus der Welt geräumt werden, ehe der nächste in Angriff genommen wird.« Damit wandte sich Michael direkt an den Jungen Rat, der ihn aus schmalen Augen zähneknirschend anstierte.

»Sehr richtig. Prüft und macht Eure Waffen bereit. Nach dem Schießen fällt es Euch sicher leichter, Gnade walten zu lassen.« Freundschaftlich klopfte der Schultheiß dem Jungen Rat auf den Rücken. Dem frisch gewählten Schiedsrichter wurde nicht widersprochen und die Kontrahenten widmeten sich ihrer Armbrust.

Anna lächelte dem Jungen aufmunternd zu. Über sein Schicksal war nun also immer noch nicht entschieden worden. Er würde sich gedulden müssen. Mutlos ließ er die Schultern hängen. Sein Blick glitt suchend umher, aber er schien den Betreffenden nicht ausfindig machen zu können. Hilfe war nicht in Aussicht. Er würde es allein durchstehen müssen. Grob wurde er neben einen Pfosten gezerrt und dort angebunden, damit er nicht das Weite suchen konnte.

Dem Herausforderer wurde der Vortritt gewährt. Wohl wissend, dass er von allen beobachtet wurde, schritt er zu dem gespannten Seil hinüber, das die Schützen beim Schießen nicht überschreiten durften. Er ließ sich Zeit. Ruhig legte er an, nachdem er sich gut platziert hatte und sicher stand. In einiger Entfernung stand die Scheibe – dick aus Stroh geflochten. Die eingeflochtenen Bänder kennzeichneten die unterschiedlichen Bereiche. Unzählige Male hatte er in den vergangenen Wochen geübt. Es würde ein Leichtes sein, den Nachrichter zu übertrumpfen. Während er anlegte, sah er aus dem Augenwinkel, wie sich Steffen Brel hämisch grinsend zum Schultheiß hinüberbeugte und ihm ins Ohr flüsterte. Was hatte dieser Wichtigtuer mit dem Schiedsrichter zu bereden? Versuchte er ihn etwa dazu zu bringen, ihn, den Schützenkönig, nachteilig zu bewerten, um ihm einmal mehr eins auszuwischen? Erneut stieg Wut in ihm auf. Zu hastig löste er den Pfeil aus – und tatsächlich fand er sein Ziel nicht. Sicher, er traf genau in der Mitte und hätte ihm auch den Sieg beschert, aber er fand nicht genügend Halt, prallte ab und fiel kraftlos zu Boden. Ein

Raunen ging durch die Menge, während er immer noch ungläubig zur Scheibe starrte. Schon wollte er protestieren, wollte einen weiteren Schuss einklagen, aber Hans Visch hieß ihn mit einer einzigen Handbewegung, still zu sein und beiseite zu treten.

Nun war es an Michael, sein Können zu zeigen. Als Nachrichter war es ihm nur gestattet, Jagd auf Wölfe zu machen oder außerhalb der Stadtmauern die räudigen und tollwütigen Hunde zu schießen. Er hatte nicht damit gerechnet, heute beim Schützenfest anzutreten, und darum auch bei Weitem nicht die Übung wie manch anderer hier, der sich schon seit Wochen vorbereiten konnte. Doch danach wurde nicht gefragt. Nur ein Treffer zählte. Mit weichen Knien trat er hinter das Seil. Michael spannte die Armbrust, indem er mit seinen Füßen rechts und links neben den Schaft trat und die Sehne beim Aufrichten des Oberkörpers beidhändig nach hinten zog. Bereit zum Schießen, nahm er sein Ziel ins Auge. Er sah weder zu Anna hinüber, die nervös ihre Finger knetete, noch zu Feit Morstatt, dessen überlegenes Grinsen inzwischen lange nicht mehr so breit war wie noch zu Beginn. Er musste ruhig anlegen, durfte aber wiederum auch nicht zu lange warten, weil er sonst anfangen würde zu zittern. Michael hob die Armbrust, hielt den Atem an und schloss ein Auge. Der Pfeil zischte durch die Luft, fand sein Ziel und bohrte sich mit einem raschelnden Geräusch in die Strohscheibe. Nicht ganz in der Mitte wie der Pfeil seines Gegners – aber wenigstens fiel er nicht zu Boden. Wie würde Hans Visch entscheiden?

»Nun, dieses Jahr scheint Ihr Euren Meister gefunden zu haben. Es mag sein, dass Meister Kremer nicht Euer Geschick besitzt – auf jeden Fall aber bei diesem Schuss ein Quäntchen mehr Glück.« Der Schiedsrichter war vorgetreten und nickte dem Sieger zu. »Ihr habt eine ruhige Hand bewiesen. Nun sollt Ihr auch etwas dafür erhalten.« Hans Visch wechselte einen schnellen Blick mit Steffen Brel, ehe er neben den verbissen dreinschauenden Feit Morstatt trat, der den Jungen am Boden zornig anblitzte.

»Ihr dürft Euren Preis … frei … wählen!« Michael sah zu den Medaillen und Trinkpokalen hinüber. Er schaute sich einen nach dem anderen an – dann jedoch stutzte er. Hatte er es sich nur eingebildet oder wollte er ihm einen Wink geben? Immer noch zögernd bemerkte er das kaum wahrnehmbare Zucken der Augenbraue. Michael fasste sich ein Herz.

»Nun denn, dann wähle ich … den Jungen!«

Zufrieden lächelnd gewährte der Schultheiß ihm seinen Preis.

»Nein! Jeder ging davon aus, dass ein Pokal gemeint ist, nicht wahr?«, schrie der Verlierer, der sich doppelt betrogen fühlte, und hoffte auf Zustimmung aus dem Publikum. Er musste den Sieg abtreten und auch noch den kleinen Dieb laufen lassen. »Das hat Euch der Brel eingeflüstert!«

»Das war dann wohl unser Fehler – wir hätten uns einfach deutlicher ausdrücken müssen«, entschuldigte sich Steffen Brel scheinheilig und konnte das Lachen kaum noch unterdrücken. Sein dicker Bauch hüpfte zunehmend auf und ab, bis er schließlich lauthals losprustete.

Erleichtert kniete sich Anna neben den Jungen, der noch gar nicht begriff, wie ihm geschah. Unsicher wich er vor der jungen Frau zurück, die er eben noch bestehlen wollte. Sie lächelte mit rosigen Wangen und nestelte an den Knoten, die den Strick fest um Handgelenke und Knöchel hielten. Ein Schatten fiel auf die beiden.

»Oh, verzeiht! Ich wollte nicht voreilig sein … gehe ich denn recht in der Annahme, dass Ihr dem Bub die Freiheit schenkt?« Anna stand erschrocken auf. Flehend sah sie den Scharfrichter an. Selbst wenn er es nicht vorgehabt hätte – spätestens jetzt hätte er ihr jeden Wunsch gewährt. Langsam ging er in die Hocke.

»Wie heißt du denn?«, fragte er den misstrauischen Jungen, der wohl eher damit rechnete, dass sich sein Glück gleich wieder wendete. Immerhin hatte der Henker ihn noch nicht gehen lassen. »Ich bin der Jost … Jost Volcker«, antwortete er knapp.

Michael fragte erstaunt nach:

»Der Sohn von der Irmgard, … der Hübschlerin?« Empört schüttelte der Junge heftig den Kopf. »Nee! Außer dem Namen habe ich mit der nichts gemein! Mit der habe ich nichts zu schaffen!«

»Also gut, Jost Volcker. Hör mir zu. Heute scheint unser beider Glückstag zu sein.« Michael sprach leise und sah ihm dabei eindringlich in die Augen. »Ich will dich nicht wieder sehen. Du wirst jetzt deines Weges gehen. Ich brauche dir wohl nicht zu sagen, dass es besser für dich ist, wenn du dich nicht mehr auf dem Schützenfest blicken lässt. Es kann nämlich sehr gut sein, dass ich beim nächsten Mal an einen weitaus besseren Schützen gerate … und dann kann ich nichts mehr für dich tun. Fordere es nicht heraus.«

Jost schluckte, bewegte sich aber immer noch nicht. Michael erhob sich.

»Nun lauf schon!«, scheuchte er ihn davon und sah ihm nach. Wie ein Hase verschwand er Haken schlagend zwischen den Leuten, von denen sich einige, enttäuscht über die entgangene Attraktion, bereits wieder andere Zerstreuung suchten. Erleichtert über diesen Ausgang schulterte er seine Armbrust und wollte gerade den Festplatz verlassen, als er bemerkte, dass Anna immer noch in seiner Nähe bei ihrem Stiefvater und Hans Visch stand. Ein winziges Lächeln huschte über ihre Lippen, ehe der massige Arm von Steffen Brel sie mühelos in die andere Richtung drehte und sich beinahe besitzergreifend auf ihren Rücken legte. Sie entzog sich seiner Berührung, um zusammen mit Apollonia noch einmal alles Aufregende zu bereden.

Abseits im Schatten, weit weg von Musik, Gelächter und ausgelassenen Bürgern, lehnte der junge Mann hasserfüllt an einem Baum. Die kleinen Kirschen über ihm, die man in dem raschelnden Blätterwerk kaum ausmachen konnte, waren noch grün und hart. Langsam hob er den Krug. Er wusste nicht mehr, wie oft er ihn schon hatte füllen lassen. Der kühle Wein rann seine Kehle hinunter. Er schmeckte ihn nicht. Ebenso hätte er Wasser trinken können. Mit schmalen Augen sah er den Hang hinunter zu der wimmelnden Menschenmenge. Irgendwo dort war auch der werte Ratsherr Steffen Brel unterwegs. Bei dem Gedanken an seinen Widersacher lachte er hart auf.

»Ja ja … von allen so geachtet. Dabei drangsaliert er seine Familie – schlägt seine Frau … und seine hübsche Stieftochter … und wer weiß was noch … und der Peter wäre auch viel lieber in Haydelberch beim Oheim«, erzählte er einem unsichtbaren Gegenüber mit einschmeichelnder Stimme und schüttelte dabei tadelnd den Kopf. »Woher ich das alles weiß? Nun, das Geheimnis ist, einen guten Informanten zu haben, der die körperlichen Freuden mehr schätzt als das gegebene Ehrenwort, die ihm anvertrauten Dinge für sich zu behalten. Tja, Heinrich, wie gut war doch mein Rat, dass du dich bei dem schüchternen Peter für deinen etwas stürmischen Übergriff entschuldigst … und im Nu hattest du sein Vertrauen wiedererlangt. Er schüttet dir im guten Glauben sein Herz aus … und mir erzählst du alles, sobald du atemlos neben mir liegst.« Der Wein wirkte und er kicherte unbeherrscht vor sich hin.

»Ein Weib wäre mir natürlich lieber, … aber dieses Opfer ist … nichts … im Vergleich zu dem, was sich durch diese stumme Sünde, … diese Sünde wider die Natur … für Möglichkeiten ergeben. Ungeahnte Möglichkeiten!« Die Zunge wurde immer schwerer und die Aussprache undeutlicher.

»Brel, ich blicke dadurch in dein Leben, … ich sehe dich, wie du wirklich bist, … und ich erkenne deine schwache Stelle … dort, wo ich dich treffen kann, … treffen und vernichten!« Obwohl er beinahe schrie, hörte ihn niemand. Die Beine gaben unter ihm nach und er rutschte am Stamm entlang nach unten. »Vernichten? Ja, vernichten!« Mit einem Mal schien alles völlig klar zu sein. Das Herz schlug ihm schneller, so sehr war er von diesem Gedanken gefesselt. »Der Tod wird dich ereilen, Brel, … es gibt genügend, die ihn dir wünschen würden – allen voran die Anna. Zumindest kann ich das den Rat glauben machen und keiner wird mich verdächtigen, … im Gegenteil! … So kann ich dir auf deinen Stuhl nachfolgen und im Tode bist du mir endlich nützlich!«

JOHANNISNACHT

– DIENSTAG, 23. JUNI 1523 –

Es war warm. Die Mittagssonne war alleinige Herrscherin am wolkenlosen, blauen Himmel. Kein Lüftchen regte sich. Die hüfthohen Gräser auf der Wiese standen still und raschelten nur, weil sich Anna und Apollonia abseits ihren Weg gesucht hatten.

»Hat denn dein Mann nichts dagegen, dass du schon wieder außer Haus bist, und deine Zeit mit mir verbringst?« Anna drehte sich schnaufend zu ihrer Freundin um. Ein Tropfen hatte sich zwischen ihren Brüsten gesammelt. Stöhnend lupfte sie das Brusttuch, das auf ihrer feuchten, verschwitzten Haut festklebte, und blies unter das Leibchen, um sich ein klein wenig Kühlung zu verschaffen.

»Ach, der Burkhart, … was soll der alte Mann schon sagen!«, meckerte Apollonia, besann sich jedoch eines Besseren und lenkte mit schlechtem Gewissen ein. »Er hat nichts dagegen … und eigentlich ist er ein guter Mann. Er schlägt mir wirklich nichts ab – ich hätte es weitaus schlechter treffen können.« Nachdenklich starrte sie vor sich hin. Sie war erst seit Kurzem die Frau des Ratsherrn Bender. Es hatte ein großzügiges Fest gegeben. Burkhart hatte sich wahrhaft nicht lumpen lassen.

Anna beobachtete sie. Äußerlich trug sie zwar die Haare nach der Heirat streng unter der Haube, trotzdem hatte sie mehr denn je ihren eigenen Willen, ließ sich nicht dreinreden, und ihr Gatte ließ sie gutmütig gewähren. Anna kaute auf ihrer Unterlippe.

»Wie … wie ist er denn so? Also, … ich meine, wie ist es … du weißt schon.« Verlegen fuchtelte sie mit den Händen und grinste.

Apollonia war sofort klar, worauf sie anspielte. »Wenn ich noch Jungfrau gewesen wäre, als ich in die Ehe ging, … dann wäre ich es am heutigen Tage immer noch«, antwortete sie schnippisch und zog arrogant eine Augenbraue hoch.

Anna war überrascht von so viel Offenheit. Allerdings war hier auch niemand in der Nähe und sie konnte ohne Gefahr so reden.

»Aber … warum … hat er denn nicht … wollte er denn nicht?« Der Mund blieb ihr offen stehen. Gespannt wartete sie auf Apollonias Antwort. Abwesend pflückte diese einen langen Halm und drehte ihn um einen Finger.

»Doch, sicher wollte er. Burkhart ist aber auch nicht mehr der Jüngste. Er hat es nicht einmal ansatzweise fertiggebracht … und seitdem auch nicht mehr versucht.« Apollonia schüttelte den Kopf. »Was mir eigentlich ganz recht ist. Dieser Körper mit all seinen Gebrechen, dieses welke Fleisch …« Sie schüttelte sich. »Kein Vergleich mit …«

»Ah! Sei still! Ich will es nicht hören!« Anna hielt sich die Ohren zu. »Je weniger ich davon weiß – von deinem Techtelmechtel – umso besser.«

Apollonia lachte. »Das sagst du jetzt, aber glaub mir: Wenn es einmal für dich ans Heiraten geht, wirst du mich mit Fragen nur so löchern.«

»Wenigstens hat dir das Heiraten ein schönes, neues Kleid beschert.« Damit spielte Anna auf ihr Hochzeitsgeschenk an: sechs Ellen feinsten roten Stoff.

Mit hoch erhobenem Kopf drehte sich Apollonia in dem prachtvollen Gewand und verbeugte sich gekonnt. Kleine Insekten flogen auf und flüchteten. Ein Grashüpfer verirrte sich auf das anziehende Rot und wurde mit einer schnellen Handbewegung weggewischt.

»Also, was machen wir nun hier? Die Überfahrt über den Nekker sollte sich schon lohnen, meinst du nicht?« Anna hatte eine Hand an die Stirn gelegt und konnte nun in deren Schatten ans andere Ufer nach Wymphen sehen. Wie schön es war, dem schweren Dunst der Stadt entfliehen zu können. Sie war dankbar, hier die Gräser, Kräuter und duftenden Blumen riechen zu können.

»Für mich ist es ja schon zu spät, aber du kannst für die heutige Johannisnacht noch Christi Kreuzblut sammeln.«

»Christi Kreuzblut?«, echote Anna verständnislos.

»Ja, … Wundenkraut … Gottesgnadenkraut … wie immer du das Johanniskraut auch nennen magst. Du wirfst die Stängel zu den anderen in den Bottich, der heute Nacht neben dem Johannisfeuer aufgestellt wird. Oder du flichtst einen Kranz daraus. Aber vergiss nicht, deinen zu kennzeichnen, schließlich wirst du nicht die Einzige sein, die wissen möchte, wie es im folgenden Jahr mit einem Freier bestellt sein wird. Wenn die Blüten morgen in voller Pracht stehen, dann steht dir bald eine Hochzeit bevor ... und wenn nicht, dann endest du als alte Jungfer oder deine Ehe wird eine Last sein.«

»Es wird eigens ein Bottich mit Wasser aufgestellt, damit die Jungfrauen dieses alberne ...?«

Apollonia unterbrach sie nachsichtig: »Nein, natürlich nicht. Der Bottich steht bereit, damit notfalls das Johannisfeuer gelöscht werden kann, ... aber bis das der Fall ist, kann man ihn ja anderweitig nutzen, nicht wahr?«, zwinkerte sie Anna verschmitzt zu. Gemeinsam suchten sie nach dem auffälligen Kraut, pflückten die langen, gelben Blütenstängel und trugen die Sträuße zu einer Hecke, die durch die etwas tiefer stehende Sonne bereits wieder ein wenig Schatten spendete, um sich auszuruhen.

»Die Fähre legt gerade am anderen Ufer an. Wir haben noch viel Zeit. Was hältst du davon, uns wenigstens die Beine abzukühlen?« Anna hatte sich erschöpft mit erhitzten, roten Backen auf den Boden gesetzt und begann bereits damit, sich die Schuhe auszuziehen. »Am liebsten würde ich nackt in den kühlen Fluss springen.« Sehnsüchtig sah sie zum Nekker hinüber, der gemächlich in seinem Bett floss. Es hatte schon länger nicht mehr geregnet. Darum war der Stand nieder und das Wasser ganz ruhig.

»Ja, ja, mach du ruhig. Ganz dort hinten, wo die Bäume stehen, gibt es eine flache Uferstelle.« Träge ließ Apollonia sich von Anna aus dem Schatten ziehen und folgte ihr ein Stück den Flusslauf hinunter.

»Ich bin auf jeden Fall vor dir am Wasser!«, rief Anna übermütig. Sie raffte ihre Röcke nach oben, um dann kichernd mit nackten Beinen durch das grüne Gras zu rennen. Die Uferböschung fiel tatsächlich bald flacher ab. Hinter der nächsten Hecke würde sie sich endlich Kühlung verschaffen können.

»Sieh nur, ... den Einfall hatte vor uns auch schon jemand«, flüsterte Apollonia. Dabei deutete sie auf das niedergetretene Gras, in dem, kaum sichtbar, ein Hemd, ein verschnürter Beutel und jede

Menge Johanniskraut lag. Sie wunderte sich nur, dass ringsum keine Menschenseele zu sehen war.

»Und wenn schon, … für mich wird bestimmt noch ein Plätzchen frei sein.« Damit bahnte sich Anna einen Weg durch das stupfende Gestrüpp und wollte sich gerade an einem herunterhängenden Ast Halt suchen, als unmittelbar vor ihr ein prustendes Etwas aus dem Fluss auftauchte und mit Schwung die klatschnassen Haare aus dem Gesicht schleuderte. Mit einem spitzen Aufschrei, dem sofort ein zweiter folgte, fuhr sie zurück. Vor Schreck war sie mit dem bloßen Fuß auf einen dürren Zweig getreten, der sich schmerzhaft in ihre weiche Sohle bohrte. Ihrem Gegenüber erging es nicht anders. Er gab einen überraschten Laut von sich und packte den Ast wieder fester, den er beinahe losgelassen hätte. Geschwind bedeckte Anna sich wieder. Jetzt war ihr noch wärmer als vorher. Mit klopfendem Herzen machte Anna, dass sie sich schleunigst zu Apollonia gesellte, die weiter oben stehen geblieben war. Eine braune Wolke wurde aufgewirbelt, als Michael Kremer beim Herausklettern die Zehen in das Erdreich bohrte. Anna hatte sich kurz verschämt abgewandt – ganz im Gegensatz zu Apollonia. Zwar lag im Gras nur sein Hemd, aber wer weiß, wo er vielleicht alle seine restlichen Kleider noch verstreut hatte.

Schon bald aber riskierte sie wieder einen Blick. Nass wirkten seine Haare noch dunkler. Er hatte sie nach hinten gestrichen, damit ihm die Tropfen nicht ins Gesicht fielen. Der obere Teil seines Körpers glänzte, und der vollgesogene Hosenstoff klebte wie eine zweite Haut an seinen Beinen. Verstohlen zobbelte er ihn über sein Hinterteil wieder weiter nach oben. Bewundernd musste sich Anna eingestehen, dass sein Körper – im Gegensatz zu den wabernden Leibern, die oft unter den bequemen Herrschaften zu finden waren – kein Fett angesetzt hatte und die sehnigen Muskeln deutlich erkennbar waren. Er stand ganz still da. Nur an der Bewegung seines Bauches war erkennbar, dass er atmete. Etwas unsicher schielte er zu seinem Hemd. Die jungen Frauen standen ihm direkt im Weg. Er musste den Abstand wahren, hatte also keine andere Wahl, als zu warten.

»Offensichtlich beabsichtigt auch Ihr, einen Hinweis auf Euer bevorstehendes Liebesglück zu erhaschen.« Apollonia hatte sich als Erste wieder gefangen und musterte ihn ungeniert. Spöttelnd spielte sie auf das offensichtlich von ihm gesammelte Johanniskraut an, das neben seinem Hemd und dem Beutel lag.

»Nein. Für solche Albernheiten habe ich gewiss keine Zeit. Ich bin mit wichtigeren Dingen beschäftigt. Meine Schwester hat mir aufgetragen, eine große Menge zu sammeln, damit sie daraus einen neuen Vorrat an Johannisblut herstellen kann. Wie Euer Vater wohl nur zu gut weiß, hilft es vortrefflich bei Verbrennungen«, parierte er die Stichelei der frisch vermählten Ratsherrenfrau.

»Ja, ich weiß, … wie gut, dass Ihr jederzeit darauf zurückgreifen könnt … Ihr solltet es auch gleich bei Euch selbst anwenden.« Damit drehte sich Apollonia hochnäsig um und schlenderte in Richtung Fähre davon.

»Wieso …?«, Michael brach ab. Es hatte sowieso nicht den Anschein, als würde er noch eine Antwort bekommen.

»Ihr seid offensichtlich in der Sonne eingeschlafen. Deswegen meinte sie wohl, dass Ihr …«, richtete Anna eine Erklärung an ihn und deutete auf seine nackte Brust, die sich schon überdeutlich rot verfärbt hatte. Verlegen versuchte sie, ihn nicht zu sehr anzustarren, aber so, wie sich ihre Wangen anfühlten, hatten sie vermutlich annähernd den gleichen Farbton. Michael inspizierte nur kurz seine Haut, aber als er wieder aufblickte, hatte sie ihn schon stehen lassen und eilte Apollonia Bender hinterher, die in einiger Entfernung schmachtend auf sie gewartet hatte – den jungen Henker immer im Blick.

»Ich kann es nur immer wieder sagen: … Wahrhaftig eine Verschwendung.«

Versteckt im Gebüsch, sodass ihn wirklich niemand sehen konnte, wartete Michael. Wartete so lange, bis die beiden nur noch als kleine Menschengestalten zu erkennen waren, die sich an der Furt geduldeten, bis Martin Vörg sie übersetzte. Dann ließ er sich mit einem Stöhnen nach hinten fallen, um einfach nur liegen zu bleiben und seinen Gedanken nachzuhängen. So, wie er es bereits getan hatte, nachdem er das Johanniskraut ausgerupft hatte – und dabei von der Sonne gebrannt wurde. Irgendwann, er hatte jegliches Zeitgefühl verloren und auch die Glocken nicht schlagen hören, rappelte er sich mühselig wieder auf. Er hatte noch nicht alles erledigt, was ihm seine Schwester aufgetragen hatte. Greta würde sich bestimmt schon fragen, wo er so lange blieb. Seufzend zog er sich sein Hemd über die rote, brennende Haut und begann dann, langsam Stück für Stück die Wiese entlang des Nekkers nach Pestwurz abzusuchen. Schnell hatte Michael die ersten Blätter, die schon allein durch ihre Größe nicht zu übersehen waren, gefunden. Der Rand war gezähnt und auf der Unterseite mit einem grauen Flaum bedeckt. Den Aufguss aus den fieberwidrigen Wurzeln, den Greta wegen der schweißtreibenden Wirkung gern einflößte, hatte er selbst schon des Öfteren schlucken müssen. Das würde heute allerdings Lisbet bevorstehen. Die Kleine lag mit einem schlimmen Husten im Bett ihrer Eltern und mochte gar nicht aufstehen. Für sie wollte er auch noch frische Huflattichblätter sammeln, damit er diese dann verreiben und daraus eine Breiauflage herstellen konnte. Den Rest der Blätter konnte Greta dann immer noch als Suppeneinlage verwenden. Mit einem Arm voller Grünzeug kehrte er zu dem Beutel zurück. Zufrieden betrachtete er den Haufen grüner Blätter, die einträchtig neben dem gelben Johanniskraut lagen.

Würde Anna heute Nacht einen Kranz flechten – und was würde er ihr weissagen? Was würde er nicht alles geben, um den undurchsichtigen, grauen Schleier der Zukunft lüften zu dürfen. Noch mehr jedoch würde er dafür geben, wenn er sie mit einem Wunsch beeinflussen könnte.

Ernüchtert schüttelte er die Gedanken ab und schnappte sich den Beutel. Er sollte sich wohl eher auf das Geduldsspiel konzentrieren, das er nun vor sich hatte. Abseits vom Wasser, in der weitläufigen Flussaue, suchte er nach Ansammlungen von braunen Erdhügeln. Es dauerte, bis er die Ausgänge verschlossen hatte, indem er sie mit den Füßen eben stampfte. Zwei ließ Michael offen. Sie lagen gegenüber, jeweils am äußersten Rand des Labyrinths.

Hoffentlich hatte er so viel Glück, dass ihm das letzte der dreizehn benötigten Tiere in seine Falle ging. Er stopfte eine Hand voll Häcksel unter die Erde, entzündete es und blies, bis die Strohstückchen glimmten und qualmten. Danach drückte er auch hier die Erde fest und beeilte sich, zur einzigen verbliebenen Öffnung zu gelangen. Dort legte er sich geduldig auf die Lauer. So, wie er es auch schon in den vergangenen Tagen getan hatte, um die anderen Mulle zu fangen. Michael wusste, dass es lange dauern würde, bis sich der Rauch überall ausgebreitet hatte. Wenn er allerdings Pech hatte, dann war das schwarze Tierchen mit dem samtigen Fell bereits über einen Fluchtweg, den er übersehen hatte, entwischt. Das würde Greta überhaupt nicht gefallen. Sie hatte ihm unmissverständlich eingebläut, dass sie an Johannis dreizehn lebendige Tiere haben wollte. Und tatsächlich wurde sein langes Warten belohnt. Flink griff er nach dem schwarzen Fell, steckte das zappelnde Etwas in den Beutel und verschloss ihn sicher.

Schon als er über den Marktplatz lief, fiel ihm die Gruppe von Männern auf, die unterhalb der Kirche standen und lautstark diskutierten. Er hatte diesen Umweg gewählt, weil er sich insgeheim ausmalte, dass Anna noch irgendwo hier unterwegs war. Bald würde er das Brel'sche Haus passieren und die Salzgasse hinunter zum Haupttor gehen. Spätestens dann brauchte er sich keine Hoffnung mehr zu machen, dass sie sich begegneten. Michael blieb kurz stehen. Er erkannte unter den Männern zuerst den Burkhart Bender. Der Ratsherr stützte sich auf seinen Stock und hatte den Kopf in den Nacken gelegt, um die ungleichen Türme der Kirche betrachten zu können. Bei ihm standen außerdem Martin Vischer, der Pfarrer, Sun Claus, der städtische Rechner, der Burgherr Dietrich von Gemmingen, Erhard Schnepf – ein Lutheraner, dem der Burgherr Unterkunft in seinem Stadthaus gewährte, nachdem er die nahe gelegene Burg verlassen hatte, und zuletzt Heinrich Vogtherr, der Maler, der im Auftrag des von Gemmingen das stattliche Wandgemälde in der Kirche anfertigte. Alles konnte Michael nicht verstehen. Nur hin und wieder wehten einige Gesprächsfetzen zu ihm herüber. Die Männer gestikulierten und diskutierten. Es ging wohl um die Aufstockung des Südturmes, der direkt an die Sakristei angrenzte. Der Nordturm war bereits zwei Jahre zuvor um ein Stockwerk erhöht worden. Sun Claus gab die höheren Kosten zu bedenken, während der Pfarrer Vischer durch das offene Dach, das Gerüst und die schmutzigen Arbeiten eher den Ablauf seiner Messen gestört sah. Apollonias Gatte hörte sich alles in Ruhe an. Auch die aufmunternden Worte Dietrichs von Gemmingen an Heinrich Vogtherr, dass dieser ruhig Bedenken äußern solle, wenn er meinte, beim Malen gestört zu werden. Vorschläge zur Verbesserung des Ablaufes seien jederzeit willkommen.

Michael wollte sich gerade abwenden, als ihm die beiden auffielen. Ein Mann und eine Frau hielten direkt auf ihn zu – und winkten. Irritiert drehte er sich um, um sicher zu gehen, dass auch wirklich er gemeint war. Angestrengt kniff er die Augen zusammen. Sie trugen die ihm selbst bestens bekannte auffällige Kleidung, und beim Näherkommen erkannte er sie endlich.

»Wenn das nicht mein Oheim Bartle Saur ist!« Lachend umarmten sich die beiden Männer freundschaftlich.

»Aus dir ist ein richtiger Mann geworden! Schön, dass du wieder hier bei deiner Familie bist. Margaretha hat dich schmerzlich vermisst. Als wir sie und Wilhelm und die kleine Lisbet im letzten Jahr besucht haben, hat sie viel von dir geredet. Ihre Sorge, dass du nicht zurückkehrst, konnte sie nicht ganz verbergen.«

Michael seufzte. »Im letzten Sommer … ja, da hat auch Vater noch gelebt.«

Bartholomäus' Miene verfinsterte sich kurz. »Wir haben es schon gehört. Greta hat uns schon alle Neuigkeiten berichtet.« Mit einer Handbewegung bezog er die stille, junge Frau mit ein, die bis dahin wortlos hinter ihm stehen geblieben war.

Michael lächelte und nickte ihr zu. »Grüß dich, Gertraud.«

Sofort schoss ihr sichtlich das Blut in den Kopf. Mehr als ein verlegenes Grinsen brachte sie nicht zustande. Bartles Tochter war klein und hatte eher grobe Züge. Ihre braunen, glanzlosen Haare waren nach dem langen Fußmarsch nicht mehr ganz ordentlich gesteckt, sondern klebten in feinen Strähnen an Stirn und Hals.

Ihre übergroßen Brüste bildeten das Gegengewicht zu dem üppigen Hintern, der durch ihren watschelnden Gang wie bei einer Ente hin und her wippte.

»So, dann wart ihr also schon bei Greta?«, wandte er sich wieder an den Scharfrichter.

»Ja, wir haben eben nur noch eine Kerze in der Kirche angezündet – als Dank für den glücklichen Marsch nach Wymphen.«

Michael klopfte auf den prallen Beutel. »Ihr müsst an mir vorbei zur Furt gelaufen sein, während ich entlang des Nekkers unterwegs war. Dann lasst uns gehen, damit ihr euch ausruhen könnt.« Die drei machten sich auf den Weg, nachdem sie den Ratsherrn Bender – da er sich sowieso gerade in der Nähe aufhielt – informiert hatten, dass in der Zeit bis Peter und Paul zwei Leute mehr als sonst im Hause Kremer zu nächtigen beabsichtigten.

Michael, Bartle und Gertraud bogen nach dem Haupttor ab und konnten gerade noch sehen, wie eine Frau in einem auffallend roten Kleid hinter dem Haus verschwand. Er versuchte, sich nichts anmerken zu lassen, aber er schickte ein Stoßgebet zum Himmel, dass Apollonia seine Schwester zusammen mit Anna aufsuchte. Gertrauds Plappern neben sich kommentierte er hin und wieder – zwecks geheuchelten Interesses – mit einem brummigen ›Mmmh‹. Dem, was sie sagte, schenkte er aber nicht wirklich Beachtung.

Mit angehaltenem Atem öffnete er die Tür und blieb erst einmal verdutzt stehen. Außer Apollonia hielt sich tatsächlich noch eine zweite Frau in seiner Stube auf. Allerdings nicht die, die er erwartet und vor allem erhofft hatte. Das Weib des Ratsherrn Bender stand mit verschränkten Armen mitten im Raum. Sie schien nicht gerade bester Laune zu sein und verzog verärgert ihr hübsches Gesicht. Mit hoch erhobenem Haupt starrte sie verächtlich zum Feuer hinüber, wo auf einem Hocker die Hübschlerin Bertha Setzler wartete. Die schien es nicht im Mindesten zu stören, dass sie von der Bürgerin so offen angefeindet wurde. Gleichgültig drehte sie eine rote Locke um einen Finger und erwiderte frech deren Blick. Michael trat wortlos mit seinen Gästen ein, die sich gleich erschöpft am Tisch niederließen. Im Nebenraum hörte er Greta kruschteln.

»Wie lange dauert das denn noch? Es kann nun wirklich nicht sein, dass ich als Ratsherrnfrau warten muss, bis ich an der Reihe bin, und vorher diese …« angewidert zog sie die Nase kraus, »… diese Hure …« Apollonia verschlug es die Sprache. Bertha Setzler hatte die Beine gespreizt und kratzte sich schamlos zwischen den Beinen, ehe sie aufstand und provozierend auf sie zu schlenderte.

»Hure oder Ehebrecherin, … was macht das schon für einen Unterschied?«

Apollonia schnappte entrüstet nach Luft, zwang sich aber wegen der anderen Anwesenden zum Schweigen.

»So, Bertha …« Zum Glück kam gerade in dem Moment Margaretha wieder zurück, und sie konnte die Antwort schuldig bleiben. In der Hand hielt sie einen kleinen Schafgarbenstrauß, der herb duftete.

»… du musst das ganze Kraut, also Blüten und Stängel, in kaltem Wasser über Nacht ansetzen, dann am nächsten Tag bis zum Kochen erhitzen und dem Badwasser zufügen oder in einem Bottich etwas abkühlen lassen und dich dort hineinsetzen – dann wird das Jucken bald vergehen.«

Bertha nahm die Pflanzen dankbar entgegen und wollte schon gehen, als ihr noch etwas einzufallen schien. Mit einem kessen Augenaufschlag wandte sie sich an Michael. »Ich bin mir nicht sicher, ob ich den Absud richtig herstelle. Vielleicht sollte ich morgen vorbeikommen und das Sitzbad hier unter kundigen Händen …«

»Äh, es ist nicht allzu schwer, … sodass du dir die zusätzlichen Münzen sparen kannst«, unterbrach er sie hastig nach einem schnellen Seitenblick auf Bartle und Gertraud, die beide völlig unterschiedlich auf das anzügliche Angebot der Hübschlerin reagierten. Gertraud war rot angelaufen. Die warnenden Blicke, die sie der schönen Rothaarigen entgegenschleuderte, waren eindeutig. Bartle hingegen musste sich ein Grinsen verkneifen und starrte vor sich auf den Tisch.

Apollonia räusperte sich lautstark und wartete, bis Bertha Setzler betont lässig endlich nach draußen stolziert war. »Ich würde

Euch gern unter vier Augen sprechen«, wandte sie sich dann an Margaretha, die geschäftig mit Töpfchen und Krügen herumhantierte. Wortlos winkte diese sie dann in das kleine Nebenzimmer und schloss die Tür.

»Ich benötige die Samen der Wegwarte und Blätter der Trauerweide – Wolle habe ich selbst«, flüsterte Apollonia und brachte ihr Anliegen ohne Umschweife zur Sprache.

Margaretha zog die Augenbrauen hoch. »Trauerweide und Wegwarte? Nach diesen Dingen verlangen eher die Volckerin oder die Setzlerin, um von den Männern, denen sie zu Diensten sind, kein Kind zu empfangen.«

»Genau das ist auch mein Grund ... also, habt Ihr das Gewünschte?«, fragte Apollonia ungeduldig nach, doch die Gröplerin hatte keine Eile.

»Ihr seid nun verheiratet. Ihr solltet froh sein, Eurem Gatten ein Kind zu schenken.«

Die jüngere der beiden Frauen gab keine Antwort, sondern hielt ihren Mund trotzig geschlossen, bis Margaretha alles zusammensuchte, in einem Stück Stoff verschnürte und ihr aushändigte, damit sie unter ihrem tadelnden Blick von dannen ziehen konnte. Apollonia hatte die Blätter und Samen sicher in dem Beutel an ihrem Gürtel verstaut. Ja natürlich, es war ihr unangenehm gewesen, die Gröplerin aufzusuchen, aber eine andere Möglichkeit gab es nicht. Ihres Schweigens konnte sie sich wenigstens sicher sein. Die Dominikaner hatten zwar auch viele Kräuter und Pflanzen vorrätig, aber nie im Leben würde sie auf die Idee kommen, die Prediger um dieses sündige Mittel zu bitten. Inzwischen war sie schon richtig geübt. Ein Stück Schafswolle und einige Blätter der Trauerweide zu einer Kugel kneten, damit sie im Innern ihres Körpers wirkungsvoll den ihr zugedachten Dienst tat. Eigentlich hatte sie angenommen, dass sie dieses Mittelchen in ihrer Ehe nicht mehr benötigen würde. Schließlich wäre es ihr egal gewesen, wessen Kind sie ausgetragen hätte. Da ihrem Gatten jedoch ungünstigerweise die Manneskraft fehlte, durfte sie auch weiterhin nicht schwanger werden.

»Schön, dass ihr da seid. Was gibt es Neues in Meckmul? Wenn du dich ausgeruht hast, Gertraud, dann wird dich Michael heute Nacht sicher gerne zum Johannisfeuer begleiten, nicht wahr?« Margaretha zwinkerte der jungen Frau zu und machte sich neben ihrem Bruder auf der Bank breit, sodass er ein wenig näher zu ihr aufrücken musste. Es ärgerte ihn, dass seine Schwester keine Zeit verlor, eine Ehe einzufädeln. Demonstrativ ignorierte er Gertraud und verwickelte seinen Oheim Bartle in ein Gespräch. Er konnte sich beim besten Willen nicht mit dem Gedanken anfreunden, dass er Tisch und vor allem das Bett mit ihr teilen sollte. Eingekeilt zwischen den beiden Frauen, die munter drauflos schwatzten und gackerten, wurde es ihm langsam zu eng.

»Ich habe heute übrigens noch einen gefangen. Jetzt sind die dreizehn, die du haben wolltest, komplett. Im Beutel sind außerdem noch Huflattich und Pestwurz für Lisbet … und Johanniskraut.« Eigentlich hatte Michael von sich ablenken wollen, was ihm allerdings durch die erneute Erwähnung der gelb blühenden Pflanze nicht gelungen war. Gretas Augen begannen vor Eifer zu leuchten.

»Hoffentlich hast du genügend Johanniskraut mitgebracht. Es muss für neues Johannisblut und Gertrauds Kranz reichen – ich bin davon überzeugt, dass er morgen in voller Blüte stehen wird«, winkte sie strahlend ab, und auch auf dem Gesicht von Bartles Tochter erschien ein breites Grinsen.

»Und was die dreizehn Mulle angeht … ich würde dein Rezept gegen die Fallsucht gerne gleich ausprobieren.«

Gertraud war stolz und kam sich wichtig vor, als Margaretha sie um Hilfe bat. »Natürlich. Wir brauchen einen unglasierten Topf, in den alle hineinpassen. Man muss ihn gut verschließen können«, gab sie Anweisungen, schob ihren breiten Hintern erstaunlich flink um den Tisch herum und krempelte sich die Ärmel nach oben. Übereifrig ging sie Greta zur Hand. Gerade so, als wollte sie dem jungen Hausherrn zeigen, wie geschickt sie sich doch am Herd anstellte.

»Gertraud hat gehofft, dich in diesem Jahr in Wymphen anzutreffen. Schließlich wussten wir nicht, wann du wieder heimkehrst. Ihr habt ja jetzt einige Tage Zeit, einander besser kennenzulernen«, raunte Bartle ihm zu. Michael antwortete nicht. Sein Oheim registrierte das Zögern und redete weiter auf ihn ein. »Dein Vater – Gott hab' ihn selig – und ich, wir haben diese Möglichkeit einer Verbindung schon immer wohlwollend in Betracht gezogen. Meine Tochter ist fleißig und geschickt. Ich bin sicher, dass ihr euch gut verstehen werdet. Oder ist dir die Tochter eines anderen Scharfrichters ins Auge gefallen? Etwa von dem aus Hailbrun?«

»Wie? Äh, ... nein!«, stritt es Michael eilig ab.

»Gut, dann ist ja alles in bester Ordnung. Ich kann dir jetzt schon sagen, dass du keine Scheu zu haben brauchst, bei mir um ihre Hand anzuhalten. Einen besseren Schwiegersohn könnte ich mir gar nicht wünschen. Bedenke jedoch: Bald ist schon Juli. Wenn ihr vor dem Winter noch heiraten wollt, dann solltest du nicht mehr so lange überlegen.« Aufmunternd klopfte er ihm auf die Schulter.

»Bisher konntest du eben tun und lassen, was du wolltest. Ich kann schon verstehen, dass einem der Gedanke an die Ehe ein wenig Angst – oder zumindest ordentlichen Respekt – einflößen kann. Die Vorzüge wirst du jedoch schnell zu schätzen wissen.« Bartle hatte zum Schluss lauter gesprochen, und Michael war sich sicher, dass Gertraud jedes einzelne Wort mit angehört hatte. Auch wenn sie sich drüben am Feuer nichts anmerken ließ. Der Tontopf mit dem lebendigen Inhalt stand auf dem Boden. Greta hatte den Beutel geleert und das kleine schwarze Tier zu den anderen hineingeworfen. Der Deckel wurde aufgesetzt und mit einem Stein beschwert. Nun hievten die beiden Frauen das Ganze auf die glühenden Kohlen. Durch Ruckeln sank der Topf noch etwas tiefer ein.

»So. Das wär's fürs Erste.« Zufrieden wischte sich Gertraud ihre Hände am Rock ab. »Wie ich dir letztes Jahr schon gesagt habe: Jetzt muss alles gut durchbraten. Dann werden die Reste der Viecher zu Pulver zerstoßen und zur Behandlung der Fallsucht gibt man eine halbe Messerspitze voll in einen Becher Milch.« Mehr war momentan also nicht zu tun. Gertraud bekam von Greta noch einige Stängel Johanniskraut und machte sich sogleich kichernd daran, einen Kranz aus ihnen zu flechten.

Anna warf sich noch ein Schultertuch über und hob den gelben Blütenkranz vorsichtig in die Höhe, um ihn sich auf die geflochtenen Haare zu setzen. Die Sonne war schon vor einer Weile untergegangen und es wurde kühler. Sie war die letzte, die das Haus verließ – außer Walburga natürlich, die sich wieder einmal um ihre Mutter kümmerte. Ihr Stiefvater und Peter waren bereits auf dem Weg zum Johannisfeuer. Apollonia wartete mit einer Fackel ungeduldig in der Dunkelheit draußen vor der Tür. Sie trug immer noch das rote Kleid vom Mittag, und für einen kurzen Moment sah es im Schein des Feuers so aus, als würde sie vollständig in Flammen stehen. Die beiden eilten durch die Gassen und zum Speyrer Tor hinaus. Die halbe Stadt war auf den Beinen, und die Musik und das Lachen drangen durch die Nacht. Anna blieb staunend in einigem Abstand vor dem beachtlichen Feuer stehen. Bretter, Stämme, Buschwerk und Stroh waren zu einem Turm gestapelt worden, der jetzt in hellgelben, lodernden Flammen stand, die tosend und gierig nach der Nahrung lechzten. Apollonia zeigte grinsend mit dem Finger auf einen großen Bottich. Man hatte ihn etwas abseits aufgestellt, und ein wenig Johanniskraut hatte tatsächlich schon seinen Platz darin gefunden. Jemand griff plötzlich nach Annas Hand. Von dem dunklen Schatten wurde sie zum Feuer gezerrt, und es blieb ihr gar nichts anderes übrig, als sich in den Reigen der tanzenden Leute einzureihen, wenn sie nicht riskieren wollte, dass sie der ganze Mob überrannte und über sie stolperte. Erst als sie sich der Geschwindigkeit der Schritte angepasst hatte, konnte sie einen Blick auf ihren Tänzer werfen. Es war Feit Morstatt. Grinsend und schon gehörig außer Atem zog er sie weiter mit. Wut stieg in ihr auf, und Anna riss sich plötzlich los.

»Erst einen Maienstecken, dann wochenlang nichts und jetzt wieder einen heiteren Tanz? Ihr tut wohl auch nur das, was Euch gerade beliebt!«

Keuchend war er neben ihr stehen geblieben. »Wovon redet Ihr da eigentlich? Ich weiß ja nicht, wem Ihr so gehörig den Kopf verdreht habt, – aber meiner sitzt noch felsenfest auf meinen Schultern.« Feixend ließ er sie stehen und suchte sich wieder eine Lücke im Reigen der Tänzerinnen und Tänzer.

Anna verstand die Welt nicht mehr. Verwirrt trottete sie zurück zu Apollonia. Vor lauter Scham wollte sie am liebsten im Erdreich verschwinden. Gleichzeitig stieg brennende Neugier in ihr auf. Wenn nicht der junge Morstatt – wer war es dann gewesen? Wer hatte sie in der Fastnacht geküsst? Wer hatte sich die Mühe gemacht und ihr einen Maienstecken gebracht? Ratlos starrte sie vor sich hin. Anna konnte sich beim besten Willen keinen Reim darauf machen.

»Dann würde ich doch erst einmal vorschlagen, dass du deinen Kranz endlich ins Wasser wirfst. Gekennzeichnet hast du ihn ja schon mit dem blauen Band. In ein paar Stunden wirst du ja sehen, was die Zukunft für dich bereithält«, versuchte Apollonia, sie abzulenken.

Lustlos stapfte Anna zum Bottich. Ein Stängel hatte sich in ihren Haaren verheddert und es dauerte einige Augenblicke, bis sie ihn befreit hatte. Was sollte das eigentlich bringen? Sie hatte ja jetzt keinen speziellen Mann mehr, auf den sie die Blütendeutung beziehen konnte. Seufzend warf sie die Blumen auf die pechschwarze Wasseroberfläche und sah nachdenklich den Wellen zu, die sich dadurch ausbreiteten. Das Wasser beruhigte sich wieder und spiegelte eine junge Frau wider, die von der anderen Seite an den Bottich herangetreten war – in Begleitung von Meister Kremer! Anna musste sie einfach anstarren. Sie schien sich in seiner Gegenwart wohlzufühlen, denn sie grinste unablässig. Nein, sie himmelte ihn geradezu an. Sie war aber keine der Hübschlerinnen in ihren rot-gelben Schandtrachten, die sich heute auch wieder unter das Volk gemischt hatten, um sich einige Münzen zu verdienen. Wer war sie? Und woher kam sie? Anna beschloss, später einfach Apollonia zu fragen. Irritiert hielt sie inne. Was scherte sie sich eigentlich darum, mit wem der Scharfrichter die Nacht verbrachte? Was ging sie das an? Warum machte sie sich überhaupt Gedanken darüber? Kaum hatte Anna zu Ende gedacht, durchfuhr es sie wie ein Blitz. Eifersucht! Nagende Eifersucht – und schlichter Neid! Sogar ein Unehrlicher wie er, den im Grunde jeder mied, hatte das Glück, jemanden zur Seite zu haben. Nur sie nicht. Anna hatte das Gefühl, inmitten der Leute ganz allein zu sein.

»Warum starrt sie dich so an?«, flüsterte Gertraud misstrauisch und ließ Anna, die langsam und zögernd in der Menge verschwand, dabei nicht aus den Augen. »Was hast du denn mit der zu schaffen?«

»Nichts«, kam die knappe Antwort. »Sie ist die Stieftochter des Ratsherrn Brel. Was sollte ich wohl mit ihr zu schaffen haben?« Den Ärger in seiner Stimme schien sie nicht zu hören. Eigentlich wäre er jetzt gerne gegangen und hätte es sich in seinem Bett gemütlich gemacht. Dieser Trubel war ihm zu viel. Andererseits wollte er nicht unhöflich sein. Gertraud hatte darauf bestanden, bis weit nach Mitternacht zu warten, um dann ihren Kranz wieder aus dem Wasser zu fischen und die Blüten zu deuten. Er würde Geduld haben müssen. Gelangweilt lehnte sich Michael in einiger Entfernung an einen Baum. Die raue Rinde war durch sein Hemd hindurch spürbar. Hier war es dunkler, denn der Schein der Feuer und Fackeln reichte nicht ganz bis zu ihm. Das störte ihn aber nicht im Mindesten. Gertraud war ihm, wie schon den ganzen Tag, nachgelaufen und stand jetzt im Dunkeln neben ihm. Er konnte sie atmen hören. Eine unangenehme Spannung herrschte zwischen ihnen – Stille, peinliches Schweigen. Je mehr er sich anstrengte, umso weniger wollte ihm ein unverfängliches Gespräch gelingen. Es raschelte, als sie dichter an ihn herantrat. Michael suchte nach einem Vorwand, um ihrer Nähe zu entkommen, doch es war bereits zu spät. Ihre warme, schwitzende Hand tastete nach ihm. Mit einem Schritt hatte sie sich vor ihn geschoben und eines ihrer kurzen, stämmigen Beine zwischen den seinen abgestellt. Er zuckte vor der Berührung zurück, aber als er sich aufrechter hinstellen wollte und seinen Rücken am Baumstamm nach oben schob, stieß er mit dem Kopf schmerzhaft an den Ast über ihm. Michael unterdrückte ein Fluchen.

»Lass mich mal fühlen«, flüsterte es heiser vor ihm. Gertraud hatte aufgehört zu kichern und fuhr ihm jetzt mit beiden Händen durch die Haare, um nach einer Verletzung zu tasten.

»Ist schon nicht so schlimm«, tat er ihre Besorgnis ab. Er kam sich seltsam dabei vor, mit einer Unsichtbaren zu sprechen. Ihre Hände ließen den Kopf los, aber nur um dann von den Schultern aus an den Armen nach unten zu gleiten, seine Hände zu greifen, und sie sich mit Nachdruck auf die ausladenden Backen ihrer Kehrseite zu legen. Ihre vollen Brüste drückten weich gegen seine Rippen. Eigentlich fühlte es sich doch sehr angenehm an. Gertraud war nicht groß, aber obwohl Michael am Baum lehnte, kitzelte ihr Atem genau dort, wo der Hemdkragen am Hals endete.

»Gefällt dir das?«, flüsterte sie etwas unsicher.

Michael antwortete nicht. Nicht weil er etwa atemlos vor Verlangen war und nicht antworten konnte, oder weil er nichts Falsches sagen und sie verletzen wollte, wenn er verneinte. Nein, er wusste es schlichtweg nicht. Seine Hände lagen immer noch auf ihrem Hintern, wohingegen ihre kurzen Ärmchen inzwischen wieder nach oben gewandert waren und seinen Kopf zu sich heruntergezogen. Michael hielt die Augen geschlossen. Es spielte in der Finsternis sowieso keine Rolle. Ungeübt und stürmisch hatte Gertraud wohl beabsichtigt, ihren Auserwählten auf den Mund zu küssen, landete mit ihren Lippen jedoch irgendwo seitlich der Nase. Was ein erneutes Kichern auslöste. Michael wusste nicht, warum er es tat, aber er tastete und fand mit einem Finger Gertrauds Mund. Fest umschloss er ihn mit seinen Lippen und hörte auch nicht auf, als sie erschrocken die Luft durch die Nase einzog. War es Entbehrung? Oder die Kapitulation vor der unumstößlichen Wirklichkeit? Das Akzeptieren von Gertrauds, Margarethas und Bartles Wunsch und Streben nach dieser Verbindung? Was auch immer es war – es brachte ihn dazu, dem Drängen ihrer Zunge nachzugeben. Ermuntert durch Gertrauds unmissverständliche Aufforderung, drückte Michael die massige Brust, aber kein Verlangen regte sich in ihm. Im Gegenteil – es erinnerte ihn eher an das pralle Euter seiner Kuh zu Hause im Stall, das er beim Melken knetete.

»Wirst du meinen Vater um mich bitten?«, platzte Gertraud etwas zu voreilig heraus. Sie schien sich seiner schon sicher zu sein. »Wenn nicht in den nächsten Tagen, dann doch sicher noch vor dem Winter. Wir könnten noch vor dem ersten Schnee als Mann und Weib zusammenleben. Ich komme gerne nach Wymphen. Hier bei dir wird es sich gut leben lassen.«

Gerade als er ihr aufdringliches Tasten und ihr Reden unterbrechen und sie ruhig, aber bestimmt von sich schieben wollte, hörte er Schritte. Eine Frau wankte in ihrer Nähe umher, um sich schließlich leise stöhnend am nächststehenden Baum abzustützen. Der Feuerschein leuchtete sie von hinten an, wie sie breitbeinig vornübergebeugt dastand und schwer atmete. Mit einer Hand hielt sie sich den Bauch, als sie sich verkrampfte und den Hals streckte. Dem unüberhörbaren Würgen folgte ein Plätschern. Ihr Mageninhalt hatte sich in einem Schwall unaufhaltsam seinen Weg nach draußen gebahnt. Sie würgte noch einige Male, aber außer Galle, die sie ausspuckte, kam nichts mehr. Erschöpft richtete sie sich auf, wischte sich mit dem Rockzipfel über den Mund und schleppte sich davon. Der säuerliche Geruch, der sich ausbreitete, stieg Michael in die Nase.

»Die hat wohl den letzten Becher Wein nicht mehr vertragen«, spottete Gertraud schadenfroh.

»Glaub mir, … die Rötelhuberin wäre froh, wenn es nur der Wein wäre.«

»Wieso? Du kennst sie? Erzähl! Was gibt es über sie zu berichten?« Gertrauds Neugier war geweckt. Hatte sie doch sofort diesen zynischen Unterton bei ihm vernommen.

Michael ließ sich nicht lange bitten und fing an zu erzählen. Immerhin lenkte sie das fürs Erste von ihm selber ab. »Also, eigentlich heißt sie Vörg, … aber für alle hier ist es eben immer noch die Rötelhuberin. Bis zu seinem Tod war sie mit Johann Konrad Vörg verheiratet. Ich schätze, der war bestimmt fünfundzwanzig Jahre älter als sie. Weiß der Himmel, warum die Ehe kinderlos blieb. Tja, und Witwe ist sie erst seit einigen Wochen. Trotzdem hat sie inzwischen schon vor dem Rat vorgesprochen und eine Bitte vorgebracht.«

»Wie praktisch, dass du als Beisitzer bei den meisten Verhandlungen dabei bist – so weißt du immer bestens über die Missetaten deiner Mitbürger Bescheid«, unterbrach ihn Gertraud plump. Sie schien nicht zu merken oder verstehen zu wollen, dass er darauf gerne verzichten würde, wenn er könnte. Was wusste sie auch schon von ihm? »Oh, entschuldige, … was wollte sie denn vom Rat?«

Ohne auf ihre Zwischenrede einzugehen, erzählte er weiter.»Nun, sie hat gejammert und ganz hilflos getan. Sie hat sich beklagt, dass sie jetzt des Nachts nur noch bei verschlossener Tür in Ruhe in dem Haus schlafen könne, in dem außer ihr noch der Bruder ihres verstorbenen Mannes lebt. Dann hat sie den Rat um Schutz ersucht – vor den Zudringlichkeiten des Schwagers.«

»Ich möchte gar nicht wissen, was dort alles vor sich geht, wenn die Haustür hinter den beiden ins Schloss fällt«, wisperte sie verschwörerisch.

Und da erhebt eine den Zeigefinger, die gerade wer weiß was getan hätte, wenn ich sie gelassen hätte, dachte Michael im Stillen bei sich. Er räusperte sich, um nicht antworten zu müssen. »Jedenfalls wurde der Johann Daniel Vörg daraufhin ermahnt und zeigte sich sogar einsichtig. Dann aber haben die beiden bekannt gegeben, dass sie heiraten werden.«

Von Gertraud kam ein überraschter Laut.

»Er ist ungefähr im gleichen Alter wie die Christine – passt also von daher besser zu ihr als sein Bruder. Die Rötelhuberin muss in den kommenden Tagen erneut vor dem Rat erscheinen und noch vor der Hochzeit einen Eid leisten, dass sie nicht schwanger ist.«

»Und? Was denkst du? Ist sie nicht schwanger und wird den Eid guten Gewissens leisten können?«

Michael schnalzte skeptisch mit der Zunge. »Alle Anzeichen sprechen dafür, dass sie ein Kind trägt. Letzten Endes wird es die Zeit zeigen.« Es war spät geworden und Michael war nicht mehr geneigt, noch länger hier herumzustehen. »Lass uns nach deinem Kranz sehen und dann nach Hause verschwinden. Ihr hattet einen langen Fußmarsch und seid bestimmt froh, wenn ihr euch ausruhen und schlafen könnt.« Um erst gar keine Widerrede zuzulassen, drehte er sich um und lief bereits zum Bottich hinüber, in dem sie das Johanniskraut zurückgelassen hatten. Gertraud überholte ihn und suchte auf der schwarzen Wasseroberfläche gespannt nach ihrem Kranz. Um ihr die Suche zu erleichtern und das Ganze zu beschleunigen, hob Michael eine nahe stehende Fackel an, damit der Lichtkegel in den dunklen Bottich fiel. Die noch verbliebenen Stängel und geflochtenen Blütenringe wippten am hölzernen Rand leicht mit den kleinen Wellen auf und ab.

»Siehst du ihn?« Gertraud hatte sich weit vorgebeugt, um die Farben der eingeflochtenen Bänder genauer erkennen und unterscheiden zu können. Sie hatte ein gelbes Band verwendet, konnte es jedoch beim besten Willen nicht entdecken.

»Dort hinten – ich glaube das ist er.« Ihr Begleiter deutete ans andere Ende. Tatsächlich – ihr Gebinde war aus irgendeinem Grund über einen anderen Kranz geschoben worden, sodass nur die eine Hälfte das dringend benötigte Wasser erhalten hatte. Die Blüten der anderen Seite hatten ihre Kraft verloren und waren welk in sich zusammengefallen.

»Oh nein, wie konnte denn das passieren – sieh nur, wie er jetzt aussieht!« Enttäuscht fischte ihn Gertraud heraus. »Na ja, was hat das schon zu sagen, nicht wahr?« Sie lächelte tapfer, holte Schwung, und der Kranz landete in hohem Bogen irgendwo in der Dunkelheit.

Ehe Michael ihr folgte, warf er doch noch einen letzten Blick in den Bottich. Was, wenn es aber nun doch stimmte, was man über das Johanniskraut sagte? Dann würde er so einiges dafür geben, um zu erfahren, wer denn Annas glücklicher Freier sein würde. Ihr Kranz trieb aufgrund der Wasserbewegung jetzt in der Mitte – und das blaue Band wechselte sich mit den weit geöffneten, leuchtendgelben Blüten ab.

PETER UND PAUL

– MONTAG, 29. JUNI 1523 –

Im Innenhof des Kreuzgangs regte sich kein Lüftchen. Trotzdem war es durch den Schatten der jungen Bäume angenehm kühl. Außer dem leisen Plätschern des Wassers und dem Zwitschern der Vögel war nur noch etwas gedämpft das lebhafte Treiben des großen Marktes zu hören, der außerhalb der Mauern des Stifts abgehalten wurde. Wie jedes Jahr zog er Kaufwillige, Händler, Fahrendes Volk, Bürger der Bergstadt und der umliegenden Dörfer und leider auch Gesindel aus Nah und Fern an. Georgius Krantz genoss den kurzen Frieden. Er saß auf der Holzbank neben dem Brunnen und hatte sich der zu warmen Schuhe entledigt. Seine nackten, schweißigen Füße streiften durch das Gras, ehe sie in die Sonne gestreckt wurden, um zu trocknen. Der Propst öffnete langsam die Augen. Er war kurz eingenickt, ermahnte sich jedoch selbst dazu, neben seinen täglichen Pflichten auch vor den Mauern nach dem Rechten zu sehen. Seufzend zog er die Füße zu sich heran, um wieder in die Schlappen zu schlüpfen. Beim Hinunterbeugen rümpfte er die Nase. Über die Sommermonate war es des Öfteren nötig, dass er sich eine Tinktur aus Fegekraut zum Einreiben bereiten ließ oder sich im Badhaus ein Fußbad aus derselben Pflanze genehmigte. Im Kreuzgang waren leise, schlurfende Schritte zu hören, und Georgius Krantz brauchte nicht einmal den Kopf zu drehen, um zu wissen, wer ihm gleich Gesellschaft leisten würde.

»Na, was tut sich auf dem Markt?«, wandte er sich an den Mann, der hinter ihn getreten war. »Setz dich noch einen Moment zu mir in den Schatten.« Er klopfte einladend neben sich auf die Bank und wartete, bis sich Dekan Johannes Heylmann niedergelassen hatte. Die beiden Männer waren in etwa im gleichen Alter und enge Vertraute.

»Alles geht seinen Gang. Die Sonne hat bald ihren höchsten Stand erreicht. Viele Leute suchen Zerstreuung und genießen ein

Mittagsmahl. Da ich gerade aufs Essen zu sprechen kam, … ich wollte mich gerade auf den Weg machen, um den Fang der Apostelfischer in Augenschein zu nehmen. Ich denke, dass wir sie demnächst hier erwarten dürften.«

Vom Propst kam nur ein zustimmendes Murren. Er wirkte abwesend. »Sag, was bedrückt dich an solch einem schönen Sommertag?« Johannes Heylmann ließ den Höhergestellten nicht aus den Augen.

»Vieles«, kam die kurze Antwort. Georgius Krantz rieb sich die Schläfen. Er wirkte müde, und der Dekan wartete geduldig ab, bis er weitersprach. »Unser Wormser Bischof Heinrich IV. hat mir die Nachricht zukommen lassen, dass der Papst wohl nicht mehr bei guter Gesundheit sei und dass große Sorge besteht, dass er …« Er vollendete den Satz nicht.

Johannes zog überrascht die Brauen hoch. »Aber … der Heilige Vater wurde doch erst im letzten Jahr gewählt!« Bestürzt faltete er die Hände.

»Nun, wie bereits gesagt, … er ist krank – und so wie der Papst krank ist, ist auch die Kirche krank, und dieser Luther … mit seinen falschen Lehren … trägt bei Gott nicht zu deren Genesung bei!« Georgius Krantz merkte, dass er dabei war, sich in Rage zu reden. »Sicher, Papst Hadrian erlässt viele Einschränkungen. Die wenigsten verstehen, warum er die päpstliche Hofhaltung und die finanziellen Verordnungen so beschneidet und anders handhabt. Außerdem lassen viele kein gutes Haar an ihm und verspotten ihn, weil er deutsch ist. Trotzdem bin ich mir sicher, dass er versuchen wird, einer drohenden Kirchenspaltung entgegenzuwirken.« Während er sprach, erhob er sich und schlenderte zusammen mit Johannes Heylmann zum Kreuzgang hinüber. Dort blieb er auf den großen Steinplatten stehen und sah nachdenklich zu den robusten Holzbalken hinauf, die eng beieinander die gesamte Decke stützten. »Und einige scheinen doch noch bedeutenden Einfluss zu haben. Ich denke dabei auch an Thomas Murner.«

Der Dekan lächelte. »Ja, seine Flugschriften kenne ich zur Genüge. Der katzenköpfige ›Murnarr‹ und die Torheiten und menschlichen Narrheiten, die den Narren bei der Narrenbeschwörung ausgetrieben werden … oder sein Gedicht ›Von dem großen lutherischen Narren‹, in dem er den übergroßen Luther beschwört.«

Georgius unterbrach ihn: »Auf jeden Fall hat Murner Einfluss. Wie ich hörte, weilt er zurzeit nicht mehr in Straßburg, sondern auf angebliche Einladung des englischen Königs am Hofe Heinrichs VIII.«

Ehrfurchtsvoll schnalzte Johannes mit der Zunge und pfiff durch die Zähne. Sie waren an einem der zahlreichen Fenster zum Innenhof stehen geblieben, und er betrachtete den kleinen Frosch, der wie lebendig in den Rahmen gearbeitet war und sich unter dem steinernen Blattwerk versteckte.

»Ah! Gregorius, … wir sprachen gerade über die kränkelnde Kirche, … hast du nicht mit diesem Lutheraner Schnepf gesprochen, der im Gemmingen'schen Hof wohnt?« Der Vikar war gerade um die Ecke gebogen, und Georgius Krantz hielt ihn sogleich auf.

»Nun ja, … ja … schon«, antwortete Gregorius Geyger vorsichtig. Die neue Lehre war ihm ein unliebsames Thema. Besonders, wenn es der Propst des Stifts höchstpersönlich anschnitt. Er interessierte sich für die Thesen – aber nur heimlich. Mit seiner Meinung hielt er sich bislang zurück. »Er ist herausragend in seiner Erscheinung, … wenn du das meinst«, wich er aus. Die drei Männer hatten den Kreuzgang inzwischen verlassen und waren in den noch kühleren Innenraum des Stifts getreten. Die warme Sommersonne warf zwar von außen ihre kräftigen Strahlen durch die schmalen, hohen Fenster und ließ das bunte Glas aufleuchten, dennoch herrschte unten am Boden ein seltsames Zwielicht. Gregorius Geyger liebte diese erhabene Stille, wenn sich nichts und niemand bewegte, aber auch den Widerhall jeglicher Schritte und Stimmen – selbst wenn man versuchte, noch so leise zu reden. Die mächtigen Säulen in der Halle teilten sich oben, bildeten ein Netz aus Stein und stemmten die hohen, gewölbten Decken mit Leichtigkeit. Am höchsten Punkt war grünes Blattwerk aufgemalt. Beinahe so, als würde man unter einem hohen Baum stehen. Zu beiden Seiten der großen Haupthalle befand sich eine schmalere. Betrat man das Chorherrenstift durch das große Portal, ging man – flussaufwärts – direkt auf den Altar zu, der etwas erhöht lag und über zwei Stufen erreichbar war. Der Altarraum wurde durch kurze, stämmige Holzsäulen vom Raum für die Gläubigen abgetrennt. Neben dem Altar, unter dem geschützt und verborgen Reliquien aufbewahrt wurden, fanden die zwölf Kanoniker ihre Plätze. Die dunkle Holzbank war durch schön gearbeitete Wände in einzelne Sitznischen unterteilt, deren ebenfalls hölzerne Lehnen sich weit nach oben zogen und in einem kleinen Dach endeten.

Aus der kleinen Halle des flussabgewandten Seitenaltars waren plötzlich leise Geräusche zu vernehmen.

»Jodocus? Bist du das?« Der Dekan Johannes Heylmann hatte aufgehorcht. »Ich hatte nämlich unseren Kustos gebeten, sich die Schäden hier am Gemäuer genauer anzusehen«, erklärte er dem Propst. »Seit dem letzten kräftigen Gewitter vor einigen Tagen sind die Wände vom Boden her feucht. Man sieht deutlich den Rand. Ich denke nicht, dass es der Stabilität schadet, aber wir sollten dem vorzeitigen Altern entgegenwirken.«

»Entschuldige mein verspätetes Erscheinen, Johannes!« Japsend kam Kustos Jodocus Bock den Mittelgang entlanggeeilt. Erstaunt drehten sich die Männer zu ihm um. Wenn er gerade hinten durch das Hauptportal eingetreten war, wer trieb sich dann hier vorne bei den Altären herum? Leise und ohne einen Laut zu verursachen, schlich Vikar Gregorius Geyger durch die große Halle. Er achtete darauf, dass er möglichst lange hinter der nächststehenden Säule verborgen blieb. Mit den Händen gab er den anderen Zeichen, dass sie weiterreden sollten. So, als hätten sie das verräterische Geräusch nicht bemerkt. Langsam umrundete er den Pfeiler. Durch die unzähligen Kerzen, die auf den vielen Ständern und Halterungen brannten, herrschte hier ein besonderer Geruch, und der goldene Schein der kleinen Flammen füllte den Raum aus. Gregorius unterdrückte den Hustenreiz, den die Mischung aus Bienenwachs, Feuer und Rauch von erloschenen Kerzen bei ihm immer hervorrief. Zuerst konnte er nichts Ungewöhnliches entdecken. Dann aber trat er noch ein wenig weiter in die Seitenhalle ein und ganz hinten in der Ecke konnte er einen Schatten erkennen, der sich duckte, klein machte und offensichtlich bemühte, unentdeckt zu bleiben. »Wer da?«, rief er ihn laut an. Der Schatten bewegte sich, richtete sich auf und trat hinter dem Kerzenständer hervor. Schuldbewusst blickten ihn die blauen Augen aus dem dreckverschmierten Gesicht an. Der neugierige und aufgeweckte Junge Jost Volcker war für Gregorius Geyger kein Unbekannter. Eigentlich war es ein Frevel, diese kleine, aber doch herausragende Persönlichkeit verkümmern zu lassen. Er wusste, dass er nichts besaß. Hin und wieder tauchte er beim Stift auf. Dann steckte er ihm einen kleinen Laib Brot zu oder das, was er sonst gerade übrig hatte. Wenn er dann den Magen voll hatte, und die Gedanken sich mit etwas anderem beschäftigen konnten als der Mahlzeitbeschaffung, dann sprudelten Fragen aus ihm heraus, und die Antworten wurden wissbegierig aufgesogen. Über die Monate war das zu einer stillschweigenden Vereinbarung geworden. Mehr konnte er nicht für ihn tun. Noch nicht – denn für ein kirchliches Amt war er selbstverständlich noch viel zu jung.

Jost hatte einen Leinenbeutel dabei, der sich verdächtig wölbte. Wie um das eh schon Offensichtliche zu bestätigen, hielt er in der anderen Hand eine Kerze und an einem Finger klebte das erkaltete Wachs. Er wusste genau, welche Strafe auf das Stehlen von Kerzen und dem wertvollen Wachs stand: Die Ohren wurden abgeschnitten! Allerdings hatte er die Kerzen nicht direkt vom Altar gestohlen. Vielleicht blieb ihm dadurch eines erhalten. Vielleicht hatte er aber auch – wie schon so oft – doch mehr Glück.

In Windeseile schätze er die Entfernung ab, die er zurücklegen musste, um an dem Vikar vorbeizukommen. Sollte er reumütig auf ihn zugehen und so den Überraschungsmoment nutzen, ehe er losrannte? Und war er ohne den Beutel schneller?

Gregorius Geyger konnte beinahe jede einzelne dieser Fragen in Josts Gesicht ablesen. Die Zeit drängte, also fasste er einen Entschluss. Dem Stift würde es keinesfalls schaden, wenn einige Kerzen fehlten. Für Schatzmeister Jodocus war es ein Leichtes, von den Bienen züchtenden Dominikanern Ersatz zu beschaffen.

Georgius, Jodocus und Johannes standen immer noch – für die beiden durch die Mauer nicht sichtbar – in der anderen Halle vor dem Altarraum und unterhielten sich. Er sah sich gründlich um. Vergewisserte sich, dass er auch sonst von keiner Menschenseele beobachtet wurde. Dann fuchtelte er wild mit den Händen, zog eine Grimasse und scheuchte ihn in Richtung Ausgang. Verständnislos blieb Jost zuerst stehen. Er wusste nicht, was er tun sollte. Unsicher machte er ein paar kleine Schritte, als er aber sicher war, dass es keine Falle war und ihn Gregorius nicht schnappen wollte, huschte ein dankbares Lächeln über sein Gesicht. Ohne weiter zu zögern, begann er zu rennen – an Gregorius und an den Säulen vorbei, durch die große Halle zum Hauptportal, in die Freiheit.

Gregorius ließ Jost einen möglichst großen Vorsprung, ehe er sehr geräuschvoll einen eisernen Kerzenständer umstieß und sich danach stöhnend auf den kalten Steinboden warf. Schlagartig verstummten die anderen Stiftler und eilten in die kleine Kerzenhalle. »Hab ich es mir doch gedacht, als der sich davonmachte! Haltet den Dieb!«, schrie Jodocus Bock und nahm die Verfolgung auf. Gregorius fand, dass er, trotz seiner Körperfülle und den kurzen Beinen, erstaunlich schnell war. Genauso außer Atem, wie er hereingekommen war, rannte er jetzt auch wieder hinaus. Er konnte gerade noch stehen bleiben, ehe er in die zappelnden, silbernen Fischleiber trat. Einer der Apostelfischer rappelte sich gerade wieder auf.

»Dieser Bengel hat mich einfach über den Haufen gerannt! Es ging alles so schnell, ich konnte nicht mehr ausweichen, geschweige denn die Fische im Korb behalten!« Empört sah er sich um, aber Jost war schon längst in der Menge verschwunden, die neugierig den Tumult vor dem Stift beobachtete.

»Ja, ja, schon gut, … kommt mit, … ich entlohne Euch!«, japste Jodocus Bock verärgert und befahl dem Fischer, ihm zu folgen.

Anna zerdrückte die rote Beere mit der Zunge und schluckte den süßen Saft. Sie war etwas hinter den anderen zurückgefallen, was sie allerdings nicht im Geringsten störte. In aller Ruhe suchte sie am Wegesrand weiter nach der Pflanze mit den gezackten Blättern. Die Sonne hatte die meisten der grünen, harten Beeren schon rot verfärbt. Sie wich weiter in das höhere Gras aus, als ein paar

Frauen aus der Bergstadt mit einem quietschenden Handkarren an ihr vorbeizogen. Anna nutzte die Unterbrechung, um – eine dornige Hecke im Rücken – ihren Rock hinten ein wenig zu lupfen und sich kurzzeitig Kühlung zu verschaffen. Sie hatte sich bei der Wärme eh schon ein Kleid mit dem dünnsten Stoff ausgesucht. Trotzdem war der nasse Fleck unter ihren Achseln deutlich zu spüren. Anna schützte ihre Augen vor der grellen Sonne und spähte ihrer Familie hinterher. Weiter vorne liefen ihre Mutter Amalia, ihr Bruder Peter und ihr Stiefvater Steffen Brel. Den größten Teil des Weges hatten sie schon zurückgelegt. Auch die Furt, die heute regen Andrang fand, hatten sie schon passiert. Der große Markt um das Ritterstift war ihr Ziel. Bei dem Gedanken an die Köstlichkeiten, die sie dort erwarteten, wurde sie sich wieder ihrer trockenen Kehle bewusst. Anna schluckte, und die Zunge klebte am Gaumen. So bald als möglich würde sie sich einen Becher kühlen, dünnen Wein gönnen. Sie schnaufte kurz auf, sah sich die roten, verfärbten Fingerspitzen an und schleckte sie ab, ehe sie sich die Seite des Weges aussuchte, die am wenigsten mit Reisig, Steinen und Erde ausgebessert worden war. Nach einer Weile blieb sie stehen. Bis zum Ufer des Nekkers war es nicht weit. Anna zuckte zusammen. Als sie das letzte Mal ihre Füße abkühlen wollte, hatte sie eine überraschende Begegnung mit dem Scharfrichter gehabt. Schnell wurde die Erinnerung verdrängt und sie sah sich lieber die kleinen Felder auf der anderen Flussseite an, auf denen der Weizen kniehoch stand und die Mohnblüten leuchtend rot herausstachen. Ohne Eile folgte sie den anderen. Bereits vor der Enge und dem bunten Treiben des Marktes, gab es allerhand zu entdecken. Bauern und Händler aus dem Umland strömten zu den Mauern des imposanten Gebäudes, um einen günstigen Platz zu ergattern, an dem sie ihre mitgebrachten Waren feilbieten konnten. Pilger bahnten sich mit Bündel und Stock ihren Weg. Entweder waren sie am Ziel ihres Weges, oder aber sie rasteten, stärkten sich, und das Chorherrenstift war nur eine Station ihrer weiten Reise.

»Ja, … ich weiß, dass du die gerne frisst. Wenn du noch mehr haben willst, dann musst du schon mit mir kommen.« Anna drehte den Kopf. Direkt neben ihr redete ein Junge auf den Ziegenbock ein, der an einem Strick gemächlich hinter ihm hertrottete. Das Tier sah gesund aus und der Junge würde sicher einige Münzen dafür bekommen. Vom schwarzen Kopf aus zog sich ein Streifen über den braunen Rücken. Die Hörner bogen sich leicht nach hinten und gerade hatte der Bock etwas aus den ausgestellten Backen ausgespuckt. Anna stutzte. Hatte sie da recht gesehen? Sie ließ das ungleiche Gespann überholen, beobachtete die beiden jedoch aufmerksam weiter. Und richtig – der Junge langte in einen Beutel, den er umgehängt hatte, und zog eine bläuliche Zwetschge heraus. Gierig beschleunigte der Bock seine trippelnden Schritte. Das Maul schnappte nach der Frucht und mit geübten Kaubewegungen löste er den Stein aus dem fruchtigen Fleisch. Es dauerte nicht lange, da landete der harte Kern auf dem Boden und wurde zurückgelassen. Anna musste lächeln. Die Vorliebe für Zwetschgen war ihr bei Ziegenböcken bisher nicht bekannt gewesen.

»Anna, … nun komm schon. Wir können in dem Gedränge nicht immer auf dich warten!«, rief ihr ihre Mutter Amalia ärgerlich zu. Anna war stehen geblieben und sah zu den Spielleuten hinüber. Zu der lustigen Melodie tanzte und hüpfte eine kleine Gestalt in bunten Gewändern. Es war aber kein Kind. Es war ein Zwerg – ein kleiner Mann. Körper, Gliedmaßen und Kopf passten nicht zueinander, wodurch ein ungewohnt verzerrtes Bild entstand. Der Körper war der eines Erwachsenen. Die Arme und Beine waren zu kurz. Wenn er die Hände nach oben streckte, reichten die Finger gerade ein Stück über die Ohren. Der Kopf hingegen wirkte etwas zu groß und hatte eine seltsame Form. Er schnitt Grimassen und sang Spottverse, um dann nach jeder Darbietung seinen Hut zu ziehen und mit diesem Münzen der Zuschauer einzusammeln.

»Bin schon unterwegs«, antwortete Anna und riss sich von dem Anblick los. Sie war froh, dass es ihrer Mutter etwas besser ging. Die Wärme schien ihr gutzutun, obwohl sie sich trotzdem immer zusätzlich noch ein Schultertuch umlegte.

»Du weißt doch ganz genau, dass Steffen direkt zum Händler Haug will«, flüsterte Amalia respektvoll. »Er spricht schon seit

Wochen davon, dass er ihn mit der Beschaffung dieses besonderen Dolches beauftragt hat. Wenn er ihn heute von ihm bekommt, dann hat er wenigstens gute Laune.«

Sie folgten Peter und Steffen auf der Straße durch das untere Tor, das weit geöffnet worden war. Die hohe Mauer umschloss das gesamte große Gebiet, das zum Stift gehörte. Steffen Brel wusste, dass sich Casper Haug immer in der Nähe des oberen Tores niederließ, und so bahnten sich alle vier ihren Weg an dem imposanten Bauwerk entlang Richtung Hailbrun.

Den Händler Casper Haug schon in Sicht, machte Steffen Brel auf dem letzten Wegstück immer größere Schritte, um dessen Wagen schnellstmöglich zu erreichen. Der schmächtige Mann hatte seinen Karren im Schatten eines Kirschbaumes abgestellt, dessen Früchte sich unter der kräftigen Sonne schon rötlich verfärbt hatten. Er lag entspannt daneben im Gras. Seinen Kopf hatte er bequem auf den Armen abgelegt. Die Beine übereinandergeschlagen, wippten die Füße zur Musik, während die Zunge den langen Grashalm in der Zahnlücke spielerisch auf und ab bewegte. Casper Haugs Blick schweifte träge vom grünen Blätterdach zu den Ankömmlingen. Nur zu gerne hätte er jetzt seine Ruhe gehabt und ein Schläfchen gehalten. Er merkte immer öfter, dass er eben nicht mehr der Allerjüngste war. Wenn er jedoch Geschäfte machen und etwas verkaufen wollte, dann sollte er nicht auf der faulen Haut liegen. Den gleichen Gedanken hegte wohl auch der Ratsherr, der ungeduldig mit verschränkten Armen vor ihm Aufstellung genommen hatte und ihn mit seinem tadelnden Blick beinahe durchbohrte. Seine Familie stand in gebührendem Abstand etwas weiter hinten, beobachtete jedoch alles gespannt. Ungelenk rollte er sich zur Seite ab, um sich dann ächzend zu erheben. Er hatte keine Eile. Der hohe Bürger war so erpicht darauf, die gewünschte Ware in Empfang zu nehmen, dass er sicher auch noch länger hier stehen würde. Trotzdem sollte man zahlende Leute nicht warten lassen. Nachdem er seine Kleidung zurechtgezupft hatte, setzte er ein gewinnendes Lächeln auf und winkte Steffen Brel zu sich heran.

»Ihr habt ihn also?« Skeptisch legte dieser die Stirn in Falten. Das Grinsen des Händlers wurde noch ein wenig breiter. Behände kletterte der schmächtige Mann auf seinen Wagen und verschwand in dem Aufbau. Neugierig spähte ihm Steffen hinterher und reckte den Hals. Man konnte hören, wie er drinnen herumhantierte. Schließlich tauchte er wieder auf und übergab Steffen Brel die ungeduldig erwartete Ware. Anna konnte nicht sonderlich viel erkennen. Es war ein längliches Bündel. Irgendetwas in weichem Leder eingewickelt und verschnürt. Peter zappelte neben Anna herum. Wenn es nach ihm gegangen wäre, dann stünde er jetzt vorne bei den beiden Männern.

»Er ist prachtvoll!«, rief der Ratsherr begeistert aus. Der Dolch lag jetzt glänzend in seinen Händen. Stolz präsentierte er die Waffe. »Ihr habt wahrlich nicht zu viel versprochen!« Seine Augen leuchteten, und immer wieder drehte und wendete er ihn, um ihn von allen Seiten zu betrachten. Anna wusste nicht, woher Casper Haug ihn hatte, welcher kunstfertige Schmied damit beauftragt worden war, aber auch sie war von dem Anblick gefangen. Sie schätzte, dass die Länge des Dolches, der bläulich silbern glänzte, in etwa der Länge ihrer Elle entsprach. Die dreiflächige, spitze Klinge, die Anna bis dato so noch nie gesehen hatte, war am dicken Ende kunstvoll in sich gedreht. Im Griff, der höchstwahrscheinlich aus Hirschhorn gefertigt worden war, konnte man aufwendige, eingeschnitzte Muster, Linien und Verzierungen erkennen. »Dieser Dolch ist einzigartig … und Ihr habt ihn genau nach meinen Vorgaben fertigen lassen. Kein anderer besitzt einen wie diesen …«

Peter trat näher und konnte sich nur schwer zurückhalten, andächtig über die Klinge zu streichen.

»… oder wird einen wie diesen besitzen!«, patzte sein Stiefvater ihn an und zog seine Hand mit der Kostbarkeit weg. »Das ist allein mein Eigentum! Wenn du solch einen Dolch haben willst, kannst du ihn erst in Auftrag geben, wenn du dir die Münzen dafür verdient hast. Diesen hier trage nur ich – und wenn meine Zeit gekommen ist, dann werde ich ihn mit ins Grab nehmen! Gott ist mein Zeuge! War das deutlich genug?« Steffen Brel hatte so laut geredet, dass sich bereits einige Bürger nach ihm umdrehten.

»Aber ich wollte doch nur …«

Anna legte beschwichtigend eine Hand auf den Arm ihres Bruders, und er verstummte. Sie verstand nicht, was ihren Stiefvater nun schon wieder so gereizt hatte.

»Wirklich ein wunderschönes Stück!« Feit Morstatt hatte einen einschmeichelnden Ton angeschlagen und stellte sich grinsend neben den Ratsherrn, um den Dolch eingehender zu betrachten.

»Ihr seid in der Stadt?« Irritiert sah dieser den jungen Mann an.

»Natürlich, wo sollte ich denn sonst sein?«, tat er scheinheilig.

»Ihr habt die letzte Ratssitzung versäumt«, brummte Brel schlecht gelaunt und wickelte seine Errungenschaft wieder in das weiche Leder ein.

»So dramatisch ist das nicht. Ich bin trotzdem bestens unterrichtet«, kam die hochnäsige Antwort. »Wie ich hörte, sollen David von Helmstatt ziemliche Geldsorgen plagen. Das wäre eine gute Gelegenheit für die Stadt …«

Weiter kam er nicht mehr, denn Steffen Brel fuhr ihn wütend an: »Dummkopf! Selbst wenn der Rat die nötigen Mittel hätte und die Mehrheit der Mitglieder dem sogar zustimmen würde – denkt Ihr denn, dass von Helmstatt sein Siegel unter ein Wymphener Papier setzen würde? Wir halten bereits ein Fünftel von Rappenauw, und selbst er ist nicht so dumm, seine anderen vier Fünftel bei uns als Pfand zu setzen. Zu groß wäre die Schmach, wenn er die Rechte ausgerechnet an einen politischen Konkurrenten abtreten müsste! Findet Euch damit ab: Wir werden uns jedenfalls nicht bei dieser Gelegenheit in den Besitz von Rappenauw setzen können. Viertausend Gulden hat er sich bereits anderweitig geliehen.« Steffen Brel lachte verächtlich über den verdutzten Blick. »Ihr seht – anscheinend seid Ihr doch nicht so gut unterrichtet, wie Ihr dachtet.« Ohne ein weiteres Wort ließ er den Jungen Rat stehen und verschwand mit Anna, Peter und seinem angetrauten Weib wieder in der Menge.

Finster blickte ihnen Feit Morstatt nach und wurde erst aus seinen Gedanken gerissen, als der geschäftstüchtige Casper Haug das Wort an ihn richtete.

»Die Frau des Ratsherrn hat vorhin zum wiederholten Male meinen äußerst wirksamen Stärkungstrank erstanden. Darf ich Euch denselbigen ebenfalls anbieten?«, säuselte er unterwürfig und verbeugte sich dabei beinahe.

Der Junge Rat hatte seine Lippen immer noch zornig zusammengepresst und sah ihn lange nachdenklich an, ehe er antwortete. »Man sagt, dass Ihr für so manche Gelegenheit das passende Mittelchen parat habt. Ist es nicht so?«, flüsterte er so dicht an seinem Ohr, dass der warme Atem zu spüren war.

Der Händler ließ sich Zeit mit seiner Antwort. Wie viel wusste der Bursche? Wer hatte sein Versprechen, Stillschweigen zu bewahren, gebrochen? Nur wenige ausgewählte Leute kannten dieses Geheimnis. »Oh, wie Ihr seht, habe ich so einiges anzubieten …« Das unechte Lächeln verzog nur den Mund, erreichte jedoch nicht seine Augen. Casper Haug breitete seine Arme aus, um die Vielfalt seiner Waren, Fläschchen und Tiegel zu präsentieren. »Falls Ihr etwa jemanden kennt, der schwache Augen hat … ich hätte da ein vortreffliches Mittel: Derjenige soll sich die Augen einer Kröte um den Hals hängen!« Kaum gesagt, baumelte das kleine Beutelchen an der gedrehten Kordel vor seiner Nase.

»Dies alles…«, der junge Ratsherr ließ seinen Blick über den Tand schweifen, »… meine ich nicht.« Er senkte die Stimme zu einem tiefen Knurren. »Ich bin auf der Suche nach einem wirksamen Gift. Man sagte mir, dass Ihr der richtige Mann dafür seid, Probleme auf diese Art zu lösen.«

Haugs Grinsen verschwand. »Gift?« Der Händler stellte sich weiter unwissend. Er war immer noch nicht bereit, sein Vertrauen zu schenken.

»Es soll Euer Schaden nicht sein … und Ihr könnt Euch darauf verlassen, dass ich schweigen werde, … Gott ist mein Zeuge.« Feierlich legte er eine Hand auf seine Brust, ehe er den Beutel an seinem Gürtel schüttelte und die Münzen darin klingen ließ. Feit Morstatt beobachtete sein Gegenüber eingehend und ein Lächeln spielte um seine Mundwinkel. Er hatte die Veränderung sofort bemerkt. Das Misstrauen und der Widerstand schmolzen dahin.

»Nun, ich könnte Euch einen schwachen Trank mixen. Der würde helfen, leichte bis mäßig starke Schmerzen erträglicher zu machen …«

Der Junge Rat schüttelte langsam den Kopf. »Ich sagte, dass ich ein Problem zu lösen habe, Ihr versteht? Nehmt einfach an, dass ich einen mächtigen Ochsen im Stall stehen habe. Er hat sich ein unheilbares Leiden zugezogen … und ich will ihn erlösen. Mit einem schwachen Trank könnte ich bei einem gewaltigen Tier nichts ausrichten. Es muss zuverlässig und schnell wirken.«

»Nun gut, … wartet hier.« Casper Haug verschwand wieder auf seinem Wagen.

Feit Morstatt schlenderte pfeifend durch das Getümmel. Irgendein Bengel rempelte ihn an, aber es störte ihn nicht. Seine Laune war bestens. Selbst als er später den Ratsherrn Brel sah, und dieser sich hochnäsig und arrogant wegdrehte, tat das seiner guten Laune keinen Abbruch. Lächelnd tasteten seine Finger in dem Beutel nach dem Fläschchen – dem überaus kostbaren Fläschchen, das ihm allein die Macht über Leben und Tod gab.

DIE BURG AUF DEM GUTTENBERG

– SAMSTAG, 1. AUGUST 1523 –

MICHAEL KREMER STAND IN DER DÄMMRIGEN STUBE und überlegte, was er alles benötigte. Es war sehr früh am Morgen. Die Sonne war noch nicht ganz aufgegangen, aber wenn er den größten Teil des Weges noch vor der Mittagshitze hinter sich bringen wollte, dann musste er sich beeilen.

»Hat er nicht auch etwas von einer Verletzung durch eine Sense gesagt?« Greta kam gähnend in die Stube zurück und blieb neben ihrem Bruder stehen, der sich nachdenklich sein Kinn rieb.

»Ja, schon, … aber den Wegerich, den ich für die Breiauflage brauche, werde ich erst auf dem Weg zum Guttenberg sammeln, damit die Blätter noch frisch sind.« Er befestigte das geschliffene Messer am Gürtel, steckte noch eine Zange ein und zog den Beutel dann mit dem Lederband zu. Seine Schwester hatte ihn mit allerhand Kräutern, Wurzeln und getrockneten Pflanzen ausgestattet, damit er gut gerüstet war.

»Schade, dass ausgerechnet an Petri Kettenfeier nach dir geschickt wird und du dadurch den Markt versäumst. Soll ich etwas Bestimmtes für dich kaufen?«, fragte sie bedauernd.

»Nein. So schlimm ist es auch wieder nicht«, log Michael. Insgeheim ärgerte es ihn aber doch. Heute hätte er Anna bestimmt auf dem Marktplatz angetroffen. »Möchte nur wissen, was so wichtig ist, dass man nicht den Gerichtstag abwarten kann«, murmelte er vor sich hin.

»Was hatten die hohen Herren gestern denn sonst noch zu bereden?« Normalerweise plauderte ihr Bruder immer mit ihr über die Neuigkeiten, die er vom Ratsgebäude mitbrachte, wenn er dort als Beisitzer anwesend zu sein hatte. Gestern allerdings war er recht übellaunig heimgekehrt, hatte den Mund gehalten, und auch jetzt noch war er mit dem Kopf irgendwo anders.

»Na ja, der Brel und der Junge Rat haben sich eben wieder angeblafft. Sie konnten sich alle nicht einigen, wie sie mit den eingebürgerten Adeligen umgehen sollen. Einerseits trauen sie ihnen nicht so recht über den Weg – egal, wie lange sie schon in Wymphen leben oder welchen Besitz sie vorweisen können. Andererseits vergeben sie dann doch wieder Ämter an sie – wenn auch niemals die des Alten Rates, versteht sich.« Michael angelte sich das restliche Stück Brot und verstaute es als Wegzehrung ebenfalls noch im Beutel.

»Dann hat es so ausgesehen, als ob der Brel ihm gleich an die Gurgel geht, … aber zum Glück kam dann gerade der Reiter an und brachte die Bitte vor, dass mich der Rat doch für einige Tage freistellen und zur Burg auf den Guttenberg entlassen möge, wenn keine anderen wichtigen Gründe dem entgegenstehen.«

»Dann wirst du also zur Begehung der ›Verklärung des Herrn‹ vielleicht noch gar nicht wieder hier sein?«, versuchte sich seine Schwester, auf seine Rückkehr einzustellen.

»Margaretha, ich weiß es nicht! Ich kann dir nicht sagen, wie lange Dietrich von Gemmingen gedenkt, meine Dienste in Anspruch zu nehmen. Die Zustimmung des Rats dazu hat er jedenfalls«, gab er deutlich gereizt zur Antwort.

Greta nahm es ihm nicht übel. Er war angespannt. Schließlich wusste Michael nicht, was ihn auf der Burg erwartete. Welche unliebsamen Tätigkeiten er zu verrichten hatte. Zur Begründung vor den Ratsmitgliedern war nur angeführt worden, dass ein Dieb seiner gerechten Strafe zugeführt werden sollte und ein Urteilsspruch in einem Streitfall erwartet wurde. Er löste seinen Blick von dem Schwert, das für diesen Zweck schon auf dem Tisch bereitlag. Michael hoffte, dass er es nicht brauchen würde. Es war Zeit aufzubrechen, und so leerte er den Becher mit dem herrlich kühlen, durststillenden Kamillenaufguss in wenigen Zügen. Michael schnallte sich den Beutel auf den Rücken, schulterte sein Richtschwert und setzte einen Hut auf, den er später in der sengenden Sonne sicher gut brauchen konnte.

»Ach, übrigens …« Michael horchte auf. Die flötende Stimme seiner Schwester machte ihn misstrauisch. »… wenn du eh schon unterwegs bist, dann kannst du ja auch noch ein Stück weiter gehen, … bis nach Meckmul.«

Er hatte es geahnt und verdrehte genervt die Augen. »Gertraud würde sich bestimmt über deinen Besuch freuen.« Greta gab noch nicht auf, und insgeheim wusste er ja auch, dass sie recht hatte. Bei dem Gedanken allerdings, sein Leben mit des Scharfrichters Tochter zu teilen, wuchs ein Widerwille in ihm, den er einfach nicht ignorieren konnte. Er gab keine Antwort, sondern stapfte mürrisch ohne einen Gruß zur Tür hinaus.

Michael hatte es nicht eilig. Gemächlich setzte er einen Fuß vor den anderen. Es wurde immer wärmer, und am Wegesrand standen schon lange keine Bäume mehr, die Schatten hätten spenden können. Lahm verscheuchte er ein fliegendes Tierchen, das sich auf seinem verschwitzten Genick niedergelassen hatte. Der Riemen schnitt ihm unangenehm in die Schulter und so wechselte er die Last auf die andere Seite. Michael folgte einfach dem Pfad, der ihn entlang des Flusslaufes immer weiter den Nekker hinunter führte. Es gab auch einen Weg, der weiter oben über die Wiesen und Felder verlief, aber in der Nähe des Wassers schien es vergleichsweise kühler zu sein. Den Weg kannte er noch aus der Zeit, als sein Vater gemäß der Bestallungsurkunde zweimal im Jahr jeweils zu den Gerichtstagen auf der Burg vorstellig werden musste – oder auch öfter, wenn zwei Streithähne mit der Entscheidung und Schlichtung nicht bis dahin warten wollten. Sofern sich die Gemüter ordentlich erhitzt hatten, konnten sie auch nicht durch die dann höheren Kosten davon abgehalten werden, den Scharfrichter eigens dafür aus Wymphen herzubestellen.

Die Sonne stand inzwischen am höchsten Punkt ihrer Bahn und brannte erbarmungslos. Gut geschützt in feuchte Lappen eingeschlagen, bewahrte Michael das am Wegesrand gesammelte Ackerkraut davor, allzu schnell zu welken. Er blieb kurz stehen, um sich die Hosenbeine bis zu den Knien nach oben zu wickeln. Für einen kleinen Moment verschaffte dies Erleichterung. Michael richtete sich auf und spähte mit zusammengekniffenen Augen über die weitläufige Landschaft. Der Guttenberg erhob sich ganz in der Nähe. Also würde er den Pfad am Nekker verlassen, um dann über die Wiesen und Felder, die dort ringsum bestellt wurden, zum Fuß der Erhebung zu gelangen. Er setzte sich wieder in Bewegung. Monoton stapfte er durch das hohe Gras, dessen lange Halme ihn unablässig kitzelten. Als er das nächste Mal aufsah, um sich zu orientieren, hatte er den schmalen Weg, der durch den Wald zur Burg hinaufführte, beinahe erreicht.

Weit sichtbar hoben sich die grauen Mauern vom umliegenden Grün des Waldes ab. Der Bergfried ragte weit über das danebenstehende Gebäude hinaus und bildete den höchsten Punkt. Eine mächtige Ringmauer, mit Türmen in größeren Abständen, umschloss die trutzige und wehrhafte Anlage. Michael blieb stehen und verschnaufte. Er folgte nicht dem bequemen Weg, der sich in langen Schlaufen den Berg hinaufschlängelte, sondern hatte eine Abkürzung gewählt. Jetzt musste er sich zwar durch das unwegsame Gestrüpp und Unterholz kämpfen, aber er würde trotzdem schneller sein Ziel erreichen – wenn auch mit einigen Schrammen und Kratzern. Oben angekommen, setzte er sich im Schatten eines Baumes auf den Boden, verzehrte den Kanten Brot und wartete ab, bis sein Herz wieder langsamer schlug und der Schweiß auf seiner Stirn getrocknet war.

Er konnte sich erinnern: Das gewaltige Mauerwerk war ihm damals als Junge noch mächtiger erschienen. Alles wirkte friedlich und ruhig. Vom umtriebigen Tagwerk bekam man außerhalb der steinernen Eingrenzung so gut wie nichts mit. Ein paar weiße Rauchsäulen stiegen über den Dächern geradewegs in den Himmel auf. Michael hatte gehört, dass in Kürze eine Hochzeit stattfinden sollte. Die Neuigkeit hatte sich schon im ganzen Umland verbreitet. Philipp, der Bruder des Burgherrn Dietrich, würde dann eine Agnes Marschall von Ostheim ehelichen. Sicher waren die Knechte und Mägde schon eifrig dabei, alle möglichen Vorbereitungen zu treffen.

So langsam musste auch er sich wieder auf den Weg machen. Den Hut, mit dem er sich Luft zugefächelt hatte, stülpte er sich wieder auf den Kopf. Erneut bepackt mit Beutel, Ackerkraut und seinem Schwert, ging er entlang der hohen Ringmauer zum ersten

Tor, das direkt neben einem runden Wehrturm einen Durchlass in dem steinernen Wall bildete. Ein köstlicher Duft wehte ihm entgegen, als er es ungehindert passierte. Michael blieb kurz stehen. Nicht weit von ihm entfernt wurde eine Magd auf ihn aufmerksam, die irgendetwas in einem hölzernen Bottich schrubbte. Mürrisch glotzte sie den Scharfrichter an, um dann den Jungen, der neben ihr stand, unsanft anzustoßen. Der Kleine sah mit offenem Mund staunend herüber, rührte sich aber nicht. Erst als sie ihn schmerzhaft am Ohr packte und wegscheuchte, kam Bewegung in ihn. Flink sauste er davon. Zweifelsohne würde der Burgvogt Georg von Erolzheim demnächst Kenntnis von seiner Ankunft erlangen. Da der Junge genau zu wissen schien, wohin er rennen musste, um die Nachricht zu überbringen, wandte sich Michael ebenfalls rechter Hand dem Bergfried zu und folgte ihm ohne Hast. Der Weg war uneben und hatte an einigen Stellen eine Ausbesserung der Mulden dringend nötig. Um nicht zu stolpern, musste er den Blick auf den Boden richten und konnte sich den klotzigen Bergfried auf der anderen Seite des Grabens darum gar nicht so genau ansehen. Für die Weiber, die in der Nähe der Steinbrücke herumlungerten, wäre sein Straucheln ein gefundenes Fressen und würde sicherlich Spott und Tratsch nach sich ziehen. Sie hatten sich ein schattiges Plätzchen an der Mauer gesucht und warteten.

Noch ehe Michael an den Frauen vorbeigegangen war und einen Fuß auf die steinerne Brücke setzen konnte, kam ihm Georg von Erolzheim bereits entgegen. Der Burgvogt durchschritt den Torbogen am Ende der Brücke und blieb dann ungeduldig mit in die Seiten gestützten Armen stehen. Ohne ein Wort zu sagen, nur mit einer auffordernden Kopfbewegung, wies er den Ankömmling an, ihm zu folgen. Michael hatte nicht damit gerechnet, weiter in das Innere vorgelassen zu werden. Ehrfürchtig sah er an der grauen Mauer entlang, die oben mit vielen kleinen Steinbögen ausgestattet war, und dann zum strahlend blauen Himmel hinauf. Linker Hand, an der Bergseite, ragte der Bergfried empor, und dahinter stand das Wohngebäude. Auf der anderen Seite, dort wo weit unten der Nekker floss, schloss sich an den Durchgang ein weiterer runder Wehrturm an. So, als wachte er ohne Unterlass über das Hin und Her, das auf der Brücke vonstattenging. Michael schritt hinter dem kräftigen Mann her, dessen stämmige Schenkel fest aneinanderrieben und den durch die Hitze klebenden Hosenstoff in Falten legten und verschoben. Zwischen Haus und Mauer zog sich ein breiter Gang entlang. Die Undurchdringlichkeit der Außenwand wurde immer wieder durch schmale Schlitze unterbrochen, durch die man einen Teil der darunterliegenden Umgebung überblicken konnte. Er wunderte sich, was er hier zu tun hatte. Mit seinem Vater war er nie bis über die Brücke gelangt. Recht wurde immer auf der anderen Seite des Grabens gesprochen. Nach einer Biegung hatten die beiden Männer das Tor zum Innenhof erreicht. Die hölzerne Pforte mit den Eisenbeschlägen stand weit offen und gab den Blick auf die Gebäude frei, die im Zwielicht des tiefen Hofes standen. Man musste den Kopf schon weit nach hinten legen, um oben dann einen kleinen Teil des Himmels sehen zu können. Michael beeilte sich, dem Burgvogt hinterherzukommen.

»Kommt hier herein. Euch ist sicher schon bekannt, dass sich einer der Knechte beim Arbeiten auf dem Feld mit der Sense eine Wunde geschlagen hat.« Georg von Erolzheim richtete zum ersten Mal das Wort mit brummiger Stimme an den Scharfrichter. »Wir haben ihn in diese Kammer gebracht … und alles gleich mit Stroh ausgelegt, … falls Ihr beabsichtigt, ihm das Bein abzuschneiden«, fügte er nüchtern hinzu. Er ließ die Tür offen stehen, drehte sich aber auf der Schwelle noch einmal um, ehe er ging. »Meldet Euch, wenn Ihr Männer benötigt, um ihn festzuhalten. Die Barbara kann Euch alle anderen Dinge beschaffen.« Damit zeigte er auf eine junge Magd, die schüchtern an der Wand stand. An ihrem Gesichtsausdruck konnte er überdeutlich erkennen, dass sie jede andere zugewiesene Tätigkeit lieber übernommen hätte, als dem Henker zur Hand zu gehen. »Das hat jetzt Vorrang. Mit ihm würden wir eine nützliche und starke Hand verlieren, die ordentlich zupacken kann, … und wenn Ihr damit fertig seid, dann findet Ihr mich draußen an der Brücke.« Mit der letzten Anweisung ließ er ihn im Innenhof zurück.

Michael legte alles Mitgebrachte auf dem Hof ab und trat in die dämmrige kleine Kammer ein, die am Fuße einer steilen, hölzernen Treppe lag. Sie diente wohl nur als Lagerraum, denn kein einziges Fenster ließ die Strahlen der Sonne herein. Angewidert verzog er das Gesicht. Er konnte die Wunde nicht richtig sehen, da sich seine Augen noch nicht an die Dunkelheit gewöhnt hatten, aber riechen, riechen konnte er sie. Ein fauliger Gestank durchzog den Raum.

»Wir müssen ihn nach draußen schaffen … hier drinnen kann ich zu wenig erkennen!«, gab er der Magd mit lauter Stimme Anweisung. Das Stroh raschelte unter seinen Füßen, als er sich vorsichtig dem stöhnenden Mann am Boden näherte. Er packte ihn unter den Schultern und wartete, bis Barbara die Beine an den Knöcheln hochgehoben hatte. Gemeinsam schleiften sie ihn ans Tageslicht und legten ihn auf der groben Decke ab, die sie zuvor ausgebreitet hatte. Die Magd ließ ihre Last so bald als möglich los und trat einige Schritte zurück, um tief Luft zu holen. Angeekelt zog sie eine Grimasse. Michael umrundete den Knecht, um sich das Ausmaß der Verletzung anzusehen und um zu überlegen, was er wohl als Nächstes zu tun hatte. Georg von Erolzheim hatte ja gesagt, dass der Knecht recht wichtig war und dann wohl auch alles versucht werden sollte. Allerdings bezweifelte Michael, dass er hier noch viel ausrichten konnte. Sie hatten zu lange gewartet und zu spät nach ihm geschickt.

»Bringt mir Wein«, wies er die Magd an, die auch sofort davonhuschte.

»Nun denn, … dann werde ich zumindest mit der Wundreinigung beginnen – und das Beste hoffen«, murmelte er wenig zuversichtlich. Der Mann zitterte am ganzen Leib. Der Schweiß hatte dunkle Flecken auf seiner Kleidung gebildet, obwohl er sich körperlich eigentlich nicht anstrengte und nur dalag. Sein Atem ging stoßweise und die Augen mit dem leeren, wirren Blick schienen irgendetwas in der Ferne zu suchen.

»Von wann ist die Verletzung?« Michael kniete jetzt neben dem Mann und sah sich das Bein näher an, richtete die Frage aber an die Magd, da dem Anschein nach davon auszugehen war, dass der Knecht ihn im Fieber sowieso nicht verstand.

Barbara war mit einem Krug Rebensaft zurückgekehrt. »Von Dienstag oder Mittwoch«, kam die spärliche Antwort.

Michael sah kurz zu den eingewickelten Wegerichblättern hinüber. Sie besaßen gute Heilkräfte. Nur hier konnten selbst sie nichts mehr ausrichten. Nicht nach drei langen Tagen. Seufzend beugte er sich über die Wunde, die jetzt gut sichtbar unter der aufgeschnittenen Hose prangte. Eigentlich war sie nicht sehr groß – etwa so lang wie Michaels kleiner Finger – aber jetzt, da er den angelegten Verband entfernt hatte, klaffte sie auseinander. Der Oberschenkel war dick angeschwollen und aufgetrieben, und die Haut um die offene Stelle hatte sich rötlichbraun verfärbt. Er brauchte auch den Herzschlag nicht zu fühlen. Ohne die Hand auf seine Brust zu legen, wusste Michael, dass es flatterte wie ein kleines Vögelchen. Kein gutes Zeichen bei einem ansonsten kräftigen Mann.

Mit seinem Finger drückte Michael auf den Wundrand und hörte mit Bedauern das Knistern, das dabei entstand, gefolgt von einem würgenden Schmerzenslaut, den der Knecht ausstieß, während er sich wand und krümmte. Die tote Haut lockerte sich, und als Michael den Finger wieder wegnahm, fiel sie ab. Einfach so, als hätte sie nie zu diesem Körper gehört. Schon oft hatte er das mit ansehen müssen. Es war die Bestätigung für das, was er eigentlich schon vermutet hatte. Kopfschüttelnd drehte er sich zu der Magd um: »Er braucht keinen Verband mehr mit Kräutern oder Pflanzen, … er braucht den Pfarrer Gretter und ein paar Gebete, … und das Bein abschneiden wäre Quälerei und vergebliche Müh’. Geh’ und hole ein paar Männer, die ihn wieder ins Bett bringen. Er wird nicht mehr zu sich kommen und wahrscheinlich noch in der Nacht einschlafen und seine Ruhe finden.«

Die Magd machte große Augen, nickte aber stumm und tat, wie ihr geheißen.

Michael überquerte die Brücke. Es dauerte ihn und machte ihn unzufrieden, dass er nichts mehr für den Sterbenden hatte tun können. Energisch versuchte er, die Gedanken aus seinem

Kopf zu verbannen. Der Tag war noch nicht zu Ende – und seine Arbeit begann eigentlich erst. Inzwischen waren auf der anderen Seite des Grabens hölzerne Bänke aufgestellt worden. Georg von Erolzheim – der auch sonst für einen reibungslosen Ablauf auf der Burg sorgte – hatte auf einem kleinen Podest Platz genommen, und der Burgherr Dietrich von Gemmingen saß, nebst Beisitzer und Schreiber, auf einer schmalen Tribüne weiter hinten. Man wartete bereits auf ihn. Der Burgvogt unterbrach seine Plauderei und zog fragend eine Augenbraue hoch. Es war eindeutig, dass er einen knappen Bericht wünschte. Michael schüttelte nur ernst den Kopf und setzte sich ohne weitere Verzögerung auf den ihm zugewiesenen Hocker hinter dem Rechtsprechenden.

Glücklicherweise waren Stoffe aufgespannt worden, die ein wenig Schatten spendeten. Michael saß da und wartete. An einem gewöhnlichen Gerichtstag würden sich auf dem Platz vor der Brücke erheblich mehr Menschen versammeln. Für heute war er jedoch eigens aus Wymphen herbestellt worden, weshalb höchstens so viele Urteilssprüche zu erwarten waren, wie er Finger an einer Hand hatte. Es würde wohl nicht allzu lange dauern, denn mit einer tagelangen Pflege des Knechts war nun ja auf keinen Fall zu rechnen. Georg von Erolzheim richtete an die Anwesenden ein paar Worte – erläuternde und ermahnende. Sie betrafen den allgemeinen Ablauf der Anhörungen und die Vorgehensweise nach dem Urteil.

Danach trat eine Frau vor, die Michael schon vorhin bei den anderen Weibern gesehen hatte. Sie war nicht mehr die Jüngste, was man an den ergrauten Haaren und der fleckigen Haut erkennen konnte. Besonders um den Mund, dessen Winkel sie verbittert und angriffslustig nach unten gezogen hatte, legte sie sich in tiefe Falten. Michael erkannte auf den ersten Blick, dass mit diesem zänkischen Weib meist wohl nicht gut auszukommen war. Der ausgemergelte Hals, den sie streitlustig in die Höhe reckte, verschwand in dem hochgeschlossenen Kragen ihres dunklen Witwenkleides. Was ihr trotz des warmen Wetters nichts auszumachen schien. Und noch etwas fiel ihm auf: Die gewöhnlichen Leute schlugen respektvoll die Augen nieder, wenn sie vor den Burgvogt traten. Nicht jedoch diese Frau. Ihre kleinen Augen blitzten jedermann provozierend entgegen. Einen solchen Blick fing sich auch Michael ein, als sie steif ein paar Schritte auf und ab marschierte. Sie näherte sich ihm sogar so weit, dass er die dicke Warze an ihrem Kinn erkennen konnte, aus der einige störrische Haare wucherten.

Georg von Erolzheim schenkte ihr nun seine volle Aufmerksamkeit, und sie begann mit krächzender Stimme: »Ich bin die Hickler Sabina. Das Haus meines verstorbenen Mannes Stoffel – Gott hab ihn selig –, das jetzt mein Haus ist, steht in Kelwertshusen.« Dabei betonte sie über Gebühr, dass es sich um ihren Besitz handelte und warf einem finster dreinblickenden jüngeren Mann einen zornigen Blick zu. »Noch zu seinen Lebzeiten habe ich dort stets für Ordnung gesorgt – und werde es auch weiterhin tun! Egal, ob der Mann unserer einzigen Tochter damit einverstanden ist oder nicht. Er hat mir Respekt zu zollen, denn er kann froh sein, dass er unter unserem Dach untergekommen ist. Dank seiner vielen älteren Brüder ist vom Erbe nicht annähernd so viel für ihn übrig geblieben, dass er für sich und sein Weib – meine Dorothea – ein gescheites Heim hätte herrichten können. Aber sie hat ihn ja unbedingt haben wollen! Diesen …« Die Frau hatte sich so in Rage geredet, dass ihr Gesicht tiefrot angelaufen war. Wild fuchtelnd stand sie da und schoss ihrem Schwiegersohn, der langsam auf sie zukam, giftige Blicke entgegen.

»Diesen … was?«, fragte er lauernd nach. »Diesen Taugenichts, wolltest du wohl sagen, oder?« Drohend baute er sich jetzt direkt vor ihr auf. »Mit einem gehässigen Weib wie dir ist kein Auskommen möglich.« Und schon begann er aufzuzählen, was ihn zu dieser Ansicht brachte.

Die Alte schnappte nur noch empört nach Luft. »Ich hatte gute Gründe dafür, … deswegen brauchst du mich noch lange nicht mit einer spitzen Schaufel schlagen!«, keifte sie laut. Er verstummte kurz, und sie erlangte sofort wieder die Oberhand. Mit aufgerissenen Augen machte sie einen weiteren, großen Schritt auf Georg von Erolzheim zu, um ihm wichtigtuerisch die Beule an ihrem Schädel, als Beweis für ihre Worte, zu präsentieren. Weit beugte sie sich vor und schob die dünnen Haare auseinander. Die blaugrüne Stelle war noch immer geschwollen. »Jetzt kriegst du dein Maul wohl nicht mehr auf, was?«, spottete sie siegessicher – seine Bestrafung bereits in Aussicht. Michael war neugierig, was der Angeklagte wohl darauf zu erwidern hatte. Dieser tat völlig unschuldig und zuckte die Schultern.

»Ich hatte ihr schon oft gesagt, dass sie mir nicht im Wege stehen soll, wenn ich dabei bin, meine Arbeit zu machen.« Sein harmloser Blick konnte wahrlich kein Wässerchen trüben. »Sie kam an – und ich habe sie zu spät gesehen, als ich gerade dabei war, die Schaufel nach getaner Arbeit wieder auf die Haken an der Scheunenwand zu legen. Ich tat dies mit Schwung, denn ein jeder ist wohl froh, wenn er abends müde und erschöpft zu seinem Weib heimkehren kann.«

Michael musste den Blick senken und brauchte die ganze Kraft seines Willens, um nicht prustend loszulachen. Das Grinsen der Frau verwandelte sich zuerst in ungläubiges Staunen über so viel Unverfrorenheit. Dann wechselte ihre Gesichtsfarbe wieder, und sie presste zornig die Lippen aufeinander. Die anderen Weiber weiter hinten, die wohl zu ihrer Unterstützung dabei waren, gackerten empört los.

Ehe das Ganze ausartete, hob der Burgvogt die Hand und gebot Schweigen. Gelangweilt stellte er noch einige weitere Fragen an die Kontrahenten, nickte bedächtig und fällte dann das Urteil, das wohl so nicht von jedem erwartet worden war. Sosehr die Schwiegermutter auch vor sich hin brummte und lamentierte – es blieb dabei: Er wurde von dem Vorwurf, sie absichtlich mit einer spitzen Schaufel geschlagen zu haben, freigesprochen.

»Bringt jetzt den Dieb herbei!« Georg von Erolzheim war wieder auf seinen Platz zurückgekehrt, nachdem er sich während einer kurzen Unterbrechung draußen vor der Ringmauer die Füße vertreten und sich hinter einem Busch erleichtert hatte. Lautstark zog er sein Nasenwasser nach oben und blickte düster zum Torbogen hinüber. Michael ahnte schon, dass das nächste Urteil Arbeit für ihn bringen würde. Nach dem, was er gehört hatte, wurde dem Mann der Diebstahl von Hühnern und einem Messer, das eine Magd unachtsam hatte liegen lassen, angelastet. Allerdings konnte er beim besten Willen nicht abschätzen, ob er dafür nur mit Streichen bestraft werden sollte oder ob ihm Michael ein Ohr oder einen Finger abschneiden sollte. Vielleicht bekam er aber auch ein Diebeswappen verpasst. Es dauerte eine Weile, bis ein Knecht auf der Brücke erschien und den Verlangten hinter sich herschleifte. Man hatte ihn gefesselt irgendwo in einem Keller eingeschlossen, nachdem man seiner habhaft geworden war. Michael unterdrückte ein Gähnen und hing seinen Gedanken nach. Der Rücken tat ihm weh und auch sein Hintern schmerzte schon vom langen Sitzen. Der Gefangene wurde vorgeführt. Jetzt hob der Scharfrichter erstmals wieder den Blick – und erstarrte auf der Stelle. Sein Herz pochte und ihm wurde heiß, als er den Dieb erkannte. Es war offensichtlich kein Mann. Vor ihm stand Jost Volcker! Wie sehr hatte sich Anna damals für den Jungen eingesetzt, als dieser beim Schützenfest erwischt worden war. Hatte er ihm nicht dort schon eindringlich gesagt, dass er bei ihrem nächsten Zusammentreffen nicht mehr so viel Glück haben und davonkommen würde? In seinem Kopf begannen sich die Gedanken zu überschlagen. Doch dieses Mal musste er wohl seine Strafe aushalten. Jost schien den gleichen Gedanken zu hegen. Gut möglich, dass er sich eben auch wieder an die Hilfe erinnerte, die er durch den Scharfrichter erhalten hatte. Sein flehender Blick allein würde ihn aber auch nicht retten können. Jost blinzelte erschrocken, als ihn der Burgvogt anraunzte.

»… Eigentum derer von Gemmingen … gemeiner Diebstahl … Missachtung … wohlverdiente Strafe.« Einige Worte der lauten Rede drangen zu Michael durch, während er fieberhaft überlegte, wie er es vermeiden konnte, Anna zu hintergehen. Denn genau so würde es sich anfühlen, falls es ihm nicht gelingen sollte, den Jungen unversehrt aus der Burg zu schaffen. Es wurden inzwischen Zeugen gehört, die einer nach dem anderen die Vorwürfe bestätigten. Jost sank immer mehr in sich zusammen. Bis dahin war noch kein einziges Wort über seine Lippen gekommen, und auch dann, als der Rechtsprechende ihm die Möglichkeit einräumte, Stellung zum Gesagten zu nehmen, schwieg er eisern.

»… ergeht sodann folgender Spruch: Das rechte Ohr soll abgeschnitten werden. Das Urteil ist sofort zu vollstrecken.« Georg von Erolzheim wedelte mit der Hand, und sogleich wurde Jost wieder von dem Knecht gepackt und auf die Knie gezwungen. Die Augen aller Anwesenden richteten sich nun auf den Scharfrichter, der immer noch reglos auf seinem Hocker saß. Mit einem flauen Gefühl im Bauch erhob sich Michael langsam. Das geschärfte Messer mit der langen Klinge war schnell unter den wenigen Dingen, die er mitgebracht hatte, gefunden. Jost war bleich geworden und versuchte, auf seinen Knien weiter vom Henker wegzurücken. Der Widerstand nützte ihm allerdings nicht viel. Grob fuhr ihm der Knecht in die Haare und riss seinen Kopf nach hinten. Dabei achtete er selbst darauf, dass er dem Unehrlichen nicht zu nahe kam.

»Darf ich das Wort an Euch richten?«, wandte sich Michael in einem letzten Versuch direkt an den Burgherrn Dietrich von Gemmingen. Sicher, er hatte vor dem Wymphener Rat den Eid geleistet, alle Urteile ordentlich zu vollstrecken, aber mehr als ablehnen konnte der Adlige seine vorgetragene Bitte um Begnadigung nicht. Er musste es einfach probieren. Selbst wenn Anna wahrscheinlich nie etwas davon erfahren würde.

Dietrich von Gemmingen nickte kaum merklich, und wenn er überrascht war, dass ihn ein Scharfrichter dreist ansprach, so zeigte er es zumindest nicht. Michael wusste über ihn natürlich auch nur das, was hier in der Gegend von einem zum anderen weitergegeben worden war. Dietrichs Vater Pleikard war Kanoniker im Stift Sankt Peter zu Wymphen im Tal gewesen. Als jedoch absehbar war, dass seine beiden Brüder ohne Nachkommen bleiben würden, hatte er den geistlichen Stand auf Geheiß seines Vaters, Hans des Reichen, wieder verlassen und kurz darauf geheiratet. Das Stift ließ sich für diesen Verlust natürlich gehörig entlohnen. Hinter vorgehaltener Hand munkelte man über eine Tonne Honig pro Jahr, die Hans der Reiche für seinen Sohn Pleikard zu entrichten hatte. Was seinen Besitz aber wohl kaum schmälerte. Dietrich also, sein Erstgeborener, erhielt vor wenigen Jahren unter anderem die Burg mit allen Zugehörungen und Nutzungen. Michael wusste das noch so genau, da er Wymphen kurze Zeit später verließ, um auf Wanderschaft zu gehen.

»Ich frage mich, warum dieser Tag blutig zu Ende gehen sollte, da doch in Kürze ein so freudiges Fest ansteht. Ist es denn nicht so, dass Euer Bruder Philipp beabsichtigt zu heiraten?« Michael hielt das Messer hinter seinem Rücken verborgen und achtete darauf, dass seine Stimme versöhnlich klang. Dietrich von Gemmingen nickte wieder und Michael hätte wetten können, dass der Burgherr bereits ahnte, worauf er hinauswollte. Schließlich hatte der Adlige nur allzu oft mit Bittstellern, Schmeichlern und Kontrahenten zu tun, die Verhandlungsgeschick und Menschenkenntnis erforderten. Trotzdem war offensichtlich, dass er nicht bereit war, zu schnell nachzugeben und seinem Burgvogt in den Rücken zu fallen. Michael durfte einfach noch nicht locker lassen. Er räusperte sich.

»Es wird sicher ein prachtvolles Fest – wie vor drei Jahren, als Eurer Bruder Wolf die werte Anna ehelichte. Es wäre ein Zeichen Eurer Großzügigkeit und Güte, wenn ihr den Jungen verschont – oder zumindest die Strafe ein wenig mildert. Ihr habt sicher momentan wahrlich wichtigere Dinge zu entscheiden als Euch mit einem kleinen Dieb herumzuschlagen. Eine Handvoll Streiche mit dem Lederriemen wären angebracht – und ausreichend.« Michael senkte respektvoll den Blick. Jetzt konnte er nur noch hoffen, dass sein Bitten Gehör fand. Seine Hände wurden feucht und er schickte ein kurzes Stoßgebet zu seinem Namenspatron. Unauffällig verfolgte er den wortlosen Wechsel von Blicken und Gesten zwischen dem Burgherrn und dem Vogt. Es dauerte nicht lange und die Entscheidung war gefallen.

»Der Dieb erhält ein Dutzend Streiche mit dem ledernen Riemen!« Georg von Erolzheim verkündete den Beschluss so, als hätte er ihn eben selbst – ohne Zutun des Scharfrichters – gefasst.

Michael bedankte sich mit einem Kopfnicken und entledigte sich des Messers. Ohne weiter Zeit zu verlieren, hob er den zitternden Jungen hoch und drehte ihn mit dem Gesicht zum Knecht. Sein knappes Hemdchen wurde hochgeschoben. Michael hielt den Riemen am dünnen Ende fest und stellte sich hinter Jost auf. Er hatte absichtlich den etwa zwei Finger breiten Teil zum Schlagen gewählt, da hier die Möglichkeit bestand, dass der Junge nur einige blaue Flecken zurückbehielt. Würde das dünne Ende – wie eine Messerklinge – treffen, dann konnte die Haut aufplatzen, was wiederum eine langwierigere Wundpflege nach sich ziehen würde. Michael holte noch einmal Luft. Dann hob er den Arm zum ersten Schlag. Der Lederriemen zischte. Jost zuckte gehörig zusammen, als das glatte Leder heiß auf seinen Rücken knallte. Tapfer gab er jedoch keinen Laut von sich. Den Bewegungen nach sah es hoffentlich so aus, als würde er mit voller Kraft zuschlagen, aber in Wirklichkeit war ihm daran gelegen, Jost so gut es eben ging zu schonen. Es kam Michael wie eine Ewigkeit vor, bis er endlich den letzten Streich tun konnte. Der Knecht ließ den Jungen los, der sofort kraftlos zu Boden sank. Michael half dem zitternden Häufchen Elend in den Schatten, nachdem Georg von Erolzheim den Gerichtstag für beendet erklärt hatte. Dort legte er ihn erst einmal auf den Bauch, um sich den Rücken genauer ansehen zu können.

»Hab' ich dir nicht gesagt, dass wir uns besser nicht wieder über den Weg laufen?«, brummte Michael leise und zerrupfte und quetschte die gesammelten Wegerichblätter, um sie Jost auf die feuerrote Haut zu legen. Er stöhnte auf, ließ es aber zu, dass sein Peiniger ihm den Oberkörper mit Tüchern umwickelte. Nachdem der Junge versorgt war und sich kreidebleich davongestohlen hatte, sprach Michael erneut beim Burgvogt vor.

»Es ist doch schon recht spät geworden. Wenn Ihr mir also ein Strohlager für die Nacht bereiten lasst, dann werde ich mich beim Rat …«

»Ja, ja …«, nörgelte Georg von Erolzheim und winkte ab. »In der Scheune wird sich ein Plätzchen finden. Geht und lasst Euch auch gleich etwas zu Essen geben. Eure Dienste werden fürs Erste nicht mehr benötigt.«

Michael vertrödelte also den lauen Abend und hing auf einer Wiese seinen Gedanken nach. Morgen würde er sich in aller Ruhe auf den Heimweg machen.

Feit Morstatt folgte dem Ratsherrn Brel die Treppe nach oben in die große Stube. Begeistert war er nicht gewesen, als er den Jungen Rat unten zur Tür hereinließ. Eher mürrisch bot er ihm jetzt in der dämmrigen Stube einen Stuhl an. »Nun, … um was geht es? Was wollt Ihr?«, fragte er schlecht gelaunt.

»Oh, eigentlich nichts Besonderes, … ich dachte nur, dass wir uns vielleicht ein Schlückchen zur Aussöhnung gönnen könnten.« Er hatte es sich auf dem Stuhl bequem gemacht und dabei den mitgebrachten Krug geschwenkt und auf den Tisch gestellt. »Während der gestrigen Ratssitzung … nun ja, … war unsere Diskussion etwas hitzig. Ich bin absolut Eurer Meinung, wenn Ihr sagt, dass man dem Adel am besten keine Ämter überlassen sollte. Allerdings würde ich im Falle von Michel von Lamersheim eine Ausnahme machen. Er wird sicher nicht seine Interessen zum Nachteil für Wymphen durchsetzen, und wenn im Oktober die Rats- und Ämterwahlen stattfinden …«

Weiter kam der Junge Rat nicht. Steffen Brel fiel ihm mürrisch ins Wort. »Wenn im Oktober die Ämterwahlen stattfinden, dann wird Michel von Lamersheim mit Sicherheit keines davon erhaschen … und jetzt will ich nichts mehr darüber hören!«

Feit Morstatt biss sich verärgert auf die Zunge. Er musste ruhig bleiben, wenn sein Plan glücken sollte. Er hielt den Mund und sah dem älteren Ratsherrn dabei zu, wie dieser zwei Gläser aus dem Regal holte, um sie neben den Krug mit Rotwein auf den Tisch zu stellen. Einem Schlummertrunk war er also – trotz der Meinungsverschiedenheit – nicht abgeneigt und ließ sich den süffigen Rebensaft wie immer nicht entgehen.

Die Tür wurde geöffnet und die Stieftochter des Hausherrn trat ein. Vorsichtig balancierte sie in der einen Hand eine Schüssel mit Brot, Salzfleisch und hart gekochten Eiern und in der anderen eine Flasche, die Feit Morstatt nur zu gut kannte. Als sie den späten Gast bemerkte, blieb sie überrascht stehen.

»Oh! Ich wusste nicht, dass … soll ich noch einen zweiten Teller bringen?«

»Nein, nein! Das ist nicht nötig. Ich werde nicht mehr lange bleiben, habt Dank«, säuselte der Jüngere der beiden und hob sein halb leeres Glas. Er wartete, bis Anna den Raum wieder verlassen hatte. Aufmerksam beobachtete er den Ratsherrn, der in der gleichen Zeit mindestens drei Gläser mehr von dem Wein getrunken hatte als Feit selbst. Die Unterhaltung lief schleppend, da er sich immer wieder Brot und Fleisch mit seinem wunderschönen dreiflächigen Dolch abschnitt und in den Mund stopfte. Inzwischen hatte er auch schon einen recht schläfrigen Blick, was Feit aber nur recht sein konnte. Dann war er nämlich nicht mehr allzu aufmerksam.

»Meine holde Gattin besteht darauf.« Steffen Brel deutete auf die bauchige Flasche aus grünem Glas. Mit zitternder Hand öffnete er den Verschluss und nahm einen großen Schluck. »Äh! ... Igitt!«, schüttelte er sich. »Sie ist der Meinung, dass einen dieses widerliche Zeug länger am Leben hält. Immer dann, wenn sie den Casper Haug irgendwo erwischt, lässt sie sich die Flasche erneut füllen. Diesmal ist aber selbst ihr das Gebräu zu bitter – darum muss ich es meiner Gesundheit zuliebe einnehmen. So sind wenigstens die Münzen nicht verschwendet.« Er wischte sich den Speichel ab, der durch das bittere Getränk vermehrt floss, und stand schwankend auf. Sorgfältig säuberte er nach der Mahlzeit den wertvollen Dolch und legte ihn im Regal ab. Schwer stützte er sich an der Wand ab, ehe er die Tür anvisierte, um sich draußen zu erleichtern.

»Eins kann ich Euch sagen, Brel ... dieser Stärkungstrank wird Euch sicherlich nicht länger am Leben halten, ... im Gegenteil«, flüsterte der Junge Rat. Geschwind zog er das kleine Fläschchen aus seinem Beutel. Nachdem er angestrengt gelauscht hatte und nun sicher war, dass so schnell niemand die große Stube aufsuchen würde, kippte er den ganzen Inhalt in das Glas des Hausherrn, rührte mit dem Finger um und füllte bis zum Rand mit rotem Wein auf. Auf seinem Gesicht erschien ein bösartiges Grinsen, als er die Flüssigkeit hinter dem grünen Glas der Flasche betrachtete. Wirklich ein unverwechselbares Gefäß, dessen Besitz Anna Eblin niemals würde abstreiten können. Zufrieden und völlig ruhig schlenderte er durch die Stube. Sein kaltes Herz tat erst einen Satz, als sein Blick auf die schwach schimmernde Klinge fiel. Ohne zu zögern griff er nach der geschmiedeten Waffe und ließ sie unter seiner Weste verschwinden.

»Brel, Euer Tod ist nah, so nah. Den braucht Ihr nicht mehr«, wisperte Morstatt. Der Wein wirkte schon so gut, dass er das Fehlen nicht bemerken würde – außerdem nützte diese Kostbarkeit einem Lebenden viel eher.

»Was bringt Euch in so gute Laune, dass Ihr sogar lacht, obwohl Ihr allein vor einem Glas Rotwein sitzt?« Steffen Brel war zurückgekehrt und plumpste benommen auf den Stuhl gegenüber.

»Das Leben ist schön! Erfreuen wir uns daran, solange wir es noch können!« Gutgelaunt prostete Feit Morstatt dem Mann zu und leerte sein Glas bis auf den letzten Tropfen.

Inzwischen war es Nacht, und sein Gast hatte sich verabschiedet. Steffen Brel saß allein am Tisch neben der flackernden Kerze und starrte müde zu dem schwarzen Fenster hinüber. Der Wein hatte ihn schläfrig gemacht. Seine schweren Beine mussten ihn aber trotzdem noch die ganze Treppe nach oben in sein Bett tragen. Er zögerte. Die Flamme verschwamm vor seinen Augen. Vielleicht war der Wein doch zu stark gewesen. Steffen Brel blinzelte. Eine erste Träne fiel auf seinen Handrücken. Seltsam. Er wusste nicht, warum oder durch was, aber er fühlte sich bedroht und das Gefühl der Angst machte sich breit. Hektisch rieb er sich über das jetzt von Schweiß und Tränen nasse Gesicht. Er konnte nicht mehr klar sehen – durch den Schwindel in seinem Kopf nichts mehr eindeutig erkennen. Was war nur los mit ihm? Der Hals wurde eng. Er musste sich immer mehr anstrengen, um Luft in seine Lungen zu bekommen. Mit fahrigen Bewegungen zerrte er an dem Stoff, der unnachgiebig um den dicken Hals lag. Aus dem offenen Mund drang ein Keuchen und ein dünnes Rinnsal Geifer tropfte auf sein Wams. Von Augenblick zu Augenblick wurde ihm übler. Sein Magen rebellierte und zog sich krampfartig zusammen. Die zerkleinerte Mahlzeit von vorhin landete wieder auf dem Tisch. Schwall um Schwall des säuerlich riechenden Mageninhalts ergoss sich auf die Holzplatte und auf die Kleidung des Gepeinigten. Sein Körper kämpfte einen aussichtslosen Kampf. Mit einem dumpfen Geräusch schlug der massige Mann auf den Holzdielen seines Hauses auf. Es wurde schwarz um ihn und sein Herz hörte auf zu schlagen – einfach so. Das Pulver des unscheinbaren, aber todbringenden Waldgewächses hatte gewirkt und seinen Zweck erfüllt.

Schlaftrunken rappelte sich Casper Haug auf und befreite seine umwickelten Beine aus der dünnen Decke. Wer klopfte da leise an seinen Karren? Es war doch schon stockdunkel. Erlaubte sich da jemand einen Scherz oder wollte sich einer vor dem morgigen Tag, an dem sicher wieder viel Andrang herrschte, noch eine bestimmte Ware sichern? Er streckte seine Arme, ließ die steifen Gelenke knacken und furzte, dass es eine wahre Pracht war. Gähnend krabbelte er auf allen Vieren von seinem schmalen Nachtlager durch die Dunkelheit nach hinten zu dem ledernen Vorhang, der ihn tagsüber vor allzu neugierigen Blicken schützte und den er mit groben Schnüren an dem Karrenaufbau befestigt hatte. Er stieß dabei nichts um. Auf seinem Wagen kannte sich Casper Haug bestens aus und er wusste genau, wie er was aufbewahrte und wo die Waren lagen oder hingen.

»Wer ist da?«, rief er den Unbekannten laut an. Der Händler erhielt keine Antwort, hörte aber an den Geräuschen, dass sehr wohl jemand neben seinem Wagen auf und ab ging. Er nestelte an den Schnüren. Eine Seite konnte er nun öffnen und nach oben klappen. Nur wenige Schritte vom Wagen entfernt stand einer der eisernen Körbe, in dem ein kleines Feuer brannte. Der Schein der Flammen reichte gerade bis zu der schwarzen Silhouette, die reglos im Zwielicht stand. »Ach, Ihr … wie kann ich Euch helfen?« Er hatte den Mann erkannt, in dessen rot angestrahltem Gesicht dunkle Schatten einen Tanz vollführten. Ohne Hast kam er – immer noch stumm – Schritt für Schritt näher. Casper Haug sah die Klinge nicht. Noch ehe er die Bewegung wahrnahm, drang der dreiflächige Dolch ohne nennenswerten Widerstand tief in seinen Hals ein. Die geschärfte Klinge glitt von einer Seite zur anderen und durchtrennte mit einem glatten Schnitt die Lebensadern. Warmes Blut ergoss sich auf seine Finger, die noch kurz nach seiner Kehle tasteten, ehe das Gurgeln und Röcheln aufhörte.

Die Hand des Mörders tastete oben nach dem Leder und Casper Haugs Vorhang fiel.

DIE FREIBITTE

– SONNTAG, 2. AUGUST 1523 –

Michael Kremer erreichte Wymphen mit einem unguten Gefühl. Er war nicht lange nach Sonnenaufgang unsanft durch laute Stimmen und Tumult am ersten Tor geweckt worden. Die Aufregung hatte auf dem Guttenberg wie Feuer um sich gegriffen, und die Neuigkeit, die der Stadtknecht Niklas Pfeiffer zu Pferde angebracht hatte, verbreitete sich rasend schnell. Er war sofort zu Georg von Erolzheim durchgelassen worden. Mit dessen Einverständnis hatte Michael dann nur ein ernstes: »Ihr seid hier von Eurer Pflicht entbunden – der Rat erwartet Euch sofort in Wymphen! Es sind die Urteile für zwei Morde zu fällen!«, vom Stadtknecht zu hören bekommen, ehe dieser sich auf seinem Gaul wieder davongemacht hatte. Beunruhigt hatte er ihm nachgesehen und sich dann schleunigst zum Aufbruch vorbereitet.

Vom gestrigen Sonnenschein war nicht mehr viel übrig. Es wehte ein steter Wind, der schon die ersten grauen Wolken mit sich brachte. Das Gewitter braute sich zusammen wie ein dunkler Vorbote.

»Greta! Greta!«, rief er seiner Schwester schon von Weitem besorgt zu. Sie musste doch wissen, was hier während seiner Abwesenheit geschehen war. Wenn schon der Stadtknecht nichts gesagt hatte.

Ihr Rock blähte sich in einer Böe, und als sie ihn erkannte, richtete sie sich auf. Margaretha pflückte gerade unweit des Hauses Sengnesseln. Allerdings benutzte sie – im Gegensatz zu ihrem Bruder – immer ein Tuch, um ihre Hand vor dem Brennen zu schützen. Die grünen, gezackten Blätter würde sie später noch zerkleinern, unter die Körner mischen und damit die jungen Hühner und Gänslein füttern, damit sie schnell heranwachsen und alle gut mit ihrem Fleisch durch Herbst und Winter bringen würden.

»Was?« Ihr Blick ließ ihn nichts Gutes ahnen. »Was ist denn?«, drängte Michael seine Schwester misstrauisch, die mit bleichem

Gesicht vor ihm stand und nur hilflos mit den Schultern zuckte. Er kannte sie. Sie suchte nach den richtigen Worten – was wahrlich selten genug vorkam. Ungeduldig packte er sie an den Armen und schüttelte sie. »Margaretha! Nun sag doch! Ist Lisbet oder Wilhelm etwas geschehen? Der Pfeiffer hat von zwei Morden gesprochen – wer ist es?« Langsam bekam er es mit der Angst zu tun.

»Der Händler Haug ist mit durchgeschnittener Kehle gefunden worden. Er lag auf seinem Wagen – hinter dem Ratshaus.« Gretas Stimme klang beinahe weinerlich. Ihre Starre hatte sich gelöst und sie sah ihn flehend an. »Wilhelm ist heute Morgen gerufen worden, um die Leiche wegzuschaffen.« Michael folgte ihr zum Haus. »Ich kenne ihn, … kannte ihn«, verbesserte er sich, aber Michael verstand immer noch nicht, warum seine Schwester so aufgewühlt war. Dem Casper Haug standen sie schließlich wirklich nicht nahe und hatten nur ab und an etwas mit ihm zu schaffen. »Und der zweite Mord? Dann muss dich wohl das zweite Unglück so durcheinanderbringen?«

Jetzt flossen ihr wirklich Tränen über die Wangen. »Es … es ist der Ratsherr Brel!«, stieß sie hervor. »Man sagt, dass er vergiftet wurde!«

Michael wurde hellhörig. »Vergiftet? Sicher, als Rat macht man sich nicht immer Freunde, … aber dass er so gehasst wurde, kann ich mir nicht vorstellen. Er war doch ein führendes Mitglied.«

Greta wich seinem Blick aus.

»Was weißt du sonst noch? Das war doch noch nicht alles, oder? Was wird in Wymphen getratscht?«

»Sie haben die Mörderin bereits abgeholt und in Ketten gelegt. Deswegen musstest du dich vom Guttenberg sofort hierher auf den Weg machen. Der Rat will – wie es aussieht – keine Zeit verlieren.« Zögernd griff sie über den Tisch nach seiner Hand. Ihre Finger waren kalt und zitterten. »Es … es ist die Anna.«

Ungläubig starrte er seine Schwester an. Ihre Worte hallten in seinem Kopf wider. Das Blut rauschte in Michaels Ohren und alles um ihn herum schien sich aufzulösen. Ihm wurde übel. Langsam schüttelte er den Kopf.

»Nein. Sie war es nicht – sie kann es nicht gewesen sein. So etwas würde sie nie tun. Das weiß ich!« Der Stuhl kippte nach hinten um, als er aufsprang und rastlos in der Stube auf und ab ging. Schließlich hellte sich seine düstere Miene auf. »Es wird sich alles aufklären. Der Rat hat sicher falsch gehandelt, als er den Häscher geschickt hat. Es gibt keinen Grund, Anklage zu erheben. Du wirst sehen! Sobald es zu Anhörungen kommt, wird sich der Verdacht als haltlos erweisen.«

Greta nickte tapfer und versuchte sich – ihrem Bruder zuliebe – an einem aufmunternden Lächeln. »Vielleicht solltest du dich gleich zum Ratsgebäude aufmachen. Wie ich gehört habe, sind dort alle versammelt. Dann wirst du ja sehen, was sie vorhaben.«

»Ja, der Pfeiffer Niklas hat mir ausgerichtet, dass ich umgehend erscheinen soll.« Mit fahrigen Bewegungen strich er sich durch die Haare, die danach wild in alle Richtungen abstanden. Unschlüssig stand er da und entledigte sich erst einmal aller Dinge, die er vom Guttenberg mitgebracht hatte. Abwesend begann er zu murmeln: »Wenn der Brel tot ist … dann fehlt ein Ratsmitglied. Die hohen Herren können ohnehin keinen Beschluss fassen, ohne vorher einen Nachfolger zu bestimmen. Ich denke, dass das Prozedere den heutigen, restlichen Tag andauern wird – falls sie sich überhaupt so schnell auf einen einigen können.« Energisch straffte er die Schultern und hob trotzig das Kinn. »Wie dem auch sei … ich muss mich so oder so nach meiner Rückkehr beim Visch oder beim Korber melden.«

Greta sah ihm nach, wie er mit ausholenden Schritten durch das Wymphener Haupttor eilte und verschwand.

Ohne sich zu erinnern, welchen Weg er gegangen oder wem er unterwegs begegnet war, hatte er die Holztreppe an der vorderen Seite des Ratsgebäudes erreicht. Zögernd blieb er an ihrem Fuß stehen. Wenn es stimmte, dass Anna Eblin hier festsaß, dann befand sie sich gar nicht weit von ihm entfernt hinter dieser Mauer in der kleinen Arrestkammer.

Er versuchte, den Gedanken abzuschütteln und sich auf die Begegnung mit den Stadträten vorzubereiten. Alles in ihm sträubte sich und so dauerte es etwas, bis er schließlich doch begann, die leise knarrenden Stufen hinaufzusteigen.

Das Stimmengewirr wurde lauter, als der Büttel Hans Eckstein auf Michaels Klopfen hin die Tür zum Ratssaal öffnete. Auch das Eintreten des Scharfrichters tat dem aufgeregten Durcheinanderreden und Diskutieren keinen Abbruch. Es war nicht wie sonst. Der Grund, weswegen der Schultheiß Hans Visch den Rat an einem Sonntag einberufen hatte, war zu unglaublich, als dass die übrigen Mitglieder die anstehenden Aufgaben ruhig, gefasst und ohne größere Gemütsbewegung hätten bewältigen können. Indes war Hans Eckstein damit beschäftigt, die kleinen Fackeln in den Wandhalterungen zu entzünden. Es war zwar noch mitten am Tag, aber durch den nahenden Sturm, dessen Vorboten an die Scheiben wetterten, lag der Saal im Halbdunkel.

»Da seid Ihr ja endlich!«, rief ihm der alte Bürgermeister Conrat Korber zu, als er ihn erblickte. »Ich nehme an, dass ihr bereits erfahren habt, warum wir uns hier zusammenfinden?«

Michael zwang sich zu einem Nicken und nahm Platz.

»Dann beginnen wir also. Es stehen zur Wahl: der Koberer Bernhard und der Morstatt Feit.«

Michael war sofort klar, dass es jetzt um die Nachfolge von Steffen Brel ging. Die Ratsmitglieder hatten bereits in einem Vorverfahren zwei Mitglieder aus dem Jungen Rat zugelassen. Soweit er wusste, war es für Feit Morstatt – nach einem Jahr Unterbrechung – sogar schon die zweite Amtszeit. Was ihm ein gewisses Vertrauen der Oberen und auch einen Vorsprung vor Bernhard Koberer verschaffte. Dessen war er sich wohl durchaus bewusst, denn ein winziges Lächeln lag auf seinen Lippen, als er selbstsicher in die Runde blickte.

Michael beobachtete ihn. Er konnte nicht genau sagen, was ihn störte, aber Feit Morstatt wirkte nicht so bestürzt wie all die anderen Anwesenden – eher ungestüm, übermütig und voll unterdrücktem Tatendrang … und in seinen Augen blitzte es gefährlich. Michael fuhr zusammen. Conrat Korber hatte mit einem Holzhammer auf den Tisch geschlagen und durch den lauten Knall für Ruhe gesorgt. Leise wies er den Stadtschreiber Wolfgang Wolff von Bönnigheim an, sich bereitzuhalten. Nacheinander wurden die eingesammelten Zettel aufgefaltet und der entsprechende Name laut vorgelesen. Das Grinsen von Feit Morstatt wurde immer breiter. Wie nicht anders zu erwarten war, hatte sich ein Großteil der Stadtführer für ihn entschieden. Somit blieb Bernhard Koberer Junger Bürgermeister und sein Kontrahent wechselte in den Alten Rat, um das Amt seines verhassten Widersachers zu übernehmen. Eifrig kratzte Wolfgang Wolff von Bönnigheim noch mit seiner Feder über das Papier und ließ mit dunkler Tinte Zeile um Zeile aus geschwungenen Bögen und Strichen entstehen, als das neugewählte Mitglied – mit Genehmigung des Conrat Korber – auch schon das Wort ergriff.

»Ich bedanke mich für das Vertrauen, das Ihr alle in mich gesetzt und mit der Wahl zum Ausdruck gebracht habt …«, begann er hoheitsvoll. »… Und um dieses entgegengebrachte Vertrauen nicht zu enttäuschen, habe ich äußerst gewissenhaft über meinen eigenen Nachfolger nachgedacht … und schlage hiermit den Euch allen bestens bekannten Michel von Lamersheim vor!«

Auch Michael sah nun neugierig zur Tür, durch die der Angekündigte eingelassen wurde. Er kannte ihn flüchtig. Der Adlige genoss seines Wissens hohes Ansehen in Wymphen. Über diesen von Lamersheim war es zwischen Morstatt und dem Ermordeten schon einmal zum Streit gekommen. Damals hatte es der Brel zu verhindern gewusst, dass Michel von Lamersheim in den Jungen Rat einzieht. Wie es jetzt allerdings aussah, würde Feit Morstatt wohl im Nachhinein seinen Willen doch durchsetzen – und genau so kam es auch. Der Abend brach an, und ein neues Kapitel im Ratswahlbuch war geschrieben. Der Wymphener Rat war beschlussfähig.

Anna schlang zitternd ihre Arme um sich. Sie saß in der kalten, düsteren Kammer im Keller des Ratsgebäudes auf einem Hocker und hatte jegliches Zeitgefühl verloren. Allein durch ihren knurrenden Magen vermutete sie, dass die Mittagszeit schon lange verstrichen war. Sie hob den Kopf zur Decke. Das schmale Fenster ganz oben ließ – bedingt auch durch die dunklen Regenwolken, die draußen vorbeizogen – nur wenig Licht einfallen und war außerdem so gebaut, dass nicht einmal eine zierliche Frau wie sie selbst hindurchschlüpfen konnte. Vorausgesetzt man würde den schmalen Spalt, der unter der Treppe des Ratshauses zum Marktplatz hin mündete, überhaupt erreichen, denn die Fundamentmauer bestand aus Steinbrocken, von denen keiner weit genug hervorragte, als dass man einen Fuß hätte sicher daraufstellen können.

Anna starrte vor sich hin. Außer dem niederen Hocker befand sich rein gar nichts in der Kammer, die durch ihre Lage im kühlen Erdreich feuchte Wände hatte und modrig roch. Schaudernd rieb sie sich die Arme. Der dünne Stoff ihres Kleides fühlte sich unbehaglich an. Immer wenn sie sich bewegte, musste sie ihn frisch wärmen, und trotz der Kälte zeichneten sich unter ihren Armen zwei große nasse Flecken ab, die süßlich rochen. Man hatte ihr keine Gelegenheit gegeben, sich ordentlich anzukleiden oder etwa noch eine Decke überzuwerfen. Es war alles so schnell gegangen.

Seitdem heute Morgen die schwere Holztür hinter dem Stadtknecht Niklas Pfeiffer ins Schloss gefallen war, hatte sich hier kein Mensch mehr blicken lassen. Stunde um Stunde war vergangen, aber Anna konnte immer noch nicht begreifen, wie ihr geschehen war. Selbst wenn sie die Ereignisse immer und immer wieder durchspielte. Allein der Gedanke brachte ihr Herz zum Pochen.

Sie hatte sich schlafen gelegt, nachdem sie ihrem Stiefvater das Nachtmahl gebracht hatte. Dann war sie gegen Morgen durch das Geschrei und Getrampel im darunterliegenden Stock geweckt worden. Anna, Peter und ihre Mutter Amalia mussten sich auf Anordnung des Stadtknechts unten in der Küche versammeln, wo bereits Walburga völlig verstört in einer Ecke hockte. Auf dem Weg nach unten waren sie alle an der offenen Tür der großen Stube vorbeigelaufen. Der Junge Rat Feit Morstatt hatte sich gerade mit finsterer Miene und gerümpfter Nase über den leblosen Körper des Hausherrn gebeugt und Anweisungen an die beiden Hellebardiere gegeben. Ungläubig und verwirrt hatten sich die drei angestarrt, ohne recht zu begreifen, was in ihrem Hause vor sich ging. Kaum in der Küche angekommen, war Feit Morstatt hinter ihnen eingetreten und hatte ohne großes Zögern Anna an den Häscher übergeben, der sie, flankiert von den Hellebardieren, die kurze Strecke über den Marktplatz mitgenommen hatte, ohne auch nur eine ihrer Fragen zu beantworten oder sich um das laute Protestgeschrei und Wehklagen von Walburga und ihrer Mutter Amalia zu kümmern.

Endlich waren Schritte zu hören. Der Schlüssel drehte sich im Schloss und die Tür öffnete sich quietschend. Anna erhob sich eilig von dem unbequemen, harten Hocker. Niklas Pfeiffer warf einen großen Ballen Stroh und eine Decke auf den Boden, stellte den Krug mit Wasser und den Nachttopf ab und reichte der verdutzten Anna einen halben Laib Brot. »Der Rat vertagt sich – die Anhörung beginnt morgen in der Früh'.«

Das Gewitter hatte in der vergangenen Nacht seine Kraft verloren. Inzwischen trommelte der Regen gleichmäßig an die Fenster. Im Ratssaal roch es nach feuchter Kleidung, und Feit Morstatt ging in seinen ebenfalls feuchten Schuhen vor den anderen Ratsmitgliedern auf und ab und hinterließ dabei eine Spur auf dem Holzboden. »Wir haben uns heute erneut versammelt, um die Todesumstände meines werten Vorgängers Brel vollständig aufzuklären und Licht ins Dunkel zu bringen. Allen dürfte inzwischen bekannt sein, dass sich seine Stieftochter unten in der Arrestkammer befindet. Ich will nun – auch auf Wunsch der Räte Visch und Korber – ausführlich darlegen, wie es dazu gekommen ist.« Kein einziges Geräusch war zu hören. Alle Anwesenden warteten nur gespannt darauf, dass er endlich weitersprach.

»Ich war gestern Morgen in aller Frühe mit dem Brel zu einem Gespräch verabredet. Die Magd Walburga Öffinger – wir werden sie später noch als Zeugin hören – hat mich eingelassen und nach oben in die große Stube geschickt.« Die Stirn von Feit Morstatt zog sich aufgrund der anscheinend furchtbaren Erinnerungen gekonnt in Falten und er rang überzeugend um Fassung.

»Ich werde diesen Anblick wohl nie mehr vergessen. Wie er da lag … in seinem eigenen Erbrochenen. Sein Körper hat sich bis zum Ende gewehrt. So ein unwürdiger Tod! Umso mehr werde ich alles Menschenmögliche daran setzen, die feige Mörderin nicht wieder laufen zu lassen und sie ihrer gerechten Strafe zuzuführen – das schwöre ich!« Er hatte mit Leidenschaft gesprochen und voller Inbrunst eine Hand auf sein Herz gelegt.

»Nun, … dass Ihr die Anna Eblin dingfest gemacht habt, ist uns ja so weit bekannt. Was aber macht Euch so sicher, dass nur sie es gewesen sein kann?« Der Schultheiß ließ sich nicht so leicht durch die Erscheinung und das Gehabe des frischgewählten Ratsherrn beeindrucken und forderte mehr Klarheit.

»Es sind mehrere Dinge, die diesen Schluss zulassen«, antwortete Feit Morstatt gut vorbereitet und ohne zu zögern. »Jeder hier wird bestätigen, selbst Ihr, dass es ein offenes Geheimnis war, dass Steffen Brel seiner Stieftochter … nun ja … mehr als üblich zugetan war. Sollte hier noch jemand Zweifel daran hegen, wird die Aussage des Staffel Heinrich diese vollständig auslöschen! Er war durch die gemeinsame Lehrzeit mit Peter Eblin immer bestens über familiäre Zwistigkeiten unterrichtet.« Ein Räuspern und Raunen ging durch den Saal und der Redner ließ seine Worte noch einen kurzen Moment wirken, ehe er zum nächsten Schlag gegen die junge Frau ausholte.

»Das allein genügt natürlich noch nicht.« Wieder machte er eine bedeutende Pause. »Ich habe neben dem Leichnam außerdem … das hier … noch gefunden!« Feit Morstatt holte eine bauchige Flasche hervor und präsentierte sie den Männern. »Diese unverkennbare Flasche lag beim Brel. Ich schwöre, dass mir Anna Eblin höchstselbst versicherte, alleinige Besitzerin der Flasche ihres Vaters zu sein! Ich könnte wahrscheinlich jede Wette eingehen, dass der restliche Inhalt, der sich noch darin befindet, jeden das gleiche Schicksal wie Steffen Brel erleiden lässt. Zweifelt einer der hohen Herren daran und traut sich zu kosten?« Provozierend schwenkte er die dunkle Flüssigkeit hinter dem grünen Glas hin und her und hielt sie Burkhart Bender, der ihm am nächsten saß, auffordernd unter die gerümpfte Nase.

»Ich denke, dass die Herren jetzt alles Nötige über die Geschehnisse wissen, darum schlage ich vor, dass sich der Büttel Eckstein aufmachen sollte, um den Meister Kremer und die Zeugen herbeizubringen. Dann können wir sie auch erst einmal selbst zu Wort kommen lassen. Vermutlich ist sie sich des Ernstes ihrer Lage noch gar nicht bewusst.« Mit einem fragenden Blick hatte sich Feit Morstatt nach diesem Vorschlag an Schultheiß und Alten Bürgermeister gewandt, die beide zustimmend nickten.

Das Herz schlug Anna bis zum Hals. Wie hatte es geschehen können, dass sie jetzt hier stand? In ihrem zerknitterten Kleid, an dessen Saum noch eine widerspenstige Achel vom Lager der letzten Nacht hing. Sie hatte eigentlich nicht geschlafen, sondern sich nur aufgewühlt hin und hergewälzt. Die junge Frau kratzte sich möglichst unauffällig am Rücken. Spitze Strohstückchen piekten unangenehm unter dem Stoff. Trotzdem spürte sie die Blicke der Ratsherren beinahe noch deutlicher – manche neugierig, manche abschätzig oder gar feindselig. Alle starrten sie an. Nur nicht der Meister Kremer. Unruhig wippte er ständig mit einem Bein und vermied es, sie anzusehen.

Bis dahin hatte keiner ein Wort mit ihr gesprochen, und auch Anna hatte nicht den Mut aufgebracht, die Fragen zu stellen, die ihr auf der Zunge brannten.

»Ihr werdet heute dem Wymphener Rat Rede und Antwort stehen müssen. Bedenkt, dass Ihr unter Eid steht.« Conrat Korber sah Anna streng an. »Und da der Morstatt Feit diese grausige Tat entdeckt hat und beherzt handelte, um die Verdächtige nicht entkommen zu lassen, obliegt es ihm als neugewähltes Mitglied, die Anhörung zu eröffnen.«

Hatte sie da eben richtig gehört? Der Feit war Mitglied des Alten Rates? Wie war das denn vonstattengegangen? Noch ehe Anna die Worte recht erfassen konnte, war der Angesprochene aufgestanden und baute sich vor ihr auf.

»Ihr scheint gar nicht betrübt zu sein über den Tod Eures Stiefvaters.«

Darauf war Anna nicht gefasst. Sie bemühte sich, einen klaren Gedanken zu fassen. Völlig perplex sah sie ihm in die kalten Augen.

»Das liegt wahrscheinlich daran, dass es Euch tatsächlich nicht ungelegen kommt, dass er seinen letzten Atemzug getan hat … und dabei ein wenig nachgeholfen wurde.«

Anna schnappte nach Luft. »Nein! Wie könnt Ihr so etwas Unglaubliches behaupten?«

»Entspricht es denn nicht der Wahrheit, dass es Zwistigkeiten und Übergriffe gab?«

»Nein … doch … wie in jeder Familie …«

»Aha! … und könnt Ihr hier vor dem Rat nochmals bestätigen, was Ihr mir bereits anvertraut hattet? Nämlich dass diese unverwechselbare Flasche aus dem Besitz Eures Vaters einzig und allein Euch gehört?« Feit Morstatt hielt sie, für jeden sichtbar, hoch über seinen Kopf.

»Ja, so ist es, aber was hat das zu tun mit …«

»Nun, an dem Abend wart Ihr überrascht, mich bei dem Ratsherrn Brel anzutreffen, als Ihr ihm sein Mahl brachtet, nicht wahr? Es war auch diese Flasche dabei. Ihr hattet also zu diesem Zeitpunkt schon den Plan gefasst, ihm das todbringende Gebräu zu verabreichen.«

»Nein! Was redet Ihr denn da?«, schrie Anna, der inzwischen in unbeschreiblicher Gewissheit klar wurde, worauf ihr Gegenüber hinauswollte.

»Da es jedoch zu auffällig gewesen wäre, die Flasche unter einem Vorwand wieder mitzunehmen, habt ihr einfach dem Schicksal seinen Lauf gelassen und gehofft, dass der Verdacht nicht auf Euch fallen möge.« Das Gesicht von Feit Morstatt hellte sich auf, als ihm noch etwas einfiel. »Es ist sogar anzunehmen, dass Ihr darauf vertraut habt, dass ich ebenfalls von dem Trank probiere – dann wäret Ihr auch gleich den unliebsamen Zeugen losgeworden, nicht wahr?« Triumphierend zeigte er mit einem hinterhältigen Grinsen seine Zähne.

Anna schüttelte heftig den Kopf. »In der Flasche befindet sich ein Stärkungstrank für …« Anna verstummte. Was sollte sie jetzt tun? Wenn sie sagte, dass der Trank für ihre Mutter bestimmt war, was ja auch der Wahrheit entsprach, dann würde sie die Aufmerksamkeit des Rates erst recht auf Amalia lenken. Eine Befragung aber würde sie in ihrem Zustand keinesfalls unbeschadet überstehen. Dafür war sie zu schwach. Das musste Anna auf jeden Fall verhindern. »… ein Stärkungstrank für mich. Ihr kennt doch sicher den Händler Haug? Er hat ihn für mich abgefüllt – geht ruhig und fragt ihn!« Anna wurde leichter ums Herz. Sobald Casper Haug für sie aussagen würde, wäre dieses ganze Missverständnis aus der Welt geschafft.

»Soso … für Euch? Da hat mir der Ratsherr Brel aber etwas anderes erzählt. Ihr lügt also … und den Casper Haug würde ich ja gerne fragen, … wirklich!« Süffisant lächelnd umrundete er die verunsicherte junge Frau. »Aber der gute Casper kann leider nicht mehr antworten, sonst würde er die Ungerechtigkeit hinausschreien, die ihm widerfahren ist! Jemand, der einen so hinterhältigen Mord plant, darf natürlich auch so einen wichtigen Zeugen, und die Quelle des Gifts, nicht am Leben lassen!« Zustimmendes Raunen ging durch den Saal. Anna wurde übel. Ihre Knie wurden weich und ihr Magen rebellierte.

»Und wie hätte sie das bewerkstelligen sollen? Eine zierliche Frau – gegen einen Mann, der es gewohnt ist, nachts auf der Hut sein zu müssen?«

Alle drehten sich zu dem Stuhl des Beisitzers um. Michael war aufgestanden und hatte diese Frage einfach, ohne weiter darüber nachzudenken, in den Raum geworfen. Er konnte nicht mehr tatenlos zusehen und hatte Partei für Anna ergriffen. Die Aufgabe, kritisch nachzufragen, hätten eigentlich alle anderen Ratsmitglieder gehabt. Sie aber schienen das von Morstatt Gesagte bereits jetzt schon als eindeutig und unumstößlich anzusehen.

»Wenn das Überraschungsmoment ausgenutzt wurde oder sie ihn gar in ein harmloses Gespräch verwickelte, dann konnte sie das sehr wohl mit Leichtigkeit schaffen«, entkräftete er den Einwand des Scharfrichters spitz. »Ich sehe schon, … es bedarf weiterer Zeugenaussagen, die auch den letzten Zweifler überzeugen.« Feit Morstatt schnippte mit dem Finger, und der Büttel begleitete Peter Eblin in den Saal. Anna blieb vor Erstaunen der Mund offen stehen. Nun musste sich ihr Bruder in die Mitte stellen. Er gab eine jämmerliche Gestalt ab – bleich und mit hängenden Schultern. Gerade so, als stünde er selbst als Angeklagter vor dem Gericht.

»Gab es Zudringlichkeiten seitens des Stiefvaters, derer sich Anna Eblin erwehren musste, und derer sie letztendlich überdrüssig wurde?« Der Ratsherr preschte gleich vor und ließ Peter durch weiteres Nachfragen keine Möglichkeit, einen klaren Gedanken zu fassen.

»Na ja, … also … einmal, als er betrunken war, … kam er ihr etwas zu nahe, … aber das war wirklich nicht der Rede wert.« Peter hatte einen roten Kopf bekommen. »Da finde ich es schon eher ungerecht, dass er Mutter immer öfter geschlagen hat!«, stotterte Peter.

Anna schloss die Augen. Sie saß in einer Ecke und durfte sich nicht einmischen. Ihr Bruder hatte ihr nur helfen wollen, aber das, was er da von sich gegeben hatte, war nur noch mehr Wasser auf die Mühlen Morstatts.

»Dann hätte sie also nicht nur selbst einen Grund für die Tat gehabt, sondern auch noch das Bedürfnis, mit dem Mord gleichzeitig ihre Mutter von dem anscheinenden Tyrannen zu befreien – und den Bruder, oder?«

Peter erkannte seinen Fehler und schwieg.

»Denn wie mir zu Ohren gekommen ist, soll er Euch das Studium untersagt und stattdessen mit strenger und harter Hand in die Lehre bei dem Küfer David Staffel gezwungen haben!«

So ging es ohne Unterbrechung weiter. Vorwurf um Vorwurf – Verdacht um Verdacht. Wie ein Bluthund stellte Feit Morstatt jeder weiteren Zeugin zielsicher genau jene Fragen, die den Verdacht erhärteten. Annas Mutter Amalia musste vor den Rat, Walburga und schließlich sogar Apollonia.

»Ich war bei ihr und wir haben uns auf das bunte Treiben zur Fastnacht vorbereitet. An den Kostümen war noch einiges zu arbeiten. Dann kam der Brel Steffen in Annas Kammer … und das war's auch schon.« Apollonia versuchte, sich so knapp wie möglich zu halten. Sie glaubte nicht, dass Anna zu dieser Tat fähig gewesen wäre. Darum schmückte sie ihre Aussage auch nicht groß mit Details, um ihrer Freundin nicht noch mehr zu schaden, aber Feit Morstatt war sehr geschickt im Fragen Stellen, Nachhaken und Bohren. Äußerlich zeigte sie sich ruhig und besonnen – in ihrem Innern aber war sie aufgewühlt und wusste, dass alles, was sie sagte, ein schlechtes Licht auf Anna warf.

»Soso, ... das wars auch schon...«, das neue Ratsmitglied legte nachdenklich einen Finger an die Lippen. Sein Tonfall alarmierte die Ratsherrengattin. Unsicher sah sie zu Anna hinüber, die wie ein Häufchen Elend in sich zusammensank.

»... Was hatte sie denn an?«, fragte er gerade heraus.

»Nichts.«

Empörtes Getuschel breitete sich aus. Apollonia hatte gezögert und dadurch ihrer Antwort unbeabsichtigt mehr Gewicht verliehen.

»Wir wollten uns gerade umziehen, es war wirklich nichts ...!«

Er hob nur die Hand und unterbrach allein damit ihren Einwand. »Ich denke, wir haben genug gehört. Die Gründe für die Tat dürften unbestreitbar vorliegen. Nun gilt es noch, die Wirkung des Trankes vor aller Augen nachzuweisen.« Feit Morstatt gab dem Stadtknecht ein Zeichen und dieser verschwand auch sogleich.

»Dürften wir erfahren, was Ihr vorhabt?«, meldete sich Hans Visch ungeduldig zu Wort, als draußen das Bellen eines Hundes zu hören war. Auch Anna und Michael sahen erstaunt zur Tür des Ratssaals. Niklas Pfeiffer trat wieder ein und führte an einem Strick einen Hund hinter sich her.

»Schwarzer!« Der Scharfrichter hatte seinen zugewiesenen Platz verlassen und war dem Stadtknecht und dem Hund ein Stück entgegengegangen, welcher ihn freudig fiepend begrüßte. Aufgeregt versuchte er, zu seinem Herrchen zu gelangen, wurde aber grob von Niklas Pfeiffer zurückgerissen.

»Was soll das? Was hat mein Hund hier zu suchen?«, fragte Michael misstrauisch.

»Euer Hund? Ihr irrt Euch. Die Töle gehört Euch nicht! Ihr haltet den Köter nur!«, wies der Rat Morstatt ihn zurecht.

»Wollt Ihr ihm etwa dieses Zeug einflößen, um das Gift nachzuweisen? Er wird es nicht schlucken.« Sein Lachen hatte eigentlich spöttisch klingen sollen. Mit einem Male war sich Michael Kremer dann aber doch nicht mehr so sicher, als er sah, wie sich der Stadtknecht lederne Handschuhe überzog. »Also gut, ... ich schlage Euch einen Tausch vor. Ich bringe Euch ein Schaf oder eine Gans, wenn Ihr dafür meinen ... den Hund ... eintauscht«, lenkte er ein.

»Wollt Ihr die Geduld des Gerichts absichtlich auf die Probe stellen und den Ablauf verzögern und stören? Denkt Ihr, dass wir den ganzen Tag für solche Spielchen Zeit haben?«, keifte Feit Morstatt. »Los! Fangt schon an!«

Michael schluckte. Dieser Unmensch war gerade dabei, seinen Hund töten zu lassen – es sei denn, die Vermutungen erwiesen sich als haltlos. Seinen Freund, den er aufgezogen hatte und der ihm schon als kleiner Knäuel ans Herz gewachsen war – und er konnte nichts tun, konnte es nicht verhindern. Ein Kloß machte sich in seiner Kehle breit, als er barsch aufgefordert wurde, seinen Platz wieder einzunehmen. Nur widerwillig gehorchte er der Anweisung und ging langsam rückwärts. Der Schwarze spitzte die Ohren und beobachtete ihn neugierig und unbedarft. Vertrauensvoll legte er den Kopf schräg. Es sah beinahe so aus, als könne er gar nicht verstehen, warum sein Herrchen jetzt nicht mit ihm spielte und herumtollte.

Selbst Anna wurde das Herz schwer. Der Hund schien dem Scharfrichter wirklich wichtig zu sein. Steif hatte er sich auf seinem Stuhl niedergelassen und ballte seine Hände zu Fäusten, während er bewusst langsam atmete. Nur zu gerne hätte ihn Anna – aus welchem unerfindlichen Grund auch immer – beruhigt, indem sie ihn wissen ließ, dass dem Hund keine Gefahr drohte. Schließlich befand sich in der Flasche kein Gift. Steffen Brel war aus einem anderen Grund gestorben. Das hätte sie sogar beim Grabe ihres Vaters geschworen.

Niklas Pfeiffer stellte sich über den Hund und hielt ihm einen Knochen mit Fleischresten direkt vor die Schnauze. Zuerst schnupperte er nur daran, konnte aber nicht lange widerstehen. Sofort nachdem er zugeschnappt hatte, langte der Stadtknecht mit der geschützten Hand um die Schnauze, drückte zu und überstreckte den Kopf des Tieres nach hinten. Ein tiefes Knurren kam aus dem Maul, das er nun nicht mehr schließen konnte. Es half auch nichts, dass der Schwarze versuchte, sich mit einer Vorderpfote zu befreien. Die abrutschenden Krallen verursachten nur ein schabendes Geräusch auf dem Lederhandschuh, ohne Schaden anzurichten. Unbeeindruckt ließ der Stadtknecht sich den gläsernen Behälter vom Stadtrat Morstatt reichen und begann, den Flaschenhals seitlich in das

Maul des Hundes zu schieben, der sich inzwischen mit aller Kraft wehrte. An den Bewegungen der roten Zunge war eindeutig erkennbar, dass er den größten Teil, der ihm eingeflößt wurde, aber doch schluckte. Erst als die Flasche leer war, entfernte Niklas Pfeiffer die knöcherne Maulsperre und presste anschließend die Kiefer fest aufeinander, damit der Hund die Flüssigkeit nicht wieder herauswürgte. Die ganze Prozedur war ein ordentlicher Kraftakt – für Mensch und Tier. Das Gesicht des Stadtknechts glänzte feucht, und der Hund des Scharfrichters verharrte erschöpft halb liegend auf dem Boden. Seine dunklen Augen blinzelten hilfesuchend zu dem Menschen hinüber, bei dem er sein ganzes bisheriges Leben verbracht hatte, und winselte. Michael Kremer aber konnte sich das ganze Dilemma nicht ansehen. Seine Muskeln waren zum Zerreißen angespannt und am liebsten hätte er den Saal verlassen.

Alle warteten mit angehaltenem Atem, was geschehen würde. Die Ratsherren tuschelten leise miteinander und Annas Gedanken überschlugen sich, als der Hund begann lauter zu winseln, zu würgen und an der Kehle Schluckbewegungen sichtbar wurden. Der Magen des Tieres rebellierte. Michael wandte seinen Blick ab und hoffte, dass es schnell vorbei sein würde. Nach einem Kampf, der schier endlos zu sein schien, erschlafften die zuckenden Glieder des Tieres.

»Habe ich es euch nicht gesagt? Ein vergifteter Trank, der Mensch und Tier dahinrafft!«, rief Feit Morstatt triumphierend mit funkelnden Augen aus, als Niklas Pfeiffer den toten Hund aus dem Saal schaffte. Bis jetzt lief alles genau so, wie er es geplant hatte. Alle schenkten den Worten des Alten Ratsherrn Glauben. Keiner schien daran zu zweifeln, dass es Anna Eblin war, die ihren verhassten Stiefvater getötet hatte. Völlig ungerührt und teilnahmslos beobachtete er ihre Reaktion auf die bedrohlichen Ereignisse. Sie saß kreidebleich in der Ecke und sah ungläubig zu Bürgermeister und Schultheiß hinüber, die die Köpfe zusammensteckten und beratschlagten.

»Ich habe nichts Unrechtes getan!«

Die beiden verstummten und musterten überrascht die Angeklagte, die unaufgefordert das Wort ergriffen hatte.

»Ich schwöre … das ist alles ein schrecklicher Irrtum! So glaubt mir doch!« Flehend wandte sich Anna nun auch noch an die übrigen Ratsmitglieder, die jedoch völlig unbeeindruckt blieben. Das Letzte was sie sah, bevor sie wieder abgeführt wurde, war der mitfühlende Blick des Scharfrichters.

Eine weitere schlaflose Nacht im kalten, feuchten Arrestraum folgte. Nur mit dem Unterschied, dass Anna am nächsten Tag kein Wasser und auch kein Brot erhielt. Ebenso am darauffolgenden Tag – und am Tag danach.

Tränen der Verzweiflung liefen Anna die Wangen hinunter. War es tatsächlich schon Donnerstag? Sie hatte Hunger. Sie hatte Durst. Sie fror und musste niesen. Rastlos zog sie Bahn um Bahn in ihrem Gefängnis, um in Bewegung zu bleiben und sich warm zu halten. Kraftlos schlug sie mit der flachen Hand gegen die Holztür.

»Hört mich jemand?« Anna hatte nicht wirklich eine Antwort erwartet. Schluchzend schrammte sie an den Steinen der Wand entlang. Sie waren nicht feucht genug, als dass sie sie hätte ablecken können, um ihren Durst zu stillen. Halb lachend, halb weinend sank sie erschöpft auf die Knie. Warum sollte sich der Rat auch zuvorkommend um eine Mörderin kümmern?

Halt!, schalt sich Anna selbst. Noch ist kein Urteil ergangen! Noch hat der Schultheiß, als oberste Gerichtsbarkeit, kein Urteil gefällt. Warum aber dauerte es so lange? Anna überlegte. In der Zwischenzeit hatte dann bestimmt noch die Beisetzung des Steffen Brel stattgefunden. Wie es wohl derweil ihrer Familie erging? Wollten sie nicht kommen, weil sie sich von ihr abgewandt hatten, oder ließ man sie nicht zu ihr durch? Anna wusste nicht weiter und es kostete zu viel Kraft, es zu ergründen. So sollte sie wohl mürbe gemacht werden. Immerhin hatte sie bis zum Schluss unnachgiebig ihre Unschuld beteuert. Das allerdings hatte wiederum zur Folge gehabt, dass ihr Geständnis bis jetzt noch ausstand …

Anna verfolgte den Gedanken nicht zu Ende. Er war zu furchteinflößend. Der Rat würde vermutlich noch früh genug dafür sorgen, dass er sein Geständnis bekam.

Anna betrat den Ratssaal. Ihre Augen tränten und sie musste blinzeln, bis sie sich an das helle Licht gewöhnt hatte. Niklas Pfeiffer schob sie weiter in den Raum, in dem bereits die Mitglieder der Räte vollzählig versammelt waren. Alle starrten sie an. Es war kein einziges Geräusch zu hören – außer das laute Pochen und Trommeln ihres Herzens. Ihre Knie begannen zu zittern, aber Anna hätte nicht sagen können, ob es aus Hunger oder Furcht war. Die schwielige Hand des Stadtknechts legte sich erneut auf die schmale Schulter und Anna machte ein paar weitere schwankende Schritte. Tapfer erwiderte sie den Blick des Schultheißen. Anna verdrängte den Gedanken daran, was sie wohl für einen jämmerlichen Anblick bot. Die vergangenen Tage und Nächte hatten deutliche Spuren hinterlassen. Mit wirren, zerzausten Haaren, denen sogar der dicke, geflochtene Zopf nicht Herr werden konnte, stand sie da. Das Kleid hatte unten einen dunklen, nassen Fleck. In einem Augenblick der Unachtsamkeit hatte Anna mit einem Fuß den Nachttopf umgestoßen, und der Teil des darin befindlichen Inhalts, dem sie nicht mehr ausweichen konnte, war über den Stoffsaum geschwappt. Nun roch sie also nicht nur nach kaltem Schweiß, sondern auch noch nach Harn. Diesen Gossengestank, der sie umwaberte, musste inzwischen sogar der Beisitzer bemerkt haben, der, unweit von Anna, neben einem kleinen, wackligen Holztisch in der Mitte der Versammelten stand. Womöglich war er deswegen so bleich im Gesicht.

»Ihr wart bei der Anhörung zugegen. Ihr habt die Aussagen eines jeden Einzelnen selbst gehört.« Feit Morstatt hatte das Wort an Anna gerichtet und schlenderte während seiner Rede lässig zu dem Scharfrichter hinüber, ohne ihm allerdings zu nahe zu kommen.

»Jedoch habt Ihr, trotz der unumstößlichen Beweise, immer noch nicht gestanden, den ehrenwerten Brel Steffen gemordet zu haben.« Er machte eine kurze Pause und schaute zu dem Tisch hin. Das Tuch, das auf ihm lag, wölbte sich, verbarg den Gegenstand darunter aber im Moment noch vollständig.

»Wie es aussieht, werden wir helfen müssen, die Wahrheit aus Euch herauszulösen und über die Lippen zu bringen. Danach werdet Ihr befreit und erleichtert Euer Urteil und Eure Strafe annehmen! Meister Kremer …«, Feit Morstatt wischte mit der Hand durch die Luft, als könnte er das Tuch auf dem Tisch dadurch bereits selbst entfernen. »… präsentiert der Angeklagten das Werkzeug für die Wahrheitsfindung!«

Nur sehr schleppend kam der Scharfrichter in Bewegung. Sogar Wolfgang Wolff von Bönnigheim ließ seine Feder sinken und sah von dem Papier auf, das vor ihm lag und das er Zeile für Zeile bis zum Prozessende zu füllen gedachte.

Michael fühlte sich kraftlos. Er hatte schon eine ganze Weile nichts mehr gegessen – nichts mehr essen können. Ab dem Moment, als Greta ihm von Annas Verhaftung berichtete, hatten sich in seinen Eingeweiden Steinbrocken und Klumpen festgesetzt – zumindest fühlte es sich so an. Wilhelm hatte ihm sogar besorgt vorgeschlagen, die Helfertätigkeiten beim Prozess zu übernehmen, um ihm das zu ersparen.

»Was ist mit Euch? Ihr seht Euch doch hoffentlich in der Lage, diesen wichtigen Prozess ohne Verzögerung durch Krankheit zu Ende zu bringen? Oder sollen wir gleich den Carnifex aus Hailbrun kommen lassen?« Argwöhnisch nahm Feit Mortstatt den Unehrlichen in Augenschein. Ohne sich weiter um die spitzen Bemerkungen des Ratsherrn zu kümmern, nahm Michael mit kalten, zitternden Fingern eine Stoffecke auf und entfernte das Tuch.

Anna zuckte zurück und versuchte, den drückenden Kloß in ihrem Hals zu schlucken. Sie hatte schon davon gehört, aber das hier war etwas anderes. Diese hier war für sie bestimmt, und so wie sie aussah, war Anna nicht die Erste, an der mit ihr die Willensstärke einer angeklagten Person ausgelotet worden war.

Die rostige Daumenschraube lag für jeden gut sichtbar auf dem Tischchen. Ein Metallgestell, in das der Daumen oder auch mehrere Finger oder Zehen eingebracht wurden. Mittels des vorhandenen Gewindes konnten dann die beweglichen Teile zueinander gebracht werden und quetschten dadurch, mehr oder weniger, die Glieder des Gepeinigten.

»Bedenkt, dass Euch dies alles erspart bleibt, wenn Ihr Euren Widerstand aufgebt und zur Wahrheit findet«, gab Feit Morstatt scheinbar einfühlsam und nachsichtig zu bedenken. Anna konnte den Blick nur schwer von dem angsteinflößenden Werkzeug abwenden. Trotzig presste sie dennoch die Lippen zusammen und schüttelte mit Nachdruck den Kopf.

»Gesteht!«, schrie der wortführende Ratsherr, der unübersehbar die Geduld verloren hatte. »Es war doch Eure Flasche!«

»Ja!«

»Dann war es auch Euer Gift!«

»Nein!« Annas Brust hob und senkte sich heftig.

Feit Morstatt winkte letztendlich resignierend ab. »Bringt sie zurück in die Kammer. Der Pfarrer Vischer soll mit ihr reden und es im Guten versuchen.«

Feit Morstatt hatte diese Worte an Hans Visch und Conrat Korber gerichtet, aber bevor man sie hinausbrachte, drehte sich Anna zu den hohen Herren um: »Nein, ... nicht den Pfarrer Vischer, ... ich will mit dem Schnepf Erhard sprechen!«

Sofort entbrannte ein Disput unter den Ratsherren. Aus jeder Ecke waren unterschiedliche Meinungen zu vernehmen.

»Ruhe!« Der Alte Bürgermeister Korber schlug mit der flachen Hand auf seinen Tisch. »Es soll geschehen, wie sie verlangt, und da Stadtknecht und Büttel gerade nicht abkömmlich sind, werdet Ihr zum Gemmingen'schen Hof gehen, um den Lutheraner beizubringen. Ihr untersteht dem Rat ebenso wie die beiden anderen – da macht es keinen Unterschied, wen wir schicken! Eilt Euch!« Damit war die Angelegenheit für Conrat Korber erledigt, und ehe sich Michael versah, fand er sich auf dem Marktplatz wieder.

Michael schlurfte hinter dem Ratsgebäude am hohen Turm und an dem Steinhaus vorbei, bis er beinahe an dem großen, eckigen Turm angelangt war, den man vom Nekker unten als äußerstes Gebäude ausmachen konnte, ehe der Grund und Boden als Steige abfiel. Die Gasse führte nach einem kleinen Bogen direkt auf den Hof zu – sozusagen das Stadthaus derer von Gemmingen – nur eine von diversen Besitzungen. Michael blieb stehen. Ein wirklich herrschaftliches Gebäude, das da im hinteren Teil des Areals direkt am Hang stand. Für Michael war nur der obere Teil des

Hauses sichtbar. Erst wenn man an die anrainende Steinmauer trat und an der Rückseite des Gebäudes entlang hinunter zum unteren Tor blickte, eröffnete sich dem Betrachter das ganze Ausmaß des Bauwerks, dessen weitere Stockwerke bis in die Tiefe reichten. Daneben befand sich die Scheune und vorne grenzte das Gesindehaus an die Gasse an. Durch hohe Eisenstäbe wurde unerwünschten Besuchern der Eintritt zum Hofgelände verwehrt. Langsam näherte sich Michael dem offenen Tor, auf dessen massiven Säulen die ebenfalls steinernen Verbund- und Familienwappen angebracht waren. Eine Magd, der aufgeregt schnatternde Gänse, gleich einer langen Schleppe, hinterherwatschelten, blieb stehen.

»Was wollt Ihr?«, fragte sie knapp und wechselte den schweren Futtereimer auf die andere Hüfte. Niemand war erfreut, wenn der Henker vor der Pforte stand.

»Im Auftrag des Rates soll ich den Schnepf Erhard zur Angeklagten bringen«, antwortete Michael tonlos.

»Wartet!« Die scharfe Anweisung war ihm egal. Er hatte sowieso nicht vorgehabt, durch das Tor zu treten. Die Magd verschwand im Gesindehaus und ließ Michael zurück, der sich die schmerzende Magengegend rieb. Angespannt wartete er an Ort und Stelle. Der Schnepf sollte sich beeilen. Vielleicht konnte der Geistliche etwas in dem Prozess bewegen, dem Ganzen eine Wendung geben. Er betete still. Die Zeit verstrich und Michael trat nervös von einem Bein auf das andere.

Ein Schauer lief ihm über den Rücken. Sein Blick fiel auf die linke der beiden Säulen. Tiefe, schmale Kerben zogen sich dort auf Höhe seiner Augen von oben nach unten durch den Stein. Die Vertiefungen waren nicht länger als seine Hand, und Michael wusste, was sie hatte entstehen lassen – eine Klinge. Der Nachtwächter machte hier unübersehbar des Öfteren Halt, um seine Hellebarde zu schärfen. Michaels Finger tastete in die Kerbe. Ein guter Stein, der ein tadelloses Ergebnis brachte. Rasch zog er seine Hand wieder zurück. Hoffentlich würde es nicht nötig sein, die Klinge seines Richtschwertes abzuziehen.

»Nun? Was habt Ihr erreicht? Hat sie Euch Sünden gebeichtet, die in diesem Prozess von Belang sind?« Erhard Schnepf hatte gerade erst den Ratssaal betreten und wurde von Feit Morstatt sofort mit neugierigen Fragen überhäuft. Er aber ließ ihn unbeachtet stehen und trat direkt vor den Schultheiß.

»Anna Eblin weiß sehr wohl, wie es um sie bestellt ist. Sie hat gebeichtet, aber nichts, was in Zusammenhang mit dem Mord stünde.« Nachdenklich runzelte Schnepf die Stirn. Es wunderte ihn, dass er gerufen worden war. Wenn er hier so in die Runde blickte, dann konnte er die ganze Facette an Für und Wider in den Augen der Ratsherren erkennen. »Sie hegt weiterhin die Hoffnung, dass ihr ein Einsehen habt und die Wahrheit noch erkennt.«

Michael hatte atemlos zugehört. Er ahnte bereits, was der Ratsherr Morstatt als Nächstes anordnen würde, und versuchte, sich innerlich gegen das Unvermeidbare zu wappnen.

Anna war immer noch aufgewühlt durch den Besuch des Geistlichen. Hektisch wischte sie sich über die nassen Wangen, als Schritte zu hören waren – viele Schritte. Es hörte sich anders an als sonst, wenn der Stadtknecht Niklas Pfeiffer zu ihr kam. Die Tür wurde aufgeschlossen und Annas Arrestkammer füllte sich. Der Büttel Hans Eckstein trat als Erster ein und bereitete den Sitzplatz und ein kleines Pult für den Stadtschreiber vor. Fackeln wurden an der Wand befestigt. Danach Niklas Pfeiffer, der Prozessführer Feit Morstatt und der Schultheiß Hans Visch. Die Männer stellten sich dicht nebeneinander, um Platz zu schaffen für die letzten zwei: Wilhelm Gröpler und Meister Kremer. Letzterer wich Annas ängstlichem Blick aus, und es hatte beinahe den Anschein, als würde er jeden Moment wieder kehrtmachen. Schwankend erhob sich Anna von ihrem Hocker. Angst vor dem Ungewissen machte sich in ihr breit. Sie musste husten, weil die Flammen ihren Rauch verteilten. Die Gesichter der Männer sahen in dem rötlichen Schein gespenstisch aus, und eines davon verzog sich zu einer Fratze.

»Nun fangt schon endlich an! Der übrige Rat verlangt nach einer Antwort!«, fauchte Feit Morstatt den Scharfrichter und dessen Helfer ungeduldig an. In Michael widersetzte sich alles, aber er hatte einen Eid geleistet. Seine Strafe für die Verweigerung kümmerte ihn nicht, aber wenn er jetzt nicht tat, wie ihm geheißen, dann änderte es nichts daran, dass die peinliche Befragung an Anna durchgeführt wurde – nur eben nicht durch ihn selbst, sondern einen anderen seines Standes. Dann jedoch konnte er in gar keiner Weise mehr beeinflussen, auf welche Weise sie was zu erdulden hatte. Sein Entschluss stand also fest, und schweren Herzens nickte er Wilhelm zu.

Die junge Frau wich zurück, als der Gehilfe des Henkers nach ihrem Arm griff und sie direkt vor den Scharfrichter stellte. Wilhelm trat hinter sie, um ihre Hände ruhig nach vorne zu halten. Sie war zart, und ihr Körper, der in den letzten Tagen so viel zu entbehren hatte, zitterte ununterbrochen. Es war nicht schwer zu erkennen, dass sie die Tränen nur noch mit größter Mühe zurückhalten konnte. Mit starren Augen fixierte sie den Mann vor sich, der die Daumenschraube nun in seinen Händen hielt. Die im Moment noch lockeren Teile machten leise, klirrende Geräusche, als sie gegeneinanderschlugen. Vorsichtig, beinahe zärtlich berührte er die feingliedrige Hand.

Wilhelm musste jetzt schon deutlich mehr Kraft aufwenden, um die Daumen an der vorgesehenen Stelle zu halten, während Michael die stabile Schraube so weit hinunterdrehte, dass nichts mehr verrutschte, aber noch keine Schmerzen entstanden. Annas Herz raste panisch. Das Blut rauschte ihr in den Ohren und sie atmete nur noch unregelmäßig und stockend. Michael wartete das Signal des Prozessführers ab. Mit schweißigen, rutschigen Fingern betätigte er die auf dem Gewinde aufsitzende Schraube.

Das Letzte, was Anna sah, waren die geröteten, prallen Fingerspitzen. Dann wurde es dunkel um sie herum.

Durch den Nebel nahm Anna den Schmerz wahr. Warme Hände hielten ihre Finger und wickelten Stoff darum. Sie konnte sich nicht erinnern, was geschehen war, aber trotz geschlossener Augen war sie sich sicher, dass sie auf dem Stroh in der Arrestkammer lag. Wenn sich Anna nicht regte, würde man sie vielleicht allein lassen.

»Die anderen sind weg – Ihr könnt die Augen getrost öffnen.« Der Mann hatte so unvermittelt zu sprechen begonnen, dass sie erschrocken zusammenzuckte. Unbeirrt fuhr er fort, die Finger weiter zu versorgen.

Mit der gleichen ruhigen, warmen Stimme hatte er damals im Stall auf ihr Pferd eingeredet. Das Haus am Marktplatz, ihre Mutter, ihr Bruder … Die Bilder stürzten nur so auf Anna ein und heiße Tränen der Verzweiflung schossen ihr in die Augen.

»Verzeiht, … sitzen die Bandagen zu fest?« Die Fürsorge des Scharfrichters war zu viel für Anna. Ihre Schultern bebten, als sie hemmungslos zu schluchzen begann. Es dauerte lange, bis sie sich wieder etwas beruhigt hatte. Und er? Nun, er saß die ganze Zeit daneben. Er berührte sie nicht, ließ sie aber auch nicht allein. Anna blinzelte den Mann verschämt an und achtete darauf, ihre Hände so auf ihrem Schoß abzulegen, dass sie nach oben zeigten. Dann pochten sie weniger.

»Was ist geschehen?«, flüsterte sie.

Der Schatten bewegte sich. Das Gesicht lag aber immer noch im Dunkeln. Da war nur diese wohlklingende Stimme, die ihr seltsam vertraut vorkam. »Ihr habt das Bewusstsein verloren. Der Ratsherr Morstatt hat Euch mit kaltem Wasser wieder aufwecken lassen und Euch mehrmals wegen des Gifts und des Mordes an Eurem Stiefvater befragt.« Er brach ab und räusperte sich, ehe er weitersprach. »Irgendwann habt Ihr auf seine Fragen mit ›Ja‹ geantwortet.« Zum Schluss konnte man den Henker kaum noch hören und verstehen. Ungläubig begann Anna zu begreifen, was er da gerade gesagt hatte.

»Ich habe … gestanden, … meinen Stiefvater gemordet zu haben? Aber … das ist nicht wahr! Ich bin ohne Schuld! Wo sind sie alle hin? Ich muss mit ihnen reden – ihnen alles erklären!« Hektisch wollte Anna von dem flachen Lager aufstehen, ohne ihre Daumen zu bewegen oder irgendwo anzustoßen. Sie schmerzten, doch das war Anna im Moment völlig egal. Sie musste den Rat überzeugen.

»Bemüht Euch nicht – die Beratung ist für heute beendet worden. Morgen ergeht das Urteil.« Seine Stimme klang eigenartig belegt. Sie hörte diese winzige Veränderung. Anna wurde mit einem Mal ganz ruhig. Gewissheit machte sich breit und es war mehr eine Feststellung denn eine Frage.

»Ihr werdet mich richten.«

Mit sanftem Druck versuchte sich Anna von ihrer schluchzenden Mutter zu lösen. Nachdem am Morgen der Schultheiß das Urteil verkündet hatte, durfte sie das erste Mal seit ihrer Verhaftung Besuch von ihrer Familie bekommen. Amalia Brel war weinend zusammengebrochen und gab nur ein unverständliches, jammerndes Geplärr von sich. Kraftlos kniete sie auf dem zerwühlten Stroh und wiegte sich vor und zurück. Anna strich ihr immer wieder mit der bandagierten Hand über den Hinterkopf. Sie hatte sich ihre Daumen noch nicht angesehen. Schließlich war es morgen um die Mittagszeit auch nicht mehr wichtig, ob die Finger wieder vollständig verheilen würden oder nicht. Morgen Mittag hörte ihr Körper auf zu leben.

Ihre Mutter war nicht allein gekommen. In der Nähe der Tür standen Walburga und Peter. Beide ebenfalls mit rot geränderten Augen und glänzenden Wangen.

»Du hast dein Leben noch vor dir – ich werde alles auf mich nehmen!«, flehend sah die Mutter ihr Kind an.

Anna schüttelte bestimmt den Kopf. »Was soll das denn dann noch für ein Leben sein? Etwas bleibt immer zurück. Dies würde mir ewig anhaften – und das weißt du.«

Amalia schüttelte den Kopf, aber sie erkannte, dass ihre Tochter recht hatte. »Ich habe deinem Oheim Martin geschrieben. Ich denke aber nicht, dass er noch in Wymphen eintreffen wird, bevor …« Wieder brach die erstickte Stimme ab. »Das Haus ist so leer ohne dich, Kind.«

Walburga schnäuzte lautstark in ein Tüchlein. Ein bedrücktes Schweigen machte sich breit. Niemand sprach ein Wort. Was sollte schließlich auch noch gesagt werden?

»Wenn ich doch nur meinen Mund gehalten hätte – es ist alles meine Schuld! Vergib mir Anna!«, brach es aus ihrem Bruder heraus. Peter hatte sich seit seiner Anhörung gegrämt und schuldig gefühlt. Hilflos raufte er sich die Haare, während ihm Walburga tröstend den Arm rieb.

»Nein. Sag das nicht, Peter.« Es machte Anna traurig, dass er so dachte, aber Tränen kamen keine mehr. Sie hatte schon zu viel geweint. Außerdem wollte – musste – sie stark sein für ihre drei Liebsten. Wenn für sie schon alles vorbei sein würde, hatten ihre Mutter, ihr Bruder und Walburga immer noch die Blicke und das Gerede der Wymphener Bürger zu ertragen.

»Du wirkst so ruhig. Hast du denn keine Angst?«

»Nein«, beeilte sich Anna, ihrem Bruder zu versichern. »Es wird schnell vorbei sein.« Würde es aber wirklich so sein? Glaubte sie tatsächlich fest daran, dass dem Henker kein Fehler unterlief und sie nicht erst unsägliche Qualen erleiden musste, weil er mit seinem Schwerte daneben geschlagen hatte? Denn eigentlich sollte es ein gnädiges Urteil für sie sein. Für den Vorwurf des Mordes hätte sie schließlich auch gerädert werden können.

Walburga öffnete das Tuch, das sie mitgebracht hatte. »Hier, … die magst du doch so, … ich habe sie frisch für dich gemacht. Sie haben gesagt, dass ich sie dir bringen darf.« Mit einem lauten Schluchzer reichte sie Anna die noch lauwarmen Backwaren. Ein Lächeln huschte Anna über die Lippen. Schon seit ihrer Kindheit verwöhnte Burgl sie mit diesen süßen Köstlichkeiten. Es war immer etwas Besonderes, und seit sie sich erinnern konnte, kam Vorfreude auf, sobald die Magd in der Zaine den Teig vorbereitete. Der älteren Frau zuliebe brach Anna ein Stück ab und schob es sich in den Mund. Sie schmeckte nichts und wälzte den Klumpen ziemlich lange mit der Zunge in ihrem trockenen Mund hin und her. Auch das Schlucken bereitete ihr Mühe. Annas Kehle war wie zugeschnürt.

Seiner Schwester zuliebe brach Michael ein Stück von dem Brot ab und schob es sich in den Mund. Er schmeckte nichts und wälzte den Klumpen ziemlich lange mit der Zunge in seinem trockenen Mund hin und her. Auch das Schlucken bereitete ihm Mühe. Michaels Kehle war wie zugeschnürt. Besorgt beobachtete Greta ihn. Er sprach nicht mit ihr und wirkte kraftlos und abwesend. Zusammengesunken hockte er am Tisch. Sogar Lisbet war verunsichert. Sie schien zu spüren, dass etwas Unheilvolles im Gange war. Still spielte sie in einer Ecke der Stube mit der kleinen Katze. Plötzlich flog der Becher, der gerade noch vor Michael gestanden hatte, quer durch den ganzen Raum und landete mit einem Scheppern an der gegenüberliegenden Wand. Die Katze duckte sich mit großen Augen und stellte erschrocken das Fell auf ihrem Rücken auf, während Greta und Lisbet den Hausherrn entgeistert anstarrten. Solche Ausbrüche waren sie nicht von ihm gewohnt. Mit einem Satz sprang er auf und war kurz darauf nach draußen verschwunden. Wilhelm kümmerte sich gerade um die Hunde in der Scheune, als Michael beinahe mit ihm zusammenstieß, nachdem er mit langen Schritten durch das Tor gestürmt war. Er stellte ihm keine Fragen und ließ ihn gewähren. Es wäre sowieso belanglos gewesen, was er getan, ihm gesagt oder geraten hätte. Michael wollte diese Bürde offensichtlich allein tragen. Mit einem hellen Klang landete sein Schwert auf der hölzernen Tischplatte.

»Das ist das Einzige, was ich noch für sie tun kann«, sagte er laut zu sich selbst, griff nach dem Schleifstein und zog mit langen, kräftigen Strichen über die glänzende Klinge. Wilhelm wartete ab, bis er sich abreagiert hatte. Mit verschwitztem Gesicht stand sein Schwager letztlich schwer atmend da, fuhr sich mit dem Ärmel über die Stirn und begutachtete seine Waffe. Die verkrampfen Finger seiner Hand öffneten sich. Dumpf fiel der Stein zur Erde.

»Ich muss noch ein paar Hiebe tun – damit ich morgen bei der Hinrichtung nicht fehlschlage und womöglich gleich noch von einer aufgebrachten Menge gemeuchelt werde.«

Wortlos folgte ihm Wilhelm nach draußen zu einem Baum, der abseits der Scheune stand. Michael hatte bereits oben im Astwerk ein Seil befestigt, das jetzt ein wenig in dem lauen Lüftchen mitschwang. Lisbet, die die neue Spielmöglichkeit natürlich sofort entdeckt hatte, trat zur Seite, um ihrem Oheim nicht im Wege zu stehen. Neugierig blieb sie aber in der Nähe und beobachtete alles ganz genau. Mit ernstem Blick packte Michael die tote Geiß, die er aus einem Stall hatte abholen müssen. Sie hatte ihre Frucht weit vor der Zeit als roten, unförmigen Klumpen verloren und war kurz danach an einem bösen Euter verendet. Jetzt würde sie aber noch einen letzten Dienst tun müssen. An einem Bein von ihm hinter sich her gezogen, holperte sie über den unebenen Boden.

»Warte … ich helfe dir.« Wilhelm setzte das Tier auf das Hinterteil und hielt den wackelnden Kopf so lange fest, bis Michael das Seil um den Hals gelegt und festgezogen hatte. Der Kadaver hing jetzt knapp über der Erde, und der Hals der Geiß befand sich genau dort, wo sich auch der Hals einer knienden Frau befinden würde.

»Zum Glück merkt sie ja nichts mehr«, piepste Lisbet im Hintergrund, verstummte unter dem Blick ihres Oheims aber auf der Stelle. Michael nahm mit dem Richtschwert Aufstellung. Geschwind überprüfte er Abstand und Winkel der Klinge. Immer wieder trat er zurück und wiederholte es aufs Neue. Morgen musste alles ganz schnell gehen. Als Meister durfte er die Todgeweihte nicht unnötig lange warten lassen. Das verursachte nur Unruhe.

Er atmete noch einmal tief ein, stellte sich auf und hob seine Waffe an. Mit der Klinge berührte er leicht das Genick der Ziege. Anklagend stierte sie ihn mit schmalen Pupillen an. Michael holte aus und schlug zu. Die lange Klinge traf zwischen zwei Knochen, durchtrennte Fell, Fleisch, Sehnen und Muskeln. Mit einem schmatzenden Geräusch schlug der Körper auf und kippte zur Seite, während der angebundene Kopf am Seil baumelte und rote Tropfen auf dem Gras verteilte.

Es war jetzt angenehm warm. Nicht mehr ganz so heiß wie am Tage. Die Sonne würde bald unter- und morgen in der Früh für Anna zum letzten Mal aufgehen. Ganz in düsteren Gedanken versunken, hatte Michael Wymphen durch das untere Tor verlassen und den Weg ins Tal zum Stift St. Peter eingeschlagen. Er verließ die Straße und hatte, etwa auf halbem Weg zwischen Berg- und Talstadt, die Kapelle erreicht, die Maria Magdalena, der Schutzheiligen der reuigen Sünderinnen und Büßerinnen, geweiht war. Hierher verirrte sich nur selten jemand, und wenn, dann achtete die Frau darauf, dass es nicht unter aller Augen geschah und die Bürger sich womöglich auch noch das Maul über den möglichen Grund zerrissen. Das war Michael aber gerade recht. Die Abgeschiedenheit garantierte ihm eine gewisse Ruhe und er konnte mit sich und seinen Sorgen allein sein. Er erhoffte sich Trost und Beistand für die wohl schwerste Prüfung seines bisherigen Lebens. Nachdenklich umrundete er das hölzerne Kreuz, das er für Agathe Hornmilch aufgestellt hatte, nachdem er sie hier begraben hatte. Der kleinen Kapelle saß auf dem Chor ein Dachreiter mit einer Glocke und westseitig ein Kreuz auf. Michael bekreuzigte sich und trat ein. Da es drinnen kalt war, ließ er die Tür einfach offen stehen.

Mit zitternden Händen zündete er eine weitere Kerze an und kniete auf den harten Steinboden nieder. Sofort durchdrang die Kälte den Stoff.

»Diese Kapelle ist Maria Magdalena geweiht – aber du hörst und erhörst mich sicher trotzdem«, begann er mit klarer Stimme, schloss die Augen und faltete seine Hände. »Ich rufe dich nicht oft an. Ich trage meine Aufgabe demütig – aber lass mich in diesen Tagen deine Hilfe spüren.« Michael senkte den Kopf.

»Domine Jesu Christe, rex gloriae, libera animas omnium fidelium defunctorum
de poenis in ferni et de profundo lacu; libera eas de ore leonis,
ne absorbeat eas tartarus,
ne cadant in obscurum.
Sed signifier sanctus Michael repraesendet
las in lucem sanctam, quam olim Abrahae promisisti.«

Ein leises Rascheln ließ Michael zusammenzucken.

»Du hast aber seltsame Dinge gesprochen. Ich habe gar nichts verstanden. Was bedeutet es?« Lisbet stand in der Tür und nestelte an ihrem Röckchen.

Michael streckte die Arme aus. Erleichtert darüber, dass er ihr nicht böse war, rannte sie zu ihm.

»Was tust du denn hier? Warum bist du mir nachgelaufen?«

Die Kleine schmiegte sich an ihn. »Mutter hat gesagt, dass du traurig bist … und da wollte ich nicht, dass du alleine bist. Ich mag auch nicht alleine sein, wenn ich traurig bin.«

Ihre kindliche Fürsorge rührte ihn. Wortlos küsste er sie auf die Stirn und strich ihr behutsam über den Kopf. »Das war Latein«, erklärte Michael.

Lisbets Augen wurden größer und ihr Mund formte ein stummes ›O‹. »Latein? Du kannst Latein? So wie der Pfarrer?« Die Bewunderung für ihren Oheim wuchs.

Michael lächelte nachsichtig und schüttelte den Kopf. »Nein. Ich habe nur dieses Gebet auswendig gelernt. Mehr kann ich nicht. Es bedeutet in etwa:

›Oh Herr Jesus Christus, ruhmreicher König,
befreie die Seelen aller verstorbenen Gläubigen
von den Höllenstrafen und von dem tiefen See;
Rette sie vor dem Rachen des Löwen, auf dass sie nicht die Hölle verschlinge,
auf dass sie nicht in die Finsternis stürzen;
sondern der Feldzeichenträger, der heilige Michael,
führe sie ins heilige Licht,
wie du es einst Abraham versprochen hast.‹

Lisbet hörte aufmerksam zu. »Michael führt sie ins Licht? Was bedeutet das?«

Michaels Knie schmerzten und so setzte er sich erst einmal mit überkreuzten Beinen auf den Boden, damit die Kleine es sich in dem so entstandenen Nest bequem machen konnte – wie daheim, wenn er ihr Geschichten erzählte. »Weißt du, der heilige Michael gilt als Heilkundiger und Patron der Kranken – und auch als Patron der Soldaten. Du hast bestimmt schon einmal ein Bild gesehen, auf dem er einen Drachen erschlägt.« Lisbet nickte. »Der heilige Michael erstellt ein Verzeichnis der guten und schlechten Taten eines jeden Menschen. Dieses wird dann jedem zunächst am Tag des Sterbens, aber auch am Tag des Jüngsten Gerichts vorgelegt. Auf dieser Grundlage richtet er über ihn. Er hat die wichtige Aufgabe des Seelenwägers. Außerdem geleitet er die Seele eines Verstorbenen auf ihrem Weg ins Jenseits.« Michaels Stimme brach kurz ab. »Du siehst also, … meine Eltern haben einen passenden Namen für mich ausgewählt.« Lisbet überlegte, was er damit gemeint hatte, und nickte. »Ja, … so, wie du morgen die Anna begleitest?«

Michaels Augen brannten verdächtig und er räusperte sich. »Ja, … deswegen wird er meist mit den Attributen Waage und Flammenschwert dargestellt … und die Farbe Rot wird ihm zugeordnet … für Feuer und Blut.«

»Du hast ja auch ein Schwert.«

»Durch die wichtige Aufgabe, die dem heiligen Michael für die Sterbenden zugeschrieben wird, wenn ihre Seele den Körper verlässt, wird allen Gläubigen nahegelegt, ihn anzurufen, auf dass er sie in der Stunde des Todes geleiten möge …« Weiter kam Michael nicht mehr.

»Oh! Sieh doch nur … die vielen Farben!« Lisbet war aufgesprungen und hüpfte unbekümmert einem bunten Schmetterling hinterher, der draußen im Abendrot munter umherflatterte.

Anna hatte sich schon vor Stunden von ihrer Mutter, Peter und Walburga verabschieden müssen. Erschöpft lag sie auf der groben Decke und starrte im Zwielicht der Kammer an die Decke. Sie wusste, dass sie in dieser Nacht kein Auge zutun würde. Die immer gleichen Gedanken quälten sie. Anna hatte Angst. Entsetzliche Angst. Wie würde ihr Ende sein? Was kam danach? Alles war so still. Außer ihr selbst war nur noch der Stadtknecht Niklas Pfeiffer irgendwo im Ratsgebäude. Er hatte die Aufgabe, sie zu bewachen. Vorsichtig drehte sich Anna auf den Rücken und legte ihre verletzten Finger achtsam auf ihrem Bauch ab. Sie schmerzten, aber soweit sie es beurteilen konnte, waren die Knochen heil geblieben. Der Scharfrichter war nicht bis zum Äußersten gegangen – warum auch immer. Anna summte das Lied vor sich hin, das sie von Walburga gelernt hatte und noch aus ihrer Kindheit kannte. Dann hörte sie auf. Anna lauschte angestrengt in die Dunkelheit. Waren das Schritte? Wer mochte zu dieser Stunde noch den Weg zu ihr finden? Sie setzte sich auf ihrem Lager auf und schaute gespannt in den Schein der Fackel, hinter der Feit Morstatt eintrat. Der Funke Hoffnung wurde größer. Warum sollte er sich bemühen und den Weg auf sich nehmen, wenn es nicht doch vielleicht eine Wendung gegeben hatte?

Der Ratsherr leuchtete die Kammer aus. »Nicht gerade das, was Ihr gewohnt seid, oder?«, feixte er und ein schiefes Grinsen erschien in seinem wohlgeschnittenen Gesicht. Anna war irritiert. Der kalte Blick, mit dem er sie anzüglich begutachtete, beunruhigte sie zusehends. Nach einem Stoß seines Fußes fiel hinter ihm die schwere Tür scheppernd ins Schloss.

»Was wollt Ihr hier?« Anna hatte all ihren Mut zusammengenommen, aber ihre Stimme zitterte trotzdem. »Ich kann jederzeit den Stadtknecht rufen. Er wird Euch dann nach draußen begleiten!«

Morstatt lachte demonstrativ laut auf, als er die Fackel in die Halterung steckte und jetzt beide Hände frei hatte. »Ja, ja, … der gute Pfeiffer Niklas. Verschwendet keinen Gedanken mehr an ihn. Er sitzt auf meine Einladung hin im Wirtshaus und gönnt sich gerade ein Gebrautes, während ich mich angeboten habe, auf die Mörderin aufzupassen. Denn das seid Ihr – nur eine verurteilte Mörderin. Und bald schon eine Mörderin, an der das gefällte Urteil vollstreckt wird. Ihr seid also gar nicht in der Position, jemanden zu rufen oder Anweisungen zu geben – nicht mehr.«

Anna schob sich weiter von ihm weg. Er hatte gefährlich leise gesprochen, und ihr Herzschlag beschleunigte sich mehr und mehr.

»Ein Jammer.« Sein Schatten fiel auf Anna. »Schon morgen sitzt dieses hübsche Köpfchen nicht mehr auf den Schultern. Es wäre doch wirklich Verschwendung, diesen Körper verwesen zu lassen, ohne dass Ihr die Freuden des Lebens kennenlernen konntet, meint Ihr nicht auch?«

Anna wollte weg von ihm und versuchte, auf die Beine zu kommen. Vergeblich. Er war schnell. Noch ehe Anna sich umdrehen und aufrappeln konnte, war er über ihr und schlug ihr ins Gesicht. Die Wucht warf sie auf den Rücken, wo sie benommen liegen blieb. Schützend hielt sie die verschränkten Arme vor sich. Eine Gesichtshälfte bitzelte und brannte wie Feuer. Der Geschmack von Blut breitete sich in ihrem Mund aus. Mit Bangen erwartete Anna den nächsten Schlag. Nichts geschah. Hatte er die Wahrheit gesagt? War der Stadtknecht tatsächlich nicht hier? Wenn sie es schaffen würde, laut zu schreien, um auf sich aufmerksam zu machen, dann konnte sie ihn vielleicht abschrecken. Feit Morstatt verlagerte sein Gewicht und beugte sich nach vorne. Beinahe zärtlich schob er Annas Arme zur Seite und presste seine nach Wein schmeckenden Lippen auf die ihren. Anna zwang sich stillzuhalten – vorerst zumindest. Er atmete schneller. Fest drückte er seine Hand in ihren Nacken und zwang ihr weiter seine Nähe auf. Er schien darauf zu vertrauen, dass ihr Widerstand geschmolzen war. Langsam glitt seine Hand nach unten und knetete eine von Annas Brüsten durch den dünnen Stoff. Das war zu viel für die junge Frau. Was hatte sie sich nur dabei gedacht, ihn gewähren zu lassen? Er würde ja doch nicht aufhören. Er würde sich auch noch das holen, was sie nur ein einziges Mal zu geben hatte. Dessen war sich Anna sicher. Ihr Kampfgeist erwachte. Sie wusste, sie würde verlieren. Was konnte sie ihm schon entgegenhalten? Aber sie würde es ihm so schwer wie nur irgend möglich machen. Das schwor sie sich.

Anna zog die Beine an und trat mit aller Kraft nach ihm. Gleichzeitig schlug sie mit den Fäusten auf ihn ein, was ihr allerdings mehr Schmerzen bereitete als ihrem Peiniger. Mit einem derben Johlen wich er ihr aus. Kurz hatte sie die Oberhand gewonnen, keuchte aber schon vor Anstrengung. Für Anna war er nur ein schwarzer Schatten, auf den sie eindrosch. Sie blinzelte oder hielt die Augen in dem Durcheinander und Handgemenge meist ganz geschlossen. Sein spöttisches Lachen hallte von den Wänden, als ihre Kräfte schwanden. Darauf hatte Feit Morstatt gewartet. Gezielt griff er nach den verletzten Fingern und drückte kräftig zu. Anna entfuhr ein Schrei und ihre Gegenwehr erlahmte auf der Stelle. Noch ganz mit dem Schmerz beschäftigt, erfasste sie nur ganz am Rande, dass er sich hinter sie gekniet und sie auf Ellbogen und Knie geschoben hatte. Instinktiv begann Anna, nach vorne zu krabbeln. Sehr weit kam sie allerdings nicht. Grob packte er ihre langen Haare und riss Annas Kopf nach hinten, während er mit seinem Gewicht auf ihren Waden kniete und die Beine auseinanderzwängte. Anna richtete sich auf. Dass ihm ihre Hüften so jedoch auswichen, machte ihn nur noch wütender. Er ergriff einen ihrer Arme und verdrehte ihn schmerzhaft nach hinten. Ihr Handrücken befand sich jetzt zwischen ihren Schulterblättern und ihr zitternder Körper wurde mit dem Gesicht voran nach unten gezwungen.

»So ist es schon besser«, keuchte Morstatt und rieb seinen Hosenlatz erwartungsvoll an ihrem Hinterteil. Anna begann, leise zu weinen. Sie betete, dass es nicht lange dauern würde. Hektisch begann er an ihrem Rock zu nesteln, den gesamten Stoff nach oben zu raffen und auf ihrem Rücken abzulegen. Er schaffte es sogar, Annas Arm weiterhin nach oben zu drücken, während er eilig seinen Bund lockerte, um sich seiner Hose zu entledigen. Das Rascheln des Stoffes war zu hören, und gleich darauf sammelte er mit schmatzenden Geräuschen Speichel in seinem Mund, um ihn auf seine Hand zu spucken und zu verreiben. Anna verzog angewidert den Mund und kämpfte gegen den Drang an, sich zu übergeben. Scheinbar gleichgültig und so, als würde er dies jeden Tag tun, bemächtigte er sich mit einer kraftvollen Bewegung ihres Körpers. Anna war vollkommen überrascht von der Wucht und der Rohheit. Der Schmerz breitete sich in ihrem gesamten Unterleib aus. Sie biss sich eisern auf die Zunge. Kein Jammern oder Winseln sollte über ihre Lippen kommen. Aber die Tränen, die konnten getrost fließen, denn es war ja dunkel. Irgendwann stöhnte er nur noch wie ein Tier und brach erschöpft über Anna zusammen. Schwer lag er auf ihr und es dauerte, bis er sich erhob und Anna einfach zurückließ.

»Keiner wird dir glauben.«

Sie wartete lange. So lange, bis sie ganz sicher war, dass die Schritte nicht mehr wiederkehrten. Dann erst drehte sie ihren geschundenen Körper vorsichtig zur Seite und bedeckte sich. Außer Annas leisem Wimmern war nichts zu hören.

Michael war schon lange vor den ersten Strahlen der Sonne auf den Beinen gewesen. Zusammen mit Wilhelm hatte er seine Pflicht getan und auf dem Marktplatz eine kleine Holzbühne errichtet. Gerade groß genug, um später vor den Wymphener Bürgern zu richten. Er hatte dabei kein einziges Wort gesprochen – und Wilhelm auch nicht. Eigentlich war es wie immer. Jeder hing seinen

Gedanken nach. Und doch war es nicht wie immer. Konnte er die Kraft und den Willen aufbringen zuzuschlagen? Würde er den tödlichen Hieb ausführen können? Michael stand mit grimmigem Gesicht vor der Holzkonstruktion. Die stabilen, stützenden Balken waren etwa hüfthoch. Darüber waren hölzerne Dielen gelegt worden. Auf diesem Podest würde Anna später knien oder sitzen. Es war seine Aufgabe, darüber zu entscheiden. Machte sie einen ruhigen, gefassten Eindruck, dann konnte er es riskieren, sie frei knien zu lassen. Oftmals hatten die Frauen aber starke Gefühlsregungen und es war klar erkennbar, dass sie nicht stillhalten würden. Sie weinten, jammerten und lamentierten, wehrten sich bis zum letzten Atemzug. Dann musste er die Verurteilten schützen – und sich selbst. Falls Anna aufgebracht war, dann würde er einen Stuhl zu Hilfe nehmen müssen, auf dem er die junge Frau festband.

»Ich werde hier auf dich warten.« Wilhelm hatte ihn aus seinen Gedanken gerissen. Wortlos drehte sich Michael um und machte sich auf den Weg zum Ratsgebäude. Ganz in der Nähe lungerten Albrecht Hoffmeister, Lennhart Entenbeker und Conrath Claus herum und beobachteten ihn. Freche, halbwüchsige Sprösslinge, deren Väter städtische Ämter wie die des Spitalpflegers, Ungelter oder Rechners innehatten. Vorwitzig hatten sie sich bereits jetzt auf dem Schauplatz der Hinrichtung eingefunden, um sich die besten vorderen Plätze zu sichern. Sie trieben wie immer ihre Späße und alberten herum. Michael setzte seinen Weg fort. Was verstanden sie schon vom Leben – oder Sterben?

Der Büttel Hans Eckstein hatte ihn wissen lassen, dass der Stadtknecht heute Morgen nicht erschienen war und dass es nun seine Aufgabe sei, sich um die Verurteilte zu kümmern. Die Spatzen pfiffen es aber auch so schon von den Dächern, dass dieser in der letzten Nacht kräftig einen über den Durst getrunken hatte. Darum stand Michael nun also vor der Tür im Keller des Ratshauses. Drinnen war nichts zu hören. Ob Anna schon wach war? Hatte sie überhaupt schlafen können? Er zumindest hatte kein Auge zugetan. Greta hatte ihn nicht allein gelassen. Die ganze Nacht saß sie an seiner Seite und passte auf, dass er wirklich nur den von ihr bereiteten Kräuteraufguss trank. Geredet hatten sie nicht. Seine Schwester hatte ihm einfach nur die Hand gehalten.

Mit einem Seufzer schob er die Tür auf, nachdem er sich bekreuzigt hatte. Von oben fiel helles Tageslicht ein und so konnte er die am Boden kauernde Gestalt recht gut erkennen.

»Ich soll Euch nach oben ins kleine Stübchen neben dem Ratssaal bringen.«

Anna rührte sich nicht.

»Der Rat ist sicher bald vollzählig versammelt – wir müssen gehen.«

Es sah so aus, als hätte sie ihn gar nicht gehört. Michael wunderte sich nicht. Der bevorstehende Tod konnte bei einem Menschen äußerst ungewöhnliches Verhalten hervorrufen. Zögernd ging er neben Anna auf die Knie, damit er ihr ins Gesicht sehen konnte. Sie lag mit angezogenen Beinen auf der Seite und starrte mit leerem Blick an die Wand vor ihr. Als er sie jedoch an der Schulter berühren wollte, erwachte sie aus ihrer Starre, zuckte zurück und schlug auf seine Hand.

»Fasst mich nicht an!«, fauchte sie und kroch rückwärts von ihm weg.

So eine heftige Reaktion hatte Michael nicht erwartet. Er begann aber langsam zu begreifen, als sich der Stoff ihres Rockes entfaltete, den sie bis dahin fest zwischen ihre Beine geklemmt hatte. Ein dunkelroter Fleck prangte dort, und jetzt, da sie sich ihm zugewandt hatte, war auch die geschwollene Lippe nicht mehr zu übersehen. Wie ein gehetztes Tier hockte sie an der Wand und ließ ihren Henker nicht einen Moment aus den Augen.

Michael schluckte. »Wer war vergangene Nacht hier?«, flüsterte er heiser. »Wer?« Wiederholte er, als keine Antwort kam, aber die junge Frau schloss nur die Augen vor Ekel, hielt sich die Ohren zu und schüttelte heftig den Kopf, als die Erinnerungen über sie hereinbrachen – als könnte sie dadurch alles ungeschehen machen.

»Aber Ihr müsst dem Rat davon berichten …«, ereiferte sich Michael.

»Keiner wird dir glauben … keiner wird dir glauben … keiner wird dir glauben«, murmelte sie nur immer vor sich hin.

In Michaels Kopf begann es zu arbeiten. Nachdenklich blickte er den langen Gang entlang. Wie viel Zeit würde ihm noch bleiben? Er wollte sie keinesfalls der Schmach preisgeben.

Anna war wieder allein. Vorsichtig streckte sie mit schmerzverzerrtem Gesicht die steifen Glieder. Sie fühlte sich wie ein Schatten ihrer selbst. Ausgerissene Haare hafteten an ihrem Leibchen. Ihre Lippe schmerzte und war verkrustet, und ihr geschundener Körper ließ sie bei jeder noch so kleinen Bewegung die Luft anhalten und leise aufstöhnen. Bis die Tür wieder geöffnet wurde, hatte sie es dennoch geschafft aufzustehen und lehnte jetzt kraftlos mit zitternden Knien an der Wand. Der Scharfrichter trug ein Bündel bei sich und machte sich ohne große Erklärungen daran, den mitgebrachten, sauberen Rock auszuschütteln. Auffordernd hielt er ihn Anna hin.

»Darin werdet Ihr Euch besser fühlen – wenn Ihr nachher vor den ganzen hohen Herren erscheinen müsst. Zieht Euch um – ich werde draußen warten.« Damit warf er ihr das Kleidungsstück vor die Füße und ging.

Es war noch früh am Morgen. Die Sonne hatte gerade ihre Bahn begonnen. In dem kleinen Raum neben dem Ratssaal war es hell – anders als unten in der Arrestkammer. Ein Tisch befand sich darin und zwei einfache Stühle, aber Anna blieb stehen. Das Sitzen bereitete ihr Schmerzen. Sehnsüchtig schaute sie zum weiten, blauen Himmel hinauf. Die Vögel zogen dort oben ihre Kreise und zwitscherten sorglos ein fröhliches Lied. Unruhig zupfte sie an dem Rock herum und rieb den Stoff zwischen den Fingern hin und her. Anna wusste nicht, woher der Scharfrichter ihn hatte. Vermutlich gehörte er seiner Schwester. Bei dem Gedanken stellten sich ihre Nackenhaare auf. Sie – Anna Eblin – trug die Kleidung einer Unehrlichen. Jedoch musste sie zugeben, dass das besser war, als mit ihrem besudelten Rock und dem deutlich sichtbaren Zeichen ihrer Schande den Herren des Rates unter die Augen zu treten.

Der Rat! Gleich würde sie ihrem Peiniger gegenüberstehen! Eine heiße Welle durchlief Anna und ihr Herz pochte. Eilig wischte sie sich mit den schweißigen Händen über die Schenkel. Der Schlüssel klapperte, und vier Hellebardiere traten ein. Jeweils zwei von ihnen nahmen vor und hinter ihr Aufstellung. Danach erschien der Scharfrichter. Er schien alle Aufgaben für Niklas Pfeiffer zu übernehmen. Von ihm bekam sie Ketten um die Handgelenke gelegt und wurde vor den Rat geführt. Die Hellebardiere blieben neben Anna stehen. Nur der Nachrichter entfernte sich und nahm auf seinem Stuhl Platz. Eingeschüchtert beäugte sie die Spieße und die geschärften, glänzenden Klingen.

»Seid Ihr zur Einsicht gekommen? Dies ist die letzte Gelegenheit für ein Geständnis und die Erleichterung Eures Gewissens.« Der Schultheiß hatte sich erhoben und wartete auf eine Antwort.

Anna sah zu Feit Morstatt hinüber. Direkt in seine Augen. Er saß dort – völlig ruhig und unbesorgt. Sie straffte die Schultern und hielt seinem Blick hasserfüllt stand. Es kostete viel Willenskraft, aber Anna schaffte es.

»Ich habe Euch weiter nichts zu sagen, als ich bereits getan habe. Ihr müsst nun selbst entscheiden. Wer aber die richtige Entscheidung nicht wagt oder sogar noch darüber hinaus Unrecht tut und sich danach in Sicherheit wiegt, dem kann ich nur Folgendes sagen: Wer glaubt, durch einen Ablassbrief seines Heils gewiss sein zu können, wird auf ewig mit seinen Lehrmeistern verdammt werden.« In den Augen von Feit Morstatt konnte Anna erkennen, dass er wusste, wer damit gemeint war.

Ungeachtet dessen hielt sich Wolfgang Wolff von Bönnigheim, auf einen Wink von Hans Visch hin, das beschriebene Papier auf Armlänge vor sein Gesicht, pfetzte die Augen ein wenig zusammen und verlas langsam und deutlich das Urteil.

»Habt Ihr alles verstanden?« Anna nickte. Der Schultheiß langte nach dem weißen Stab, der vor ihm lag, brach ihn entzwei und warf ihn der Verurteilten vor die Füße.

»Das Leben wird Euch abgesprochen! Somit seid Ihr dem Schwerte kondemniert! Das Urteil ist sofort und unverzüglich zu vollstrecken!« Die Worte hallten in ihrer Endgültigkeit durch den Raum. Die Zeit schien für einen Moment still zu stehen.

»Darf ich das Wort an Euch richten?« Überrascht drehte sich Hans Visch zu dem Beisitzer um und wechselte einen erstaunten Blick mit Conrat Korber. »Jetzt? ... Nun, ... so tretet vor, Meister Kremer.«

Michael machte einen Schritt, dann noch einen. Seine zitternden Beine trugen ihn tatsächlich. Verlegen räusperte er sich. »Ich habe ein Anliegen, ... eine Bitte ... vorzutragen.«, begann er.

»So sprecht doch endlich, aber falls es eines Eurer Gnadengesuche ist, kann ich Euch jetzt schon sagen, dass wir nicht im Mindesten von dem gefällten Urteil abweichen werden. Also fasset Euch kurz!« Die Zurechtweisung machte Michael ein wenig unsicher.

»Es geht tatsächlich um ... sie«, machte er einen neuen Versuch und schielte verschämt zu Anna hinüber. Auch sie sah ihn an. Ohne Regung. Wie eine leblose Hülle. Sie versuchte einmal mehr zu verstehen und zu begreifen, was da gerade mit ihr geschah. Michael fasste sich ein Herz und platzte mit seinem Anliegen heraus, denn auch wenn er jetzt noch länger überlegte, wie er es wohl am besten formulierte, es würde ja doch nicht besser werden.

»Ich ersuche den Wymphener Rat um die Erlaubnis, die Verurteilte um ihre Hand zu bitten. Nein, ... ich bitte nicht um die Erlaubnis, ... ich nehme mein Recht in Anspruch, Anna Eblin freizubitten, um sie zu ehelichen!«, verbesserte er sich bestimmt.

Stille. Hans Visch schwieg und strich sich nachdenklich über's Kinn. Michael wagte nicht zu atmen. Das Blut rauschte in seinen Ohren und er wusste genau, dass er von einem bleichen Antlitz weit entfernt war. Er konnte die erstaunten und bohrenden Blicke spüren. Er konnte die Gedanken der anwesenden Ratsherren förmlich hören: Wie kann er es wagen? Hat er denn keinen Anstand im Leib, uns zu zwingen, eine verurteilte Mörderin am Leben zu lassen? Er sollte sich was schämen! Was braucht er überhaupt zu heiraten? Wenn er sich den Freuden hingeben will, soll er sich doch eine Hure suchen! Sie wird weiterhin unter uns weilen und womöglich erneut für Unruhe sorgen. Wie können wir sicher sein, dass sie nicht Rache nimmt an denen, die das Urteil über sie gesprochen haben?

»Was soll das? Ihr werdet dem doch nicht stattgeben?«, fragte Feit Morstatt aufgebracht in die Runde.

»Setzt Euch!«, wies ihn der Schultheiß an. »Ob es Euch gefällt oder nicht, … Meister Kremer darf der Verurteilten sein Anliegen freilich vortragen. Das letzte Wort ist noch nicht gesprochen, denn zu entscheiden vermag nur sie allein. So versucht also Euer Glück, … aber lasst Euch dies eine Warnung sein: Ihr habt einen Eid geschworen! Wenn die Antwort nicht in Eurem Sinne ausfallen sollte, habt Ihr dennoch die Pflicht, gut und gerecht gegen sie zu richten!«, ermahnte er den jungen Mann eindringlich, der dankbar nickte. Was hatte er da getan? Sicher, er hatte mit dem Gedanken gespielt, aber jetzt? Jetzt hatte er es tatsächlich getan! Wenn Anna einwilligte, was er aus allertiefstem Herzen hoffte, dann war er noch heute ein verheirateter Mann. Wenn sie ihn jedoch zurückwies, dann musste er ihr den Kopf abschlagen und war zudem noch zum Gespött von Wymphen und der ganzen Umgebung geworden! Wie dem auch sei, er konnte es nicht mehr ungeschehen machen.

Nervös näherte er sich der jungen Frau, die ihn ungläubig anstarrte. Anna fühlte sich, als hätte sie ihren irdischen Körper verlassen und würde just in dem Moment neben sich selbst stehen. Sie hatte das Gespräch der Männer verfolgt, die sich über sie unterhalten hatten, als wäre sie gar nicht anwesend. So wurden Verhandlungen über ein Stück Vieh geführt. Und jetzt stand er auch noch vor ihr, dieser … Unehrliche. Seine Ohren waren rot angelaufen und er knetete verlegen seine Finger.

»Ich bitte Euch um Eure Hand, Anna.« Mehr brachte er nicht heraus. Die blauen Augen verschlugen ihm die Sprache.

Anna rührte sich nicht. Hatte sie eben richtig gehört? Innerhalb weniger Tage war ihr gesamtes Leben zerbrochen. Sie war verhaftet, eingesperrt, gequält, verhört, gedemütigt und geschändet worden. Und jetzt war ihr sogar noch die Ehe angetragen worden – von einem Scharfrichter! Das war zu viel für die junge Frau. Sie fing an zu grinsen. Dann lachte Anna. Sie konnte nicht mehr aufhören.

Ihr blieb die Luft weg. Sie hatte keine Kontrolle mehr über sich. Sie lachte so lange, bis ihr die Tränen kamen. Dann weinte sie. Als schließlich auch das Schluchzen wieder abebbte, sah sie ihn an. Er stand immer noch vor ihr, und in seinen Augen konnte sie die Enttäuschung, den Schmerz, die Scham, die Angst und den Zorn sehen, der sich ihrem Hochmut entgegenstellte. »Seid Ihr nicht bei Sinnen? Wie könnt Ihr auch nur im Entferntesten annehmen, dass ich das Weib eines Blutvogts werde? Tut endlich Eure Arbeit, damit ich dieses Elend hinter mir lassen kann«, fauchte sie in ihrem Stolz und ihrer Unsicherheit. Mehr hörte Michael schon nicht mehr. Er hatte den Saal verlassen und überließ es anderen, die Aufgebrachte in das kleine Stübchen zurückzubringen und einzuschließen.

Michael balancierte das Holzbrett in der einen Hand und zog mit der anderen einen der Stühle zu sich heran. Er war mit Anna allein in der kleinen Kammer. Sie würdigte ihn keines Blickes und auch die Henkersmahlzeit, die er langsam zu ihr hinüberschob, rührte sie nicht an. Auf dem Brett waren Brot, gesalzenes Fleisch, Fisch und Eier angerichtet worden. Abwesend starrte Anna aus dem Fenster.

Wie gerne hätte er ihr noch so vieles gesagt, sie berührt und in die Arme genommen. Jetzt, wo es dem Ende zuging … Sollte er es wagen, und ihr von der Fastnacht erzählen? Würde das ihre Meinung über seine Freibitte ändern? Nein! Sie verachtete ihn! Wie hatte er auch nur annehmen können, dass sie diese Bürde – das Leben an seiner Seite – auf sich nehmen würde?

»Was ist Euer letztes Begehren? Sagt es frei heraus. Ich werde es beschaffen – wenn noch Zeit dafür ist.« So lange er konnte, hatte er das Unvermeidbare hinausgezögert. Da sie regungslos und stumm blieb, machte er sich an die letzten Vorbereitungen. Sorgfältig ordnete er Annas Haare und flocht sie zu einem dicken Zopf. Dann zog er sein geschliffenes Messer und setzte die Klinge nahe am Genick an. Mit schnellen Bewegungen durchtrennte er Strähne um Strähne der goldenen Pracht. Michael gab sich Mühe, so wenig wie möglich zu rupfen und zu zerren. Sie schien aber sowieso nichts davon zu bemerken.

Erst als das letzte Büschel Haare gekappt war und der Zopf zu Boden fiel, liefen Anna Tränen über die Wangen. Mit zitternden Fingern tastete sie ihren Kopf ab, lupfte hier und da eine fransige, kurze Strähne an. Diese Schmach würde nachher für alle deutlich sichtbar sein. Anna horchte auf. Eine helle Glocke läutete nur für sie – das Armesünderglöcklein.

Nun ging sie also den letzten Weg. Pfarrer Schnepf hatte gerade noch mit ihr gemeinsam gebetet. Jetzt wurde sie – begleitet von den vier Hellebardieren – vom Ratsgebäude zur Mitte des Marktplatzes gebracht. Dort hatte bereits ihr Henker neben dem Holzaufbau Aufstellung genommen und wartete auf sie. Zögernd setzte Anna einen Fuß vor den anderen. Sie trug keine Schuhe. Deswegen hinkte sie dann und wann, wenn sich Steine in ihre Fußsohlen bohrten. Sie mussten sich ihren Weg durch die Menge bahnen, die neugierig glotzte und gaffte. Die Bürger schoben und drängelten und buhlten um die besten Plätze. Viele waren schon seit den frühen Morgenstunden hier. Besonders um die Richtstätte herrschte Gedränge. Anna sah, dass einige nicht so zart besaitete Leute schon Tücher bereithielten, die sie versuchen würden alsbald in ihr vergossenes Blut zu tunken, damit sie von allerlei Unheil verschont bleiben mögen. Selbst nur aufgefangene Tropfen vom Blut der Hingerichteten waren nachher ein kostbarer Schatz, der allzu gerne teuer bezahlt werden würde.

Jeder wollte einen Blick auf die Zugewanderte werfen, die so viel Unheil mitgebracht hatte. Diese junge, hübsche Frau, deren engelgleiches Antlitz doch alle getäuscht hatte. Sie war eine Mörderin und natürlich hatte auch schon die pikante Geschichte die Runde gemacht, dass sie des Scharfrichters Bitte abgelehnt hatte. Das Für und Wider wurde hinter vorgehaltener Hand ausgiebig diskutiert.

Anna suchte in der Menschenmenge verzweifelt nach den bekannten Gesichtern ihrer Lieben. Waren sie hier? Würde ihre Anwesenheit Anna den Rücken stärken oder würde die Trauer die bis dahin eisern aufrechterhaltene Fassade zum Einsturz bringen? Würde sie letztlich winseln und jammern?

Da! Da waren Walburga und Peter. Ihr Bruder stützte die ältere Frau, die in ein Tuch schluchzte. Beide hatten tiefe Ringe unter den Augen. Anna vollbrachte das Unvorstellbare und lächelte den beiden liebevoll zu, was bei ihrer Burgl nur einen weiteren Weinkrampf auslöste. Ihre Mutter Amalia war nicht da. Anna unterdrückte das Gefühl der Panik und konzentrierte sich wieder auf die beiden. Sie wollte sich jede Einzelheit ihrer Gesichter einprägen.

»… Und wenn er je daneben schlage, darf ihn niemand angreifen …« Anna hörte, was der Schultheiß redete, und hörte es doch nicht. Das Ratsmitglied stand oben mit einem prächtigen Stab, überragte alle Anwesenden und richtete ermahnende Worte an die Versammelten. Dann gab er das Zeichen. Die Hellebardiere traten etwas zurück. Ein Windstoß wehte Anna die kurzen Haare in die Augen. Eilig wischte sie sie mit den gebundenen Händen weg. Sie musste alles sehen, durfte keine Bewegung des Henkers verpassen. Er stützte sie, als sich ihr Bein im Rock verhedderte und sie beinahe auf die Stufen gefallen wäre. Ihr Verstand kämpfte gegen den lebenserhaltenden Instinkt wegzulaufen. Die Sonne lachte vom Himmel, und Anna wurde warm. Sie schwitzte. Ein Tropfen lief unter ihrem Arm hinab. Trotzdem waren ihre Hände eisig kalt. Der Henker stand jetzt dicht neben ihr. Er schwitzte ebenfalls. Anna konnte es riechen. Sie sah zu den Leuten hinunter. Auch einige Mitglieder des Rats hatten sich in der ersten Reihe versammelt, um der Urteilsvollstreckung beizuwohnen.

Der Gehilfe war hinter sie getreten. Ängstlich drehte sich Anna um. Niemand sprach ein Wort. Sie wusste nicht, was sie tun oder lassen sollte, was als Nächstes geschehen würde. Unmöglich konnte sie beide gleichzeitig im Auge behalten. Also entschied sie sich für den Scharfrichter. Er war es, der ihr den Tod bringen würde, und sie wollte sehen, wann. Sie wollte sich darauf einstellen und vorbereitet sein.

Michael sah ihr nicht in die Augen. Das war immer die beste Methode. Das redete er sich zumindest ein. An irgendetwas musste er sich jetzt schließlich festhalten. Er hatte Angst davor, das Ganze nicht bis zum Ende bringen zu können. Äußerlich völlig ruhig, schrie alles in ihm. Wilhelm bedachte ihn mit einem besorgten Blick. Er konnte die Frage in seinen Augen lesen. Wilhelm hatte ihm schon auf dem Weg zum Marktplatz geraten, sie auf den Stuhl zu binden, damit das riskante Unterfangen wenigstens für ihn einen guten Ausgang nehmen würde. Michael ignorierte seinen Schwager. Mit leichtem Druck auf ihre schmalen Schultern brachte er sie zum Niederknien. Sie atmete kurz und hektisch und verfolgte jede seiner Bewegungen aus dem Augenwinkel.

Er war hinter sie getreten. Sie konnte ihn nicht mehr sehen. Dafür fasste sein Helfer in ihre Haare und hielt den Kopf gerade. Wohl auch deswegen, damit ihr Haupt durch die Wucht des Schlages nicht in der Menge landete. Anna starrte jetzt gelähmt vor Angst in die Gesichter, die sich vor dem Holzpodest zu einer wabernden Masse vereinten. Ihre Knie schmerzten von dem harten Untergrund. Aus der Menge glotzte Feit Morstatt zu ihr herauf. Bilder der vergangenen Nacht kämpften sich aus der verdrängten Erinnerung hoch. Siegessicher und hochmütig stand er da. Nicht mehr lange, und die Zeugin seines Vergehens würde für immer schweigen. Auch ihm schien unter der langen Schaube, die er zu offiziellen Anlässen zu tragen hatte, warm zu werden. Er lupfte sie etwas und hielt sie nach hinten, indem er die Arme in die Seiten stemmte.

Anna blinzelte. Was war das? Sie sah es, brauchte aber einen Moment, um es begreifen zu können. Unter der Schaube kam etwas zum Vorschein, das sie nur zu gut kannte. Am Gürtel des Ratsherrn hing das unverwechselbare, dreiflächige Messer des ermordeten Brel. Diesen wunderschön geschmückten Griff würde Anna unter Dutzenden wiedererkennen. Wie war es da hingekommen? Hatte ihr Stiefvater nicht unmissverständlich gesagt, dass nicht einmal Peter es erben würde, da er es mit in sein Grab nehmen würde? Das Verschwinden der Waffe war wohl bisher in dem ganzen Durcheinander nicht bemerkt worden. Anna durchlief ein glühend heißer Schauer. Das letzte Mal, als sie den Dolch gesehen hatte, war Brel noch am Leben und saß mit … Feit Morstatt … in der großen Stube. Anna blieb die Luft weg. Niemals hätte er nach seinem Besuch das wertvolle Stück entwenden können, wenn er nicht da bereits gewusst hätte, dass der Alte Ratsherr sterben und niemals Anklage wegen Diebstahls gegen ihn erheben würde. Da stand er dreist vor ihr, und sah ihr beim Sterben zu! Das war der wahre Mörder! Ein Ruck ging durch ihren Körper. Oh nein! So einfach würde er nicht davonkommen! Aber um ihn seiner gerechten Strafe zuzuführen, musste sie am Leben bleiben. Niemand außer ihr konnte seiner Herr werden! Noch während der Wille zu überleben sich ihrer bemächtigte, hörte Anna, wie hinter ihr das Schwert mit einem leisen Zischen aus der Scheide gezogen wurde.

»Wartet! Ich willige ein! Ich bin damit einverstanden, dass Ihr mich freibittet! Ich wähle … Euch!« Anna hatte aus Leibeskräften geschrien und sich so abrupt umgedreht, dass Wilhelm Gröpler beinahe ihren Haarbüschel losgelassen hätte.

Er stand schräg hinter ihr. In der dunklen Kleidung wirkte er düster und unheimlich, aber sie erfüllte einfach ihren Zweck. Blutspritzer waren auf diesem Stoff einfach schlechter oder gar nicht zu erkennen. Der Scharfrichter war gerade im Begriff gewesen, sein Schwert anzuheben. Den Griff hatte er mit beiden Händen fest umschlossen, und der breitbeinige Stand sicherte ihm eine gute Position für den Hieb. Flehend sah ihn Anna an. Hatte er überhaupt verstanden, was sie gesagt hatte? Atemlos wartete sie auf eine Reaktion. Er rührte sich nicht. Erst als die Wymphener Bürger anfingen zu murmeln und schließlich laut zu tratschen, blinzelte er, als würde er aus dem Schlaf erwachen. Die Schwertspitze sank nach unten, bis sie schließlich die Holzplanken berührte.

Ungläubig starrte Michael sie an. Was war das für eine Teufelei? Hatte sie ihn nicht unmissverständlich abgewiesen? Der Geste des Schultheißen nach lag es nun an ihm, die Freibitte zu erneuern oder mit der Hinrichtung fortzufahren. Kurz sah er sie wieder vor sich – diese Verachtung in ihren Augen. Trotzdem. Aber die Einwilligung – genau das war es doch, worum er gebeten und gebetet hatte. Was hatte ihre Meinung geändert? Wahrscheinlich doch nur die Angst vor'm Tod, oder?

Michael übergab das Schwert an Wilhelm. Er streckte eine Hand nach ihr aus, und Anna, die immer noch kniete, bemühte sich, nicht zu zögern, als sie die Hand ergriff, die ihr gereicht wurde.

Etwas länger, als sie beabsichtigte, hielt sie sich an ihrem Henker fest. Nur bis sie ganz sicher war, dass sie nicht mehr schwankte. Anna sah gerade noch, wie Feit Morstatt wutentbrannt durch die Menge davonstürmte, als sich Walburga mit entsetztem Blick nach vorne drängte.

Wolfgang Wolff von Bönnigheim hatte in aller Eile das benötigte Dokument vorbereitet. Peinliches Schweigen herrschte im großen Saal, als er endlich eintrat. Alle warteten schon ungeduldig auf das Erscheinen des Stadtschreibers. Mit seinen krummen Beinen tippelte er in kleinen Schritten vor den Bürgermeister Conrat Korber und übergab das Papier. Dieser prüfte den Schrieb, ehe er ihn zur Unterschrift vorbereitete.

»Tretet zu mir«, forderte er das ungleiche Paar auf. Nervös rieb sich Michael die Hände und blieb vor dem Tisch stehen, auf dem der Ratsherr die Urkunde bereits in seine Richtung geschoben hatte. Er nahm die Feder entgegen, um dann mit fahrigen Bewegungen seinen Namen zu kritzeln. Anna unterzeichnete ebenfalls. Die Linien verschwammen vor ihren Augen und so las sie nicht einmal, was dort geschrieben stand.

»Die Aufhebung des Urteils wird der Stadtschreiber erst noch erstellen. Ihr könnt das Dokument morgen abholen.« Damit waren die Eheleute entlassen und Anna konnte an der Seite ihres Mannes das Ratsgebäude unbehelligt verlassen.

Michael schielte zu der jungen Frau hinüber, die immer noch vehement seinem Blick auswich. Stur sah sie vor sich auf den Boden. Sie hatte seit ihrer Zustimmung kein einziges Wort gesprochen. Tapfer überquerte sie mit ihm den Marktplatz, auf dem immer noch genügend Gaffer Spalier standen und sich das Maul zerrissen. Sie war bleich und ihre Schritte wurden immer schleppender. Auf Höhe des Brel'schen Hauses blieb sie schließlich stehen. Suchend schaute sie von Fenster zu Fenster. Ihre Hoffnung, dass sie Peter, Walburga oder gar ihre Mutter an einem der Fenster erblickte, erfüllte sich nicht. Michael trat schließlich zu ihr, umfasste ihren

Arm und schob sie mit leichtem Druck weiter. »Wir sollten erst einmal nach Hause gehen«, und sogleich hätte er sich am liebsten auf die Zunge gebissen.

»Hier … hier bin ich zu Hause!«, begehrte sie auf und ihre tiefblauen Augen füllten sich mit Tränen. Michael sah, wie ihr Kinn zitterte. Nur zu gerne hätte er sie getröstet und in den Arm genommen. Er wollte sie jedoch nicht noch mehr bedrängen. Letztlich gab sie nach und fügte sich. Anna hatte wohl auch kaum eine andere Wahl. Ehe sie ihren Weg der Salzgasse entlang fortsetzten, schüttelte sie aber noch seine Hand ab.

Anna fühlte sich mit einem Mal überhaupt nicht mehr kämpferisch. Die ganze Energie, die sie gespürt hatte, war von ihr gewichen. Sie fühlte sich leer. War es das wirklich wert? Warum war sie nicht einfach von dieser Welt gegangen? Die Entbehrungen der letzten Tage wurden übermächtig. Ihr Körper versagte ihr den Dienst.

Michael hatte sie sorgsam beobachtet. Er hatte es kommen sehen. Noch ehe Anna auf der Gasse aufschlagen konnte, war er an ihrer Seite und hatte sie aufgefangen. Wie leblos baumelte ihr Kopf mit den gestutzten Haaren über seinem Arm. Er hatte ganz schön zu schnaufen. Wenn seine eigenen Knie nicht selbst so gezittert hätten, wäre es bestimmt ein Leichtes gewesen, die junge Frau den ganzen Weg zu tragen. So aber musste er sich ordentlich mit seiner Last abmühen, und die Strecke bis nach dem Haupttor kam ihm weit länger vor als sonst.

DAS NEUE LEBEN

– SAMSTAG, 8. AUGUST 1523 –

MARGARETHA HIELT INNE. Die Hunde schlugen an. Sie war gerade dabei, ihrer kleinen Tochter zu zeigen, wie man aus den drei Schnüren, die an die Lehne eines Stuhles gebunden waren, einen Zopf flocht. Sie wusste schon gar nicht mehr, wie oft Elisabeth es versucht hatte. Unermüdlich begann sie immer wieder von Neuem, die außenliegenden Schnüre abwechselnd über die anderen zu legen und so ein ebenmäßiges Geflecht herzustellen – flechten, aufdröseln, flechten, aufdröseln. Die Wangen der Kleinen waren vor Eifer gerötet, und konzentriert biss sie sich auf die Zunge.

»Da kommt jemand«, stellte sie trotzdem nebenbei fest. Dem aufgeweckten Mädchen entging selten etwas.

»Ja, Lisbet, … ich hab's gehört.« Margaretha streichelte ihr über die Haare und erhob sich ächzend. Sie kniete schon recht lange neben ihrer Tochter, weswegen eines ihrer Beine jetzt bitzelte und gefühllos geworden war. »Bei allen Heiligen! Er bringt sie tatsächlich mit!«, keuchte sie atemlos und schlug sich die Hand vor den Mund. Diese Möglichkeit war wie eine dicke Wolke unausgesprochen zwischen ihnen gehangen, als sie letzte Nacht mit ihrem Bruder zusammen gewacht hatte.

Immer noch starrte Greta aus dem Fenster der Stube. Michael kam mit schleppenden Schritten vom Haupttor her. Die junge Frau hing schlaff über seinen Armen. Beine und Arme baumelten leblos umher – immer angeglichen an seine Schritte und seine Bewegungen. Margaretha eilte mit gerafften Röcken durch die offene Tür nach draußen, brachte die immer noch bellenden Hunde in der Scheune mit einem schrillen Pfiff zum Schweigen und rannte ihrem Bruder entgegen. »Michel! Warum …was … wie … wie geht es ihr?«, brachte sie schließlich schnaufend hervor, während sie nebenherlief und der jungen Frau bereits die Hand auf die Stirn legte, um zu fühlen, wie warm sie war. Ihr Bruder aber hatte offensichtlich nicht auch noch die Kraft, sich ausgiebig mit ihr zu unterhalten, während er Anna das letzte Stück zum Haus trug. Die Muskeln in seinen Armen brannten. Lange hätte es nicht mehr gedauert und sie hätten ihm den Dienst vollends versagt. Mit letzter Kraft stolperte er seitwärts über die Schwelle in die Stube und ließ ihren Körper dann möglichst sachte im Nebenraum auf dem Lager ab. Anna lag etwas verdreht da, aber Margaretha war ihrem Bruder auf dem Fuße gefolgt und kümmerte sich sofort um sie. Flink eilte sie hier hin und da hin, verbesserte Annas Lage, deckte sie zu und holte frisches Wasser.

»Sie soll sich erst einmal ausruhen. Im Moment kann ich nicht mehr für sie tun.« Margaretha kam zurück in die Stube, wo Michael nervös auf und ab ging. Er knetete sich die Hände und schüttelte immer wieder seine noch schmerzenden Arme aus. Mit einem besorgten Blick lugte er um den Türrahmen, wagte sich jedoch nicht zu seiner Frau hinein.

»Es wird ihr bald wieder besser gehen«, sagte er leise mehr zu sich selbst als zu Greta und nickte bekräftigend. Er wirkte angespannt. So angespannt, dass er nicht einmal die kleine Lisbet eines Blickes würdigte, die ihn staunend mit großen Augen ansah und verfolgt hatte, was gerade geschehen war. Neugierig schlich sie zum Nebenraum. Nur zu gerne hätte sie noch einmal einen Blick auf die Frau geworfen, die da nebenan schlief. Sie war nicht ordentlich gekleidet, hatte Bandagen um die Finger, und ihre kurzen, zerzausten Haare weckten Lisbets Neugier.

»Geh, sieh draußen nach den Gänsen!«

Enttäuscht, aber ohne Widerrede gegen ihre Mutter, zog Elisabeth davon. Margaretha wartete, bis ihre Tochter außer Hörweite war. Dann drehte sie sich mit verdächtig feuchten Augen zu ihrem Bruder um, der am Tisch saß – verschwitzt und erschöpft. An seinem Blick konnte sie erkennen, dass er ebenfalls noch nicht ganz verstanden hatte, was da geschehen war. Langsam zog er eine Papierrolle hervor und rollte sie auf. Unten prangte das Wymphener Siegel. In rotem Wachs war ein Adler mit ausgebreiteten Schwingen sichtbar, einen Schlüssel in seinem Schnabel. »Ich bin verheiratet«, flüsterte er. Greta nickte nur und drückte ihn.

Jemand war bei ihr. Eine Frau. Anna konnte das leise Rascheln des Rockes hören. Nur deswegen hielt sie die Augen weiterhin geschlossen. Einem Mann hätte sie ins Gesicht blicken und sehen wollen, was er tat. Sie wusste nicht, wo sie war. Das Letzte, an das sie sich erinnerte, war das Ratsgebäude – nein, sie war die Gasse entlanggegangen, oder? Und dann? Ihr Herzschlag beschleunigte sich. Anna versuchte, sich selbst zu beruhigen und die einzelnen Teile, die sie wahrnahm, zu einem Gesamtbild zusammenzusetzen. Es musste noch hell sein. Sie konnte vor ihren Augen die rot durchscheinenden Lider sehen. Es roch nach Stroh. Jedoch nicht so feiselig wie in der Arrestkammer. Außerdem lag sie auf einem rauen Tuch und eine warme Decke hüllte sie ein. Irgendwo in der Nähe musste sich eine Quelle befinden. Das helle Plätschern des Wassers ließ die trockene Zunge umso mehr am Gaumen kleben.

Sie konnte nicht ewig Schlaf vortäuschen, aber noch war sie nicht bereit, jemandem gegenüberzutreten oder Fragen zu beantworten. Noch wollte sie den Schutz hinter den geschlossenen Augen weiter in Anspruch nehmen und nicht aufgeben. Anna hatte Angst. Ihr war bewusst, dass ihr neues, anderes Leben beginnen würde, sobald sie sich rührte und die Augen aufschlug. Die Schritte näherten sich wieder und blieben diesmal neben ihr stehen. Anna horchte angestrengt und zuckte merklich zusammen, als ein kalter, nasser Lappen auf ihre Stirn gelegt wurde.

»Anna?« Die Stimme klang freundlich und ruhig. Es half nichts. Es war entdeckt worden, dass sie wach war. Seufzend blinzelte sie und blickte zu der dunkelhaarigen Frau hoch, die sich auf einen Hocker direkt neben ihrem Lager niedergelassen hatte. »Du kannst mich Greta nennen.« Sie lächelte. Anna kannte sie nur zu gut. Es war die Schwester des Scharfrichters, und mit Sicherheit würde sie sie nicht Greta nennen. Insgeheim verbat sich Anna diese Vertrautheit mit der Unehrlichen, sagte jedoch nichts. Anna musste sich eingestehen, dass sie hübsch war. Sie hatte ebenmäßige Gesichtszüge, volle Lippen und dichtes Haar. Die Ähnlichkeit mit ihrem Bruder war nicht zu leugnen. Just in dem Moment, als sie die dunkle Lockenpracht bewunderte, die da unter der Haube bereits zu erahnen war, wurde Anna wieder ihr eigenes Aussehen bewusst. Verschämt fuhr sie sich durch die gekürzten Haare und konnte die Tränen nur mit Mühe zurückhalten.

»Ich habe einen Zuber mit warmem Wasser für dich vorbereitet. Er steht nebenan. Du wirst dich danach besser fühlen.« Ehe Michael das Haus wieder verlassen hatte, um Wilhelm beim Abschlagen der Holzaufbauten auf dem Marktplatz zu helfen, hatte er seiner Schwester grollend anvertraut, dass Anna eindeutig Gewalt angetan worden war. Sie hatte ihn glücklicherweise erst einmal wieder besänftigen können und ihm versprochen, dass sie sich zwischenzeitlich gut um seine Frau kümmern würde.

Anna schüttelte den Kopf und zog die Decke weiter unter ihr Kinn. Sie wollte nicht aufstehen. Sie wollte im Hause des Scharfrichters nicht umsorgt werden. Sie wollte hier weg. Sanft, aber unnachgiebig entfernte Margaretha den Überwurf und ließ ihn unten als Haufen liegen.

»Es ist nicht weit. Gleich dort hinter der Tür.« Mit einem aufmunternden Lächeln streckte sie der jungen Frau eine Hand entgegen. An ihrem festen Blick war zu erkennen, dass sie nicht nachgeben würde. Anna regte sich nur widerwillig, ließ ihre Füße langsam nach unten gleiten, bis diese den Boden berührten, und richtete sich auf, ohne jedoch die angebotene Stütze anzunehmen. Es konnte ja wirklich nicht schaden, sich den Schmutz der Arrestkammer von Gesicht und Händen zu waschen. Anna trat in die kleine Kammer und blieb verdutzt stehen. Es war ein Zuber vorbereitet – aber ein Badezuber! Damit hatte sie nicht gerechnet. Margaretha stand abwartend neben dem großen Holzbottich und hatte sich bereits die Ärmel hochgewickelt. Die Kammer war leer. Bis auf den Zuber und ein gespanntes Seil, über dem ein trockenes Tuch hing, befand sich nichts darin. Hier war aber auch das Plätschern lauter. Vermutlich schloss sich draußen gleich die Quelle an. Anna starrte immer noch auf das Wasser, das gänzlich bedeckt von den gelben Blüten des St. Petrus-Stabs und den weißen Blüten der Kamille, leicht am Rand auf und ab schwappte.

»Soll ich dir beim Entkleiden helfen?«

Anna sagte immer noch nichts, sondern drehte sich verunsichert um.

»Du wirst ungestört sein. Michael und Wilhelm haben noch eine ganze Weile vor dem Ratsgebäude zu tun«, warf Margaretha ein, als hätte sie eben ganz genau Annas Gedanken erraten. Beherzt trat sie zu ihr, öffnete die Schnürungen, und ehe Anna sich recht versah, stand sie nackt auf dem kühlen Boden. Eigentlich war es draußen warm, aber Anna begann trotzdem zu frieren und schlang ihre Arme um sich. Margaretha legte die Kleider beiseite. Dabei ließ sie sich nicht anmerken, dass sie sehr wohl die roten und blauen Flecken auf Annas Haut gesehen hatte. Auch der Geruch, den ein Mann an ihr hinterlassen hatte, war ihr nicht entgangen. Vorsichtig beförderte sie den zitternden Körper ins angenehm warme Wasser. Anna setzte sich so, dass ihre Verletzungen möglichst wenig schmerzten. Es war eine Wohltat, als sich die angespannten Muskeln endlich ein wenig entkrampften.

»Ruf mich, wenn du etwas brauchst.«

Dann war Anna allein. Der leichte Duft der Blüten legte sich über sie. Vollkommen anders als der Modergeruch im Ratsgebäude. Der Rat. Das Urteil. Anna schluckte, aber der Klumpen in ihrem Hals verschwand nicht. Heiße Tränen liefen ihr über die Wangen. Sie wollte es nicht, aber Anna kam nicht dagegen an.

Das Wasser war schon merklich abgekühlt, aber Anna genoss das schwebende Gefühl ihrer geschundenen Glieder. Schniefend richtete sie sich auf, als Margaretha eintrat, um wieder nach ihr zu sehen.

»Du kannst erst einmal meine Sachen anziehen, bis Michael die deinen geholt hat.« Geschäftig lief sie dabei durch die kleine Kammer und legte ein gewärmtes Tuch bereit. Annas Augen waren rot geschwollen, was Margaretha natürlich nicht entgangen war. »Das Bad aus Goldraute macht es nicht ungeschehen, … aber es hilft ein wenig.« Mitfühlend lächelte sie Anna zu, half ihr aus dem Wasser und entfernte sorgfältig alle Blüten. Anna lag so viel auf dem Herzen, aber sie wusste nicht, wie sie alles in Worte fassen sollte.

»Macht es ihm denn nichts aus? Stört es ihn denn überhaupt

nicht, dass ich …«, platzte sie schließlich mit schriller Stimme heraus und lief puterrot an.

Greta staunte über den plötzlichen Ausbruch ihrer zierlichen Schwägerin und dachte kurz nach. Sie wusste, was sie beschäftigte. »Weißt du, Anna … Michael hat ein großzügiges Herz.«

»Aber wird er auch noch ein großes Herz haben, wenn ich jetzt vielleicht ein Kind in mir trage … von einem anderen?« Mit angstgeweiteten Augen sah sie Greta an und schniefte. »Er wird mich verachten … wie alle! Bitte helft mir! Ihr kennt Euch doch mit Kraut aus. Ich habe schon gehört, dass Wegwarte, Efeu oder Hirtentäschel diese gewisse erwünschte Wirkung haben sollen. Seid ihr denn nicht auch der Meinung, dass ich schon genug habe erdulden müssen? Soll ich Eurem Bruder nun auch noch ein Balg in die Arme legen? Bitte! Nur etwas zur Blutreinigung!« Anna merkte voller Erleichterung, dass der Widerstand nachließ.

»Also gut. Ich werde einen Aufguss von Goldrute und Hirtentäschel zubereiten. Das eine bringt die Seele zur Ruhe … und das andere sollte in deinem Sinne wirken. Zieh dich an. Hier hast du noch eine Leinenhaube. Schließlich bist du eine verheiratete Frau – und außerdem musst du dir dann keine Gedanken mehr über deine Haare machen. Du musst probieren, noch etwas zu essen. Danach wirst du wahrscheinlich eh schon am Tisch einschlafen.«

Anna zupfte mit zitternden Fingern die fremde Kleidung zurecht und schob die letzte Strähne unter die Haube. Eigentlich sollte sie jetzt zurück in die Stube gehen. Die Gröplerin wartete sicher schon mit dem Essen. Anna bekreuzigte sich und wischte ihre kalten Hände am Rock trocken. In der Stube waren Männerstimmen zu hören. Der Nachrichter und sein Gehilfe waren also nach getaner Arbeit heimgekehrt. Zögernd trat Anna ein. Das Herz klopfte ihr bis zum Hals. Vier Augenpaare waren auf sie gerichtet. Am liebsten hätte sie sich wieder in den Nebenraum zurückgezogen und die Tür zugeschlagen.

»Elisabeth besteht darauf, neben dir zu sitzen.« Margaretha lächelte Anna zu und legte einen großen Laib Brot auf den Tisch. Tatsächlich rutschte die Kleine aufgeregt auf der Bank hin und her und grinste. Auch Wilhelm nickte ihr freundlich zu, nachdem er dem Hausherrn die Schulter getätschelt hatte.

Jetzt endlich löste sich dessen Starre. Er hatte sie die ganze Zeit nur verlegen angestarrt. Es war ein seltsames Gefühl, sie hier in seinem Haus zu haben. Sie wirkte angespannt und verstört, und sie hatte tiefe Ringe unter den Augen. »Setz dich doch, … Anna.«

Anna rührte sich nicht. Sie schien sich auf einen Fleck auf dem Boden zu konzentrieren. »Nein, … ich habe keinen Hunger. Ich bin müde. Ich werde nur noch etwas trinken und mich gleich wieder schlafen legen.« Schon wollte sie sich in den Nebenraum begeben, wo sie vor einigen Stunden aufgewacht war.

»Anna, … komm, … ich zeige dir, wo eure Kammer ist. Du wirst natürlich nicht hier unten schlafen.« Margaretha winkte sie zu sich und ging voraus.

Michael sah das Elend in ihrem Gesicht. »Es ist besser, wenn du dich erst einmal richtig ausruhst. Damit ich dich nicht störe, wenn ich in der Frühe aufstehe, werde ich heute Nacht hier unten in der Kammer schlafen.« Mit einem schnellen Blick zu seiner Schwester hatte er die Aufteilung der Betten übernommen. Die Erleichterung seiner jungen Frau war sofort deutlich spürbar und nicht zu übersehen.

Anna sah sich in der Kammer um. Alles lag im Zwielicht des späten Abends. Die Kerze, die die Gröplerin dagelassen hatte, stand neben dem schmalen Bett – ihrem Ehebett. Genau genommen war heute Nacht ihre Hochzeitsnacht. Eine Welle von Übelkeit schwappte erneut über sie hinweg. Er schläft unten, er schläft unten, beruhigte sich Anna selbst. Sie hatte sich schon oft vorgestellt, wie es sein würde, verheiratet zu sein, aber dies alles war nicht einmal in ihren kühnsten Träumen vorgekommen.

Der Raum war einfach und zweckmäßig eingerichtet. Kein Vergleich mit ihren früheren Kammern oder Stuben. Anna seufzte. Solange sie sich entkleidete, ließ sie die Kerze noch brennen. Dann knarrten die Dielen vor der Tür. Eilig schlüpfte sie mit dem dünnen Hemd, das sie noch trug, unter die Decke. Sie konnte leises Flüstern hören.

»Nein, Lisbet. Heut' nicht mehr. Lass die Anna in Ruhe.« Kleine Schritte entfernten sich. Drüben in der dunklen Ecke wurde die Tür einen Spalt aufgeschoben und Margaretha lugte herein. »Schön, du bist ja noch wach. Ich bringe dir deinen Aufguss. Da ich auch noch Schlüsselblumen dazugegeben habe, solltest du tief und ohne schlechte Träume schlafen. Morgen werde ich dir eine dicke Suppe kochen, damit du wieder zu Kräften kommst.« Margaretha stellte den Becher ab und setzte sich vertraut zu ihr auf die Bettkante. »Schmerzen deine Verletzungen noch sehr?«

Anna war es peinlich darüber zu reden. Glücklicherweise war es ziemlich dunkel.

»Michael bereitet gerade noch eine Auflage aus Johanniskraut für dich vor.«

Anna wurde ganz heiß. Eigentlich wollte sie nur noch ihre Ruhe haben. »Oh, ... oh nein, ... das ist wirklich nicht nötig!«, wollte Anna die Prozedur noch abwenden, aber Margaretha war schon aus der Tür. Als sich die schweren Schritte näherten, überlegte Anna immer noch verbissen, wie sie das Ganze umgehen konnte. Er würde sie auf keinen Fall dort berühren. Das stand für Anna unumstößlich fest.

In dem kleinen Raum wirkte er noch größer, fand Anna. Er war am Fußende des Bettes – seines Bettes – stehen geblieben. Wahrscheinlich war er sich selbst nicht sicher, was oder wie er es tun sollte. Michael hielt die warmen Stoffstreifen in der Hand. Sie sollten so schnell als möglich auf die wunden Hautstellen gelegt werden. Was sich allerdings schwierig gestalten konnte, wenn er sah, wie seine junge Frau die Decke umklammerte. Sie war wie ein gehetztes Tier mit dem Rücken bis ganz zur Mauer hochgerutscht, um einen möglichst großen Abstand zwischen sich und ihn zu bringen. Krampfhaft umklammerte sie die Decke und drückte sie an ihren Hals. Die Haube hatte sie abgelegt, so dass die kurzen Strähnen golden im Licht der Kerze schimmerten. Sein Fuß schwebte noch über dem Boden. Michael hatte den Schritt noch nicht einmal getan.

»Ihr braucht gar nicht näherkommen! Ich benötige keine Auflage!«

»Aber es wird die Wundheilung fördern«, gab Michael zu bedenken, und versuchte, sie zu überreden. Mit zwei Schritten war er an ihrer Seite und griff nach der Decke.

»Nein!«, kreischte Anna. »Gebt her! Ich werde es selbst tun! Ihr werdet mit Sicherheit keine Hand an mich legen!« Die Hand, die sie ihm abwehrend entgegenstreckte, zitterte.

Michael übergab ihr den getränkten Stoff und verließ zögernd den Raum. Er wollte sie nicht noch mehr aufbringen. Anna hantierte unter der Decke – für den Fall, dass er zurückkommen sollte. Vorsichtig platzierte sie die Auflage und legte sich dann mit zusammengeklemmten Beinen auf die Seite. Etwas umständlich angelte sie sich den Becher und leerte ihn durstig bis zur Hälfte.

Sie war schon beinahe am Einschlafen, als ihr ein Gedanke durch den Kopf schoss. Was, wenn er es sich mitten in der Nacht anders überlegte und doch nach oben kam? Blind tastete sich Anna durch den Raum. Irgendwo hier stand doch ein Hocker. Sie fand ihn und stellte ihn direkt an die Tür. Sobald nun jemand versuchen würde, die Kammer zu betreten, würde Anna durch den Lärm aufgeweckt werden. Ein wenig beruhigter krabbelte sie wieder ins Bett. Im ganzen Haus war es still. Bad und Aufguss taten ihre Wirkung. Erschöpft drückte sie ihr Gesicht in das Kissen und weinte leise. Mit der Decke wischte sie sich immer wieder die Tränen weg. Der grobe Stoff roch nach ihm. Alles roch nach ihm. Er umhüllte sie quasi. Seltsamerweise war es nicht unangenehm, sondern beruhigte auf irgendeine Art.

Michael wusste nicht, wie lange er schon reglos und still auf dem Gang vor seiner Kammer gewartet hatte. Er hatte alles mit angehört – ihr Weinen, ihre Unruhe, das Rücken des Hockers, den sie aus Misstrauen aufgestellt hatte. Matt lehnte er seine Stirn an den Rahmen der Tür. Hatte er richtig gehandelt? War gut daran getan, sie aus ihrer Welt zu reißen? Er wusste es nicht. Da kam ihm ein Einfall. Er besaß etwas, an dem ihr Herz hing. Vielleicht würde ihr das helfen, sich einzugewöhnen.

Annas Körper fühlte sich schwer an. Die Decke wärmte gut und sie war dabei, sanft einzuschlummern. Das Bedürfnis, endlich zu schlafen, war übermächtig und stärker als der Kummer, den sie in sich trug. Aber das Geräusch – war es wirklich, oder hatte sie es geträumt? Holz schabte über Holz. Der Hocker wurde bewegt! Plötzlich war Anna wieder hellwach und setzte sich auf. Hatte sie es doch gewusst! Der Scharfrichter zwängte sich mit der Kerze in der Hand durch den Spalt. Hätte er die Tür weiter aufgeschoben, wäre der Hocker, der an einer Unebenheit im Boden hakte, mit lautem Gepolter umgefallen.

»Ihr könnt mich nicht überraschen! Ich bin wach! Ich habe Euch gehört!«, empfing ihn Anna mit lauter Stimme. »Was wollt Ihr hier? Ihr habt gesagt, dass Ihr das Bett … nicht … mit mir teilt!«, erinnerte sie ihn panisch an sein Zugeständnis vom Abend. Aber egal, was er gesagt hatte, wenn er es sich anders überlegt hatte und ihre eheliche Pflicht einforderte, dann würde sie gegen ihn auch reichlich wenig ausrichten können. Ihre Ruhe war dahin. Hier war sie nun also – das Weib eines Blutvogts. Allein des Nachts mit ihm in seiner Kammer. Ihr Herz flatterte wie ein Vögelchen im Netz.

Wortlos stellte er die Kerze ab und setzte sich an das untere Ende des Bettes. »Und an das, was ich gesagt habe, halte ich mich.« Seine dunklen Augen ruhten lange auf ihr. Schließlich holte er aus einem kleinen Beutel einen Gegenstand hervor. Anna konnte nicht sehen, was er in der Hand hielt. Er rutschte weiter zu ihr, und diesmal wich Anna nicht vor ihm zurück. Ungläubig starrte sie staunend auf seine Handfläche. In dem schwachen Licht glänzte ihre Brosche! Behutsam nahm sie sie zögernd entgegen.

Michael war sicher, ihr an diesem Tag einen kurzen Moment des Glücks geschenkt zu haben, als er ihre Augen sah, die sich mit Tränen füllten.

Anna hielt die verloren geglaubte Kostbarkeit fest in ihrer Hand. »Ich danke … Euch«, flüsterte sie ihm nach, als er schon beinahe aus der Tür war.

»Michael.«

»Was?«

»Michael, … das ist mein Taufname.«

Die Brosche immer noch in der Hand, schlief Anna spät in dieser Nacht endlich ein.

Michael massierte sich den steifen Nacken. Er hatte sehr unruhig geschlafen. Seinen aufwühlenden Traum hatte er glücklicherweise gleich nach dem Aufwachen schon wieder vergessen. Ungelenk rollte er im Nebenraum von seinem Lager.

»Lass ihr Zeit, sie wird schon herunterkommen«, hielt ihn Greta auf, als er etwas unschlüssig am Fuß der Treppe stehen geblieben war.

Michael räusperte sich. »Wahrscheinlich hast du recht. Ich wollte ja auch nur ... sie spricht nicht sehr viel, weißt du? Ich kann nicht einschätzen, was sie bewegt, ... was in ihr vorgeht. Das macht mich noch ganz verrückt.« Unsicher lächelte er seine Schwester an und zuckte mit den Schultern. »Vielleicht braucht sie etwas. Sollte ich nicht doch nach ihr sehen?«

»Wir haben hier unten zu essen und zu trinken. Glaub mir, sie wird schon nicht verhungern oder verdursten.« Greta drehte sich scheinbar teilnahmslos von ihrem Bruder weg und schürte das Feuer. Auch Wilhelm versteckte sein Grinsen hinter seinem Becher. Er freute sich für Michael. Nie im Leben hätte er gedacht, dass Anna seine Freibitte annehmen würde. Dass die Ehe etwas holprig begonnen hatte und die junge Frau sich noch etwas zierte, war unter den gegebenen Umständen nur allzu verständlich. Wilhelm hatte ein sonniges Gemüt. Ihn konnte so leicht nichts aus der Ruhe bringen und so war er sich sicher, dass die beiden sich mit der Zeit schon zusammenraufen würden.

»Ich werde mich nachher gleich auf den Weg machen, um einige von Annas Sachen zu holen.« Nervös wippte Michael mit den Füßen.

»Oh, ... das ist gut! Dann geh bitte auch gleich bei den Dominikanern vorbei. Ich brauche von Bruder Johannes einige Kräuter ...«

Unwillig brummte er über den Umweg, den er dadurch zu machen hatte.

»Und einen Krug Klosterbier kannst du auch gleich mitbringen«, versuchte Greta, ihm den Botengang zu versüßen, was auch sichtlich fruchtete.

Michael hatte sich entschieden, den schwereren Weg zuerst zu gehen: durch das Haupttor, die Salzgasse entlang, hinauf zum Marktplatz. Mit einem Handkarren stand er nun vor dem Haus, in dem seine Angetraute ehemals wohnte, und wie jedes Mal, wenn er an Anna dachte, entstand eine Art warmes Gefühl in seinem Bauch.

Es war Sonntag. Bis zum Kirchgang war noch Zeit. Also musste jemand im Hause sein. Trotzdem dauerte es lange, bis auf sein Klopfen hin die Tür geöffnet wurde. Unter dem steinernen Türsturz, in den eine Jahreszahl eingehauen war, erschien die Magd.

Walburga Öffinger sah ihn finster und unfreundlich an. Die Magd konnte aber nicht vollständig verbergen, dass ihr unzählige Fragen auf der Zunge brannten. Michael war sich sicher: Würden sie beide nicht hier, für alle sichtbar, auf der Gasse stehen, dann würde sie ihn damit nur so überschütten. Die Sorge um ihre Ziehtochter flackerte in ihren Augen auf. »Was wollt Ihr hier?« Verbissen pfetzte sie die Lippen zusammen.

»Ich bin gekommen, um das Eigentum und die Kleider meiner Frau in mein Haus zu holen. Da sie nur noch einen Bruder hat, habt Ihr sicher keine Verwendung für ihre Röcke.« Michael war nervös, weshalb sicher alles schärfer klang, als er es überhaupt beabsichtigt hatte.

Hinter ihm ging Michel von Lamersheim, der neu gewählte Junge Rat, seiner Wege. Die Magd folgte ihm unsicher mit dem Blick und wandte sich dann wieder dem Scharfrichter zu. Offensichtlich wollte sie den Wortwechsel so kurz und knapp wie möglich halten.

»Ich werde die Hausherrin fragen, obgleich ich mir sicher bin, dass wir für die Habseligkeiten des Weibes eines Henkers keine Verwendung haben«, antwortete sie spitz. »Und was den Bruder angeht, … den gibt es auch nicht mehr. Zumindest hält er sich nicht mehr in Wymphen auf. Nach den ganzen Vorkommnissen hat er es vorgezogen, die Stadt zu verlassen und sich nach Haydelberch zu seinem Oheim zu begeben.«

Michael verstand den Wink. Peter hatte nicht direkt etwas mit Annas Kleidern zu tun. Sie hatte aber seinen Weggang erwähnt, weil sie sicher sein konnte, dass die Nachricht Anna so auf jeden

Fall erreichen würde. Die Tür wurde ihm wie gewohnt vor der Nase zugeschlagen. Danach rührte sich lange Zeit nichts mehr, sodass Michael es sich bereits auf den Stufen zur Gasse bequem gemacht hatte. Irgendwann holperte drinnen eine schwere Kiste über den Boden bis zur Türschwelle. Michael trat zurück und wartete, bis Walburga Öffinger ihre Last auf die Gasse poltern ließ. Sie richtete sich ächzend wieder auf, strich sich eine Haarsträhne aus dem roten Gesicht und wischte sich verstohlen den Augenwinkel. Michael hatte den Eindruck, als würde sie zu einer Frage ansetzen, doch sie brach wieder ab, als Wymphener Bürger vorbeigingen. Sie rieb hektisch zwei Finger aneinander und zögerte den Moment hinaus, in dem sie wieder an ihr Tagwerk gehen musste.

Michael verstaute in aller Ruhe die übergebenen Habseligkeiten und machte sich wieder auf den Weg. »Anna geht es gut«, raunte er ihr unauffällig zu, als er mit dem Karren an ihr vorüberzog.

Mit seiner Last kam er nicht so schnell vorwärts. Den Marktrain hinunter musste er ordentlich bremsen und immer wieder eine Pause einlegen, indem er einen Fuß vor dem einen Rad querstellte. Schließlich passierte er den Löwenbrunnen, umrundete das Spital und zog den Karren mitsamt aufgeladener Kiste am Badhaus vorbei die Klostergasse wieder hinauf zu den Dominikanern. Michael war schon oft hier gewesen. Von der Gasse gelangte er über einen zugewachsenen Pfad zu dem imposanten Gebäude. Die schmalen, hohen Fenster, die das Tageslicht durch ihr buntes Glas in den Altarraum einfallen ließen, bestaunte er immer wieder aufs Neue. Sein Weg führte ihn an der Längsseite des Klosters entlang, an der mehrere kleine Altäre von Bürgern oder Adligen gestiftet worden waren. Schließlich erreichte er das hintere Portal und stellte den Handwagen so ab, dass dieser nicht wegrollen konnte. Die eisenbeschlagene Tür war nicht verschlossen und ließ sich mit geringer Anstrengung öffnen. Das leise Quietschen machte ein unbemerktes Eintreten in den dunkleren Innenraum unmöglich. Michael wandte sich nach links. Er durchschritt das gesamte Kirchenschiff und blieb abwartend an den niederen Holzsäulen, dem Lettner, stehen, der den Altarraum abtrennte. Auf dem thronartigen Chorgestühl aus dunklem Holz würden die Brüder erst später Platz nehmen. Die lange Bank war in einzelne Sitzabschnitte unterteilt und lag mit den mit Schnitzereien verzierten Dorsalen an der Wand an. Nur die Baldachine, wie er sie oft andernorts gesehen hatte, fehlten hier.

»Was ist Euer Begehren?« Aus einer versteckten Seitentür war ein Dominikaner eingetreten. Er trug die charakteristisch dunkle, einfache Kutte des Predigerordens. Seine gefalteten Hände verbarg er in den langen, weit geschnittenen Ärmeln.

»Ich würde gerne euren Bruder Johannes sprechen. Meine Schwester benötigt einige Dinge.«

Ohne eine Miene zu verziehen oder sich über das Anliegen des Nachrichters zu wundern, drehte sich der Geistliche um und Michael folgte ihm. Die zwei Männer gingen zu einer Tür, die seitlich hinter dem Altar lag. Von dort führte eine schmale, steile Steintreppe in einem Bogen nach oben in den Winterchor der Mönche. Dieser runde Raum lag leicht erhöht, für die Gläubigen nicht sichtbar, hinter der Wand des Altarraumes. Ringsum war einfacheres Chorgestühl angeordnet. In der Mitte lag eine flache Pfanne auf dem Steinboden. Jetzt im Sommer war sie leer, aber im Winter ließ sich die unerbittliche Kälte während der Predigt nur durch darin eingefüllte glühende Kohlen und brennende Holzscheite vertreiben. Würde Michael seine Arme ausbreiten, könnte er sie dennoch nicht von einem Ende zum anderen fassen, obwohl er von stattlicher Gestalt war.

Respektvoll blieb er am Treppenansatz stehen, bis der Prediger leise Rücksprache mit dem älteren Mann gehalten hatte, der sich durch das Erscheinen des Scharfrichters nicht im Gebet hatte stören lassen. Michael kannte ihn. Es war Johannes Dürr – kein Geringerer als der Prior selbst. Sie unterhielten sich immer noch mit gesenkter Stimme, als ein lautes, klatschendes Geräusch durch das Gotteshaus hallte und die beiden verstummen ließ. Auf einen Wink des Priors hin eilte der Bruder zu einer Art geheimen Fenster, durch das er in den Kirchenraum blicken konnte. Von dort unten allerdings war der Mönch sicher nicht zu sehen, denn das engmaschige Holzgitter, das vorlag, war geschickt und unauffällig in den

Altaraufbau integriert. So konnten einige der Brüder während der Predigt ab und an ein wachsames Auge auf die Gläubigen haben.

»Bruder Nicolaus hat seine Schriften fallen lassen.« Unterrichtete der Mönch den Prior mit einem tadelnden Blick und kehrte zu ihm zurück.

»Eure Schwester, die Gröplerin, hat mit bereits mitgeteilt, was sie benötigt. Ich habe alles herrichten lassen.« Die Stimme des alten Mannes zitterte und er unterbrach seine Rede für einen Moment, um Luft zu holen, obgleich er sich in keiner Weise angestrengt hatte. »Bruder Michael wird Euch den Weg zeigen und das Gewünschte übergeben.« Ein heftiger Hustenanfall hinderte ihn daran weiterzusprechen.

Michael folgte dem Prediger die Treppe hinunter zum Altar und von dort durch eine Tür in einen tiefer gelegenen Raum, wo er auf die Rückkehr seines Namensvetters zu warten hatte. Er schlenderte über die großen Steinplatten und blieb schließlich vor einem großen, massiven Holzschrank stehen, der mit Schnitzereien verziert war und eiserne Schlösser trug. Ein ähnliches Stück stand im großen Saal des Ratsgebäudes. Allerdings wurden in dem hier sicher keine Dokumente aufbewahrt – dafür gab es in diesen Mauern eine Bibliothek. Zumindest hatte er davon gehört. Dieser Schrank diente wohl eher zur Aufbewahrung von Gewändern, Utensilien und Gegenständen, die zur Feier der heiligen Messe benötigt wurden.

Es dauerte nicht lange, und Bruder Michael kam mit Kräutern, Blüten und Pflanzen, die in saubere Leinentücher eingeschlagen waren, wieder zur Tür herein. Hinter ihr lag ein kleiner Vorraum, durch den man zum Kreuzgang des Klosters gelangte. Michael konnte sich noch gut daran erinnern. Als kleiner Junge war es ihm einmal gelungen, einen Blick um die Ecke zu werfen. Der Innenhof wurde benutzt, um einen Teil des Krautes anzupflanzen, das auch Margaretha immer wieder gerne verwendete. Die Mönche des Predigerordens waren ringsum bekannt dafür, dass sie pflanzen- und heilkundig waren. Der eckige Innenhof wurde von dem breiten, überbauten Wandelgang begrenzt, an dessen Innenseite sich ein steinerner Bogen an den anderen anschloss. Die spitz zulaufenden Bögen waren oben durch verschiedenartige Steinarbeiten geschmückt.

Der Dominikaner überreichte ihm die mitgebrachten Stoffpolster und nahm dafür die Hühner- und Gänseeier entgegen, die Margaretha ihrem Bruder am Morgen in einem mit Stroh ausgelegten Geflecht mitgegeben hatte. Nachdem auch noch ein Krug Bier den Besitzer gewechselt hatte, war es an der Zeit, den Heimweg anzutreten.

Die Sonne war schon lange aufgegangen, aber Anna hatte sich immer noch nicht nach unten begeben. Sie wollte nicht aufstehen. Ohne sich zu bewegen, lag sie da und hörte still zu, wie alle ihrem Tagwerk nachgingen. Sie fühlte sich erschöpft und elendig, und bei dem Gedanken, dass sie ihnen unter die Augen treten sollte, wurde ihr übel. Was sollte sie sagen? Was sollte sie tun? Wie sollte sie sich verhalten? Immer und immer wieder suchte Anna Antworten auf all diese Fragen. Die Holztreppe knarrte und Annas Herz begann zu hüpfen. Wer war da wohl auf dem Weg zu ihr? Ihr Ehemann höchstwahrscheinlich nicht. Den Geräuschen nach hatte er das Haus schon in der Frühe verlassen. Sie betete seltsamerweise sogar, dass es Margaretha sein möge. Sie war noch nicht angekleidet und eine Haube trug sie auch nicht. Er sollte sie nicht mit diesen Zotteln auf dem Kopf sehen. Eilig schlüpfte sie tiefer unter die Decke, schloss die Augen und stellte sich schlafend. Die kleine Elisabeth huschte zu ihr herein, schlich am Bett entlang und stellte einen frischen, heißen, wohlriechenden Aufguss neben dem Bett ab. Dann blieb sie dort stehen. Anna rührte sich kein bisschen. Am Kitzeln auf ihrer Haut merkte sie, dass sich die Kleine wohl über sie beugte, um zu sehen, ob sie wirklich noch schlief. Irgendwann war sie des Wartens wohl überdrüssig und stahl sich wieder hinaus. Kaum hatte sich die Tür hinter dem Mädchen geschlossen, rief sie ihrer Mutter nach unten zu: »Anna ist noch nicht wach!« Spätestens jetzt wäre sie durch das Geschrei aufgeweckt worden. Margaretha rief ihre Tochter zu sich in die

Stube – Anna war wieder allein. Oder doch nicht? Irgendetwas war in ihrer Kammer. Anna linste mit verquollenen Augen unter der Decke hervor, die sie sich bis zur Nasenspitze hochgezogen hatte. Ein Schatten! Da bewegte sich etwas. Neugierig richtete sie sich weiter auf. Sofort wurde sie schmerzhaft daran erinnert, dass die Verletzungen noch frisch waren, aber wenigstens hatte die Auflage den Grind weich gehalten. Ihre Finger hielten die Brosche noch immer fest umschlossen, und als sie die Hand öffnete, um das Schmuckstück beiseitezulegen, zeichnete sich ein rotes Muster auf der Innenseite ab. Anna rieb sich die taube Handfläche und schlich in ihrem Hemd durch den Raum. Leises Rascheln war in der Ecke zu hören. Anna spickte hinter den Schrank. In den Spalt zwischen Holz und Wand hatte sich eine kleine Katze gezwängt und sah Anna nun mit großen Augen an.

»Was machst du denn da hinten? Jetzt kannst du nicht mehr raus, oder?«, flüsterte sie dem Tier zu und hielt ihm den Finger hin. Wenn sie daran schnupperte, könnte sie sie vielleicht packen und hervorziehen. Anna schnalzte mit der Zunge und redete beruhigend auf die grau gestreifte Katze ein. Neugierig kam sie schließlich auch näher, zog sich jedoch, sobald Anna sie fassen wollte, sofort wieder dorthin zurück, wo sie sie nicht mehr erreichen konnte. Dieses Spielchen konnte so ja noch eine halbe Ewigkeit weitergehen! Anna gab zuerst auf. Unten schlugen die Hunde an und Anna spähte aus dem Fenster, neben dem sie gerade stand. Von hier konnte sie die Stadtmauer und das Haupttor sehen. Und genau von dort näherte sich der Hausherr mit einem beladenen Karren. Anna stockte der Atem. Das war doch ihre Kiste! Ihre Holzkiste, in der sie Kleider, Unterröcke, Leibchen und diverse andere Sachen mit nach Wymphen gebracht hatte. Walburga musste sie ihm übergeben haben. Nun war auch die letzte Verbindung zu ihrer Familie aufgehoben worden. Das versetzte Anna einen Stich und ihre Augen brannten. Hinter den Tränen erkannte sie ihn nur noch verschwommen, aber er hatte das Haus jetzt erreicht und polterte mit seiner Fracht unten in die Stube. In die junge Frau kam Bewegung. Er würde die Kiste sicher gleich nach oben bringen! Hastig sammelte sie ihre geliehene Kleidung zusammen und zog sich mit zitternden Händen an, so schnell sie nur konnte. Es gehörte sich nicht, dass er sie im Hemd sah – auch dann nicht, wenn er mit ihr verheiratet war. Beim Schnüren entglitten ihr mehrmals die Bändel und sie musste von Neuem beginnen. Zum Schluss zog sie sich die Haube über und entfernte sich möglichst weit vom Bett. Dass sie irgendwann mit ihm gemeinsam darin liegen würde, daran wollte sie jetzt gar nicht denken. Mit klopfendem Herzen erwartete sie ihn – es ließ sich wohl nicht vermeiden.

Michael schleppte die Kiste die enge Treppe hinauf. Oben angekommen, stellte er sie erst einmal ab und verschnaufte. Margaretha hatte ihm schon gesagt, dass Anna sich den ganzen Tag noch nicht hatte blicken lassen. Er war gespannt, was ihn erwarten würde. Langsam schob er die Tür auf. Kein Widerstand, kein Kleppern, kein Poltern. Gut, zumindest der Hocker stand nicht mehr hinter der Tür. Sein Blick fiel zuerst auf das leere Bett – und dann auf seine junge Frau, die bleich und nervös in der hinteren Ecke der Kammer stand. Abwehrend hatte sie die Arme verschränkt und ließ ihn keinen Moment aus den Augen. Michael war mit wenigen Schritten bei ihr und setzte die Kiste geräuschvoll neben ihr ab.

»Schön, dass du aufgestanden bist. Es scheint dir besser zu gehen, … immerhin siehst du dich schon einmal hier um.«

Anna wusste nicht recht, was sie antworten sollte. »Ich sehe mich nicht hier um«, widersprach sie. »Ich bin kein neugieriges Waschweib, das anderer Leute Habseligkeiten durchstöbert.« Ihre Wangen färbten sich ein wenig, als ein winziges Lächeln um seine Mundwinkel spielte und er sie belustigt ansah. »Ich habe nicht … ich wollte mich um die kleine Katze kümmern, die sich hinter dem Schrank versteckt hat«, verteidigte sie sich hastig.

»Du kannst dich hier umsehen, so viel du willst. Es ist auch dein Haus. Also ist es auch deine Kammer … und es sind auch deine Sachen. Du bist die Hausherrin.«

Das bissige Widerwort, das ihr auf der Zunge lag, schluckte sie hinunter. Er hatte sie ruhig angesehen und plötzlich fand es Anna falsch, gegen ihn zu wettern. Sie standen sich gegenüber, und als sich peinliches Schweigen ausbreitete, kniete Michael verlegen auf den Boden, und lugte hinter den Schrank. »Du hast dich ja tatsächlich hier verkrochen, … na komm!« Seine beruhigende Stimme zeigte Wirkung. Die Katze verließ schnurrend ihr Versteck und rieb genüsslich ihren Kopf an seinem Bein.

»Dein Bruder hat Wymphen verlassen und ist nach Haydelberch zu deinem Oheim gegangen.« Michael erwähnte die Neuigkeit beiläufig, aber seltsamerweise zuckte Anna nicht einmal zusammen. Sie tat, als hätte sie nichts gehört oder zumindest … als würde es sie nicht im Mindesten interessieren. Stattdessen drehte sie sich zu der Kiste um, die an der Wand stand und deren Inhalt sie noch nicht kannte. Wenn er es ihr schon anbot, dann wollte sie ihn auch beim Wort nehmen.

»Darf ich?« Unsicher zeigte sie auf den schweren Deckel. Michael nickte und kraulte die Katze auf seinem Arm weiter hinter den Ohren. Anna beugte sich zu der Kiste hinunter. Sie war einfach gearbeitet, aber stabil. Er war leise hinter sie getreten, was sie nicht zuletzt daran bemerkte, dass sich ihre Nackenhaare aufstellten. Unbeirrt ergriff Anna einen der Henkel und zog daran. Die Scharniere setzten sich mit einem kratzenden Geräusch in Bewegung. Sie klappte den Deckel nach hinten und lehnte ihn an die Wand. Neugierig begutachtete sie den Inhalt. Anna verschlug es die Sprache, als sie die Dinge erkannte, die da vor ihr lagen. Vor Überraschung vergaß sie sogar zu atmen. Mit offenem Mund starrte sie in die Truhe. Erst jetzt kam ein verblüfftes »Oh!« über ihre Lippen.

Zuoberst lag ein ordentlich gebundener Zopf aus blonden Haaren – ihren Haaren! Am oberen und unteren Ende wurde das Geflecht mit roten Bändern zusammengehalten. Natürlich rot – welche Farbe wäre wohl sonst im Hause eines Henkers zu finden. Ein fester Knoten machte sich schon wieder in Annas Hals breit. Erfolgreich kämpfte sie die aufsteigenden Tränen nieder. Er hatte sie doch tatsächlich aufbewahrt! Wehmütig strich sie darüber, schob ihn dann jedoch ein wenig zur Seite.

Konnte das wirklich und wahrhaftig sein, oder spielte ihre Erinnerung ihr einen Streich? War es dieselbe Kleidung? Vorsichtig glitten ihre Fingerspitzen über den edlen Stoff.

»Ihr wart dieser Mann in der Fastnacht«, flüsterte sie heiser, und wie zur Bestätigung fand sie in einer Ecke der Kiste ihr Strumpfband, das er damals als Pfand eingefordert hatte. Die Erinnerungen an den Kuss überkamen sie schlagartig, und Anna wich erschrocken zurück, als hätte sie sich verbrannt. Mit pochenden Wangen funkelte sie ihn wütend an und ballte ihre Fäuste. »Wie konntet Ihr diese Dreistigkeit wagen! Man sollte Euch mit der Rute streichen! Wartet nur, wenn das der Stadtrat erfährt!«, plusterte sie sich auf.

Michael brachte nur ein müdes Lächeln zustande. »Du meinst ebendiesen Stadtrat, der dich kürzlich zum Tode verurteilt hat? Gerade bist du seinem Häscher entkommen und jetzt willst du gleich wieder als Anklägerin dort erscheinen und aussagen? Noch dazu gegen deinen Gatten? Ist das nicht ein bisschen viel Aufwand für etwas, an dem du meines Erachtens Gefallen gefunden hattest?« Herausfordernd war er näher gekommen und hatte sich vor ihr aufgebaut.

Verdutzt schnappte Anna nach Luft. Inzwischen hatte sich ihr Gesicht bis zum Halse hinunter dunkelrot verfärbt. Zornig schlug sie den Deckel der Kiste wieder zu und stapfte empört zur Kammertür. »Haare, Brosche, Strumpfband ... Ihr scheint so einiges von mir zu besitzen!«

»Ja, nur nicht dein Herz ... Noch nicht!«

Scheppernd fiel die Tür hinter Anna ins Schloss, als sie hinausstürmte.

DER WYMPHENER FORST

– SONNTAG, 9. AUGUST 1523 –

Erstaunt blickten Margaretha, Elisabeth und Wilhelm zu der aufgebrachten jungen Frau auf, die plötzlich in der Tür zur Stube stand. Anna sah die drei ebenso erstaunt an. Sie hatte nicht damit gerechnet, die ganze Familie hier unten anzutreffen. Sie hatte nur weg wollen von ihm. Just in dem Moment begannen die Glocken zu läuten. Natürlich! Heute war Sonntag und alle hatten sich auf den Kirchgang vorbereitet. Der Vormittag war im Nu vergangen. Jetzt war es höchste Zeit, sich auf den Weg zur Messe zu machen.

»Anna! Wie schön, dass du uns begleitest.« Margaretha kam lächelnd auf sie zu. Sie trug ein einfaches, aber gepflegtes Kleid. Die Haare waren ordentlich unter der Haube aufgesteckt. Nur ihr rotes Schultertuch und das Band um ihre Taille verrieten, wer sie war.

»Ja! Du kannst neben mir sitzen.« Auch die kleine Elisabeth hatte die markanten, roten Bänder in ihre Zöpfe eingeflochten. Nun ja, wenigstens hatte sie noch Zöpfe. Anna fasste sich unbewusst in den Nacken, wo ihre Finger ins Leere griffen.

»Oh, nein, … ich …«, winkte Anna schleunigst ab. »… Ich wollte nicht … ich wollte nur etwas Wasser trinken und mich dann wieder hinlegen. Ich denke nicht, dass ich zur Messe gehen kann. Ich fühle mich wirklich elend.« Und das war nicht einmal gelogen. Bei dem Gedanken, von allen angestarrt und begafft zu werden, wurde ihr speiübel und ihr Magen drehte sich um. Enttäuscht zog die Kleine eine Schnute.

»Bist du sicher, dass wir dich allein lassen können?« Margaretha warf ihrer jetzt bleichen Schwägerin einen besorgten Blick zu. »Vielleicht sollte ich auch hierbleiben und mich um dich kümmern.«

»Ich denke nicht, dass das notwendig sein wird. Die paar Stunden, bis wir wieder da sind, gehen schnell vorbei, und wenn es ihr langweilig wird, kann sie sich ja noch weiter im Haus umsehen, nicht wahr?« Michael war hinter Anna eingetreten und sah seine junge Frau provozierend an, von der er aber nur einen wütenden Blick erntete. Margaretha widersprach ihrem Bruder vorsichtshalber nicht. Sie konnte nur erahnen, was dort oben zwischen den beiden vorgefallen war. Auf dem Weg zur Kirche würde sie ihn danach fragen.

»Also bis später dann, Anna.« Wilhelm drängte zum Aufbruch.

Anna sah ihnen durch das Stubenfenster nach, bis sie das Haupttor passiert hatten und hinter der Stadtmauer verschwunden waren. Michaels Worte hallten unaufhörlich in ihrem Kopf. Ihr Bruder war nach Haydelberch aufgebrochen! Kraftlos ließ sie sich erst einmal auf die Bank am Tisch sinken. Sie zitterte, und ihre Hände waren kalt und feucht. Anna kannte Peter nur zu gut. Der Grund, warum er sich nicht mehr in Wymphen aufhielt, war offensichtlich. Er schämte sich für seine Schwester – eine verurteilte Mörderin und jetzt das Weib eines Scharfrichters. Anna mochte sich gar nicht ausmalen, was er und auch Burgl und ihre Mutter sich wohl schon für Spott und Gerede hatten anhören müssen.

Ihre Verzweiflung schlug mit einem Mal in Neid um. Ja, Peter konnte einfach gehen! Da der Tyrann nicht mehr da war, stand es ihm frei, seiner Wege zu gehen. Er konnte jetzt tun und lassen, was er wollte. Was er ja auch tat, indem er bei Martin Severus ein neues Leben begann und alle Schmach hinter sich ließ. Tränen schossen ihr in die Augen. Zornig schlug sie mit der Faust auf den Tisch und schrie aus Leibeskräften. Außerhalb der Stadtmauer hörte sie sowieso niemand. Alle waren weit weg in der Kirche.

Ja, … weit weg, … und zwar noch lange. Anna wurde heiß. Ein Gedanke formte sich. Zuerst nur eine vage Vorstellung. Dann jedoch manifestierte sich ein klarer Plan. Wieso sollte sie es ihm nicht gleichtun? Ihm einfach nachfolgen? Annas Blut rauschte in ihren Ohren, so aufgeregt war sie plötzlich. Das war die Lösung! Sie würde Wymphen ebenfalls verlassen! Sie hatte genug Zeit. Sie musste sich nur beeilen, schleunigst einige Dinge zusammenpacken und sich auf den Weg machen. Fort von diesen verächtlichen Blicken. Fort von ihrem Gatten – dem örtlichen Henker, der sie sowieso nicht suchen würde – und wenn doch, dann war sie schon zu weit weg, wenn er ihr Verschwinden bemerken würde. Weit entfernt auf dem Weg nach Haydelberch. Sie würde unerkannt dort ankommen. Schließlich lagen oben ihre wertvollen Röcke, in die sie später irgendwo abseits hineinschlüpfen konnte. Keiner würde dann mehr ihre Herkunft wegen ihrer Kleider infrage stellen. Ihr Oheim Martin würde sie sicher aufnehmen. Alles Weitere würde sich schon finden. Ganz bestimmt!

So schnell sie nur konnte, raffte Anna Dinge zusammen, die sie unterwegs brauchen konnte. Auf dem Tisch in der Stube lagen bald schon gekochte Eier, ein Stück gesalzenes Fleisch und ein kleiner Laib Brot. Das Essen war leicht zu finden. Nach anderen Sachen suchte Anna schon etwas länger. Sie zog ein Messer aus einer Lade des Schrankes. Dann rannte sie die Treppe wieder hinauf. Ein Rock musste reichen. Mehr konnte sie nicht tragen. Schließlich wollte sie auch noch eine Decke für die Nacht mitnehmen. Auf dem Weg nach unten blieb sie vor der Kammer stehen, in der Margaretha, Wilhelm und die kleine Elisabeth schliefen. Nach kurzem Zögern öffnete sie doch die Tür. Sie kam sich vor wie ein Eindringling, ein ungebetener Gast. Nein, nicht ungebeten, eher wie ein Gast, der das Vertrauen des Wirts schamlos ausnutzt. Anna verdrängte ihr schlechtes Gewissen. Sie wollte nicht an den Moment denken, wenn sie ihr Verschwinden entdecken würden.

Eilig verschaffte sie sich einen Überblick. An einem Nagel an der Wand hing ein Umhang, der jetzt für den Sommer eigentlich viel zu warm war, aber ihr konnte er gute Dienste leisten. Ganz hinten im Schrank, den sie hektisch durchwühlte, fand Anna unter einem alten Tuch noch einige Münzen, die Margaretha sicher als Bezahlung für ihre Dienste erhalten hatte. Es war nicht viel, aber besser als nichts.

Burgl würde ihr sicher eine größere Anzahl Münzen zustecken. Anna verwarf den Gedanken sofort wieder. Es würde zu lange dauern, durch halb Wymphen zu laufen. Außerdem bestand die Gefahr, dass sie ihrem Ehemann und seiner Familie über den Weg lief, wenn sie sich in der Nähe der Kirche aufhielt. Es war zu riskant. Sie musste mit dem auskommen, was sie hatte, und sich schnellstens davonmachen. Nach einem nervösen Blick aus dem Fenster hetzte Anna die Treppe wieder hinunter und wäre beinahe der Länge nach hingeschlagen, als sie sich auf der letzten Stufe im Rocksaum verhedderte. Nun lag alles bereit. Entschlossen holte sie aus dem Nebenraum noch den ledernen Beutel, den sie gesehen hatte, als sie dort aufgewacht war. Er hing an einem Haken hinter der Tür und war groß genug, um alles darin verstauen zu können.

Es war warm. Durch das Herumrennen brach Anna erst recht der Schweiß aus, was sie daran erinnerte, auch noch Wasser mitzunehmen. Seufzend entschied sie sich für einen schweren Krug. Etwas Geeigneteres war auf die Schnelle nicht zu finden. Sie durfte nicht mehr länger verweilen. Je eher sie aufbrach, umso größer würde der Abstand zur Stadt sein, bis die anderen heimkehrten.

Anna sah sich um. Hatte sie auch nichts übersehen? Alles sollte so aussehen wie vorher, damit niemand frühzeitig Verdacht schöpfte. Wenn sie Glück hatte, würden sie annehmen, dass sie oben in der Kammer lag und schlief. Dann konnte es bis zum frühen Abend dauern, bis sie ihr Fehlen bemerkten. Aufgeregt trat sie aus dem Haus und schloss sorgfältig die Tür hinter sich. Die Hunde bellten und die Gänse stoben schnatternd auseinander, als Anna mit großen Schritten durch die Schar hindurcheilte. Fest hielt sie das Bündel an sich gedrückt. Immer wieder sah sie sich um. War auch niemand in der Nähe? Sah auch wirklich niemand, in welche Richtung sie aufbrach? Ihr Weg führte sie hoch zur Straße und dann westwärts zum Speyrer Tor hinaus. Niemand hielt sie auf.

Anna blickte zurück zur Stadtmauer. Sie war noch nicht weit gekommen, als sie das Trommeln von Pferdehufen hörte. Zu spät. Es würde hier auf weiter Flur zu sehr auffallen, wenn sie jetzt die Straße verlassen würde, um sich hinter ein paar Sträuchern zu verbergen. Nervös hob sie den Beutel höher, damit er halbwegs ihr Gesicht verbarg, und zwang sich dann, ruhig weiterzugehen. Der Reiter kam schnell näher. Er wollte wohl eilig ein bestimmtes Ziel erreichen. Den Blick gesenkt, setzte sie einen Fuß vor den anderen. Anna wich erst dann erschrocken zurück, als der Gaul mit lautem Wiehern neben ihr stehen blieb. Der Reiter hatte das Tier grob am Gebiss gerissen und es so zum Stehen gebracht. Widerspenstig lupfte es den Kopf und tänzelte auf der Stelle. Anna sah das nasse Fell und hörte das angestrengte Schnauben. Er musste es ziemlich angetrieben haben.

»Wen haben wir denn da?«, wurde sie süffisant vom Rücken des Pferdes herab angesprochen. Anna lief ein Schauer den Rücken hinunter. Diese Stimme würde sie unter tausenden erkennen. Sie hob den Kopf und sah ihrem Peiniger direkt in die Augen. »Ist das nicht der falsche Weg? Zur Kirche geht es da lang! Ich reite zu Pferde und muss mich schon sputen. Wenn Ihr – als Brels Mörderin – also noch rechtzeitig zur Sonntagspredigt dort sein wollt, um Läuterung zu erfahren, dann …«

»Ihr nennt mich eine Mörderin – ausgerechnet Ihr, der nicht weniger als zwei Menschen auf dem Gewissen hat?« Anna funkelte ihn aus schmalen Augen an. »Ich kenne Euch, Feit Morstatt. Ich habe Euch erkannt, wie man einen Menschen nur erkennen kann!« Langsam ging sie auf ihn zu, bis er zurückwich. Unsicherheit und Angst flackerte in seinen Augen auf. Was hatte ihn verraten? Warum auch immer – sie wusste es! Dessen war er sich jetzt sicher. Trotzdem war es unwahrscheinlich, dass sie ihm gefährlich werden konnte, oder? »Ihr könnt mich anklagen – man wird Euch nicht ernst nehmen. Man wird denken, dass Ihr Euch rächen wollt für den Prozess, den ich Euch gemacht habe! Der Rat wird dem Ganzen nur Glauben schenken, wenn er es aus meinem eigenen Mund hört – und darauf könnt Ihr lange warten!«, zischte ihr Feit Morstatt entgegen. Anna hatte keine Angst vor ihm. Sie trat weiter auf ihn zu.

»Bleibt mir vom Leib! Henkersweib!« Damit riss er seinen Gaul herum und jagte davon.

»Ja! Eilt Euch! Ihr habt es weit nötiger, in die Kirche zu kommen, als ich!«, schrie sie ihm nach. Er war schon verschwunden, da stand Anna immer noch zitternd auf der Straße, versuchte, einen klaren Gedanken zu fassen und die richtige Entscheidung zu treffen. Schließlich setzte sie ihren Weg erst einmal fort, bis sie die Gärten und Felder, die noch zu Wymphen gehörten, hinter sich gelassen hatte.

Man hatte sie gesehen. Das änderte alles! Würde er sein Wissen weitergeben? Wenn ja, dann konnte sie nicht auf dieser Straße bleiben. Anna musste einen anderen Weg nach Haydelberch finden. Einen, auf dem man sie nicht vermutete! Sie sah sich um. Weiter vorne, etwas abseits der Straße, stand ein einsam gelegenes Haus nebst Kapelle – das Gutleutehaus*. Unter normalen Umständen hätte sich Anna niemals in die Nähe dieser Aussätzigenunterkunft begeben, aber sie kannte sich hier nicht gut genug aus und musste Rat erfragen. Anna atmete tief ein und fasste sich ein Herz. Schon aus dieser Entfernung war eine Gestalt am Wegesrand erkennbar, die dort auf einer Decke kniete. Anna erkannte erst beim Näherkommen, dass es sich um einen Mann handelte. Er hatte sich diese Stelle sicher deshalb ausgesucht, weil die nahe gelegene Weggabelung ein Mehr von Vorbeiziehenden aus unterschiedlichen Richtungen und somit auch mehr Erfolg versprach. Vorsichtig hielt sie einen angemessenen Abstand. Der Mann sagte nichts, sondern hielt ihr bettelnd eine Hand entgegen. Anna musste sich ermahnen, ihn nicht so anzustarren. Offensichtlich konnte sie jedoch ihren Abscheu nicht gänzlich verbergen. Sie sah es ihm an. Der Kranke war erheblich vom Aussatz gezeichnet und entstellt. Besonders im Gesicht waren braunrote Flecken erkennbar. Er hatte keine Augenbrauen mehr und die Nase sah inmitten der knotigen Erhebungen eingefallen aus. »Ich habe nichts, das ich Euch geben könnte. Vielleicht könnt Ihr mir aber dennoch meine Frage beantworten? Ich halte mich noch nicht lange in Wymphen auf …«

»Nun, dann geht es Euch wie mir.« Seine Stimme klang durch die Krankheit rau und kratzig.

»Aber Ihr lebt hier. Seid Ihr denn, … wart Ihr denn kein Wymphener Bürger?«, fragte Anna erstaunt und deutete auf das Gutleutehaus.

»Nein. Die Krankheit hat mich heimtückisch auf einer langandauernden Handelsreise befallen. Ich hatte keine Möglichkeit mehr, in mein eigenes Haus zurückzukehren«, gab der Mann bereitwillig Auskunft. Er schien sich mit seinem Schicksal abgefunden zu

* Das Gutleutehaus wird erstmals 1293 erwähnt.

haben, und sicher bot die kurze Unterhaltung mit der jungen Frau eine willkommene Abwechslung. Anna legte eine Hand an ihre Stirn und spähte in die Ferne, wo am Weg gerade noch ein großes, steinernes Kreuz erkennbar war.

»Wohin führen diese Straßen?« Anna konnte unmöglich noch mehr Zeit vergeuden.

»Diese dort …«, er zeigte nach Westen, »… bringt Euch nach Speyer – und diese nach Haydelberch.«

Annas Herz klopfte. Dann würde sie also den Weg einschlagen, der in nördlicher Richtung von Wymphen wegführte. »Wenn jemand nach mir fragt, so schickt ihn nach Speyer!«, verlangte Anna.

Der Aussätzige bekreuzigte sich. »Ich soll lügen?«

Anna verdrehte ungeduldig die Augen. »Dann sagt eben gar nichts!« Sie grüßte noch kurz und ließ das Gutleutehaus schnell hinter sich. Bald hatte sie die Gabelung erreicht, an der sie ohne zu zögern in Richtung Haydelberch abbog. Solange es hell war, wollte sie noch ein gutes Stück des Weges schaffen.

Michael beschlich ein ungutes Gefühl. Schon während der gesamten Messe hatte sich Feit Morstatt immer wieder hämisch grinsend zu ihm umgedreht. Er konnte sich allerdings keinen Reim darauf machen. Der Ratsherr war zu spät gekommen und erst kurz vor Pfarrer Vischer in die Kirche gewitscht. Ungeduldig wartete Michael nun auf das Ende, empfing wie alle den Segen und verließ dann das Gotteshaus.

Wilhelm, Margaretha, die kleine Elisabeth und er hatten die Salzgasse gerade zur Hälfte hinter sich gebracht, als sie durch lautes Rufen aufgehalten wurden. »Meister Kremer! Ihr habt heute allein die Messe besucht? Wollte Euer angetrautes Weib Euch denn nicht begleiten? Das hat Pfarrer Vischer sicher nicht gerne gesehen!«

Feit Morstatt kam hinter ihnen her geschlendert. Wilhelm schob indes Margaretha weiter und nahm Lisbet auf seinen Arm. Sollte sich Michael um den Ratsherrn kümmern.

Misstrauisch stand er diesem jetzt gegenüber und überlegte, ob er überhaupt antworten oder nicht doch einfach unter einem Vorwand verschwinden sollte. »Pfarrer Vischer hat sicher Verständnis dafür, dass sie ausnahmsweise der Messe fernbleibt, ... sie fühlt sich nicht gut. Die letzten Tage haben an ihren Kräften gezehrt – wie Ihr Euch sicher denken könnt.« Damit war die Sache für ihn erledigt. Michael wollte sich gerade umdrehen, als sein Gegenüber erstaunt die Augenbrauen hochzog und übertrieben nachfragte.

»Wirklich? So sah sie gar nicht aus. Ich hatte eher den Eindruck, als wäre sie gut zu Fuß und hätte es doch recht eilig.« Die Worte verfehlten ihre beabsichtigte Wirkung nicht.

»Was? Wie meint Ihr das?« Michael verstand nicht, was Feit Morstatt gesagt hatte, war aber dennoch hellhörig geworden.

»Nun, ... sie ist mir begegnet, ... vorhin, ... noch vor der Messe ... vor den Toren Wymphens ... in der Nähe vom Lindenplatz«, ließ er die Katze langsam aus dem Sack.

Michael schüttelte den Kopf. »Das kann nicht sein. Ihr habt Euch geirrt«, widersprach er selbstsicher.

»Was macht Euch da so sicher? Vielleicht ist es aber doch eher so, dass Eure junge Frau erkannt hat, dass sie einen Fehler begangen hat, als sie Euch die Hand reichte. Vielleicht seid Ihr einfach nur ein schlechter Ehemann und könnt nur nicht zugeben, dass Ihr das Weib in die Flucht geschlagen habt. Ihr hättet eben vorher noch ein wenig mehr an den Huren üben sollen. Vielleicht hat sie Euch aber auch nur für ihren durchdachten Plan benutzt, um von den Richtbrettern unversehrt wieder herunterzusteigen. Was immer auch der Grund sein mag, ... sie ist gerade dabei, Euch zu entwischen und Euch zum Narren zu machen. Warum sollte ich lügen?«

Michael bekam einen flauen Magen. Er bemühte sich, die dreisten Worte des Ratsherrn zu ignorieren. Es bestand wirklich kein Grund, warum Feit Morstatt sich das alles ausdenken sollte. Ohne ein weiteres Wort an den Ratsherrn zu richten, der überheblich mit den Füßen tippte, marschierte der Nachrichter mit langen Schritten durch das Haupttor und hatte den Rest der Familie eingeholt, noch ehe sie das Haus betraten. Hastig schob er die verdutzte Margaretha beiseite und stürmte an ihr vorbei erst in die Stube und dann die Treppe nach oben. »Anna?« Die Kammer war leer. Sein Herz begann zu rasen und das lag nicht allein daran, dass er im Laufschritt das Haus durchsuchte.

»Sie ist weg! Ich kann es nicht glauben, ... sie hat es doch tatsächlich gewagt! ... Morstatt hatte recht, ... sie ist wahrhaftig weg!« Aufgebracht durchquerte er immer wieder die Stube. »Wo kann sie nur hin sein? Vielleicht besorgt sie sich nur etwas«, murmelte er vor sich hin, in dem Bestreben, sich zu beruhigen, und kaute auf einem Fingernagel herum.

Greta und Wilhelm starrten erst sich und dann ihn fragend an. »Anna wird nicht zurückkommen«, stellte seine Schwester schließlich nüchtern fest und sah ihn dabei ernst an. »Du wirst sie holen müssen. Sie hat noch nicht verstanden, dass es keinen Sinn hat wegzulaufen.« Noch beim Reden drückte sie ihm seinen Umhang in die Hand.

»Aber wo soll ich anfangen zu suchen? Sie ist schon eine ganze Weile unterwegs. Sie kann überall sein!« Besorgt raufte sich Michael die Haare. Es machte ihn verrückt. Er konnte nicht klar denken. Im Gegensatz zu seiner Schwester. Nachdenklich konzentrierte sie sich und tippte mit dem Finger immer wieder auf ihre gespitzten Lippen.

»Hattest du nicht erwähnt, dass ihr Bruder nach Haydelberch aufgebrochen ist?«, kombinierte Greta scharfsinnig. Mehr brauchte sie dazu nicht zu sagen. An Michaels Gesichtsausdruck konnte sie erkennen, dass er den Gedanken zu Ende geführt und einen Entschluss gefasst hatte. Trotzdem blieb er entmutigt vor ihr stehen.

»Was ist, wenn ich Anna tatsächlich finde? Ich kann sie wohl schlecht an den paar Haaren, die sie noch hat, zurück nach Wymphen schleifen – obwohl sie es verdient hätte!« Resignierend schüttelte er den Kopf. »Sie wird nicht aufgeben – und immer wieder weglaufen.«

Greta drückte aufmunternd seine Hand. »Und du wirst auch nicht aufgeben – und sie immer wieder zurückholen. Sonst wärst du nicht mein Bruder.« Die beiden lächelten sich auf eine Art an, um die Wilhelm die Geschwister von Zeit zu Zeit beinahe beneidete.

Das Gefühl von Sorge hatte sich inzwischen in Wut verwandelt. »Was denkt sie sich nur dabei? Allein nach Haydelberch? Ohne Schutz? Ich muss sie schon sehr anwidern, wenn es sie nicht einmal kümmert, dass sie schon heute Nacht auf Gesindel treffen kann, das sich einen Spaß mit ihr macht und sie dann mit durchschnittener Kehle irgendwo liegen lässt. Dabei war es doch ihr eigener Wille!«, zischte Michael vor sich hin. Mit ausholenden Schritten hatte er das Speyrer Tor durchquert und den Lindenplatz hinter sich gelassen. Bald würde er das Gutleutehaus erreichen. Zweifel nagten an ihm. Wenn er nun völlig falschlag? Es gab mehrere Möglichkeiten, welchen Weg Anna eingeschlagen haben könnte. Vielleicht war sie auch umgekehrt oder lief über die Felder. Sie konnte überall sein.

Mit mürrischem Gesicht zog er an dem Aussätzigen vorbei, der sogleich den Blick senkte. Nicht lange danach überlegte Michael es sich anders. Er schlenderte zu dem knienden Mann zurück und sah ihn ernst an. »Wie lange verweilt Ihr schon hier an der Straße? Ein wirklich guter Platz – es entgeht einem kein Vorbeiziehender … und keine Vorbeiziehende.«

Der Angesprochene zuckte kaum merklich zusammen, aber das reichte Michael.

»Welchen Weg hat sie eingeschlagen?« Michael bemühte sich, seine Stimme nicht vor Aufregung zu drohend klingen zu lassen.

Hilflos hob der Mann die Schultern und schüttelte entschuldigend den Kopf. »Ich … ich habe versprochen, nichts zu sagen, Herr!« Die Anwesenheit des Scharfrichters war ihm sichtlich unangenehm.

Michael baute sich vor ihm auf und spähte auf ihn hinunter. »Nun, vielleicht löst das Eure Zunge.« Er kramte in seinem Beutel, und beförderte eine Münze ans Tageslicht, aber die Lippen des Bettlers blieben weiterhin verschlossen.

»Ihr könnt Euer Versprechen halten und trotzdem in den Besitz der Münze gelangen. Ihr müsst nichts sagen … nur deuten!« Michael warf die Münze vielversprechend in die Luft. Einen Moment lang überlegte der Aussätzige, dann zeigte er mit seinem knotigen Finger zur Haydelbercher Straße. Offensichtlich war diese Methode der Verständigung mit seinem Gewissen vereinbar.

Er hatte es ja schon vermutet, aber da die Bestätigung ihm ein eindeutig besseres Gefühl verschaffte, setzte er seinen Weg jetzt zügiger fort.

Anna schaute immer wieder zurück. Ständig hatte sie Angst, dass sie bald von ihrem Mann oder dem Schwager eingeholt wurde, obwohl es gar nicht sein konnte, dass sie ihre Flucht schon bemerkt hatten. Also bemerkt vermutlich schon, aber trotzdem hatte sie noch einen großen Vorsprung, den sie auch nicht leichtfertig aufgeben würde. Anna schnaufte. Die Beine schmerzten vom strammen Gang, und ihre Finger, die den Beutel umklammert hielten, begannen anzuschwellen. Ihr Mund war trocken und der Gaumen klebte. Sie biss sich absichtlich auf die Zunge, damit der Speichel floss und sie ihre Lippen benetzen konnte.

Die Sonne stand zwar nicht mehr ganz so hoch, aber ihre Strahlen wärmten noch zur Genüge. Anna näherte sich einer Ruhstatt, die sich wenige Schritte abseits der Straße befand. Eine kurze Rast einzulegen, war ein verlockender Gedanke. Sie watete durch das dichte, hohe Gras, legte ihre Last auf der hüfthohen Steinbank ab und atmete erst einmal durch. Die Ruhstatt wurde normalerweise von Bauern aus der Umgebung genutzt, die ihre Ernte zum Verkauf brachten oder nach der Feldarbeit ihre Ketze geschwind dort abstellten, um wenigstens kurzzeitig die Schultern vom Einschneiden der Haltse zu entlasten.

Mit wedelnden Handbewegungen versuchte Anna, die aufdringlichen Fliegen von ihrem verschwitzten Gesicht fernzuhalten. Die Gegend war menschenleer. Der Aussätzige war der Letzte, der ihr begegnet war. Es war ja auch Sonntag – ein heißer noch dazu. An einem anderen Tag hätte es bestimmt anders ausgesehen. Genüsslich ließ Anna das kühle Wasser aus dem Krug ihre Kehle hinabrinnen. Ihren pochenden Füßen würde das Nass auch guttun. Nachdenklich sah sie sich den weiteren Verlauf der Straße an. Er war übersichtlich. Somit war sie leicht zu entdecken, wenn jemand nach ihr suchen sollte. Sie musste die Straße verlassen und ihr entweder weit abseits folgen, oder sie schlug sich so lange nach Norden durch, bis sie irgendwo wieder auf den Nekker traf. Dem Flusslauf konnte sie dann ohne groß zu überlegen folgen und würde so auf jeden Fall nach Haydelberch gelangen. Allerdings wusste Anna auch, dass diese Möglichkeit einen erheblich größeren Zeitaufwand bedeuten würde.

Sie kniff die Augen zusammen. Zweigte dort nicht ein Weg ab? Eilig raffte sie den Beutel zusammen. Der Weg war schmaler als die Straße nach Haydelberch, würde aber genau den gewünschten Zweck erfüllen. Anna musste nicht über unwegsame Wiesen und Felder gehen und in die richtige Richtung führte er auch noch. Notfalls konnte sie immer noch zum Nekker hin abbiegen.

Anna folgte dem Weg schon seit Stunden. Sie lief auf Höhen und durchschritt Täler, die die am Grunde fließenden Bäche und Rinnsale geformt hatten. Ein kleines, verfallenes Gehöft, das sie passiert hatte, lag schon eine Weile hinter ihr, als sie nach einer Biegung an einem klaren Bächlein rastete. Die Sonne stand schon sehr tief und in das schmale Tal mit den steilen, von Wald bewachsenen Hängen drang das Licht schon lange nicht mehr. Anna fröstelte. Sie war schon eine Weile im Schatten der hohen Bäume unterwegs. Trotzdem hatte sie in dem alten Stall nicht nach einer Möglichkeit zum Übernachten gesucht. Sie wollte so wenig Aufmerksamkeit wie möglich auf sich lenken, und es konnte gut sein, dass der Hof eben nur unbewohnt aussah. Anna zog ihre Schuhe aus und ließ die pulsierenden Füße langsam ins kalte Wasser gleiten.

»Puuh!« Anna hielt den Atem an. Das klare Bächlein umspülte ihre Knöchel, und es dauerte gar nicht lange, bis die Fußsohlen gefühllos wurden.

»Genug! Jetzt gibt's erst mal eine Stärkung.« Anna trocknete sich ab und schlüpfte wieder in Strümpfe und Schuhe. In dem Beutel fand sie zuunterst noch einen Teil des Essens, das sie aus dem Haus des Scharfrichters mitgenommen hatte. Bei dem Anblick und durch den Geruch lief ihr das Wasser im Munde zusammen. Sie ermahnte sich aber, nicht zu großzügig mit den Vorräten umzugehen. Sie konnte schließlich nicht wissen, wie lange sie tatsächlich am Ende unterwegs sein würde.

Kauend saß Anna im hohen Gras am Bachufer. Wo konnte sie ihr Lager für die Nacht aufschlagen? Ein Feuer würde sie nicht zustande bringen. Vielleicht würde es gehen, wenn sie sich in den Mantel einwickelte und tief in das Unterholz hineinkroch, um sich vor herumstreunendem Waldgetier zu schützen. Es musste gehen.

Anna hatte ihre Ration aufgegessen und wischte sich die Finger am Rock ab. Sie trug immer noch die Kleider der Gröplerin. Jetzt war eine gute Gelegenheit, ihre eigenen Sachen wieder anzuziehen. Entschlossen zog Anna den Beutel zu sich heran und kramte sie hervor. Mit einem weiten Sprung hatte sie die andere Seite des Baches erreicht und lief ein Stück in den Wald hinein, der hier aus hohen, eng stehenden Tannen bestand. Wahrscheinlich war eh niemand in der Nähe. Trotzdem wollte sie sich vor neugierigen Blicken verbergen.

Die knackenden Äste und Zweige, die trocken auf dem Waldboden lagen, da selbst bei starkem Regen nur wenige Tropfen durch die Baumkronen drangen, verhedderten sich in Annas Rock und zupften und zerrten an dem Stoff. Überall hatte sich eine weiche Decke aus Tannennadeln ausgebreitet, in die sie einsank und durch die sie beim Umziehen leicht schwankte, wenn sie auf einem Bein stand, um aus dem einen Rock heraus- und in den anderen wieder hineinzusteigen. Geschafft! Jetzt fühlte sich Anna beinahe wieder wie eine angesehene Bürgerin – und genau so würde sie auch in Haydelberch ankommen. Zufrieden schnürte sie ihr Leibchen, was bei dem schwindenden Licht gar nicht so einfach war, und freute sich darauf, sich endlich in den Mantel zu hüllen und zu schlafen. Morgen würde sie ihren Weg fortsetzen.

Anna hatte den Wald noch nicht ganz verlassen. Sie duckte sich unter einem tief hängenden Ast hindurch und schob gerade das Tannengrün zur Seite, als sie ein Knurren hörte. Erschrocken hielt sie inne und blieb sofort reglos stehen. Unten am Bach, dort, wo sie die anderen Sachen zurückgelassen hatte, stand ein Hund. Er war wohl von dem Geruch des gesalzenen Fleischs angelockt worden und untersuchte den Beutel.

Er war plötzlich da. Wie aus dem Nichts. Zumindest hatte Anna ihn, wenn er ihr gefolgt sein sollte, bis jetzt nicht bemerkt. Kam er von dem verlassenen Hof? Das Tier war groß und starrte sie mit wässrigen Augen an, sobald es Anna bemerkt hatte. Sein Fell war dreckverkrustet und er duckte sich, als wolle er jeden Moment zum Sprung ansetzen. Irgendetwas stimmte nicht mit ihm. Der Hund verhielt sich eigenartig. Er fletschte die Zähne, bellte aggressiv in rasender Wut und ließ die Zunge heraushängen, während er breitbeinig dastand und das Gleichgewicht zu verlieren schien. Annas Herz raste. Langsam bewegte sie sich rückwärts von dem Hund weg, um ihn nicht noch mehr zu reizen.

Sie begriff, dass es ihr Tod sein würde, sollte sie es nicht schaffen, sich das Tier vom Leib zu halten. Fieberhaft suchte die junge Frau nach einem Ausweg. An dem Hund führte kein Weg vorbei. Also blieb nur noch der Weg nach oben. Sie musste auf einen Baum klettern – und zwar schleunigst! Der Hund trottete am Bach entlang. Er suchte eine günstige Stelle für die Überquerung. Das verschaffte Anna ein wenig Zeit. Entsetzt raffte sie endlich den Rock nach oben, um ihren Fuß auf einen der unteren Äste des nächstgelegenen Baumes zu stellen. Er brach, sobald sie ihn mit ihrem ganzen Gewicht belastete. Panisch sah sie sich nach dem Hund um. Er schien einen immensen Widerwillen gegen Wasser zu haben und hatte es immer noch nicht geschafft, den Wasserlauf zu überqueren. Knurren und heiseres Bellen wechselten sich ununterbrochen ab. Anna versuchte ihr Glück bei einer anderen Tanne. Der lange Rock war ständig im Weg. Stück für Stück erklomm sie den Baum, indem sie sich immer weiter zwischen den kahlen Ästen hindurchschlängelte. Das Bellen kam näher. Anna sah nach oben und ergriff den nächsten Ast. Abfallende Rinde fiel ihr schmerzhaft ins Auge, das sie nun geschlossen halten musste. Es tränte, aber Anna schenkte dem keine Beachtung. Sie musste noch ein gutes Stück höher klettern, um sich in Sicherheit zu bringen. Der Hund hatte den Stamm erreicht. Er stellte sich auf die Hinterbeine und schnappte angriffslustig nach ihrem Fuß, den sie mit einem Schrei von den Zähnen im aufgerissenen Maul wegzog. Das Tier hatte Schaum vor dem Mund, der nun in einem langen, schleimigen Faden an der Rinde klebte. Unermüdlich versuchte es, seine Beute zu fassen. Anna zitterte am ganzen Leib. Sie hockte auf einem Ast, umklammerte krampfhaft den Stamm und wimmerte. Im Moment reichte der Abstand gerade so aus. Anna wagte es aber nicht, ihre Position erneut zu verändern. Dazu hätte sie loslassen müssen, um mit Händen und Füßen neuen Halt zu suchen. Nicht auszudenken, wenn einer der Äste dadurch brechen würde. Sie würde direkt auf den Köter fallen.

Lange konnte sie das, im Gegensatz zu dem besessenen Hund, nicht mehr durchhalten. Ihre Beine wurden schwer und taub. Sie musste sich wohl doch bald um eine geeignetere Sitzposition bemühen. Dann und wann verlor ihn Anna aus den Augen, da er unaufhörlich den Baum umrundete, sie sich aber nicht so weit drehen konnte, um hinter den Stamm zu blicken. Sie musste ausharren. Irgendwann würde er schon aufgeben – oder verenden. Man sagte doch, dass es nicht mehr lange dauern würde, wenn zumindest schon die Angst vor Wasser bemerkbar war. Mit all solchen Überlegungen wollte sich Anna Mut machen. Was gar nicht so einfach gelingen mochte, denn der Tod des Hundes konnte auch erst in ein paar Tagen eintreten. Bis dahin hatte sie nichts zu essen, und schlafen konnte sie hier oben im Geäst auch nicht. Dabei war sie jetzt schon erschöpft.

Anna steckte einen Finger in den Mund und schleckte daran, um die Rindenteilchen zu entfernen. Schließlich wollte sie das Auge davon befreien und nicht noch mehr hineinreiben. Durch den Tränenschleier beobachtete sie das Tier weiter. Anna hatte Angst. Für den Augenblick war sie zwar in Sicherheit – aber wie sollte es weitergehen? Schon sehr bald würde die Sonne vollständig untergehen. Dann würde eine lange, eine sehr lange Nacht folgen.

Der Hund war scheinbar erschöpft und ruhig. Er stand nur da – mit gesenktem Kopf – und hechelte mit heraushängender Zunge.

»Ist hier jemand? Helft mir – bitte!« Anna schrie mit aller Kraft in die nahende Dunkelheit, was den Hund erneut bis auf's Blut reizte. Sofort sprang er wieder kläffend am Stamm hoch. Er stützte sich mit den Pfoten an der rauen Rinde ab, knurrte Anna entgegen und fiel dann seitlich zu Boden, wo er zuckend in seinem eigenen Blut liegen blieb.

Anna begriff nicht sofort, was da gerade unmittelbar vor ihren Augen geschehen war. Der Hund regte sich nicht mehr. Um seinen Kopf hatte sich nur eine kleine, schwarze Lache gebildet. Der überwiegende Teil des Lebenssaftes versickerte wohl gleich in der weichen Schicht aus Tannennadeln. Im Hals steckte gut sichtbar ein Pfeil. Er war ohne großen Widerstand in das Fleisch eingedrungen, hatte wichtige Blutgefäße verletzt und war auf der anderen Seite wieder zum Vorschein gekommen. Sprachlos starrte Anna ungläubig auf den Kadaver hinunter und wandte sich dann langsam in die Richtung, aus der der Pfeil gekommen sein musste. Ein Mann mit einem Umhang stapfte durch das hohe Gras direkt auf sie zu. Er war eigentlich nur als schwarzer Schatten im Halbdunkel erkennbar. Anna rührte sich immer noch nicht. Sie war so verängstigt auf den Hund konzentriert gewesen, dass sie ihn gar nicht bemerkt hatte. Vorsichtig näherte er sich und hielt seine Armbrust schussbereit vor sich.

»Er bewegt sich nicht mehr. Ich glaube, dass er tot ist … Ihr habt ihn sicher getroffen.« Annas Stimme bebte.

»Nun … einem, der sogar dem Wymphener Schützenkönig den Preis abgenommen hat, dem sollte so ein Schuss wohl gelingen, oder?« Diese tiefe Stimme war ihr wohlbekannt, und ihr Magen fühlte sich mit einem Mal an, als hätte sie einen ordentlichen Schlag dorthin abbekommen. Anna entwich ein Stöhnen. Die Waffe immer noch bereit, angelte Michael nach einem abgebrochenen Ast, der neben ihm auf dem Boden lag. Dabei ließ er das Tier keinen Moment aus den Augen. Mit kräftigen Stößen bohrte er das Holz in das Fell. Kein Zucken. Nun konnte er sicher sein, dass der Hund tot war und niemandem mehr gefährlich werden konnte.

»Er hatte die Hundswut«, stellte Anna überflüssigerweise fest. Es war sicher nicht die erste Töle, die der Scharfrichter so gesehen hatte. Immerhin gehörte es zu seinen Aufgaben, Jagd auf herumstreunende und befallene Tiere auf Wymphener Gemarkung zu machen.

»Hat er dich gebissen?«, fragte er nur knapp. »Du hast ihn unabsichtlich genau im rechten Augenblick abgelenkt – dadurch konnte ich ruhig zielen und schießen.« Ohne den toten Hund weiter zu beachten, war Michael unter den Baum getreten, lehnte die Armbrust an den Stamm und spähte durch das Tannengrün nach oben. »Komm runter!«, befahl er wenig freundlich und immer noch angespannt.

Anna hockte bibbernd auf ihrem Ast. Wie kam sie jetzt am geschicktesten wieder nach unten? Wollte sie überhaupt nach unten? Was würde sie sich wohl anhören müssen? Sie schämte sich und sie hatte ein schlechtes Gewissen. Vorsichtig suchte ihr Fuß Halt auf dem darunterliegenden Ast. Da sie jedoch so gut wie kein Gefühl mehr in ihren Beinen hatte, glitt sie ab und fiel mit voller Wucht auf ihren Retter, der hart auf dem Boden aufschlug.

»Ah!«, stöhnte er laut auf. Anna hatte ihren Ellbogen grob in seine Rippen gebohrt. So schnell sie konnte, rollte sie von ihm herunter und wich zurück, als hätte sie sich verbrannt.

»Entschuldigung, ... es tut mir leid«, stammelte sie verlegen, rappelte sich auf und klopfte die Nadeln von ihrem Kleid.

»Was genau tut dir denn leid?« Anna sah sein Gesicht in der Dämmerung nicht mehr ganz deutlich, aber dass er zornig und verärgert war, hörte sie genau. »Dass du mir eben ein blaues Mal verpasst hast? Dass du uns belogen hast? Dass du undankbar warst? Dass du uns bestohlen hast? Dass du, ohne an die Folgen zu denken, einfach weggelaufen bist und wir jetzt, dank dir, für diese Nacht am tiefen Bach festsitzen?« Michael wurde immer lauter und redete sich in Rage.

Anna senkte verschämt den Kopf und ließ die berechtigten Vorwürfe auf sich niederprasseln.

»Deutlicher kann man seine Verachtung nicht zeigen.« Aufgebracht stapfte er vor ihr hin und her und schnaufte wütend.

Anna wusste nicht, was sie erwidern sollte, also hielt sie den Mund, um ihn nicht noch mehr zu verärgern. Ihren Plan konnte sie vergessen. Nichts würde es werden mit dem Gang nach Haydelberch. Jetzt hatte sie bei allen Misstrauen geweckt, und sie würden Anna sicherlich nicht mehr mit offenen Armen empfangen, geschweige denn noch einmal allein lassen. Sie würden diese Schmach nicht dulden. Der Scharfrichter würde sie morgen zurück nach Wymphen bringen und sie würde ihm folgen müssen – ihm, der den ganzen Weg gekommen war, nur um sie zu sich zurückzuholen.

Anna stand immer noch unschlüssig da. Stumm beobachtete sie, wie er all die Habseligkeiten einsammelte und dann mit Kraft und unterdrückter Wut in den Beutel stopfte, der immer noch auf der anderen Seite des Baches lag. Schließlich schulterte er ihn zusammen mit seiner Armbrust und dreht sich zu ihr um. Er hatte einen Entschluss gefasst.

»Der Weg nach Wymphen ist zu weit. Wir werden dem tiefen Bach folgen und im Wymphener Forst um einen Platz am Feuer bitten«, brummte der Schatten vor ihr mürrisch und ging voran. Er duldete keinen Widerspruch und er wartete nicht. Anna beeilte sich, ihm zu folgen. Keinesfalls wollte sie allein in der Nacht zurückbleiben. Im Dunkeln stolperte sie hinter ihm her, bis sie ihm plötzlich auf den Hacken trat und gegen ihn rempelte, weil er unerwartet stehen geblieben war. Er zog eine Fackel hervor, die er durch mehrere Schläge mit dem Feuerstein entzünden konnte. Hungrig leckten die Flammen an der in Pech getauchten Spitze. Michael hielt die Fackel vor sich nach unten in Richtung Boden. So wurde der Pfad, dem sie entlang des Baches folgten, etwas besser ausgeleuchtet – zumindest für ihn. Da sie aber hinter ihm in seinem Schatten lief, hatte Anna Mühe, nicht ständig auf dem unebenen Weg umzuknicken und zu fallen. Sie wagte jedoch nicht zu murren und gab sich Mühe, mit seinen ausholenden Schritten mitzuhalten.

Von der Umgebung war nichts zu erkennen. Der Vollmond würde in etwa zwei Wochen wieder sichtbar sein und erst dann des Nachts Licht spenden. Dennoch setzte er völlig sicher einen Fuß vor den anderen. Anna war gehörig außer Atem und sie fragte sich, wie lange sie wohl schon so marschiert waren. Noch mehr interessierte sie jedoch, wie lange sie noch unterwegs sein würden. Ihre Füße schmerzten und ihre Glieder schrien nach Erholung und Schlaf.

Der Weg kam ihr schier endlos vor. Inzwischen standen – soweit sie das im Fackelschein erkennen konnte – beiderseits des Weges hohe Bäume dicht an dicht. Vermutlich war dies der Wymphener Forst, den er erwähnt hatte.

Und? Was wollten sie jetzt hier – weit abseits der Stadt? Anna war zu müde, um sich weiter Gedanken darüber zu machen, aber als Michael stehen blieb und mit einem zischenden Laut einen Finger an seine Lippen legte, um sie ruhig zu halten, schielte sie doch neugierig hinter seinem Rücken hervor. Mit einem kräftigen Stoß hatte er die Fackel in das weiche Erdreich gebohrt und damit die Flamme erstickt. Durch die Bäume drang jetzt Stimmengewirr zu ihnen herüber und es roch nach Feuer und Gebratenem.

»Wo sind wir ... und vor allem, ... wer sind diese Männer?«, flüsterte Anna und ging, wie er, in die Knie und duckte sich, obwohl sie bezweifelte, dass sie auf diese Entfernung im Dunkel gesehen werden konnten.

»Ich bin mir nicht sicher, mich überrascht die Anzahl der Männer. Ich wusste durch die Sitzungen des Rats, dass momentan der Forstmeister Jerg Franck und der Felduntergänger Mathis Forler hier in der Hütte weilen, um nach dem Rechten zu sehen, aber das hier ... seltsam ... irgendetwas stimmt hier ganz und gar nicht.« Michael hatte leise gesprochen und dabei weiterhin wachsam zu der Hütte auf der kleinen Lichtung gesehen. Zwischen den Bäumen hindurch waren mehrere Feuer zu erkennen, um die sich viele schwarze Schatten bewegten.

»Was machen wir jetzt?« Annas Magen meldete sich mit lautstarkem Knurren. Ein Becher mit dünnem Wein gegen die trockene Kehle wäre jetzt auch nicht zu verachten.

»Wir statten den Männern einen Besuch ab – und hoffen auf ihre Gastfreundschaft und ihr Wohlwollen.« Damit erhob er sich und hielt geradewegs auf die nächtliche Versammlung zu. Anna folgte ihm mit einem mulmigen Gefühl und sah zu, dass sie immer in der Nähe des Scharfrichters blieb. Er bemühte sich erst gar nicht, leise zu sein. Im Gegenteil, Michael lief absichtlich am Rand des Weges, damit die trockenen Äste unter seinen Füßen mit knackenden Geräuschen barsten.

Bald würden sie die Dunkelheit verlassen und in den rötlichen Lichtkegel des äußersten Feuers treten.

»Wer da?« Man hatte sie bemerkt. In die Gruppe kam Bewegung. Die Gespräche verstummten und jeder griff neben sich, um sich mit Rechen, Knüppeln oder sonstigem Mitgebrachtem zu bewaffnen.

»Der Nachrichter zu Wymphen!«, gab sich Michael laut zu erkennen und trat auf die kleine Lichtung. Misstrauisch wurden die Neuankömmlinge, insbesondere die gut gekleidete Frau, die ihn begleitete, beäugt.

»Was sucht Ihr hier im Forst … mitten in der Nacht?«, maulte der Mann unfreundlich und spuckte aus, während er sich ihnen mit verschränkten Armen in den Weg stellte.

»Nun, das gleiche könnte ich Euch ebenfalls fragen. Jagen dürft ihr nicht, und für Holzarbeiten ist es meiner Ansicht nach zu dunkel. Und obwohl ich Beisitzer im Rat bin, ist mir ein auf den heutigen Sonntag festgelegter Waldruggerichtstag nicht bekannt.«

Verblüfft über die treffenden Argumente, die der Henker trotzdem ruhig und freundlich vorgetragen hatte, schnappte der Bauer nach Luft. Michael kannte ihn vom Sehen. Auch im restlichen Haufen tauchten hier und da bekannte Gesichter aus der Wymphener Umgebung auf, die er schon dann und wann auf den Märkten angetroffen hatte. Aber wer hatte sie alle hier versammelt? Und warum?

»Wer ist denn die da?« Die Frage aus einer der hinteren Reihen riss ihn aus seinen Gedanken. Sie war nicht direkt an ihn gerichtet, aber es schien niemand zu stören, dass er sie, und auch die Antwort darauf, überdeutlich hörte.

»Das ist die Zugereiste, die ihren Stiefvater – den Ratsherrn Brel – vergiftet hat … und jetzt ist sie das Weib von dem da.«

Anna wurde übel. Sie spürte die Blicke wie tausend Nadelstiche und hätte sich am liebsten umgedreht, um in der Finsternis zu verschwinden.

Beinahe schien es so, als hätte er ihre Gedanken erraten, denn Michael tastete nach ihrem Arm und schob sie durch die zurückweichende Menge in Richtung Forsthütte, neben der ein verwaistes, kleineres Feuer brannte. Die Männer würden es hoffentlich dulden, dass sie sich hier niederließen – und tatsächlich erhob keiner Einwände.

Anna lehnte mit dem Rücken an den Stämmen, aus denen die Hütte gebaut worden war. Stöhnend streckte sie die schmerzenden Füße den wärmenden Flammen entgegen. Nacheinander zog sie sich die Schuhe aus und knetete Knöchel, Ferse und Ballen. Verstohlen sah sie zu ihrem Mann hinüber. Er kramte scheinbar teilnahmslos Essen aus seinem Beutel. An seinem ernsten Gesichtsausdruck und der Falte, die unübersehbar auf seiner Stirn erschienen war, konnte sie aber erkennen, dass er den Gesprächen ringsum trotzdem genau und aufmerksam folgte. Anna schielte auf das Brot, das jetzt auf seinem Schoß lag und nur darauf wartete, mit einer dicken Scheibe gesalzenem Fleisch belegt zu werden. Das Wasser lief ihr im Mund zusammen – aber sie würde standhaft bleiben. Sie würde nicht angekrochen kommen, darum bitten, sich erniedrigen und ihm die Genugtuung ermöglichen, ihr das Erbetene zu verweigern. Und das würde er ihrer Meinung nach bestimmt tun. Sicher war er immer noch wütend auf sie – und eigentlich ja auch zu Recht. Sie würde durchhalten. Auch wenn es eine Qual war und sie sich schon ganz schwach fühlte. Am besten schnell einschlafen.

Gerade war sie im Begriff, sich auf der Seite zusammenzurollen und auf dem festgetretenen Waldboden eine einigermaßen bequeme Stelle zu finden, als ihr ein Stück Brot und Fleisch direkt unter die Nase gehalten wurden. Zögernd griff sie danach. Er hatte es ihr wortlos und wie selbstverständlich gereicht. Jetzt lehnte er sich auch zurück, schlug die Beine über und kaute mit vollen Backen, ohne sich weiter um Anna zu kümmern, die, ohne sich zu bedanken, hungrig zu essen begann.

»War dir das Kleid meiner Schwester denn nicht gut genug?«, kam es nach einer Weile spöttisch. »Jetzt hast du zwar wieder dein eigenes an – aber ist dir das denn nicht zu schade für eine Nacht im Dreck?« Michael hatte sich diese Bemerkungen nicht verkneifen können. Er war immer noch verletzt und aufgewühlt und hin- und hergerissen. Er hatte sich große Sorgen gemacht, aber die Erleichterung, dass er sie wohlbehalten gefunden hatte, wurde getrübt durch die Zweifel. Wie sollte es weitergehen? Hatte er ernsthaft erwartet, dass sie sich nach der Freibitte mit Freude in ihr neues Leben fügte? Was, wenn das nie der Fall sein würde? Sie würde mit der Zeit daran zerbrechen – wie ein gefangenes Tier. Dann wäre es doch besser gewesen, er hätte zum Schwert gegriffen.

Anna antwortete ihm nicht, sondern drehte nur den Kopf weg. Zu spät allerdings. Er hatte die glitzernde Träne schon gesehen. Natürlich tat es ihm leid, aber im Moment fand er keine tröstenden Worte. Wahrscheinlich war es sowieso wichtiger, unauffällig ein Ohr und ein Auge auf diesen Haufen zu haben. Michael wickelte sich in seinen Umhang, streckte sich am Feuer aus und achtete darauf, dass sein Gesicht im Schatten lag. So konnte er die Männer beobachten, obwohl es so aussah, als würde er schlafen. Er ließ seinen Blick durch die Runde schweifen. Bauern – einfache Männer, die es gewohnt waren, ihre Felder zu bestellen. Aber auch vereinzelt Handwerker aus der Gegend. Menschen, die ihr täglich Brot mit der Arbeitskraft ihrer eigenen Hände verdienten.

»Wann kommt er denn? Wollte er nicht schon längst hier sein?«, rief einer aus. Michael konnte sich keinen Reim darauf machen. Wer war gemeint?

»Er wird sich schon noch blicken lassen«, versuchte der Forstmeister Jerg Franck, den Ungeduldigen zu beschwichtigen, der sich durch den Wein zu fortgeschrittener Stunde nicht mehr so ganz im Zaum hatte. Er trat in die Mitte und richtete sich an die, die die Neuigkeit noch nicht erfahren hatten.

»Indes kann ich euch noch berichten, dass ich nach meiner Rückkehr nach Wymphen beim Rat einige Missetaten zu beklagen habe. Die Bewohner von Bargen haben trotz meiner Ermahnungen wiederholt Schweine aufgetrieben. Diesen Waldfrevel werde ich vom Gericht ahnden lassen. Denn zu alledem hat es Michael von Helmstatt mit einigen Gefolgsleuten gewagt, die unsrigen mit Waffengewalt davon abzuhalten, die Waldfrevler zu verfolgen!«

Unter den anwesenden Bürgern Wymphens erhob sich protestierendes Murren.

»So konnten sie unerkannt in ihr Dorf entkommen. Den Rat wird das wenig freuen. Also habe ich die Bitte, dass ihr morgen, wenn ihr in eure Häuser und auf eure Höfe zurückkehrt, die Augen offen haltet und mir sofort jeden weiteren Verstoß der Anrainer meldet!«

Der Appell wurde mit Beifall und Pfiffen aufgenommen.

»Michael von Helmstatt soll sich bloß nicht zu viel herausnehmen! Eigentlich müsste ihm sein Bruder Conrad als mahnendes Beispiel vorstehen. Der wurde schon vor drei Jahren gefangen gesetzt. Inzwischen dürften ihm seine Schmähungen im Halse stecken geblieben sein«, meldete sich die Stimme von vorhin aufwiegelnd zu Wort. »Das gilt nicht nur für die von Helmstatt! Einige andere sollten sich ebenfalls nicht zu viel herausnehmen!«

Michael musste den Kopf leicht drehen, um den Mann zu sehen, der die Lichtung betreten hatte. Er war von kräftiger Statur und die Männer traten zurück, um ihm respektvoll eine Gasse zu öffnen. »Das ist der Rohrbach.«

»Der Jäckle ist da, … wurde aber auch Zeit.«

»Er ist immer streitlustig, … aber jetzt geht's Michaelis entgegen, … da schwillt ihm eh schon wieder der Kamm wegen der Kleriker«, flüsterte es aus allen Richtungen. Aufmerksam beobachtete Michael den charismatischen Mann, der mit geschwellter Brust an eines der Feuer getreten war, um sich von der dort köchelnden Suppe zu nehmen. Er war sich der Aufmerksamkeit, die ihm zuteil wurde, durchaus bewusst. Genüsslich löffelte er die heiße Flüssigkeit, ehe er sich mit lauter Stimme an die Anwesenden wandte.

»Ich habe den Jerg gebeten, einige von hier zusammenzurufen. Den Teil aus dem Hailbruner Raum habe ich übernommen, und wie man sieht, seid ihr unseren Aufrufen zahlreich gefolgt. Ob ihr im Anschluss einige eurer eigenen Forstangelegenheiten beredet, ist mir gleich. Jetzt habe ich erst einmal ein brennendes Anliegen, das euch genauso betrifft.« Er stemmte die Arme in die Seiten und schlenderte um das Feuer. »Ich sehe hier mir bekannte Männer aus Böckingen … Böllingen … und der Jerg Franck hat mir gesagt, dass auch welche aus Babstadt, Wagenbach und Siegelsbach anwesend sein sollen.«

Die Einwohner der angesprochenen Dörfer hoben die Hände, um sich zu erkennen zu geben.

»Gut.« Jakob Rohrbach nickte zufrieden. »Wir alle haben eines gemeinsam: Wir bewirtschaften Höfe, an denen das Chorherrenstift zu Wymphen im Tale Besitzrechte hat, die wir jahrein, jahraus zu vergelten haben.« Verärgert begann er aufzuzählen: »Bei mir sind das an Michaelis je fünf Malter Roggen und Dinkel, sechs Malter Hafer und zwei Gänse … hinzu kommt noch ein Huhn an Fastnacht«, vervollständigte er spöttisch die Reihe, um dann später etwas nachdenklicher fortzufahren. »Ein weiterer Mitstreiter kann heute leider nicht unter uns weilen … der Peter Abrecht ist verstorben.« Ein Raunen ging um, aber Rohrbach hob beschwichtigend die Arme. »Seine Witwe hat sein Erbe als Hofmännin angetreten. Sie hat mir zugesichert, dass sie nicht nachgeben wird – beim Grabe ihres Mannes. Selbst das Vorenthalten der Weide- und Wasserrechte konnte sie bislang nicht dazu bewegen, die Schatzungen zu begleichen! Möge sie weiterhin standhaft bleiben – ich bleibe es auch!« Siegessicher riss Rohrbach einen Arm nach oben und sog den Beifall auf.

Beunruhigt lag Michael auf dem Boden und spürte die Welle der Begeisterung, die um sich griff. Er sah den Eifer in den Augen der Männer, die zustimmend nickten und klatschten. Hier braute sich etwas zusammen. Er konnte nur noch nicht genau sagen, was es war. Er wollte sich gar nicht vorstellen, was vielleicht noch daraus entstehen mochte.

»Es gibt so einiges, das fälschlich gehandhabt wird und meiner Meinung nach nicht rechtens ist. Wie steht es zum Beispiel mit der zu hohen Gült? Oder den Frondiensten und der Bürgergabe, die oft beliebig verteilt wird und den höheren, wenngleich nicht besseren Herren bevorzugt zusteht? Wir werden geschröpft! Ich sage euch – das muss ein Ende haben!« Laute Zurufe hallten durch den Wald. »Wer nicht hören will, muss fühlen!«

Die begeisterten Zuhörer umringten den Redner, bekundeten ihre Zustimmung und klopften Jakob Rohrbach anerkennend auf die Schulter. Für den Rest der Nacht wurden Diskussionen geführt, bis endlich zu vorangeschrittener Stunde Ruhe auf der Lichtung der Forsthütte einkehrte.

SANKT GANGOLF

– MONTAG, 10. AUGUST 1523 –

Michael fröstelte ein wenig. Sein Umhang wärmte in der kühlen, feuchten Waldluft nicht besonders. Er hatte trotz des harten Bodens tief und fest geschlafen, aber jetzt erwachte der Forst langsam zum Leben, und Zwitschern, Trällern und Kuckucksrufe drangen an sein Ohr und irgendwo in der Nähe erklopfte sich ein Specht seine erste Mahlzeit. Verschlafen streckte er seine Beine, die leise raschelnd über den Boden schabten. Er spürte keine Wärme mehr. Das Feuer, an dem sie sich niedergelassen hatten, war sicher schon vor Stunden erloschen. Anna! Michael riss die Augen auf. Er hatte so tief geschlafen, dass es ihr ohne Weiteres möglich gewesen wäre, sich in der Nacht erneut davonzumachen.

Die Haube war ihr vom Kopf gerutscht und entblößte die kurzen, goldfarbenen Strähnen, in denen sich trockene Laubreste verfangen hatten. Ihr Gesicht war kaum eine Handbreit von seinem entfernt. Sie musste sich im Schlaf zu ihm gedreht haben, denn freiwillig würde sie wohl kaum seine Nähe suchen. Jetzt bemerkte er auch den warmen Atem, der stetig über seine Hand strich. Mit geschlossenen Augen hätte man das Kitzeln ebenso für Waldgetier halten können. Sein Herzschlag verlangsamte sich wieder, als er sich zusehends entspannte. Sie lag immer noch hier neben ihm! Ihre Schultern hoben und senkten sich gleichmäßig.

Er sah sie sich im morgendlichen Dämmerlicht genau an. Die im Schlaf blassen Wangen, die sich – wie er nur zu gut wusste – in den unterschiedlichsten Rottönen verfärben konnten, wenn sie sich ereiferte. Die hellen, langen Wimpern an den Lidern, die das Blau ihrer Augen verdeckten, und die winzige Ameise, die mühsam in den Haaren auf und ab krabbelte. Jede Linie ihrer Haut, jede noch so geringe Kleinigkeit saugte er in sich auf, und die Erinnerung holte ihn wieder ein.

Gerade als er sich vorbeugen wollte, um ihre Lippen zu küssen, die sich ihm leicht geöffnet beinahe anboten, wurde ihm wieder bewusst, wo sie sich befanden. Sie waren nicht allein. Überall lagen Männer um die mit grauer, kalter Asche bedeckten Feuerstellen und schnarchten oder hatten sich eben aufgerappelt, um sich hinter dem nächsten Busch zu erleichtern. Wenn er sich nun einen Kuss stahl, würde sie – schlaftrunken wie sie war – wahrscheinlich wer weiß was tun. Vermutlich fing er sich vor dem ganzen Haufen eine schallende Ohrfeige ein. Schweren Herzens ignorierte er das warme Gefühl, das ihn durchflutete und überlegte, was zu tun war. Er würde ihr nur noch wenige Augenblicke gönnen. Dann mussten sie sich auf den Rückweg machen.

Ein wenig bewegte sie sich und kam langsam zu sich. Schnell schloss Michael seine Augen wieder und stellte sich schlafend. Er wollte nicht dabei ertappt werden, wie er sie beobachtet hatte. Anna wusste erst gar nicht, wo sie war. Mühsam verlagerte sie ihr Gewicht und bewegte vorsichtig die schmerzende Schulter, auf der sie bestimmt die halbe Nacht gelegen hatte. So leise wie möglich rutschte sie von ihm weg. Eilig zog sie die Haube über und gab sich alle Mühe, die neugierigen Blicke der Männer nicht zu beachten. Glücklicherweise schlief der eine neben ihr ja noch. Er hatte sich in seinen Umhang eingewickelt und rührte sich trotz der zunehmenden Geschäftigkeit auf der Lichtung kein bisschen. Verschlafen sah Anna auf ihn hinab. Seine Haare standen wirr in alle Himmelsrichtungen und er wirkte ruhig und entspannt. Anna seufzte. Dieser Zustand würde sich mit Sicherheit sofort ändern, sobald er erwachte und sich seiner törichten Ehefrau gegenübersah.

Nein, sie würde ihn nicht wecken. Seinen anklagenden Blick wollte sie noch so lange wie möglich vermeiden. Etwas steif stand Anna auf, zupfte ihren Rock zurecht und schüttelte den Umhang der Gröplerin aus. Auf Zehenspitzen schlich sie hinter die Hütte, um sich ungestört zu erleichtern. Als sie wieder zu ihrem Schlafplatz zurückkehrte, war er wach und kramte in dem Beutel. Er hob nur kurz den Blick, um ihr grüßend zuzunicken.

»Ich wollte nicht weglaufen, … ich war nur da hinten«, rechtfertigte sich Anna noch auf dem Weg zu ihm und zuckte entschuldigend die Achseln. Er erwiderte nichts. Stumm machte er sich zum Abmarsch bereit. Anna hatte nicht einmal Zeit, ihre Schuhe mit Blattwerk auszupolstern, um ihre geschundenen Füße zu schützen. Der Weg nach Wymphen würde beschwerlich werden.

Außerhalb des Forstes konnte die Sonne ihre ganze Kraft entfalten. Schon seit Stunden brutzelten sie in der Hitze. Ohne an Geschwindigkeit zu verlieren, marschierte Michael stramm vorweg, und Anna keuchte mit rotem Kopf hinterdrein. Er hatte an diesem Tag noch kein einziges Wort mit ihr gesprochen – gerade so, als wäre sie gar nicht da. Unaufhörlich ließ er sie spüren, was sie da für einen Unsinn gemacht hatte. Immerhin musste er wegen ihr sein ganzes Taggeschäft vernachlässigen und überall fehlte seine helfende Hand.

Inzwischen begann Anna schon zu humpeln. Ihre Füße schwitzten und rieben sich noch mehr auf. Es fühlte sich an, als würde sie auf ihrem eigenen Fleisch laufen. Eisern biss sie sich auf die Lippen – sie würde nicht um eine Rast bitten!

Anna schickte ein Stoßgebet gen Himmel. Die Gegend kam ihr wieder bekannter vor. Bald würden sie Wymphen erreicht haben. Zumindest die körperlichen Qualen würden dann ein Ende haben. Ihm schien der lange Marsch nicht das Geringste auszumachen. Sie beneidete ihn fast. In der Hitze des Tages konnte er sich als Mann dadurch Erleichterung verschaffen, dass er sein Hemd auszog und die Hosenbeine hochwickelte. Anna hingegen musste in ihren schweißgetränkten Stoffen ausharren. Verstohlen beobachtete sie, wie bei jeder Bewegung, bei jedem Schritt, die jeweils beanspruchten Muskeln hervortraten. Als er sich nach ihr umsah, wandte sie gerade noch rechtzeitig verschämt den Blick ab. Anna beschwichtigte sich selbst. Sie tat ja nichts Sündiges oder Unreines. Er lief direkt vor ihr! Sie hatte schließlich gar keine andere Möglichkeit, als ihn anzusehen!

»Wir sind da!«, entfuhr es Anna, als die Mauern der Stadt in der Ferne auftauchten. Sie wischte sich die Stirn trocken und schnaufte. Den ganzen Tag waren sie unterwegs gewesen. Trotzdem war sich Anna nicht sicher, ob sie jetzt am Ende ihrer Reise erleichtert sein sollte oder nicht. Michael ging langsamer und langsamer, bis er schließlich ganz stehen blieb.

»Was ist?« Unsicher sah Anna zu ihm hinüber. Er starrte zum Speyrer Tor, biss sich auf die Unterlippe, sagte aber kein Wort. Dann glitt sein Blick an der Mauer entlang zum Nekker.

»Wir gehen nicht durch die Stadt – wir werden die Steige nehmen.«

»Die Steige? Warum sollten wir dort entlanggehen? Wir müssen durch das Tor, um zum Haus zu gelangen!« Anna verstand gar nichts mehr. Das Ende der Strapazen endlich vor Augen, hatte sie geglaubt, dass sie bald verschnaufen und ausruhen konnte – egal wie der Empfang im Hause des Scharfrichters ausfallen würde.

»Wohin gehen wir?«, rief sie, denn er hatte ihr bereits den Rücken zugewandt und die Straße verlassen, um den Pfad über die Weide einzuschlagen. Wut stieg in ihr auf. Schnell hatte sie ihn eingeholt und stellte sich ihm in den Weg. »Sagt mir sofort, wohin wir gehen!«, schrie sie ihn zitternd an.

»Hast du mir denn gesagt, wohin du gehst? Nein, hast du nicht!«, zischte er Anna gereizt an.

Mit bebendem Kinn stand sie vor ihm und blitzte ihn wütend an. Ohne darüber nachzudenken, benutzte sie seinen Rufnamen. »Michael! … Wohin?«, fauchte sie, und gerade als er in einem Bogen um sie herumlaufen wollte, versuchte Anna, ihn am Arm festzuhalten, um ihn am Weitergehen zu hindern. Sie rutschte mit ihren schweißigen Händen ab und ein paar rote Striemen zogen sich über seine Haut.

»Ah!« Überrascht betrachtete Michael die Kratzer auf seinem Arm. Aus einem quoll sogar ein kleiner Blutstropfen. Erschrocken wich Anna zurück, als er zornig auf sie zukam.

»Wenn ich gewusst hätte, was für ein widerspenstiges und zänkisches Weib du bist, hätte ich dich nicht freigebeten!«, schrie er aufgebracht. Seine Geduld wurde wahrlich auf eine harte Probe gestellt.

»Du hättest mich lieber getötet? Nur zu, dann tu es doch jetzt! Ich wünschte, du hättest es getan, als du die Gelegenheit dazu hattest – dann wäre ich jetzt nicht das Weib eines Henkers!«

»Es war deine Entscheidung – du hattest die Wahl!«

»Ja, die hatte ich, … das erste Mal im ganzen Prozess!« Aufgebracht standen sich die beiden schwer atmend gegenüber. So lange, bis sich ihre Gemüter allmählich wieder beruhigten.

»Wenigstens hast du mich eben bei meinem Taufnamen genannt – auch wenn es wohl eher unabsichtlich und aus Wut geschah.« Erschöpft fuhr sich Michael durch die dichten Haare.

»Ich ... ich ... will trotzdem wissen, wohin du mich bringst«, stammelte Anna und verlangte endlich eine Antwort auf ihre Frage.

»Ich bringe dich weg von hier. Ich denke, dass du mit etwas Abstand von all dem hier deinen Weg in dein neues Leben schon finden wirst. Wir werden der Familie meiner Mutter einen Besuch abstatten.« Damit zog er sich sein Hemd wieder über und folgte dem schmalen Pfad, der durch Hecken und Unterholz hindurch in steilen Windungen hinunter zu den Bleichwiesen und dem Nekkerufer führte.

»Aber ... wo ist das ... und wie weit? Und was ist mit deiner Familie? Sie wissen doch jetzt gar nicht, was du vorhast! Werden sie sich denn keine Sorgen machen und auf uns ... dich ... warten?«, gab Anna zu bedenken. Sie war müde, hatte Schmerzen und kämpfte mit sich, um nicht in Tränen auszubrechen.

»Mach dir darüber keine Gedanken. Wenn der städtische Scharfrichter übersetzt, dann wird der Fährmann schon dafür sorgen, dass es sich herumspricht.«

Sie bahnten sich ihren Weg durch das kniehohe, saftig grüne Gras, das auf einem breiten Absatz etwas oberhalb der Wassergrenze wuchs und sanft hin- und herschaukelte. An der Furt mussten sie warten, bis Martin Vörg mit seiner Fähre anlegte.

»Ich kann nicht mehr weit laufen, ... sie sind schon ganz wund.« Anna hatte sich mit verzerrtem Gesicht hingesetzt, um ihre Füße zu entlasten. Vorsichtig zog sie sich die Schuhe aus. Das Leder hatte an der empfindlichen Haut gerieben und gescheuert. Mehrere große Blasen hatten sich gebildet, mit Wasser gefüllt und waren dann aufgeplatzt. Jetzt hing die Haut in weißen Lappen herab und entblößte das rote Fleisch darunter.

Bereitwillig ließ sie zu, dass Michael sich die offenen Stellen ansah. Mit einem kurzen Blick über die Schulter prüfte er, wie viel

Zeit ihm noch bleiben würde, ehe die nächste Überfahrt begann. »Warte, … hier am Ufer wächst die Pestwurz. Ich werde schnell ein paar Blätter sammeln.« Er verschwand im Buschwerk, kam aber bald wieder mit dem großflächigen Grünzeug zurück. Geübt entfernte, beziehungsweise glättete er die dicken Blattadern und wickelte das kühle Grün dann vorsichtig um Annas zierliche Füße, die angenehm zu pochen begannen.

»Halte das fest«, gab er ihr kurz eine Anweisung, ehe er den Lappen unten am Steg ins Wasser tunkte und zusätzlich noch über die Blätter wickelte. Jetzt hatte Anna zwar Schwierigkeiten, wieder in ihre Schuhe zu passen, aber wenigstens konnte so nichts verrutschen.

Sie folgten dem Flusslauf der Jaxt – auf dem gleichen Weg, auf dem sie gekommen war, verließ Anna die Markung der Stadt Wymphen.

»Wie weit ist es denn noch?«, fragte Anna vorsichtig bei ihrem wortkargen Begleiter nach.

»Siehst du den hohen, runden Turm dort auf der anderen Flussseite? Den müssen wir noch passieren. Irgendwo danach gibt es in der Nähe von Nydenau eine Möglichkeit, die Jaxt zu überqueren, und schon befinden wir uns auf der Fernstraße, die nach Nuremberga führt. Ihr müssen wir noch ein paar Stunden folgen – bis Meckmul.«

Anna wunderte sich über die genaue Auskunft. Anscheinend verflog sein Ärger langsam.

»Das hört sich noch ziemlich lange an – und es wird schon bald wieder dunkel. Schaffen wir denn den ganzen Weg rechtzeitig vor Einbruch der Nacht?«

»Nein.« Offensichtlich war er wieder zu seiner Einsilbigkeit zurückgekehrt.

Anna quälte sich bei jedem Schritt. Sie kamen nur noch langsam vorwärts. Wenigstens hatte die Hitze des Tages nachgelassen. Inzwischen wehte ein laues Lüftchen am Ufer und schaffte ein wenig Erleichterung.

»Nydenau liegt jetzt hinter uns. Der Weg führt weiter in das nächste Dorf – aber für heute ist es genug.« Michael war stehen geblieben und betrachtete die Umgebung. Anna entfuhr ein leiser Seufzer. Endlich.

»Dort vorne können wir uns in der Kapelle beim Sankt Gangolfsbrunnen für die Nacht einrichten.«

Annas Augen folgten seinem ausgestreckten Arm. Unterhalb von Weinbergen, die zur Jaxt hin leicht abfielen, lag die kleine Kapelle in der Abendsonne. Mit zusammengebissenen Zähnen brachte sie auch das letzte kurze Wegstück gerade noch so hinter sich, um sich dann erschöpft ins Gras fallen zu lassen. Die Mauer, die die Kapelle umgab, wurde hier von einer breiten Treppe unterbrochen. Für diese letzten Stufen, unmittelbar vor dem eigentlichen Ziel, fehlte Anna die Kraft. Sie wollte nicht mehr – und sie konnte nicht mehr. Und wenn sie die Nacht hier im Freien verbringen musste – es war ihr egal. Michael ging weiter zu der mit Steinen eingefassten Quelle. Mit seinen zu einer Schale geformten Händen schöpfte er mehrmals von dem klaren Wasser, um zu trinken. Nachdem er den größten Durst gestillt hatte, entledigte er sich seiner Lasten, tauchte mit dem ganzen Kopf unter, um kurz darauf prustend wieder aufzutauchen. Anna blinzelte. Die winzigen Silbertröpfchen spritzten bis zu ihr herüber, als er seinen Kopf kräftig schüttelte. Er strich sich die nassen Haare aus dem Gesicht, kramte seinen Krug hervor und reichte ihn Anna gefüllt. Er hatte keinen Deckel – wie sie es sonst gewohnt war. Er gehörte also unübersehbar einem Scharfrichter. Im Moment jedoch störte es sie nicht im Geringsten, aus dem gleichen Gefäß wie er zu trinken. Gierig schluckte sie. Als sie wieder Luft holte, war der Krug bereits zur Hälfte geleert.

»Wo sind wir hier?« Anna sah sich um. Von ihrem Sitzplatz aus war es nicht sonderlich weit bis zum Turm, in dem sich oben die Glockenstube und unten das Kapellenportal befand.

»Das ist der Brunnen des Heiligen Gangolf – Schutzpatron der Reiter und Pferde. Jedes Jahr pilgern Bauern aus der Umgebung hierher, um ihre Pferde und ihr Vieh mit gesegnetem Wasser zu tränken und zu waschen.« Michael hatte sich auf der obersten Stufe niedergelassen und erzählte Anna, was er über diesen Ort wusste. »Auch Kranke nehmen den Weg auf sich, um durch das Wasser Heilung zu erfahren. Deswegen liegen dort am Eingang Krücken und Gehstöcke aus Holz, die zurückgelassen wurden.«

Er nickte zu dem Gestell hinüber, auf dem das Gehölz mehr oder weniger ordentlich aufgeschichtet worden war.

»So weit hier draußen?«

»Hier ist eben die Quelle. Aber die Kapelle stand nicht immer so verlassen. Es gab hier wohl früher eine Ansiedlung, die aber wieder aufgegeben wurde. Warum, weiß ich nicht.«

Nervös rieb er sich den Nacken. Anna hatte sehr wohl schon bemerkt, dass er unruhig wurde, und sie konnte sich auch denken, weswegen. Die Sonne ging unter, und da sie ihr Nachtlager hier aufschlagen würden, war es eigentlich Zeit, etwas zu essen. Allerdings war nichts mehr übrig. Es war seine Aufgabe, für die Familie beziehungsweise für seine Frau zu sorgen und sie nicht hungern zu lassen. Schon an dieser doch recht simplen Aufgabe, die einem Ehemann oblag, scheiterte er. Anna hatte nicht die Absicht, ihn bloßzustellen, indem sie nach einer Mahlzeit verlangte. Also gähnte sie ausgiebig und streckte sich träge.

»Es war ein langer Tag. Ich schlafe schon im Sitzen ein. Ich sollte es mir einfach bequem machen, schlafen und meinen Füßen endlich ein wenig Erholung gönnen.« Anna wich seinem nachdenklichen Blick aus. Er hatte sie durchschaut, spielte aber mit.

»Oh ... äh, ... warte!« Er eilte mit seinem Umhang in die Kapelle. Ehe Anna sich jedoch aufrappeln konnte, war er an ihrer Seite, legte seine Arme unter ihren Rücken und die Beine und hob sie ohne große Mühe hoch. Erschrocken über die plötzliche Nähe, krallte sich Anna an seinem Hemd fest und hielt die Luft an. An seinem roten Ohr konnte sie erkennen, dass es für ihn wohl auch keine Belanglosigkeit war. Mit ihr auf den Armen zwängte er sich seitwärts durch den steinernen Rahmen, der nach oben hin spitzer zulief. Staunend begutachtete Anna dabei die hölzerne Tür. Dicht an dicht war sie von oben bis unten mit Hufeisen beschlagen. Einige von ihnen sahen noch recht neu aus – andere hingegen hatten sich durch die Witterung, der sie ständig ausgesetzt waren, schon dunkel verfärbt, und ihre Oberfläche war rau geworden. Um jeden Platz auszunutzen, waren die Enden in die Bogen der benachbarten Eisen eingefügt worden.

Kühle Luft schlug ihnen entgegen und Anna war dankbar, dass er über die Bank, die er wohl als ihr Nachtlager ausgesucht hatte, den Mantel gelegt hatte. Er würde zusätzlich wärmen und die Nacht auf dem Holzbrett erträglicher machen. Vorsichtig setzte er sie ab und achtete darauf, dass ihre wund gelaufenen Füße nirgends anschlugen. Geschäftig verschwand er gleich wieder ins Freie und ließ sich zu ihrem Erstaunen auch nicht mehr blicken. Seufzend legte Anna die Beine hoch. Einen Teil des Umhangs schob sie zusammen, um daraus eine Unterlage für ihren Kopf zu formen. Wohlig eingewickelt betrachtete sie die Decken- und Wandmalereien. Im Chorgewölbe hatte der Maler das Weltgericht dargestellt. An den Wänden folgten Bildnisse von verschiedenen Martyrien, die die Heiligen erleiden mussten. Ebenso war die Kapelle mit schön gestalteten Altären ausgestattet – Schreine mit Figuren, Altarflügel mit Bildern.

Annas Augen brannten im dämmrigen Licht. Ihr Körper wurde schwer und ihre Muskeln erschlafften. Ohne sich dagegen wehren zu können, versank sie im Schlaf.

Anna bekam keine Luft. Es war dunkel und irgendetwas hatte sie fest umschlungen! Hektisch schlug sie um sich. Ihre Arme wurden festgehalten. Es war genau wie in der Arrestkammer des Ratshauses. Die Erinnerung versetzte sie in Panik und ließ sie aufstöhnen. Anna setzte sich mit aller Kraft zur Wehr.

»Halt still!« Der Mann war über ihr. Sie trat nach ihm.

»So beruhige dich doch!« Michael zog kräftig an dem Umhang, in dem sie sich verwickelt hatte, und Anna rollte auf den kalten Steinboden. Mit angstgeweiteten Augen stierte sie ihn an. Nur ganz langsam wich die Panik. Keuchend setzte sie sich auf und hielt sich den schmerzenden Schädel.

»Was ist los? Was ist mit mir passiert?« Noch immer schlaftrunken, konnte sie sich nicht orientieren und das Geschehene einordnen.

»Du hast geschrien – vermutlich hast du schlecht geträumt. Ich habe dich draußen gehört. Als ich hier ankam, lagst du schon auf dem Boden und hast mit dem Umhang gekämpft. Ich wollte dir helfen, aber du bist nur noch hysterischer geworden.« Michael saß ihr gegenüber. Natürlich war es ihm nicht entgangen, dass sie sich den Kopf rieb, und er musterte sie besorgt.

»Ich glaube, das gibt eine Beule.« Verlegen deutete Anna auf die Stelle und zog sich die Haube wieder über. In der Kapelle konnte man bereits Umrisse und Schatten unterscheiden. Die Sonne war im Anmarsch.

»Wenn wir gleich aufbrechen, sind wir wahrscheinlich um die Mittagszeit in Meckmul.« Michael war aufgestanden. Für einen kurzen Moment war er versucht, Anna seine Hand zu reichen, um ihr aufzuhelfen. Er überlegte es sich jedoch anders und verließ die Kapelle ohne ein weiteres Wort. Als Anna endlich nach draußen trat, war er schon bereit aufzubrechen. Wartend saß er am Rand der Quelle und spielte mit einem langen Grashalm.

»Was für andere gut war, kann für mich doch auch nicht schlecht sein.« Mit einem Seitenblick auf das Gestell mit den Krücken schlurfte sie zum Gangolfsbrunnen und tauchte die Bandagen in das kalte Wasser. »Oh!« Das Wasser war wirklich kalt. Michael half ihr und prüfte zudem, ob auch wirklich keine Falten entstanden waren, die vielleicht noch mehr Blasen verursachen konnten. Dann ging es weiter flussaufwärts.

Beinahe an jeder Biegung änderte die Jaxt ihr Gesicht. Mal floss das Wasser gurgelnd und schäumend in einem breiten Bett über die Steine hinweg, mal fiel die Uferböschung steil ab, und unter der ruhigen, dunklen Oberfläche, auf der kleine Strudel tanzten, konnte man die Tiefe des Wassers nur erahnen. So wie an der Stelle, an der sie gerade standen. Michael hatte die Straße verlassen und war einem zugewucherten Pfad gefolgt, der geradewegs zum Wasser führte. Anna folgte ihm mit einem unguten Gefühl. Sie konnte nicht schwimmen. Was also sollte sie dort unten? Misstrauisch blieb sie in sicherer Entfernung stehen.

»Wir müssen auf die andere Seite. Dort verläuft die Straße nach Meckmul – und weiter nach Nuremberga. Um die Münzen an der Furt einzusparen, wurde hier von denjenigen, die nur zu Fuß unterwegs sind, ein weiterer Übergang geschaffen.« Er hatte ihr Zögern bemerkt und winkte sie jetzt zu sich heran. »Aber … ich, … wie sollen wir da rüberkommen?«, fragte Anna zögernd, konnte es sich allerdings schon denken, als sie die beiden Taue sah, die zwischen zwei dicken Baumstämmen über den Fluss gespannt waren. »Ich kann das nicht«, flüsterte sie und schüttelte abwehrend den Kopf. Wenn sie schon Probleme hatte, von einer Tanne herunterzusteigen – wie sollte sie dann das hier bewerkstelligen? Kein fester Untergrund, sondern tiefes Wasser, das ständig in Bewegung war. Ganz sicher würde ihr schwindelig werden, sie würde abrutschen, untergehen und jämmerlich ertrinken. Ihr Herzschlag beschleunigte sich.

»Es ist ganz einfach«, versuchte Michael, sie zu beruhigen. »Du stellst dich mit beiden Beinen auf das untere Seil. Mit den Händen hältst du dich am oberen fest. Dann gehst du mit kleinen Schritten bis ans andere Ufer. Den Kopf gerade halten und nicht nach unten sehen – dann geht es schon. Siehst du? So!« Er machte den Anfang und führte alles genau so aus, wie er es zuvor beschrieben hatte. Bei ihm sah alles ganz einfach aus.

Das Seil bog sich unter seinem Gewicht ordentlich durch und wurde stramm gestrafft. Allein vom Zusehen wurde Anna übel. Ihre Hand krampfte sich zu einer Faust, als Michael kurz das Gleichgewicht verlor und hin und her schwankte. Mit ein paar letzten, schnellen Schritten hatte er schließlich das andere Ufer erreicht. Zögernd folgte sie ihm und blieb dann lange neben dem Baum stehen, um den auf ihrer Seite das Tau gespannt war. War der Stamm stark genug? Würde er sie tragen? Nun, Michael war schwerer als sie und bei ihm hatte er auch gehalten. Unsicher griff Anna nach dem Seil, um es kräftig hin und her zu zerren. Nichts. Es bewegte sich kein Stückchen. Michael, der sie von der anderen Seite aus beobachtete, nickte ihr aufmunternd zu.

Anna atmete leise stöhnend aus. Wut kroch in ihr empor. Wieso stiegen sie nicht auf eine Fähre? Nur wegen der paar Münzen? Früher hätte sie sich darum keine Gedanken gemacht. Zusammen mit Apollonia hatte sie sogar an das andere Nekkerufer übergesetzt, nur um einige läppische Blumen zu pflücken. Was für ein jämmerliches Leben! Oder er tat es nur, um sie zu quälen. Vermutlich genoss er es, zu sehen, wie sie mit sich kämpfte und er die Oberhand hatte und ihr gegenüber im Vorteil war. Zu sehen, wie die ehemals gutgestellte Bürgerstochter sich jetzt hier mit den alltäglichen Dingen des einfachen Mannes herumschlug.

Anna konnte die Muskeln ihrer Beine nicht ruhig halten. Ihre Knie schlotterten und übel war ihr auch. Allerdings vermochte sie nicht zu unterscheiden, ob es an der Überquerung lag oder an der Tatsache, dass sie schon länger nichts mehr in den Magen bekommen hatte. Nervös griff sie nach dem Tau. Mehrmals zog sie ihren Fuß wieder zurück, um ihn, in einer, wie sie sich einredete, vermutlich besseren Position, neu zu platzieren.

Michael bewegte sich nicht. Er wollte ihre Aufmerksamkeit nicht auch noch auf sich lenken. Es war unschwer an ihrem Gesichtsausdruck zu erkennen, dass es ihr nicht leicht fiel, auf dieses dünne, wackelige Etwas zu steigen. Er hatte ebenfalls einen Fuß wieder aufgestellt und auch das obere Seil mit einer Hand umfasst. Michael spürte dadurch jede ihrer Bewegungen – vor allem das Zittern, das sich übertrug.

»Nicht nach unten sehen … nicht nach unten sehen«, murmelte Anna vor sich hin. Sie stand jetzt mit beiden Füßen auf dem unteren Seil, das ihr hart in die Sohlen drückte. Mit den Händen klammerte sie sich verkrampft am oberen fest. Es verlief direkt vor ihrem Gesicht, und damit es nicht ständig an ihre Nase stieß, musste sich Anna unbequem nach hinten beugen, was leider zur Folge hatte, dass sie leicht schräg über dem Wasser hing und sie eigentlich jetzt schon keine Kraft mehr in ihren Oberarmen hatte, um ihr ganzes Gewicht abzufangen. Michael beobachtete angespannt jede noch so kleine Regung. Sie konnte es schaffen, wenn sie jetzt nicht zögerte und es schnell hinter sich brachte. Mit kurzen Schrittchen tastete sich Anna weiter. Es war anstrengend. Sie konzentrierte sich darauf, ihre Angst niederzukämpfen.

Dann aber zwang sie ein stärker werdender Schmerz dazu, stehen zu bleiben. Einer ihrer Zehen bog sich nach unten und erstarrte im Krampf.

»Au! Ah! Ich kann nicht mehr auftreten!« Anna verlagerte ihr Gewicht auf das andere Bein, um den Zeh am Seil wieder nach oben zu drücken und den Krampf zu lösen.

»Geht's wieder?«, rief Michael nach einer Weile zu ihr hinüber. Sie bewegte sich nicht, sondern hatte die Stirn erschöpft an das Seil gelehnt.

»Nein, immer, wenn ich den Fuß wieder aufstellen will, kommen auch die Schmerzen wieder ... das Seil schneidet ein, ... ich kann auf dem anderen inzwischen auch schon nicht mehr stehen«, jammerte Anna weinerlich. Sie sah sich nach beiden Seiten um. Bis zur Mitte hatte sie es schon geschafft. Wenn sie jetzt zurückging, dann hatte sie den gleichen Weg wieder vor sich. Es blieb ihr gar nichts anderes über, als irgendwie an das andere Ufer zu gelangen. Anna biss sich auf die Zunge, damit ihr nicht wüste Schmähungen oder Flüche entwichen. Vorbereitet auf den Schmerz, tat sie einen weiteren Schritt. Doch Anna war unaufmerksam. Ihr Fuß glitt ab und trat ins Leere. Erschrocken schnappte sie nach Luft, aber ihre Hände griffen nicht schnell genug fester zu, um ihren fallenden Körper aufzufangen. Das Seil schnalzte nach oben. Annas Haut brannte, als das Tau, auf dem sie eben noch stand, schmerzhaft in ihre Achseln schnitt. Zitternd hing sie da und keuchte. Das kalte Wasser, in das sie geplumpst war, umspülte ihre Hüfte.

»Halt dich fest! Ich bin gleich da und zieh' dich raus! Nicht loslassen! Hörst du?« Es war alles so schnell gegangen. Trotzdem überstürzte Michael nichts, denn es war völlig nutzlos, wenn er jetzt auch noch vorzeitig in der Jaxt landete.

»Beeil dich, ich kann nicht mehr«, flehte Anna. Die Kleider sogen sich mit Wasser voll und wurden immer schwerer. Ihre Beine, die keinen Halt fanden, ruderten ins Leere. Mit hektischen, strampelnden Bewegungen versuchte sie, sich über Wasser zu halten. Dadurch lösten sich aber die kostbaren Schuhe von ihren Füßen. »Oh nein!« Ohne dass Anna etwas dagegen tun konnte, wurden sie abgetrieben.

Das Seil wippte auf und ab, als Michael sich neben ihr in den Fluss gleiten ließ.

»Was tust du denn da?«, fragte Anna mit schriller Stimme. »Wir werden beide noch ertrinken!« Er war jetzt direkt neben ihr.

»Lass das Seil los und klettere auf meinen Rücken. Mach schon ... wir können hier nicht ewig hängen bleiben!«

Zuerst schüttelte Anna heftig den Kopf, doch als er mit einer Hand begann, ihren Arm vom Seil zu schieben, krallte sie sich doch an ihm fest und schaffte es tatsächlich, sich an ihn zu hängen. Die Arme schlang sie dabei von hinten um seinen Hals. Stück für Stück hangelte er sich jetzt wieder zurück in Richtung Ufer.

»Anna, … verlagere das Gewicht deiner Arme … mehr auf meine Schultern, … du erwürgst mich sonst noch«, presste Michael heiser hervor und sofort konnte er wieder frei atmen, als Anna umgehend Folge leistete. Mit dem zusätzlichen Gewicht hatte er schwer zu schnaufen. Seine Handfläche war schon ganz heiß von dem rauen Seil. Er versuchte, sie zu entlasten, indem er kräftig mit den Beinen gegen den Strom ruderte. Immer weiter, bis sein Knie an eine Wurzel stieß.

»Du kannst mich jetzt loslassen …«, forderte Michael seine vor Angst erstarrte Frau auf, als er mit seiner Last mühselig das Ufer erklommen hatte. »Du kannst mich natürlich auch weiterhin festhalten, … ganz wie es dir beliebt«, schmunzelte er.

Anna öffnete ihre Augen. Kein Wasser mehr! Gott sei gedankt! Mit einem klatschenden Geräusch ließ sie sich ins Gras fallen und blieb erst einmal liegen, bis sie wieder zu Atem gekommen war. Erschöpft rollte sie sich zur Seite.

»Was … was machst du da?«, fragte sie alarmiert und war sofort wieder auf den Beinen – egal ob die Füße schmerzten oder nicht. Michael hatte sein Hemd ausgezogen und nestelte an Gürtel und Hose herum.

»Wenn ich die Sachen auswringe, trocknen sie schneller. Solltest du übrigens auch machen, sonst bist du trotz des warmen Wetters durchgefroren. Es ist schließlich noch früh am Tag. Soll ich dir helfen?« Er hatte aufgehört, sich auszuziehen und kam jetzt auf Anna zu, die Schnürung ihres Leibchens schon im Blick. Erschrocken wich sie zurück.

»Nein! Finger weg! Ich mache das selbst. Bleib, wo du bist!« Schnell verzog sie sich hinter eine Hecke. Nachdem sie abgewartet hatte, ob er ihr auch tatsächlich nicht folgte, entledigte sie sich der kalten Stoffe und breitete sie in der Sonne aus, die auch ihren Körper angenehm aufwärmte.

»Wir sollten uns auf den Weg machen.« Anna fuhr zusammen. War sie kurz eingenickt? Seine Stimme erklang ganz nah, direkt hinter dem grünen Blattwerk. Geschwind bedeckte sie ihre Blöße. »Aber … meine Sachen sind noch nicht ganz trocken!«, rief sie ihm zu.

»Wir können nicht noch länger warten. Zieh einfach die hier an.« Kaum hatte er zu Ende gesprochen, landete das Bündel direkt in ihrem Gesicht. Michael hatte ihr das Kleid seiner Schwester über das Gestrüpp hinweg zugeworfen.

Widerwillig hatte sie die Sachen übergezogen. Trotzdem waren sie ihr beinahe schon seltsam vertraut. »Wir folgen also der Straße bis nach Meckmul.«

»Mmh«, brummte Michael zustimmend.

»Und dort angekommen suchen wir dann wen auf?« Annas Neugier siegte. Abwenden konnte sie es sowieso nicht mehr – also wollte sie wenigstens wissen, was oder wer sie dort erwartete. Verstohlen linste sie durch die Lücken des Blattwerks, während sie mit ihrem Mann redete und die Schnürung an ihrer Seite festzurrte. Ihr Mann. Wie seltsam sich das anhörte. Anna hielt inne, um ihn nachdenklich zu betrachten.

Michael lag rücklings im Gras, den Kopf bequem auf den Armen, und kaute auf einem Halm. Verschlafen streckte er sein Gesicht in die Sonne. Länger als nötig verweilte sie in ihrem Versteck. Von hier aus konnte sie ihn unbemerkt beobachten. Normalerweise vermied sie es, ihn anzusehen, aber jetzt bekam er es ja nicht mit. Verschlafen rekelte und streckte er sich. Ihr Blick wanderte von den nackten Füßen hinauf zum Nabel, in dem noch Reste des Wassers glänzten. Weiter hinauf zur Brust, über der kurzzeitig ein schillerndes Tierchen mit stabförmigem Körper in der Luft stand und dann brummend weiter flog. Auf seinem sehnigen Arm waren die roten Striemen, die sie ihm im Zorn verpasst hatte, noch deutlich zu sehen. Er war durchaus ansehnlich, und wenn er ein geschätzter Bürger Wymphens gewesen wäre, dann hätte sie auch früher keine Einwände gegen eine Heirat gehabt. Ehe die Verzweiflung wieder die Oberhand gewann, verbannte sie den Gedanken. Es hatte keinen Zweck. Wenn … wenn … wenn. Nun war es einmal so – und nicht anders.

»Bist du da hinten eingeschlafen?«, rief Michael dem Schatten hinter dem Geäst zu und rollte sich auf die Seite.

»Was?«, schreckte Anna aus ihren Gedanken hoch. »Äh ... nein. Also ... du hast meine Frage noch nicht beantwortet. Wen werden wir in der Stadt antreffen?« Anna humpelte barfuß um das Gestrüpp herum und zog fragend eine Augenbraue hoch. Sie hielt seinem Blick stand, obwohl er sie ungeniert musterte.

»Ich bin, ... äh, wir sind ... mit dem Meckmuler Nachrichter verwandt.«

Anna widersprach ihm nur im Stillen. Sie wollte ihn nicht schon wieder verärgern. Als Verwandtschaft und das, was sie darunter verstand, sah sie das überhaupt nicht. Sie hatte, ihrer Meinung nach, lediglich eingeheiratet – mehr nicht.

»Meine Mutter Ursula war eine geborene Schinbein«, begann er die Familienverhältnisse zu erklären. »Sie heiratete meinen Vater Johannes Kremer und blieb in Wymphen. Ihre Schwester jedoch – meine Muhme Anna – heiratete in die Meckmuler Nachrichterfamilie Saur ein. Ihr Mann Bartle – also Bartholomäus – war vorher schon einmal verheiratet. Aus dieser ersten Ehe bekam Anna eine Stieftochter dazu. Eigene Kinder wurden ihr nicht geschenkt.« Er räusperte sich, ehe er fortfuhr. »Gertraud und ich sind in etwa im gleichen Alter. Sie und Bartle haben uns vor einigen Wochen besucht. Vielleicht hast du sie ja bei der Gelegenheit schon gesehen.«

Anna überlegte kurz. »Ja, ich kann mich erinnern. Sie schien ziemlich vernarrt in dich gewesen zu sein«, rutschten Anna die Worte ungewollt heraus. Erschrocken über ihre Kühnheit hielt sie den Atem an. Ihre Wangen pochten und sie wusste genau, dass sie sich tiefrot verfärbt hatten.

Auch Michael war ein wenig zusammengezuckt. »So so, das ist dir also aufgefallen? Hast du uns etwa beobachtet?«, brummte er nachdenklich.

Anna reckte ihr Kinn. »Das war nun wirklich nicht schwer zu übersehen! Dafür brauchte man euch nicht zu beobachten!«, verteidigte sie sich aufgebracht. »Und genauso verhält es sich mit dieser Hure – der Setzlerin. Sie wirft sich dir unverschämt an den Hals.«

Michael schwieg einen Moment. »Hätte sie die Wahl, würde sie wohl einen reichen Bürger vorziehen«, gab er zu bedenken, und Anna erwiderte nichts mehr. »Um aber nochmals auf Gertraud zu sprechen zu kommen, … sie ist nach Johannis in dem Glauben nach Meckmul zurückgekehrt, dass ich sie freie. Ich bin quasi die einzige mögliche Wahl, wenn sie hier in der Gegend wohnen bleiben will. So war es abgesprochen, und so wurde es von mir erwartet.« Michael hatte ein heikles Thema angeschnitten, aber sie würden nicht darum herumkommen, wenn sie ihre Reise fortsetzen wollten. Angespannt rieb er sich sein Kinn. »Wenn wir heute bei ihnen ankommen, dann …« Er ließ den Satz unvollendet.

Annas Augen wurden groß. »Ich verstehe. Es wird eine unliebsame Überraschung für Gertraud und der Empfang dürfte nicht sehr freundlich ausfallen, … immerhin habe ich ihr den Mann, … ich meine, … bin ich mit dem Mann verheiratet, den sie als den ihren erachtet.« Anna ließ ihren Kopf in ihre Hände sinken und vergrub ihr Gesicht. Dadurch hörte sich ihre Stimme dumpf an. »Guter Gott, bleibt mir denn gar nichts erspart? Sie wird mich hassen!« Verzweifelt sah sie Michael an. »Hast du nicht gesagt, dass du mich dort hinbringst, um mir das Leben wenigstens etwas zu erleichtern? Und jetzt?«

Michael hob beschwichtigend die Hand. »Anna, … als so schlimm wird sie es schon nicht ansehen.«

Spöttisch sah sie ihn an. »Ach nein? Warst nicht du es, der mir gerade eben noch erklären wollte, dass sie ja ach so viel Auswahl hätte?«, unterbrach sie ihn bitter.

Er sagte nichts mehr, denn er wusste, dass sie im Recht war. Anna würde nicht mit offenen Armen empfangen werden. Er hatte seinen Plan anscheinend nicht gut genug durchdacht, und doch war es in dem Moment die einzige richtige Entscheidung gewesen. »Na komm. Es wird Zeit. Es wird sich schon alles finden. Machen wir uns auf den Weg.« Michael packte alle Sachen zusammen, aber Anna blieb reglos stehen.

»Ich fürchte, ich werde nicht weit kommen.« Entschuldigend lupfte sie den Rocksaum ein wenig. So, dass er ihre geschundenen, roten Füße sehen konnte, an denen die nässenden Wunden glänzten.

MECKMUL

– MONTAG, 10. AUGUST 1523 –

Annas Gewissen wog mehr. Viel mehr, als Michael gerade mit sich herumschleppte. Im wippenden Rhythmus der gleichmäßigen Schritte bewegte sich Anna auf seinem Rücken auf und ab. Sie hatte mit ihren Beinen seinen Oberkörper umschlungen, wodurch ungünstigerweise ihr Rock über die Knie rutschte und den Blick auf ihre nackten Beine zuließ. Im Moment störte das Anna aber nicht einmal. Außer ihnen waren ohnehin keine Leute auf der Straße unterwegs, die sich an dem unzüchtigen Auftreten hätten stören können. Er gab ihr mit seinen angewinkelten Armen zwar zusätzlich Halt, aber es war trotzdem anstrengend. Sie bemühte sich, ihr Gewicht so nah als möglich an seinem Rücken zu halten, damit er leichter trug. Schließlich hatte sie auch noch den Beutel umgebunden, der nach hinten zog. Durch die Bewegung rutschte Anna ständig langsam nach unten, sodass Michael immer wieder anhalten musste, um sie mit Schwung, aus gebeugten Knien heraus, wieder nach oben zu schucken. Er ging mit gesenktem Kopf und leicht nach vorne gebeugt. Durch die Anstrengung atmete er tief und gleichmäßig. Seit er darauf bestanden hatte, sie rücklings nach Meckmul zu bringen, hatte er keinen Ton mehr von sich gegeben. Sicher bereute er es inzwischen.

Anna sah sich um, um sich abzulenken. Die Strecke war eben. Zur Linken floss die Jaxt und ihr Träger folgte der Straße immer weiter durch die Flussaue. Die Luft stand still hier in der Senke. Keine Aussicht auf Kühlung. An den Stellen, an denen ihre Körper den Stoff ihrer Kleidung zusammenpressten, waren nasse Flecken entstanden. Ein süßlicher Geruch stieg Anna in die Nase, die knapp über seinem Nacken immer wieder von seinen Haaren gekitzelt wurde. Sie klebten auf seiner verschwitzten Haut, von der Anna beinahe jede einzelne Pore sehen konnte.

»Du sagst ja gar nichts.«

Anna zuckte zusammen. Michael war unerwartet stehen geblieben und hatte ihr den Kopf zugewandt. Schleunigst riss sie sich vom Anblick seines runden, fleischigen Ohrläppchens los, das sie bis gerade eben, ganz in Gedanken, eingehend betrachtet hatte. »Was?« Sie verstand immer noch nicht.

»Na dort!« Ungeduldig nickte er in die besagte Richtung. Vor ihnen lag die Stadt Meckmul in der Abendsonne. Sie waren bedeutend langsamer vorangekommen, aber nun hatten sie ihr Ziel erreicht. Endlich. Neugierig spähte Anna über seine Schulter, während er weiter der Straße folgte. »Du hast Glück. Die Straße ist jetzt noch menschenleer. Markttag ist dienstags. Deswegen kommen die Händler aus der Umgebung erst morgen. Ein Stückchen kann ich dich noch tragen, … den restlichen Weg wirst du laufen müssen. Wir wollen ja nicht gleich bei unserer Ankunft mehr Aufsehen als nötig erregen«, murmelte er und sah dabei Annas beinahe weißen Beine an, auf denen Härchen, wie feine Goldfäden, in der Sonne glänzten. Anna bezweifelte, dass es nur wegen ihrer Blöße war. Wie sah das denn schließlich aus? Ein Mann, der ergeben sein Weib durch die Gegend schleppte wie eine unterwürfige Schindmähre. Egal. Das kurze Wegstück über die Brücke würde sie auch noch schaffen.

In ausreichender Entfernung zum Stadttor lockerte Michael seinen Griff und ließ Anna vorsichtig zu Boden gleiten. Seine Arme hatten rote Druckstellen auf ihren schmalen Schenkeln hinterlassen. Er konnte es für einen kurzen Moment sehen, ehe sie wieder den Rock darüber fallen ließ und ausstrich. Verlegen durchsuchte er ausgiebig den Beutel, fand aber nichts Brauchbares, das er ihr um die Füße wickeln konnte.

»Es wird schon gehen«, versuchte sie, ihn dazu zu bewegen, endlich weiterzulaufen. Die offenen Blasen brannten, und sie wollte sich schnellstmöglich wieder hinsetzen.

Direkt vor ihnen floss die Jaxt. Dieses letzte Hindernis, bevor sie das Stadttor erreichten, überquerten sie mittels der langen, steinernen Brücke. In vielen kleinen Bögen spannte sie sich über das Wasser. Sie war gerade so breit, dass sie von einem Fuhrwerk befahren werden konnte. Anna verzog das Gesicht und blieb mitten auf dem Übergang stehen, um zu verschnaufen. Staunend sah sie sich die Stadt an, über der oben die Burg mit dem runden Turm thronte. Zu beiden Seiten des Tores setzte sich die hohe Steinmauer um die dahinter gebauten Häuser fort, von denen meist nur der Dachstock zu sehen war. In ihrer oberen Hälfte zog sich ringsum ein Kranz aus vorgebauten, kleinen Bögen, über denen in gleichmäßigen Abständen die schmalen, hohen Sichtschlitze des Wehrganges eingebracht waren. Die Sonne schickte ihre letzten kräftigen Strahlen, und die Stadtmauer, die komplett von oben bis unten weiß gekalkt war, erstrahlte, ja leuchtete beinahe unwirklich. Beim Näherkommen konnte Anna nun auch Einzelheiten des Wappens erkennen, das neben dem Tor mit dem eisernen Fallgitter in bunten Farben auf den hellen Grund aufgemalt worden war.

»Weißt du, was das alles bedeutet?«, fragte Anna neugierig.

»Natürlich«, kam prompt die selbstsichere Antwort. »Das ist das Wappen des Herzogs Ulrich von Wirtemberg und Teck – ein gevierter Schild. Oben in Gold die drei schwarzen Hirschstangen als Stammwappen und die ebenfalls schwarz-goldenen Rhomben von Teck. Unten dann auf blauem Grund die goldene Sturmfahne mit schwarzem Adler und auf rotem Grund die beiden Barben. Ganz oben in der Mitte siehst du die Palme mit Spruchband, daneben der Helm mit Zier und dem Jagdhorn, aus dessen Mundloch die drei verschiedenfarbigen Straußenfedern ragen, und die schräg geweckte Bracke mit roter Zunge auf der anderen Seite – erinnert mich irgendwie an deine hundswütige Bestie im Wald.« Michael hatte den Kopf zur Seite geneigt und nickte bedächtig.

Anna stand mit offenem Mund da und starrte ihn verblüfft an. »Woher weißt du das alles?«

Michael zuckte nur gleichgültig mit den Schultern, als wäre es ganz normal, die einzelnen Bestandteile des fremden Stadtwappens aufzuzählen. »So, wie wir beide jetzt, habe ich schon als ganz junger Bursche zusammen mit dem Bartle hier gestanden, und er hat mir immer wieder alles genau so erklärt. In den folgenden Jahren, wenn ich mal wieder in Meckmul war, hat er mich gefoppt und geprüft, ob ich es noch weiß – auch wenn die Herren, Amtmänner und Wappen in der Zwischenzeit gewechselt haben.« Grinsend drehte er sich um, nickte beim Vorbeigehen der Torwache zu und durchschritt den Bogen, aus dem die Spitzen des hochgezogenen, eisernen Fallgitters herunterragten. Anna warf noch einen letzten Blick auf das bunte Wappen und folgte dann ihrem Mann humpelnd in die Stadt.

Er war rechter Hand hinter der nächstgelegenen Ecke verschwunden, und Anna holte gerade Luft, um ihn zu rufen, als sie beinahe in ihn hineinlief. Blökende Schafe hatten ihn bereits gezwungen, eine gemächlichere Gangart einzulegen. Die wolligen Leiber schoben und drängten sich vor ihnen durch die Gasse – immer dem Schäfer Christoph Heffner hinterher, der vorausschlurfte, sich träge auf seinem Stock abstützte und die beiden Neuankömmlinge genauso dämlich anglotzte, wie es die ihm anvertrauten Tiere taten. Michael zeigte Anna mit einer Geste an, dass sie stehen bleiben solle. Er wollte sicher gehen, dass sie nicht zwischen die Schafe geriet. Womöglich bestand der Heffner sonst noch darauf, dass Michael ihm die Tiere abkaufte, mit denen Anna in Berührung gekommen war. In sicherem Abstand folgten sie der Herde, die die ganze Schafgasse mit kleinen, schwarzen Kügelchen versehen hatte.

»Das ist das Haus vom Bartle. Wir sind da.« Während die Tiere die Gasse weiter entlangzogen, um hinten am Schafbrunnen zu trinken, war Michael vor dem Haus seines Oheims stehen geblieben. Das schmale, hohe Gebäude* stand in der Nähe der Stadtmauer, die Anna eben noch von außen bewundert hatte. Unten gelangte man durch die breite Einfahrt zu Tenne und Scheune, deren Hof dann weiter hinten an die Stadtmauer grenzte. Über dem ersten Stock lagen der Dachstock und die Bühne unter dem Dach. Anna wurde nervös. Wie würde man sie empfangen? Es war keine Zeit, noch länger darüber nachzudenken. Michael hatte die Einfahrt betreten, die die gesamten oberen Stockwerke unterhöhlte und nach hinten auf das restliche Hofgelände führte.

Anna trat ebenfalls in den Schatten, blieb dann aber kurz stehen. An der Seite war ein behauener Stein in das Mauerwerk eingelassen. Er hatte die Form eines Weihwasserbeckens. Was bei diesen

* Das ehemalige Scharfrichterhaus steht in der heutigen Linsengasse.

Unehrlichen wohl auch bitter nötig war – zu denen sie jetzt auch gehörte, wie sich Anna sofort wieder mahnend ins Gedächtnis rief.

Irritiert zog sie die Stirn in Falten. Wasser spritzte über den Rand und lief in dunklen Tropfen an der Steinmauer nach unten. Anna näherte sich langsam. Neugierig streckte sie den Hals, um hineinsehen zu können. Ein kleiner Vogel hatte sich diesen Platz zum Baden ausgesucht. Aufgeplustert hockte er in der flachen Pfütze. Die nassen Federn standen wie Stacheln von seinem Körper ab. Misstrauisch beäugte er Anna, die sich kein bisschen mehr bewegte.

»Anna? Wo bleibst du denn?«

Mit einem schwirrenden Geräusch gesellte er sich wieder zu seinen Artgenossen, die in einem kleinen Schwarm über die Dächer entschwanden. Beneidenswert.

Michael wartete ungeduldig auf sie. »Ich habe Bartles Stimme hinten in der Scheune gehört. Komm.« Ein Teil der Scheune, die bis zur Hälfte des ersten Wohnstocks reichte, war mit dicken Holzbrettern abgetrennt. Ein kleiner separater Raum, in dem die Meckmuler Bürger mit ihren Anliegen bei dem Scharfrichter vorsprachen.

»Wer da?«, rief es von drinnen, noch ehe Michael sich bemerkbar machen und an den Verschlag klopfen konnte.

»Der Neffe deiner verstorbenen Frau Anna.«

Stille. Michael grinste schon vor lauter Vorfreude. Die Tür öffnete sich und ein Kopf wurde herausgestreckt. Erst dann folgten der kugelige Bauch und die dünnen Beine. »Michel?« Freudig klopften sich die Männer auf die Schultern.

»Hast du denn sonst noch einen?«, neckte der jüngere der beiden lachend.

»Oh! Gut dass du da bist! Du kannst dem Elsässer Simon gleich berichten, dass auch du mit meinem Rezept gute Erfolge bei der Behandlung von Katzenwürmern erzielst. Er ist noch etwas skeptisch.« Noch ehe Michael etwas erwidern konnte, wurde er schon halbwegs mit einem beherzten Griff in den Verschlag gezogen.

»Äh, … Bartle, … das ist übrigens Anna, … meine Frau.«

Erst jetzt achtete der Meckmuler Scharfrichter auf die junge Frau. Das Herz schlug ihr bis zum Hals. Stumm nickte sie ihrer neuen Verwandtschaft zu. Ein paarmal wechselte Bartles Blick zwischen Anna und Michael hin und her, der seinen Oheim etwas unsicher, aber doch stolz angrinste, und dessen Gesicht eine gesunde Farbe angenommen hatte.

»Wir bereden das später, Junge.« Wenn er überrascht war oder wütend oder beides, so merkte man es ihm zumindest nicht an.

»Also was ist jetzt? Ich hab nicht ewig Zeit!«, drängte Simon Elsässer von drinnen.

»Ja, ja, ... aber jetzt kann ich den Beweis der Wirksamkeit gleich doppelt erbringen.« Anna wurde ebenfalls hineingeschoben und stand jetzt mit den beiden Männern um den Hocker herum, auf dem der Ratsuchende saß. »Ihr kennt euch sicher noch, oder?«, fragte Bartle und suchte währenddessen geschäftig in einer kleinen Truhe, die auf dem Boden stand.

»Ja, Ihr seid der Tuchscherer, der am Anfang der Gasse wohnt, richtig?«

Simon Elsässer nickte schlecht gelaunt. »Und dort sollte ich auch so schnell als möglich wieder hin – die Arbeit wartet.«

»Ah! Da ist es ja.« Bartle Saur hatte, zu Annas Erstaunen, ein Buch hervorgekramt, das er suchend durchblätterte. Offensichtlich fand er die entsprechende Seite, denn er reichte es aufgeschlagen an Anna weiter. »Lies!«, forderte er sie auf. Anna sah fragend zu Michael hinüber, der ihr aufmunternd zunickte. »Nun mach schon!« Bartle dauerte das alles zu lange.

»Also, hier steht ...«, begann sie zögernd, »... für den Wurm am Menschen ... so nimm Froschgeschmeiß oder Laich das man in den Pfützen fängt im März ... und gib es in einen neuen Topf und verschließe ihn wohl mit einem Deckel und in vier Wochen wird Wasser darauf gegeben ... und wenn da ein Mensch den Wurm hat, so nimm ein Leinentüchlein und netze es darin, so stirbt der Wurm und es ist gut.«

»Na? Habe ich es Euch nicht gesagt? Und genau so ist es geschehen«, trumpfte Bartle auf und hielt Simon Elsässer besagtes Tüchlein hin. Während die drei Männer sich weiter unterhielten, sah sich Anna das Buch in ihrer Hand näher an. Neben dem Rezept, das sie eben vorgelesen hatte, waren eine Katze und eine Linie zu sehen. Ein Katzenwurm? Vor Staunen wurden Annas Augen größer. Natürlich! Die Meckmuler Scharfrichter konnten genauso wenig lesen wie die Wymphener. Bartle hatte sich mit kleinen Zeichnungen beholfen. Bestimmt hatte er sich, nachdem er das Arzneibuch erstanden hatte, immer wieder Teile aus dem Buch vorlesen lassen und dann mit Hinweisen versehen. So konnte ein Bürger, der des Lesens und Schreibens kundig war, auf Verlangen das Rezept einsehen! Beeindruckt klappte sie es zu und begutachtete die Vorderseite. Auf dem ledernen Einband war eine Abbildung eines geknoteten Seiles mit dunklen Linien eingebrannt. Ein Abwehrzeichen. Auf der Innenseite befand sich folgender Spruch gegen Bücherdiebe:

›Dies Buch ist dem Bartle Saur lieb und wer ihm das stiehlt
der ist ein Dieb.
Egal ob Herr oder Knecht
am Galgen ist sein Recht.‹

Anna schlug wahllos Seiten in dem Buch auf und las noch weitere Rezepte durch. Der Tuchscherer hatte inzwischen für die erhaltenen Dienste bezahlt und war gegangen. Eigentlich wollte sie das Buch nun zurückgeben, aber Bartle wehrte ab.

»Oh, … lass dich nicht stören, … Anna. Bitte lies weiter. Da gibt es noch einige Rezepte, die ich noch nicht mit einer Zeichnung versehen habe. Vielleicht könntest du insbesondere diese lesen, … wenn es dir nichts ausmacht.« Erwartungsvoll hatte sich der Scharfrichter nun selbst auf den Hocker gesetzt.

»Wer nicht gut hört …«, begann sie zögernd mit dem ersten Rezept und kam Bartles Aufforderung nach. »… So nimm Milch von einer Frau, die elf Wochen einen Knaben gesäugt hat, drücke Hauswurzsaft dazu, mische untereinander, schütte es in das Ohr, ist auch gut. Für Nieren- und Blasensteine … nimm gestoßenen Rettich mit gutem Wein und trinke ihn oft, so wird er harnen.«

Bartle hatte aufmerksam zugehört, nahm Anna das Buch aus

der Hand, versah die Rezepte mit einem Bildchen und ließ sie weiterlesen.

»Wenn einer nicht hört oder taub ist … so nimm Katzenurin und Schmalz von einem Aal und Schmalz von einer Eule und temperiere das untereinander und mache es ihm mit einem Federlein und mit Baumöl in die Ohren, ist sehr gut.«

Anna zog skeptisch die Brauen hoch, fuhr aber fort.

»Wer sein Wasser nicht halten kann, … so nimm die Klauen von den Saufüßen, stoße sie zu Pulver und gib es einem zum Trinken in warmem Bier, ist gut.«

Auch Michael hörte aufmerksam zu und diskutierte dann das Für und Wider der Rezepte mit seinem Oheim Bartle, während sie alle wieder zurück zum Haus gingen.

»Also habe ich doch recht gehört! Du bist nach Meckmul gekommen!« Anna drehte sich zu der kleinen Frau um, deren Stimme sich vor Begeisterung überschlug. Sie erkannte sie sofort. Freudestrahlend kam sie um die Ecke der Scheune. Ihre braunen Haare, die nur am Ansatz fettig glänzten und ansonsten spröde wirkten, waren unter eine Haube gestopft worden. Der große Busen schien beinahe die Schnürung ihres Leibchens sprengen zu wollen und an dem Watschelgang war leicht zu erkennen, dass es sich um die Tochter des Hausherrn handelte. Gertrauds Gesicht war rot angelaufen, als sie Michael entdeckt hatte und ihm ausgelassen entgegeneilte. Anna fühlte sich zusehends unwohler und beschloss für sich, erst einmal den Mund zu halten und ruhig abzuwarten.

»Traudl, … äh … sieh nur, wer uns einen Besuch abstattet …« Ihr Vater hatte die Initiative ergriffen und war ihr ein paar Schritte entgegen gegangen. »… Michael … und Anna, … seine Frau.«

Anna hatte den Eindruck, als wäre die Zeit für einen Moment stehen geblieben. Gertraud war wie erstarrt, kaum dass ihr Vater das letzte Wort gesprochen hatte. Sie atmete nicht einmal mehr. Sie stand einfach nur ein paar Schritte von Michael entfernt und glotzte ihn stumm an. Das Lachen war verschwunden – aus ihrem Gesicht und aus ihren Augen. Schwer hingen jetzt ihre Backen, die gerade noch als glänzende Kugeln nach oben drückten, nach unten.

»Gertraud«, begrüßte Michael sie kurz. Was hätte er auch auf diesen anklagenden Blick erwidern sollen? Sie drehte den Kopf zu Anna, ohne ihm eine Antwort zu geben. Wie würde sie sich ihr gegenüber verhalten? Anna lief ein Schauer den Rücken hinunter. Die kalten Augen stierten zu ihr herüber. Anna war der festen Überzeugung, dass Gertraud ihr mit Genugtuung just in diesem Moment eine Klinge ins Herz getrieben hätte, wenn sie nur eine zur Hand gehabt hätte.

»Die beiden sind gerade angekommen. Sie sollen sich erst stärken. In der Zeit wirst du oben die Kammer herrichten.«

Gertraud drehte sich abwesend, ohne ihrem Vater zu widersprechen, mit leerem Blick um und schlurfte davon. Ihr ausladender Hintern waberte unter den Falten ihres Rockes, bis sie nicht mehr zu sehen war.

»Bitte entschuldige das unfeine Verhalten«, versuchte Bartle die peinliche Stille zu überspielen.

»Nein, nein, ... durchaus verständlich ... unter diesen Umständen«, winkte Michael ab und kratzte sich verlegen am Ohr. Die beiden Männer setzten ihren Weg fort, doch Anna beschlich ein ungutes Gefühl, und als sie den Kopf hob, erkannte sie Gertraud. Sie stand an einem kleinen Fenster im Dachstock und stierte zu Anna hinunter. Allerdings nicht mehr verblüfft wie im ersten Moment, als sie die Neuigkeit erfuhr – nein, jetzt mit zusammengekniffenem Mund und voller Hass. Anna riss sich von dem Anblick los und beeilte sich, zu Michael und Bartle in die Stube zu kommen. Sie würde zusehen, dass sie Gertraud in den nächsten Tagen nicht allein über den Weg lief – dessen war sie sich sicher.

»... Hast dir wohl was Besseres ausgesucht!« Im ersten Stock des Hauses angekommen, trat Anna in die Stube ein und hatte gerade noch den letzten Satz von Bartle mitbekommen. Die beiden Männer saßen am Tisch. Schuldbewusst brach der Hausherr ab und schwieg.

»Komm, ... setz dich, Anna.« Versöhnlich klopfte Michael auf die Bank neben sich. Anna sah sich um. Gertraud war nicht da. Man hörte sie aber oben hantieren. Erschöpft ließ sich Anna auf ihr Hinterteil fallen und war einfach nur froh, ihre pochenden, schmerzenden Füße entlasten zu können.

»Hier.« Bartle hielt ihr einen nassen Lappen hin. »Wisch dich damit sauber, … sonst bekommst du von dem Schafdreck noch einen bösen Fuß.« Dann machte er sich daran, Essen und Wasser für seine Gäste auf den Tisch zu stellen. »Wie ist es denn dazu gekommen, dass ihr geheiratet habt?«, fragte er schließlich beiläufig in die Stille und schnitt nebenbei das Brot auf.

»Ja, … das würde mich auch interessieren!«, flötete Gertraud, die unbemerkt die Stube betreten hatte. Von dem bösen Blick war nichts mehr zu sehen. Anna war irritiert, aber auch wachsam und ließ sich von ihrem harmlosen Gesicht nicht täuschen. Unbeeindruckt wischte sie sich weiter vorsichtig den Dreck von der Haut und überließ es Michael, die beiden über die Ereignisse aufzuklären.

»Also, … da war … es gab ein Unglück in Wymphen, … ein Verbrechen, … und für das ist Anna zur Rechenschaft gezogen worden«, wand sich Michael und wusste nicht recht, wie er mit der Sprache herausrücken sollte. »Ich habe sie vom Rat der Stadt freigebeten«, platzte er schließlich heraus, um es hinter sich zu bringen.

Gertrauds Augen wurden größer und größer.

»Eine Mörderin?« Voller Verachtung verzog sie angewidert den Mund und spuckte aus. »Ich bin keine Mörderin!«, verteidigte sich Anna auf der Stelle ziemlich laut und sprang von der Bank auf.

Gertraud bemerkte mit Genugtuung ihr Zittern und grinste spöttisch.

»Anna!«, rief Michael zur Ordnung.

»Gertraud!«, rief Bartle ebenfalls.

»Aber … so eine … sitzt in unserer Stube, Vater!«, setzte sie sich entrüstet zur Wehr. Mit einem lauten Knall landete seine flache Hand auf dem Tisch, und sie schwieg. »Michael und sein Weib sind Gäste in meinem Hause!«, sprach Bartle ein Machtwort. Gertraud sagte nichts mehr. Sie stand nur wütend da und schnaufte hörbar. »Ich habe oben noch zu tun.« Damit drehte sie sich um und rauschte davon.

Anna streckte erschöpft die Beine von sich. Gertraud richtete oben die Kammer – und das Bett. Sie konnte sich vorstellen, was jetzt in ihr vorging. Sie schüttelte Kissen auf, strich Leinen und Bettzeug glatt für einen Mann, den eigentlich sie haben wollte. Aber nicht Gertraud würde das Lager mit ihm teilen, sondern eine andere. Eine verurteilte Mörderin, die er ihr trotz allem vorgezogen hatte. Wie gedemütigt musste sie sich fühlen. Und was ging in Bartle vor? Michael hatte offensichtlich eine Absprache gebrochen.

Anna schielte zu ihrem Mann hinüber. Er schien sich darüber keine Gedanken zu machen. Im Gegenteil. Er hatte seine Schuhe ausgezogen und verlangte Nadel und Faden von seinem Oheim. Neugierig sah sie ihm dabei zu, wie er ein Auge zukniff, um den Faden besser in das Öhr einfädeln zu können. Anna hätte es nicht für möglich gehalten, dass er gleich beim ersten Versuch diese fitzelige Aufgabe bewältigte. Immerhin verschwanden Nadel und Faden beinahe gänzlich zwischen seinen großen Fingern. Dann legte er ein Bein auf dem anderen Schenkel ab, und erst jetzt sah Anna die prall gefüllte Blase, die sich über seinen halben Innenfuß erstreckte. Vorsichtig strich er darüber, um sie dann an zwei Stellen leicht einzudrücken.

»Ich will herausfinden, wo sie am dicksten ist.« Michael hatte bemerkt, dass Anna ihn beobachtete, und lieferte ihr die Erklärung, noch ehe sie fragen konnte. »Bei dir sind die Blasen aufgeplatzt. Bei mir will ich das vermeiden. Jetzt hast du offene Wunden, die nässen, weil die Haut darüber fehlt. Es wird länger dauern, bis sie wieder heilen. Ich werde nur das Wasser ablassen. So verschwindet der Druck und die Haut bleibt trotzdem geschlossen.«

Michael nahm die Nadel in die rechte Hand, straffte die Haut und stach die Spitze unter die Haut. Sofort trat ein Tropfen aus. Er wickelte sich den Stoff seines Hemdes um den Handballen, drückte auf die Blase und saugte so die gesammelte Flüssigkeit auf. Als er die Hand wieder wegnahm, blieb nur runzelige Haut zurück.

»Jetzt ist sie doch leer. Warum dann noch der Faden?«, fragte Anna verständnislos.

»Wenn ich es jetzt so belasse, dann füllt sie sich über Nacht wieder. Sieh her.« Er stach erneut zu, aber diesmal schob er die Nadel weiter hinein, führte sie unter der lockeren Haut hindurch, um sie, zwei Finger breit weiter vorne, wieder herauszuziehen. Dann hielt er den Faden fest und zog nur die Nadel weg. Jetzt ragte an zwei Stellen ein kurzes Stück des Fadens aus seiner Haut. »Das bleibt jetzt so. Mindestens bis morgen. So kann sich die Blase nicht wieder schließen und erneut füllen. Das ganze Wasser wird heute Nacht über den Faden ungehindert abfließen.«

Anna formte ein stummes ›Oh‹ und nickte.

»Morgen ist doch Markt, oder?«, wandte sich Michael kurz an Bartle, der ein zustimmendes Brummen von sich gab. »Wir werden dort gleich in der Frühe neue Schuhe für dich kaufen.«

»Nur die Ruhe. Du machst ja schon wieder Pläne für den nächsten Tag. Anna sieht ziemlich erschöpft aus. Wenn ihr wieder bei Kräften seid, könnt ihr immer noch gegen Mittag durch die Gassen ziehen. So frisch verheiratet, solltest du dir auf jeden Fall mehr Zeit für deine hübsche Frau nehmen«, riet ihm Bartle augenzwinkernd und schmunzelte, als sich dieser mit roten Ohren höchst aufmerksam seinem Nachtmahl widmete.

Anna lehnte sich satt und zufrieden zurück. Sie war müde, und die tiefen, angenehmen Stimmen, mit denen sich Michael und Bartle vertraut vor dem Feuer unterhielten, taten ihr Übriges. Die Augen fielen ihr zu, obwohl die Sonne noch nicht ganz untergegangen war. Mit ihrer letzten Willensstärke erhob sie sich ächzend von der Bank, als sich Bartle gerade draußen erleichterte.

»Ich … bin müde. Wo ist denn die Kammer, die Gertraud für uns … ich meine… die Gertraud vorbereitet hat?« Wie seltsam. Würde sie sich je an ein ›Uns‹ gewöhnen? Länger konnte sie diesen Moment nicht mehr hinauszögern. Die Erschöpfung und die Müdigkeit waren übermächtig.

»Im Dachstock. Die Treppe nach oben – auf der linken Seite. Die Kammer, die ich auch sonst benutze. Bartle und Gertraud schlafen hier unten«, kam die knappe Beschreibung.

»Gut. Ich werd's schon finden.« Anna zögerte. Michael druckste herum und machte den Eindruck, als wolle er ihr noch etwas sagen, aber sie schien sich wohl geirrt zu haben.

»Anna.« Also doch. Er schaute verschämt auf seine nackten Zehen hinunter. Schließlich hob er den Blick, um sie direkt anzusehen. »Ich werde meinem Oheim noch ein wenig Gesellschaft leisten, … aber Bartle würde es wahrscheinlich seltsam finden, wenn ich hier in der Stube schlafen würde«, raunte er ihr zu. Mehr sagte er nicht. Anna verstand sofort. Mit pochendem Herzen nickte sie flüchtig und huschte dann geschwind hinaus. Somit war die Entscheidung gefallen. Michael setzte sich wieder zu seinem Oheim an den Tisch. Die beiden Männer würden in aller Ruhe noch ihre Becher leeren, dabei ein wenig plaudern und sich dann schlafen legen.

»Der Meckmuler Amtmann hat vor Kurzem auch seinen Platz auf der Burg wieder eingenommen«, lenkte Bartle das Gespräch auf eine andere Neuigkeit.

»Wieso sagst du ›wieder eingenommen‹?«, hakte Michael nach.

»Na ja …«, grinste Bartle, »… er wurde sozusagen aufgehalten … und ich glaube, das hat ihm gar nicht gefallen.«

Michael waren die Vorgänge hier in Meckmul nicht bekannt, und so hob er nur fragend eine Augenbraue. Darauf schien sein Oheim nur gewartet zu haben, denn er zog die Beine unter seinen Stuhl und streckte seinen kugeligen Bauch vor. Verschwörerisch beugte er sich zu seinem Neffen und begann zu erzählen.

»Ja, ja, der Götz, … das ist schon einer. Er wurde als jüngstes von zehn Kindern geboren. Morgen wirst du ihn ja kennen lernen. Also …«, holte er aus. »… Kilian von Berlichingen, der Vater von Götz, heiratete erneut – und zwar die Margaretha von Thüngen. Er war wirklich ein angesehener und reicher Mann …« Anerkennend spitzte er die Lippen. »… Und vom Kaiser Friedrich hat er sogar für sich und seine Nachkommen das Privileg erlangt, mit rotem Wachs zu siegeln. Tja …« Bartle machte eine bedeutende Pause. »… Und mit der Margaretha war ein neues und unruhigeres Element in diese achtbare Jaxthäuser Familie gekommen, denn ihrem Vater Werner von Thüngen wird ein energisches und leicht entzündbares Wesen nachgesagt, welches er nicht nur auf sie, sondern vor allem auf seine drei unverheirateten Söhne vererbt hat – eben richtige Hagestolze!« Bartle lachte auf und nahm einen tiefen Zug aus seinem Becher. »Und so sind der Götz und seine drei jüngsten Brüder weit mehr echte Thüngen als Berlichingen – über alles der Reiterei zugetan, streitbar und draufgängerisch, ohne übermäßige Skrupel, aber dafür mit Humor. Tja, aber selbst ein so wilder Haufen sollte sich auf das Studieren begeben, denn es steht einem von Adel wohl an, dass er etwas einem anderen voraus hat. Zumindest war das wohl die Meinung seines Vaters, denn er schickte ihn zu seinem Verwandten, dem hohenlohischen Amtsvogt Kunz von Neuenstein in Niedernhall am Kocher, wo er lernen sollte. Bereits nach einem Jahr gab man ihn als Buben zum Oheim Konrad von Berlichingen. Ja, ja, … die hatten es wohl alle nicht leicht mit ihm.« Bartle schüttelte schmunzelnd den Kopf.

»Woher weißt du so viel über ihn?«, fragte Michael interessiert nach.

»Du warst viele Jahre weg – aber unsereins sollte schon wissen, mit wem er es zu tun hat und wer über einem auf der Burg haust.« Er strich sich nachdenklich über sein Kinn und legte die Stirn in Falten. »Lass mich überlegen, … da hast du als Kind gerade deine ersten Schritte gemacht, da trat der Götz im Alter von etwa zwanzig Jahren mit zwei Knechten und drei Pferden in den Dienst von Hans Thalacker von Massenbach. Zusammen mit Thalacker, dessen Bastard Hensslein Hensslinschwert und einem weiteren Knecht bildeten sie ein kleines aber schlagkräftiges Trüppchen und verbreiteten ordentlich Unmut und Schrecken. Bis Götzens Oheim Neidhart von Thüngen ihn zu sich geholt hat. Sicherlich wollte er verhindern, dass aus ihm ein zweiter Fritz von Thüngen wird, der ebenfalls als Schrecken für seine Umwelt galt. Nachdem er sich dann doch wieder dem Thalacker zugewandt hatte, sprach Neidhart von Thüngen wohl ein Machtwort, denn Götz zog mit ihm auf bayerischer Seite ins Feld … und verlor seine Hand. Die Wunde verheilte, er heiratete vor etwa fünf Jahren Dorothea Gailing von Illesheim und wurde Amtmann hier in Meckmul …«

»Warte, warte!« Michael hob beide Hände, um die kurz aufeinanderfolgende Aufzählung und den Redefluss seines Oheims zu unterbrechen. »Er hat seine Hand verloren? Wie?« Mit großen Augen wartete er auf eine ausführliche Erklärung, doch Bartle grinste ihn nur an.

»Das, mein Lieber, solltest du den von Berlichingen morgen selbst fragen. Du wirst sehen, er wird dir die Geschichte sicher nur zu gerne erzählen. Jedenfalls …« Bartle kratzte sich am Kopf und bemühte sich, seine Gedanken nach der Unterbrechung wieder neu zu ordnen, »… die Amtsstädte kapitulierten – ausgenommen die Burgen Weinsberg und Meckmul. Als Meckmul vor vier Jahren zu den Bündischen überging, wurde Götzens Lage kritisch, denn Kasten und Keller waren in der Hand der Städter – die Versorgung der Burg war blockiert. Sein Weib floh mit einer Magd nach Hailbrun, und auf der Burg wurden die letzten Mehl- und Hafersäcke aufgeschnürt. Seine Gefolgsleute teilten sich mit den Pferden den Rest des vorhandenen Weins – Wasser gab es nicht mehr. Schließlich wurde er gefangen gesetzt und nach Hailbrun verbracht. Erst wenige Monate vor deiner Rückkehr nach Wymphen traf auch der Götz wieder in Meckmul ein – durch die Urfehde zu friedfertigem Nebeneinander mit fast dem halben Reich verdammt und vom Spott seiner Feinde verfolgt. Deswegen sagte ich, dass der Amtmann seinen Platz auf der Burg wieder eingenommen hat.* Er ist recht redselig und wird dir sicher gerne so einiges erzählen. Nun gut, … es ist spät, … geh zu Bett. Wir haben morgen viel zu tun.« Damit schob er Michael herzhaft gähnend durch die Stubentür.

Jetzt wieder hellwach, war Anna die knarrenden Treppen zum Dachstock hinaufgestiegen, und die Stimme von Bartle entfernte sich und wurde leiser. Viel konnte sie nicht mehr erkennen, darum tastete sie nach dem Griff der Tür und trat in die kleine Kammer ein. Sie war schmucklos, und es stand nur eine Truhe darin … und das Bett. Durch das offene Fenster wehte frische Abendluft herein. Trotzdem konnte man riechen, dass der Raum schon länger nicht mehr benutzt worden war. Genau genommen seit dem Tod von Bartles Vater Michael Saur – wie sie auf dem Weg hier-

* Götz von Berlichingen kehrte nach seiner Gefangenschaft nicht nach Meckmul, sondern auf die Hornburg zurück.

her erfahren hatte. Die zwei Zimmer im ersten Stock wurden also nur von Gertraud und Bartle bewohnt, da dessen zweite Ehefrau Anna – Michaels Muhme – ebenfalls schon verstorben war, und der Dachstock diente ab und an der Unterbringung von seltenen Gästen oder Patienten, die einer längeren Behandlung bedurften.

Anna stand unschlüssig neben dem Bett. Sie spürte das raue Holz unter ihren Füßen. Zumindest die waren ja schon nackt. Allerdings konnte sie sich beim besten Willen nicht überwinden, die restlichen Sachen ebenfalls auszuziehen und unter die Decke zu schlüpfen, so, wie sie es eigentlich gewohnt war. Bei diesem warmen Wetter hatte sie bisher immer ohne jegliche Bekleidung im Bett gelegen – wie vermutlich die meisten anderen Leute auch. Die eine oder andere Frau zog sich höchstens noch ein Hemd über, welches aber gegen die geforderten ehelichen Pflichten reichlich wenig ausrichten konnte. Wie schnell war es doch beiseite geschoben. Anna seufzte.

Vor ihrer Verurteilung hatte sie immer ihr eigenes Bett gehabt – kein gemeinsames. Unvorstellbar, dass ab jetzt ein Mann, ihr Mann, bei ihr liegen sollte. Im Moment saß er noch bei Bartle in der Stube, aber die Zeit verstrich und ihre Frist würde ablaufen. Anna horchte. War das Michael? Kam er etwa schon die Treppe herauf? Nein. Die Geräusche kamen unten vom Hof. Wer war da um diese Zeit noch unterwegs? Neugierig tapste Anna zum offenen Fenster und verbarg sich sogleich hinter dem Rahmen und der Wand. Mit klopfendem Herzen schielte sie nach unten. Eine Kerzenflamme schwebte in der Finsternis über den Hof, blieb stehen und setzte ihren Weg fort. In ihrem schwachen Schein war eine Fratze sichtbar. Erst bei genauerem Hinsehen erkannte sie Gertraud. Die Schatten in ihrem Gesicht verliehen ihr ein unnatürliches Aussehen. Immer wieder warf sie einen Blick in die Richtung, aus der sie gekommen war, um zu prüfen, ob sie auch wirklich allein war. Anna rührte sich kein bisschen, aus Angst, entdeckt zu werden, starrte aber weiterhin gebannt nach unten. Was, bei allen Heiligen, tat sie da? Die Flamme bewegte sich nicht mehr. Gertraud hatte die Kerze neben der Scheune auf den Boden gestellt. Außen am Holz stand ein Büschel Nesseln, die wahrscheinlich nur deswegen nicht so hoch wuchsen, weil die tagsüber umherwatschelnden Enten die Blätter abfraßen, kaum dass sie austrieben. Sie kniete sich daneben und holte einen kleinen Beutel hervor. Sie zögerte oder überlegte nicht. Die Tochter des Meckmuler Henkers schien ganz genau zu wissen, was sie tat. Gleich einem dünnen Faden rieselte der weiße, körnige Inhalt auf das Grünzeug. Salz! Anna hielt den Atem an. Gertraud wiederholte, während sie das tat, immer wieder ein und denselben Namen: Michael! Leise zwar, aber da sonst alles in Stille lag, hörte Anna es trotzdem. Dann griff sie mit bloßen Händen nach der Nessel und riss sie aus, um sie dann über der Kerzenflamme zu verbrennen.

»Brennen, brennen, ja brennen sollst du! Wie diese Nessel – bis du durch die Liebe zu mir erweicht und zerschmolzen seist.«

Es war, als würde eine kalte Hand nach Anna greifen. Sie hatte gerade beobachtet, wie diese … diese … Hexe … einen Liebeszauber über ihren Mann verhängt hatte! Fassungslos starrte Anna in die Nacht hinaus. Hinter ihr ging die Tür auf und sie konnte gerade noch die Hand vor den Mund schlagen, um nicht aufzuschreien. Sie hatte Michael nicht kommen hören. Er stand in der Tür und leuchtete mit einer Kerze in ihre Richtung.

»Anna? Was machst du denn da unter dem Fenster? Warum schläfst du noch nicht?« Verwunderung schwang in seiner Stimme mit.

»Psssst!«, zischte sie panisch und brachte ihn händewedelnd zum Schweigen. »Duck dich!«, kam sofort der Befehl. Und als der verdutzte junge Mann nicht umgehend Folge leistete, kroch Anna auf allen Vieren zu ihm hin, um ihn grob an seinem Hosenbein zu sich herunterzuziehen. Völlig überrascht, war er erst mal nur damit beschäftig, das heiße, flüssige Kerzenwachs nicht über Anna zu verschütten.

»Sonst sieht sie dich noch!«

»Wer denn? Was ist denn los?« Michael verstand überhaupt nichts mehr. Er kauerte neben seiner Frau im Dunkeln auf dem Boden, hätte sich beinahe noch seine Haare an der Kerze versengt, die jetzt zwischen ihren beiden beleuchteten Gesichtern auf dem Docht tanzte, und sah in ihre angstgeweiteten Augen.

»Gertraud, … sie hat dich verhext!«, flüsterte Anna aufgebracht.

»Mich … verhext?« Es dauerte eine ganze Weile, bis ihm Anna alles geschildert hatte. Michael hatte geduldig zugehört, obwohl eine Holzdiele äußerst schmerzhaft an sein Knie drückte. Mit beruhigenden Worten redete er auf sie ein, damit sie wenigstens zuließ, dass er endlich aufstehen und das Fenster schließen konnte. Dabei warf er einen prüfenden Blick in den Hof. Es war jedoch nichts Auffälliges zu erkennen.

»Vielleicht haben dir deine müden Augen auch einfach nur einen Streich gespielt. Ich denke nicht, dass Gertraud dazu fähig wäre«, vermutete er gähnend.

»Ach nein?« Annas Stimme hatte einen schrillen Klang angenommen. »Alles nur Einbildung? Und was sagst du dazu, dass unter unserem Bett eine Nessel und ein zerschnittenes Knotenband liegt?« Michaels Kerze stand immer noch auf dem Boden. Ihre Flamme tauchte die Dinge unter dem Nachtlager, die sie eben zufällig entdeckt hatte, in ein schwaches Licht. »Nimm es weg, … bitte! Wer weiß, mit was für Verwünschungen sie diese Nessel besprochen hat! Sie muss sie vorhin dort versteckt haben!«

»… Und nicht einmal besonders gut, wenn du mich fragst.«

Anna war rückwärts gekrochen, bis sie an die Wand stieß. Aufgewühlt zwang sie sich abzuwarten, bis Michael die Nessel und das durchschnittene Band in hohem Bogen aus dem Fenster geworfen hatte. Mit einem leisen, dumpfen Geräusch landete alles auf dem Dach der Scheune. »Mach dir keine Gedanken mehr. Jetzt sollten wir in Ruhe schlafen können.« Er streckte ihr seine Hand entgegen und zog Anna auf die Füße. Befangen standen sie sich gegenüber. »Äh, … brauchst du noch irgendwas? Soll ich dir noch Wasser holen?« Fragend sah er seine junge Frau an, die ihre Arme vor der Brust verschränkt hatte. Michael kratzte sich verlegen hinter dem Ohr.

»Nein«, schüttelte Anna den Kopf und wich seinem Blick aus, indem sie auf den Boden starrte.

»Gut, … dann … legen wir uns schlafen.« Er zuckte mit den Schultern, griff sein Hemd am Saum und zog es sich in einer einzigen, fließenden Bewegung über den Kopf. Er stand nah bei ihr. Beim Ausziehen wehte sein Geruch zu ihr herüber. Etwas süßlich – und auch etwas herb. Eigenartigerweise angenehm. Anna war überrascht. Nicht nur darüber, wie er roch, sondern auch darüber, dass er so plötzlich halb nackt vor ihr stand.

»Würdest du bitte die Kerze löschen?«, würgte sie hervor. Erst jetzt bemerkte sie, dass sie die ganze Zeit den Atem angehalten und ihn ungehörig angestarrt hatte. Nur einen Augenblick später war alles schwarz. Anna hörte das leise Rascheln, als seine Hose auf den Dielen landete und mit dem Hemd zusammen einen Haufen bildete.

»Willst du da stehen bleiben?« Die Frage war ernst gemeint.

»Oh, … nein. Ich überlege nur gerade, ob ich das Gewand anbehalte, … dann liege ich etwas weicher … auf dem Boden.« Anna hatte im Dunkeln mit Händen und Armen gestikuliert. Dabei waren ihre Finger versehentlich mit seinem warmen Körper in Berührung gekommen. Erschrocken hatte sie sie zurückgezogen und war schlagartig verstummt. Fieberhaft überlegte sie, wo sie ihn berührt haben könnte. Der Bauch – irgendwo unterhalb der Brust, beruhigte sie sich.

»Ich werde dir beim Entkleiden helfen.« Er ging überhaupt nicht auf das Gesagte ein. »In der Nacht wird es nicht sonderlich abkühlen. Du erstickst noch in dem ganzen Stoff. Wenigstens beim Schlafen solltest du dir Erleichterung verschaffen.«

Michael konnte nichts sehen, und da er nichts hörte, ging er davon aus, dass Anna immer noch vor ihm stand. Dort, wo sie ihn am Bauch gestreift hatte, kribbelte die Haut – nicht nur dort, und das Herz schlug ihm bis zum Hals. Er war sich nicht sicher, ob sie es zulassen würde, dass er ihr aus dem Kleid half … und dann neben ihr lag. Nicht nach alledem, was sie erlebt hatte. Aber sollte er für den Rest seiner Ehe in der Stube auf der Bank schlafen? Lächerlich!

Tapfer ging er es an. Stück für Stück tasteten sich seine Hände so lange im Dunkeln vorwärts, bis sie an ihren Arm stießen. Im ersten Moment wich sie zurück – blieb dann aber stehen. Mit sachten Bewegungen orientierte er sich. Schließlich legte er beide Hände auf ihre Hüfte. Er ließ sie ganz ruhig dort liegen – und zwar so lange, bis sie nicht mehr unregelmäßig und nervös atmete. Mit leichtem Druck drehte er sie zur Seite, damit er die Schnürung besser öffnen konnte. Dadurch, dass er nichts sehen konnte, dauerte es allerdings seine Zeit. Seine Nervosität und die verschwitzten Finger taten ein Übriges. Endlich konnte er das Band in den Ösen lockern, indem er es, inzwischen etwas ungeduldig, hin und her zog und zerrte. Michael schälte seine Frau aus dem Leibchen und ließ es zu Boden fallen. Den Rock fasste er am Bund und schob ihn nach unten, wo er sich wie ein Kranz um ihre Füße legte.

Anna stieg aus dem Rock, musste sich aber kurz an seiner Schulter abstützen, um nicht umzufallen. Sie tastete nach ihrer Brosche und ließ sie ebenfalls auf den Kleiderhaufen fallen. Ehe er sich wieder aufrichten und ihr auch noch das Hemd ausziehen konnte, das sie als Einziges noch trug, huschte Anna flugs zum Bett. Oder zumindest in die Richtung, in der sie es vermutete.

»Au!« Sie hatte die Entfernung falsch eingeschätzt. Trotz der tastenden Arme stieß ihr Schienbein mit einem Rumpeln hart an das hölzerne Bettgestell, und die Kerze, die sie dabei umgestoßen hatte, rollte mit einem gurgelnden Geräusch in eine Ecke der Kammer.

»Anna? Alles in Ordnung?«

»Geht schon«, versicherte Anna schnell, unterdrückte ein Stöhnen und wäre am liebsten aus Scham im Boden versunken. Schnell schlüpfte sie unter die Decke und rollte sich in ihr ein. Was er wohl über ihr scheues Verhalten und ihre Zurückhaltung dachte? Hielt er es vielleicht sogar für angemessen? Sollte sie sich vollständig und bedingungslos fügen und sich vor dem Unbekannten, den ehelichen Pflichten, nicht so zieren? Was erwartete er eigentlich von seinem Weib? Anna hatte keine Ahnung. Apollonia war da bestimmt ganz anders! Eines war jedoch sicher: Er war nicht mehr gewillt, Abstand zu wahren – aber … würde er sich dann einfach nehmen, was er wollte? Panik stieg in ihr auf. Konnte sie das noch einmal ertragen und über sich ergehen lassen? Anna schluckte, kämpfte die Tränen nieder und horchte angespannt in die dunkle Stille. Die Dielen knarrten ein wenig, als er sich auch daran machte, sich einen Schlafplatz zu suchen. Anna lag ganz vorne an der Bettkante. Wenn sie sich noch ein bisschen weiter auf ihrer Schulter drehte, dann würde sie aus dem Bett fallen. Besser so, als hinten an der Wand. Dort hätte sie sich eingesperrt gefühlt. Die Liegefläche war ohnehin nicht breit und offensichtlich nicht für zwei gedacht.

Seine Hand hatte sich auf ihr Knie gelegt. Langsam erfühlte er ihre Position. Um zu dem freien Platz hinter ihr zu gelangen, musste er mit einem großen Schritt über Anna steigen. Anna rührte sich nicht und blieb ganz still. Allerdings war die Decke ordentlich warm, und schließlich wischte sie sich die feuchten Hände an ihr ab, um sie ein Stück nach unten zuschieben. Das Bett ächzte und die Auflage senkte sich unter seinem Gewicht ziemlich ab. Anna hielt sich am Bettrahmen fest, um nicht zu ihm in die Kuhle zu kippen. Er räusperte sich und versuchte, es sich bequem zu machen. Irgendwie mochte ihm das auf dem engen Raum aber nicht so recht gelingen. Er lag auf dem Rücken – der aufgrund der Enge teilweise an der Wand lehnte. Immer wieder hörte Anna, wie er mit Armen und Beinen an der Wand entlangschabte. Irgendwann gab er es auf. Annas Kopf bewegte sich ein Stück nach vorne, als er erst seine Hand und dann seinen Arm von hinten darunter schob, einklappte und unter ihrer Schulter liegen ließ, sodass sie in seine Armbeuge atmete. Sein Körper, von dem Anna nun jede Einzelheit spüren konnte, schmiegte sich vollständig an ihre Kehrseite, und sofort drang seine Wärme durch den Stoff an ihre Haut. Alles in ihr spannte sich an. Sogar ihr Rücken bog sich ein wenig durch, weil sie so verkrampft war. An Schlaf war im Moment keineswegs zu denken.

Michael vergrub sein Gesicht in ihren Haaren. Einige kitzelten in seiner Nase und er atmete einmal kurz und kräftig aus, um sie loszuwerden. Ihre schmale Schulter bildete einen Widerstand in seiner Hand. Sie drückte dagegen und atmete angestrengt. Sachte stupste er sie mit der Nase hinter dem Ohr an und rieb vertraut seine Wange an ihr. Es war einfach nur ein unglaubliches Gefühl, Anna endlich in seinen Armen zu halten. Er konnte sie riechen und fühlen. Michael schob seine Hand, die bis dahin auf ihrer Hüfte gelegen hatte, weiter über ihren flachen Bauch nach oben, den sie erschrocken einzog, als hätte man sie in kaltes Wasser geworfen. Er ertastete unbeirrt die Bogen ihrer Rippen durch den Stoff und legte seine Hand bequem auf ihrer Brust ab, hinter der ihr Herz flatterte. Sie war rund und fest, und er konnte sie gut mit seinen Fingern umschließen. Zu jeder anderen Zeit hätte er seiner Willensstärke nicht getraut, aber heute war die Müdigkeit eindeutig die stärkere Macht. Zufrieden gähnte er.

Anna wartete und atmete langsam wieder regelmäßiger, als nichts weiter geschah. Sein Körper schmiegte sich an den ihren an. Mit jedem Atemzug drückte sein Bauch ein wenig gegen ihren Rücken. Sein warmer Atem streifte ihren Hals, und es war eigentlich ganz angenehm, seinen muskulösen Oberarm als Kissen nutzen zu können. Wenn da nicht seine Hand gewesen wäre, die sie so nervös machte. Überall dort, wo er sie berührt hatte und mit den Fingern entlanggestrichen war, hatte sich eine brennende Spur gebildet. Jetzt lag sie mit leichtem Druck auf ihrer Brust – ruhig und warm. Nicht roh und fordernd, sondern einfach, weil dies ihr angestammter, rechtmäßiger Platz zu sein schien.

Anna wartete immer noch. Nach und nach gaben ihre Muskeln den Widerstand auf und sie ließ die Nähe zu, als sie sich an ihn lehnte. Eigentlich dachte Anna, dass er es nicht bemerkte, da er bestimmt schon schlief, aber weil seine Lippen ihren Nacken berührten, spürte sie, dass sie sich bewegten. Er lächelte.

»Du bist meine Frau, … ich würde mein Leben für dich geben«, flüsterte er erst viel später verschlafen. Es war eigentlich nur ein Hauchen.

Anna war schlagartig wieder hellwach, rührte sich aber nicht.

»Ich weiß, dass du mich gehört hast, … dein Herz schlägt schneller. Aber keine Angst, … du brauchst nicht zu antworten.«

Und Anna tat es auch nicht.

GESTÄNDNISSE

– DIENSTAG, 11. AUGUST 1523 –

IN DEN FRÜHEN MORGENSTUNDEN, die Sonne schickte sich gerade erst an aufzugehen, tauchte Anna langsam aus den Tiefen des Schlafes auf. Es dauerte einen Moment, ehe sie sich erinnerte. Sie war im Hause des Meckmuler Scharfrichters Bartle Saur, zusammen mit …

Sie griff vorsichtig hinter sich und ertastete – nur ein kaltes Laken. Nun drehte sich Anna doch um. Sie war allein. Einerseits machte sich leise Enttäuschung breit – andererseits war sie ganz froh, doch noch einen Augenblick für sich zu haben, um über die vergangene Nacht nachdenken zu können. Dieser währte allerdings nicht lange. Leise Schritte waren vor der Tür zu hören, die gleich darauf geöffnet wurde. Erleichtert erkannte Anna Michael in dem großen Schatten – und nicht etwa Gertraud. Sie setzte sich auf, um den Becher entgegenzunehmen, den er ihr im Zwielicht des anbrechenden Tages reichte.

»Ich bin recht früh aufgestanden, da ich … noch etwas zu erledigen hatte«, erklärte Michael, obwohl ihn Anna noch gar nicht danach gefragt hatte. Er saß am Fußende des Bettes und beobachtete sie, wie sie genüsslich die noch warme, nahrhafte Kuhmilch trank, um sich dann vorzubeugen und mit seinem Finger ihren Milchbart von der Oberlippe abzuwischen. Michael horchte auf. Jemand schlug die Glocken.

»Das ist das Tagläuten – die Torwache öffnet das Stadttor. Jetzt wird den Bauern und Händlern aus der Umgebung Einlass gewährt und sie können auf den Markt ziehen. Schlüpf' in deine Kleider – wir mischen uns nachher auch unter die Leute. Keiner soll sagen, dass ich mein Weib nackten Fußes wieder nach Wymphen habe laufen lassen. Der Bender Hans soll dir ein Paar Pantoffeln anfertigen. Danach werde ich Bartle zur Burg begleiten. Der Amtmann von Berlichingen hat nach ihm geschickt.«

Anna folgte ihm hinunter in die Stube, wo Gertraud am Feuer hantierte. Misstrauisch beäugten sich die beiden Frauen.

»Mein Vater ist schon unterwegs. Es wurden einige Feldstrafen verhängt, um die er sich kümmern muss. Er hat mir aufgetragen, dir auszurichten, dass du ihm recht gerne unter die Arme greifen könnest, sobald du wach bist … und Zeit hättest«, schnappte Gertraud. Die Henkerstochter sprach zwar mit Michael, schoss aber giftige Blicke in Annas Richtung ab, die ganz froh war, dass ihr Mann sofort damit einverstanden war, Bartle bei dessen Arbeit zu helfen. Er sah sich noch schnell die leere Blase an seinem Fuß an, befand, dass der Faden seinen Zweck erfüllt hatte, zog ihn unter der Haut hervor und machte sich zusammen mit Anna auf den Weg.

Schlotternd stakste sie mit geschundenen Füßen hinter ihm her. Von der Jaxt her hatte sich dünner Nebel wie ein Schleier über die Stadt gelegt und war in jeden Winkel der Gassen gezogen. Sie hatten das Meisterhaus verlassen und folgten nun der Schafgasse zur Hauptstraße hin, wo an der Ecke das Haus des Tuchscherers Simon Elsässer stand. Das geschäftige Treiben fing an, seinen Lauf zu nehmen. Michael nahm den gleichen Weg wie am Vortag und bog zum Jaxttor hin ab, durch das sie die Stadt gestern betreten hatten. Hans Bender schien wenig erfreut, als der Scharfrichter vor seinem Karren zum Stehen kam. Er hatte sein Haus und seine Werkstube abseits des Marktgeschehens. Darum hatte er alles Nötige auf seinen Karren geladen, um sich hier an dem Platz niederzulassen, der ihm gemäß der Marktordnung zustand – in der Nähe des Jaxttors, da die Waren der Schuhmacher, Weiß- und Rotgerber stark nach Leder und Lohesud rochen. Er war gerade erst dabei, seine Werkzeuge auszubreiten, sie so zu platzieren, dass sie ihm geschickt lagen, und sich auf sein Tagwerk vorzubereiten.

»Sei gegrüßt, Schuhmacher. Einen schönen Tag wünsche ich.«

Auch Michaels freundliche Worte konnten die säuerliche Miene nicht vertreiben.

»Ich gedenke, ein Paar Pantoffeln bei Euch in Auftrag zu geben.«

Der Mann nickte, brummte Unverständliches, holte aber dann doch gegerbte, hellbraune Tierhaut, die auf einem Stapel auf ihre

Verarbeitung wartete. Auf seinen Wink stellte Anna ihren nackten, kalten Fuß auf das Leder und wartete, bis er, ohne sie zu berühren, Maß genommen hatte und die Umrisse markiert waren.

»Ich werde die Sohle aus drei Lederschichten fertigen und mit einem Sonderstück unterlegen, damit sie hinten höher sind als vorne – den Zierrat, die ausgepolsterten Schlitze und die gepressten Verzierungen werde ich mir sparen – es sei denn, Ihr wünscht Festtagsschuhe.« Fragend sah er die beiden an. Anna dachte mit Wehmut an ihre Eheschließung und wie sie hätte sein sollen.

»Nein, die brauchen wir nicht.«

»Ihr könnt die Pantoffeln am späten Nachmittag abholen«, brummte er schlecht gelaunt. Offensichtlich hätte er die Münzen bedeutend lieber an einem ehrbaren Bürger Meckmuls verdient.

Michael überlegte kurz. Der Sohn des Schuhmachers kletterte auf dem Karren herum. »Sobald Ihr mit der Arbeit fertig seid, könnt Ihr auch Euren Jungen schicken, um die Pantoffeln abzugeben, … wir sind im Meisterhaus bei Bartholomäus Saur untergekommen.«

»Wo auch sonst?«, antwortete Hans Bender abfällig und wandte sich ab, um sich an die Arbeit zu machen.

Michael und Anna schlenderten die Hauptstraße entlang. Es herrschte eine seltsame Spannung zwischen den beiden. Vertraut und fremd. Michael war der Erste, der das Schweigen brach. »Ich sollte mich nachher auf die Suche nach Bartle machen. Er hat sicher noch einiges zu tun. Vielleicht kann er eine helfende Hand gebrauchen. Du kannst derweil zum Haus zurück …« Nachdenklich sah er sie an. »Du kannst natürlich auch mitkommen«, fügte er hinzu, als er ihren skeptischen Blick bemerkte.

Anna nickte dankbar und rieb sich die klammen Finger. »Ich komme lieber mit … und … vorher kannst du mir doch noch alles zeigen, oder? Schließlich kennst du dich aus, und ich finde mich dann viel besser zurecht.«

»Natürlich.« Die Aussicht, noch mehr Zeit mit ihr gemeinsam zu verbringen, ließ Michael strahlen. Es freute ihn, dass der Vorschlag von ihr selbst gekommen war.

Vom Pfarrhaus bis zum Kirchgässle hatten sich die Sattler und Kupferschmiede niedergelassen. Auf beiden Seiten der Marktgasse waren die Stirn- und Haubenkrämer, die Gürtler, Buchbinder und Seifenhändler zu finden. Auf dem unteren Marktplatz waren vier Reihen den württembergischen Krämern vorbehalten, soweit sie gemischte Waren hatten. In der Nähe des unteren Marktplatzes hatten die Strumpfstricker und Haubenschneider ihre Stände aufgeschlagen. Die Nadler, Feilenhauer, Waffenschmiede und Sensenkrämer fand man entlang der Hauptstraße zum oberen Marktplatz, wo sich das Volk drängte. Hier waren Hutmacher, Lebküchner, Dreher, Spieler, Kübler, Siebmacher, Tabakkrämer, Flachsmänner und Spindelmacher anzutreffen.

Schließlich erreichten Michael und Anna nach ihrem Rundgang durch die Gassen das Zentrum des ganzen Geschehens: das Ratsgebäude. Die dortigen Räume waren den Bäckern, Metzgern, Kürschnern und Tuchmachern vorbehalten. Während der ganzen Zeit begegnete Anna nur unbekannten Leuten. Sie empfand es als Wohltat. Sie war fremd hier. Niemand kannte ihre Geschichte. Die meisten Bürger ignorierten sie gänzlich. Keine Anfeindungen, keine sonderbaren Blicke, kein Gerede hinter vorgehaltener Hand. Zumindest bis jetzt noch nicht. Gertraud traute sie allerdings durchaus zu, dafür zu sorgen, dass sich daran alsbald etwas änderte. Anna sog den leckeren Duft von frisch Gebackenem ein. Außer der warmen Milch hatte sie noch nichts in den Magen bekommen. Hungrig witschte sie um die Ecke, um sich vom Stand des Bäckers Hans Fleischmann etwas mit der Münze zu kaufen, die Michael ihr kurz zuvor zugesteckt hatte. Er selbst wollte nichts. Michael hatte in der Frühe schon gegessen.

»Gut … recht getan.« Anna musste warten, bis der Brotwäger Jerg Klingmann mit seiner Arbeit fertig war und die nachgewogenen Backwaren zum Verkauf freigab. Genüsslich kauend schlenderte sie anschließend wieder zurück und hielt dabei Ausschau nach Michael und Bartle. Sie hatte vermutet, ihn hier anzutreffen. Tatsächlich – sie entdeckte die beiden Männer am Rande des Marktplatzes, wo sie die Köpfe zusammensteckten und sich unterhielten. Die Gassen und Plätze füllten sich und an die Marktstände wurde letzte Hand angelegt. Der Büttel, der für deren Auf- und Abschlagen verantwortlich war, eilte mit hochrotem Kopf hierhin und dorthin und beeilte sich, alle Anliegen, die ihm angetragen wurden, noch rechtzeitig zu erledigen.

»… Natürlich hätte ich dich auch gern als Schwiegersohn gehabt, … aber ich kann dich schon verstehen, … deine Anna ist ein hübsches Ding. Gertraud hat da weit weniger Einsicht. Sie begreift nicht, dass du dir wirklich eine verurteilte Mörderin zum Weib genommen hast, die sich als ehemalige Bürgerin wohl immer noch für etwas Besseres hält.«

»Ich bin keine Mörderin!«

Ehe Michael sie verteidigen konnte, hatte Anna das Wort ergriffen. Sie war von ihnen nicht bemerkt worden, und jetzt drehten sich Michael und Bartle überrascht zu ihr um.

»Das Urteil … ja, es lautet so, … aber der Allmächtige weiß es besser!« Anna hatte laut gesprochen, und so starrten nicht nur einige Umstehende her, sondern auch der eben aus dem Ratsgebäude tretende Conrath Eittelwein, einer der Stadtrichter. Trotzig verfinsterte sich ihre Miene.

»Am heutigen Tag sind drei Urteile zu vollstrecken, … die Stadtrichter sind gerade übereingekommen, dass Ihr früher beginnt. Bereitet den Triller vor und gebt dann unverzüglich Bescheid.« Conrath Eittelwein beachtete Anna nicht weiter, sondern wandte sich in überheblichem Befehlston direkt an den Meckmuler Scharfrichter. Anna lief ein eiskalter Schauer über den Rücken. Jeder Moment ihres eigenen Martyriums lebte wieder in ihr auf. Bartle nickte und machte sich unverzüglich an die Arbeit. Er wusste, was er zu tun hatte. Anna sah sich um. Linker Hand neben dem Eingang des Ratsgebäudes befand sich der Pranger mit dem Halseisen, das an einer eisernen Kette bis auf den Boden hing. Auf der anderen Seite war eine Schandbühne aufgebaut worden. Zudem stand frei auf dem Marktplatz ein Holzgestell, ähnlich einem Galgen, an dem ein drehbarer Holzkäfig knapp drei Handbreit über dem Boden hing. Anna fröstelte und rieb sich die Oberarme. Ihr war der Appetit vergangen, und so hatte sie den restlichen Brocken an Michael weitergereicht. Gemeinsam beobachteten sie, wie Bartle ein letztes Mal gewissenhaft die Aufhängung und die Käfigtür überprüfte.

»Es wird schon nicht so schlimm«, flüsterte Michael nahe an ihrem Ohr. »Der Pranger mit dem Halseisen ist dem Centgericht vorbehalten. Da heute nur Feldstrafen abgegolten werden, kommt ausschließlich der Triller zum Einsatz«, erklärte er. Bartle hatte ihn offenbar schon darüber unterrichtet, welche Arbeit auf ihn wartete.

»Müssen wir in der Zeit hier sein?« Anna hatte ein ungutes Gefühl und wäre am liebsten auf der Stelle verschwunden.

Michael zuckte entschuldigend mit den Schultern. »Tut mir leid, … ich habe Bartle versprochen, dass ich ihm ein wenig zur Hand gehe, falls es nötig sein sollte – er hat ja keinen Knecht.«

»Tut, was Ihr nicht lassen könnt, aber erwartet im Nachhinein keine Bezahlung! Schließlich haben wir den Wymphener Nachrichter nicht um Hilfe ersucht!«, tat der Meckmuler Stadtrichter seine Meinung darüber kund. Conrath Eittelwein war nicht weit entfernt kurz stehen geblieben und hatte gehört, was Michael gesagt hatte. Dann machte er sich auf, vor den versammelten Bürgern die Urteile zu verlesen.

Die Hälfte des Vormittags war schon vergangen und der Marktplatz gut besucht. Bartle kam mit dem ersten Delinquenten aus dem Ratsgebäude heraus. Es war ein junger Bursche, der mit zugekniffenen Augen hinter dem Scharfrichter hinterdreinstolperte. Offensichtlich musste er sich, nach dem Aufenthalt in seiner dunklen Kammer, erst an die Taghelle gewöhnen. Er war vom Feldstützler dabei erwischt worden, wie er auf einem fremden Kirschbaum gesessen und sich die prallen, roten Früchte hatte schmecken lassen.

Bartle hatte ihn an den Ketten fest im Griff und führte ihn durch die Leute hindurch zu dem aufgehängten Holzkäfig. Auch Michael bahnte sich seinen Weg. Er entriegelte die schmale Öffnung, damit Bartle den jungen Mann hineinschieben konnte. Drinnen musste der erst einmal seine schlaksigen Gliedmaßen sortieren und sich eine einigermaßen bequeme Sitzposition suchen. Stehen konnte er nicht, dafür war der Käfig zu nieder. Es war ihm deutlich anzusehen, dass schon die bisherige Prozedur völlig ausreichend und ihm eine Lehre war. Beschämt starrte er vor sich auf die Bretter, auf denen er saß. Auf seinen Wangen zeigten sich hektische rote Flecken und die Ohren glühten. Ein paar Gleichaltrige standen in der Nähe. Sie grinsten breit, stießen sich gegenseitig schadenfroh an, tuschelten und gehörten später sicher zu den Ersten, die in den nächsten Stunden ihren Spaß mit ihm trieben. Bartle verschloss den Käfig und überließ den reuigen Übeltäter seinem Schicksal. Kaum dass sich der Nachrichter zurückgezogen hatte, kamen die Burschen an, frotzelten ihn und versetzten den Käfig in eine Drehbewegung. Es dauerte nicht lange, da wechselten die roten Backen des Insassen ihre Farbe. Bleich klammerte er sich an die Holzstäbe, um Halt zu finden. Der Käfig schaukelte hin und her und drehte sich auch noch um die eigene Achse. Der junge Mann atmete flach und hielt die Augen vor lauter Elend fest geschlossen. Anna mochte gar nicht mehr hinsehen.

»Komm, ... lass uns gehen.« Sie berührte Michael leicht am Arm und zeigte ins Ratsgebäude. Unter der weiß-roten Marktfahne, die an solchen Tagen ausgehängt wurde, betraten sie das Gebäude. Eine streng dreinblickende Marktwache kam ihnen entgegen, die dafür zu sorgen hatte, dass sich keine Betrüger, Diebe und Friedensstörer einschlichen und dass der Marktfrieden erhalten blieb. Anna verschaffte sich schnell einen Überblick und hielt dann auf die Ecke mit den Tuchmachern zu. Auch Simon Elsässer, der katzenwurmgeplagte Tuchscherer, hatte dort seinen Platz gefunden und bot kleine und große Stoffballen an. Annas Interesse war geweckt. Sie blieb vor dem Tisch stehen und begutachtete die verschiedenfarbigen Gewebe. Einer fiel ihr besonders auf. Der Stoff war in einem hellen Gelb gehalten. »Michael, ... sieh nur!« Andächtig strich sie über die weiche Oberfläche.

»Nein!« Dieses Nein klang wie aus einem Mund – kam aber aus verschiedenen Richtungen. Vor ihr hatte der Tuchscherer und hinter ihr hatte Michael gerufen. Erschrocken zog Anna ihre Hand zurück. Sie hatte ihren Fehler erkannt, aber jetzt war es zu spät.

Eingeschüchtert erwiderte sie die Blicke der beiden Männer – den zornigen von Simon Elsässer und den tadelnden ihres Mannes. Sie hatte es vergessen, hatte einfach nicht mehr daran gedacht.

»Und jetzt?«, keifte der Tuchscherer. »Diesen Ballen kann ich nimmermehr verkaufen! Wer kommt mir für den Schaden auf?« Verärgert riss er die Augen auf und wartete auf eine Antwort von Michael. Die Leute, die in der Nähe standen, tuschelten und gafften. Neugierig warteten sie ab, was weiter geschehen würde. Anna senkte verschämt den Blick. Es tat ihr leid. Sie war nun einmal nicht mehr die Bürgerstochter, die wie früher unbekümmert durch das Markttreiben schlendern und die Güte und Qualität der Tücher und Stoffe prüfen konnte.

»Ich kaufe den Ballen«, presste Michael zwischen den Zähnen hervor. Anna konnte ihm anhören, dass er alles andere als erfreut war. Verlegen kaute sie auf ihrer Lippe herum und knetete ihre Finger. Sie wartete, bis Michael die Münzen abgezählt und den Tuchballen geschultert hatte.

»Es tut mir leid! Ich weiß auch nicht ... ich hatte es vergessen. Ich war wohl einfach zu unbekümmert, ... bitte entschuldige!« Anna war ihm gefolgt und redete beinahe weinerlich auf ihn ein. Jetzt drehte er sich endlich um. Zu ihrer Verwunderung war keine Wut in seinen Augen zu erkennen.

»Nun, ... war es nicht das, was ich mit dem Marsch nach Meckmul erreichen wollte? Wie also könnte ich dir jetzt böse sein und über dich zürnen?« Fragend hatte er eine Augenbraue hochgezogen. Überrascht wusste Anna nicht, was sie erwidern sollte. Michael setzte eine gespielt strenge Miene auf. »Aber ich muss trotzdem zugeben, dass keiner meiner früheren Aufenthalte hier so kostspielig war wie dieser.« Seine vollen Lippen verzogen sich zu einem schiefen Grinsen. »Ist schon nicht so schlimm«, beruhigte er Anna, als er ihr erschrockenes Gesicht sah, in dem das schlechte Gewissen überdeutlich abzulesen war. »Besser wir kaufen den Stoff, als dass der Elsässer Simon sich an die Consules wendet. Außerdem erhalte ich nach dem Besuch auf der Burg auch ein paar Münzen – gleicht sich wieder aus. Wenn wir dann zurück in Wymphen sind, kann Greta das Tuch einfärben und einen Teil davon für Lisbet verwenden. Sie wächst schnell … ein neues Kleid ist eh bald wieder nötig.« Mit seiner Last auf der Schulter ging er voran und Anna folgte ihm durch die Gassen.

Nachdem sie den Ballen im Meisterhaus abgeliefert hatten, vertrieben sie sich bis weit nach Mittag die Zeit in den Gassen Meckmuls. Der ausgedehnte Rundgang führte sie schließlich wieder auf den unteren Marktplatz, wo der Insasse im Triller gewechselt hatte. Den Platz des Kirschendiebs hatte inzwischen der Hirte Hans Haug einnehmen müssen. Wie Michael ihr zuflüsterte, hatte er wohl die Ziegen am falschen Platze weiden lassen. Schadenfroh setzen einige Jungen den Triller in Bewegung und johlten, als der Ziegenhirte weit schneller die Kontrolle über seinen Körper verlor als sein Vorgänger. Beinahe schon grün im Gesicht, verdrehte er die Augen, blähte die Backen auf und sein Mageninhalt ergoss sich in einem dicken Strahl durch die Bodenlatten auf den Marktplatz unter ihm, während der Triller weiter seine Kreise zog. Anna wandte sich ab und drehte den Kopf zur Seite. So genau wollte sie das alles gar nicht sehen. Michael anscheinend auch nicht, denn er starrte abwesend vor sich auf den Boden. Erst als sie ihn am Arm anstubste, sah er sie an.

»Sollen wir weitergehen?«

»Oh … äh … nein, … ich meine … doch, gehen wir weiter. Ich habe da nämlich noch etwas für dich«, druckste Michael verlegen herum und rieb sich ein Ohr.

Fragend sah ihn Anna an. Sie wartete darauf, dass er weitersprach.

»Wir müssen da entlang.« Er zeigte Anna die Richtung an und ging dann voraus. Sie entfernten sich recht weit vom geschäftigen Treiben des Marktes. Irgendwo, Anna hatte schon vor einer Weile die Orientierung verloren, blieb Michael vor einem kleinen, unscheinbaren Haus stehen.

»Was machen wir jetzt hier?« Anna konnte sich beim besten Willen nicht vorstellen, was sie erwartete. Michael spähte mit zusammengekniffenen Augen durch eines der Fenster.

»Salomon Walt? Seid Ihr da?« Seine Stimme klang laut in der engen Gasse. Anna hörte drinnen schlurfende Schritte. Die Tür wurde einen Spalt geöffnet und ein Kopf herausgestreckt. Der bärtige Mann musterte sie mit flinken Augenbewegungen, um sie dann mit einer Geste zur Rückseite des Gebäudes zu schicken, ehe die Tür wieder ins Schloss fiel. Anna öffnete den Mund, um ihrem Mann eine weitere Frage zu stellen, aber der hatte sich schon auf den Weg gemacht. Mit einem letzten, interessierten Blick auf das kleine, kunstvoll verzierte, hölzerne Kästchen, das am Türpfosten befestigt war und eine winzige Schriftrolle zu enthalten schien – wie man durch eine schmale Öffnung sehen konnte – drehte sich Anna um und tapste Michael hinterdrein. Der Mann erwartete die beiden bereits und ließ sie in eine kleine Kammer eintreten. Dass er Jude war, konnte Anna nur allzu leicht erkennen. Er trug ein schmuckloses schwarzes Käppchen auf dem Kopf. Sein Bart hatte eine beachtliche Länge erreicht, obwohl er zur Spitze hin recht dünn war, und die Haare an den Schläfen hingen in Form einer einzigen Locke herab. Anna fasste sich unbewusst an ihre Haube. Dieser Mann, der ihr da gegenüberstand, hatte doch tatsächlich längere Haare als sie selbst!

»Habt Ihr den Auftrag ausgeführt?« Irritiert schielte Anna zu ihrem Mann hinüber, der nervös die Hand zur Faust geballt hatte. Auftrag? Was hatte wohl ein Scharfrichter bei einem Juden in Auftrag zu geben?

»Natürlich, alles wurde wie vereinbart erledigt. Seht, … hier.« Salomon Walt klappte die Ecken des unscheinbaren ledernen Tüchleins auseinander, das auf dem kleinen Tisch in der Mitte der Kammer lag. Annas Augen wurden größer und größer, als sie das Schmuckstück erkannte. Es war ihre eigene Brosche! Sie drängte Michael zur Seite und trat an den Tisch heran.

»Wie kommt Ihr zu meinem Geschmeide? Es ist doch das meine, oder?«, fragte sie den Juden dann doch etwas verunsichert, ohne jedoch die Brosche aus den Augen zu lassen.

»Nun, Meister Kremer hat die Ausbesserungsarbeiten für seine Frau in Auftrag gegeben. Wenn Ihr also diejenige seid, dann …«

»Ja. Ich bin seine Frau«, bestätigte Anna laut und deutlich, um dann nach der Brosche zu greifen. Prüfend drehte sie das kostbare Stück hin und her. Alle Steine waren noch da, und die Nadel ließ sich auch wieder schließen, ohne dass man Bedenken haben musste, dass sie sogleich abfiel. Das war also der Grund, weshalb sie morgens allein aufgewacht war. Michael hatte sich schon in aller Frühe auf den Weg zu dem Goldschmied gemacht. Verblüfft musste Anna zugeben, dass ihm die Überraschung gelungen war. Sie hatte das Schmuckstück bis gerade eben überhaupt nicht vermisst. Selig steckte sie sie an und trat wieder auf die Gasse hinaus, von wo aus sie sehen konnte, dass er ein kleines Päckchen in seinem Gurtbeutel verschwinden ließ. Es dauerte, bis Michael ihr folgte. Er hatte sicher nicht wenige Münzen für die erbrachte Leistung herauszugeben – einmal mehr wegen ihr.

Schweigend waren sie durch die Gassen geschlendert, um dann schließlich die Stadt durch das Sekachtor zu verlassen. Der Fluss führte weniger Wasser als die Jaxt und mündete nahe dem Tor, an welchem sie angekommen waren, in den größeren. Zuvor floss die Sekach jedoch gemächlich in ihrem Bett nicht weit entlang der Meckmuler Stadtmauer. Dort am Ufer hatten sich Anna und Michael einen abgeschiedenen Platz gesucht und es sich im hohen Gras gemütlich gemacht. Ein dichter Schwarm winziger Tierchen flog auf, als Anna sich setzte und sich bequem mit den Armen abstützte. Verstohlen schielte sie zu ihm hinüber. Er hatte die Beine angewinkelt und seine Arme auf den Knien abgelegt. Konzentriert pflückte er immer wieder lange Grashalme ab, drehte und knotete sie, um sie anschließend in die Sekach zu werfen.

»Danke ... für die Brosche«, beendete Anna endlich das drückende Schweigen. »Und ebenfalls für die neuen Schuhe.«

Michael nickte. »Du brauchst dich nicht zu bedanken«, wehrte er bescheiden ab. »Das ist selbstverständlich, ... du bist meine Frau.«

»Ja, wie könnte ich das auch jemals vergessen?«, flüsterte Anna mehr zu sich selbst, bemerkte aber sofort seinen verletzten Blick. »Ich ... es tut mir leid – bitte entschuldige«, versuchte sie, dem

Gesagten die Schärfe zu nehmen, und stöhnte resigniert auf. »Es ist wahrlich nicht einfach, mit einem Mann verheiratet zu sein, der ... den man nicht kennt und der einem völlig fremd ist«, suchte Anna gestikulierend nach Worten.

»... Und noch dazu ein Henker ist«, ergänzte er ihre Worte, ohne jedoch vorwurfsvoll zu klingen. »Dann lerne mich kennen. Du kannst mich alles fragen, was dir auf der Seele brennt, ... was immer du wissen möchtest«, bot er ihr an und lächelte, als sie ihn ungläubig und misstrauisch ansah.

»Wirklich alles? Nun gut ...« Annas Interesse war geweckt, ihre Neugier siegte. »Welche Städte und Länder hast du schon bereist, als du auf Wanderschaft warst? Was hast du gesehen und erlebt? Wo hast du dein Meisterstück abgelegt? Was hatte derjenige getan?«, sprudelten die Fragen nur so aus ihr heraus. Michaels Miene hatte sich zum Schluss etwas verfinstert, aber Anna gab nicht auf.

»Versprochen ist versprochen ... hat mir einmal ein edler Herr gesagt und dann tapfer das bittere Backwerk gegessen, da er tatsächlich zu seinem Wort stand.« Herausfordernd sah sie ihn an, und nachdem er einen kurzen Moment überlegt hatte, gab er sich angesichts des unumstößlichen Arguments geschlagen. Nach einem Räuspern begann er zögernd.

»Also, ... seit ich denken kann, habe ich meinen Vater begleitet, wenn er Ehren- oder Körperstrafen für den Rat zu vollziehen hatte. Irgendwann kam dann der Moment, in dem ich begriff, was er da eigentlich tat. Ich fand nie Gefallen daran und mir grauste vor der Zeit, da ich seine Nachfolge antreten sollte. Irgendwann hatte ich dann auch bei anderen mein Handwerk zu erlernen – ich ging auf Wanderschaft, von der ich zur selben Zeit zurückkehrte, zu der auch du in Wymphen angekommen bist.«

»Das weiß ich doch alles«, unterbrach Anna ihn ungeduldig. »Wo bist du hergekommen?«

»Als ich die Stadt verlassen habe, hat mich mein Weg nach München geführt. Dort bin ich bei dem Scharfrichter Matthias Schellerer untergekommen. Er hat mich aufgenommen und etwa ein Jahr beschäftigt.« Michael geriet ein wenig ins Stocken. »Ein Ereignis allerdings hat mich dazu bewogen, weiterzuziehen.« Anna hing gebannt an seinen Lippen und ihm war klar, dass sie nicht eher Ruhe geben würde, bis sie seine ganze Geschichte erfahren hatte.

»Ein junger Bursche mit Namen Christian Hußendörfer – soweit ich mich noch erinnern kann – war zum Mörder geworden, und Meister Schellerer sollte ihn richten. An jenem Tag jedoch wollte ihm sein Handwerk nicht so recht gelingen. Schon bei den Vorbereitungen, bei denen ich ihm natürlich helfen musste, war er unkonzentriert und unruhig. Letztlich war alles vorbereitet und die Lebenszeit des Mörders lief ab. Meister Schellerer holte zum ersten Schlag aus, traf aber nur halbherzig.« Michael schloss die Augen, als die Erinnerungen wieder lebendig wurden. »Erst mit dem siebenten Hieb trennte er dessen Haupt ab. Es war mehr eine blutige Metzelei denn eine Hinrichtung. Weswegen er, nachdem das Werk endlich vollbracht war, vor der wilden Menge beschützt werden musste.«

Annas Gesicht hatte sich vor Ekel verzogen. »Wohin bist du dann gegangen?«

»Die restliche Zeit verbrachte ich in Nuremberga – bei Franz Schmidt. Ihn habe ich mir in vielen Dingen zum Vorbild genommen. Er genoss einen guten Ruf, da ihm der Schwerthieb zu jeder Zeit auf Anhieb gelang. Ihm ist es auch gelungen – natürlich mithilfe von einflussreichen Kirchenmännern – die Strafe für Kindsmord von Ertränken in Enthaupten umzuwandeln. So einen schnelleren Tod hätte ich mir für die Hornmilch Agathe ebenfalls gewünscht. Er hat mir auch so manches beigebracht, das ich jetzt zur Heilung verwende.«

»Du hast gesagt, die restliche Zeit warst du in Nuremberga. Dann hast du bei Franz Schmidt wohl auch dein Meisterstück abgelegt?«, folgerte Anna.

»Ja, … ein Bauernknecht hatte einen Schneider erschlagen, und ich sollte ihm dafür seinen Kopf nehmen.« Michael unterbrach seine Rede, während er sich im Gras ausstreckte. Anna merkte ihm sehr wohl an, dass er mit den Erinnerungen kämpfte. »Ich konnte ab der Urteilsverkündung nicht mehr schlafen. Immer wieder habe ich den Schwerthieb geübt und mir von Meister Schmidt den Ablauf erklären lassen. Ich erinnere mich noch genau, dass der Knecht den ganzen Weg geweint hatte – bis er niederkniete. Ein Wunder, dass ich mit diesen zitternden Händen den Schlag ausführen konnte.« Verlegen lachte er auf.

»Wie ist es, einen Menschen zu töten?«, fragte Anna leise nach.

»Hätte ich eine Wahl, so würde ich es lassen. Diese Überwindung, ein Leben auszulöschen, ist kaum vorstellbar. Selbst dann, wenn es nur das Leben eines Mörders oder Diebes ist.« Michael hatte sich zu ihr gebeugt, um seinen letzten Worten Nachdruck zu verleihen. Anna erwiderte nichts mehr. Stumm blickte sie in das Gesicht direkt vor ihrem eigenen und wagte nicht zu atmen. Die braunen Augen waren nicht so dunkel wie sonst. Das einfallende Licht ließ honigfarbene Punkte in ihnen erscheinen, und seine Lippen, deren Geschmack sie nur zu gut kannte, waren nur eine Handbreit entfernt.

Doch plötzlich war diese Nähe wieder vorbei. »So, … nun kennst du also meine Geschichte. Steht mir da nicht das Gleiche mit der deinen zu?«, wagte er sich vor.

Anna wusste sofort, worauf er hinauswollte, schwieg jedoch. Sie war sich nicht sicher, ob sie von jener Nacht erzählen wollte, deshalb flüsterte sie nur: »Feit Morstatt, … nun kennst du auch meine.«

Michael hatte ihr keine weiteren Fragen mehr gestellt. Schweigend waren sie in die Stadt zurückgekehrt. Es war Zeit, dass sich Michael zusammen mit seinem Oheim auf den Weg zur Burg machte, während Anna weiter über den Markt schlenderte. Bartle und Michael bestiegen den Pfad, der durch Gärten und Wengerte hinauf zur Burg führte – ein kurzer, aber steiler Aufstieg. Sie erreichten das Tor in der hohen, steinernen Mauer und wurden eingelassen. Bartle nickte nur kurz und setzte seinen Weg ohne zu zögern der inneren Mauer entlang fort. Michael folgte ihm geradewegs auf einen mächtigen, runden Turm zu. Bevor sie ihn jedoch erreichten, bog Bartle linker Hand ab und verschwand in einem schmalen Durchgang. Er umrundete das Gebäude, in dem sich das Leben der Burgbewohner abspielte. Niemand hielt sie auf, als sie einen karg eingerichteten Raum betraten. Bartle begrüßte den Burgherrn. Zu seiner Überraschung war der Amtmann schon anwesend und wartete auf den städtischen Scharfrichter. Götz von Berlichingen saß am Tisch und gab einer Magd, die gerade Teig knetete, Anweisungen.

»Ursula, … achte darauf, dass Magdalena und Barbara ordentlich essen.« Dabei deutete er auf die beiden Mädchen, die auf ihren Hockern herumrutschten und kicherten. Sein Oheim hatte gestern erwähnt, dass er mit einer Magd namens Ursula zwei illegitime Kinder hatte – und tatsächlich … hätte Michael nicht gewusst, dass der Amtmann Gottfried von Berlichingen höchstselbst vor ihm weilte, dann hätte er wirklich denken können, dass hier eine Familie einträchtig beieinandersaß. Die Kinder und die Magd nahmen die Anwesenheit der beiden Männer im Wirtschaftsraum nur mit einem flüchtigen Blick zur Kenntnis und widmeten sich dann wieder ihren Tellern und dem hellen, weichen Teig.

»Welcher Dienste bedürft Ihr?«, kam Bartle ohne Umschweife zur Sache und stellte seinen Beutel auf dem Boden ab. Von Berlichingen drehte sich zu den beiden Neuankömmlingen um. Michael war in der Nähe der Tür stehen geblieben und wartete ab. Er bemühte sich, nicht zu lange zu dem Mann hinüberzustarren. Dieser hatte sich zwischenzeitlich erhoben und winkte den ihm bekannten zu sich heran, während er stumm in Michaels Richtung nickte.

»Das ist mein Neffe, … er ist der Scharfrichter zu Wymphen, … mit Eurer Erlaubnis wird er hierbleiben. Zweifaches Wissen ist sicher kein Fehler«, klärte Bartle den Amtmann kurz auf und hoffte auf dessen Zustimmung. Michael konnte seinen Blick nicht abwenden. Nicht deswegen, weil der charismatische Götz einfach seinen entblößten, bleichen Fuß auf dem Tisch ablegte, sondern weil seinen rechten Arm eine Nachbildung einer Hand zierte – aus Eisen! Das Metall umschloss den darunter verborgenen Stumpf bis kurz vor den Ellbogen. Es war eine wahrliche Meisterarbeit. Die einzelnen Finger schienen beweglich zu sein – wie die Gelenke einer menschlichen Hand. Befestigt und am Körper gehalten wurde das Ganze durch lederne Riemen. Die eiserne Hand gab ein leises, hohles Geräusch von sich, als sich Götz von Berlichingen abstützte, um seine Sitzposition zu verbessern.

»Tretet ruhig näher, ... scheut Euch nicht!«, forderte er Michael schließlich auf. Bartle hatte sich bereits über den Fuß gebeugt und begutachtete mit verkniffenen Augen die Sohle, überließ jedoch Michael das Feld.

»Am besten schneidet Ihr sie großzügig heraus – damit ich endlich Ruhe habe! Wenn ich ein ordentliches Messer mit diesem Gestell halten könnte, dann hätte ich es bereits längst selbst getan!«

Michael hörte den verärgerten Unterton in seiner Stimme und sah sich nun ebenfalls das Geschwür an. Eine Warze hatte sich auf einer fingernagelgroßen Fläche direkt auf dem Ballen des großen Zehs ausgebreitet. Das Gewebe wölbte sich vor und war mit winzigen schwarzen Punkten übersät. Michael konnte sich gut vorstellen, dass das Geschwür auch nach innen wuchs und jeden Schritt unangenehm machte. »Wenn wir es herausschneiden sollen, habt Ihr eine noch größere Wunde, die Euch martert. Versucht es doch zuerst mit dem frischen Saft des Warzenkrauts. Mein Oheim kann Euch später etwas davon bringen«, schlug Michael vor, noch ehe Bartle etwas sagen konnte.

Der Amtmann stöhnte ungeduldig. »Nun gut, ... aber könnt Ihr mir dann wenigstens bei meinem bösen Zeh schneller Linderung verschaffen?« Demonstrativ streckte er ihm den Zeh unter die Nase. Rund um den Nagel war die Haut tiefrot und geschwollen. Als Michael ihn mit leichtem Druck abtastete, gab der Burgherr keinen Laut von sich. Er zuckte nicht einmal leicht zurück. Nach den Erzählungen seines Oheims war von Berlichingen wirklich nicht zimperlich.

»Ich werde Euch schneiden müssen. Dann können die schlechten Säfte abfließen«, stellte der jüngere Scharfrichter fest. Auf einen zustimmenden Wink hin zog er die scharfe Klinge und beugte sich über den Fuß. Mit einem festen Griff unterband er jede Bewegungsmöglichkeit und setzte die Messerspitze an. Genau dort, wo die Hornschicht aus der geschwollenen Haut trat, glitt die Klinge in das Fleisch. Nun konnte Michael den zähen, stinkenden Saft zusammen mit dem Blut aus der Wunde drücken. Geschwind spülte er das gelbliche Etwas mit Wasser ab und wickelte einen mit Wein getränkten Leinenstreifen fest um den Zeh. Nach getaner Arbeit ließ sich Michael auf den Hocker nieder, den ihm der Burgherr anbot.

»Ursula! Komm, … schenke uns Wein ein!«, rief er nach seiner Magd, die zwischenzeitlich mit ihren Töchtern draußen herumwurstelte.

»Verzeiht, wenn ich Euch so anstarre, … aber es ist wirklich beeindruckend, … sieht man nicht alle Tage!«, wollte Michael sich entschuldigen, aber Götz von Berlichingen lachte nur. Er schien sich nicht daran zu stören, dass der junge Scharfrichter Interesse zeigte. »Wie lange habt Ihr diese eiserne Hand schon … und … wie ist das geschehen?«, hakte Michael mutig nach. Hatte sein Oheim nicht gesagt, dass der Amtmann nur zu gerne aus seinem Leben plauderte? Und tatsächlich schien von Berlichingen nur darauf gewartet zu haben. Genüsslich hob er den Becher, den Ursula vor ihn hingestellt hatte, nahm einen großen Schluck von dem kühlen, verdünnten Wein und begann, ausführlich zu erzählen.

»Ich war damals ein junger Mann von vierundzwanzig Jahren, … an der Seite meines Oheims Neidhart von Thüngen stand ich an jenem Unglückstag vor Landshut. Wir belagerten die Stadt, die, stark befestigt, in pfälzischer Hand war.« Götz gestikulierte mit den Armen, und für diesen Moment war seine Vergangenheit wieder äußerst lebendig geworden, was Michael bei einem solchen – im wahrsten Sinne des Wortes – einschneidenden Erlebnis gar nicht wunderte. »Ein Schuss aus einer Nürnberger Feldschlange, die irgend so ein Tölpel auf die eigenen Verbündeten gerichtet hatte, zersplitterte meinen Schwertknauf. Die Trümmer schlugen mir zwischen dem Handschuh und dem Armzeug die Hand ab.« Er zog die Augenbrauen dramatisch hoch und legte eine kurze Pause ein. »Obwohl ich schwer verwundet war, konnte ich mich retten. Gerade so, als würde es mich nicht kümmern, wendete ich meinen Gaul und kam ungefangen von den Feinden davon.« Er lachte laut auf. »Ihr könnt Euch wohl vorstellen, … die Kunde, dass ich beschossen wurde, verbreitete sich rasch. Ach …«, stöhnte er dann in dunkler Erinnerung, »… es dauerte Monate, bis der Stumpf geheilt war.«

Michael nickte. Das konnte er sich wahrhaftig vorstellen. »Und trotzdem habt Ihr das Beste daraus gemacht und Euch wieder eine Hand geschaffen.«

Stolz präsentierte der Amtmann den metallenen Körperteil.

Die drei Männer blickten gleichzeitig auf, als eine edel gekleidete Frau eintrat. Ohne Zweifel die Burgherrin. Sie streifte Bartle und Michael mit einem flüchtigen Blick und wandte sich sogleich an ihren Mann. »Ich habe soeben Kunde erhalten, dass die zweitausend Gulden überbracht wurden.« Die Mundwinkel wanderten in dem verkniffenen Gesicht noch weiter nach unten.

»Gib den Boten ihren Lohn … und weine den Münzen nicht mehr nach, … an der Zahlung ist nun nicht mehr zu rütteln. Die Münzen waren binnen Jahresfrist zu entrichten. Also habe ich sie aufgebracht und dem Bund nach Ulm übersandt, … sollen sie wohl damit leben«, winkte Götz verärgert ab und wollte sich offenbar nicht weiter dieser tristen Nachricht widmen, die ihm sein Weib überbracht hatte.

Er erntete ein trotziges Schnauben von seiner Dorothea. »Nun gut, und was ist mit den Atzungskosten?«, keifte sie. »Fünfhundertzweiundfünfzig Gulden verlangt der Hailbruner Kronenwirt Diez Wagenmann.« Sie kümmerte sich überhaupt nicht darum, dass die beiden Scharfrichter Zeugen dieses äußerst persönlichen Streitgesprächs wurden. Für sie schienen die Männer gar nicht anwesend zu sein.

»Gräme dich nicht, Frau, … ich habe bereits einen Schadenposten von siebentausend Gulden aufgelistet und Herzog Ulrich ersucht, mir wenigstens mit viertausend Gulden unter die Arme zu greifen.«

Ihr Gesicht hellte sich bei seinen Worten auf. »Ich werde demnach ebenfalls ein Schreiben an deinen Herrn aufsetzen. Zweifache Fürsprache kann nicht schaden.« Voller Tatendrang rauschte sie davon.

»Über fünfhundert Gulden, … das ist fürwahr eine Frechheit, oder? Was meint Ihr?«, nachdenklich wandte sich Götz von Berlichingen an Michael.

»Über fünfhundert Gulden?«, wiederholte der. Er war durch die Frage ein wenig überrumpelt worden. Weder er noch Bartle hatten damit gerechnet, dass in einer solchen Angelegenheit Wert auf ihre Meinung gelegt wurde. Außerdem war er nicht sicher, ob er hierzu überhaupt eine Meinung haben wollte. Michael war froh, dass der Burgherr schon wieder weiterredete. So konnte er ihm die Antwort schuldig bleiben.

»Über vier Jahre ist das nun her, … eine Urfehde ging von Esslingen nach Meckmul. Ich sollte diese unterzeichnen. Ich weigerte mich, wurde nach Hailbrun verbracht und für eine Nacht in den Turm gesperrt.« Er grinste hämisch, wackelte mit seinem pochenden Zeh und schenkte sich noch mehr Wein nach. »Am Freitag vor Pfingsten, … ich weiß es noch genau, … es war der zehnte Juni, … erschien der Syndikus Magister Wolfgang Gröninger in der Stube im Wirtshaus Krone am Marktplatz von Hailbrun … gegenüber der Kilianskirche. Natürlich zusammen mit einer stattlichen Anzahl Hailbruner Ratsgesandter – die Stube war voller Leut'. Die mitgebrachte und verschärfte Urfehde wurde laut verlesen. Dann besaßen die doch glatt die Frechheit, mich allen Ernstes zu fragen, ob ich annehme. Ha! Ich schleuderte ihnen entgegen, dass ich lieber ein ganzes Jahr im Turm liegen wolle, und zog mein Schwert. Da traten sie zurück und baten mich, dass ich einstecken solle und Friede halten. Sie würden mich doch nur zum Rathaus führen.« Götz von Berlichingen schnaubte. »Ich glaubte ihnen … und sie brachten mich auch tatsächlich zum Rathaus … und vom Rathaus in den Turm, wo ich eine unbequeme Nacht verbrachte.«

»Eine einzige Nacht?«, fragte Michael und lauschte weiter den Erzählungen des schmunzelnden von Berlichingen.

»Ja, … bereits am nächsten Tag – dem Pfingstsamstag – nahmen sie mich wieder heraus und brachten mich in die Rechenstube im Rathaus ... eine lustige Stube. Alsbald wurde ich wieder in die Herberge zur Krone verbracht. Wenigstens wohnte zeitweise mein Weib bei mir. Was sollte ich sonst dort tun außer Briefe zu verfassen – wenn auch mit linker Hand? Schließlich hielt man mich härter als sonst einen vom Adel. Darüber habe ich mich bitter beim Herzog Ulrich beklagt.«

Nun war Michael auch klar, woher die hohen Atzungskosten rührten. Nach fast dreieinhalb Jahren, die der Ritter teilweise mit Familie dort in Hailbrun verbrachte, waren sicher eine Menge Kosten angefallen. Michael hielt es jedoch für klüger, Götz von Berlichingen nicht auf diesen Umstand aufmerksam zu machen.

»So trug es sich also zu, dass ich nun zur Urfehde auch noch die Atzung zahlen soll. Wenigstens haben sie mich wieder auf freien Fuß gesetzt.« Von Berlichingen winkte ab, als wollte er die Jahre in Gefangenschaft wegwischen.

Ehe Michael und Bartle etwas erwidern konnten, flog die Tür erneut auf. Die resolute Dorothea stapfte herein – ein Schreiben in der Hand. Heftig schnaufend blieb sie vor ihrem Gemahl stehen und hielt ihm das Papier unter die Nase. »Lies!«, befahl sie. »Ein dringliches Schreiben von deinem älteren Bruder Hans. Er erbittet um Himmels willen schleunigst Hilfe von dir, da im benachbarten Zisterzienserkloster Schöntal eine Rotte Bauern eingefallen sein soll. Seine in der Nähe liegenden Güter befänden sich in höchster Gefahr!« Das Papier war noch versiegelt.

»Woher weißt du was er schreibt?« Ungläubig blinzelte Götz zu ihr hoch.

Energisch wedelte sie mit dem Papier. »Nun nimm schon! Der Bote hatte den Auftrag, schon beim Überbringen den Inhalt zu offenbaren, damit keine Zeit verloren geht.«

Michael sah ihr fasziniert nach. Sie schien ihrem Gatten mehr gleichgestellt denn untergeordnet zu sein. Noch während der Burgherr las, stand er auf und murmelte nur noch ein abwesendes »Lasst Euch entlohnen ...«, ehe er davonhumpelte, um Vorkehrungen zu treffen, seinem Bruder zu Hilfe zu eilen.

RÜCKKEHR NACH WYMPHEN

– FREITAG, 14. AUGUST 1523 –

Nun war es nicht mehr weit. Anna stand neben Michael und wartete darauf, dass die Fähre von Martin Vörg anlegte, damit sie den Weg nach oben in die Bergstadt fortsetzen konnten. Er beobachtete seine Frau unauffällig. Sie war blass und hielt den Blick gesenkt. Es war nur zu offensichtlich – sie hatte Angst. Angst, wieder nach Wymphen zurückzukehren, wo sie jeder kannte und wo sie wieder die Mörderin Anna Eblin war. Aber er wusste es besser. Er hatte ihr geglaubt, als sie ihm anvertraut hatte, wer ihr diese Schande in der Arrestkammer angetan hatte. Er hatte ihr ebenfalls geglaubt, als sie ihm den wahren Mörder offenbarte. Seine Fäuste ballten sich angesichts seiner finsteren Gedanken. Im Moment konnte er sich noch nicht recht vorstellen, auf welche Weise er Feit Morstatt von nun an gegenübertreten sollte. In Meckmul hatten sie noch eine ruhige Zeit verbracht, die nun aber zu Ende gehen sollte. Sogar Gertraud hatte sie, so gut es eben möglich war, gemieden und war ihnen aus dem Weg gegangen. Im Hause des Bartle Saur konnten sie aber eben nicht ewig verweilen. Außerdem plagte Michael sein schlechtes Gewissen. Er hatte Wilhelm mit einem Haufen Arbeit zurückgelassen. Es wurde wahrlich Zeit, dass er seine Arbeitskraft wieder zur Verfügung und in den Dienst seiner Familie stellte. Ungeduldig blickte er zum Ufer, wo die drei Burschen Albrecht Hoffmeister, Lennhart Entenbeker und Conrath Claus herumtollten. Sie verschanzten sich hinter Passanten und abgestellter Ladung, die darauf warteten, mit der Fähre ans andere Ufer befördert zu werden. Michael half Anna, die sich darauf konzentrierte, nach dem großen Schritt das Gleichgewicht an Land nicht zu verlieren.

Sie nickte ihm zu und wollte schon weitergehen, als sich eine Mischung aus Erstaunen und Schrecken in ihrem Gesicht spiegelte. Annas Blick ging an ihm vorbei – so viel bemerkte er noch. Bis er sich jedoch alarmiert umdrehen konnte, war es schon geschehen. Unmittelbar nach dem Treffer am Hals folgte ein stechender Schmerz. Anna schlug sich die Hand vor den Mund und sah sich das Missgeschick an. Die drei Burschen hatten derweil eingeschüchtert ihre Beine in die Hand genommen und waren in Richtung Bergstadt davongerannt.

Michael verzog das Gesicht und beugte sich nach vorne, damit der Schlamm mit den Lehmbatzen abtropfen konnte. »Na warte! Im Schlamm war ein spitzer Stein, der mich erwischt hat. Welcher der drei war es denn? Hast du es gesehen? Vermutlich der Entenbeker. Der ist auch immer vorne mit dabei, wenn es darum geht, den mit dem Bettelstab zu triezen.« Verärgert strich sich Michael den größten Teil des Drecks vom Hals und schüttelte ihn von der Hand ab. Das braune Wasser allerdings war ihm unter sein Hemd gelaufen und hinterließ nun einen gut sichtbaren Fleck am Kragen. »Greta wird sich freuen«, brummte er.

»Ich denke nicht, dass die Burschen es mit Absicht getan haben. Sie waren einfach so in ihre Raufereien vertieft, und der Sohn vom Ungelter Hoffmeister hat sich halt geschickt geduckt«, versuchte Anna, ein gutes Wort einzulegen.

»Wie auch immer … welchen Weg sollen wir gehen? Unterhalb der Steige über die Bleichwiesen … oder oben durch das Tor und durch die ganze Stadt?«

»Durch die Stadt«, antwortete Anna mit fester Stimme und straffte die Schultern. Offensichtlich hatte sie entschieden, sich den Blicken der Wymphener zu stellen. Beinahe erleichtert durchschritt sie wenig später das Haupttor und ging auf das einsam stehende Haus zu, in dem sie fortan wohnen würde. Sie hatte es geschafft.

Ein schwerer Geruch, begleitet von Rauchschwaden, empfing sie schon von Weitem – Feuer, Fleisch und Fett. Als Anna ihre Schritte verlangsamte, legte Michael ihr seine Hand auf die Hüfte, um sie ermunternd weiterzuschieben. »Es wird bald Abend. Zum Glück sind wir endlich da. Ich bin müde und habe Hunger.« Wie um das Gesagte zu bestätigen, knurrte Michaels Magen. »Vermutlich gibt es heute Schweinefleisch?«

Anna sah ihn irritiert an, bis sie bemerkte, dass die Frage nicht ernst gemeint war. Die aufgehängte Sauhälfte neben dem Hundeschuppen war nun wirklich nicht zu übersehen. Michael grinste und winkte dann Wilhelm zu, der gerade mit einem Messer das Schwein umrundete. Nur einige Schritte entfernt hing ein großer Kessel über dem Feuer, das die dichten Schwaden verursachte. In dem brodelnden Wasser schwammen Teile des Tieres und wurden gekocht. Auch die Hunde hatten ihren Anteil schon erhalten, weswegen das Bellen zur Begrüßung nicht ganz so lange andauerte. Gierig fraßen sie weiter und ließen sich erst einmal nicht stören.

»Michael! Schön, dass du wieder da bist, … dass ihr wieder da seid«, verbesserte sich Wilhelm und nickte Anna zu, nachdem er seinem Schwager auf die Schultern geklopft hatte.

»Ich gehe dir gleich zur Hand. Lass mich nur schnell Greta den Stoff bringen.«

Überrascht sah sich Wilhelm den Ballen an und pfiff anerkennend durch die Zähne.

»Das wäre aber wirklich nicht nötig gewesen!« Als ob sie ihren Namen gehört hätte, kam genau in dem Moment Margaretha mit einem Eimer aus dem Haus. Ein kaum merkliches Zucken durchlief sie, ehe sie strahlend auf ihren Bruder zulief, der sich bereitwillig umarmen ließ. Anna machte sich auf eine derbe Rüge gefasst, als Greta auf sie zuging und schließlich direkt vor ihr stehen blieb, um ihr lange in die Augen zu sehen. »Nun gut, … auf ein Neues.« Anna atmete erleichtert aus. »Hier, … wir brauchen die Füße und Ohrenknochen in der Stube.« Damit drückte Greta ihr den Eimer in die Arme und erwartete offenbar, dass Anna, kaum angekommen, gleich mit anpackte. »Michael und Wilhelm sind hier draußen noch eine ganze Weile damit beschäftigt das Fett auszulassen, und wir bereiten drinnen die Schweinesülze zu. Beeil dich!«

Anna hatte keine Ahnung, was sie zu tun hatte, und blickte hilfesuchend zu Wilhelm hinüber, der sie auch schon zu sich winkte, um ihr die gewünschten Teile der Sau mit Schwung in den Behälter zu werfen. Anna sputete sich, Greta zu folgen, die den Stoffballen bereits an sich genommen hatte und mit großen Schritten zum Haus ging.

»Gib sie dort in den Kessel. Wir lassen alles eine Weile kochen und danach kann die flüssige Sülze in der Form über Nacht erkalten«, kam die knappe Anweisung.

»Auf den Leckerbissen freue ich mich jetzt schon.«

Erleichtert drehte sich Anna zu Michael um. Es war beruhigend, dass er in ihrer Nähe war, während sie doch so viel Neues zu bewältigen hatten.

Er setzte sich an den Tisch und sah seine Schwester erwartungsvoll an. »Wilhelm war der Meinung, dass ich mich erst einmal stärken sollte.« Doch Greta rührte sich nicht.

»Sieh mich nicht so an. Die Zeiten, als ich euch beide bewirtet habe, sind vorbei. Du hast jetzt eine Frau.« Anna lief rot an. Glücklicherweise war Gretas Empörung nicht echt, wie sie an dem Grinsen und dem Augenzwinkern bemerkt hatte. Schnell ließ sie sich zeigen, wo die benötigten Dinge für eine kleine Mahlzeit zu finden waren, und setzte sich dann ebenfalls zu Michael an den Tisch. Jetzt also hatte Anna den Platz als Hausherrin im wahrsten Sinn des Wortes eingenommen.

»Während ihr weg wart, gab es hier in Wymphen auch eine große Hochzeit«, setzte Greta ihren Bruder über die jüngsten Ereignisse in Kenntnis. »Der Pfarrer Schnepf hat die Wurzelmann Margaretha geheiratet.« Ehe sie jedoch weitererzählen und sich in Beschreibungen der Festlichkeiten verlieren konnte, stürmte die kleine Elisabeth mit glänzenden Augen in die Stube und fiel ihrem Oheim kichernd um den Hals.

»Du bist wieder da!« Das Glucksen wurde lauter, als Michael sie mit einem Finger in die Rippen piekte, während sich die Kleine vertraut an ihn schmiegte und neugierig zu Anna hinüberschielte. Elisabeth setze sich auf seinen Schoß, schob sich ein Stück von seinem Brot in den Mund und lehnte sich über den Tisch. »Isst du ab jetzt immer zusammen mit uns in der Stube?«, kam prompt die erste Frage des kleinen Mädchens. Ohne eine Antwort abzuwarten, sprudelte es weiter aus ihr hervor. »Mutter hat gesagt, dass Michael dich geheiratet hat, weil er dich sehr gern hat – liebst du ihn denn auch?«

Annas Wangen begannen schon wieder zu glühen. Sprachlos starrte sie Lisbet für einen Moment an und überlegte angestrengt. Aus dem Augenwinkel konnte sie sehen, wie Michael zwar anscheinend völlig unbeteiligt weiter aß, aber die Farbe seiner Ohren verriet ihn. Angespannt wartete er auf die Antwort seiner Frau.

»Also, … ich, … nun ja, … ich habe ihm viel zu verdanken«, begann Anna vorsichtig diesen seltsamen Zustand zu umschreiben, in dem sie beide sich befanden.

»Aber ihr seid jetzt verheiratet. Also bekommt ihr auch Kinder«, stellte Lisbet überzeugt fest. »Ich kann auf sie aufpassen … und mit ihnen spielen!«, ereiferte sie sich und bemerkte überhaupt nicht, dass ihr Oheim sich beim Erwähnen der heiß ersehnten Nachkommen ordentlich verschluckte. Eine Brotkrume verirrte sich auf dem Weg in den Magen und löste bei Michael plötzlich einen heftigen Hustenanfall aus. Eilig griff er nach seinem Becher und stürzte den Wein so schnell hinunter, dass ein dünnes Rinnsal über sein Kinn lief. Um überhaupt irgendetwas zu tun und ihre Verlegenheit zu verbergen, trank Anna ebenfalls. Allerdings bedeutend langsamer – damit sie ihr Gesicht so lange als möglich hinter dem Gefäß verbergen konnte und nicht zu antworten brauchte.

»Lisbet!«, tadelte Greta ihre kleine Tochter. »Stell nicht so viele Fragen. Sonst vergraulst du Anna gleich wieder. Die beiden sind gerade erst eingetroffen – lass sie jetzt erst einmal zur Ruhe kommen. Sieh her, den Stoff haben sie mitgebracht. Ich werde dir daraus ein neues Kleid nähen.«

Jauchzend hüpfte das Mädchen von Michaels Schoß, um sich das Tuch näher anzusehen, blieb jedoch mit dem Beinchen am Tisch hängen und schlug der Länge nach hin. Michael reagierte zu spät. Er konnte nicht mehr verhindern, dass sie sich die Nase blutig schlug.

»Oh, was bist du heute aber auch ungeschickt«, murmelte Greta leise, während sie das brüllende Häufchen Elend in ihren Armen wiegte. »Ich denke, dass es langsam für dich an der Zeit ist, ins Bett zu schlüpfen.«

Trotz Gähnen protestierte sie schwach und wischte sich mit dem Handrücken über das Gesicht. Jetzt war das Blut in einer breiten Spur über die Wange verteilt. »Nein«, jammerte sie. »Du hast Wasser zum Baden aufgesetzt und du hast versprochen, dass ich noch mit dem Boot spielen darf, das Vater mir geschnitzt hat.«

»Richtig – das habe ich.« Seufzend gab sich Greta geschlagen. »Bis der Zuber gefüllt ist, wird es aber noch ein wenig dauern. Derweil lässt du dir etwas von dem kalten Mistelaufguss in die Nase laufen. Das stillt dein Nasenbluten, und wenn dein Oheim dann später mit der Arbeit fertig ist, dann ist auch sicher das Bad bereit.« Erstaunt sah sie sich in der Stube um. Keine Spur mehr von ihrem Bruder. Er hatte die Aufregung um Lisbet genutzt, sich unbemerkt davongestohlen und die Frauen allein gelassen.

»Anna, du kannst den Zuber in der Kammer etwa zur Hälfte mit frischem Wasser aus der Quelle füllen.« Elisabeth hatte sich so weit wieder beruhigt, dass ihre Mutter die Arbeit wieder aufnehmen und auch Anna einen Teil der Aufgaben zuweisen konnte. Sie selbst verschwand in dem Raum neben der Stube und hantierte mit den Kräutergefäßen. Anna folgte ihr. Nur auf diesem Weg konnte sie in die Badkammer und zur Quelle gelangen.

Ein Eimer aus Rindsleder stand neben dem Wasserlauf. Anna musste ihn viele Male füllen, in die Kammer schleppen und dort über den Rand des Holzzubers hieven, um ihn auszukippen. Früher, in ihrem anderen Leben, hatte Burgl das immer für sie getan. Anna setzte sich auf einen der großen Steine, mit denen die Quelle eingefasst war. Schweißperlen standen ihr auf der Stirn, der Rücken schmerzte und die Handflächen waren gerötet und pochten. Langsam tauchte sie ihre Arme in das kalte Wasser. Zu dieser Jahreszeit brauchte man wirklich nur einen einzigen Kessel erhitzen. Gerade so, dass das Quellwasser überschlagen war, denn dann war es ein Genuss, sich nach getaner Arbeit zu erfrischen. Nun, so ausgiebig wurde sicher nicht jeden Tag gebadet, aber die Rückkehr des Hausherrn war bestimmt ein willkommener Anlass.

»Anna!« Gretas Rufen riss sie aus ihren Gedanken. Sie fand sie nebenan mit einer Schüssel voller Blüten und Blättern. »Die kannst du ebenfalls ins Wasser geben. Die Männer sind bald mit ihrer Arbeit fertig. Möchtest du zuerst baden?« Anna schüttelte geschwind den Kopf, obgleich ihr ein Bad schon verlockend vorkam. Sie wollte dann aber eigentlich doch nur in der Stube sitzen und möglichst nicht auffallen.

Anna saß am Tisch und sah Margaretha dabei zu, wie sie die Scheite im Feuer mit einem Schürhaken auf einen Haufen zusammenschob. Die Stimmen und das Lachen von Lisbet und Michael drangen trotz der geschlossenen Türen bis zu ihnen in die Stube. Lisbet spielte die Fährfrau und erklärte ihrem Oheim ganz genau, wer auf ihrem Boot mitfahren durfte und was sie geladen hatte.

»Jetzt hat er sie doch hier liegen lassen«, bruddelte sie, als ihr Blick auf das Stück Seife im Regal fiel. »Mein Bruder mag den Geruch. Ich muss sie für ihn immer mit den gleichen Kräutern herstellen.« Greta roch an dem faustgroßen Stück und reichte die Seife dann an Anna weiter.

»Du stellst die Seife selbst her? Wie?« Erstaunt zog Anna das herbe Aroma tief ein. Ja, unverkennbar. Es war sein Geruch, den sie da in viel stärkerer und reinerer Form wiedererkannte.

Greta lächelte. Sie freute sich darüber, dass Anna ehrlich Interesse zu haben schien. »Ja, bisweilen mache ich mir die Arbeit. Es hat viele Versuche gebraucht, bis ich mit dem Ergebnis zufrieden war, aber vor allem Michael besteht auf der Seife.« Greta setzte sich zu Anna an den Tisch und fing an, ihr das Verfahren zu erklären. »Zuerst bohrst du viele Löcher in den Boden eines Fasses. Danach wird die zuunterst eingefüllte Schicht aus kleinen Steinchen mit etwas Stroh abgedeckt und das Fass mit Asche aufgefüllt – achte aber darauf, dass es Asche von hartem Holz ist. Weiche Hölzer eignen sich nicht so gut«, belehrte sie ihre Zuhörerin. »Jetzt gießt du Wasser auf die Asche und wartest, bis es wieder aus den Löchern im Boden herausrinnt. Du musst alles in einem Kessel auffangen und so lange kochen, bis ein frisches Ei an der Oberfläche der Brühe schwimmen kann. Um dann festzustellen, ob sie dick genug ist, musst du so viel Salz in ein Gefäß mit Wasser geben, bis sich nichts mehr davon auflöst, sondern ein Rest am Boden zurückbleibt. Dann befestigst du zum Beispiel einen Stein am Ende eines Stöckchens und lässt es senkrecht mit dem

Gewicht nach unten in dem Salzwasser schwimmen. Jetzt kannst du die Wasserlinie auf dem Holz markieren, und lässt es anschließend auch im Aschewasser treiben. Meistens befindet sich die Markierung des Stocks oberhalb der Flüssigkeit. Dann solltest du vorsichtig noch Wasser hinzufügen und das Ganze verdünnen, bis die Markierung abgesunken ist. Jetzt kannst du mit der Seifenherstellung beginnen.«

Anna stützte den Kopf auf ihre Hand und hörte genau zu.

»Am besten eignet sich Rinderfett. Es darf nicht ranzig sein, und wenn du es längere Zeit aufbewahren willst, solltest du es vorher auslassen. Dann gibst du das Aschewasser und das Fett zusammen und lässt das Gemisch einige Stunden kochen. Sobald sich einige Tropfen davon in kochendem Wasser sofort auflösen, ist die Seife schon so gut wie fertig. Nun fehlt nur noch Salz. Nach dem Einrühren setzt es sich zwar wieder ab, bewirkt aber trotzdem, dass die Seife später hart wird. Bevor ich dann alles in mit nassen Tüchern ausgelegte Formen gieße, mische ich reichlich Kräuter unter. Bereits nach einem Tag kann die Seife mithilfe der Tücher herausgenommen werden – fertig. Nach zwei, drei Wochen kann man sie benutzen, aber ich finde, am besten ist sie erst nach einem halben Jahr«, erzählte Greta nicht ohne Stolz und deutete auf die Seife, die Anna immer noch in ihrer Hand hielt. »Die solltest du Michael bringen. Er braucht sie beim Baden – und Lisbet kann er bei der Gelegenheit auch gleich abschrubben.«

Entgeistert zuckte Anna zurück. »Ich?«

Greta schien sich über ihren Gesichtsausdruck zu amüsieren. »Natürlich du. Wer denn sonst?«

»Aber … er badet gerade!«

»Eben drum. Es ist doch der Sinn der Sache, dass man beim Baden ein Stück Seife zur Hand hat, oder?« Greta tat nur so begriffsstutzig. Sie wusste sehr wohl, dass es Anna Überwindung kostete, zu ihrem Mann in die Badkammer zu gehen. Im Moment war, aus Annas Sicht, noch beängstigend viel Tageslicht vorhanden – ganz anders als nachts im Ehebett. Ihrer Vermutung nach hatten die beiden noch nicht allzu viel Gelegenheit, sich näherzukommen und eine gewisse Vertrautheit aufzubauen. Eine gute Gelegenheit, das Ganze voranzubringen. Diesen Weg würde sie ihr auf jeden Fall nicht abnehmen.

Mit klopfendem Herzen und der Seife in der Hand stand Anna vor der Tür. Drinnen hörte sie die kleine Lisbet vor Vergnügen quietschen und kreischen. Wasser plätscherte und Michaels tiefes Lachen verwandelte sich in gespielten Protest, weil sie ihn vermutlich mit kaltem Quellwasser bespritzt hatte.

»Hier, ... du kannst mein Boot haben. Ich habe keine Lust mehr. Du kannst allein weiterbaden.«

Nach einem herzhaften Gähnen hörte Anna kleine, nasse Füße in ihre Richtung tapsen. Ansonsten war alles ganz still. Verlegen öffnete sie die Tür einen Spalt und ließ das nasse Mädchen passieren, das freundlich zur ihr hochlächelte. Anna sah ihr noch nach. Lisbets Haare klebten an ihrem Hemdchen fest und während sie sich müde die Augen rieb, hinterließ sie eine Spur aus Tropfen und dunklen Fußabdrücken auf dem Boden. Anna unterdrückte ein Seufzen. Für einen kurzen Moment hatte sie mit dem Gedanken gespielt, sich nach oben in die Kammer zurückzuziehen, aber je länger sie darüber nachdachte, umso lächerlicher kam es ihr vor. Natürlich würde sie es schaffen, Michael die Seife zu bringen! Schließlich hatte sie schon des Öfteren einen nackten Mann gesehen – wenn auch nur ihren Vater, als sie noch ein kleines Mädchen war. Entschlossen schob sie die Tür zur Hälfte auf und lugte vorsichtig in den Raum. Dem nassen Boden zufolge war es hier munter zugegangen.

Aus dem vollen Badezuber hingen seine langen Beine heraus. Die Knie waren über dem Rand abgewinkelt, damit er mit seinem restlichen Körper ganz hatte untertauchen können. Ab der Mitte seiner Schenkel war von ihm nichts mehr zu sehen, da die Blüten und Kräuter, die Anna ins Wasser gegeben hatte, einen dichten, wabernden Teppich bildeten. Ein Gedanke schoss ihr durch den Kopf.

Gut! Solange er unter Wasser war, konnte sie die Seife einfach schnell neben den Zuber legen und unbemerkt wieder verschwinden! Anna witschte hin, legte sie lautlos auf dem Boden ab und wollte sich gerade wieder davonstehlen, als plötzlich ihr

Gatte direkt neben ihr prustend wieder auftauchte. Anna zuckte etwas zusammen und blinzelte, als ein paar Spritzer ihr Gesicht trafen. Michael hingegen ging der Schreck durch und durch, da er überhaupt nicht damit gerechnet hatte, sie hier zu sehen. Er stieß einen überraschten Laut aus und klammerte sich am Zuberrand fest, um nicht gleich wieder unterzutauchen. Ein Teil des Wassers schwappte über den Rand, als er ungelenk schnell die Beine einzog, um sich aufrecht hinzusetzen.

»Entschuldige! Ich … ich wollte dich nicht erschrecken. Margaretha hat bemerkt, dass du die Seife vergessen hast, und ich wollte sie dir bringen, … also eigentlich … wollte … ich nicht, … vielmehr hat sie mich geschickt!« Anna redete zu schnell und zu laut, trat verlegen von einem Bein auf das andere und gestikulierte mit ihren Händen.

Michael sagte nichts. Er fuhr sich durch die nassen Haare, um einige Blüten abzustreifen, die sich dort beim Auftauchen verfangen hatten.

»Ich glaube, dass ich jetzt wieder deiner Schwester helfen werde.« Schon wollte sie sich davonmachen. Dieser Vorwand war zwar an den Haaren herbeigezogen, aber Anna fiel im Moment nichts Besseres ein.

»Greta wird für einen Moment schon noch alleine zurechtkommen. Und wenn du schon einmal hier bist …« begann er.

Annas Herz setzte kurz aus. Was wollte er?

»… Könntest du mir den Bart abnehmen?«

»Oh, natürlich.« Erleichtert sah sie sich suchend um.

»Die Klinge hängt dort hinter der Tür.« Hilfsbereit zeigte er hinter sie.

»Nein, Nein! Ich mach' das schon!«, wehrte Anna entschieden mit roten Wangen ab, ehe er sich vollständig aus dem Wasser erheben konnte. Geschwind schnappte sie sich das scharfe Metall und zog auch gleich den Hocker neben den Zuber. Kaum hatte sie Platz genommen, legte Michael seinen Kopf auf ihren Knien ab und sah zu Anna hoch. Mit zitternden Fingern schob sie ihn in eine günstigere Position, ehe sie die Klinge ansetzte.

»Auf dieser Seite hat dich der Lennhart mit dem Dreck getroffen – das wird ein ordentlicher blauer Fleck und die Schramme fängt bestimmt wieder an zu bluten, wenn ich darüberfahre«, erklärte sie unsicher.

Michael schloss lächelnd die Augen. »Ich glaube, ich werde es überleben.« Er schien das erfrischende Bad und die aufkeimende Zuwendung seiner jungen Frau sichtlich zu genießen.

Anna war nervös. Trotz des warmen Wetters waren ihre Finger kalt. Sein Hals lag ungeschützt vor ihr – unter den dunklen Stoppeln pulsierte das Blut. Zögernd beugte sie sich vor und straffte behutsam Michaels Haut. Sie versuchte, alles richtig zu machen, nicht zu fest aufzudrücken und ihn vor allen Dingen nicht zu schneiden. Stück um Stück schabte die Klinge über Hals und Wangen und befreite sie vom Bart. Anna wurde immer sicherer und ihre Kiefermuskeln entspannten sich wieder. Zum Abspülen der Haare schwenkte sie das Messer vorsichtig am Rand des Zubers im Wasser – immer darauf bedacht, dass keine Lücke im Blütenteppich entstand, der den Blick aufs Wasser und auf das, was darunter war, freigab. Dennoch konnte sie, allein schon durch die lang andauernde Nähe, nicht verhindern, dass er ihre Gedanken ausfüllte und in ihrem Kopf umhergeisterte. Wie er so scheinbar völlig unbekümmert in ihrem Beisein badete. Seine Blöße schien ihn nicht im Mindesten zu beunruhigen. Anna dafür umso mehr. Es ließ sich, obwohl sie sich selbst ermahnte und trotz großer Bemühungen ihrerseits, nicht ganz vermeiden, zumindest die Teile seines Körpers verschämt in Augenschein zu nehmen, die aus dem Wasser ragten – die kräftigen Beine etwa oder die Arme, an denen sich von Zeit zu Zeit die sehnigen Muskeln bewegten, oder seine Hände, deren Berührungen ihr noch allzu deutlich in Erinnerung waren. Allein durch den Gedanken daran pochten ihre Wangen erneut. Anna drehte seinen Kopf nochmals auf die andere Seite, um zu überprüfen, ob sie sauber gearbeitet hatte. Dabei ließ sie die Klinge auf seinem Hals liegen und vermied es, ihm direkt in die Augen zu sehen, die jede ihrer fahrigen Bewegungen gelassen verfolgten. Sie musste sich eingestehen, dass er es nur zu leicht schaffte, sie abzulenken und aus der Ruhe zu bringen.

Michael hatte bis jetzt stillgehalten. Allerdings fiel es ihm zunehmend schwerer, denn ihr Gesicht befand sich jetzt ganz nah über dem seinen, und er musste unwillkürlich daran denken, wie ihre Lippen in jener Nacht geschmeckt hatten. Ohne weiter zu überlegen, hob er den Kopf von Annas Knien und versuchte, ihren Mund zu erreichen. Weit kam er nicht. Über ihr Gesicht fiel ein Schatten. Michael spürte, wie das Metall stärker an seine Gurgel drückte. In stillem Einverständnis gab er nach und wich zurück, damit sie aufstehen und die Kammer verlassen konnte.

Draußen wurde Anna von Lisbet abgefangen und gleich in ein Gespräch verwickelt. Offensichtlich nutzte sie jede Gelegenheit bis zuletzt zum Spielen, ehe sie ins Bett gebracht wurde. Die Kleine hatte ihre von Michael und Wilhelm geschnitzten Holztiere auf dem schmalen Bett ausgebreitet und war gerade dabei, eine bunte Herde aufzustellen. Die Tiere hatten grobe, einfache Formen. Dennoch konnte man die Schafe von den Schweinen und dem Ochsen eindeutig unterscheiden. Nur zu gut erinnerte sich Anna daran, wie sie hier in diesem Haus als verheiratete Frau das erste Mal ihre Augen aufgeschlagen hatte.

»Du musst mit dem Hirten die Schafe zusammentreiben!«, gab Elisabeth wichtige Anweisungen und zog das verdutzte neue Familienmitglied vor dem Bett neben sich auf die Knie. Sie reichte ihr eine kleine Puppe, die, der unverhältnismäßigen Größe wegen, den Tieren eigentlich nur bis zu den Schultern reichte. Es half nichts, dass Anna nur zögernd zugriff – sie war schon mitten im Spiel. Lisbet hatte vor Eifer rote Bäckchen bekommen und redete ununterbrochen. Mal erzählte sie und legte fest, was sich auf der imaginären Weide alles abspielte. Dann wieder verstellte sie ihr Stimmchen, um abwechselnd den Mutter- und Kinderschafen die passenden Worte ins Maul zu legen. Sie war so in diese Welt eingetaucht, dass sie überrascht aufblickte, als sich ihr Oheim zu ihnen gesellte und lässig sein Hemd über das Bettende warf.

Anna kümmerte sich ausgiebig um ihre Schafe. Sie sah kurz zu Michael hoch. Er trug nur seine Hose und auf seiner Haut glänzten noch vereinzelt Wassertropfen vom Bad. Beinahe wäre Anna aufgestanden, um ein Blütenblatt aus seinen Brusthaaren zu zupfen.

»Nein!«, protestierte Lisbet. Verwundert sah Anna zu, wie sich das Mädchen breitbeinig vor Michael aufstellte, ihn anfunkelte und ihm abwehrend die Arme entgegenstreckte. »Du kannst nicht hier schlafen! Wir haben alles schön aufgebaut – die Tiere müssen so stehen bleiben. Mutter hat es mir versprochen!« Angriffslustig stemmte sie die Fäuste in die Seiten. »Du hast oben dein eigenes Bett! Du musst jetzt, wenn es dunkel wird, nicht hier unten bleiben.« Obwohl Greta aus der Stube nach ihrer Tochter rief, rührte sie sich nicht von der Stelle.

»Ich verrücke schon nichts«, beruhigte Michael seine Nichte. »Ehrlich, … ich schlafe oben, … versprochen!« Um seinen Worten Nachdruck zu verleihen, legte er seine rechte Hand auf die Brust. Erleichtert verabschiedete sich Lisbet von jedem einzelnen Tierchen und zog dann gähnend von dannen.

»Ich bin auch müde«, murmelte Anna leise und beeilte sich, Lisbet nach oben zu folgen.

Es war dunkel. Nur wenig von dem silbernen Mondlicht fand den Weg durch das offene Fenster in die Kammer. Lautes Zirpen war zu hören und das Quaken der Frösche, die nicht weit von hier im Feuersee ihr Lied anstimmten. Anna schlug mit der Hand nach dem Summen an ihrem Ohr. Im Sommer musste sie leider diese Plagegeister ertragen. Schon immer hatte Burgl sie, wenn sie wieder unzählige juckende Flecken hatte, damit getröstet, dass sie eben süßes Blut habe. Anna lag angespannt im Bett und wartete. Er hatte gesagt, dass er oben schlafen würde – aber wo blieb er so lange? Alle anderen schliefen doch auch schon. Zumindest konnte Anna jetzt nichts mehr von den dumpfen Geräuschen hören, die aus der Kammer nebenan zu ihr gedrungen waren. Unruhig wälzte sie sich von einer Seite auf die andere. Es half nichts. Es war sein gutes Recht, das Bett mit ihr zu teilen, und je eher sie es hinter sich brachte, umso ruhiger würde sie vielleicht werden. Alles war auf jeden Fall besser als diese Warterei und die Ungewissheit. Nein, so würde sie keinesfalls Schlaf finden.

Entschlossen schlug Anna das dünne Tuch zurück und ertastete sich halb blind den Weg nach unten. Lautlos schlich sie zu dem schwachen Kerzenschein, der durch den Bodenspalt zu sehen war und öffnete leise die Stubentür. Tatsächlich! Da saß er am Tisch – den Kopf auf den verschränkten Armen abgelegt – und schlief! Durch Annas Eintreten tanzte die Flamme auf dem Docht und bewegte die Schatten hin und her.

Schon wollte sie ihm ihre Hand auf die Schulter legen und ihn wachrütteln, um ihn an seine Ansprüche zu erinnern – nur mit welchen Worten, wusste sie noch nicht. Besser würde sie sich allerdings einzig und allein durch den Umstand fühlen, dass sie von sich aus eingelenkt hatte. Wenn er irgendwann seine Zurückhaltung aufgab, war sie wieder die Unterlegene, der der Wille aufgezwängt wurde, und wenigstens das wollte Anna vermeiden. Mitten in der Bewegung hielt sie inne. Weiter hinten, am Rande des Tisches, leuchtete das Metall seines Richtschwertes silbern im schwachen Mondlicht auf. Fasziniert umrundete Anna den Tisch, um es aus der Nähe betrachten zu können. Diese lange, geschärfte Klinge, die auch beinahe ihr Ende besiegelt hatte und die jetzt geradezu friedlich dalag. Das eine Ende bildete ein sauber gearbeiteter Griff – lang genug, dass man ihn mit beiden Händen ergreifen konnte. Dann folgte die Klinge. Sie hatte keine Spitze, denn als Stichwaffe fand das Schwert keine Verwendung.

Anna bekam eine Gänsehaut. Das Kribbeln überzog ihren ganzen Körper bis hinauf zum Genick, wo sich ihre feinen Härchen aufstellten. Sie beugte sich dicht über das Schwert. Nichts. Was hatte sie eigentlich erwartet? Dass sie das Blut riechen würde, das damit vergossen worden war? Das Einzige, was ihr auffiel, waren feine Linien, die gleich im Anschluss an den Griff in einer lang gezogenen Vertiefung zwei Zeilen bildeten. Anna kniff die Augen zusammen und drehte das Schwert etwas ins Licht, um besser entziffern zu können.

»Möge Gott mir nun dies Schwert heben, so wünsch' ich dem Sünder das ew'ge Leben«, murmelte Anna und fuhr ehrfürchtig mit einem Finger über den in das Metall eingebrachten Sinnspruch.

»Gut, dann hat er also den Spruch wirklich nach meinen Vorgaben angefertigt.«

Anna stieß vor Schreck einen spitzen Schrei aus, als plötzlich Michaels Stimme erklang. Das Schwert glitt ihr aus den Fingern und landete scheppernd wieder auf dem Tisch. »Du bist ja wach!« Mit geweiteten Augen starrte sie ihn an. Das Blut rauschte in ihren Ohren und sie brauchte einige Momente, um sich von dem Schreck zu erholen.

»Entschuldige, … ich wollte dich nicht ängstigen.«

»Schon gut«, wehrte sie ab. »Hm … du hast tatsächlich nie überprüft, was dort steht?«, griff Anna ungläubig seine Bemerkung noch einmal auf.

Verlegen lehnte sich Michael nach hinten und dehnte und streckte äußerst ausgiebig seine steifen Arme. »Nein – denn ich kann ja nicht lesen. Wenn, dann hätte ich, um wirklich sicherzugehen, vielleicht den Stadtschreiber darum bitten müssen. Aber … wer würde das schon tun? Ich jedenfalls nicht!« Kurz verzog ein spöttisches Lächeln seinen Mund. »Außerdem habe ich ja jetzt die Bestätigung.« Scheinbar gleichgültig zuckte er mit den Schultern.

»Wenn du aber nicht lesen kannst, … was machst du dann mit einer Urkunde des Wymphener Rats?« Das Dokument lag plattgedrückt vor ihm an der Stelle, an der er geschlafen hatte. Verwundert setzte sich Anna neben ihn und zog das Papier zu sich heran. Das schwere rote Siegel holperte über die Tischplatte. Sie hielt es Michael vor's Gesicht. »Hier steht zum Beispiel: ›Regia Wimpina Gerit Haec Victricia Signa‹ in dem roten Wachs«, erklärte Anna und fügte aufgrund seines fragenden Blickes noch hinzu: »Das bedeutet ›Das königliche Wymphen führt dieses siegreiche Zeichen‹.«

Mit der Absicht, ihm einen Teil der Urkunde vorzulesen, drehte Anna das Papier, um es in dem schummrigen Licht besser in Augenschein nehmen zu können. »Oh, … das … das ist ja unsere Heiratsurkunde.«

Vorsichtig zog sie Michael aus ihrer Hand. »Ja, … weißt du, … von Zeit zu Zeit hole ich sie hervor.« Er sprach leise und es schien ihm zuerst nicht ganz leicht zu fallen, sich Anna anzuvertrauen. Verlegen rollte er das Dokument ein und kratzte sich hinter dem Ohr. »Es kommt mir eigentlich noch so unwirklich vor, … dass du hier bist, … meine ich. Manchmal wache ich nachts auf und bilde mir ein, dass ich alles geträumt habe. Dann sehe ich mir das Dokument an. Ich kann es anfassen – es ist echt. Auch wenn ich es nicht lesen kann. Es ist der Beweis, dass du meine Frau bist.« Zärtlich umschlossen seine warmen Finger ihre Hand, und Anna ließ es geschehen. Sie saßen schon eine ganze Weile so in der Stube, bis Anna das Schweigen unterbrach.

»Möchtest du es denn erlernen, … das Lesen und Schreiben?«, fragte sie behutsam.

Vor Erstaunen hoben sich Michaels Augenbrauen. »Ja! Natürlich!«, stieß er begeistert hervor. »Aber … eigentlich kann ich mir das nicht leisten.« Seine Euphorie schien, kaum dass sie aufgeflammt war, wieder zu erlöschen.

»Mach dir nicht so viele Gedanken. Ich weiß, wie man gute Tinte selbst herstellt. Zumindest dafür brauchst du also keine Münzen auszugeben, und einen Teil deines Lohnes lässt du dir vom Schreiber einfach in Form von Papier auszahlen«, schlug Anna vor.

Nach kurzem Überlegen grinste er sie schief an und nickte.

»Gut, … dann beginnen wir gleich morgen.« Schüchtern drückte sie seine Hand und stand auf.

»Anna.« Er hatte sie noch nicht losgelassen. Seine Hand wanderte von ihrer Hüfte aus über ihren Rücken und schob sie mit sanftem Druck heran. Wie von selbst fanden auch Annas Arme ihren Platz und umschlossen ihn. Sie konnte durch den Hemdstoff hindurch seinen festen Rücken fühlen. Es war ungewohnt. Alles war so seltsam und neu – aber nicht unangenehm, wie sie sich eingestand. Trotzdem wagte sie sich nicht weiter vor und ließ ihre vor Nervosität feuchten Hände an ein und derselben Stelle, was sehr bald zur Folge hatte, dass das Hemd auf seiner Haut klebte. Anna bemühte sich, ruhig zu atmen und sich auf seine Hände zu konzentrieren, die langsam und immer wieder von Neuem ihren Rücken auf und ab strichen. Michael spürte, wie sich ihr Rücken etwas entspannte und nicht mehr so durchbog. Trotzdem bemerkte er genau, dass ihre Finger schwitzten. Er schmiegte sich an ihre Wange und küsste ganz leicht ihren Haaransatz. Es schien eine Ewigkeit zu dauern, bis er zuerst ihr Ohr und dann die weiche Haut an ihrem Hals erreichte. Weil sie es geschehen ließ, wurde er kühner und umrahmte Annas Gesicht mit beiden Händen.

Erst durch den leichten Druck des Daumens unter ihrem Kinn hob Anna den Kopf und sah ihn an. Soweit in der dämmrigen Stube überhaupt etwas zu erkennen war. Sie schloss die Augen, überließ bereitwillig alles ihm. Sein Atem kitzelte. Sie spürte seine Nähe mehr als deutlich, und schon bevor er sie berührte, kribbelten Annas Lippen erwartungsvoll. Sie zitterten zwar ein wenig, erwiderten seinen Kuss aber dennoch scheu und etwas unsicher.

Oh, wie genoss er diesen langersehnten Moment. Dann jedoch löste er sich abrupt von ihr und seufzte. »Ich weiß, dass du jetzt gern den Edelmann aus jener Nacht vor dir hättest.« Seine Stimme hörte sich schwermütig an. Entschieden schob er sie zur Tür hinaus. »Schlaf gut.« Sie widersprach ihm nicht. Enttäuscht setzte er sich wieder an den Tisch und starrte auf das Dokument.

Er hatte sie gehen lassen, weil er das Salz ihrer Tränen geschmeckt hatte.

SCHATTEN DER VERGANGENHEIT

– SAMSTAG, 15. AUGUST 1523 –

NACH EINER SCHLAFLOSEN NACHT half Anna schweigend dabei, alles Nötige für die erste Mahlzeit des Tages zum Tisch zu tragen, ehe sie sich auf ihren Platz schlich. Michael griff nach dem Laib Brot, drückte die Kante gegen seine Brust und zeichnete mit dem Messer zuerst ein Kreuz auf die Kruste, bevor er mit kräftigen, gleichmäßigen Sägebewegungen eine dicke Scheibe nach der anderen abschnitt. Wilhelm griff hungrig zu. Die Männer hatten schon in aller Frühe die Tiere versorgt und Vorbereitungen für ihr Tagwerk getroffen.

»Lisbet? Wo ist sie? Habt ihr sie draußen gesehen?« Greta sah die beiden an, die ihre Frage jedoch nur mit einem Kopfschütteln verneinen konnten, da ihre Backen gut gefüllt waren.

»Ich habe sie vorhin noch da drinnen gesehen«, meldete sich Anna leise zu Wort, und just in dem Moment war, wie zur Bestätigung, ein gedämpftes Geräusch aus der angrenzenden Kammer zu hören.

Greta stieß die angelehnte Tür auf, um nach ihrer Tochter zu suchen. »Lisbet! Was tust du da nur, Kind?« Das schrille Gekreische ließ alle in ihre Richtung starren. Greta verschwand nur kurz, um gleich darauf mit dem kleinen Mädchen wieder in der Stube zu erscheinen. Sie hatte Lisbet fest am Arm gepackt und schleifte sie hinter sich her. Anklagend schuckte Greta sie zu ihrem Vater an den Tisch und verschränkte wütend die Arme vor der Brust.

»Was hast du dir nur dabei gedacht? Sieh nur, was Elisabeth getan hat!« Mit vor Wut aufgerissenen Augen zeigte sie ihrem Mann Wilhelm den Grund für die ganze Aufregung. In der einen Hand glänzte die Klinge, mit der Anna erst einen Tag zuvor die Bartstoppeln aus Michaels Gesicht entfernt hatte, und in der anderen Hand hielt sie ein Büschel dunkler, langer Haare. Wohin diese eigentlich gehörten, war unschwer zu erkennen. Ein paar kurze

Fransen standen oberhalb von Lisbets Ohr ab. Unsicher blickte die Kleine zwischen Vater und Mutter hin und her. Sie wusste genau, dass etwas im Argen war, wenn sie von ihr Elisabeth genannt wurde. Wilhelm würgte den Bissen hinunter. Er sah seiner Frau genau an, dass sie erwartete, dass er Strenge walten lassen sollte. Offenbar dauerte es Greta zu lange, denn sie drehte ihre Tochter zu sich um und ging vor ihr auf die Knie. »Wieso?« Sie hielt ihr die abgeschnittene Haarpracht vors Gesicht und versuchte, sich zu beruhigen.

»Weil … also … ich …«, suchte Lisbet nach den richtigen Worten, die den Zorn ihrer Mutter nicht wieder aufflammen lassen würden. Hilfesuchend schaute sie zu ihrem Oheim hinüber, der ebenfalls aufgehört hatte zu essen.

Michael seufzte. Eigentlich wollte er sich heraushalten. In den seltenen Momenten, in denen seine Schwester doch einmal die Geduld verlor, war besser Vorsicht geboten. »Na, komm mal her.« Lisbet schlüpfte auf seinen Schoß. »Du hast so schönes Haar … und du magst es doch, wenn Greta dir Zöpfe flicht, oder nicht?« Michael hatte sich zu ihr hinuntergebeugt und ihr verschwörerisch ins Ohr gemurmelt.

»Ja, … aber du hast der Anna die Haare abgeschnitten … und ihre waren auch schön … und jetzt sieht sie immer so traurig aus … und wenn ich auch kurze Haare habe, dann ist sie nicht mehr die Einzige … und fühlt sich vielleicht auch nicht mehr so allein … und bleibt dann bei uns«, sprudelte es auf einmal mit weinerlicher Stimme aus Lisbet heraus.

Erschüttert hatten ihr die anderen zugehört. Anna schluckte. Sie hatte das Gefühl, jetzt etwas sagen zu müssen.

»Elisabeth …,« begann sie und wurde sofort von ihr verbessert.

»Lisbet!«

»Also gut, … Lisbet, … du brauchst deine Haare nicht abzuschneiden. Ich bleibe auch so hier.«

»Versprochen?«, strahlte sie und grinste dabei so breit, dass man deutlich sehen konnte, wie einer ihrer vorderen Zähne schon ganz schief stand.

»Versprochen.«

Die Wogen waren geglättet und mit dem Essen wollte sich niemand noch länger aufhalten. Die kühlen Morgenstunden galt es zu nutzen.

»Anna, du kannst gleich bei den Hühnern die Nester leeren und das dreckige Stroh dort unten im Garten verteilen, … aber gib acht, dass der Dung nicht direkt an die Wurzeln kommt! Dafür ist er zu scharf«, gab Greta zu bedenken. »Danach wirst du die getrockneten Kuhfladen auf der Wiese beim Haus einsammeln. Michael braucht später zusätzliches Brennmaterial für die Pechherstellung.« Zu weiteren Anweisungen kam Greta nicht mehr. Sie wurde durch lautes Klopfen unterbrochen.

»Seid Ihr da?« Michael kam die Stimme bekannt vor und da er eh neben der Tür stand, öffnete er an Stelle seiner Schwester, die ihm bereitwillig die Arbeit überließ und sich mit Lisbet und Wilhelm zur Scheune aufmachte. Der Spitalpfleger Wilhelm Entenbeker stand draußen. Seine säuerliche Miene verhieß nichts Gutes. Die Aussicht, schon am frühen Morgen einige Münzen für die Dienste des Scharfrichters auszugeben, ließ ihn wahrlich nicht frohlocken. Mit einem mürrischen Grunzen schob er den Jungen, der sich bis dahin hinter seinem Vater versteckt hatte, unsanft in die Stube. Michael schloss die Tür hinter den beiden und warf Anna einen vielsagenden Blick zu, die den Burschen ebenfalls gleich erkannt hatte. Ihm hatte Michael seine Schramme am Hals zu verdanken. Lennhart Entenbeker war derjenige, welcher ihn mit Dreck beworfen hatte. Tags zuvor hatte er mit seinen Freunden noch lauthals herumgealbert. Jetzt hingegen stand er kleinlaut und mit hängenden Schultern in der Mitte der Stube. Schuldbewusst starrte er auf den Boden und es war ihm deutlich anzumerken, dass ihm die Nähe des Nachrichters mehr als unangenehm war. Michael trat vor den Jungen – bereit, sich dessen Entschuldigung anzuhören. Anna hielt den Atem an. Lennharts Vater stand mit verschränkten Armen da und sah streng auf seinen Sprössling hinunter.

»Wie die Buben eben sind«, begann er dann gereizt. »Da toben und raufen sie den ganzen Tag, und wenn die Tölpel sich dann in ihrer Dummheit einen Zahn ausschlagen, dann kneifen sie und jammern, wenn es zu Meister Kremer geht«, machte er sich verächtlich über seinen Sohn lustig.

»Ach, so ist das, ... ein ausgeschlagener Zahn, ... deswegen seid Ihr hier«, begann Michael zu begreifen und rieb sich sein Kinn.

Der Junge tat Anna leid. Ein Häufchen Elend mit roten Ohren. Die Vermutung lag nahe, dass der Spitalpfleger rein gar nichts von dem Dreckgeschoss wusste, und Anna hoffte, dass Michael den Bengel nicht noch mehr bloßstellte.

»Setz dich.« Gehorsam folgte er und ließ sich auf dem zugewiesenen Hocker nieder. Mit bangem Blick verfolgte er jede Bewegung des Mannes, der unfreiwillig das Ziel seiner Wurfattacke geworden war. Anna spürte, dass er jetzt viel lieber seine Mutter an seiner Seite gehabt hätte. Im Beisein seines Vaters durfte er keine Schwäche zeigen. Schließlich wusste er ganz genau, was auf ihn zukam. In seinen Augen lag Furcht. Sicher fragte er sich, ob der Nachrichter wohl diese Gelegenheit nutzen würde, um sich zu revanchieren. Ohne großen Aufwand konnte dieser nämlich die Strapazen verlängern und ihm so eine bleibende Erinnerung bescheren.

»Na, dann lass mal sehen.« Michael hatte sich hinuntergebeugt und wartete darauf, dass sich die zusammengepressten Lippen öffneten und er einen Blick auf den Zahnstumpf werfen konnte. Aus dem roten, prall geschwollenen Fleisch ragte nur noch etwa die Hälfte heraus. Es war eindeutig, dass hier eine Kamillentinktur allein nicht viel helfen würde. Eine erholsame Nacht war das sicher nicht für ihn.

Anna war leise dazugekommen und zog jetzt hörbar die Luft ein. Ohne etwas zu sagen, drehte sich Michael um und machte sich an dem Schrank zu schaffen. Anna hörte nur den hohen, metallenen Klang der Zangen und Klingen, die gegeneinanderschlugen. Genau sehen, was er dort tat, konnte sie aber nicht. Bange Momente später kam er wieder auf Lennhart zu. Dieser knetete seine Finger, um sie zu entkrampfen. Erleichtert konnte er jetzt sehen, dass der Scharfrichter keinen der angsteinflößenden Gegenstände in Händen hielt.

»Warte, ... das muss ich mir doch noch einmal anschauen.« Skeptisch beäugte er das Gebiss des Jungen. »Du musst den Kopf weiter nach hinten legen – so kann ich nicht richtig sehen.«

Bereitwillig öffnete Lennhart den Mund noch weiter und schaute zur Decke hoch. Dann ging alles ganz schnell. Michael nutzte diesen unbekümmerten Moment aus. Durch eine flinke, geschickte Bewegung ließ er eine kleine Zange aus dem Ärmel seines Hemdes in seine Hand gleiten. Lennhart zuckte nicht zurück, denn all das geschah außerhalb seines Blickfeldes. Noch ehe der Junge wusste, wie ihm geschah, hielt Michael den Kiefer fest, drückte von außen in die Backen, damit er den Mund nicht schließen konnte und zog ihm den maroden Zahn mit einem kräftigen Ruck heraus. Das hellrote Ende war für alle gut sichtbar, aber erst da gab der Junge einen überraschten, gurgelnden Laut von sich. Verdutzt tastete er die blutende Lücke in seinem Mund ab. Mindestens genauso verdutzt staunte Anna über das gerade Gesehene. Zufrieden mit dem Ergebnis schnippte Michael den gezogenen Zahn in die Herdflammen und säuberte die Zange.

Kaum hatte Wilhelm Entenbeker mit seinem Sohn die Stube verlassen, plapperte Anna ganz aufgeregt los, und Michael beobachtete voller Freude, was für eine Lebendigkeit in ihr steckte.

»Hast du's bemerkt? Der Lennhart hatte gehörigen Respekt vor dir! Er ist bestimmt erst hier aufgetaucht, als die Schmerzen unerträglich wurden und er wirklich keinen anderen Ausweg mehr gesehen hat. Erst das schlechte Gewissen, weil er dich mit dem Dreck beworfen hatte, und dann zum Schluss diese riesige Erleichterung in seinen Augen – das hast du wirklich großartig hinbekommen!« Sie beendete ihren Gang durch die Stube und blieb schließlich begeistert und mit strahlenden Augen vor ihm stehen.

Michael lehnte am Tisch. Er sagte nichts, bewegte sich nicht – sah sie nur an. Anna hielt irritiert inne. Dieser ruhige Blick seiner dunklen Augen machte sie nervös. Ein winziges Lächeln umspielte seinen Mund.

»Was … was ist denn?« Verunsichert tastete sie über ihre Haube, prüfte deren Sitz und sah dann rasch an sich hinunter. Sie konnte aber nicht ausmachen, was ihn so amüsierte. »Stimmt etwas nicht?«

Michael lachte leise und schüttelte den Kopf. »Nein.« »Warum starrst du mich dann so an?« Verlegen nestelte sie an ihrem Rock.

Anna konnte sich nur zu gut vorstellen, welche Farbe ihre Wangen im Moment hatten.

Es dauerte, ehe er antwortete. »Du hast gelächelt, ... das erste Mal, seit wir Mann und Frau sind.« Dann ging er.

Anna stand immer noch da und dachte nach. Sie konnte sich nicht bewegen. Seine Worte hallten immer und immer wieder in ihrem Kopf. Er hatte wirklich recht.

Margaretha schleppte eine Kanne mit frischer Kuhmilch herein. »Anna, ... träumen kannst du heute Nacht wieder«, neckte sie die junge Frau. »Hier, ... stell die Milch in der Badkammer ab. Dort ist es kühler. Morgen schöpfen wir dann den Rahm ab und geben ein paar Kräuter dazu.«

Bei dem Gedanken, einen Kanten Brot darin einzutunken, lief Anna jetzt schon das Wasser im Mund zusammen. Wieder zurück bei Margaretha, fasste sie sich ein Herz. »Ich würde gerne ... also ... ich weiß, dass ich jetzt eigentlich draußen auf der Wiese die Kuhfladen aufsammeln sollte, aber ... wenn ich darf, dann würde ich vorher anfangen ... Tinte zu kochen.«

Stille. Nur das Knistern des Feuers war zu hören. Margaretha sah sie entgeistert an. »Tinte? Wozu in aller Welt solltest du Tinte herstellen? Ich kann dir dabei nicht helfen. Ich weiß nicht, was es dazu braucht, ... wir haben noch nie Tinte benötigt, weißt du?«, kam es spöttisch von ihr. »Außerdem wirst du keine Zeit zum Schreiben haben. Wir müssen heute noch beginnen, den Stoff zu färben. Den kannst du am Montag mit zum Nekker nehmen und zusammen mit der restlichen Wäsche waschen.«

»Die Tinte ist nicht für mich, ... sie ist für Michael«, verteidigte sich Anna, als sie den gereizten Tonfall bemerkte.

»Soso, für meinen Bruder also. Hängt er wieder seinen Träumereien nach?« Resigniert zuckte sie mit den Schultern. »Na, meinetwegen, was benötigst du denn dafür?«

»Oh, nicht viel. Ich suche mir Schlehenzweige, die ich erst einmal drei Tage einweiche. Dann muss man die Rinde vom Holz abklopfen und nochmals einweichen. Dieser Sud wird mit Rotwein aufgekocht und über mehrere Tage eingedickt.« Beschwichtigend hob Anna die Arme. »Aber du wirst keine Arbeit damit haben. Ich verspreche es. Um alles werde ich mich selbst kümmern, und die Schreibfedern sind auch schnell hergestellt. Die Gänse müssen eben ein paar Federn lassen, die dann in heißem Sand gehärtet werden, ehe sie zugeschnitten werden können.« Anna hielt gespannt den Atem an. Würde sie die Erlaubnis bekommen? Diese Freude würde sie ihrem Mann wirklich gerne machen.

»Na, geh schon!«, scheuchte Margaretha sie in gespielter Verzweiflung aus der Stube.

Die Schlehenhecke weiter unten am Hang war nicht zu übersehen. Geradewegs hielt Anna auf sie zu, um sie einiger Äste und Zweige zu berauben, die später der Tintenherstellung dienen sollten. Ihre Schritte wurden langsamer. Unweit der Hecke bereitete Michael all das vor, was er für die Pechherstellung benötigte. Derweil hüpfte Lisbet singend um ihn herum, drehte sich übermütig, sodass ihr Rock weit ausschwang, und ließ sich dann ins hohe Gras plumpsen. Anna konnte nicht verstehen, was die beiden leise miteinander redeten, aber den Schrei, den das Mädchen ausstieß, als sie sie entdeckte, den hörte sie überdeutlich.

»Anna! Sieh nur, … ich helfe Michael mit dem Pech! Ich kann das schon richtig gut!« Die Kleine war aufgesprungen, sprang auf und ab und winkte.

Anna winkte zurück und beschloss, dass die Hecke auch noch einen Moment auf sie warten konnte. Als sie näher kam, unterbrach Michael kurz seine Arbeit und grinste sie an.

»Ich nehme nachher gleich ein paar von den Schlehenzweigen mit zum Haus … für die Tinte«, erklärte sie ihm ihr Erscheinen.

»Gut, … dann kann es ja bald losgehen.« Er wirkte wohl deswegen unsicher, weil er noch nicht so recht einschätzen konnte, was ihn erwartete. Anna spähte neugierig auf die Dinge hinter ihm, die von Lisbet akkurat in eine Reihe gelegt worden waren.

»Das Loch im Boden wurde schon von meinem Vater benutzt. Ich musste nur die Asche vom letzten Brennen ausheben«, erklärte er kurz. Die Vertiefung reichte etwa eine Armlänge in die Erde und bot Platz für einen großen Kessel. »Zuerst kommt eine Schale hinein, in der das Pech aufgefangen werden kann. Darüber stelle ich den Kessel mit dem Buchenholz. Er hat unten Löcher. In den Raum zwischen Kessel und Erde schichte ich nun das Brennholz.«

»Dafür hätte ich eigentlich schon längst die Kuhfladen sammeln sollen«, warf Anna schuldbewusst ein.

»Nicht so schlimm, ich habe genug Holz. So, alles gut mit Erde abdecken ... das muss jetzt ein paar Stunden brennen. Danach ist das Pech aber noch zu dünn. Es wird erst dickflüssig, wenn ich es weiter koche.«

»Genau wie meine Tinte«, nickte Anna zustimmend, und sein offenes Lächeln ließ ihr Herz hüpfen.

»He, Meister Kremer!« Die beiden hatten den Mann nicht bemerkt und sahen jetzt überrascht auf. Seine strenge Miene verhieß Ärger. Er stand außerhalb des scharfrichterlichen Grundstücks und hatte seine Arme herrisch in die Seiten gestemmt. Die kleine Lisbet wich vorsichtshalber ein, zwei Schritte zurück und ließ ihn nicht aus den Augen. In ihren dreckverkrusteten Fingerchen hielt sie einen kurzen Ast, den sie unablässig drehte.

»Was ist Euer Anliegen?« Michael hatte sich erhoben und setzte sich widerwillig in Bewegung, als Mathis Forler ihn zu sich winkte. Er mochte den städtischen Felduntergänger nicht sonderlich. Michael hätte nicht einmal sagen können, warum. Es hatte noch nie Streit oder Unstimmigkeiten zwischen ihnen gegeben. Es war eben einfach so.

»Das sieht mir nicht rechtens aus«, keifte der hagere Mann und deutete auf den Grenzstein zu seinen Füßen.

Erst jetzt begriff Michael, auf was er hinauswollte. Der graue, teils von Moos bewachsene, kantige Brocken ragte zwei handbreit aus dem Boden, und markierte für alle gut sichtbar das Ende beziehungsweise den Beginn der Kremer'schen Landfläche. Sonst war er von Gras umgeben und fristete eher ein unscheinbares Dasein, aber heute hatte sich Lisbet daran zu schaffen gemacht. Zum Kochen ihrer Schlammsuppe hatte sie das grüne Geflecht vom Grenzstein abgekratzt und in einer kleinen Schüssel zerstampft. Außerdem hatte sie mit dem kurzen Stock, den sie immer noch in ihren Händen hielt, rings um den Stein das Erdreich durchwühlt und das Gras entfernt.

Jetzt sah es so aus, als hätte man die Markierung manipuliert und den Grenzstein versetzt. Das war nicht gut. Auf solche Vergehen standen empfindliche Strafen. Michael beschlich ein ungutes Gefühl, obwohl er sich natürlich keiner Schuld bewusst war. »Die Kleine hat offensichtlich Gefallen an dem Stein gefunden und ihn in ihr Spiel mit einbezogen.« Michael versuchte, so beiläufig wie möglich zu klingen.

»Das würde ich jetzt an Eurer Stelle auch behaupten. Grabt den Stein aus – ich will den Tonzeugen überprüfen!«, gab Mathis Forler Anweisung.

Anna stand still daneben. Sie konnte ihrem Mann deutlich ansehen, was er davon hielt. Mit verkniffenem Mund holte er sich das Werkzeug, mit dem er zuvor das Loch für den Pechkessel gesäubert hatte. Nicht genug, dass der Felduntergänger ihn des Betrugs verdächtigte – nein, jetzt musste er die Arbeit auch noch selbst tun, da Mathis Forler in keiner Weise mit seinen Sachen in Berührung kommen wollte. Mürrisch kniete sich Michael hin, begann den festen Boden zu lockern und schaufelte ihn weg. Es dauerte seine Zeit, bis der Stein freigelegt war und sich wie Lisbets loser Zahn hin und her bewegte. Michael wischte sich den Schweiß von seiner Stirn, hob den Brocken in einer letzten Anstrengung aus dem Loch und ließ ihn daneben ins Gras fallen. Sogleich eilte der Felduntergänger heran. Er stierte hinein und streifte mit einer Hand die Erde weg, die in die Mulde gerieselt war. Am Grund konnte man nun eine runde Tonscheibe sehen, die vor dem Brennen mit allerlei Zeichen und Symbolen versehen worden war. Sie steckte im Boden und befand sich genau in der Mitte der Fläche, die der Grenzstein abgedeckt hatte.

»Hm … der Tonzeuge ist unversehrt, … nicht entzweigebrochen … und offensichtlich auch nicht bewegt worden.«

Michael legte die Stirn in Falten. Woran Mathis Forler das erkennen konnte, war ihm ein Rätsel. Jeder Felduntergänger hatte da wohl seine ganz eigene Methode, die er allerdings nicht preisgab. Vielleicht ein festgelegter, bestimmter Abstand zu einem anderen Stein, von dem man gar nicht annahm, dass er in irgendeiner Verbindung zu der Tonscheibe stand. Wie auch immer – der Felduntergänger schien zufrieden mit dem zu sein, was er gefunden und gesehen hatte. Er überwachte noch das Wiedereinsetzen der Markierung, um dann grußlos seines Weges zu gehen.

Froh, dass die Angelegenheit so glimpflich ausgegangen war, verdrehte Michael in gespielter Dramatik die Augen, bis Anna sich das Grinsen kaum noch verkneifen konnte. Zwischen ihnen herrschte eine gelöste Stimmung. Allerdings nur so lange, bis Lisbets schriller Schmerzensschrei Michael und Anna aufschreckte. Das Mädchen hatte sich eine neue Beschäftigung gesucht und offenbar in Form eines in der Nähe wachsenden, mannshohen Haselstrauchs gefunden. Obwohl Michael die längeren Beine hatte, kam Anna fast gleichzeitig mit ihm an. Atemlos knieten sie neben dem Mädchen, das weinend und schluchzend auf dem Rücken lag.

»Beweg dich nicht, Lisbet. Ich muss mir erst mal den Arm ansehen.«

Anna bewunderte ihn für diese tiefe, samtige Stimme, mit der er seine Nichte beruhigte. Das kannte sie ja schon von ihm. Es war seine ganz eigene, besänftigende Art, mit der er heiklen Situationen begegnete. Anna streichelte Lisbets Hand und versuchte, das Ihre dazu beizutragen. Angestrengt bemühte sie sich jedoch im ersten Moment, den Arm nicht anzusehen, den Michael vorsichtig anhob. Lisbet trug im Sommer nur ein ärmelloses Kleidchen, das weit geschnitten war und sie nicht einengte. Umso mehr war nun die Sicht frei auf die Wunde, die jetzt dort prangte.

»Wolltest wohl ausprobieren, wie gut du klettern kannst, oder?« Das Lächeln in seiner Stimme ließ es nicht als Vorwurf klingen.

Lisbet nickte schniefend und wischte sich mit dem Handrücken über das tränennasse Gesicht. Ängstlich riskierte sie einen Blick. Sie wollte genau wissen, was da vor sich ging und was ihr Oheim tat. Ihre Augen wurden größer und größer. Durch den Sturz hatte ein trockener, abgestorbener Trieb, der aus dem Boden ragte, ihren Oberarm vollständig durchstochen und war dann abgebrochen. Michael verzog keine Miene, um Lisbet nicht noch mehr zu ängstigen. Anna konnte also nicht abschätzen, wie ernst es war und wie er die Wunde tatsächlich beurteilte. Er drehte ihren Arm, um ihn von allen Seiten zu betrachten, was bei ihr allerdings wieder neue

Tränen auslöste. Anna ignorierte den Schauer, der sich auf ihrem Rücken ausbreitete. Sie mochte sich die Schmerzen gar nicht vorstellen. Der Ast ragte zu beiden Seiten ein Stück heraus – wie eine Nadel, die man in einem Stück Stoff feststeckt. Blut trat auch kaum welches aus – zumindest noch nicht. Fragend blickte Anna zum Haus, aber Michael schüttelte unauffällig den Kopf.

»Nein. Jetzt sitzt ihr der Schreck noch ordentlich in den Gliedern. Sie hat noch nicht ganz verstanden, was da mit ihr geschehen ist.«

Lisbet fing wieder an zu weinen und nach ihrer Mutter zu fragen. Michael gab Anna unmerklich ein Zeichen. Sie streichelte Lisbets Gesicht und drückte es dabei unauffällig in ihre Richtung, sodass sie ihren Arm nicht mehr sehen konnte. Unauffällig hielt Anna dabei den unverletzten Arm fest. »Wir probieren gleich aus, ob du aufstehen kannst, und dann gehen wir hoch zu deiner Mutter, ja? Dort bekommst du erst einmal etwas zu trinken. Danach kannst du dich ausruhen …« Anna sah ihr fest in die Augen und redete leise auf sie ein. Derweil griff sich Michael beherzt den anderen Arm, packte den Ast mit zwei Fingern und zog ihn blitzschnell aus dem dünnen Ärmchen heraus. Ein Ruck ging durch den kleinen Körper. Sofort folgte ein überraschter Ausruf, der zu einem ohrenbetäubenden Geschrei anschwoll, aber Michael hatte Lisbet schon in seine Arme gehoben und wiegte sie hin und her, während er von beiden Seiten auf die jetzt offene Wunde drückte.

»Was ist geschehen?« Alarmiert durch das Weinen, erschien Greta in der Tür, als sich die drei dem Haus näherten. Beim Anblick ihrer Mutter fing Lisbet wieder an zu schluchzen und schmiegte sich in ihre Arme. Anna hatte zuvor noch schnell die benötigten Schlehenäste abgeschnitten und strich der Kleinen mitfühlend über die verschwitzten Haare.

»Sie ist vom Haselstrauch gefallen und ein toter Trieb hat ihr den Arm durchstochen. Du solltest ihr die Wunde noch mit Wein waschen«, fasste Michael kurz zusammen und ging wieder nach draußen an seine Arbeit.

»Na, lass mich mal sehen, … das wird schon wieder«, tröstete Greta ihre Tochter und versorgte die Wunde. Der Schmerz schien nachzulassen, denn Lisbet hockte kraftlos am Tisch, kaute ein Stück Brot und sah den beiden Frauen mit verheulten, roten Augen zu. Anna stückelte die Äste des Schlehenstrauchs und bedeckte sie in einer Schüssel mit Wasser. Greta holte indes den Ballen Stoff hervor, den die beiden von ihrem Besuch in Meckmul mitgebracht hatten.

»Den werden wir jetzt in ein schönes Rot färben.« Greta lächelte und zwinkerte Lisbet aufmunternd zu. »Die getrocknete Krappwurzel habe ich gestern schon ganz fein geschnitten und in Wasser eingelegt«, erklärte sie weiter, als sie bemerkte, dass Anna aufmerksam und neugierig alle ihre Handgriffe beobachtete. »Jetzt erhitzen – aber nicht kochen! Anschließend lassen wir das Ganze abkühlen und rühren ab und zu um. Die frischen Wurzeln sind innen gelb. Erst beim Trocknen entwickelt sich der rote Farbstoff. Dieses ›Speyrer Rot‹ habe ich erst kürzlich bei einem Händler erstanden. Manchmal wird auch ›Hagenauer Röte‹ angeboten. Ich kann dir allerdings nicht sagen, welche Wurzeln besser färben. Ich bin mit beiden zufrieden. Manchmal kommt die Setzler Bertha vorbei und bittet mich, ihr einige Bänder gelb zu färben. Hierfür verwende ich natürlich Birke oder Gilbkraut.« Greta sah Anna beinahe sehnsüchtig an. »Hin und wieder möchte ich auch einmal eine andere Farbe tragen als immer nur dieses Rot. Dann färbe ich Strümpfe oder Tücher blau – mit dem Färberwaid.«

Anna nickte. Das sah nach einem beinahe freundschaftlichen Verhältnis zwischen Greta und dieser Hübschlerin aus. Oder täuschte sie sich nur? Auf jeden Fall gab es ihr einen Stich. Etwas in ihr sträubte sich bei dem Gedanken, dass dieses Weibstück hier im Haus verkehrte. Anna schob den Gedanken beiseite und ging Greta den ganzen restlichen Tag mit Eifer zur Hand.

Ein arbeitsreicher Tag neigte sich dem Ende zu. Die Sonne war untergegangen. Anna lag in ihrem Hemd quer über dem Bett und starrte aufgewühlt in die Dunkelheit. Sie fand keine Ruhe. Unaufhörlich bewegten sich ihre Zehen nervös auf und ab und sie drehte sich von einer Seite auf die andere. Angespannt lauschte sie den Geräuschen, die von unten heraufdrangen. Was ging dort vor sich?

Diese Frage stellte sie sich, seit sie vorhin zufällig aus dem Fenster gesehen und im Schein einer Fackel die Hübschlerin Bertha Setzler erkannte hatte, wie sie zielstrebig auf das Haus zugegangen war. Wenig später war ihr tatsächlich die Tür geöffnet worden. So viel zumindest hatte Anna eindeutig hören können. Jetzt hörte sie nichts mehr – und das machte sie ganz unruhig und nagte an ihr. Hatte sie nicht schon nachmittags dieses Gefühl beschlichen? Sie musste sich eingestehen, dass es ihr ganz und gar nicht egal war, was ihr Mann hinter ihrem Rücken mit dieser Hure trieb. Darum also bedrängte er sie nicht, wie es vielleicht ein anderer Mann tun würde – er stillte sein Verlangen bei einer stadtbekannten Hübschlerin! Anna durchdachte die Situation immer und immer wieder. Das würde sie sich nicht stillschweigend gefallen lassen! Energisch schwang sie die Beine aus dem Bett, warf sich noch ein Schultertuch über und machte sich auf Zehenspitzen auf den Weg nach unten zur Stube. Sorgsam umging sie die knarrenden Stellen im Dielenboden. Ihr Herz hämmerte. Was erwartete sie hinter der Tür? Entschlossen trat sie ein. Ihr Mund öffnete sich stumm und das Bild, das sich ihr bot, brannte sich unauslöschlich in ihre Gedanken. Die Stube wurde nur noch schwach von den kleinen Flammen der Feuerstelle erleuchtet. Sie warfen ihr rötliches Licht auf die beiden Gestalten in unmittelbarer Nähe. Berthas volle Haarpracht schimmerte, als würde sie in Flammen stehen. Sie saß lächelnd in ihrem offenherzigen Gewand auf einem Hocker und hatte die Beine gespreizt. Das eine Bein war bedeckt, das andere jedoch bis oben hin entblößt, und der Rock lag gerafft auf ihrem Schenkel. Michaels Gesicht war nicht zu erkennen. Es lag im Schatten, da er sich vom Feuer ab- und der hübschen Frau zugewandt hatte. Er kniete zwischen ihren Beinen, eine Hand auf ihrem nackten Schenkel und drückte ihn nach außen. Anna stand einfach nur da und schnappte hörbar nach Luft. Die beiden drehten sich zu ihr um, wirkten aber nicht erschrocken oder schuldbewusst, weil sie bei ihrem sündigen Treiben ertappt worden waren. Ohne eine Reaktion abzuwarten, machte Anna kehrt und rauschte davon, nachdem sie die Tür mit Kraft ins Schloss geworfen hatte.

Michael sah verwundert in die dunkle Ecke, wo eben noch Anna gestanden hatte. »Ich dachte, sie schläft schon längst«, murmelte er vor sich hin. »Nun gut, dann erzähl: … Wie ist das denn passiert?« Michael drückte das Bein ganz vorsichtig noch weiter nach außen, um bessere Sicht auf die Schnittwunde zu haben, die sich an der Innenseite des Schenkels entlangzog. Mit zusammengekniffenen Augen inspizierte er die Verletzung.

»Die Irmgard hat eindeutig zu viel getrunken – und erst ist sie immer ganz lustig, aber dann passt ihr von jetzt auf nachher etwas nicht und dann macht sie Ärger. Sie hat doch tatsächlich behauptet, dass ich ihr noch ein paar Münzen schulde!«, empörte sich die junge Frau, schnaubte und warf leidenschaftlich ihre Haare nach hinten. Für einen kurzen Moment war das Diebeswappen auf ihrer Wange zu sehen. Dass nur Irmgard Volcker zu viel getrunken hatte, bezweifelte Michael. Permanent wehte der Geruch von Wein zu ihm herüber.

»Dann hat sie sich im Streit wie eine Furie auf mich gestürzt … und irgendwie ist sie an das Messer gelangt … und das ist dabei rausgekommen«, jammerte sie und zeigte auf die Wunde. Sie zog die Luft durch die Zähne ein, als Michael die Ränder ein wenig auseinanderzog, um die Tiefe des Schnitts zu ermitteln.

»Ist nicht tief, … blutet ja auch fast nicht mehr«, setzte er sie kurz und knapp in Kenntnis und stand dann auf, um Wein und Stoffstreifen zu holen.

Als er mit dem Verbinden fertig war, beugte sich Bertha vertraut zu ihm hinunter. »Ich könnte dich gleich jetzt und hier für deine Dienste entlohnen«, bot sie Michael in verführerischem Singsang an. Er lächelte jedoch nur und strich der Hübschlerin den Rock nach unten. Mit einem Seufzer verschwand ihr Lächeln und sie tätschelte seinen Arm. »Du solltest jetzt zu deinem Weib gehen. Ich denke, sie hat da etwas missverstanden.« Leicht schwankend küsste sie ihn auf die Wange und verschwand.

Michael trat leise in die Kammer. Eine einzige Kerze brannte und warf ihr Licht auf Anna, die in der Ecke stand, die Arme verschränkt hatte und ihn wütend anfunkelte.

»Was hast du mit der zu schaffen? Sei wenigstens ehrlich – dich treibt die Lust zu ihr!«, fauchte sie. »Und wenn du schon eine Hübschlerin besteigst, dann wenigstens nicht in meinem Haus! Hast du überhaupt keinen Anstand im Leibe?« Sie war so aufgebracht, dass es ihr egal war, wie laut sie redete oder ob alle im Haus mithörten.

Michael traute seinen Ohren nicht. »Dein Haus? Erst läufst du weg und jetzt ist es plötzlich dein Haus? Ich … ich habe die Bertha nicht …« Er konnte nicht fassen, dass sie ihn tatsächlich für einen Ehebrecher hielt. Sein erstauntes Gesicht wandelte sich und ein Grinsen machte sich auf seinen Lippen breit, während er lässig die Tür hinter sich schloss. »Du bist ja eifersüchtig – gib's zu!«, neckte er sie.

Das allerdings führte dazu, dass Anna entrüstet den hochroten Kopf schüttelte und noch mehr in Rage geriet. Aufgebracht lief sie in der Kammer hin und her und tippte sich mit einem Finger auf die Brust. »Ich … ich bin nicht eifersüchtig! Es geht darum, dass ich … ich allein bin deine Frau! Selbst ein Henker sollte die Ehe achten!«

Angesichts dieser Vorwürfe spürte Michael Wut in sich aufsteigen. »Ja, allerdings! Wie recht du doch hast! Du bist mein Weib – wenn auch nur auf dem Papier! Wage es nie wieder, mich des Ehebruchs zu bezichtigen. Ich für meinen Teil achte die Ehe – und ich achte dich! Wie aber sieht es bei dir aus? Soweit ich mich erinnern kann, kommst du deinen Pflichten nicht nach – und ich muss es ja schließlich wissen!«, herrschte er sie an und ging auf Anna zu.

»Wage es nicht, mich anzurühren!«, schrie sie ihn mit zitternder Stimme an, und der Inhalt der Waschschüssel, der ihm entgegenschwappte, durchnässte sein Hemd und seine Hose. Prustend schüttelte er sich das Wasser aus den Haaren. Ihr wurde bange. Sein entrüstetes Gesicht hatte in dem schwachen Licht und den Schatten den Ausdruck einer Fratze angenommen. Sie schnappte sich einen Schemel, hob ihn über den Kopf und schleuderte ihn ebenfalls in seine Richtung. Michael wich geschickt aus, und so schlug er hinter ihm gegen die Wand. Durch den Aufprall bröckelte der glattgestrichene Lehm mit den aufgemalten Borden ab.

Jetzt waren sogar Teile der Eichenlatten sichtbar, die zwischen dem dicken Holzgebälk angebracht waren und die das dichte Geflecht aus Haselruten stützten. Überrascht über die Wucht, setzte er seinen Weg fort. Mit zwei Schritten war er bei ihr und umklammerte schmerzhaft ihre Handgelenke. Anna schrie und kreischte und warf ihm Verwünschungen entgegen. So hatte er sie noch nie erlebt. Sie fletschte die Zähne und blitzte ihn wild an. Mit den Armen konnte sie nichts mehr ausrichten, da er sie wie in einem Schraubstock festhielt, also versuchte sie es mit den Füßen. Sie stieß ihr Knie nach oben, verfehlte jedoch seine empfindlichste Stelle, da er gerade noch rechtzeitig die Hüfte wegdrehen konnte. Außer sich vor Wut trat Anna auf seine Zehen und Füße, aber es schien ihm gar nichts auszumachen. Um sie noch weiter in ihren Bewegungen einzuschränken, ließ er die Handgelenke los, umfasste jedoch nur einen winzigen Augenblick später ihre Taille mit der vollen Länge und der ganzen Kraft seiner Arme. Inzwischen war er dann doch etwas außer Atem geraten.

»Lass mich los!«, schrie sie und hämmerte dabei mit beiden Fäusten auf seine Brust ein.

»Nein! Nicht solange du dich nicht wieder beruhigt hast!«, machte er seiner Frau klar, die nicht nachließ, ihn mit den Fäusten zu bearbeiten. Nach einer Weile, Anna hatte sich schon ziemlich verausgabt und schnaufte und keuchte angestrengt, wurden die Schläge weniger. Das Schreien ging in ein lautes Schluchzen über und ihre tränennassen Wangen schimmerten im Kerzenschein. »Ich bin nicht Morstatt … ich bin nicht er … ich bin nicht er!«, wiederholte er mehrmals, und es dauerte lange, bis die Worte zu ihr durchdrangen. »Anna«, sprach er sie leise und beruhigend an, aber sie weinte nur noch mehr und schüttelte abweisend den Kopf. Die Arme fielen kraftlos nach unten und Anna schluchzte hemmungslos, während sie aufgab und sich gegen ihn sinken ließ. Michael rieb tröstend über die bebenden Schultern und wiegte sie in seinen Armen. »Schhhhh … es ist vorbei … lass nicht zu, dass er jemals wieder mehr wird als ein Schatten aus deiner Vergangenheit«, flüsterte er an ihrem Ohr.

Anna schniefte und rieb ihre laufende Nase an Michaels Hemd. Sie hatte jegliches Zeitgefühl verloren und fühlte sich erschöpft – aber trotzdem erleichtert und befreit. Er hatte recht mit dem, was er gesagt hatte, und heute Nacht war eine gute Gelegenheit, seinen Rat zu beherzigen. Er hielt sie immer noch in seinen Armen. Sie legte zaghaft die Hand auf seine Brust und konnte unter ihr genau spüren, wie sein Herz gleichmäßig und kräftig schlug. »Du solltest das nasse Hemd ausziehen«, flüsterte sie, und als sie anstelle einer Antwort nur ein verlegenes, leises Lachen hörte, was Anna als Zustimmung auffasste, tasteten sich ihre Finger ganz langsam nach unten zum Saum. Sie war selbst erstaunt über ihre Kühnheit, als sie den Stoff Stück für Stück nach oben schob und ihn Michael über den Kopf streifte. Er half ihr dabei, indem er die Arme hob und selbst geschwind aus den Ärmeln schlüpfte. Sofort legten sich seine Hände wieder auf ihre Hüften, hielten sie fest, und die Daumen strichen den groben Stoff über ihren Hüftknochen hin und her. Anna wurde nervös – und neugierig. Sie hatte ihn ja schon ohne sein Hemd gesehen, aber jetzt konnte sie ihn auch endlich berühren und fühlen. Ihre Hände glitten entlang der behaarten Arme nach oben, um die breiten Schultern und über die Brust und den festen, flachen Bauch wieder nach unten. Anna umarmte ihn. Er roch nach Gretas Seife und nach sich selbst. Anna erfühlte seinen Rücken und küsste dabei die Kuhle unterhalb seines Halses. Als sie mit nur einem Finger die Mulde seines Rückgrats entlangfuhr, konnte sie sehen, wie sich die feinen Härchen und seine Brustwarzen aufstellten – aber er rührte sich kein bisschen. Er ließ sie gewähren, ließ zu, dass sie ihn erkundete, und hielt still.

Michael genoss dieses warme Gefühl und das Kribbeln und Prickeln, wenn sie über seine Haut strich. Er berührte sie mit den Lippen und drückte ihr viele kleine Küsse auf die Stirn, die Augen, die Wangen und letztlich auf den Mund. Ihre Lippen zitterten, aber dennoch erwiderten sie scheu die Berührung und öffneten sich sofort, als seine Zunge sich tastend vorwagte. Anna spürte die Leidenschaft hinter seiner Zurückhaltung, und sie wusste genau in diesem Moment, dass sie diesen Mann wollte. Sie drückte sich an ihn, und sofort schlangen sich seine Arme fester um sie. Er musste seinen ganzen Willen aufbieten und sich ermahnen, sie nicht zu verschrecken und ihr die Zeit zu geben, die sie brauchte. Mit kleinen Schritten bugsierte er Anna rückwärts zum Bett, ohne jedoch aufzuhören, sie zu küssen. Mit einer schnellen Bewegung hob er seine zierliche Frau hoch, um sie sanft auf die Decke zu legen. Ihre zarten Hände wurden nicht müde, seinen Körper zu erforschen – erst unsicher, dann immer mutiger. Zu gerne hätte er seine Hose ausgezogen. Sie wurde langsam merklich enger. Anna spürte seine warme Hand auf ihrem Bauch. Sie glitt höher und umfasste eine Brust. Verblüfft zog Anna die Luft ein und zuckte zurück.

»Oh, ... entschuldige ... tut mir leid, ich wollte nicht ...«, flüsterte Michael heiser an ihrem Hals.

»Nein, ... schon gut«, beruhigte sie ihn und ermutigte ihn noch mehr, indem sie ein Knie zwischen seine Beine schob. Es gelang ihm nicht ganz, das Stöhnen zu unterdrücken, als er Annas Hüfte leidenschaftlich gegen die seine presste. Das warme Gefühl pulsierte in seinen Lenden und ließ ihn kapitulieren. Ungeduldig zerrte er an ihrem Hemd, hob sie kurz an, um es nach oben zu schieben und streifte es über den Kopf. Ehrfürchtig hielt er inne und sah sie bewundernd an – zumindest das, was in dem dämmrigen Licht zu erkennen war.

Anna zwang sich, still liegen zu bleiben. Für einen Augenblick war sie versucht, verschämt ihre Blöße zu bedecken. Wie seltsam. Sie hatte das Gefühl zu schweben und sie war hin und her gerissen. Sie wollte sich ihm hingeben – und doch wieder nicht. Hatte sie sich in jener Nacht nicht geschworen, dass ein Mann nie wieder Besitz von ihrem Körper ergreifen sollte? Energisch verdrängte sie den Gedanken an Feit Morstatt, der sich wie Gift in ihr auszubreiten drohte. Nein! Sie würde sich dagegen wehren, und mit der Zeit würde es schon besser werden. Ein Dritter im Ehebett war nicht gut. Entschlossen vergrub Anna ihre Finger in Michaels Haaren, um ihn dann leidenschaftlich und voller Begehren zu küssen. Sie wollte nicht mehr länger warten und nestelte an seiner Latzkordel.

Plötzlich griff Michael nach ihrer Hand. Er drückte sie fest auf die Beule zwischen seinen Beinen, damit sie sich nicht mehr bewegen konnte. »Bist du sicher?«, keuchte er atemlos und ließ seine verschwitzte Stirn auf ihre Schulter sinken.

Anna antwortete nicht. Stattdessen rieb sie langsam hin und her, was ihm wieder ein leises Stöhnen entlockte. Er gab sie frei und öffnete ihre Schenkel mit leichtem Druck auf die feine, zarte Haut der Innenseiten. Hastig schob er den Hosenstoff nur so weit nach unten, dass sein blanker Hintern zum Vorschein kam. Anna wurde durch sein Gewicht fest auf das Bett gedrückt. Sogar atmen konnte sie nur noch flach. Jetzt flossen doch einige Tränen der Angst. Sie fühlte ihn dort unten. Haut berührte Haut. Sie hielt den Atem an, als sie den Druck spürte, und entspannte sich mehr und mehr, als es nicht schlimmer wurde. Michael füllte sie aus, aber sie hatte keine Schmerzen wie damals, und so legte sie ihre Hände genussvoll auf seinem Hinterteil ab, als er begann, sich rhythmisch und immer kräftiger in ihr zu bewegen, bis er sich schließlich aufbäumte und schwer auf ihr liegen blieb.

Michael bewegte sich erst und rollte zur Seite, als Anna ihn schmunzelnd darum bat. Erschöpft wollte er sich schon an sie schmiegen, als er sah, dass Anna abwesend an die Decke starrte. »Was hast du?«, fragte er vorsichtig nach.

Erst hatte es den Anschein, als würde sie gar nicht antworten, aber dann sah sie ihm doch in die Augen und seufzte. »Für heute Nacht ist es mir gelungen, ihn zu verbannen aus unserem Bett und aus meinen Gedanken – aber morgen … morgen werde ich ihm gewiss leibhaftig in der Kirche begegnen … und dann?«, fragte Anna ängstlich.

»… Und dann werde ich an deiner Seite sein und deine Hand halten.« Was er Anna allerdings verschwieg, war, dass er nicht genau wusste, warum er ihre Hand halten wollte – um sie zu trösten, oder damit er die Kraft hatte, nicht auf Morstatt loszugehen und ihn totzuschlagen.

DREI VERSPRECHEN VOR DEM HERRN

– SONNTAG, 16. AUGUST 1523 –

WENN MAN SIE SO ANSAH, bemerkte man keine einzige Regung, aber Anna flehte innerlich, dass endlich der Schlusssegen gesprochen wurde und dieser Spießrutenlauf für sie ein Ende hatte. Die Fingergelenke traten an den gefalteten Händen vor Anspannung schon weiß hervor. Wenigstens hatte sie ihren Platz ganz hinten, sodass die anderen Bürger, die am heutigen Sonntag die Messe besuchten, ihr den Rücken zukehrten und sie nicht permanent anstarrten.

Ständig suchten ihre Augen die Menge ab. Anna war sich ganz sicher, dass sie vorhin Burgl und ihre Mutter gesehen hatte. Dadurch jedoch, dass die beiden Frauen eh nicht sonderlich groß waren, gingen sie inmitten der vielen Leute unter. Vielleicht sah sie sie ja beim Verlassen der Kirche. Anna hatte sich fest vorgenommen, ihrer Mutter zuzulächeln. Sie sollte sich keine Sorgen um ihre Tochter machen müssen. Bei dem Gedanken schossen ihr Tränen in die Augen. Nun, es war nicht zu ändern. Sie atmete tief durch und blinzelte sie weg.

»… Gehet hin in Frieden …« Endlich die ersehnten Worte. Anna bekreuzigte sich und eilte zur Tür. Michael war dicht hinter ihr.

»Meister Kremer, … auf ein Wort!«, wurde er aufgehalten.

Anna spürte, wie sich ihr Magen verkrampfte. Diese Stimme würde sie unter Tausenden erkennen. Wie konnte Feit Morstatt sich so schnell seinen Weg durch die Leute bahnen? Saß er während des Gottesdienstes nicht recht weit vorne? Es half nichts. Anna drehte sich um und stellte sich hinter ihren Mann, damit sie keinen direkten Blickkontakt mit ihrem Peiniger hatte. Sie bemerkte, wie Michael sich aufrichtete und die Schultern anspannte. Unweit des Portals standen sich die beiden Männer gegenüber. Michael mit einem düsteren, unnahbaren Blick, und Morstatt überheblich grinsend. In seinen Kleidern aus edlem Tuch baute er sich vor ihm auf.

»Ich habe einen wichtigen Auftrag für Euch – vom Rat der Stadt.« Er hatte laut gesprochen und legte eine kleine Pause ein, um sicher zu sein, dass er die Aufmerksamkeit der Umstehenden besaß. »Es dürfte sogar bis zu Euch vorgedrungen sein, dass in Haydelberch die Pest wütet.«

Michael antwortete nicht, sondern wartete ab, bis der Ratsherr mit seiner Rede fortfuhr.

»Und genau aus diesem Grund wird ein Teil der dortigen ›facultas artium‹ nach Wymphen ausgelagert werden.« Er zog die Stirn in Falten. »Allerdings sind anscheinend bereits heute in den frühen Morgenstunden zwei Männer von dort in Wymphen eingetroffen – sie befinden sich in einem eigens für sie eingerichteten Raum im Spital, um sie zu separieren, bis eindeutig feststeht, dass sie weder Pest noch Lepra hier in die Stadt einschleppen. Soweit mir bekannt ist, seid Ihr viel herumgekommen ... Nuremberga, München ... und habt Euch viel angeeignet.«

Michael deutete das Nicken nur an. Er ahnte schon, worauf Feit Morstatt hinauswollte.

»Gut. Dann seid Ihr wohl mit am besten dafür geeignet, die beiden zu begutachten und sie entweder für gesund oder für krank zu erklären. Ihr sollt Euch so schnell als möglich beim Spitalpfleger Entenbeker melden.« Mit einem letzten, durchdringenden Blick auf Anna stolzierte er davon. Sie hatte es für einen kurzen Moment genau in seinen Augen gesehen: Anspannung und Unsicherheit. Feit Morstatt konnte nicht einschätzen, ob sie seine Untat für sich behalten oder wie viel sie ihrem Mann anvertraut hatte. Anna wünschte, dass ihm das, wenigstens hin und wieder, eine schlaflose Nacht bereiten möge.

»Das lässt sich leider nicht aufschieben. Ich muss mich gleich darum kümmern, ... es wird schon nichts sein«, wollte er Anna aufmuntern und lächelte. Sein eigenes, ungutes Gefühl verbarg er dabei geschickt. Natürlich machte er sich Sorgen. Wenn die Männer wirklich krank waren, dann bestand auf jeden Fall die Möglichkeit, dass auch er, und zudem der ganze Rest seiner Familie, an der Pest starb. Aus gutem Grund sollte er sie sich im Spital ansehen. Keiner der Herren wollte sich die Pest in das Ratsgebäude holen und das Schicksal herausfordern. Also ging er über den Marktplatz, den Rain hinunter und bog am Brunnen zum Spital ab.

Traurig wich Anna dem mit dem Bettelstab aus und beeilte sich, Greta, Wilhelm und Lisbet einzuholen. Dadurch, dass sie von Feit Morstatt aufgehalten worden waren, hatte sie nicht auf Burgl oder ihre Mutter achten können. Irgendwo in der Menge waren die beiden wohl an ihr vorbeigelaufen.

Wie recht sie doch hatte. Kaum näherte sie sich dem Scharfrichterhaus, trat ein Schatten um die Ecke. Anna blieb verdutzt stehen. Es war Burgl! Mit strenger Miene sah sie ihnen entgegen und wartete stumm, bis sie mit Anna allein war. Greta hatte ihren Mann und ihre Tochter vor sich her ins Haus geschoben. Worte waren nicht nötig. Die beiden sollten Zeit für sich allein haben. Unschlüssig stand Anna da. Ihr war nach Lachen und Weinen zumute. Wie sehr hatte sie die ältere Frau vermisst! Ihre Wärme, ihre Fürsorge – einfach ihre Anwesenheit. Was sollte sie jetzt tun? War sie für Burgl eine Unehrliche – wie für alle anderen auch, oder sah sie in ihr immer noch die Anna, die sie gewesen war?

Kaum hatte sich die Tür geschlossen, fingen Burgls Lippen an zu zittern. Sie stellte den Korb ab, den sie fest umklammert vor sich gehalten hatte, als ob sie sich damit hatte verteidigen wollen. Die altbekannte Wärme kehrte in ihre Augen zurück und sie lächelte Anna liebevoll an, die ohne zu zögern mit einem Schluchzen in die weit ausgebreiteten Arme ihrer Ziehmutter flog. Dort ließ sie sich nur zu gern an die ausladende Brust drücken. Sanft streichelte Burgl über Annas Kopf und wartete geduldig ab, bis das Weinen nachließ und die Tränen versiegten.

»Es geht mir gut, … sagst du es bitte Mutter, … dass es mir gut geht, meine ich«, antwortete Anna schniefend auf die nicht laut gestellte Frage.

»Ach, Kind, … was soll jetzt nur werden?« Burgl sah mit einem Mal aus, als wäre sie um Jahre gealtert. »Deine Mutter, … sie redet jeden Tag von dir. Manchmal hat es den Anschein, als warte sie jeden Augenblick darauf, dass du zur Tür hereinkommst.« Traurig und verzweifelt schüttelte sie den Kopf. »Deswegen bin ich heute alleine hier. Sie hätte es nicht verwunden, aber sie denkt an dich und hat mir das für dich mitgegeben.« Burgl lupfte das Tuch, das den Korb abdeckte, und holte einen Beutel hervor.

Sprachlos stand Anna mit großen Augen da. Ihre Hand senkte sich unter dem Gewicht der leise klingenden Münzen. »Für mich?«, hauchte sie ehrfürchtig.

»Natürlich für dich, ... du wirst immer ihre Tochter bleiben.«

»Danke.« Glücklich presste sie den Beutel an sich. »Jetzt kann ich Michael die Münzen für den Stoff zurückzahlen, ... ach, nicht weiter wichtig«, fügte sie noch lächelnd hinzu, als Burgl sie verständnislos ansah.

»Ich muss jetzt gehen, Anna, aber wir sehen uns sicher bald wieder. Hier. Die habe ich frisch gebacken.«

Also hatte ihre Nase sie nicht getäuscht. Vorsichtig holte Burgl in ein Tuch eingewickelte Backwaren aus dem Korb und gab sie Anna, die sogleich den leckeren Geruch tief einsog.

»Hmm ... wie früher.«

Michael war in der Mitte der Gasse vor der Spitalpforte stehen geblieben. Die Wände der oberen Stockwerke waren, um ein wenig mehr Platz zu bieten, weiter nach außen gebaut worden und saßen darum nicht auf der Grundmauer, sondern jeweils auf Balkenvorsprüngen. Er trat an die Tür. Während er nach seinem Klopfen auf Antwort des Spitalpflegers Wilhelm Entenbeker wartete, sah er sich den steinernen Torbogen an. Über ihm befand sich eine engelgleiche Gestalt, die auf jeden Eintretenden herabsah. Ab der Brust fehlte der untere Teil des Körpers, dafür waren zu beiden Seiten Flügel dargestellt – in den Händen ein Schild mit dem Doppelkreuz der Johanniter. Der kurze Querbalken oben – der lange unten.

Das Quietschen des Tores lenkte seine Aufmerksamkeit schließlich wieder nach unten. Der Spitalpfleger erschien höchstpersönlich und forderte ihn auf, ihm zu folgen. Der Weg führte über Treppen und durch lange Gänge, an denen zu beiden Seiten die Kammern der Kranken, zu Pflegenden und Alten lagen. Die Räumlichkeiten waren nicht vollständig abgetrennt und für sich. Die Türen konnten die Bewohner zwar schließen, aber um Licht von den Außenfenstern durch die Kammer in den Mittelgang einfallen zu lassen, waren die innenliegenden Wände nur aus einem hölzernen Gitter gefertigt. Wodurch natürlich jeder, der den Gang entlangschritt, Einblick erhielt.

»Hier sind sie drin.« Michael wurde zu einer abgelegenen Tür zitiert.

Innerlich auf alles gefasst, trat er ein. In den Jahren seiner Wanderschaft hatte er schon Pesttote gesehen – mit Beulen und schwarzen Flecken versehene, geschundene Körper. »Oh …« Ganz offensichtlich war er wohl doch nicht auf alles vorbereitet gewesen. Er brauchte einen Moment, um sich wieder zu fangen. In der kleinen Kammer saßen die beiden Männer, die er begutachten sollte: Peter Eblin auf dem schmalen Bett und ein älterer Herr auf dem einzigen Stuhl. Annas Bruder stand auf und sah ihn anklagend mit einer Mischung aus Trotz und Wut an. Würde er es jemals verwinden, dass seine Schwester nun die Frau eines Scharfrichters war? Schmerzerfüllt wandte er den Blick ab, als Michael ihm zunickte. Die Erinnerungen an die vorangegangenen Ereignisse waren noch zu frisch oder zumindest mit der Rückkehr nach Wymphen wieder aufgebrochen.

»Mein Name ist Martin Severus – Ihr habt also die Tochter meiner Schwester Amalia Brel geehelicht«, stellte der Ältere direkt und ohne Umschweife fest, nachdem er sich ächzend vom Stuhl erhoben hatte. Trotz oder gerade wegen seines Alters strahlte er eine ruhige Würde aus und musterte Michael lange. »Ich liebe Anna wie meine eigene Tochter und deswegen rate ich Euch: Behandelt sie gut!«

»So etwas braucht Ihr mir nicht ausdrücklich zu sagen. Ich ehre sie. Anna führt ein gutes Leben – soweit man das unter diesen Umständen sagen kann, und wenn ich könnte, wie ich wollte, dann würde ich ihr noch ein besseres bieten.«

Der junge Mann hatte voller Inbrunst gesprochen, und Martin Severus brummte seine Zustimmung in seinen Bart. »Peter hat mir alles erzählt …«, fuhr er mit einem schnellen Blick auf seinen Neffen fort. »… die Anklage, … Eure Freibitte, … aber auch, dass ihr gute Erfolge auf dem Gebiet der Heilung erzielt. Deswegen habe ich beschlossen, Euch das ›Kreutter Buch‹ von Hieronymus Bock zukommen zu lassen. Es befindet sich schon länger in meinem Besitz, ich denke jedoch, dass es bei Euch bessere Verwendung findet. Ihr habt schon von ihm gehört, nehme ich an. Hieronymus Bock ist ein leidenschaftlicher Pflanzenheilkundler und zudem den Lehren Luthers zugetan – was Anna wiederum erfreuen wird.«

»Meister Kremer, … zu welcher Entscheidung seid Ihr gelangt?«, wurden sie ungeduldig von draußen unterbrochen. »Ich muss dem Rat sofort Bericht erstatten!« Wilhelm Entenbeker lugte durch das Holzgitter neben der Tür und versuchte, den Scharfrichter durch den strengen Ton zu mehr Eile anzutreiben.

»Nun gut, … dann beginnen wir also. Zieht Euer Hemd aus. Ich muss die Haut großflächig sehen.« Michael wartete, bis der ältere Herr sich mithilfe seines Neffen entkleidet hatte, und bat ihn dann zum Fenster, um die volle Helligkeit auszunutzen. Mit zusammengekniffenen Augen sah er sich den Oberkörper ganz genau an. Nebenbei stellte er genau zielgerichtete Fragen. »Habt Ihr braunrote, gefühllose Flecken bemerkt?«

»Schmerzt Euer Nacken?«

»Und Eure Stimme hat sich auch nicht verändert? Sie wurde nicht rau und kratzig?«

»Gut, … kein Aussatz«, stellte Michael erleichtert fest, nachdem Martin Severus alles verneint hatte. »Wann seid ihr von Haydelberch nach Wymphen aufgebrochen?«, setzte Michael seine Befragung fort.

»Vor über einer Woche, … Peter konnte den Nekker hinunter bei einem Flößer mitfahren und war recht schnell bei mir. Da ich aber wegen der Pest eh schon im Begriff war, Haydelberch zu verlassen, schrieb er sich nur noch schnell ein, um sich seinen Platz in der ›facultas artium‹ zu sichern, und machte quasi auf der Ferse kehrt.«

Inzwischen besah Michael sich die Haut unter Peters Armen. »Auch keine Beulen ...«, murmelte er. »Habt Ihr Schmerzen oder Fieber?«

Bevor Peter antworten konnte, lag die Hand des Scharfrichters prüfend auf seiner Stirn. »Nein!«, antwortete er gereizt und stieß die Hand weg.

Ohne darauf einzugehen, wandte Michael sich an den Spitalpfleger. »Ihr könnt dem Rat ausrichten, dass kein Grund zur Sorge besteht. Anzeichen von Lepra oder etwa der Pest sind in keiner Weise vorhanden. Diese hätten sich aber auf jeden Fall jetzt schon zeigen müssen, da die beiden bereits seit über einer Woche unterwegs sind.«

»Seid Ihr sicher?«, hakte Wilhelm Entenbeker misstrauisch nach. »Ich werde dem Rat Eure Antwort überbringen – und so lange verlässt keiner diese Kammer! Es kann gut sein, dass die Herren verlangen, dass ihr noch einige Tage zur Beobachtung hier bleibt. Vielleicht bricht die Pest ja doch aus.« Damit verschwand sein Gesicht vom Gitter und der Schlüssel drehte sich im Schloss.

Da hockten sie nun, die drei. Peter half seinem Oheim wieder in Hemd und Weste und versuchte dabei krampfhaft, den anwesenden Scharfrichter zu ignorieren. Michael lief in dem kleinen Raum immer zwei Schritte auf und ab und fühlte sich ebenfalls sichtlich unwohl. Nur Martin Severus schien die Ruhe selbst zu sein.

»Wir haben uns heute unerwartet getroffen – da es nun schon einmal so ist und Ihr ein vernünftiger Mann zu sein scheint, würde ich gerne ein Anliegen mit Euch besprechen«, fasste sich Michael schließlich doch ein Herz und unterbrach die Stille. Die ganze Zeit vorher hatte er sich im Geiste Mut zugesprochen und sich für seinen Plan gewappnet. Martin Severus blickte auf, als er angesprochen wurde. Seine Augen verrieten seinen wachen Geist.

»Die Umstände unserer Heirat waren nicht die üblichen – das weiß ich natürlich ...«, begann Michael vorsichtig, um den älteren Mann langsam auf sein eigentliches Anliegen vorzubereiten, »... und gleichwohl ist es Brauch, dass der Vater der Anverlobten vorher um deren Hand gebeten wird ...«

Martin Severus' Augenbraue zuckte leicht nach oben. Er schien zu ahnen, worauf Michael hinauswollte, und auch Peter atmete hörbar ein.

»... Da dies ja nun nicht möglich war ... und Ihr der nächste männliche Verwandte seid, dem diese Bestimmung zukommt, ... möchte ich deshalb Euch offiziell um Annas Hand bitten.« Nun war es ausgesprochen, und selbst wenn er gewollt hätte – es konnte nicht mehr zurückgenommen werden. Michael räusperte sich, um das kitzelnde Gefühl in seinem trockenen Hals loszuwerden.

Peter starrte erst ihn und dann seinen Oheim entgeistert an, der nachdenklich auf seinem Stuhl hockte und sich nicht rührte. Es hatte beinahe den Anschein, als hätte er die Worte gar nicht gehört. »Ich kann nicht sagen, dass es mich von Herzen erfreut, dass ein Scharfrichter in unsere Familie eingeheiratet hat. Wenn ich es täte, würde ich lügen ...«

Enttäuschung machte sich breit. Michaels Hoffnung schwand bei diesen Worten, aber immerhin deutete alles darauf hin, dass er Anna trotzdem noch als zugehörigen Teil betrachtete.

»... Dennoch könnt Ihr Anna ausrichten, dass sie meinen Segen hat ... und Ihr auch, ... immerhin ist sie euretwegen noch am Leben.« Die Stimme zitterte und brach ab.

Unendlich erleichtert senkte Michael zum Dank nur den Kopf. Dass Martin Severus ihm zur Bekräftigung seiner Worte noch die Hand auf Schulter oder Haupt legte, war wohl doch etwas zu viel verlangt. Nichtsdestotrotz hatte Michael erreicht, was er wollte und erbeten hatte.

Erst kurz vor Einbruch der Dunkelheit kehrte Michael in sein Haus zurück.

»Wo warst du nur so lange?«, kam es gleichzeitig aus Annas und Gretas Mund.

»Ach, ... die hohen Herren konnten sich nicht einigen, ... dann haben sie uns doch den ganzen Tag im Spital sitzen lassen.« Erschöpft und hungrig setzte er sich an den Tisch und zog den Krug mit dem kühlen Kräuteraufguss zu sich heran, um seinen Durst zu stillen.

Margaretha verdrehte die Augen und seufzte. Lisbet hatte oben in der Kammer der Eltern zu weinen begonnen. »Ich muss nach der Kleinen sehen.« Viel lieber hätte sie jetzt allerdings gehört, was ihr Bruder noch alles zu berichten hatte.

»Geh nur, … ich komme hier allein zurecht«, übernahm Anna die letzten Arbeiten in der Stube. »Was ist?«, fragte sie und wischte sich die Hände an einem Tuch ab. Er sah sie wieder mit diesem intensiven Blick an.

»Es ist gut, dass wir ungestört reden können, … ich habe dir etwas zu sagen«, begann er zögernd. Michael war nicht sicher, wie sie auf die Neuigkeit reagieren würde. Sie schien noch nicht erfahren zu haben, dass ihr Oheim und ihr Bruder in Wymphen weilten.

»Ich hab dir auch etwas zu sagen«, unterbrach sie ihn, und ehe sich Anna zu ihrem Mann an den Tisch setzte, rührte sie in dem kleinen Gefäß, das in der heißen Asche stand. Sie wirkte aufgeregt und übermütig. »Sieh nur, … es dauert nicht mehr lange, und die Tinte ist so weit eingedickt, dass man damit schreiben kann!« Annas Wangen wurden nicht nur vom Feuer rot angestrahlt, der Eifer, mit dem sie ans Werk ging, tat sein Übriges dazu.

Michael zwang sich zu einem Lächeln, klopfte dann aber auf den Platz neben sich, zum Zeichen, dass sie sich setzen sollte.

»Moment, … ich muss noch einmal den Stoff im Bottich durchrühren – damit er sich gleichmäßig einfärbt – und morgen kann ich ihn dann auswaschen und trocknen.« Sie verschwand kurz in der Badkammer. Eine Zeit lang hörte er nur die dumpfen Schläge des Holzstabs, mit dem Anna das Gewebe in die Flüssigkeit stampfte. »Und wo wir gerade beim Stoff sind …«, plapperte sie munter mit leuchtenden Augen drauflos, kaum dass sie wieder in der Stube war. »… Stell dir vor, … Burgl hat mir im Auftrag meiner Mutter einen ganzen Beutel voller Münzen überbracht! Natürlich darf das niemand erfahren! Wie würde das denn aussehen, wenn die Leute mitbekämen, dass sie dem Weib eines Scharfrichters einen Teil des Erbes auszahlt? Wie dem auch sei, … jetzt kann ich dir die Münzen für den Stoff und die Schuhe zurückgeben!« Übermütig hüpfte sie in die Höhe und klatsche in die Hände. »Meine

Familie lässt mich nicht im Stich.« Glücklich legte sie die Hände auf ihre Brust.

»Soso, … deine Burgl … war also da. Wie schön für dich.«

»Sag das doch nicht so komisch«, neckte sie ihn und kniff ihn in die Seite.

»Ich glaube, sie hasst mich, weil ich dich zu dem gemacht habe, was du jetzt bist.« Michael schüttelte den Kopf und gähnte ausgiebig.

»Nein, … tut sie nicht.« Anna hatte mit solch einem Ernst gesprochen, dass Michael stutzte.

»Was macht dich da so sicher? Hat sie es gesagt?«

Anna lachte laut auf. »Nein! Burgl würde dergleichen niemals sagen und zugeben! Aber …« Sie stand auf und stellte den Korb, den ihre Ziehmutter für sie dagelassen hatte, vor Michael auf dem Tisch ab. Verständnislos sah er zu, wie Anna das Tuch entfernte und ihn hineinspicken ließ. Er verstand nicht, aber der leckere Geruch erinnerte ihn wieder an seinen Hunger. »… Wenn Burgl mir eine Freude machen wollte, dann hat sie sich immer die Arbeit gemacht und süße Laibchen gebacken. Wenn sie ganz frisch waren, habe ich eines immer sofort gegessen. Die restlichen hat meist mein Bruder verschlungen. Das machte mir aber nichts aus – ich war satt und zufrieden mit einem Stück. Wie du sehen kannst, hat sie mir eines gebracht – und das zweite muss demnach für dich sein – sie mag dich.«

»Für mich ist es mehr von Bedeutung, wenn … du … mich magst.« Michael erwiderte ihr Lächeln, hielt sie jedoch am Arm fest, als sie aufstehen wollte. »Setz dich, Anna. Ich habe mit dir zu reden.« Sein Tonfall ließ Anna aufhorchen. »Die zwei Männer, … die ich heute besehen habe, … du kennst sie.«

»Ach ja?« Auf Annas Stirn erschienen nachdenkliche Falten.

»Denk nach, … wie viele Menschen fallen dir denn ein, die aus Haydelberch kommen könnten?«

Ihr Gesichtsausdruck veränderte sich. Überraschung, Staunen und Angst flammte jetzt in ihren Augen auf. »Peter … und mein Oheim Martin Severus«, flüsterte sie kaum hörbar.

Die Nacht war hereingebrochen. Apollonia stand reglos an der dicken Steinmauer und ließ ihren Blick von hoch oben durch die Zinnenscharten über die Dächer Wymphens schweifen. Nur hier und da waren durch Kerzen oder Herdfeuer noch vereinzelte Fenster schwach beleuchtet. Dies war ihre Zeit. Die Dunkelheit war ihr zum Freund geworden. Schon so oft war sie hier gestanden, um die Einsamkeit der Nacht zu nutzen. Sie hatte den hohen Turm erklommen, wenn niemand mehr in den Gassen unterwegs war, der sie hätte sehen können. Hatte jegliche Stunden genutzt, die ihr Gatte Burkhart nicht daheim war, um Ehebruch zu begehen. Ja, so war es. Warum sollte sie es beschönigen? Sie tat es – und sie konnte nicht absehen, wie lange sie es noch tun würde. Eigentlich gab es keinen wirklichen Grund, dieses Arrangement zu beenden, außer dem, dass sie mit dem Feuer gespielt und jetzt die Zeche zu zahlen hatte.

Tief atmete sie die sich abkühlende Luft ein, die ganz leicht ihre Haare bewegte. Sie genoss diese Ruhe, diese Stille, diesen Frieden. Ein wenig Wehmut schlich sich ein, als sie mit einer Hand über ihren Bauch strich. Nein, sie hatte eine Entscheidung getroffen. Eine andere Möglichkeit kam nicht infrage, war zu gefährlich.

»Was machst du denn so lange da draußen?«, zischte Johann Peter Gerold ungeduldig in die Nacht hinaus und riss sie aus ihren Gedanken. Apollonia kam oft zu ihm auf den hohen Turm, wenn er seinen Dienst tat. Und auch jetzt wollte er die knappe Zeit, die ihnen beiden vergönnt war, nicht allein in seiner karg eingerichteten Türmerstube verbringen, während seine junge, hübsche Geliebte auf dem Dach und dem ringsum verlaufenden Wehrgang herumlief.

Die Frau des Ratsherrn Bender seufzte und verließ widerwillig ihren einsamen Aussichtsposten. Langsam tastete sie sich von Zinne zu Zinne an der rauen Mauer entlang zurück zur Dachluke. Apollonia hob den Kopf. Sie hatte den Turm bereits so weit umrundet, dass sie jetzt, mit Blick zur Talstadt, die Luke fast erreicht hatte. Der Türmer verschwand nach drinnen, um ihr den Weg freizumachen. Was war das? Hatte sie da recht gesehen oder hatte sie geblinzelt und sich getäuscht? Sie kniff die Augen zusammen und ging wieder ein, zwei Schritte zurück. Seltsam. Hatte sie da ganz unten hinter der Talstadt eben den Feuerschein von Fackeln gesehen?

»Johann, … das solltest du dir ansehen«, forderte sie ihn auf.

»Ja, ja, … gleich«, brummte es ungeduldig aus der Türmerstube. »Jetzt komm erst einmal rein.«

Apollonia schüttelte den Kopf und dachte sich ihren Teil. Was kümmerte es sie, was sich da unten tat? War es ihre Aufgabe, über die Geschehnisse rings um Wymphen zu wachen? Er war es doch, der hier draußen stehen sollte. Kein Wunder, dass er bei dieser Schludrigkeit des Öfteren vom Rat der Stadt ermahnt werden musste, seinen Dienst besser zu versehen. Allerdings sollte sie vielleicht auch etwas nachsichtiger sein – immerhin hatte sie ihm eben erst eröffnet, dass sie ein Kind von ihm erwartete.

»Und … du bist sicher? Ich meine, … vielleicht hast du dich ja getäuscht.« Ein klein wenig Hoffnung war noch herauszuhören. Johann Peter Gerold lief nervös über den knarrenden Holzboden seiner Türmerstube und kratzte sich hinter dem Ohr. Krampfhaft suchte er nach einer Erklärung.

Apollonia saß still auf dem kleinen Hocker und beobachtete ihn. Im Gegensatz zu ihm war sie nicht mehr erschrocken und überrascht. Sie hatte auch keine Angst mehr oder Panik, dass sie zum Gespött der Leute werden würde, denn sie hatte genug Zeit gehabt, sich an den Gedanken zu gewöhnen und nach dem ersten Schrecken neue Pläne zu schmieden. »Ja, ich bin sicher. Mach dir aber keine Sorgen, … ich werde alles wieder in Ordnung bringen.« Apollonia streckte die Hand nach ihm aus und zog sich hoch. Seine Umarmung und der Kuss waren so vertraut. Er fragte nicht weiter nach, sondern rieb ihr über den Rücken und knetete ihr die Schultern. Den Türmer plagte sein schlechtes Gewissen. Er hatte sein Vergnügen gehabt. Jetzt musste sie allein dafür sorgen, dass die Gerüchte nicht wieder aufflammten. Er konnte ihr nicht beistehen, konnte nichts tun, obwohl für ihn genauso viel von den nächsten Tagen abhing wie für sie. Apollonia drängte sich noch ein letztes Mal an ihn. Länger durfte sie jetzt nicht warten.

Eine Fackel in der Hand, machte sie sich langsam an den langwierigen Abstieg. Vorsichtig setzte sie auf der steilen Holztreppe einen Fuß vor den anderen. Lieber gemächlich als zu hastig, um im flackernden Dämmerlicht nicht doch noch einen Sturz zu riskieren.

Apollonia huschte nah am Ratsgebäude vorbei, über den dunklen, verlassenen Marktplatz, die Salzgasse hinunter zum Haupttor. Es zu passieren, war kein Problem. Selbst wenn die Mannen von Wilhelm Werrhich übellaunig waren, halfen ein paar Münzen wahre Wunder und die schmale Tür neben dem verschlossenen Stadttor öffnete sich. Mit der Tür des Scharfrichters verhielt es sich da schon anders. Erst nach lautem Klopfen erschien Margaretha Gröpler. Nicht gerade erfreut und ziemlich wortkarg ließ sie die Frau des Ratsherrn Bender in die Stube eintreten. Sie konnte sich schon denken, was die junge Frau wollte. Bis jetzt hatte sie immer je nach Jahreszeit entweder um Blätter der Trauerweide, um Wegwarte, Hirtentäschel, Osterluzei, also Wolfskraut, oder sogar um Schafgarbe gebeten, wenn sie nicht die Zeit hatte, selbst die benötigten Pflanzenteile zu sammeln, damit ihre Unzucht ohne Folgen blieb.

»Wartet hier«, wies Margaretha sie an, noch ehe sie ihr Anliegen vorbringen konnte. Mit der verschlafenen Anna im Gefolge erschien sie kurze Zeit später wieder in der Stube. »Schließlich sollst du was lernen.«

Die einstigen Freundinnen standen sich erst verlegen gegenüber, lächelten sich dann doch an und die Verbundenheit von früher war wiederhergestellt.

»Was führt Euch diesmal her?«

Apollonia wurde ernst und räusperte sich. Anna hatte sie schon immer gewarnt und ihr prophezeit, dass es eines Tages so kommen würde. Nun, sie hatte recht behalten. »Ich muss meine Blutung herbeiführen«, rückte sie ohne Umschweife heraus.

Greta schien das nicht im Geringsten zu überraschen, aber Anna schnappte nach Luft. »Apollonia!«

Greta ging nicht auf ihren entrüsteten Ausruf ein. »Wie lange wartet Ihr schon?«

»Lange genug, … aber noch ist es Zeit zu handeln.«

»Nun, wenn Ihr schon so genau Bescheid wisst, dann brauche ich Euch ja auch nicht …«, reagierte sie schnippisch auf die vorlaute Rede der Schwangeren.

»Es war nicht so gemeint«, entschuldigte sich Apollonia mit klopfendem Herzen. Sie war auf die Ratschläge und Rezepte der Gröplerin angewiesen. Das Balg würde zwar ehelich geboren, aber sie war dann ihr Leben lang auf das Wohlwollen ihres Mannes angewiesen. Ganz zu schweigen von dem Getratsche der Leute. Wahrscheinlich würde er kein Wort darüber verlieren, dass er genau wusste, dass er nicht der Vater sein konnte – vielleicht aber auch nicht. Sie sollte seine Gutmütigkeit wirklich nicht bis zum Äußersten ausreizen, und deswegen musste ein wirksames Mittelchen her. Vorsorglich holte Apollonia schon einmal ihren prall gefüllten Beutel hervor und ließ die Münzen klingen.

Missbilligend kniff Greta ihre Lippen aufeinander. Sie hatte nicht wenig Lust, der Benderin eine Lehre zu erteilen und sie noch ein wenig zappeln zu lassen, aber Anna sah sie bereits flehend von der Seite an. Sie brachte es nicht übers Herz, ihre Freundin im Stich zu lassen.

»Was kann sie also tun?«, fragte Anna leise. Sie hatte sich so einem Problem ja bisher noch nie stellen müssen.

»Mutterkorn wäre eine Möglichkeit – aber nicht ganz ungefährlich«, überlegte Greta laut. »Oder Dämpfe von brennenden Eselshufen oder Eselsdung. Ihr könnt allerdings auch Habicht- und Taubenmist verwenden. Diesen müsst Ihr dann innerlich anwenden und dorthin verbringen, wo Ihr auch das Kind empfangen habt. Wenn Ihr die Möglichkeit habt, Euch Schafsharn zu beschaffen, dann solltet Ihr diesen zusätzlich trinken … zerstoßene Petersiliensamen kann ich Euch gleich mitgeben. Diese zu beschaffen, ist wesentlich einfacher als den Finger eines ungeborenen Kindes. Wobei dieser – am rechten Arm getragen – ebenfalls eine starke Wirkung haben soll.«

Anna hatte aufmerksam zugehört und ihr war auch nicht das entsetzte Gesicht ihrer Freundin entgangen, als Greta den Finger erwähnte. Wie oft Greta wohl solche Ratschläge gab? Sie war für ihre Verschwiegenheit bekannt. Anna konnte also nur Vermutungen anstellen, wie viele junge Frauen aus Wymphen und der näheren Umgebung des Nachts Rat bei der Scharfrichtertochter suchten.

»Ich nehme an, dass der Türmer Gerold der Vater Eures Kindes und somit verantwortlich für Eure Misere ist?« Greta hantierte im Nebenraum.

Anna erwartete, dass Apollonia jetzt irgendeine bissige Bemerkung von sich gab, aber sie erwiderte nur trotzig den Blick, den ihr Greta zuwarf.

»Dann seid gewarnt, ... wiegt Euch nicht zu sehr in Sicherheit. Sein Weib schöpft Verdacht. Sie war bereits bei mir, um Kräuter zu erstehen. Da ich aber mit finsteren Mächten nichts zu schaffen habe, hat sie von mir nur harmloses Kraut erhalten. Achtet auf Euch, ... sie wird nach Mitteln und Wegen suchen und ihn mit Sicherheit nicht aufgeben.«

Apollonia nahm die Warnung von Greta ernst. Dessen war sich Anna sicher, als sie wieder im Bett lag und schon in den Schlaf hinüberdämmerte. Wie aus weiter Ferne hörte sie, wie sich die Tür zur Kammer öffnete. Leise Schritte näherten sich. Auch ohne das Kerzenlicht hätte sie gewusst, dass es Michael war. Anna hatte schon auf ihn gewartet. Aber warum blieb er vor dem Bett stehen? Warum schlüpfte er nicht zu ihr unter die Decke? An einem Sonntag hatte er doch nachts nichts mehr zu tun. Seine warme Hand tastete nach ihr, um dann zärtlich über ihren Rücken zu streichen.

»Anna?«

Sie bewegte sich, damit er wusste, dass sie wach war.

»Zieh dich an ... und komm mit«, flüsterte er. Er legte einen Finger auf seine Lippen, um ihr deutlich zu machen, dass sie leise sein sollte. Flink streifte Anna, ohne weiter nachzufragen, ihre Kleider über und folgte ihm nach unten. Was hatte er vor? Auf der letzten Treppenstufe blieb Michael stehen. In der Stube waren Geräusche zu hören.

»Greta, bist du das?«

»Ja, ... und was macht ihr hier ... mitten in der Nacht?« Rasch schlug sie alles, was sie zuvor auf den Tisch gelegt hatte, in ein Tuch ein und verknotete es.

»Eilt Euch, Gröplerin!« Erst jetzt bemerkten sie den Mann, der nervös in einer dunklen Ecke des Raumes stand. Es war Johann Daniel Vörg. Auch Anna war das Gerede der Leute über ihn zu Ohren gekommen. Sein um zweiundzwanzig Jahre älterer Bruder Johann Konrad Vörg war erst im April dieses Jahres gestorben. Kurz darauf hatte sich dessen Witwe Christine an den Rat gewandt und gebeten, dass man sie doch vor den Zudringlichkeiten des Schwagers schützen möge. Umso überraschter waren dann jedoch die Ratsherren, als sie alle Anschuldigungen wieder zurückzog und die Pläne der beiden für eine Hochzeit bekannt wurden. Hieraufhin leistete sie sogar noch zwei Tage vor der Eheschließung einen Eid und schwor, dass sie nicht schwanger sei. Inzwischen erwartete sie doch ein Kind. Man konnte ihr jedoch die Falschaussage nicht anlasten. Dem zeitlichen Ablauf nach hätte sich auch alles genau so zugetragen haben können, wie sie es angab.

»Die Rötelhuberin hat wahrscheinlich ihre Leibesfrucht verloren und infolgedessen jetzt hohes Fieber bekommen. Sag Wilhelm, dass ich noch nicht weiß, wann ich wieder da sein werde«, gab Greta nur noch kurz eine Erklärung ab und verschwand mit dem besorgten Kindsvater in der Nacht.

Nachdem Wilhelm also über den Verbleib seiner Frau in Kenntnis gesetzt worden war, machten sich auch Michael und Anna auf den Weg. Die Fackel brannte hell. Er hatte viel von dem frisch gewonnenen Pech verwendet, woraus Anna schloss, dass sie höchstwahrscheinlich eine längere Wegstrecke zurücklegen würden. Sie nahm seine Hand und ließ sich von ihm durch die Nacht führen. Die Steige hinunter zum Nekkerufer, an den Bleichwiesen, der Mühle und der Furt vorbei. Immer weiter auf der Straße zur Talstadt hin. Als sie den Weg verließen, konnte Anna ihre Neugier nicht mehr zügeln.

»Bei allen Heiligen, ... was machen wir hier? Führt dieser Pfad nicht zur Magdalenenkapelle?« Anna fühlte sich nicht wohl. Die langen Finger der Dunkelheit griffen nach ihr und ein Schauer jagte über ihren Rücken. »Sag mir, was du vorhast, oder ich gehe keinen Schritt weiter!« Abrupt blieb sie stehen. Sie weigerte sich, durch das kleine Türchen im Holzzaun zu gehen, der die Gräber rings um die Kapelle umschloss.

»Ich …«, wollte Michael gerade eine Erklärung abgeben, als ein Rascheln aus der Kapelle zu hören war.

Anna stieß einen spitzen Schrei aus und klammerte sich an seinen Arm. »Hast du das gehört? Da ist jemand!«

»Das ist nur Gregorius.«

»Wer?« Nun verstand Anna gar nichts mehr.

»Gregorius Geyger, … der hiesige Vikar … von Sankt Peter«, half ihr Michael auf die Sprünge.

»Und was macht er hier um diese Zeit … außerhalb der Mauern des Stifts … und vor allem … woher weißt du, dass er hier ist?«

»Ich habe ihn hergebeten.« Michael räusperte sich unsicher. Er hatte alles für Anna geplant und vorbereitet. »Ich weiß, dass du nie so heiraten wolltest, wie du es letztlich getan hast … ohne Feier … ohne kirchlichen Segen. Darum habe ich beschlossen, für dich möglich zu machen, dass wir … also … unsere Ehe … trotzdem gesegnet wird.« Anna hörte ihm mit wachsendem Staunen zu. »Gregorius ist der neuen Lehre … und auch sonst allem gegenüber … recht aufgeschlossen«, fuhr Michael fort und knetete dabei nervös Annas Finger. Im Schein der Fackel konnte sie die Anspannung in seinem Gesicht sehen. »Wie gesagt, … er hat sich bereit erklärt, … er wird uns segnen.« Nun war es heraus. Zu seiner Erleichterung lächelte Anna. Das gab ihm neuen Mut, ihr nun auch noch den Rest zu beichten. »Da ist noch etwas«, setzte er erneut an, als Anna schon an ihm vorbei zur Kapelle gehen wollte. »Erinnerst du dich an Salomon Walt? Ich ließ in Meckmul deine Brosche in seinem Hause ausbessern. Bei der Gelegenheit habe ich auch noch einen Ring erstanden, den ich dir heute gerne geben würde, … wenn du ihn denn möchtest«, fügte er schüchtern hinzu und kaute verlegen auf seiner Lippe herum.

»Ja, … das möchte ich«, flüsterte Anna und ihr Herz hüpfte, als sie ihm einen Kuss auf den Mund hauchte. »Lass uns gehen, … Vikar Gregorius wartet.«

Doch Michael hielt sie abermals auf. »Nein ... äh, wir sind noch nicht vollzählig. Als ich heute mit deinem Bruder und deinem Oheim gesprochen habe, erzählte ich ihnen auch von diesem Vorhaben.«

Anna vergaß beinahe zu atmen. Sie wagte gar nicht zu vermuten, was er ihr noch zu sagen hatte.

»Peter war zwar nicht allzu begeistert, aber er hat mir versichert, dass er sich – auch als Vertreter für deinen Oheim – dir zuliebe ebenfalls hier einfinden will, um der Segnung beizuwohnen.«

»Wirklich? Das hat er gesagt?« Ungläubig starrte sie ihn an.

»Ja. Also warten wir?«

»Natürlich warten wir!«, rief Anna aus und fiel Michael um den Hals.

Etwa zur gleichen Zeit war Peter Eblin tatsächlich im Begriff, sich auf den Weg zu machen. Er verließ das Haus, das jetzt seiner Mutter gehörte, und überquerte den Marktplatz, um den Marktrain hinunterzugehen. Zum Brunnen und weiter zum Stadttor kam er aber schon gar nicht mehr. Peter war gerade auf Höhe der Schenke und wollte diese auf der anderen Gassenseite passieren, um den Männern, die vor der Tür neben der Runse standen, auszuweichen.

»Wen haben wir denn da zu so später Stunde? Wenn das nicht der Peter ist.«

Offenbar hatte es nichts genutzt, dass er leise vorbeischlich und den Kopf eingezogen hatte, um nicht erkannt zu werden. In Gedanken verfluchte er den Scharfrichter. Warum nur hatte er den Plan gefasst, sich für diese Ehe, die nach Peters Ansicht sowieso nicht recht war, auch noch den Segen durch einen Kirchenmann zu holen? Peter blieb stehen und sah zu dem Haufen hinüber. Die Männer standen im Halbkreis da und warteten belustigt auf seine Antwort.

»Was ist? Hat es dir die Sprache verschlagen?« Der Wortführer trat mit schweren Schritten hervor, und er erkannte ihn als Feit Morstatt. Leicht schwankend blieb dieser nun auf dem unebenen Untergrund der abfallenden Gasse stehen.

Peter erwiderte immer noch nichts. In seinem Kopf arbeitete es. Er musste weiterkommen, wenn er noch rechtzeitig zu seiner Schwester gelangen wollte. Die Stimme in seinem Kopf ermahnte ihn immer eindringlicher, einfach seines Weges zu gehen.

»Oder denkst du vielleicht, dass du jetzt etwas Besseres bist, weil du nach Haydelberch gegangen bist, um zu lernen?« Feit Morstatt schlug sich an die Stirn und säuselte provozierend weiter: »Ach, nein, ... wie dumm von mir. Du gingst ja nicht nach Haydelberch, um zu lernen. Nicht wahr? Deine Schwester war der Grund für deine feige Flucht aus der Stadt. Du wolltest oder konntest es nicht ertragen, sie an der Seite unseres werten Meister Kremer zu sehen. Was für ein Jammer ... das hübsche Ding. Sie hätte einen weit besseren Mann verdient. Was musste sie auch solch einen teuflischen Plan schmieden? Und du? Was ist mit dir? Wie fühlt man sich, wenn man einen Unehrlichen seinen Schwager nennen muss? Annas Tat hat wirklich einen dunklen Schatten auf die ganze Familie geworfen – auf diese Generation und auf alle nachfolgenden. Dies wird euch ewig anhaften – daran hätte sie vorher denken müssen. Zu allem Übel hat dir deine Flucht nun aber gar nichts genutzt. Wegen der Pest, die in Haydelberch wütet, musstest du reumütig wieder zurückkriechen in das Nest, das du so überstürzt verlassen hast.« Der Ratsherr hatte abfällig und laut, aber nach einigen Bechern Wein nicht mehr sonderlich deutlich gesprochen. Er schien es zu genießen, dass den anderen die Worte schnitten wie scharfe Klingen. Die umstehenden Männer lachten hämisch und stimmten dem Betrunkenen johlend zu, der sich provokant vor seinem Publikum verbeugte.

Peter ballte seine Fäuste mit jedem Wort mehr, als unbändiger Zorn anfing, in ihm zu lodern. Sein Blut pochte laut in seinen Ohren. Feit Morstatt stellte ihn bloß und machte ihn zum Gespött. Er sollte endlich still sein! Das durfte er sich nicht bieten lassen. Nur noch ein unbedeutend winziger Funken Vernunft glomm auf, ehe er sich auf den verhassten Ratsherrn stürzte. Mit gefletschten Zähnen und einem Knurren, das eher dem eines gereizten Tieres glich, warf er sich auf dessen Rücken und nahm den Hals mit seinem Arm von hinten in die Zange. Die Beine knickten ein, und mit einem Röcheln schlug Feit Morstatt zusammen mit seiner Last auf dem harten Boden auf. Peter rappelte sich wieder auf, um dann wie von Sinnen auf den am Boden Liegenden einzutreten. Die Männer umringten die Kämpfer, protestierten gegen die Attacken des Jüngeren und stachelten den anderen mit Zurufen an. Viel war in dem spärlichen Licht, das aus den Fenstern der Schenke fiel, eh nicht zu sehen. Sie orientierten sich hauptsächlich an den Geräuschen, die von dem verkeilten Menschenknäuel ausgingen. Dumpfe Schläge auf Rumpf und Kopf, gefolgt von lautem Stöhnen, wechselten sich mit Klammergriffen und Flüchen ab. Feit Morstatt schnappte nach Luft. Es gelang ihm nur mühsam, sich zu befreien und den Burschen von sich zu stoßen. Trotz seiner jungen Jahre entwickelte er in seiner Wut eine immense Kraft. Hinzu kam, dass der Wein seine Wirkung tat. Die zitternden Finger tasteten an seinem Gürtel. Er musste sich beeilen und die Zeit nutzen, ehe Peter erneut angreifen konnte. Endlich fühlte er das kühle Metall. Peter stieß sich den Kopf und blieb für einen Moment benommen in der Dunkelheit liegen. Ächzend rollte er sich zur Seite und kroch auf allen Vieren zu dem schwarzen Schatten. Er wollte Feit Morstatt unbedingt noch ein paar Faustschläge verpassen. Es sollte ihm eine Lehre sein, und mit Sicherheit würde er ihn von nun an wieder mit mehr Respekt behandeln, wenn er merkte, dass er sich nicht einschüchtern ließ. Angefacht von diesem Gedanken, stürzte sich Peter auf seinen Widersacher, um ihn erneut niederzuwerfen. Der plötzliche Schmerz, von dem er nicht wusste, woher er kam, raubte ihm den Atem. Peter erstarrte mitten in seiner Bewegung. Das angestrengte Atmen von Feit Morstatt konnte er direkt vor seinem Gesicht hören und fühlen.

»Na, … wie gefällt dir das?«, flüsterte Morstatt und stieß die Klinge noch weiter in das Fleisch. Etwas Warmes rann über seine Hand und er lachte ein teuflisches Lachen. Dieses Gefühl, dieses mächtige Gefühl hatte er nicht zum ersten Mal in seinem Leben.

»Was … was hast du getan? Ich … muss … zu Anna«, keuchte Peter und sah nach unten in die Dunkelheit. Alles fühlte sich seltsam an. Die Kraft schwand aus seinem Körper. Auch ohne etwas zu erkennen, wurde ihm klar, dass er tödlich getroffen war. Diese Erkenntnis überkam ihn mit einer unumstößlichen Gewissheit, aber sie jagte ihm seltsamerweise keine Angst ein. Er wurde ruhig und wehrte sich auch nicht dagegen, als ihn seine Arme und Beine nicht mehr trugen.

»Du gehst nirgends mehr hin«, zischte Feit Morstatt.

»Und wenn schon … was kümmert es mich … aber du … damit wirst du nicht durchkommen … du bist ein Mörder … dafür wirst du zur Rechenschaft gezogen … das verspreche ich dir … das schwöre ich beim Allmächtigen«, flüsterte Peter mit letzter Kraft und seine Hand, mit der er sich an Morstatt geklammert hatte, erschlaffte und fiel zu Boden.

Anna wippte ungeduldig auf ihren Zehen auf und ab, während sie den dunklen Himmel betrachtete. Er sah aus wie ein dunkles Tuch, das übersät war mit unzähligen Löchern, die man mit einer Nadel hineingestochen hatte. »Wo bleibt er nur? Das sieht Peter gar nicht ähnlich. Wird er noch kommen? Was denkst du?«, fragte sie Michael besorgt, der leise hinter sie getreten war und über ihre Arme strich, während er kleine Küsse auf ihrer Haube verteilte.

»Ich weiß es nicht, … vielleicht hat er es sich anders überlegt … oder er ist aufgehalten worden.«

Ein ungutes Gefühl beschlich Anna. Hatte sie sich doch zu viel erhofft? Traurig seufzte sie.

»Komm, … Vikar Gregorius wartet schon. Wir sollten anfangen. Er muss sich bald wieder auf den Rückweg zum Stift machen.« Mit sanftem Druck schob Michael Anna in Richtung Magdalenenkapelle. Ein letzter Blick über die Schulter. Keine Fackel, die sich von Weitem auf sie zubewegte. Peter kam nicht.

Drinnen war es kühl. Trotzdem hatte Anna vor Aufregung feuchte Hände. Sie musste sich beherrschen, dass sie nicht anfing zu lachen. Wenn sie genau darüber nachdachte, dann war es schon absonderlich. Wie machtlos sie doch gewesen war, als sie ihr altes Leben verloren hatte, und wie sehr sie sich gegen das neue gewehrt hatte. Und doch stand sie erneut kurz davor, sich diesem Mann zu versprechen, obwohl sie ihn verabscheute – aber nicht dafür, wie er war, sondern für das, was er war. Obwohl er ja auch nie eine Wahl gehabt hatte.

Aufgewühlt schielte sie zu ihm hinüber. Seine dichten Augenbrauen waren leicht nach unten gezogen. Michael machte einen ernsten Eindruck. Seine aufrechte, gerade Körperhaltung verriet seine Anspannung. Er befolgte die Anweisungen von Gregorius Geyger sofort und ganz genau. Anna wurde warm ums Herz und ihr Magen zog sich zusammen. Es bestand keine Notwendigkeit hierfür – trotzdem tat er es für sie. Wieder bezwang sie den Drang zu lachen, und gleichzeitig schossen ihr heiße Tränen in die Augen.

Zum Glück trat Vikar Gregorius in diesem Moment zu ihnen und richtete das Wort an die beiden. Anna und Michael knieten auf den harten Steinboden nieder. »Gott schuf den Menschen als sein Abbild … als Mann und Frau …«, begann der Vikar. Anna versuchte, seiner Rede zu folgen und nicht ständig an ihren Bruder zu denken.

»… Gott sprach: seid fruchtbar … nun seid ihr nicht mehr zwei, sondern eins …«

Während der Mann vor ihnen weitersprach, tastete Michael im Dunkeln nach Annas Hand und drückte sie, als Gregorius Geyger sie abschließend segnete. »Warte …«, verlegen kramte er den Ring hervor. Er passte Anna wie angegossen. Lächelnd betrachtete sie das Schmuckstück, das jetzt matt an ihrem Finger schimmerte. Es war ein einfacher Ring – schlicht, aber dennoch schön. »Der Goldschmied hat noch etwas eingraviert – hoffentlich hat er sich an meine Vorgaben gehalten. Ich konnte es leider nicht selbst überprüfen, denn auch wenn ich jetzt mit deiner Hilfe fleißig übe … für die Worte im Ring reicht es dann doch noch nicht.« Es klang ein wenig verlegen, aber gleichzeitig auch stolz, da er langsam Fortschritte machte und den Ehrgeiz besaß, in jedem freien Moment zur Feder zu greifen und die Worte nachzuschreiben, die Anna ihm zeigte. Neugierig streifte sie den Ring wieder ab und hielt ihn so in den Schein der Fackel, dass sie die feinen Linien auf der Innenseite erkennen konnte.

»Meiner Liebe Unterpfand«, las Anna leise vor und hörte deutlich, wie Michael erleichtert ausatmete. »Und? Hat er sich an deine Vorgaben gehalten?«, neckte sie ihn frech und erhielt als Antwort einen langen Kuss, nach dem sie erst einmal lachend nach Luft schnappte.

»Ich werde mich jetzt wieder auf den Weg machen.« Vikar Gregorius stand schon aufbruchsbereit in der Tür der Kapelle und räusperte sich.

»Ja, ... wir sollten auch gehen.«

»Vielleicht läuft uns Peter ja doch noch über den Weg.«

Noch während sie den schmalen Pfad entlang von der Kapelle zur Straße hinunter marschierten, hörten die drei den Tumult.

»Psssst! Seid leise!«, befahl Michael streng. Er war stehen geblieben und lauschte in die Dunkelheit. Der Lärm und die Stimmen kamen eindeutig vom Ritterstift.

»Was ist da nur los? Kann man etwas erkennen? Ist ein Feuer ausgebrochen? Aber ich sehe weder Flammen noch Rauch.« Der besorgte Vikar konnte keine Erklärung finden.

»Wir werden Euch begleiten – vielleicht können wir helfen.« Schon wandte sich Michael mit großen Schritten nach rechts. Anna stolperte hinterher. Das hörte sich nach Ärger an, und viel lieber hätte sie sich auf den Heimweg gemacht. Sie wollte sich gar nicht ausmalen, in was sie da hineingeraten konnten. Andererseits wollte sie natürlich auch nicht allein in der Nacht zurückbleiben und so beeilte sie sich, den beiden Männern zu folgen. Es war nicht mehr weit. Die vielen Fackeln waren bereits deutlich zwischen Hecken und Blätterwerk auszumachen. Vereinzelt waren auch große Feuer auf dem Boden angezündet worden. Atemlos blieb Anna stehen. Ihre eigene Fackel hatte Michael schon vor einiger Zeit gelöscht. Man hatte sie noch nicht entdeckt und das sollte wohl auch so bleiben, denn als er sich neben Gregorius Geyger niederkniete, zog er sie gleich mit sich nach unten.

»Bei allen Heiligen, ... was geht da vor sich?«, flüsterte der Vikar ängstlich.

»Ich versuche, näher heranzukommen ... Bin gleich wieder da.«

»Aber …« Ehe Anna noch etwas erwidern konnte, war Michael in der Dunkelheit verschwunden und schlich sich an den Mob heran. Gut versteckt hinter einer Hecke nahe der Straße, die nach Hailbrun führte, verschaffte er sich einen ersten Überblick. Die Talstadt war ringsum von einer hohen Mauer umgeben und wurde quasi von der Straße in zwei Hälften geteilt. Auf der dem Nekker zugewandten Seite stand die Stiftskirche mit all ihren zugehörigen Gebäuden, wie etwa der Stiftskellerei. Die andere Hälfte bildeten einfache Häuser, Schuppen und Scheunen. Zugang zum Stadtgebiet gab es nur durch vier Tore. Die beiden größten, das untere und das obere Tor, lagen an den Punkten, an denen die Hailbruner Straße in die Talstadt hinein- und wieder hinausführte. Dann gab es noch das Fischertor, welches direkt am Fluss lag, und das Nordtor oder auch Stiftstor, das nur von den Chorherren benutzt wurde und zu einer Fähre führte, die jedoch, im Gegensatz zu der weiter flussabwärts liegenden, keine Lasten beförderte. Michael konnte zwar nur das untere Tor sehen, aber er ging davon aus, dass auch die drei anderen fest verschlossen waren, weswegen der aufgewiegelte Haufen Männer davon abgehalten wurde, den Stadt- und Stiftsbezirk zu stürmen. Er konnte die Anzahl schlecht schätzen, aber es waren auf jeden Fall so viele, dass vermutlich alle Tore gleichzeitig besetzt gehalten wurden. Im Schein der Feuer konnte er sehen, wie die Aufgehetzten die mitgeführten Rechen und Heugabeln über ihren Köpfen schwenkten. Protestrufe, Spottgesänge und laut gebrüllte Anweisungen einiger Wortführer an die Bauern schallten durch die Nacht. Manche befestigten an Steinen große Strohbündel, um diese dann zu entzünden und über die Mauer der Talstadt zu werfen. Auf der anderen Seite wiederum waren die aus dem Schlaf aufgeschreckten Einwohner damit beschäftigt, die Feuergeschosse zu löschen und sich gegen weitere Angriffe und Vorstöße zu wappnen. Zumindest ließen die Attacken mit Stöcken am Tor auf solch ein Vorhaben schließen. Unaufhörlich waren dumpfe Schläge gegen das eisenbeschlagene Holz zu vernehmen und wurden von Johlen und Rufen begleitet. Michael sah dem Durcheinander und den streitbaren Männern noch eine

Weile zu. Was genau aber die Bauern so erzürnte, konnte er sich im Moment nur vage zusammenreimen. In geduckter Haltung verließ er sein sicheres Versteck, um zu Anna und Vikar Gregorius zurückzukehren und ihnen Bericht zu erstatten. »Ich fürchte, für eine Rückkehr ins Stift gibt es momentan wohl keinen schlechteren Zeitpunkt. Es wäre leichtsinnig, sich als zu Sankt Peter zugehörig zu erkennen zu geben und zu versuchen, an der Meute vorbei Einlass zu erlangen. Ihr solltet an einem anderen Ort nächtigen – die Geschehnisse einfach abwarten. Niemand kann für Eure Sicherheit garantieren, wenn Ihr beabsichtigt, durch die Männer zu marschieren. Selbst wenn sie Euch nichts zuleide tun, ... wie wollt Ihr es anstellen, dass die Tore geöffnet werden? Die Wachen werden aus Angst, dass die anderen nachdrängen, sich hüten, das Schloss für Euch zu öffnen.«

Vikar Gregorius hörte Michael still und nachdenklich zu. »Wo soll ich denn hin? Wenn ich anderweitig Unterschlupf suche, wird sich schnell herumsprechen, dass ich zu feige war, meinen Brüdern beizustehen ... und es wird sich zudem herumsprechen, dass ich Euch behilflich war, als ihr euch das Sakrament der Ehe gespendet habt. Nein! Mein Entschluss steht fest. Ich werde probieren, über das Nordtor ins Stift zu gelangen. Es liegt abseits am Nekkerufer. Die Belagerer konzentrieren sich vermutlich sowieso nur auf die beiden Haupttore an der Hailbruner Straße.«

Michael schüttelte resignierend den Kopf. »Gut, wie Ihr wünscht, ... aber ich werde Euch begleiten, ... das erhöht die Möglichkeit, dass der Mob nicht Hand an Euch legt. Und du ...«, damit wandte er sich streng an Anna, »... wirst zusehen, dass du nach Hause kommst!«

»Auf keinen Fall! Jetzt, wo aufgebrachte Bauern kopflos durch die Gegend laufen, ... jetzt willst du mich allein durch die Nacht schicken?« Entrüstet packte sie ihren Mann am Arm. »Das kommt überhaupt nicht infrage!« Um ihren Worten Nachdruck zu verleihen, stand sie auf und begann zum Fluss zu marschieren, auf dem sich silbern und hell der Vollmond spiegelte und das Sehen und Erkennen etwas erleichterte.

»Euer Weib hält ganz offensichtlich mit ihrer Meinung nicht hinter dem Berg und sagt, was sie denkt«, grummelte der Vikar, erstaunt über ihren Ausbruch.

»Ja, ... und genau das schätze ich an ihr«, verteidigte Michael sie und folgte Anna.

Die drei Schatten verschmolzen mit der dunklen Umgebung. Sie schlichen durch das hohe Ufergras am Fluss entlang und passierten den lauten, grölenden Haufen am unteren Tor. Beinahe ohne ein Geräusch verursacht zu haben, erreichten sie das Stiftstor, aber sie kamen zu spät. In einiger Entfernung waren Fackeln erkennbar, die sich in ihre Richtung bewegten.

»Das ist die letzte Gelegenheit, ehe sie uns erreichen werden«, zischte Gregorius Geyger und stürzte in gebückter Haltung die wenigen Schritte zum Tor.

»Nein!« Michael reagierte zu spät und seine Hand griff ins Leere. »Das schafft er nicht, ... sie werden ihn entdecken«, knurrte er mit zusammengebissenen Zähnen. Auch Anna hielt den Atem an und beobachtete die dunkle Gestalt des Vikars, wie sie sich flach an die Mauer der Talstadt drückte und an dem runden, metallenen Ring rüttelte. Verschlossen. Michael hatte es geahnt.

»He! Wer da? Will da etwa einer von diesen Feiglingen durch das Stiftstor fliehen?« Jetzt hatten sie ihn entdeckt. Vikar Gregorius versuchte zwar noch, seinen Häschern zu entkommen, aber die Männer waren schneller, schnappten ihn und schleiften ihn zurück.

»Ich wollte nicht fliehen, ... ich bin der hiesige Vikar«, gab sich Geyger zu erkennen.

»Soso, ... Ihr wolltet nicht fliehen? Das war aber sehr unklug von Euch, denn nun werdet Ihr für Eure Dummheit bezahlen.« Zwei der Männer hielten ihn fest und ein dritter schickte sich an, auf den wehrlosen Mann einzuprügeln.

»Nein! Hört auf!« Michael hatte sich zu seiner ganzen Größe aufgerichtet und stapfte durch das hohe Ufergras auf den Mann zu, den er an der Stimme erkannt hatte. Sofort wurden Fackeln in seine Richtung gehalten, um ihn anzuleuchten.

»Meister Kremer, … was ist es nur, das Euch immer dann erscheinen lässt, wenn ich mich mit meinen getreuen Mannen versammle? Vielleicht solltet Ihr Euch uns anschließen.« Jakob Rohrbach schien beinahe ein wenig belustigt über das neuerliche Zusammentreffen. Seit sie sich im Wymphener Forst begegnet waren, hatte seine Anhängerschar bedeutend zugenommen. Der zänkische Anführer hatte schon damals keinen Hehl aus seinen Absichten gemacht und feurige Reden geschwungen. Er war ein Mann, der seine Anliegen auch gegen Widerstände durchsetzen wollte und sich geschickt die neue Lehre dafür zunutze machte.

Michael ging nicht darauf ein, sondern wollte auf einem anderen Weg zu einer Einigung gelangen. »Das Stift hält Eurer Belagerung stand, … das wisst Ihr nur zu gut. Tretet doch stattdessen in Verhandlungen mit dem Propst Georgius Krantz … und da sie niemals freiwillig die Tore für Euch öffnen und somit nicht erfahren, was eigentlich Eurer Begehr ist, wäre es doch gescheit, eine Nachricht zu verfassen und diese dann durch den Vikar überbringen zu lassen. Ich bin sicher, dass er sich für Euer Vorhaben einsetzen wird, wenn Ihr Euren guten Willen zeigt und ihn verschont.« Michael hatte sich bemüht, so beiläufig als möglich zu klingen, hoffte aber inständig, dass Rohrbach sich darauf einließ. Tatsächlich geriet er ins Grübeln.

»Holt den Schreiber her!«, brüllte er schließlich. Banges Warten folgte. Es erschien jedoch nicht der hiesige Stadtschreiber Bönnigheim. Was sollte der auch mit einem aufmüpfigen Haufen wie diesem zu schaffen haben? »Der andere hat wie ein räudiger Hund den Schwanz eingezogen – und da gerade ein kundiger Ratsschreiber in Wymphen weilt, der den neuen Gedanken zugetan und bereit ist, die Bauern zu unterstützen, sichern wir uns die Dienste des Hipler Wendel«, erklärte Jakob Rohrbach, als ob er die Gedanken des Scharfrichters gelesen hätte. Ohne zu Zögern, machte sich Hipler mit Papier und Feder an die Arbeit und schrieb fest, was Rohrbach ihm ansagte. Wie schon im Forst geäußert, wiederholte er seine Forderungen, die er gegenüber dem Stift hatte: Die Belagerung würde nicht eher enden, bis dass ihm die Abgabe der Malter Roggen, Dinkel und Hafer erlassen werden. Das Schriftstück ging an Vikar Gregorius, der gelobte, die Nachricht schnellstmöglich zu überbringen.

»Wir haben Zeit – aber wenn hier nicht alles dem Erdboden gleichgemacht werden soll, dann tut euer Propst gut daran, das Papier zu unterzeichnen. Das verspreche ich – vor dem Herrn.« Ein siegessicheres Grinsen erschien auf Rohrbachs Gesicht. Ja, sie hatten Zeit – und sie würden warten und das Stift belagern. Das stand eindeutig fest. Dennoch schien der Haufen recht unvorbereitet hier angekommen zu sein, denn sonst hätten die Männer Fuhrwerke oder Leitern mit sich geführt, mit denen sie die Mauer hätten leichter überwinden können. Ächzend bildeten zwei Männer eine wackelnde Steige, auf die Vikar Gregorius hinaufkletterte und dann nur mit größter Mühe die Mauer erklimmen konnte. Mit einem dumpfen Aufschlag und einem Stöhnen landete Gregorius Geyger auf der anderen Seite. Das Schriftstück war demnach unterwegs.

»Denkst du, dass sie uns verfolgen?« Ängstlich klammerte sich Anna schon völlig außer Atem an seiner Hand fest. In einem unbeobachteten Moment war Michael langsam in der Dunkelheit verschwunden, hatte sich Anna geschnappt und war mit ihr den langen Weg zurückgerannt.

»Nein, … was sollten sie auch mit einem Henker anstellen? Ich wäre ihnen nicht sonderlich von Nutzen. Jäcklein Rohrbach wird erreichen, was er will. Dazu braucht er mich nicht.«

»Das Stift wird also auf die Forderungen eingehen?«

»Ja, … bestimmt. Zumindest fürs Erste. Sankt Peter hat genug Güter, um sich freizukaufen.«

DIE EHRLICHSPRECHUNG

– MONTAG, 17. AUGUST 1523 –

Die drei hatten sich müde und erschöpft in der Stube versammelt. Bald würde die Sonne aufgehen. Erste, helle Streifen zeigten sich bereits am Horizont. Margaretha brachte das Feuer wieder in Gang, indem sie die Glut aufstocherte und Holz nachlegte. Anna saß mit Michael am Tisch. Gedankenverloren betrachtete sie den Ring, den sie nun an ihrem Finger trug. Während sie auf dem trockenen Brot herumkaute, sah sie verstohlen zu ihm hinüber und musste lächeln. Er hatte vor Müdigkeit rote Augen und gähnte hingebungsvoll. Am liebsten hätte sie ihm seine Haare verwuschelt und sich an ihn geschmiegt.

»Was für eine Nacht.« Greta ließ sich matt auf den Hocker neben der Feuerstelle sinken und streckte die Beine von sich. Nur zu gerne würde sie sich jetzt oben neben ihrem Mann und ihrer kleinen Tochter im warmen Bett schlafen legen. Dann allerdings, das wusste sie, fiel es ihr noch schwerer, wieder aufzustehen und ihr Tagwerk zu verrichten. »Ich habe alles für sie getan, … alles versucht, … konnte ihr aber nicht mehr helfen … die Rötelhuberin hat ihr Kind verloren … und dann hat sie das Fieber geholt. Sie war eigentlich schon nicht mehr bei sich, als ich mit dem Vörg zusammen bei ihr ankam.« Kraftlos strich sich Margaretha ihre Haare nach hinten und überlegte, was sie noch für die Frau hätte tun können. »Ich werde heute beim Rat erscheinen müssen, um Bericht zu erstatten. Das werde ich gleich in der Frühe erledigen … in dieser Zeit übernimmst du das Waschen der Wäsche und das Brotbacken. Ich kann dir nicht sagen, wann ich wieder hier sein werde, um dir zu helfen ….«

Anna nickte mit einem mulmigen Gefühl. Wäsche waschen, Brot backen. Um all diese Dinge zu erledigen, musste sie sich unter die Wymphener Bürgerinnen und Mägde mischen. Nun gut, sie würde die neugierigen Blicke ignorieren, so gut es eben ging.

»… Und wenn morgen dann immer noch Zeit sein sollte, dann können wir gegen Abend anfangen, von den Gänsefedern den Kiel zu entfernen. Für den Winter können eigentlich alle unsere Decken eine Aufpolsterung gut gebrauchen.«

Annas Blick fiel auf die beiden Leinenbeutel, die bei der Tür zum Nebenraum standen. Fast alle Gänse hatten ihre Federn lassen müssen und rannten jetzt, bei der warmen Jahreszeit, beinahe nackt durch die Gegend. Margaretha hatte, ohne zu zögern, das erste Federvieh am langen Hals geschnappt, ohne sich um das Protestgeschrei zu kümmern, und sich auf einen Hocker gesetzt. Der Körper mit den zappelnden Beinchen und den angelegten Flügeln wurde einfach zwischen die Knie geklemmt. Dann rupfte sie mit kurzen, schnellen Bewegungen die Federn in Wuchsrichtung aus. Anna hatte sich zu Beginn wirklich noch etwas ungeschickt angestellt, da sie eher damit beschäftigt gewesen war, dem pickenden Schnabel auszuweichen. Mit der Zeit allerdings und nachdem Greta ihr einige hilfreiche und praktische Hinweise gegeben hatte, ging Anna alles viel leichter von der Hand. Zwar brauchte sie immer noch doppelt so lange für eine Gans wie Greta, aber sie schlug sich ganz gut. Nach getaner Arbeit schmerzte der Arm, mit dem sie dauernd die gleiche Bewegung ausgeführt hatte, und sie war verschwitzt und auf ihrem Rock befanden sich einige Blutschmierer der Tiere. Wenn große Federn mit dickem Kiel gerupft wurden, dann kam es schon vor, dass sich die Haut stellenweise rot färbte.

»Dann war also deine Nacht auch nicht unbedingt besser als die unsere«, begann Michael träge und erzählte knapp und in kurzen Worten von der Belagerung des Stifts.

Gretas Augen wurden vor Staunen ganz groß. »Und ihr seid da mitten hineingeraten? Das hätte böse enden können! Ich glaube nicht, dass die Bergstadt davon bis jetzt etwas mitbekommen hat, oder was meinst du?« Fragend sah sie ihren Bruder an.

»Ach …«, winkte dieser ab. »Und selbst wenn, … so eilig haben es die Hiesigen dann auch wieder nicht, den Chorherren zu Hilfe zu eilen. So, wie die schon seit Jahren miteinander im Streit liegen, wer denn nun für welchen Markt das Marktrecht hat und wo diese stattzufinden haben. Da hat es keiner eilig, sich mit einem wütenden und aufgebrachten Haufen Bauern anzulegen.«

Anna hörte dem leisen Gespräch der beiden müde zu, aß noch einen Happen, und als es hell genug war, dass man seine Arbeit verrichten konnte, suchte sie sich die zu waschenden Stücke zusammen, ließ sie in den bereitstehenden Korb fallen und machte sich durch das feuchte Gras auf den Weg zur Nekkersteige.

Sie war nicht die Erste. Beim Näherkommen hörte Anna schon schnatternde Stimmen von Frauen, die, um sich einen guten Platz zu sichern, bereits Körbe und Wäsche am Ufer platziert hatten und nur noch die letzten Vorbereitungen trafen, um mit dem Schrubben beginnen zu können. Die Holzstege, die das letzte Hochwasser unbeschadet überstanden hatten, waren natürlich am begehrtesten. Ebenso die Bereiche der Trockenwiese, die unter freiem Himmel und somit am Mittag in sengender Sonne lagen und nicht im Schatten der angrenzenden Bäume und Sträucher. Anna trat aus dem Buschwerk heraus und ging langsam, den Korb fest an sich gepresst, auf das Nekkerufer zu.

»Nun mach hin, ... jetzt ist nicht die Zeit zum Ausruhen!«, erklang eine forsche Stimme, und Anna zuckte zusammen. Die Zurechtweisung galt aber zum Glück nicht ihr. Einige Schritte weiter hatte sich Valentine Baumann vor ihrer Magd aufgebaut und wickelte sich die Ärmel hoch, um mit anzupacken. Gemeinsam schleppten sie den schweren Korb weiter zum Wasser hin und ließen ihn dort stöhnend und schnaufend fallen. Anna verglich deren Menge mit ihrer eigenen. Die Magd war sicher den ganzen Tag gut beschäftigt. Sie selbst hingegen besaß ja nicht viele Kleider, die sie hätte waschen können – zumindest nicht viele solch einfacher, schmuckloser, in denen sie nicht so sehr auffiel. Anna fand es dann doch etwas unpassend, mit einem edlen Rock zum Waschen zu gehen, mit dem sie sich früher auf Märkten oder Festen zum Spaß die Zeit vertrieben und sich unter den Bürgerinnen hatte blicken lassen. Unsicher sah sie sich nach einem geeigneten Platz um und merkte recht schnell, dass die Baumännin sie ungeniert dabei beobachtete. Was für ein unangenehmes Weibstück. Wegen ihrer Dreistigkeit und ihrem losen Mundwerk hatte sie ja bereits schon einmal die Messe im Stehen zubringen müssen. Anna hegte Zweifel, ob sie daraus eine Lehre gezogen hatte. Mürrisch stierte das Weib herüber und beobachtete jeden ihrer Schritte, um gleich Einwände zu erheben, sollte Anna sich den falschen Platz aussuchen.

»Die Gröplerin wäscht immer dort hinten«, keifte Valentine Baumann, noch ehe der Korb den Boden berührte, und zeigte mit dem Finger weiter flussaufwärts. Zu allem Übel stolperte Anna. Die Kleidungsstücke verteilten sich auf der Wiese. Während sie sich daran machte, alles wieder einzusammeln, kam sie nicht umhin, das laute Geschwätz der Baumännin mit anzuhören. »Ach was, ... das ist doch gar nichts«, wehrte sie die Rede einer Frau ab, die wohl dachte, sie hätte eine interessante Neuigkeit zu berichten. »Der Verg, ... vor dem sollen sich eure Töchter und Mägde in Acht nehmen! Der kann nämlich seine Finger nicht bei sich behalten. Ihr werdet schon sehen. Sobald die Sieglinde, seine Magd, nämlich Anzeige vor dem Rat erstattet, wird meine Agnes dort ihre Aussage machen!« Mit diesen Andeutungen hatte sie die Aufmerksamkeit in Gänze auf sich gezogen. Neugierig kamen die anderen Frauen näher, um nur ja nichts zu versäumen.

»Welche Aussage sollte denn deine Agnes vor dem Rat machen müssen?«

»Die Sieglinde Mörlin? Eine Anzeige? Weswegen denn?«

Die Fragen prasselten nur so auf die Baumännin ein, obwohl sie ja dafür bekannt war, dass sie tratschte und geschwätzig war und man ihr im besten Falle nur die Hälfte glauben konnte.

»Nun ...«, begann sie genüsslich und grinste süffisant. »Ich prophezeie euch, dass die Sieglinde auf jeden Fall von sich aus vor den Rat zieht. Schließlich wurden die beiden erwischt – da bleibt ihr gar nichts anderes über. Sie wird behaupten, dass der Martin Verg sie zur Unzucht gezwungen habe. Jetzt muss sie vorbeugen und den Gerüchten zuvorkommen. Denn sollte er sie geschwängert haben, muss er Wiedergutmachung leisten. Es sei denn, der Rat entscheidet gleich, dass sie aus der Stadt gejagt wird.«

»Wer hat die beiden erwischt?«

»Wer sollte für solche Gerüchte sorgen? Etwa deine Agnes?«

Wieder redeten alle entrüstet durcheinander.

»Ja, meine unschuldige Agnes. Hätte das Mädel die beiden nicht ertappt, dann würde ihr Techtelmechtel im Geheimen weitergehen. Sie war so verwirrt, dass sie sich mir erst jetzt anvertraut hat.« Jedes ihrer Worte wurde regelrecht aufgesogen.

»Erzähl!«

»Wie kam es dazu?«, wurde sie bedrängt.

»Also …« Jetzt konnte sie endlich ihrer Lieblingsbeschäftigung frönen. »… Der Martin hat meinen Conrad letzte Woche gebeten, ihm eine Ketze zu borgen, da bei seiner die Haltse gerissen war, er aber unbedingt Arbeiten im Wengert zu erledigen hätte.« Beim Erzählen riss sie die Augen auf und redete ohne Luft zu holen. »Wie er eben so ist, hat er ihm die Leihgabe zugesagt, sobald er den Korb selbst nicht mehr braucht.« Die Baumännin geizte nicht mit Gesten, um ihre Worte zu unterstreichen und die Wirkung zu vergrößern. »An jenem Tag also hat mein Mann unsere Agnes mit dem Auftrag in den Verg'schen Wengert geschickt, ihm die angefragte Ketze zu bringen, damit ihm die Arbeit leichter und schneller von der Hand geht. Nicht lange danach kommt sie wieder zurück und ist den ganzen restlichen Tag so schweigsam. Der Verg hat sie doch tatsächlich eingeschüchtert und die Agnes gedrängt, Stillschweigen zu bewahren. Letzten Endes hat sie es doch nicht ausgehalten. Sie hat sich mir anvertraut … und … ich schwöre euch …« Valentine Baumann legte eine Pause ein, um das Gesagte wirken zu lassen. »… Die Agnes kam im Wengert an und hat sich noch gewundert, dass niemand zu sehen war, obwohl dem Martin sein Hemd an der Feuerstelle lag. Also suchte sie die Zeilen ab, da sie die Ketze nicht einfach so stehen lassen wollte. Nachher ist unsere auch weg – das wäre ja noch schöner. Dann hat sie Geräusche gehört, stand plötzlich direkt vor den beiden und hat gesehen, wie sich der Verg auf seiner Magd gewälzt und abgemüht hat. Ihr Rock war hochgeschoben – und seine Hose heruntergezogen!«

Schadenfreude und Empörung machte sich unter den Zuhörerinnen breit.

»Ihr könnt euch ja wohl denken, dass die beiden erschrocken und auseinandergefahren sind, als hätten sie den Leibhaftigen gesehen. Die Agnes hat einfach alles fallen lassen und ist davon. Er kam hinterdrein und wollte ihr noch weismachen, dass das ein Versehen und Missverständnis sei und dass sie den Mund halten solle, weil ihr ja eh niemand glaubt – ansonsten würde sie es bereuen. Die Baumännin hatte sich in Rage geredet. »Ich zweifle nicht an den Worten meiner Tochter. Sie hat mit festem Willen behauptet, dass ihm sein Ding noch aus dem Hosenlatze hing – und genau so wird sie es vor dem Rat bezeugen.« Die Frauen gackerten nun, da sie die ganze Geschichte kannten, aufgeregt durcheinander, und jede wollte ihre Meinung darüber zum Besten geben.

Anna schnappte sich wieder ihren Korb und machte sich davon. Sie war froh, dass sie unbemerkt verschwinden konnte und die Weiber im Moment von ihr abgelenkt waren. Inzwischen hatte sie sogar die Furt hinter sich gelassen und befand sich auf halbem Wege zum Stift. Ein weiter Weg für ein paar Stücke Wäsche, aber hier hatte sie wenigstens ihre Ruhe. Vorsichtig reckte sie den Hals. Von dem Bauernhaufen war weit und breit nichts mehr zu sehen und zu hören. Michael hatte recht behalten. Die Chorherren hatten sich, womit auch immer, freigekauft und den Abzug des Mobs bewirkt. Seufzend hockte sie sich in der Nähe der Mühle ins Ufergras und zog das Holzbrett hervor, das zuunterst im Korb lag. Es sollte als Unterlage dienen, damit sie die Stoffe ordentlich und kräftig bearbeiten konnte. Mit einer kleineren Schale schöpfte sie noch Wasser zum Benetzen der Seife aus dem Nekker. Dann zog sie Michaels Hemd aus dem Haufen heraus. Am Kragen war der Dreck, mit dem ihn Lennhart Entenbeker beworfen hatte, schon steinhart angetrocknet. Sie hatte vergessen, es über Nacht einzuweichen, also beschloss sie, erst das gefärbte Tuch von der überschüssigen Farbe zu befreien und es so lange im Fluss zu spülen, bis nur noch klares Wasser beim Auswringen austrat. Anna musste sich hinlegen und vorsichtig bäuchlings bis zur abfallenden Uferböschung kriechen, ehe sie den Stoff mit lang gestrecktem Arm unten durch das ruhig fließende Wasser ziehen konnte.

Durch ein markerschütterndes Quieken hätte sie ihn beinahe losgelassen. Nicht auszudenken, wenn das wertvolle Gewebe den Nekker hinuntergetrieben wäre. Neugierig richtete sich Anna auf, um den Grund für das Zetern des Schweins herauszufinden. Das dreckige Tier rannte mit anhaltendem Geschrei von der nahe gelegenen Mühle aus auf einem schmalen Weg in Richtung Fähre. Die großen, schlaffen Ohren schlenkerten dabei auf und ab, und die kurzen Beinchen sahen aus, als würden sie gleich unter dem massigen Körper einknicken. Als Anna die Sau von hinten sehen konnte, fiel ihr auf, dass der Schwanz fehlte. Dort, wo er sich üblicherweise kringelte, war nur ein roter Stumpf zu sehen, von dem ein dünnes Rinnsal aus Blut die Kehrseite hinunterlief. Verwundert blickte Anna zurück zur Mühle. Sophia Heckerle, die Frau des Müllers, bückte sich gerade und schleuderte dem Schwein wutentbrannt noch einen Stein hinterher.

»Verschwinde, ... du Mistvieh!«, keifte sie so laut, dass Anna jedes Wort verstand, raffte schnaubend ihren Rock und wollte gerade wieder in der Mühle verschwinden, als ihr Mann Michael hinter der Scheune hervortrat. Auch er wollte wissen, welch einen Aufruhr sein Weib da veranstaltete.

»Was ist denn das für ein Durcheinander? Wer war das?«, fragte er sie übellaunig, nachdem er einen Blick hineingeworfen hatte.

»Na, wer wohl? Dieses vermaledeite Schwein vom Vörg war wieder hier!«, schrie sie aufgebracht und fuchtelte mit einem blutverschmierten Messer vor seiner Nase herum. »Das Vieh kommt von der Furt bis hierher und schlägt sich bei uns durch. Sieh dir nur einmal die Säcke an, ... zwei davon sind angefressen und der Roggen rinnt heraus. Wäre ich später gekommen, hätte sich die Sau wahrscheinlich auch noch über die anderen hergemacht.«

Nichts Gutes ahnend, nahm ihr Michael Heckerle behutsam das Messer aus der Hand. »Und was ist das?« Er deutete auf das Blut. »Was hast du getan?«

»Ha!« Sie stieß einen triumphierenden Schrei aus und lachte

laut auf. »Ich habe dem Sauviech den Schwanz abgeschnitten. Die traut sich bestimmt nicht mehr so schnell an unser Korn!«

Anna hatte verblüfft zugehört und dabei weiter die Wäsche bearbeitet, damit es nicht so aussah, als würde sie lauschen, obwohl das Gezetere ja nun wirklich nicht zu überhören war. Das Schwein würde sich bestimmt nicht mehr an das Korn wagen – und die Frau vom Müller würde sich das nächste Mal gewiss genauer überlegen, ob sie Hand an eine Sau legte, die nicht ihr Eigen war, denn dass diese so malträtiert worden war, ließ sich der Besitzer sicher nicht gefallen. Kaum hatte Anna zu Ende gedacht, kam auch schon das Weib vom Fährmann Vörg mit langen Schritten den Pfad heraufgeeilt. Die Zornesröte in ihrem Gesicht verhieß Ärger. Wütend war sie offensichtlich den Blutstropfen bis her zur Mühle gefolgt.

»He! … was fällt dir ein, unserer Sau den Schwanz abzuschneiden?«, schrie sie schon von Weitem. »Du brauchst es gar nicht zu leugnen, … das sieht dir ähnlich! Was ist, wenn das Viech jetzt an dem Schnitt verreckt? Kommst du dann für den Schaden auf?«

Hochnäsig stand Sophia Heckerle da, gab aber keine Antwort. Sie ließ die aufbrausende Frau nicht aus den Augen und war auf alles gefasst. Auch Anna schielte unauffällig zu ihnen hinüber. Wie dieser Streit wohl ausgehen würde? Vörgs Frau hatte die Müllerin jetzt beinahe erreicht. Allerdings wurde sie nicht langsamer, sondern stapfte mit unverminderter Kraft auf die Missetäterin zu. Fassungslos wurde Anna Zeugin, wie die beiden Frauen kreischend aufeinander losgingen. Sie schlugen mit Fäusten und rissen sich an den Haaren, während sie sich wüst beschimpften. Michael Heckerle wusste wohl nicht so recht, was er tun sollte, denn er sah nur staunend zu, wie sich seine Frau mit ihrer Gegnerin auf dem Boden wälzte. Schließlich unternahm er einen lahmen Versuch, die beiden zu trennen, achtete dabei aber natürlich vorrangig darauf, dass er selbst keine gewischt bekam.

Der Anblick war einfach zu komisch, und Anna musste sich regelrecht das Lachen verkneifen. Damit niemand ihr Grinsen sehen konnte, senkte sie bisweilen den Kopf und gluckste leise. Hin und wieder streckte sich ein Arm oder ein Bein aus dem

Getümmel der fliegenden Röcke nach oben, und an den wut- und schmerzverzerrten Gesichtern konnte man erkennen, dass die Kämpfenden absolut keine Rücksicht nahmen. Nach einer Weile gewann der Müller aber doch die Oberhand und zerrte seine schwer atmende Frau von der Vörgin herunter.

»Dafür schleife ich dich vor den Rat! Darauf kannst du Gift nehmen!«, rappelte die Besitzerin des Schweins sich schimpfend vom Boden hoch, drohte dabei mit dem Finger und humpelte so würdevoll als möglich von dannen.

Sollte sie Michael überhaupt davon erzählen? Nachher erwähnte er es auch noch, während er seine Tätigkeit als Beisitzer ausübte, und eine der Beteiligten kam noch auf die Idee, Anna gar als Zeugin zu laden. Sie hatte nicht die Absicht, so schnell wieder vor die Ratsherren zu treten, die sie mit ihrem Urteil beinahe um ihr Leben gebracht hatten. Anna verdrängte den Gedanken und machte sich daran, die mitgebrachte Wäsche in mehreren Durchgängen zu schrubben, auszuwaschen und auf das Brett zu schlagen. Bei dem Hemdkragen gab sie nicht eher auf, bis dass sie ihn von jeglichem Schmutz befreit hatte. Sie wollte, dass Michael wirklich zufrieden mit ihr war.

Anna ließ sich rücklings aufs Gras fallen. Die Luft bewegte sich kein bisschen, und die Sonne, die schon fast ihren höchsten Stand erreicht hatte, schien ihr warm ins Gesicht. Sie hatte es geschafft. Den ganzen Vormittag hatte Anna nichts anderes getan als Wäsche zu waschen. Jetzt knurrte ihr Magen und sie sehnte sich nach ein paar Bechern von dem kalten Quellwasser, das hinter dem Haus sprudelte. Erschöpft packte sie all ihre Sachen wieder in den großen Korb. Kurz überlegte sie, ob sie den längeren Weg durch die Stadt nehmen sollte. Vielleicht lief ihr dabei ihr Bruder über den Weg, und sie konnte irgendwie nachfragen, weswegen er nicht zur Magdalenenkapelle gekommen war. Dann jedoch überlegte sie es sich doch anders. Sie bahnte sich ihren Weg durch die zum Trocknen ausgelegte Wäsche auf der Bleichwiese. Die Frauen hatten zum Großteil ebenfalls schon ihre Arbeit erledigt, standen in kleinen Gruppen zusammen, um Neuigkeiten auszutauschen, ehe sie sich wieder an die Arbeit machten, und warteten, bis die Strahlen der Sonne die Gewebe durchdrangen und trockneten. Anna hatte keine Lust, sich hier einen Platz zu suchen. Mit den anderen Weibern hatte sie eh nichts zu schaffen. Also machte sie sich auf den Heimweg. Die Wäsche konnte sie ebenso auf der angrenzenden Wiese neben dem Haus auslegen.

Nachdem sie den Korb draußen abgestellt hatte, löschte Anna erst einmal ihren Durst.

»Vergiss aber nicht, zwischendurch Luft zu holen«, scherzte Margaretha schmunzelnd, als sie kurz nach Anna in die Stube kam und den gierigen Schluckbewegungen einen Moment lang zugesehen hatte.

»Ah!«, stöhnte Anna und wischte sich über den Mund. »Ich muss mich kurz setzen.« Sie rutschte hinter den Tisch auf die Bank und betrachtete ihre geschundenen Hände. Durch das stundenlange Arbeiten im Wasser und auf dem Holzbrett und durch das Schrubben mit der Seife waren ihre roten Hände aufgescheuert und winzige Risse durchzogen die Haut.

»Für solche Schrunden gibt es ein weißes Sälbchen.« Greta hatte nur einen kurzen Blick auf die beanspruchten Finger geworfen. Daran würde sich Anna wohl gewöhnen müssen. Mit der Zeit würden sie dann schon nicht mehr so empfindlich sein, sondern abhärten. Sie schlug ein Ei auf, fing in einer Schalenhälfte den Dotter ab und gab ihn zur köchelnden Suppe in den Topf. Zu dem Eiweiß im Schälchen gab sie nach und nach so viel Mehl dazu, dass durch das Rühren ein feiner Brei entstand. »Du kannst jetzt ein wenig davon einreiben … und über Nacht ebenso. Die Schrunden werden schon bald wieder verschwinden.« Greta schob das Schälchen zu Anna hinüber und deutete auf den Korb mit der nassen Wäsche. »Das kann ich übernehmen. Du aber musst dich sputen. Wir dürfen nur heute das Backhaus mitbenutzen. Alle anderen haben das Los bereits gezogen und ihre Brote schon gebacken. Wenn wir nicht rechtzeitig da sind, dann muss ich wieder eine Woche warten – und die rohen Teiglaibe sind doch schon vorbereitet. Beeil dich!«, scheuchte sie Anna ungeduldig vom Tisch auf.

»Der Bericht vor dem Rat hat eben leider länger gedauert, und kaum war ich fertig, haben sie mir den Auftrag gegeben, auch gleich meinen Bruder zu schicken.«

Anna horchte auf. »Wegen dem Schwein vom Vörg, dem die Sophia Heckerle den Schwanz abgeschnitten hat? Da hat sie aber wirklich keine Zeit verloren, Anzeige zu erstatten«, fügte Anna verblüfft hinzu.

»Welches Schwein ... hä ... Schwanz abgeschnitten?« Greta zog ihre Stirn kraus – sie konnte ihr nicht recht folgen.

»Ach ...«, winkte Anna ab, »... ich erzähl' es dir später.«

»Nein, ich weiß nicht weswegen. Der Büttel Eckstein hat sich allerdings irgendwie seltsam verhalten, ... er hat mir aber nichts weiter gesagt.« Greta zuckte mit den Schultern. »Sieh einfach zu, dass unser Brot gebacken wird – danach wollen sie den Ofen ausbrennen. Ich komme nach, so schnell ich kann.« Damit schob sie Anna zur Tür hinaus.

Das Backhaus lag wegen der Feuergefahr etwas abseits hinter dem Ratsgebäude direkt an der Stadtmauer. Anna zog den Handkarren mit den Reben, dem Reisig und den geformten Teigklumpen in ihren Körbchen hinter sich her, suchte sich am Rande des engen Hofes eine Ecke und wartete dort im Schatten, bis sie an der Reihe war. Offensichtlich buken die Frauen ihre Laibe mit Verzögerung, denn es herrschte noch geschäftiges Treiben. Eigentlich sollte Anna die Letzte sein, damit der Ofen nach der Scharfrichterfrau gänzlich ausgebrannt werden konnte. Die Luft war erfüllt von herrlichem Brotgeruch und vom Duft frischer Backwaren. Das kleine Gebäude selbst bestand eigentlich nur aus dem Ofen und einem ummauerten Raum darum, der auf alten Holztischen Platz bot, um die Bleche, Teigkörbe und Backwaren abzustellen. Der breite Kamin ragte aus dem einfachen Dach, das eigentlich nur zweckmäßigen Schutz vor Regen oder Schnee bieten sollte.

Anna kannte das ganze Prozedere von Burgl, aber dass sie einmal selbst hier sitzen würde, hätte sie sich nie träumen lassen. Burgl hatte immer zu tun, den Brotteig rechtzeitig zum Backtag vorzubereiten. Den Klumpen Sauerteig gab sie dafür in eine große Zaine mit Mehl, das sie geduldig nach und nach einarbeitete. Sobald die Masse fertig war, nahm sie einen kleinen Teil davon ab, um ihn für das nächste Backen aufzubewahren. Zuvor waren bei der Backfrau, die das ganze Geschehen ein wenig im Auge behielt, Lose aus einem kleinen Säckchen gezogen worden, um die Reihenfolge der backenden Frauen zu bestimmen – wie immer sechs Lose pro Backtag – und wie immer fing nach dem Losziehen das Feilschen und das Handeln mit den gezogenen Losen an. Seither hatte Burgl immer Glück gehabt und noch niemals an einem Montag das erste Los gezogen. Wäre es so gewesen, hätte sie die schlechtesten Bedingungen gehabt. Die Steine im Ofen kühlten über Sonntag aus und die Hitze musste erst wieder mit viel Aufwand und jeder Menge Feuerholz neu eingebracht werden. Jeder, der anfing zu backen, musste natürlich aufs Neue einheizen, aber mit einer vorhandenen Wärme ging es schneller. Am besten brannten dürre Weidenbüschel oder man behalf sich mit trockenen Reben und Reisig. Die Weiden wurden dann im ganzen Ofen verteilt und angezündet. Danach dauerte es immer eine Weile, bis alles abgebrannt war und sich Glut gebildet hatte. Mit einem Ofenwischer aus Ginster, den man vorher in einen bereitstehenden Wasserbottich eintauchte, damit er nicht gleich mit verbrannte, wurde die Glut dann so weggeschoben, dass sie sich zu beiden Seiten auftürmte. Nun kam zuerst das Feingebäck auf den Blechen mit einem schmalen Laibschießer hinein. Danach mit dem breiten die Brote. Hierzu hatte Burgl immer die Leinentücher, auf denen der geformte Teig in den Körbchen lag, kurz zusammengezogen, um die rechte Form zu geben. Auf den Laibschießer kam eine ordentliche Schicht Mehl, der Teig wurde geschwind aus dem Tuch gekippt und mit einer schnellen Bewegung im heißen Ofen platziert. Burgl war eine gute Bäckerin. Ihr Teig war nie zu weich, lief deswegen auch nie auseinander, sondern bildete immer schöne, hohe Brote aus. Herauszufinden, wann die Brote fertig waren, war reine Erfahrungssache. An der Seite des langen Ofens befanden sich kleine Öffnungen, durch die man die entzündeten Strohbüschel stecken konnte. Mit solchen Leuchtfeuern konnte man sich in der Schwärze ein wenig Sicht verschaffen und die verbleibende Garzeit prüfen. Das ganze Türchen vorne zu öffnen, würde das Brot erschrecken, und man hätte nur noch Speck übrig, hatte Burgl ihr einmal erklärt. Doch woher wusste Anna, wann der richtige Moment gekommen war? Sie konnte nur hoffen, dass Greta rechtzeitig hier war, um ihr zu helfen, ansonsten sah sie im wahrsten Sinne des Wortes schwarz.

Valentine Baumann kam gerade mit wehenden Röcken um die Ecke. Während eine ihrer Mägde unten am Nekker wohl immer noch Wäsche wusch, war sie jetzt hier zum Backhaus geeilt, um die andere zu beaufsichtigen, damit das Brot gut geriet. Skeptisch hantierte sie mit dem Leuchtfeuer an der seitlichen Luke und begutachtete die braunen Laibe. »Die sind fertig, … her mit dem Laibschießer!«, maulte sie unfreundlich die Anweisung, schnippte mit den Fingern und die Magd beeilte sich, ihr den langstieligen Holzschieber zu reichen. Mit geübten Handgriffen fuhr die Baumännin mit dem dünnen, flachen Brett unter das Gebackene, um es geschickt aus der Hitze wieder ans Tageslicht zu befördern. Anschließend wischte sie sich über die Stirn und wollte die aufgeschichteten Brote schon davonkarren, als sie neben Anna stehen blieb. Argwöhnisch sah diese zu dem geschwätzigen Weib hoch. Sie konnte sich nicht erklären, was Valentine Baumann ausgerechnet von ihr wollte.

»Ihr seht nicht gerade bestürzt aus! … Wenn ich mich nicht irre, dann wurde Euer Mann doch ebenfalls zum Rat gerufen, … hat er Euch denn nichts gesagt … oder ist es Euch egal, da sich Eure Familie sowieso mit Euch überworfen hat?«, richtete die ältere Frau geschickt das Wort an Anna, um möglichst viel zu erfahren, und zog dann abwartend ihr Nasenwasser hoch.

»Ich weiß nicht, was Ihr meint, … ich war den ganzen Vormittag unten am Fluss und habe ihn nicht mehr gesehen, ehe er sich auf den Weg zum Rat gemacht hat. Was hätte er mir denn sagen sollen?«, fragte Anna vorsichtig nach. Ihr Unbehagen wuchs.

»Dann wisst Ihr es also tatsächlich noch nicht?«

Hörte Anna da eine Mischung aus Bedauern und Anteilnahme

heraus? »Was denn?« Nun schlich sich doch ein äußerst beunruhigendes Gefühl bei ihr ein.

Valentine Baumann zögerte kurz, holte dann aber doch tief Luft, um Anna die schlechte Neuigkeit zu überbringen. »Letzte Nacht ist ein Unglück geschehen. Der Morstatt Feit war angetrunken und hat vor dem Schankwirt einen Streit mit Eurem Bruder angefangen. Er hat ihn abgestochen, sagt aber, dass es Notwehr war, weil ihn der Bursche hätte töten wollen.«

Ungläubig starrte sie der Baumännin nach, die sich mit ihren frisch gebackenen Broten auf den Rückweg machte. Hatte sie das eben richtig verstanden? Peter … tot? In Annas Kopf drehte sich alles. Das Blut rauschte in ihren Ohren, sie bekam keine Luft mehr und vor ihren Augen tanzten schwarze und weiße Punkte. Schwankend stand sie auf. Sie musste sich Gewissheit verschaffen.

Michael! Er konnte ihr Genaueres sagen, und er war deswegen bestimmt noch beim Rat. Atemlos eilte sie auf das nahe Gebäude zu. Den Karren mit den Teiglaibern ließ sie einfach achtlos stehen, und Gretas Auftrag, sie zu backen, war gänzlich vergessen.

Anna rannte die Stufen hinauf und fand den Saal, in dem man sie verurteilt hatte, ohne Schwierigkeiten. Es hielt sie zwar niemand auf, als sie hineinstürmte, aber alle Anwesenden starrten sie teils empört, teils verblüfft an, als sie, um Fassung ringend, auf den in der Mitte stehenden Feit Morstatt zuging.

»Anna!« Erst die deutlich vernehmbare Ermahnung von Michael brachte sie dazu, stehen zu bleiben. Er war aufgestanden und überlegte wohl im Moment, ob er sie geradewegs wieder aus dem Saal befördern sollte.

»Ist es wahr?« Ihre Stimme brach ab und heiße Tränen schossen in ihre Augen.

Er brauchte nicht zu antworten – allein sein Blick verriet alles. »Geh nach Hause, Anna, und warte dort auf mich.«

Sie konnte sich aber nicht bewegen. Ihre Beine gehorchten ihr nicht.

»Geht! Ihr habt hier nichts verloren.« Die zweite, strengere Aufforderung kam von Conrat Korber, dem Alten Bürgermeister. Er musterte sie mit verkniffenem Gesicht und war nicht gerade erfreut darüber, dass ein Weib den ganzen Ablauf störte. »Ihr werdet nicht allzu lange auf Meister Kremer warten müssen – die Angelegenheit ist schnell erledigt. Wo kein Kläger, … da braucht's auch kein Urteil«, gab er nur lahm von sich, und Anna konnte sehen, dass Feit Morstatt bei diesen Worten anfing, siegessicher zu grinsen.

Hass in jeder Faser ihres Körpers und diese schreiende Ungerechtigkeit, die da ihrem Bruder widerfuhr, durchzuckte Anna und sie riss trotzig den Kopf nach oben. »Doch! Ich … ich klage an!«, schrie sie den Ratsherren voller Inbrunst entgegen, und Michael hinderte seine Frau kein bisschen daran. Es folgte Stille, in der selbst Morstatts Grinsen einfror. Er starrte die junge Frau an, die unbeugsam ihren Willen kundtat und keinen Hehl daraus machte, dass sie nicht nachgeben und weichen würde.

»Die Anhörung könnt Ihr Euch sparen, … das wisst Ihr doch, oder? Es war Notwehr! Dafür gibt es Zeugen!«, versuchte er, sich sogleich beim Schultheiß Hans Visch Gehör zu verschaffen.

»Schickt den Schreiber, … er soll alles zu Papier bringen und für morgen vorbereiten.«

Morstatt lachte kurz auf und zuckte hilflos mit den Schultern, als die beiden Männer des Alten Rates, unbeeindruckt von seinem Einwand, ihre Entscheidung getroffen hatten. Der Prozess begann also.

Nach einer tränenreichen und schlaflosen Nacht machte sich Anna im Morgengrauen, ohne einen Happen gegessen zu haben, auf den Weg zum Hause des Ratsherrn Bender. Sie war aufgewühlt. Würde Apollonia sie überhaupt empfangen? Anna musste auf jeden Fall alles probieren. Der Plan, den sie des Nachts mit Michael ersonnen hatte, musste einfach gelingen. Sie zog das Schultertuch enger um sich und beschleunigte ihre Schritte. Bevor der Rat zusammentraf, musste sie mit Apollonia gesprochen haben.

»Anna? Was tust du hier?«, zischte Apollonia überrascht, nachdem die Magd sie, auf Annas Drängen hin, leise geweckt und zur hinteren Tür bugsiert hatte. Sie hatte ihr beneidenswert langes Haar nur locker zu einem Zopf geflochten und stand jetzt schlotternd in der kühlen Morgenluft.

»Feit Morstatt soll seine gerechte Strafe erhalten, und deswegen wirst du tun, was ich dir jetzt sage!«, war Anna ohne Umschweife auf ihr Anliegen zu sprechen gekommen. Eindringlich redete sie leise, aber bestimmt auf die Tochter des Alten Bürgermeisters ein und weihte sie in das Vorhaben ein.

»Was?«, entfuhr es ihr. »Und wie soll ich meinen Vater dazu bewegen?« Apollonia schaute sich vorsichtig um. Sie wollte sichergehen, dass sie allein waren und niemand ein Wort hören konnte.

»Dein Vater trägt seine einzige Tochter auf Händen – du wirst schon einen Weg finden. Dessen bin ich mir sicher. So wie Greta und ich ebenfalls immer einen Weg finden werden, dein kleines Geheimnis zu wahren und wirksame Kräuter für dich bereithalten, nicht wahr?« Ihr direkter, fester Blick untermauerte ihre Worte, und Anna bemerkte mit Genugtuung, dass diese ihre Wirkung nicht verfehlten. Sie warf diesen Trumpf nur ungern in die Waagschale und kam sich fast schon schäbig dabei vor, ihrer ehemaligen Vertrauten das Messer derart auf die Brust zu setzen, aber heute stand einfach zu viel auf dem Spiel. Zufrieden, dass sie ein zustimmendes Nicken erhalten hatte, machte sich Anna auf, um sich vor dem Ratsgebäude mit Michael zu treffen. Hoffentlich war er genauso erfolgreich.

Michael fing Conrat Korber auf Höhe des Löwenbrunnen ab, als er gerade den Marktrain hinaufgehen wollte, um sich vor dem Eintreffen der anderen Ratsmitglieder mit dem Stadtschreiber Wolfgang Wolff von Bönnigheim zu beraten. Der Alte Bürgermeister gab einen überraschten Laut von sich, als der Scharfrichter plötzlich aus einer Ecke heraus auf ihn zutrat.

»Ich muss Euch, in Ausübung meiner Funktion als Beisitzer, ein Stück des Weges begleiten«, erklärte er dem verdutzten Korber seine Absichten.

»Die anstehende Verhandlung wird nicht einfach sein. Zeugen müssen gefunden werden, die bereit sind, gegen ein bekanntes und geachtetes Mitglied des Alten Rates auszusagen. Diejenigen, die mit Morstatt getrunken haben, wollen oder können sich wahrscheinlich nicht mehr erinnern, was spät in dieser dunklen Nacht vor sich gegangen ist. Vielleicht war in dem Handgemenge auch gar nicht weiter sichtbar, was letztendlich geschehen ist. Wäre es da nicht hilfreich, ... sagen wir ... eine genaue Beschreibung der Tat ... und darüber hinaus vielleicht noch weitaus mehr ... aus dem Mund des einzig glaubhaften Zeugen zu hören?«, tastete sich Michael vorsichtig an die heikle Unterredung heran.

Hellhörig geworden, blieb Conrat Korber stehen.

»So wie Ihr mit ganzem Herzen Eurer Tochter zur Seite steht – egal, was sie tut ... so versuche ich, meiner Frau beizustehen und ihr und ihrem Bruder zum Recht zu verhelfen.«

»Ich werde mit Euch nicht die Richtigkeit des ergangenen Urteils gegen Euer Weib bereden«, wehrte der Alte Bürgermeister gleich ab und setzte seinen Weg fort.

»Nein, nein!«, beschwichtigte Michael sofort. »Das war nicht meine Absicht ... das sollt Ihr auch gar nicht. Es wurde dem Anschein nach recht geurteilt – gemäß den Aussagen und den Beweisen. Der Rat wusste es eben nicht besser. Darauf aber wollte ich gar nicht hinaus. Ich bitte Euch ... um der Gerechtigkeit willen, ... dass Ihr mir halbwegs entgegenkommt ... und mir einen Gefallen dafür erweist, dass ich Euch wieder zu vollständiger Gesundheit verholfen habe.« Michael legte eine kurze Pause ein und erwiderte den skeptischen Seitenblick des Ratsherrn offen und mit Vertrauen in dessen Unvoreingenommenheit.

»Ihr habt mir gute Dienste getan, als mir die Haut am Körper brannte, ... nun sprecht, ... welches Anliegen wollt Ihr vorbringen, das anscheinend nur ich hören soll und nicht der ganze versammelte Rat? Was ist es, das Ihr erbittet?«

Michael sprach in Gedanken ein kurzes Gebet und machte sich dann daran, den Ratsherrn vollends zu überzeugen und seine restlichen Zweifel gänzlich auszuräumen. »Ich war schon so viele Male Beisitzer, ... ich weiß, dass Ihr ein gerechter Mann seid, und deswegen ...« Der Scharfrichter senkte die Stimme zu einem Flüstern und die beiden Männer setzten ihren Weg zum Ratsgebäude fort.

Aufgebracht marschierte Feit Morstatt schon seit Stunden in der Dunkelheit der Arrestkammer auf und ab. Er konnte nicht schlafen. Er fand keine Ruhe. Nicht, weil er sich Sorgen machte, welcher Urteilsspruch am Ende stehen würde, nein, sie hatten es doch tatsächlich gewagt, ihn hier in diesem dreckigen, feiseligen Loch festzuhalten! Der Stadtknecht Niklas Pfeiffer hatte gestern nur mit Mühe ein schiefes Grinsen verbergen können, als er den Alten Ratsherrn unter den Blicken aller anderen aus dem Ratssaal hinaus und die Treppen nach unten geleitet hatte.

»Wie lange dauert das denn noch? Wann bequemt sich endlich jemand herunter, um einem Unschuldigen die Tür aufzuschließen?«, schrie er laut, in der Hoffnung, dass gleich Schritte zu vernehmen waren, doch nichts geschah.

»Was können sie mir schon anhaben? Niemand kann widerlegen, dass es Notwehr war«, beruhigte er sich, nach einer weiteren Runde in der Kammer, selbst. »Was kann ich dafür, wenn dieser Tölpel mir beinahe von selbst in die Klinge springt? Gut, ich hätte das Messer wegziehen können oder zumindest nicht noch weiter zustechen«, murmelte er und lachte heiser. Nach einer weiteren, schier endlosen Stunde – ein helles Grau zeigte sich schon oben am kleinen Kammerfenster – wurde der Balken entfernt und die Scharniere der Tür ächzten und stöhnten. »Das wurde auch Zeit«, maulte Morstatt sofort los und geriet nur kurz ins Stocken, als nicht der Stadtknecht vor ihm stand, sondern der Scharfrichter. »Habe ich die Urteilsverkündung verschlafen und werde deswegen schon von Euch so früh nach oben verbracht? Wo ist denn der Pfeiffer Niklas?«, versuchte er zu scherzen, aber Michael erklärte ihm nur kurz mit unbewegter Miene den Ablauf.

»Der Stadtknecht – ebenso der Stadtschreiber – sind dazu abbestellt, alle Ratsmitglieder in deren Häusern aufzusuchen und ihnen mitzuteilen, dass sie sich bereits eine Stunde früher hier einfinden sollen. Zum einen ist es in den Morgenstunden noch kühler, zum anderen steht noch eine Wahl an.«

»Ach ja, ... und welche?«, unterbrach Morstatt ihn hochnäsig.

»Ihr seid angeklagt und könnt wohl kaum gleichzeitig als Ratsmitglied an der Urteilsfindung mitwirken. Da die Klage jedoch auf Mord lautet und zu einem Urteil in diesem Fall die Zahl aller Mitglieder vonnöten sein wird, soll übergangsweise der Michel von

Lamersheim in den Alten Rat gewählt werden und Euren Platz einnehmen.«

Nun unterbrach er ihn nicht mehr. Die spöttischen Worte waren ihm im Halse stecken geblieben. Michael hatte teilnahmslos geklungen, aber sein Herz raste und seine Kehle war staubtrocken. Er durfte sich jetzt nichts anmerken lassen. Er musste Ruhe bewahren. Es gab nur einen Versuch. Darum hatte er Anna vorhin schon weggeschickt. Morstatt durfte sie auf gar keinen Fall hier sehen. Alles musste so ablaufen wie immer – keine Vorkommnisse, die das Misstrauen des Ratsmitglieds schüren könnten. Der Ratsherr wurde nach oben in den Saal gebracht und staunte nicht schlecht, als er diesen leer vorfand.

»Sagtet Ihr nicht, dass sich die Herren früher einfinden sollen? Und? Wo sind sie? Soll ich mir jetzt die Beine in den Bauch stehen, bis alle versammelt sind? Es wird sowieso nichts dabei herauskommen.« Morstatt zerrte mit seinen gebundenen Händen an seinem Kragen. Sein Hemd schien ein wenig eng zu sitzen.

»Besser hier als unten in der Arrestkammer, oder?«, gab Michael zu bedenken und schob für ihn einen Stuhl in die Mitte des Raumes.

Morstatt setzte sich, ohne auf die Frage einzugehen.

»Sie dürfte Euch ja noch bestens in Erinnerung sein. Meine Frau zumindest erinnert sich noch an jede winzige Kleinigkeit …«, hallte seine volle Stimme durch den leeren Saal.

Morstatt blieb stumm. Seine Augen allerdings wurden zu schmalen Schlitzen und er funkelte den Scharfrichter, der vor ihm auf und ab schritt, lauernd an.

»… An die Hilflosigkeit, weil ihr niemand geglaubt hat, … an die Angst und die Panik, als das Urteil über sie gesprochen war, … an die Verzweiflung … an den Ekel, den sie nach Eurem kurzen Besuch verspürte, … und an die Abscheu, weil Eure Hinterlassenschaften an ihr klebten und sie sie nicht abwaschen konnte.« Michael musste sich zügeln, sonst hätte er dem Angeklagten in sein falsches Gesicht geschlagen und wahrscheinlich nicht so schnell wieder damit aufgehört.

»Hat sie Euch das so erzählt oder spricht da die gekränkte Eitelkeit aus einem Mann, der ein Weib geheiratet hat, das keine Jungfrau mehr war? Vielleicht hat sie all diese Behauptungen aufgestellt, ... aber ich ... ich sage das Gegenteil – dass es ihr gefallen hat und dass sie sich noch in so mancher Nacht sehnsüchtig daran erinnert, wenn sie neben Euch liegt. Was macht Ihr nun?« Herausfordernd grinste er ihn an. Er machte sich einen Spaß daraus, ihn bis aufs Blut zu reizen oder es zumindest zu probieren, denn die einzige Reaktion, die er bis jetzt hervorrufen konnte, war, dass sich Michaels Miene etwas verfinsterte.

»Ihr leugnet also nicht, dass Ihr meiner Frau Gewalt angetan habt?«, hakte Michael mit klopfendem Herzen nach und Morstatt drehte sich auf dem Stuhl, um sich in dem leeren Saal umzusehen.

»Warum sollte ich es leugnen?« Sein Gesicht nahm mit einem Mal einen weinerlichen Ausdruck an. »Werter Beisitzer, ... ich sage Euch dies – selbstredend ohne Zeugen – um mein Gewissen zu erleichtern, ... könnt Ihr mir das wohl jemals verzeihen?«, schluchzte er gespielt und kaum, dass er das letzte Wort gesprochen hatte, erklang sein schallendes Lachen.

»Nicht ich bin es, den Ihr um Verzeihung bitten solltet.« Michael fragte sich, ob ein Mensch wirklich so durch und durch böse sein konnte? Kühn wagte er noch einen Vorstoß. »Außer meiner Frau ... wäre da sicherlich noch die Witwe Brel, die jetzt ohne ihren geliebten Mann auskommen muss ...«, stichelte Michael weiter, in der Hoffnung, ihm noch mehr entlocken zu können.

»Ach, Geschwätz!«, fuhr Morstatt ihn an. »Von wegen geliebter Mann!«, redete er ihm barsch dazwischen. »Ich habe der Alten noch einen Gefallen getan! Und doch kann sie ihn niemals so gehasst haben wie ich, diesen elenden Querulanten und Stänkerer!«

»Nur allein deswegen habt Ihr ihn also ermordet und alles der Anna angehängt? Wie günstig, dass Ihr ihm gleich darauf in den Alten Rat nachgefolgt seid – ein gut eingefädelter Plan.«

»Er hat es verdient!« In einem Moment der Unachtsamkeit lag dem Ratsherrn sein Gewissen auf der Zunge. »Ihr habt ja keine Vorstellung, welche Schmähungen ich unter dem Brel erdulden musste!«

»Und der Casper Haug war demzufolge ein unliebsamer Zeuge. Zum einen hätte er aussagen können, dass er der Anna nur einen harmlosen Stärkungstrank, Euch jedoch das wahre Gift verkauft hat, und zum anderen ließ sein Tod das Ganze so aussehen, als hätte die Anna selbst einen Mitwisser beseitigt. Das wird dann ebenfalls Euer Verdienst gewesen sein.«

Morstatt zuckte gleichgültig mit den Schultern. Er hatte sich wieder im Griff. »Er hätte ja in der Tat etwas ausplaudern können, … aber den vermisst eh niemand.« Bequem lehnte er sich zurück und grinste. Von seinem Zorn war ihm nichts mehr anzusehen. »Was hat sie Euch noch erzählt? Was hat sie auf meine Spur geführt?«

»Das Messer vom Ratsherrn Brel hat Euch verraten. Er hätte es niemals freiwillig an Euch übergeben. Wie ist es, wenn man sein Gewissen erleichtert hat?« Michael war vor ihm stehen geblieben und Morstatt lachte überheblich auf.

»Das spielt ohne Zeugen und Gericht wohl überhaupt keine Rolle! Außerdem seid Ihr nur Beisitzer … Eure Worte wiegen niemals so schwer wie die meinen. Wenn Eure Aussage direkt gegen meine stehen würde, … was denkt Ihr wohl, wem man Glauben schenken würde, hä?«

Michael nickte bedächtig. Er wusste, dass Feit Morstatt richtig lag und sich aufgrund dessen in Sicherheit wiegen konnte. »Da habt Ihr wohl recht. Man würde mir oder gar meiner Frau nicht glauben, … wenn wir denn überhaupt als Zeugen Anhörung finden würden … und da ich das weiß, habe ich – sogar ohne die peinliche Befragung anwenden zu müssen – dafür gesorgt, dass die Worte aus Eurem eigenen Mund direkt von einem der höchsten Mitglieder dieses Gerichts gehört werden. Somit sind weitere Zeugen eigentlich nur noch reine Ausschmückung des ganzen Gehabes!«

Verständnislos blinzelte Feit Morstatt zu dem Henker hinauf. Wie sollte das in einem menschenleeren Raum gehen? Andererseits schien er sich seiner Sache sicher zu sein, denn er hielt den Blick des Angeklagten fest und erwiderte ihn beinahe mit Genugtuung und Erleichterung. Mit langen Schritten durchquerte er den Raum, öffnete mit zitternden Händen die Türen des massiven Holzschrankes, in dem er zuvor Platz geschaffen hatte, und entließ Conrat Korber aus seinem unbequemen Versteck, in dem er wie versprochen geduldig ausgeharrt und jedes Wort des Ratsherrn mit angehört hatte.

»Nun, Morstatt, … es mag wohl sein, dass der Rat Euch den Mord an Peter Eblin nicht nachweisen kann, … aber da Ihr zwei andere Morde und das Unrecht an der Verurteilten zugegeben habt, ist das auch nicht mehr von Belang.« Conrat Korber humpelte ein wenig, als er auf Feit Morstatt zuging. Wahrscheinlich hatte der Schrank für seine langen Beine dann doch zu wenig Platz geboten. »Ich habe mich vor Eurer Wahl für Euch eingesetzt. Jetzt weiß ich, dass ich mich grundlegend getäuscht habe, denn ich hatte Euch für einen rechtschaffenen Mann gehalten.« Der Schmerz der Enttäuschung war ihm anzusehen. »Solcher Taten hätte ich Euch wahrlich nie für fähig gehalten! Ihr solltet Euch in Grund und Boden schämen.«

Feit Morstatt war aschfahl geworden. Er unternahm einen letzten, verzweifelten Versuch, alles noch einmal abzuwenden und der Schlinge zu entkommen, die sich unaufhaltsam enger um seinen Hals zog. »Aber … Ihr glaubt das alles doch nicht wirklich, oder?«, plapperte er mit aufgerissenen Augen. »Ich bin aus Jux auf das Gerede eingegangen – das müsst Ihr mir glauben!«

»Ich glaube Euch kein einziges Wort mehr. Sobald der Rat nachher vollzählig hier erschienen ist, werde ich verkünden, womit Ihr eben selbst geprahlt habt. Schafft ihn weg!« Mit einer schnellen Handbewegung wies er den Scharfrichter an, den Angeklagten aus dem Saal zu entfernen.

»Was habt Ihr getan?«, keuchte Feit Morstatt fassungslos. Langsam begriff er die aussichtslose Lage, in der er sich befand.

»Ich habe im Namen der Gerechtigkeit darum gebeten, dass sich der Alte Bürgermeister selbst ein Bild macht, und ich wurde nicht enttäuscht. Das, wofür der Wymphener Rat bis weit über die Stadtgrenzen hinaus bekannt ist, hat sich auch heute wieder gezeigt. Ich hatte wirklich Sorgen, dass mein … unser … Plan nicht aufgeht, aber Ihr habt es mir in Eurem blinden Hass wirklich leicht gemacht … und nun werdet Ihr, wenn auch spät, Eure gerechte Strafe erhalten.«

Mit einem dümmlichen Ausdruck im Gesicht starrte Feit Morstatt den Scharfrichter an. Schweißtropfen glitzerten auf seiner Stirn, und er erkannte, dass sich das Blatt gewendet hatte.

Die nachfolgenden Tage erlebte Anna wie durch einen Nebel. Ihr Bruder Peter lag bereits unter der Erde, und der Schmerz über den Verlust überdeckte im Moment noch das Hochgefühl und die unbändige Freude und Dankbarkeit über den geglückten Plan und somit über den errungenen Sieg. Ihr Peiniger wurde in der Arrestkammer festgehalten. Genau so, wie sie selbst es auch hatte erdulden müssen. Nur mit dem Unterschied, dass ihm alles zu Recht widerfuhr. Die Ereignisse der zurückliegenden Tage waren Inhalt jeglicher Gespräche in den Gassen, auf den Märkten und hinter den verschlossenen Türen der Häuser. Anna vermied aus diesem Grund auch, soweit es möglich war, jeden Gang vor das Haus. Greta übernahm alle ihre Pflichten, die in der Stadt zu erledigen waren. Nicht einmal die Aussicht auf eine Begegnung mit ihrem Oheim Martin Severus, ihrer Ziehmutter Burgl oder gar ihrer Mutter lockte Anna hervor. Sie verkroch sich, trauerte um Peter und hatte in jedem Moment Angst, dass sie aufwachte und alles nur geträumt hatte. Michael unterrichtete sie über alle Geschehnisse. Immer wieder musste er ihr genau erzählen, wie der Rat weiter vorging, was wer sagte oder tat. Dann hörte sie angespannt zu, sog jedes Wort auf und stellte Dutzende Fragen, ehe sie sich zufriedengab. Michael antwortete geduldig. Er wurde nicht müde, ihr zu versichern, dass aufgrund der Aussage von Conrat Korber, der sich sicher auch wegen der drängenden Fürsprache seiner Tochter Apollonia in den Schrank begeben hatte, der Rat immer noch auf ihrer Seite stand und seine Meinung auch nach mehreren Zeugen nicht geändert hatte.

Und dann, dann war es so weit. Der Tag war gekommen, an dem das Urteil über Feit Morstatt gesprochen werden sollte. Es war ein sonniger Tag. Kein Wölkchen trübte den Himmel. Michael hatte das Haus schon ganz früh verlassen. Er hatte sich aus dem warmen Bett und aus der Stube geschlichen, aber da Anna sowieso schon die ganze Nacht wach lag, hatte sie sich schlafend gestellt, als er sich sachte bewegte, und hatte ihn gehen lassen, ohne ihn aufzuhalten. Sie erledigte ihre Aufgaben stillschweigend, tat ihre Arbeit und bemerkte genau, wie Greta sie, teils besorgt, aber immer aufmerksam, beobachtete.

Am späten Vormittag schließlich schlugen die Hunde an. Anna stockte der Atem. Sie wechselte schnell einen Blick mit Greta, ließ alles liegen und rannte aus der Stube.

»Und? Was? Ist das Urteil gesprochen?« Keuchend kam sie bei Michael an, der auf dem Pfad zwischen Scheune und Haus stehen geblieben war.

»Er wurde zum Tode durch das Schwert verurteilt«, kam Michael gleich ohne Umschweife zur Sache. Er bemerkte ihre Anspannung, sah die Angst und das Bangen und wollte sie nicht länger quälen.

Anna schloss die Augen und stand ganz still. Sie schien nichts mehr wahrzunehmen. Erst nach einer Weile, in der er sie ruhig betrachtet hatte, kehrte das Leben in ihren Körper zurück. Ein Lächeln erschien auf ihren Lippen. Sie jauchzte und fiel ihrem Mann stürmisch um den Hals. Sie umarmte und drückte ihn so lange, bis er die Tränen spürte, und sich ihre Wange mit einem schmatzenden Geräusch von der seinen löste.

»Anna, ... ich muss jetzt mit Wilhelm reden.« Es war nicht viel mehr als ein Flüstern. Sanft schob er sie weg und verschwand im Schuppen. Seltsam. Was war nur los mit ihm? Er war so ernst. Anna konnte sich sein Verhalten nicht recht erklären. Dabei gab es doch mehr als genug Grund zur Freude! Sie würde ihn einfach später fragen. Vielleicht war er nur müde und erschöpft.

»Greta!« Wie eine junge Geiß hüpfte sie aufgeregt zurück zum Haus, um Margaretha erleichtert von der Neuigkeit zu berichten.

Wilhelm hatte gerade eine Speiche in einem Rad ersetzt und war nun dabei, einen Lederriemen einzufetten, um ihn geschmeidig zu erhalten. Froh über die Unterbrechung sah er auf und schlenderte dem Bruder seiner Frau langsam entgegen. Er sprach ihn nicht an. Wilhelm wartete, bis Michael von sich aus anfing zu erzählen.

»Das Urteil ist gesprochen. Er soll durch das Schwert sterben – gleich morgen auf dem Markt.« Wilhelm nickte bedächtig. Diesen Schuldspruch hatte er erwartet. »Das Verfahren wurde durch Korbers Aussage verkürzt.«

»Du weißt, was das für dich bedeutet, nicht wahr?« Er zog die Stirn in Falten.

Michael gab zur Antwort ein leises Stöhnen von sich und raufte sich verzweifelt die Haare. »Und du solltest auch wissen, was das für dich bedeutet«, gab er zurück, und Wilhelm nickte.

»Ich habe nach der Urteilsverkündung sogleich beim Rat vorgesprochen und darum gebeten, dass sie mich aus meinen Verpflichtungen entlassen. Nicht ich werde das Schwert führen, ... sondern du. An Feit Morstatt wirst du dein Meisterstück ablegen – um danach deinen Brief in Empfang zu nehmen. Ich habe vor dem Rat bezeugt, dass ich dich für geeignet halte und dass du deiner Aufgabe gewachsen bist. Der Korber hat die Erlaubnis gegeben, dass du an meiner Stelle das Schwert führst. Dann steht es dir frei, in einer anderen Stadt eine Anstellung zu suchen.«

Wilhelm schwieg. Sein Herz schlug schneller. Es war also so weit. Schon Johannes, Michaels und Gretas Vater, hatte er bei den Vorbereitungen zu jedweder Befragung oder Hinrichtung geholfen. Nun war seine Zeit gekommen. Aber wollte er überhaupt die volle Verantwortung tragen? War er wirklich schon bereit? Würde er ruhig bleiben und den Hieb sauber ausführen können? Mit einem Mal wurde ihm bewusst, dass er jetzt die gleichen Sorgen und Befürchtungen hegte wie Michael. Jetzt konnte er ihn wirklich verstehen. Nervös knetete er seine Hände. Er hatte nicht mehr viel Zeit, seine Vorbereitungen zu treffen. Der Rat beabsichtigte nicht, die Hinrichtung hinauszuzögern, und Wilhelm sollte vermutlich das Podest benutzen, das eigentlich für die Schausteller und Redner auf dem Marktplatz vorgesehen war.

»Du wirst deine Sache recht machen – und alles gut überstehen.« Michael nickte ihm aufmunternd zu und klopfte ihm beim Aufstehen auf eine Schulter. Er musste auf jeden Fall vorher noch die Klinge schärfen.

»Und Du? Was ist mit dir? Wirst du ebenfalls alles gut überstehen?«, fragte Wilhelm besorgt.

Michael wusste genau, worauf er anspielte, und sein Magen krampfte sich schmerzhaft zusammen.

»Wenn ich morgen seinen Kopf abtrenne, dann ist sein Leben zu Ende ... und deines auch. Zumindest das Leben, das du jetzt noch führst, denn sobald das gesprochene Urteil vollstreckt und das Blut von Feit Morstatt vergossen ist, wird der Rat Wiedergutmachung leisten müssen und das zu Unrecht ergangene Urteil an Anna wieder zurücknehmen. Du weißt, was das bedeutet. Wenn der Schreiber verfasst hat, dass Anna wieder als rechtschaffene Bürgerin zu behandeln ist, und durch das Schriftstück jedermann verpflichtet ist, sie so zu behandeln, als wäre sie nie verurteilt worden, dann wird sie in den Kreis der Wymphener Bürger zurückkehren ... und dich verlassen. Du wirst sie schon bald verlieren, Michael«

»Ja, ... ich weiß«, würgte er hervor, schaffte es aber nicht, den Klumpen in seinem Hals hinunterzuschlucken.

Irgendwie brachte Michael diese schlimmste Nacht seines Lebens hinter sich. Eine seltsame Spannung lag in der Luft. Alle in der Familie waren still und schweigsam zu Bett gegangen. Er selbst hatte bis zum Morgengrauen in der Stube ausgeharrt, ohne auch nur ein Auge zuzutun. Anna war diesmal nicht nach unten gekommen, um ihn, wie so oft, aufzuwecken und mit nach oben ins gemeinsame Bett zu holen. Leise suchten Wilhelm und er noch die restlichen Dinge zusammen, um sich gleich darauf auf den Weg zum Marktplatz zu machen. Wilhelm hatte vor Aufregung einen ganz roten Kopf und er zitterte ein wenig. Gestern Abend hatte Michael ihm bereits sein Richtschwert übergeben, und Wilhelm hatte ebenfalls noch einmal Klinge und Griff überprüft. Jetzt trug er sein Werkzeug beinahe ehrfürchtig zum Ratsgebäude. Beide Männer kannten die Vorgehensweise – nur, dass sie heute ihre Aufgaben getauscht hatten. Wobei sich Michael fühlte, als würde er in wenigen Stunden selbst seinen letzten Gang antreten. Nun galt es mehr oder weniger nur noch, dir verbleibende Zeit abzusitzen, während der Todgeweihte drinnen in der Kammer seine Sünden aufsagte.

»Ob er sich noch an jede erinnert ... oder die Zeit überhaupt für alle ausreicht?«, fragte Wilhelm in die Stille. Feit Morstatt hatte nach einem Pfarrer verlangt. Es war das Einzige, was er seit ihrem Eintreffen von sich gegeben hatte.

Dann war es so weit. Wilhelm begab sich auf ein Zeichen des Schultheiß nach draußen auf den völlig überfüllten Platz, um dort auf Morstatt zu warten und ihn von Michael, seinem Helfer, in Empfang zu nehmen. Es war noch nicht allzu warm, aber Wilhelm schwitzte, und sein Hemd klebte an seinem Rücken fest. Er stand auf dem hüfthohen Podest, stützte sich auf Michaels Schwert ab und ließ die Tür des Ratsgebäudes, die sich vermutlich gleich öffnete, nicht aus den Augen. Sein Nacken kitzelte, und die Haare stellten sich auf. Er spürte, dass der Blick seiner Frau auf ihm ruhte, aber er drehte nicht den Kopf. Vorhin hatte er sie am Rande der Menge entdeckt. Sie war heute gekommen und wartete nicht wie sonst daheim in der Stube, bis alles vorbei war. Aber nicht weil sie versessen darauf war, die Hinrichtung zu sehen, sondern um ihm beizustehen. Man konnte ihr und auch Anna, die neben ihr stand, die Unruhe deutlich anmerken. Wilhelm blinzelte. Er war in Gedanken durchgegangen, was er mit Michael besprochen hatte. Jetzt schwoll das Raunen der Leute an, und jeder sogar in der hintersten Reihe wusste nun, dass der Verurteilte ins Freie getreten war. Neugierig schoben und drängelten die Bürger – reckten die Hälse und tuschelten miteinander.

Michael behielt den Arm Morstatts fest im Griff und schob ihn unnachgiebig weiter hinter dem Schultheiß und den Hellebardieren her. Immer weiter durch die Menschengasse, die sich vor dem Tross gebildet hatte. Er sah nicht zur einen und auch nicht zur anderen Seite. Sein einziges Ziel war es, den Peiniger seiner Frau auf das Podest zu verbringen, auf dem sein Schwert in Wilhelms Hand schimmerte. Die letzten Tritte bis hinauf musste er ihn immer kräftiger schieben. Feit Morstatt kam beinahe stolpernd neben Wilhelm zum Stehen. Von dem selbstsicheren, hochnäsigen Ratsherrn war nicht mehr viel übrig. Er hatte Todesangst. Michael konnte es riechen. Er wimmerte bisweilen leise und schniefte, wenn sich die Tränen aus seinen rot verquollenen Augen mit seinem Nasenwasser vermischten und an einem langen, glibbernden Faden von seiner Nasenspitze tropften. Michael drückte ihn auf die Knie und legte Morstatts Arme, die er in weiser Voraussicht bereits vorne gebunden hatte, um den Hackklotz, einen dicken Holzstamm, der ihm jetzt bis zur Brust reichte und ihn ziemlich bewegungsunfähig in aufrechter Position hielt. Was offensichtlich auch gut war, um unliebsame Überraschungen zu vermeiden, wenn er sich etwa kurz vor dem Hieb versuchte zu ducken. Eilig trat er zurück, um Wilhelm alles Weitere zu überlassen.

Konzentriert stellte dieser sich auf, musste sich jedoch noch ein wenig gedulden, bis der Schultheiß zu Ende gesprochen hatte. Er blickte auf den zitternden Morstatt hinab und sah, wie sich dessen Hose dunkel verfärbte und sich um das Knie eine Lache bildete. Es war nicht das erste Mal, dass er so etwas erlebte – und es würde auch nicht das letzte Mal sein. Er durfte sich jetzt nur nicht ablenken lassen. Michael räusperte sich und Wilhelm bemerkte, dass ihn alle erwartungsvoll ansahen. Er hatte alles um sich herum vergessen. Ohne Hast nahm er das Schwert auf, platzierte seine Hände in passendem Abstand hintereinander und balancierte die Klinge aus. Er nahm Maß, wie er es schon so oft geübt hatte, holte aus und drehte seinen Oberkörper mit Kraft herum. Die geschärfte Klinge traf eine durchlässige Stelle im Genick und trennte das Haupt vollständig vom restlichen Körper. Einige Blutstropfen wurden vom Schwert weit über die johlende Menge verteilt. Wilhelm begriff im ersten Moment noch nicht, dass es schon vorbei war, aber er sah Gretas Erleichterung. Sie hatte beide Hände vor den Mund geschlagen und atmete jetzt erleichtert aus.

Anna hatte alles reglos verfolgt. Sie konnte sich nicht rühren. Ihre Arme, die schlaff herunterhingen, fühlten sich schwer und taub an. Während einige Bürger, die in der ersten Reihe standen, mit kleinen Tüchern das Blut aufnehmen wollten, um es dann als Talisman zu verwenden, starrte Anna einfach nur auf den toten Körper. Michael hatte den Kopf schon aufgehoben und eingewickelt in einen Korb gelegt. Der Rest von Feit Morstatt lehnte wegen der erschlafften Muskeln in absurder Haltung an dem Hackklotz. Greta legte den Arm um sie, redete zum Glück jedoch nicht auf sie ein. Anna hätte nicht sagen können, was in ihr vorging. War es unendliche Erleichterung, Mitleid oder Abscheu? Eher eine Mischung aus allem. Auf jeden Fall aber die Gewissheit, dass die Wahrheit endlich gesiegt hatte und nun alle Welt wusste, dass sie keine Mörderin war! Mit der Zeit würde sich Ruhe über ihr Leben legen.

»Anna ... Anna Eblin?« Conrat Korber war neben sie getreten. Anna blinzelte abwesend zu ihm hoch. Er hatte sie gerade mit ihrem früheren Namen angesprochen. »Ihr werdet sogleich vor dem Rat erwartet, ... folgt mir.« Er ließ ihr keine Zeit mehr, noch einige Worte mit Greta, Wilhelm oder Michael zu wechseln. Er war schon einige Schritte vorausgegangen und winkte sie energisch zu sich her. Anna folgte dem Alten Bürgermeister, ohne jedoch einen klaren Gedanken fassen zu können. Die Mitglieder des Rates hatten sich zwischenzeitlich alle wieder versammelt. Sie unterhielten sich leise, stierten ungeduldig zum Schreiber hinüber oder wandten verschämt den Blick ab, als Anna an ihnen vorbeischritt. Sie wusste nicht genau, was sie erwartete, deswegen blieb sie vorne einfach aufrecht stehen und sah Bürgermeister und Schultheiß geradewegs in die Augen. Ihr Herz hämmerte, aber sie straffte die Schultern und ließ sich nichts anmerken. Am Tisch daneben raschelte Papier, und Wolfgang Wolff von Bönnigheim kratzte eifrig und konzentriert mit der Feder darüber, um die letzten Buchstaben mit Tinte zu formen. Ein Siegel aus rotem Wachs vollendete sein Werk, und er reichte es an Conrat Korber weiter. Dieser setzte eine strenge Miene auf und begann laut zu reden, um auch die letzten Gespräche verstummen zu lassen.

»Die Strafe hat nun den Richtigen ereilt, ... Gott sei's gedankt. Genau das bedeutet jedoch, dass ein anderes Urteil zu Unrecht erging. Dies Gericht hat die Macht, den Spruch zurückzunehmen und den ursprünglichen Zustand wiederherzustellen. Vom heutigen Tage an also, soll ein jeder die Anwesende als Jungfrau Anna Eblin und somit als rechte Bürgerin Wymphens erachten. Ihr Besitz wird ihr wie eh zuerkannt. Keiner darf sie gering schätzen. Bei Zuwiderhandlung steht ihr der Gang vor das Gericht frei, um den ihr zustehenden Respekt einzuklagen. Habt Ihr alles verstanden?« Der Alte Bürgermeister bedachte sie mit einem wohlwollenden Blick, und als Anna nickte, schob er ihr das Dokument zu. »Unterschreibt hier, ... dieses Papier hebt den ergangenen Urteilsspruch auf.«

Anna griff nach der Feder, die ihr der Schreiber reichte. Sie entglitt ihren zitternden Fingern zwar nicht, aber hinterließ einen kleinen Fleck, ehe sie die Spitze fest aufsetzte, um ihren Namen zu schreiben. Danach wurde das Papier eingerollt und an Anna übergeben.

»Und nun noch ein weiteres Papier, … Dann ist alles rechtens und Ihr könnt gehen.« Korber schnippte mit den Fingern und wartete ungeduldig auf das zweite Dokument, das Wolff von Bönnigheim vorbereitet hatte. »Noch dieses gesiegelte Papier …« Er breitete es aus, drehte es herum, damit Anna es lesen und ebenfalls unterzeichnen konnte. »… Dann ist es vollbracht.«

Der Schreiber hielt die Feder für Anna bereit, doch sie ergriff sie nicht. Anna beugte sich über den Brief, las ihn genau durch und zögerte. Schultheiß, Schreiber und Bürgermeister wechselten irritierte Blicke, während sich Annas Lippen stumm bewegten und Wort für Wort formten. Schließlich richtete sie sich auf und trat einige Schritte weiter an Conrat Korber heran. »Das ist das Dokument, das meine Ehe mit Michael Kremer aufhebt und für nichtig erklärt.«

»Selbstverständlich, … genau so, wie es Euch zusteht, Jungfrau Anna. Eine Urkunde, die Euch zur Jungfrau und Bürgerin macht … und ein Dokument, das die Freibitte auflöst.«

Verständnislos sahen die Männer zu, wie Anna begann, nachdenklich vor ihnen auf und ab zu laufen. »Ich bin also jetzt … genau in diesem Moment … durch die erste Urkunde bereits eine achtbare Bürgerin, … die einklagen kann, was ihr zusteht?«, wiederholte Anna laut und deutlich und musterte einen nach dem anderen.

»Äh, … ja.«

»Gut. Denn ich werde dieses Schriftstück nicht unterzeichnen.« Unruhe machte sich im Saal breit. Ungeachtet dessen begab sich Anna zum Tisch des Schreibers und funkelte die Anwesenden entschlossen an. »Ihr werdet ein weiteres Dokument fertigen. Schreibt!« Wolff von Bönnigheim sah ratlos zum Bürgermeister hinüber, von dem er sonst seine Weisungen bekam. »Ihr sagtet, dass ich das mir Zustehende einklagen könne!«, half Anna nach und war zufrieden, als der Schreiber, auf ein Zeichen hin, ein neues, leeres Blatt Papier vor sich ausbreitete.

Michael half Wilhelm noch, den toten Körper auf den Karren zu hieven. Dann überließ er es ihm allein, Feit Morstatts Überreste unter die Erde zu bringen. Er selbst musste hinaus aus der Stadt. Er konnte es im Moment nicht ertragen, Menschen um sich zu haben. Michael hatte das Gefühl zu ersticken. Anna war mit Conrat Korber im Ratsgebäude verschwunden, ohne sich auch nur einmal umzudrehen. Offensichtlich konnte sie es gar nicht erwarten, wieder in ihr altes Leben zurückzukehren. Er konnte es ihr nicht einmal verdenken.

Erschöpft ließ sich Michael in der Magdalenenkapelle auf den Boden sinken. Hier fand er Zuflucht. Die Zeit verstrich zunächst, ohne dass er sich rührte, aber ewig konnte er hier auch nicht bleiben. Schwer bewegte er die steifen Glieder, bis er schließlich vor dem einfachen Holzgerüst kniete, auf dem Dutzende kleine Kerzen aufgesteckt waren.

»Heiliger Michael, … ich weiß mir keinen Rat mehr«, begann er flüsternd und betrachtete das verschwommene Flammenmeer durch die tränenblinden Augen. »… Ich hatte immer schon Angst, dass mir dieses Gottesgeschenk nicht Zeit meines Lebens bleiben würde, … aber dass ich den Preis dafür so schnell zahlen muss, hätte ich nicht gedacht.« Eine Träne fiel auf seinen Ärmel, auf dem Morstatts Blut bereits getrocknet war. »Ich bitte dich, … flehe dich aus tiefstem Herzen an: … Nimm sie mir nicht.«

Anna wagte nicht zu atmen. Sie hielt die beiden Dokumente fest in ihren Händen und fragte sich, ob es tatsächlich geschehen war. Erst ganz langsam begriff sie, dass sie frei war zu tun, was sie wollte und was sie allein für richtig hielt. Anna hatte sich entschieden und stand dafür ein. »Ist das alles? Ich muss sofort zu meiner Mutter und ihr berichten … ihr sagen, dass es mir gut geht.« Obwohl ihre Stimme zitterte und sich vor Freude und Ungeduld fast überschlug, klang sie entschlossen und klar.

»Wenn es wahrhaftig das ist, was Ihr begehrt?«

Anna nickte, ohne zu zögern.

»Dann dürft Ihr jetzt gehen.« Der Alte Bürgermeister entließ sie aus dem Saal, und Anna rannte die Stufen hinunter, über den

Marktplatz, hinein in das Haus, in dem ihr Leben eine so abrupte Wendung genommen hatte.

»Mutter! Burgl! Ich bin zu Hause!«, schrie Anna ihr Glück hinaus.

»Anna!« Burgl hatte die Tür zur Stube geöffnet und starrte die junge Frau an, als hätte sie einen Geist gesehen. »Barmherziger, … es ist also wahr!«, flüsterte Burgl heiser und schluchzte ergriffen. Nicht fähig, noch etwas zu sagen, breitete sie einfach nur ihre Arme aus, in die sich Anna nur zu bereitwillig hineinstürzte. Lachen und Weinen wechselten sich ab, als sich die beiden gar nicht mehr loslassen wollten. Dutzende tränennasse Küsse bedeckten schon nach Kurzem Annas Gesicht. Sie wischte sich ihre Wangen lachend mit einem Zipfel ihres Rockes ab. Wie seltsam. Sie hatte es gar nicht eilig, das ehemals verhasste Kleidungsstück auszuziehen. Nachdem kurz darauf auch Amalia Brel in der Stube erschien, weil sie auf den Tumult in ihrem Hause aufmerksam geworden war, saßen die drei Frauen zusammen, schwatzten, lachten und lagen sich mehr als einmal überglücklich in den Armen. Anna musste jede Einzelheit ausführlich schildern und erzählen, wie es ihr ergangen war. Ehrfürchtig begutachtete ihre Mutter das Dokument, das ihre Tochter wieder zu einer der Ihren machte.

»Und der Scharfrichter hat dir wirklich dabei geholfen?«, fragte Amalia erneut.

»Ja, wie oft soll ich es denn noch erzählen? Allein hätte ich Morstatt niemals das Geständnis entlocken können.«

»Mmh.« Burgl rieb sich nachdenklich das Kinn. »Aber er hätte doch wissen müssen, dass du gehst, wenn ihr denn erfolgreich sein solltet.«

»Und dennoch hat er es getan, … für mich.«

Niedergeschlagen ließ Michael seine nackten Füße ein Stück über dem träge fließenden Wasser baumeln. Der Baum, auf dem er saß, stand direkt am Ufer des Nekkers. Der Stamm hatte sich bereits in Bodennähe geteilt und war nach oben und zur Seite gewachsen. In dieser Art Stuhl saß er oft, wenn er über etwas grübelte und nicht gestört werden wollte. Sogar Lisbet wusste das und ließ ihn in Ruhe. Diese kleine Nische war von Hecken und Sträuchern umwachsen und bis auf einen kleinen Pfad nur vom Wasser aus einsehbar. Völlig in Gedanken hörte er Annas raschelnde Schritte im Gras erst, als sie nur noch wenige Schritte von ihm entfernt stand. Sein Herz setzte einen Schlag aus, und Michael zuckte gehörig zusammen. Anna stand einfach nur da, sah ihn an und wirkte etwas unschlüssig. Ein unsicheres Lächeln huschte über ihre Lippen.

»Du bist letzte Nacht nicht nach Hause gekommen«, war das Erste, das Michael herausrutschte. Gleich darauf hätte er sich dafür ohrfeigen können. Welche Ansprüche und welches Recht hatte er schon noch? Rein gar keins mehr.

»Ja, … entschuldige, … ich war doch beim Rat … und danach wollte ich unbedingt meiner Mutter und Burgl die guten Neuigkeiten berichten, und … wir haben geredet … und es ist spät geworden. Ich wollte mich mitten in der Nacht nicht mehr auf den Weg machen.«

»Sie haben dir also die Urkunde ausgestellt und überreicht«, stellte er jetzt nüchtern und ohne Regung fest.

»Ja …« Seine Unnahbarkeit irritierte Anna. »… Und ich wollte dir noch …«

»Dann haben wir ja erreicht, was wir wollten. Du bist jetzt eine ehrbare Bürgerin und solltest dich nicht mit mir abgeben – es ist ohnehin alles gesagt«, unterbrach er sie mit gepresster Stimme.

Anna bemerkte genau, wie schwer er atmete und dass er ihrem Blick auswich. Er sprang mit einem Satz vom Baum, konnte allerdings nicht weiterlaufen, da Anna auf dem schmalen Pfad stehen geblieben war und keine Anstalten machte, den Weg freizugeben. »Ich wollte dir diese Urkunde persönlich bringen – hier, … für dich«, wiederholte sie ihre Worte etwas energischer und streckte ihm das Papier entgegen.

»Ich brauche keine Urkunde … ich werde auch so, an jedem einzelnen Tag, spüren und wissen, dass du nicht mehr da bist.«

Sie sah den gequälten Ausdruck in seinen Augen. »Aber nein, …

sieh doch!« Anna beeilte sich, das Papier mit hastigen Bewegungen aufzurollen. Atemlos hielt sie ihm das Schriftstück vors Gesicht.

»So viel habe ich noch nicht geübt ...«

»Diese Urkunde besagt, dass du ab sofort nicht mehr Scharfrichter bist.«

»Was?« Michael traute seinen Ohren nicht. Was redete sie da nur?

Sie stand da und strahlte ihn an. »Ja! Ich habe vorm Wymphener Rat deine Ehrlichsprechung erwirkt.«* Als er nicht reagierte, packte ihn Anna am Arm und schüttelte ihn hin und her. »Verstehst du? Wilhelm hat doch sein Meisterstück abgelegt. Er wird dein Nachfolger sein, und du kannst jetzt jedes Handwerk erlernen, das du möchtest. Hier in Wymphen wird es wahrscheinlich schwierig, ... du kannst nicht mehr bei Greta, Wilhelm und Lisbet wohnen ... darum gehen wir nach Haydelberch zu meinem Oheim. Seinen Handel kannst du übernehmen.«

»Wie ... wie kann das sein? Wie hast du das erreicht?«

»Du kannst Fragen stellen!«, lachte Anna. »Es schickt sich nicht für eine ehrbare Bürgerin wie mich, mit einem Scharfrichter verheiratet zu sein – also blieb den hohen Herren gar nichts anderes über, als dich ehrlichzusprechen.«

»Dann hast du unsere Ehe also nicht aufgelöst?« Michael wagte zuerst gar nicht, ihr diese Frage überhaupt zu stellen, aber als Anna ernst wurde, schenkte er ihr Glauben.

»Nein, ... ich habe unsere Ehe nicht aufgelöst. Erinnerst du dich, ... als du mich damals weggebracht hast? Jetzt bringe ich dich weg ... und auch du wirst deinen Weg in ein neues Leben finden.« Anna schmiegte sich eng an ihn. »Du wirst ein Handwerk erlernen, ... es vererben und an deine Nachkommen weitergeben«, flüsterte sie dicht an seinem Ohr.

»Nachkommen?«

»Mmh«, bejahte Anna leise und legte mit einem wissenden Lächeln seine Hand auf ihren noch flachen Bauch.

---

* Die Ehrlichsprechung von Scharfrichtern ist erst seit Ende des 18. Jahrhunderts möglich.

Danksagungen/Quellen

Günther Haberhauer, Stadtarchiv, Verein ›Alt Wimpfen‹, Bad Wimpfen

Blanca Knodel, Türmerin, Bad Wimpfen

Ilse Saur, Stadtarchiv, Heimatkundlicher Arbeitskreis, Möckmühl

Bernolph Freiherr von Gemmingen-Guttenberg, Burg Guttenberg

Dr. Hanno Monauni, Bad Wimpfen

Hansjoachim Räther, Heidelberger Geschichtsverein e. V. (HGV), Vorstand, Heidelberg

Zunftmarkt e. V., Bad Wimpfen

Verein ›Alt Wimpfen‹ e. V., Bad Wimpfen

Museum im Alten Spital, Bad Wimpfen

Reichsstädtisches Museum, Bad Wimpfen

Burgmuseum, Burg Guttenberg

Hafer, Andreas: Wimpfen. Veröffentlichungen der Kommission für Geschichtliche Landeskunde in Baden-Württemberg, Stuttgart: Kohlhammer, 1993

Fron, Konrad: Das Kräuterweible von Wimpfen, Schwäbisch Hall: Eppinger-Verlag, 2002

Fron, Konrad: Das Weltgericht. Eine Erzählung aus dem großen Bauernkrieg, Leipzig: Ungleich, 1902

Stadt- und Kirchenführungen, Bad Wimpfen

Treben, Maria: Gesundheit aus der Apotheke Gottes. Ratschläge und Erfahrungen mit Heilkräutern, Steyr: Wilhelm Ennsthaler, 1980 (Achtung: Die in diesem Buch dargestellten Rezepte und Ansichten entsprechen nicht notwendigerweise denen der Autorin!)

Heimatverein Neudenau e. V., Göldner, Andrea: St. Gangolf. Kapelle und Wallfahrt in Neudenau, Neudenau, 1999

Stadtverwaltung Möckmühl / Heimatkundlicher Arbeitskreis der Stadt Möckmühl: Historischer Stadtrundgang, Obersulm: Schweikert Druck, 2007

Nowosadtko, Jutta: Scharfrichter und Abdecker. Der Alltag zweier ›unehrlicher Berufe‹ in der Frühen Neuzeit, Paderborn: Schöningh, 1994

Ulmschneider, Helgard: Götz von Berlichingen. Ein adliges Leben der deutschen Renaissance, Sigmaringen: Thorbecke, 1974

Monschauer, Winfried: Differix-Klassenbibliothek Ritter und Burgen, Berlin: Cornelsen, 1989

Köhler, Thomas: Ewiger Kalender

Mein ganz besonderer Dank gilt Günther Haberhauer.
Ohne sein unermüdliches Engagement und die freundliche Unterstützung hätte das Manuskript ›Die Ratsherrentochter‹ niemals in dieser Form entstehen können.

Dichtung und Wahrheit

Barbara	Magd auf Burg Guttenberg (Die Person Barbara ist frei erfunden.)
Barbara	Illegitime Tochter des Götz von Berlichingen (Die Mutter ist seine Magd Ursula.)
Baumann, Agnes	Tochter von Valentina und Conrad Baumann (Agnes Baumann überrascht Martin Verg und Sieglinde Mörlin ›in flagranti‹. Agnes Baumann lebte tatsächlich in Wymphen.)
Baumann, Conrad	Vater von Agnes Baumann (Conrad Baumann lebte tatsächlich in Wymphen.)
Baumann, Valentine	Mutter von Agnes Baumann (Valentine Baumann lebte tatsächlich in Wymphen. Der Vorname ist frei erfunden.)
Becker, Jerg	Baumeister und Mitglied im Alten Rat (Jerg Becker war 1523 tatsächlich Mitglied im Alten Rat und Baumeister.)
Bender, Burkhart	Mitglied im Alten Rat und Ehemann von Apollonia Korber (Burkhart Bender war 1523 tatsächlich Mitglied im Alten Rat.)
Bender, Hans	Schuhmacher (Hans Bender war 1545 tatsächlich Schuhmacher in Meckmul.)
Berlin, Peter	Mitglied im Alten Rat (Peter Berlin war 1523 tatsächlich Mitglied im Alten Rat.)
Bock, Hieronymus	War Botaniker, Arzt und lutherischer Prediger. Von ihm stammt das ›Kreutter Buch‹. Er starb 1554 in Hornbach / Pfalz.
Bock, Jodocus	Kustos / Schatzmeister im Chorherrenstift Wymphen im Tal (Jodocus Bock war von 1480–1537 tatsächlich Dekan im Stift in Wymphen im Tal.)
Brel, Amalia	Zweite Ehefrau von Steffen Brel und Mutter von Anna und Peter Eblin (Die Person Amalia Brel ist frei erfunden.)
Brel, Steffen	Zweiter Ehemann von Amalia Brel und Stiefvater von Anna und Peter Eblin (Steffen Brel war 1523 tatsächlich Vorsitzender der Wein-

gärtner, gehörte aber nicht zu den Mitgliedern des Alten Rats.)

Claus, Conrath	Sohn von Sun Claus (Befreundet mit Albrecht Hoffmeister und Lennhart Entenbeker. Die Person Conrath Claus ist frei erfunden.)
Claus, Sun	Rechner; Vater von Conrath Claus und Mitglied im Alten Rat (Sun Claus war 1523 tatsächlich Rechner in Wymphen und Mitglied im Alten Rat.)
Duchscherer, Peter	Mitglied im Alten Rat und Beseher des besalzenen Gutes (Peter Duchscherer war 1523 tatsächlich im Alten Rat / Jungen Rat und Beseher des besalzenen Gutes.)
Dürr, Johannes	Prior / Dominikaner (Johannes Dürr war 1520 tatsächlich Prior bei den Dominikanern.)
Eblin, Anna	Tochter von Amalia Brel, Schwester von Peter Eblin und später Ehefrau von Michael Kremer (Die Person Anna Eblin ist frei erfunden.)
Eblin, Peter	Sohn von Amalia Brel und Bruder von Anna Eblin (Die Person Peter Eblin ist frei erfunden.)
Eckstein, Hans	Büttel (Hans Eckstein war 1603 tatsächlich Büttel in Meckmul.)
Eittelwein, Conrath	Stadtrichter (Conrath Eittelwein war 1562 tatsächlich einer der zwölf Richter des Stadtgerichts.)
Elsässer, Simon	Tuchscherer (Simon Elsässer war 1598 tatsächlich Tuchscherer in Meckmul. Das Haus der Familie steht in der heutigen Hauptstraße 10.)
Entenbeker, Lennhart	Sohn von Wilhelm Entenbeker (Befreundet mit Albrecht Hoffmeister und Conrath Claus. Die Person Lennhart Entenbeker ist frei erfunden.)
Entenbeker, Wilhelm	Spitalpfleger; Vater von Lennhart Entenbeker (Wilhelm Entenbeker war 1523 tatsächlich Spitalpfleger in Wymphen und Mitglied im Alten Rat.)
Epp, Wilhelm	Mitglied im Jungen Rat (Wilhelm Epp war 1523 Mitglied im Jungen Rat.)

Erler, Baltasar	Mitglied im Alten Rat (Baltasar Erler war 1523 tatsächlich Mitglied im Alten Rat.)
Fleischmann, Hans	Bäcker (Hans Fleischmann war 1495 tatsächlich Bäcker in Meckmul.)
Forler, Mathis	Felduntergänger (Mathis Forler war 1523 tatsächlich Felduntergänger in Wymphen.)
Franck, Jerg	Mitglied im Alten Rat und Forstmeister (Jerg Franck war 1523 tatsächlich Mitglied im Alten Rat und Forstmeister.)
Gailing von Illesheim, Dorothea	(Erste Ehefrau von Götz von Berlichingen. Hochzeit am 20. Januar 1518.)
Gerold, Johann Peter	Türmer und Geliebter von Apollonia Korber (Johann Peter Gerold war tatsächlich von 1733–1765 Türmer.)
Geyger, Gregorius	Vikar im Chorherrenstift Wymphen im Tal (Gregorius Geyger war von 1650–1656 tatsächlich Dekan im Stift in Wymphen im Tal. Zudem war er Pfarrer (heutiges Neckarsulm.)
Golner, Nicolaus	Dominikaner (Nicolaus Golner war 1510 tatsächlich Prior bei den Dominikanern in Wymphen.)
Gretter, Kaspar	Pfarrer und Hauslehrer auf Burg Guttenberg (Als Erhard Schnepf Burg Guttenberg verlässt und nach Wymphen geht, wird Kaspar Gretter sein Nachfolger als Pfarrer und Hauslehrer.)
Gröninger, Wolfgang	(Gröninger verlas die Urfehde, die Götz von Berlichingen jedoch ablehnte.)
Gröpler, Elisabeth	Tochter von Margaretha und Wilhelm Gröpler (Die Person Elisabeth Gröpler ist frei erfunden.)
Gröpler, Margaretha (geb. Kremer)	Schwester von Michael Kremer und Ehefrau von Wilhelm Gröpler (Die Person Margaretha Gröpler ist frei erfunden.)
Gröpler, Wilhelm	Ehemann von Margaretha Gröpler und Schwager von Michael Kremer (Die Person Wilhelm Gröpler ist frei erfunden.)
Haug, Casper	Händler; gehört zum ›fahrenden Volk‹ (Die Person Casper Haug ist frei erfunden.)

Haug, Hans	Ziegenhirte (Hans Haug war 1635 tatsächlich Schweinehirte in Meckmul.)
Heckerle, Michael	Müller (Michael Heckerle lebte tatsächlich in Wymphen. 1602: Seine Frau schnitt dem Schwein von Martin Vörg den Schwanz ab, weil es die Mehlsäcke anfraß.)
Heckerle, Sophia	Müllerin (Ehefrau von Michael Heckerle. Nur der Vorname von Sophia Heckerle ist frei erfunden.)
Heffner, Christoph	Schäfer (Christoph Heffner war 1575 tatsächlich Schäfer in Meckmul.)
Heinrich IV. Bischof von Worms	Heinrich von der Pfalz wurde 1523 Bischof in Worms und dort als Heinrich IV. geführt.
Heinrich VIII.	König von England (geb. 1491; Thronbesteigung 1509; gest. 1547)
Heylmann, Joannes	Dekan im Chorherrenstift Wymphen im Tal (Joannes Heylmann war von 1525–1537 tatsächlich Dekan im Stift in Wymphen im Tal)
Hickler, Sabina	Eine Frau (›böse Schwiegermutter‹) aus Kälbertshausen strebte tatsächlich ein Verfahren an, weil sie mit einer ›spitzen Schaufel geschlagen‹ worden war. Der Name ist frei erfunden.
Hickler, Stoffel	Stoffel Hickler war 1602 tatsächlich Ziegler in Meckmul.
Hipler, Wendel	Stadtschreiber und ›Kopf‹ im Bauernhaufen (Wendel Hipler war Stadtschreiber und hielt sich 1524 tatsächlich in Wymphen auf.)
Hoffmeister, Albrecht	Sohn von Mathias Hoffmeister (Befreundet mit Lennhart Entenbeker und Conrath Claus. Die Person Albrecht Hoffmeister ist frei erfunden.)
Hoffmeister, Mathias	Ungelter; Vater von Albrecht Hoffmeister und Mitglied im Alten Rat (Mathes Hoffmeister war 1523 tatsächlich Mitglied im Alten Rat und ein Mathias Hoffmeister ist als Ungelter für die Steuereinnahmen vermerkt.)
Hornmilch, Agathe	Magd von Steffen Brel (Agathe Hornmilch lebte tatsächlich in Wymphen. Sie erdrosselte 1606

	ihr Neugeborenes und warf es den Schweinen zum Fraß vor. Sie wurde zur Strafe ertränkt.)
Hußendörfer, Christian	Christian Hußendörfer wurde als verurteilter Mörder am 12.5.1854 während der letzten öffentlichen Hinrichtung Münchens von Matthias Schellerer enthauptet.
Klingmann, Jerg	Brotwäger (Jerg Klingmann hatte 1545 tatsächlich das Amt des Almosen- / Armenpflegers in Meckmul inne.)
Koberer, Bernhard	Junger Bürgermeister (Bernhard Koberer war 1523 tatsächlich Junger Bürgermeister in Wymphen.)
Koberer, Hans	Stifter der Kreuzigungsgruppe neben der Stadtkirche in Bad Wimpfen
Korber, Apollonia	Tochter des Alten Bürgermeisters, Freundin von Anna Eblin und Geliebte von Johann Peter Gerold (Die Person Apollonia Korber ist frei erfunden.)
Korber, Conrat	Alter Bürgermeister und Vater von Apollonia Korber (Conrat Korber war 1523 tatsächlich Alter Bürgermeister in Wymphen.)
Krantz, Georgius	Propst im Chorherrenstift Wymphen im Tal (Georgius Krantz war 1505 tatsächlich Propst im Stift in Wymphen im Tal.)
Kremer, Johannes	Scharfrichter zu Wymphen, Vater von Michael Kremer und Margaretha Gröpler (Die Person Johannes Kremer ist frei erfunden.)
Kremer, Michael	Scharfrichter zu Wymphen, Bruder von Margaretha Gröpler und später Ehemann von Anna Eblin (Die Person Michael Kremer ist frei erfunden.)
Kremer, Ursula (geb. Schinbein)	Mutter von Michael Kremer und Margaretha Gröpler und verstorbene Ehefrau von Johannes Kremer (Die Person Ursula Kremer ist frei erfunden.)
Lewer, Conrad	Gerber (Conrad Lewer war 1523 in Wymphen tatsächlich Vorsitzender der Gerber und Fischer.)
Link, Bastian	Bastian Link war 1523 Mitglied im Jungen Rat.
Magdalena	Illegitime Tochter des Götz von Berlichingen (Die Mutter ist seine Magd Ursula.)

Meyer, Werner	(Werner Meyer war 1523 Mitglied im Jungen Rat.)
Mörlin, Sieglinde	Magd von Martin Verg (Sieglinde Mörlin wurde ›in flagranti‹ mit Martin Verg von Agnes Baumann erwischt. Nur der Name der Magd ist frei erfunden.)
Morstatt, Feit	Mörder von Steffen Brel und Peter Eblin (Feit Morstatt war 1523 tatsächlich Mitglied im Jungen Rat.)
Murner, Thomas	Gegner Luthers (Thomas Murner hielt sich 1523 auf Einladung Heinrich VIII. am englischen Hofe auf. Er war katholischer Publizist und Dichter.)
Öffinger, Walburga	Magd der Familie Eblin / Brel (Die Person Walburga Öffinger ist frei erfunden.)
Papst Hadrian VI.	(Er war von 1522–1523 Papst. Papst Hadrian VI. starb am 14.09.1523.)
Pfeiffer, Niklas	Stadtknecht (Niklas Pfeiffer war 1562 tatsächlich Stadtknecht in Meckmul.)
Renner, Margarete	›*Schwarze Hofmännin*‹ (Margarete Renner war mit dem Gutspächter Peter Abrecht aus Böckingen verheiratet und aktiv am Bauernkrieg beteiligt.)
Saur, Anna (geb. Schinbein)	Schwester von Ursula Kremer und Tante von Michael Kremer und Margaretha Gröpler (Anna Schinbein heiratete am 20.06.1597 tatsächlich den Möckmühler Scharfrichter Bartholomäus ›Bartle‹ Saur.)
Saur, Bartholomäus	›*Bartle*‹ Scharfrichter zu Meckmul, Vater von Gertraud Saur und Ehemann von Anna Saur (Bartholomäus Saur war tatsächlich Scharfrichter in Möckmühl. Er starb 1635 an der Pest.)
Saur, Gertraud	Leibliche Tochter von ›Bartle‹ Saur aus erster Ehe und Stieftochter von Anna Saur (Die Person Gertraud Saur ist frei erfunden.)
Saur, Michael	Vater von Bartholomäus Saur (Im Stadtarchiv Möckmühl ist er als Vater von Bartholomäus Saur vermerkt. Der Name seiner Frau ist nicht bekannt.)
Schellerer, Matthias	Scharfrichter zu München (Matthias Schellerer vollzog tatsächlich am 12.5.1854 die letzte öffentliche Hinrichtung in München. Dem 19-jährigen Mörder Christian Hußendörfer trennte er allerdings erst mit dem siebten Hieb den Kopf vom Rumpf.)

Schinbein, Bernhard, Scharfrichter	Großvater von Michael Kremer (Bernhard Schinbein war tatsächlich Scharfrichter. Im Stadtarchiv Möckmühl ist er als Vater von Anna Schinbein vermerkt. Er starb 1598.)
Schinbein, Margareta	Großmutter von Michael Kremer (Margareta Schinbein war tatsächlich mit Bernhard Schinbein verheiratet.)
Schneider, Conrad	Mitglied im Alten Rat (Conrad Schneider war 1523 tatsächlich Mitglied im Alten Rat.)
Schnepf, Erhard	Evangelischer Pfarrer (Erhard Schnepf war tatsächlich von 1523–1526 erster evangelischer Pfarrer in Wymphen. Er heiratete Margaretha – die Tochter des Ratsherrn Wurzelmann.)
Setzler, Bertha	Prostituierte (Die Person Bertha Setzler ist frei erfunden.)
Severus, Martin	Onkel von Anna Eblin und Bruder von Amalia Brel (Martin Severus lebte tatsächlich in Möckmühl. Er war dort von 1554–1555 Diakon.)
Staffel, David	Küfer; Vater von Heinrich Staffel (David Staffel lebte tatsächlich um 1774 in Wymphen.)
Staffel, Heinrich	Sohn von David Staffel (Die Person Heinrich Staffel ist frei erfunden.)
Straus, Niclaus	Mitglied im Alten Rat / Kastenmeister und Rüstmeister (Niclaus Straus war 1523 tatsächlich Mitglied im Alten Rat. Für 1523 ist ein Niklaus Straus als Kastenmeister und Rüstmeister belegt.)
Süsskind, Ismail	Jude (›Der mit dem Bettelstab‹ ist tatsächlich für Wymphen belegt. Der Name ist frei erfunden.)
Ursula	Magd von Götz von Berlichingen (Zusammen mit ihr hat er tatsächlich die illegitimen Töchter Magdalena und Barbara.)
van Hoogstraten, Jakob	(Päpstlicher Inquisitor zur Zeit der Reformation.)
Vehe, Michael	Dominikaner (Michael Vehe war 1533 tatsächlich Prior in Wymphen und u. a. Weihbischof in Halberstadt und Verfasser des ersten katholischen Liederbuches in deutscher Sprache.)
Verg, Martin	Weingärtner (Martin Verg lebte tatsächlich in Wym-

phen. Er schwängerte seine Magd und wurde dabei von Agnes Baumann erwischt.)

Visch, Hans — Schultheiß / oberste Gerichtsbarkeit, Vorsitzender des Stadtgerichts ohne Stimmrecht (Hans Visch war 1523 tatsächlich der Wymphener Schultheiß.)

Vischer, Martin — Katholischer Pfarrer (Martin Vischer war tat sächlich katholischer Pfarrer in Wymphen. 1566 trat er zum lutherischen Bekenntnis über.)

Vogtherr, Heinrich — Maler (Der Maler Heinrich Vogtherr hielt sich tatsächlich von 1522 bis 1525 in Wymphen auf.)

Volcker, Irmgard — Prostituierte (Die Person Irmgard Volcker ist frei erfunden.)

Volcker, Jost — Junge / Dieb (Die Person Jost Volcker ist freiden, allerdings gab es 1545 tatsächlich einen Glaser mit Namen Jost Volcker in Möckmühl.)

von Berlichingen, Götz — Adel (Sohn von Kilian von Berlichingen und Margaretha von Thüngen. Geboren 1480 / gestorben 1562)

von Berlichingen, Hans — Adel (Bruder von Götz von Berlichingen. Er stirbt 1533.)

von Berlichingen, Hans Wolf — Adel (Bruder von Götz von Berlichingen. Er stirbt 1548.)

von Berlichingen, Kilian — Adel (Vater von Götz. Er heiratet 1470 Margaretha von Thüngen – die Mutter von Götz.)

von Berlichingen, Philipp — Adel (Bruder von Götz von Berlichingen. Er stirbt 1534.)

von Erolzheim, Georg — Burgvogt auf Burg Guttenberg (Georg von Erolzheim war 1520 tatsächlich Oberamtmann / Vogt in Möckmühl.)

von Gemmingen, Dietrich — Burgherr Burg Guttenberg; Dietrich, ältester Sohn von Pleikard, erhielt 1518 u. a. die Burg. Er starb 1526.

von Gemmingen, Philipp — Bruder Dietrichs von Gemmingen (Philipp heiratete 1523 Agnes Marschall von Ostheim. Er starb 1544.)

von Gemmingen, Pleikard	Vater von Dietrich von Gemmingen (Zuvor war er Kanoniker im Stift St. Peter. Da seine Brüder ohne Nachkommen blieben, kaufte ihn sein Vater Hans der Reiche vom Stift frei (eine Tonne Honig pro Jahr.)
von Gemmingen, Wolf	Bruder Dietrichs von Gemmingen (Wolf heiratete 1520 Anna Marschall von Ost heim. Er starb 1555.)
von Helmstatt, Conrad	Adel (für 1480 überliefert: Conrad von Helmstatt wurde wegen ausgestoßener Schmähungen von Wymphen gefangen gesetzt und erst drei Jahre später gem. einem Urteil des Pfalzgrafen freigelassen.)
von Helmstatt, David	Adel (David von Helmstatt geriet 1531 in akute Geldnot. Er lieh sich 4.000 Gulden, und setzte seine vier Fünftel von Rappenau als Pfand. Freilich war nicht Wymphen sein Vertragspartner und konnte sich darum auch nicht in den Besitz Rappenaus setzen.)
von Helmstatt, Michael	Adel (Michael von Helmstatt hat 1537 tatsächlich Forstbedienstete mit Gewalt davon abgehalten ›Waldfrevler‹ zu verfolgen.)
von Lamersheim, Michel	Junger Rat / Adel (Michel von Lamersheim war adlig und tatsächlich Junger Rat, junger Bürgermeister und auch Hauptmann der Wymphener Truppen im Schweizer Krieg Ende des 15. Jahrhunderts.)
von Thüngen, Fritz	Bruder von Neidhart und Margaretha von Thüngen (Er galt als ›Schrecken für seine Umwelt‹. Götz von Berlichingen hatte zu seinem Onkel Fritz zeitlebens eine sehr enge Beziehung.)
von Thüngen, Margaretha	Mutter von Götz von Berlichingen (Ehefrau von Kilian von Berlichingen. Schwester von Neidhart und Fritz von Thüngen.)
von Thüngen, Neidhart	Bruder von Margaretha und Fritz von Thüngen.

Vörg, Christine (geb. Rötelhuber)	Wymphener Bürgerin (Christine Rötelhuber lebte tatsächlich in Wymphen. Sie heiratete nacheinander die Brüder Johann Konrad und Johann Daniel Vörg.)
Vörg, Johann Daniel	Wymphener Bürger (Johann Daniel Vörg lebte tatsächlich 1762–1848. Er heiratete am 2.8.1795 Christine Vörg, die Witwe seines Bruders Johann Konrad nur knapp 4 Monate nach dessen Tod.)
Vörg, Johann Konrad	Wymphener Bürger (Johann Konrad Vörg lebte tatsächlich 1740–23.4.1795 in Wymphen. Er war der erste Mann von Christine Vörg geb. Rötelhuber.)
Vörg, Kilian	Fährmann; Bruder von Martin Vörg (Verunglückt gleich bei der Ankunft der Familie Brel tödlich. Die Person Kilian Vörg ist frei erfunden.)
Vörg, Martin	Fährmann (Martin Vörg lebte tatsächlich in Wymphen. Seinem Schwein wurde von Sophia Heckerle der Schwanz abgeschnitten, weil es die Mehlsäcke anfraß.)
Wagenmann, Diez	Kronenwirt (Er verlangte von Götz von Berlichingen für Verpflegung während dessen Gefangenschaft in Heilbronn 552 Gulden.)
Walt, Salomon	Goldschmied (Salomon Walt war 1583 tatsächlich Goldschmied in Meckmul.)
Werrhich, Wilhelm	Torwache (Wilhelm Werrhich war 1523 tatsächlich Wachtbeseher in Wymphen und hatte die Wachen unter sich.)
Wolff von Bönnigheim, Wolfgang	Stadtschreiber (Wolfgang Wolff von Bönnig heim ist tatsächlich für die Jahre 1514–1531 als Stadtschreiber in Wymphen nachweisbar.)
Wurzelmann, Margaretha	Ehefrau von Erhard Schnepf (Erhard Schnepf heiratet 1524 die Tochter des Ratsherrn Wurzelmann.)

Begriffe

Achel	(Gerste-)Ährenborste
Angersen	Futterrüben
Atzung	Speisung / Verpflegung
Baldachin	oberster Abschluss des Chorgestühls
Barben	Fische im Württemberger Wappen
Barett	Hut / Mütze, der / die wie ein flacher Teller auf der Seite des Kopfes saß.
Bargen	Ortschaft nördlich des Wymphener Forsts
Base	Tante väterlicherseits / Vaterschwester
Beginen	Frauen, die freiwillig und enthaltsam, aber ohne Ordenszugehörigkeit in Gemeinschaften lebten (In Wymphen aber unter der Obhut der Dominikaner).
Bracke	(Jagd-) Hund, Wappentier
Büttel	Gerichtsdiener
Calotte	Netzartige Haube aus wollenen oder seidenen Schnüren (Bedeckte die Haare und ermöglichte das Befestigen des Baretts).
Consules	Den Kern des Centgerichts bilden die zwölf Mitglieder des Stadtgerichts (Richter / Consules).
Dekan	Stellvertreter des Propstes
Diebeswappen	Brandmal im Gesicht
Dorsale	verzierte, Hölzerne Rückwand des Chorgestühls
Eiche	Maischemaß (gemahlene Trauben) Flüssigkeitsmaß
facultas artium	Artistenfakultät – Grundlagenvermittlung / Vorbereitung auf das spätere Studium.
Fegekraut	Zinnkraut, Ackerschachtelhalm
feiselig	moderig, faul riechend
Feldschlange	Kanone / Geschütz
Feldstützler	Feldschütz prüfte, ob die Felder ordnungsgem. bebaut waren.
Frondienst	Der einem Grundherrn zu erbringende Dienst.
Futterzaine	Holztrog zum Anmischen des Futters
Geifer	Veraltet: Speichel

Gelte	Brusthoher Holzbottich mit Griffen, nach unten hin konisch
Gescheine	Trauben im frühen Wachstumsstadium (Blütenstand, nur wenige Zentimeter lang)
Goller	Ärmelloses Jäckchen; loser Überwams über den Schultern
Gülte	Abgaben
Häcksel	Gehäckseltes Heu
Hagestolz	Ein älterer, der Ehe abgeneigter Junggeselle
Hailbrun	Alte Schreibweise von Heilbronn
Halbrock	Unterrock; verziert und teilweise sichtbar
Haltse	In sich gedrehte und dann geflochtene Tragriemen / Korbriemen aus Wiedweiden für Ketze
Haydelberch	Alte Schreibweise von Heidelberg. Weitere Varianten: Heydel-, Haidel-, Heidel- / -berc, -berg, -berch
Hellebarde	Hieb- und Stichwaffe mit langem Holzstiel
Hexenzwiebel	Bärlauch
Hübschlerin	Prostituierte
Hundswut	Tollwut
Jaxt	Alte Schreibweise vom Fluß Jagst.
Kanoniker	12 adlige Weltgeistliche (12 nach dem Vorbild der Apostel)
Kauterisierung	Ausbrennen einer Wunde
Ketze	Auf dem Rücken getragener Korb mit geflochtenen Weiden als Tragriemen.
Kleie	Weizenhülse grober Weizen
kondemnieren	verurteilen
Krapp	Wurzel / Färberpflanze für roten Farbton
Kreutter Buch	Das Kreutter Buch von Hieronymus Bock. Er war Botaniker, Arzt und lutherischer Prediger. Hieronymus Bock starb 1554.
Krücke	Holzhalbkreis mit langem Stiel, um auch von ganz hinten die Asche aus dem Ofen zu holen.
Kuhfutter	Häcksel und Angersen gemischt
Kustos	Schatzmeister des Stifts zuständig für die Beschaffung aller zum Gottesdienst notwendigen Dinge
Leibchen	Vom Rock getrenntes Oberteil; Mieder
Laibschießer	Lange Holzschieber (wurden wegen der Hitze kurz

ins Wasser getaucht) platzierten die Teiglaibe im Ofen des Backhauses.

Leichsenring Eisenring am oberen Rand eines Holzwagens. In ihn wurde ein Stab mit Gabel eingehängt. Der Stab stützte auf der Radnabe und diente der Abstützung der Leiter / der Wagenseiten.

Leichte Nacken- / Schultertragriemen bei der Schubkarre, damit nicht das ganze Gewicht auf den Händen lag.

Lettner Steinerne oder hölzerne Schranke, die den Bereich der Mönche vom übrigen Kirchenraum abtrennt.

Leuchtfeuer Strohbüschel wurde entzündet (Lichtquelle) und durch eine kleine Öffnung an der Seite des Ofens gehalten, um die verbleibende Backzeit festzustellen.

Litze Fadengeflecht zur Verzierung.

Lohe Zum Gerben verwendete Rinde (meist Eiche)

Lohesud Eichenrindenextrakt

Maische Gequetschte / gemahlene Trauben

Malter Hohlmaß (Getreide)

Meckmul Alte Schreibweise von Möckmühl.

Muhme Tante mütterlicherseits / Mutterschwester

Nekker Alte Schreibweise vom Fluß Neckar.

Nidenowe / Nydenau Alte Schreibweise von Neudenau (13. Jahrhundert / 14. Jahrhundert)

Nuremberga Alte Schreibweise (15. Jahrhundert) von Nürnberg

Ofenwischer Aus Ginsterzweigen gebundener, langstieliger Besen um Asche / Glut im Ofen zur Seite zu wischen. (Wurde ebenfalls vorher in Wasser getaucht, damit er nicht so schnell abbrannte).

Pfründe Schenkungen; Einkommen aus weltlichem oder kirchlichem Amt

Precusor Ein- und Ausschreier. Eröffnet eine Aufführung und entlässt das Publikum wieder mit einem Schlusswort.

prellen Judenverspottung: Eine Person wird auf einem Tuch / einer Kuhhaut hochgeschnellt und wieder aufgefangen.

Propst	Untersteht dem Bischof
Ränsel	Bärlauch
Rappenauw	Eine alte Schreibweise für Bad Rappenau (Oder auch Rapenaw).
Rhombus, Plural: Rhomben	Viereck, Raute
Ruhstatt	(Hüft-)hohe Sandsteinbank zum Abstellen von auf dem Rücken getragenen Lasten (Butten, Körbe).
Runse	Rinne, unbefestigte Abwasserrinne entlang der Gasse
Rute	Altes Längenmaß: 1 Rute = 16 Schuh (ca. 4,6 m), 1 Schuh oder Fuß = 28,6 cm
Saufutter	Häcksel und Angersche und Kleie gemischt
Schaube	Weiter, faltiger, vorne offener Rock (Mantel)
Schrundten	Schwielen an den Händen
Sech	Messerartiges Teil am Pflug (Unmittelbar vor der Pflugschar - für eine saubere Kante).
Sechter	Altes Getreidemaß
Sekach	Der Fluss Seckach mündet bei Möckmühl in die Jagst.
Simmer	Altes Getreidemaß
St. Petrus-Stab Goldraute	Goldrute
Sühnekreuz	Gängiges Zeichen für Rechtsprechung / Einigung
Tenne	Gebäudeteil, das den Wirtschafts- und Wohnraum eines Hofes verbindet.
tiefer Bach	Tiefenbach (Gewässer in der Nähe des ehem. Wymphener Forsts)
Tonzeuge	Ein Tonzeuge war ein gebranntes Stück Ton, das mit einem Zeichen oder Siegel versehen war und unter einem gesetzten Grenzstein eingegraben wurde. War der Tonzeuge gebrochen, war der Grenzstein manipuliert worden.
Trester	Feste Bestandteile nach dem Pressen von Maische
Trippen	Holzgestelle mit Riemen zum Unterschnallen unter die Schuhe, damit sie nicht mit dem Straßen- und Gassendreck in Berührung kamen.
Urfehde	Beeideter Fehdeverzicht

Vetter Neffe (Sohn des Bruders / der Schwester)

Vikar Nichtadliger, geweihter Weltgeistliche, der Gottesdienste abhielt.

Waldruggericht Vor dem Waldruggericht wurde Waldfrevel verhandelt. Den Vorsitz hatte der Forstmeister.

Wams Weste aus Leder oder Stoff

Warzenkraut Schöllkraut, auch Herrgottsgnade, Blutkraut oder Augenwurz genannt

Wecke geweckt Raute gerautet

Weiden Spezielle Weiden mit grüner Rinde zum Anbinden der Weinreben

Wied Gedrehte Weidenriemen mit Öse zum Bündeln von Rebenbüscheln

Wiedweide Fingerdicke Weiden mit gelber Rinde

Wirtemberg Veraltet für Württemberg

Wochentage alte Bezeichnungen

Montag – *mentag*
Dienstag – *aftermontag*
Mittwoch – *mitticher*
Donnerstag – *durnstag*
Freitag – *fridach*
Samstag – *satertagsnavend*
Sonntag – *sonnentag*

Wymphen Alte Schreibweise von Bad Wimpfen. Weitere Variante: Wimpffen

Zaine Flechte / Korb / Holzbehälter zum Mischen des Brotteigs

Zunftlade Holzkiste (Beinhaltete Geld, Siegel, Urkunden, Richtlinien).

Wimpfem.